Reader's Digest Auswahlbücher

Die Kurzfassungen in diesem Buch erscheinen
mit Genehmigung der Autoren und Verleger

594 (196)
Printed in Germany
ISBN 3 87070 528 0

Reader's Digest Auswahlbücher

Verlag Das Beste
Stuttgart · Zürich · Wien

DICK FRANCIS *Seite 7*

COMEBACK

Ken McClure ist mit den Nerven am Ende. Innerhalb kurzer Zeit sind in seiner Tierarztpraxis vier wertvolle Pferde verendet. Und dann geht eines Nachts auch noch das Praxisgebäude in Flammen auf. Handelt es sich um eine verheerende Pechsträhne oder das Werk eines Verbrechers?

JANET DAILEY *Seite 147*

WIE WILDER WEIN

Als die junge Fernsehreporterin Kelly Douglas einen Beitrag über ein berühmtes Weingut im Napa Valley in Kalifornien drehen soll, wird sie in eine Familienfehde verstrickt, die für sie katastrophale Auswirkungen haben kann. Denn wenn jemand erfährt, was sich in ihrer Jugend, in der sie selbst im Napa Valley lebte, zugetragen hat, könnte das ihre mühsam aufgebaute Existenz zerstören.

LETZTE RACHE

Der kalte Krieg ist zu Ende, und Harry Oakham, Agent des britischen Geheimdienstes mit Lizenz zum Töten, wird gegen seinen Willen in Rente geschickt. Doch er zieht sich nicht aufs Altenteil zurück, wie seine Arbeitgeber es von ihm erwarten, sondern faßt einen verwegenen Plan. Von nun an will er auf eigene Rechnung arbeiten . . .

TRAUMLAND

„Parzelle Nummer acht – Cyrille Labrèche!“ Kaum einer der Siedler aus Quebec und Montreal, die sich Anfang der dreißiger Jahre in den Wäldern Nordkanadas niederlassen, macht sich bei der Landvergabe größere Hoffnungen als der ehemalige Kohlenträger. Voll Entschlossenheit nimmt er die Herausforderung an, die das Leben in der Wildnis für die unerfahrenen Städter und ihre Familien bedeutet.

EINE KURZFASSUNG DES BUCHES VON

DICK FRANCIS

NACH DER ÜBERSETZUNG VON
MALTE KRUTZSCH

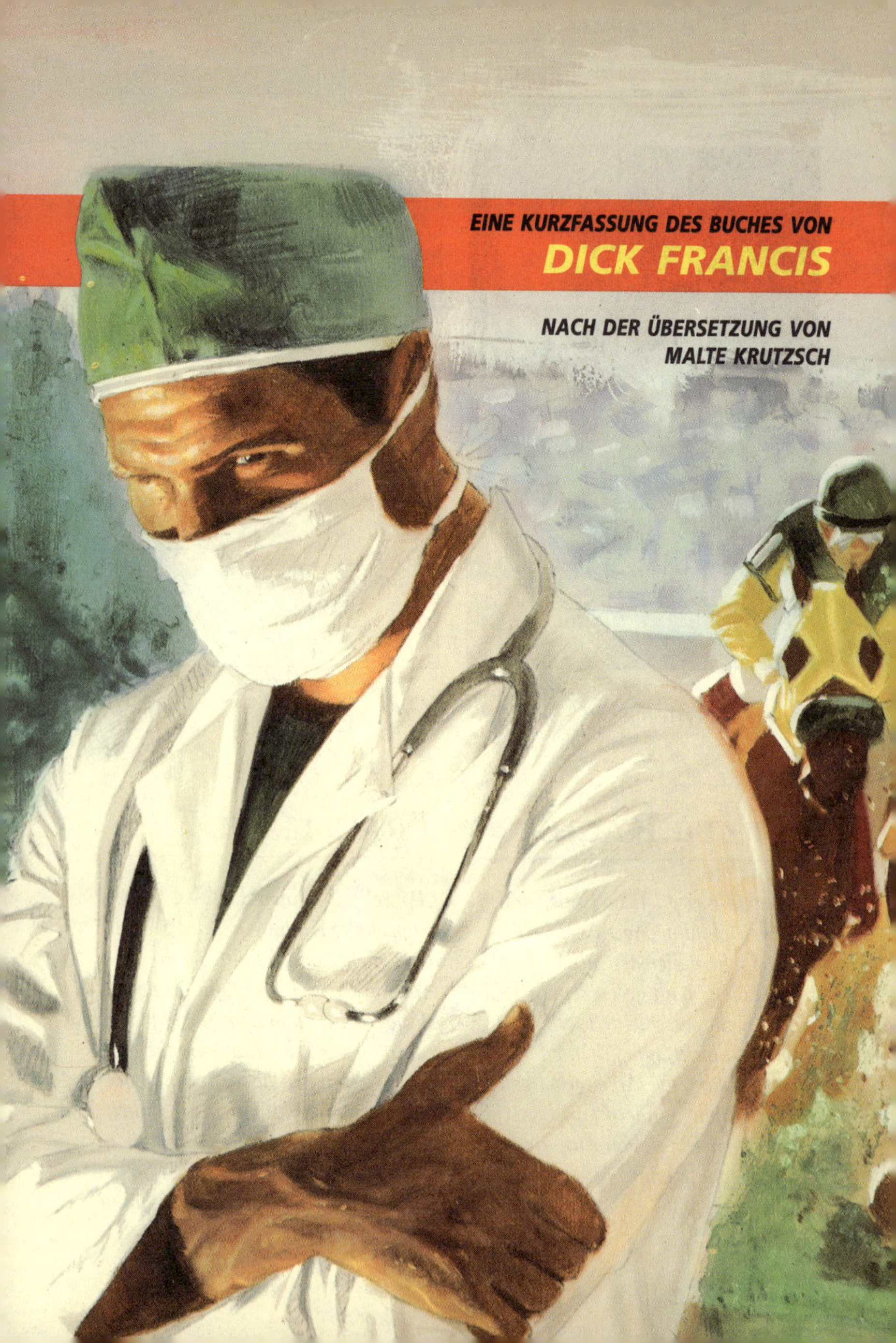

COMEBACK

Peter Darwin ist Diplomat, nicht Detektiv. Als er jedoch seine alte Heimat nahe der Pferderennbahn Cheltenham besucht und sich dort mit einem Tierarzt befreundet, gerät er in den Sog einer mysteriösen Unglücksserie in einer Tierklinik.

Um seinem Freund zu helfen, stellt Darwin Nachforschungen im OP und später in den Stallungen von Rennpferdbesitzern an. Er stößt auf zwei Leichen, eine Mauer des Schweigens und ein altes Geheimnis. Und schließlich hängt nicht nur die Reputation der Tierarztpraxis, sondern auch Peter Darwins Leben an einem seidenen Faden.

1

ICH HEISSE Peter Darwin.

Die Frage kommt immer wieder auf, darum sage ich am besten gleich, daß ich nicht mit dem berühmten Charles Darwin verwandt bin.

Eigentlich wurde ich als Peter Perry geboren, doch John Darwin, der meine verwitwete Mutter heiratete, als ich zwölf war, gab mir neben vielem anderen einen neuen Namen und eine neue Identität. Zwanzig Jahre vergingen, legten sich wie Nebel auf die Erinnerungen an meine Kindheit damals im englischen Gloucestershire, und jetzt war ich, Peter Darwin, zweiunddreißig, Adoptivsohn eines Diplomaten, selbst im diplomatischen Dienst.

Da es ganz von der Laune des Auswärtigen Amtes abhing, wohin mein Stiefvater und später auch ich selbst versetzt wurden, hatte ich diese zwanzig Jahre in vielen fremden Städten zugebracht, von Caracas bis Lima, von Moskau über Kairo bis Madrid, in Wohnungen, die das Auswärtige Amt zur Verfügung stellte. Freundschaften waren nur auf Zeit angelegt, bald würde man wieder abreisen. Andere Diplomaten und ihre Kinder kamen und gingen. Ich hatte keine festen Bindungen, führte ein Wanderleben und war zufrieden damit.

„Besuchen Sie uns mal in Florida", meinte Fred Hutchings beiläufig, als er Tokio verließ, um Konsul in Miami zu werden. „Bleiben Sie doch ein, zwei Tage, wenn Sie auf der Durchreise sind."

„Danke", sagte ich. Wir hatten in Tokio über Monate reibungslos zusammengearbeitet. Die Einladung war halbwegs ernst gemeint. Fred war auf Höflichkeit getrimmt wie wir alle.

Ich selbst wurde fast ein Jahr darauf überraschend nach London versetzt, ins Auswärtige Amt in Whitehall.

„Was?" Mein Stiefvater in Mexiko-Stadt gluckste vor Vergnügen am Telefon, als ich es ihm mitteilte. „Persönlicher Referent? Gratuliere! Die Bezahlung ist lausig. Aber vorher wirst du noch ziemlich lange Urlaub haben. Komm uns besuchen. Du fehlst deiner Mutter."

Ich nahm das Angebot gerne an und verbrachte knapp vier Wochen bei ihnen. Auf der Rückreise wollte ich über Miami weiter nach England, verpaßte wegen einer Verspätung aber den Anschlußflug, und so kam es, daß ich vierundzwanzig Stunden Zeit totzuschlagen hatte und mir Fred Hutchings' Einladung wieder einfiel. Warum nicht? dachte ich und rief ihn an.

Er klang ehrlich erfreut am Telefon, und ich stellte ihn mir am anderen Ende der Leitung vor – um die Vierzig, beleibt, sommersprossig und beflissen, mit Schweißtropfen auf der Stirn bei der geringsten nervlichen Belastung.

„Fein, fein", sagte er herzlich. „Ich würde Ihnen ja anbieten, hier zu übernachten, aber die Kinder sind krank. Sollen wir essen gehen? Nehmen Sie ein Taxi zum ‚Tauchenden Pelikan' in der 186. Straße, North Miami Beach. Wir treffen uns da gegen acht. Dabei fällt mir ein, ein mit uns befreundetes Pärchen fliegt morgen nach England. Die beiden werden Ihnen gefallen. Vielleicht sind Sie ja alle im selben Flugzeug. Ich kann Sie miteinander bekannt machen."

„Vielen Dank", sagte ich zaghaft.

„Nichts zu danken. Bis dann."

Seufzend legte ich den Hörer auf, quartierte mich und mein Gepäck für die Nacht im Flughafenhotel ein und fuhr zur festgesetzten Zeit mit dem Taxi zu meiner Verabredung.

Der tauchende Pelikan, weniger eindrucksvoll als sein Name, lag schummrig beleuchtet am Ende einer dunklen Ladenzeile. Ich zog die Tür auf und trat ein.

Fred saß allein an einem runden Tisch. Kein sehr großes Lokal, aber gut besucht. Von einem tauchenden oder sonst einem Pelikan war nichts zu sehen.

Fred stand auf, um mir die Hand zu schütteln.

„Tut mir leid, daß ich allein hergekommen bin, aber Meg wollte bei den Kindern bleiben. Sie haben die Windpocken."

Ich brachte mein Mitgefühl zum Ausdruck.

„Sind voller Flecken, die Ärmsten", sagte Fred.

Er bestellte die Spezialität des Hauses, Fettuccine mit Meeresfrüchten. Als ich ihn nach der Arbeit in seinem Konsulat fragte, erzählte er mir, er habe es hauptsächlich mit britischen Touristen zu tun, die sich über verlorene Ausweise, gestohlenes Geld und entfleuchte Liebhaber beklagten.

Während wir aßen, wurde plötzlich laut geklatscht, und Freds Gesicht leuchtete auf.

„Ah", sagte er väterlich. „Vicky Larch und Greg Wayfield. Die Bekannten, von denen ich sprach, die morgen nach England fliegen."

Vicky Larch und Greg Wayfield waren nicht bloß Bekannte; sie waren auch ein Gesangsduo. Unangekündigt hatten sie das Restaurant durch einen Vorhang am anderen Ende betreten, sie in einem paillettenbesetzten weißen Kasack, er in einem buntkarierten Sakko, beide in hellen Hosen. Das einzig wirklich Überraschende an ihnen war ihr Alter. Sie waren in reiferen Jahren, wie man so schön sagt, und nicht mehr ganz schlank.

Sie hantierten mit Verstärkern und klopften auf Mikrofone, um sich zu vergewissern, daß alles funktionierte. Dann setzten sie die Anlage in Gang, und Musik von einem Band erklang: leichte Unterhaltungsmusik aus alten Bühnenshows. Greg Wayfield begann mit schöner, klarer Stimme zu singen, kräftig, sanft und ausdrucksvoll. Das Lied ging zu Ende, die Gäste applaudierten. Jetzt stimmte die Frau ein Liebeslied mit einem traurigen, melancholischen Text an.

Das sind Profis, dachte ich erleichtert. Gestandene Profis, die Freude an ihrer Darbietung haben.

Sie sangen abwechselnd sechs Lieder und zum Schluß ein Duett, dann schlängelten sie sich unter begeistertem Applaus zwischen den Tischen durch und setzten sich zu Fred und mir.

Fred machte uns miteinander bekannt. Halb stehend gab ich dem Pärchen die Hand und versicherte ihnen, wie sehr mir ihr Auftritt gefallen habe.

Aus der Nähe betrachtet, wirkten sie so wohltuend und altmodisch wie ihr Auftritt. Er sah immer noch gut aus, sie hatte das Gebaren einer jungen Sängerin, die in einem großmütterlichen Körper gefangen war.

„Haben Sie einmal in Nachtklubs gesungen?" fragte ich sie. Sie riß die blauen Augen auf. „Woher wissen Sie das?"

„Ihr Vortrag hat so etwas. So intim. Wie geschaffen für späte Stunden und gedämpftes Licht."

„Tja, also ich habe jahrelang in Klubs gesungen." Sie war belustigt. „Aber ich habe mich schon vor einer Ewigkeit zur Ruhe gesetzt. Wir singen hier nur zum Vergnügen."

Ihre Haare sahen weiß und weich aus, ein gepflegter Kurzhaarschnitt. Sie hatte einen reinen Teint, war nur leicht geschminkt, und das einzige Zugeständnis ans Showgeschäft waren die seidigen, nach oben geschwungenen falschen Wimpern. Sie wirkte abgeklärt, selbstsicher und vernünftig.

Fred vergewisserte sich, ob wir tatsächlich alle denselben Flug gebucht hatten. Es stand außer Zweifel. Ein Jumbo der British Airways nach London-Heathrow.

„Na wunderbar", meinte Fred.

Greg sagte, sie müßten zurück auf die Bühne. – Sie sangen drei Lieder und kamen unter begeistertem Applaus wieder an unseren Tisch.

Wir tranken zusammen Wein und unterhielten uns angeregt. Sie erzählten unter anderem, daß Greg eigentlich ausgebildeter Opernsänger sei. Erneut gewann ich den Eindruck, daß sie durch und durch gute, wohlmeinende Menschen waren.

Greg erklärte, sie wollten für einen Monat nach England. Eine von Vickys Töchtern wolle heiraten.

„Von *Vickys* Töchtern?" fragte ich verwundert.

Ja, sagte sie, es seien ihre Kinder. Zwei Jungen, zwei Mädchen. Vom Vater habe sie sich vor langer Zeit scheiden lassen. Sie und Greg lebten erst kurz zusammen: seit achtzehn Monaten verheiratet, noch in den Flitterwochen.

„Belinda ist meine Jüngste – sie heiratet einen Tierarzt", erzählte Vicky. „Sie arbeitet seit Jahren bei ihm, aber gefunkt hat's erst vor ein paar Wochen. Auf jeden Fall fahren wir jetzt ins Pferdeland. Er ist Tierarzt an der Rennbahn von Cheltenham."

Ich schnalzte leise mit der Zunge, worauf sie mich fragend anschauten. „Mein Vater und meine Mutter haben sich auf der Rennbahn von Cheltenham kennengelernt", erklärte ich.

Darüber staunten sie natürlich, und es schien mir ein bißchen dumm, jetzt noch hinzuzufügen, daß genaugenommen meine Mutter und mein *Stiefvater* sich auf der Rennbahn von Cheltenham kennengelernt hatten, deshalb ließ ich es bleiben. Mein eigentlicher Vater, dachte ich, ist sowieso John Darwin. Nur an ihn konnte ich mich erinnern. Mein leiblicher Vater starb, als ich ein Baby war.

„Peters Vater ist Botschafter", erklärte Fred. Dann, nach kurzem Überlegen, fragte er: „Hat Ihr Vater nicht seine ganze Jugend auf Rennplätzen verbracht? Sagten Sie das nicht damals in Tokio, als Sie zum Japan Cup gegangen sind?"

„Kann sein, daß ich es gesagt habe", gab ich zu, „wenn es auch etwas übertrieben war. Dennoch, mein Vater meint, beim Pferderennen lerne er mehr über ein Land als in vier Wochen diplomatischen Händeschüttelns."

Greg stellte ein paar Fragen über unsere Zeit in Japan. Fred war

Legationsrat 1. Klasse in der Handelsabteilung gewesen, damit beauftragt, die wirtschaftlichen Beziehungen anzukurbeln. Ich dagegen hatte zu erkunden gehabt, was voraussichtlich auf der politischen Bühne geschehen würde. Die Bräuche und Besonderheiten Japans waren mir noch frisch im Gedächtnis. Wenn man eine Kultur zurückläßt, die zu verstehen man sich ernsthaft bemüht hat, führt das immer zu einem eigenartigen Verlustgefühl.

Die Gäste des Restaurants waren nach und nach gegangen, bis nur noch wir vier übrig waren. Schließlich standen Vicky und Greg auf, um ihre Ausrüstung zusammenzupacken, und ganz selbstverständlich teilten Fred und ich uns die Rechnung.

Vicky und Greg kamen wieder; sie mit einer großen weißen Handtasche, auf der bunte, in weiße Zierschnur gefaßte Steine glitzerten. Wir verließen das Restaurant alle zusammen, blieben noch eine Weile vor der Tür stehen, und Vicky und Greg brüteten aus, wo sie mich am nächsten Tag treffen könnten.

Letzte Gutenachtgrüße. „Unser Wagen steht dort hinten", sagte Vicky und wies in die Ferne.

„Meiner da drüben", erklärte Fred, in die andere Richtung deutend.

Wir nickten alle und trennten uns, der Abend war vorbei.

„Sind nett, die Leute", sagte Fred zufrieden.

„Ja", stimmte ich zu.

Wir stiegen in seinen Wagen. Er ließ den Motor anspringen, schaltete das Licht ein, stieß rückwärts aus der Parklücke und schlug die Richtung zum Flughafen ein.

„Stopp!" rief ich plötzlich und riß an dem Verschluß des Sicherheitsgurts herum.

„Was zum Teufel ist denn los?" fragte Fred und stieg auf die Bremse.

Ich antwortete ihm nicht. Statt dessen stieß ich die Tür auf und rannte fast schon los, noch ehe ich beide Füße auf dem Boden hatte.

Beim Wegfahren hatte ich im gleitenden Licht von Freds Scheinwerfern Vicky gesehen – das Glitzern ihres paillettenbesetzten Kasacks –, und ich hatte gesehen, daß sie kämpfte, daß sie hinfiel, bedrängt von einer dunklen Gestalt . . ., einer Gestalt mit unverkennbar bösen Absichten.

Ich rannte schneller und hörte sie gellend schreien.

„Vicky, Vicky!" rief ich, um damit den Straßenräuber zu verscheuchen, doch er klebte an ihr wie eine Klette, vornübergebeugt, unnachgiebig, während sie am Boden lag und nach ihm trat.

Ich erreichte den Mann und rammte ihn aus vollem Lauf, um ihn zur Seite zu schleudern. Er war robuster, als ich gedacht hatte, und so leicht nicht abzuschrecken, und er lief keineswegs vor mir weg, sondern schien mich lediglich als weiteres Opfer zu betrachten. Seine kräftige Faust hieb nach meinem Gesicht, ein Schlag, dem ich rein instinktiv auswich. Sein nächster Schlag traf mich auf die Brust, daß mir die Luft wegblieb.

Vicky kam plötzlich auf die Beine und trat hinter unseren Angreifer. Einen Moment lang sah ich ihre Augen über seiner Schulter, angstgeweitet und doch mit einem wild entschlossenen Ausdruck. Sie versetzte ihm einen heftigen Fußtritt. Er jaulte auf vor Schmerz und fuhr zu ihr herum.

Vicky hielt ihre Hände mit den langen scharlachroten Nägeln vor sich, die Finger gekrümmt wie eine Hexe. Sie stieß einen Schrei aus, der sich zu einem Kreischen steigerte. Es ließ mir die Nackenhaare zu Berge stehen, und dem Dieb raubte es den Nerv. Er drückte sich stolpernd an ihr vorbei und rannte schwerfällig davon.

Vicky sank mir kraftlos in die Arme. „O mein Gott . . . Die waren zu zweit . . . Greg . . .“

Rasch näher kommende Scheinwerfer strahlten uns an. Vicky und ich erstarrten wie geblendete Kaninchen.

Der Wagen hielt mit quietschenden Reifen, und die dunkle Gestalt, die wie ein Schatten in den Lichtkegel trat, verwandelte sich in den vertrauten Anblick Freds.

„Ist ihr was passiert?“ fragte Fred mich besorgt. „Wo ist Greg?“

Er war nicht schwer zu finden. Bewußtlos zusammengesunken lag er vor dem Hinterrad auf der straßenabgewandten Seite des dunkelblauen BMW, der ihm und Vicky gehörte.

Ich ging neben ihm in die Hocke und legte ihm die Finger an den Hals, um den Puls zu fühlen. „Er lebt“, verkündete ich erleichtert.

Ehe wir etwas unternehmen konnten, kam ein Polizeiauto mit heulenden Sirenen angebraust und hielt neben uns an. Ein kräftiger Mann in mitternachtsblauer Hose und Hemd mit Dienstabzeichen stieg aus, zückte sein Notizbuch und erklärte uns, er sei wegen einer schreienden Frau hierhergerufen worden.

Greg begann zu stöhnen und versuchte benommen und desorientiert, sich aufzurappeln. Vicky umfaßte seine Schultern, um ihn zu stützen.

Der Polizist rief über das Sprechfunkgerät, das er am Gürtel trug, einen Krankenwagen und fragte Vicky dann bemerkenswert freundlich, was eigentlich vorgefallen sei.

Sie versuchte zu antworten, doch die Sätze kamen unzusammenhängend wie Gedankensplitter. „Er wollte mir die Ringe abnehmen ... die Flugtickets ... es ist die Hochzeit meiner Tochter ...“ Sie holte sichtlich tief Atem und versuchte es noch einmal. „Die haben da gelauert ... hinter dem Wagen ... Sie haben sich auf Greg gestürzt, als er rüber ist ... Er ist mit dem Kopf gegen den Wagen geknallt ... Die haben meine Handtasche gestohlen. Da ist mein Paß drin ... Was sollen wir bloß machen?“

Auf den verzweifelten Appell antwortete Fred ganz praktisch, indem er sagte, er sei nicht umsonst Konsul und werde sie mit Leichtigkeit zur Hochzeit ihrer Tochter bringen.

Die schrille Sirene eines Krankenwagens mit grellem Blaulicht schreckte uns auf, Sanitäter stürzten zielbewußt heraus und übernahmen das Kommando. Der Polizist sagte Vicky, er werde ihnen ins Krankenhaus nachfolgen. Er bat Greg um die Autoschlüssel und händigte sie Fred aus.

Mit Blinklicht und heulenden Sirenen trafen zwei weitere Polizeiwagen ein, die genug Gestalten ausspien, um das halbe Viertel zu verhaften. Vicky und Greg wurden in den Krankenwagen gesetzt, der sogleich abfuhr, und der erste Polizist fuhr hinterdrein.

Einer von der neuen Truppe notierte sich Freds und meinen Namen. Er stockte, als ich ihm die Anschrift nannte: Auswärtiges Amt, Whitehall, London. Schließlich fragte er mich, was ich beobachtet hätte. Ich schätzte das Alter des Täters, seine Größe, sein Gewicht und so weiter, hatte aber ein zu verschwommenes Bild von ihm, um sicher zu sein, daß ich ihn bei Tag, in anderer Kleidung wiedererkennen würde.

Der Polizist klappte sein Notizbuch zu. Er wäre dankbar, bemerkte er, wenn wir uns am nächsten Morgen um zehn auf seinem Revier melden würden.

Die ausgeschwärmten Fahnder kehrten ohne Ganoven zurück. Von der großen weißen, juwelenbesetzten Handtasche und von Gregs Brieftasche fehlte anscheinend jede Spur.

So schnell, wie sie gekommen waren, zogen die „Mitternachtsblauen“ ab und ließen plötzliche, lähmende Stille zurück, in der Fred und ich uns leicht belämmert anschauten und überlegten, was jetzt zu tun sei.

„Am besten fahren Sie den BMW zum Krankenhaus“, sagte Fred,

„holen die beiden ab und bringen sie nach Hause. Ich selber kann nicht“, erklärte er. „Ich habe Meg versprochen, nicht zu spät wiederzukommen. Sie hat mit den Kindern alle Hände voll zu tun.“

„Einverstanden“, erwiderte ich. „Wo ist das Krankenhaus?“

Er begann mir den Weg zu erklären, zuckte schließlich aber die Achseln und sagte, ich solle hinter ihm herfahren; so brachte er mich dann bis zur Einfahrt, zeigte durch sein geschlossenes Fenster eindringlich auf die Tür und sauste, ohne sich noch mit Reden aufzuhalten, heim zu den Windpocken.

Ich fand Greg und den freundlichen Polizisten im Warteraum, bedrückt nebeneinandersitzend. Greg sah bleich und erschöpft aus.

„Wie fühlen Sie sich?“ fragte ich ihn – eine überflüssige Frage.

„Müde“, antwortete er, „aber mit meinem Kopf ist alles in Ordnung. Nur eine Prellung, sagen sie. Brauche ein bißchen Ruhe, weiter nichts.“

Ich nickte. „Ich bin mit Ihrem Wagen gekommen“, sagte ich. „Ich fahre Sie nach Hause.“

„Danke“, erwiderte er matt.

Die Unterhaltung schlief ein. Nach einigem Warten erschien Vicky dann in Begleitung eines jungen Arztes. Ihr von Schminke gesäubertes Gesicht wirkte faltig und verquollen. Die falschen Wimpern hatte man entfernt. Der junge Arzt sagte Greg, seine Frau sei soweit wiederhergestellt.

Ich warf einen Blick auf meine Uhr und stellte fest, daß es schon fast zwei war. Der Arzt entfernte sich, und der Polizist stellte Vicky behutsam einige Fragen, die sie sachlich mit leiser Stimme beantwortete. Danach bat er sie und Greg, am Morgen um zehn aufs Polizeirevier zu kommen, um ihre Aussagen zu vervollständigen. Er wünschte uns eine gute Nacht und ging.

Ich holte den Wagen vor die Tür. Greg und Vicky setzten sich beide auf die Rückbank, und ich stellte ihnen nur die allernötigsten Fragen nach dem Weg.

Behutsam fahrend, folgte ich ihren Anweisungen, und schließlich hielten wir auf der halbkreisförmigen Zufahrt zu ihrem Haus. Ich bat die beiden, noch einen Moment sitzen zu bleiben, ließ mir von Greg den Hausschlüssel geben und schloß die Tür auf. Es war dunkel und still im Haus. Nach einigem Umhertasten fand ich den Lichtschalter.

Ich versuchte Greg und Vicky ins Haus zu scheuchen, so rasch es ging, doch sie waren entsetzlich langsam. Erst als wir alle drinnen in Sicherheit waren, entspannte ich mich ein wenig.

Sie bewohnten einen Bungalow, in dem die meisten Zimmer türlos ineinander übergingen. Ich ging umher, sah nach, ob alle Vorhänge zugezogen waren. Als ich wieder auf sie stieß, saßen sie beide in den Sesseln ganz vorn bei der Haustür, als hätten ihre Beine sie nicht weiter getragen. Ich schlug ihnen vor, sich etwas Warmes zu trinken zu machen, bevor sie schlafen gingen, und sagte, ich würde mir jetzt ein Taxi rufen.

„Bitte nicht!" flehte Vicky, den Tränen nahe. „Bleiben Sie. Bitte bleiben Sie hier. Ich fühle mich so wacklig. Und ich habe Angst."

Greg faßte ihre Hand und drückte sie. Er sagte zwar nicht direkt, daß er Angst hatte, aber auch er bat mich zu bleiben.

Ich dachte sehnsüchtig an mein Bett im friedlichen Flughafenhotel, sah aber ein, daß ich die beiden unmöglich in einer solchen von Furcht und Schrecken erfüllten Nacht allein lassen konnte. Ich kannte sie noch keine sechs Stunden, und doch war es, als hätten wir schon seit Ewigkeiten zusammengehört.

„Gut, ich bleibe", sagte ich.

2

AM ÜBERNÄCHSTEN Abend flog ich nach England. Auf der gegenüberliegenden Seite des Mittelgangs schlummerten Vicky und Greg friedlich Haupt an Haupt, bis zum Kinn in Decken eingemummt wie Babys in der Wiege.

„Ihnen macht es doch nichts aus, Peter, Ihre Abreise noch einen Tag hinauszuschieben", hatte Fred gesagt. Wir befanden uns in seinem Büro, auf dem Konsulat in Miami, am Tag nach dem Überfall.

„Sie haben doch nichts Bestimmtes vor, oder? Und Sie wissen, wie sehr Vicky und Greg das alles mitgenommen hat." Fred sprach eindringlich und ernst, von geradezu missionarischem Eifer erfüllt, Gutes zu tun.

Er hatte mich nicht nur dazu überredet, mit seinen unglücklichen Bekannten nach England zu reisen, sondern sie auch noch wohlbehalten bei Vickys Tochter in Gloucestershire abzuliefern. Ich wußte, daß meine Antwort vielleicht anders ausgefallen wäre, wenn sie etwa nach Northumberland gewollt hätten, doch die Aussicht, an den Ort meiner Kindheit zurückzukehren, hatte mich neugierig gemacht. Ich hatte noch fast zwei Wochen frei und nichts Bestimmtes vor in dieser Zeit, außer mir in London eine Wohnung zu suchen. Also erst mal nach Gloucestershire – warum nicht?

Als wir am Morgen in Heathrow ankamen, mietete ich einen Wagen und fuhr mit ihnen nach Westen, in Richtung Cheltenham und Rennbahn, denn Vicky hatte gesagt, ihre Tochter wohne ganz in der Nähe der Bahn. Wir erreichten die Außenbezirke von Cheltenham gegen Mittag und hielten an einer Tankstelle, um noch ein letztes Mal nach dem Weg zu fragen.

„Die Tierarztpraxis? Rechts ab, an der Feuerwache vorbei . . .“

Die Straße verlief durch ein unruhiges architektonisches Allerlei. Alter und Patina waren von knallbunten Ladenfronten und modernisierten Kneipen in den Schatten gedrängt. Weniger ein Dorf, mehr ein Vorort ohne einheitlichen Charakter.

Die Tierarztpraxis lag in einem stattlichen, von der Straße zurückgesetzten Backsteingebäude. Ich parkte den Mietwagen und half Vicky beim Aussteigen. Sie spürte bereits die Zeitverschiebung, litt unter allgemeiner Erschöpfung. Das Wetter war auch nicht gerade hilfreich. Direkt aus der Wärme Floridas in einen graukalten, windigen englischen Februartag hineinzukommen ist für jeden ein schauderhaftes Erlebnis.

Vicky trug einen dunkelgrünen Hosenanzug und eine weiße Bluse, kaum die richtige Ausrüstung für England. Sie war noch zu matt, um sich mit Goldkettchen und dem ganzen Klimbim vollzuhängen. Greg bemühte sich aufrichtig, ihr eine Stütze zu sein, aber trotz seiner gegenteiligen Beteuerungen war es klar, daß seine Unfähigkeit, Vicky bei dem Überfall zu Hilfe zu kommen, ihn in den Grundfesten erschüttert hatte. Außerdem hatte die Polizei uns alle durch die Einschätzung deprimiert, daß man die Täter weder identifizieren noch ergreifen werde.

Vor der Tierarztpraxis stieg Greg ohne meine Hilfe aus dem Wagen, und alle drei gingen wir zu dem Backsteingebäude und traten durch eine Glastür in einen Vorraum. Dieser mit braunem Teppich ausgelegte Raum enthielt zwei Stühle und einen Schalter, an den man sich lehnen konnte, während man mit der jungen Frau in dem Büro dahinter sprach.

Sie saß an einem Schreibtisch und telefonierte. Schließlich legte sie auf, wandte sich uns zu und sagte: „Ja?“

„Belinda Larch . . .“, meinte Vicky zögernd.

Ich sagte zu der jungen Frau: „Dies ist ihre Mutter, sie kommt gerade aus Amerika."

Sie sah keinen Anlaß zu übertriebener Herzlichkeit. „Ah ja. Miß Larch ist im Kliniktrakt und assistiert den Ärzten. Sie operieren ein Pferd. Tut mir leid, aber Sie werden warten müssen."

„Können Sie sie anrufen?"

Sie hatte das Nein auf der Zunge, sah mich an und griff mit hochgezogenen Augenbrauen zum Hörer. Das Gespräch war kurz, brachte uns aber weiter. Die junge Frau legte auf und zog einen beschrifteten Schlüsselbund aus einer Schublade.

„Miß Larch sagt, hier sind die Schlüssel für das Cottage, in dem ihre Mutter wohnen soll. Sie kommt nach, sobald sie kann."

„Und wo ist das Cottage?"

„Die Adresse steht auf dem Etikett da am Schlüsselring. Ich weiß nicht, wo das ist."

Ich geleitete Greg und Vicky zurück zum Wagen und fragte Passanten nach dem Weg. Schließlich erhielt ich einen zuverlässigen Hinweis von einem Fernmeldetechniker oben auf einem Leitungsmast, lenkte von der belebten Straße weg, eine Steigung hinauf und nahm die erste Abzweigung nach links.

„Es ist das erste Haus auf der rechten Seite", hatte man mir aus luftiger Höhe gesagt. „Sie können es nicht verfehlen."

Tatsächlich hätte ich es doch beinah verpaßt, da es nicht meiner Vorstellung von einem Cottage entsprach. Kein Strohdach, keine Rosen vor der Tür. Thetford Cottage war ein ziemlich großes Haus, ein verwittertes, dreistöckiges graues Gebäude, gemauert aus den hiesigen Cotswoldsteinen.

Vicky stieg zögernd aus, hielt sich an meinem Arm fest und stemmte sich gegen den Wind. Sie sah auf die kahlen Bäume, die unbepflanzten Beete und ließ verzagt die Schultern hängen. „Ist es hier?" fragte sie zweifelnd.

„Wenn der Schlüssel paßt, ja", sagte ich betont optimistisch; der Schlüssel paßte wirklich, und schon hatten wir aufgeschlossen.

Im Haus war es kalt, eine klirrende Kälte, die verriet, daß in letzter Zeit nicht geheizt worden war. Wir standen in einer Diele mit Holzfußboden und schauten auf eine Menge geschlossener Türen und eine blankgebohnerte Holztreppe.

„Tja", sagte ich bibbernd. „Sehen wir uns mal um."

Eine Flügeltür führte in einen großen Salon, eine andere Tür ins

Eßzimmer, eine dritte in ein kleines Wohnzimmer mit Sesseln, Fernseher und – den Göttern sei Dank – einem elektrischen Kamin, der sich ganz einfach durch das Drehen eines Schalters in Gang setzen ließ. Er wärmte gut und führte sogar züngelnde Flammen vor. Vicky ließ sich wortlos in einen Sessel sinken und kauerte sich dann fröstelnd vor dem „Feuer" zusammen. Sie sah krank aus.

„Komme gleich wieder", sagte ich und lief die Treppe hinauf, um eine Wolldecke zu holen.

Oben waren sämtliche Türen geschlossen. Die erste, die ich öffnete, führte in ein Bad. In dem Zimmer nebenan standen zwei Einzelbetten, ungemacht, aber mit säuberlich bereitgelegtem Bettzeug.

Besser als Wolldecken: Steppdecken. Königsblau, übersät mit weißen Gänseblümchen. Ich raffte sie beide zusammen und stieg die blankgewienerte Treppe wieder hinunter.

Vicky hatte sich nicht vom Fleck gerührt. Greg stand vor ihr und sah hilflos auf sie herab.

Ich gab ihnen die Steppdecken. „Hier – wickeln Sie sich darin ein, und ich schau mal nach, was in der Küche ist."

Ich hatte alle Türen im Flur offengelassen. Eine führte in eine kalte, sterile Küche mit weißen Arbeitsflächen ringsum und einem schwarzweiß gefliesten Fußboden. Auf einem Tisch in der Mitte entdeckte ich die ersten noch frischen Spuren menschlichen Lebens: eine ungeöffnete Schachtel mit Teebeuteln, Süßstoff und ein großkariertes Päckchen Teekuchen. Der Kühlschrank war bis auf eine Tüte Milch leer.

Ich machte Tee für sie beide und brachte ihn zusammen mit dem Teekuchen in das kleine Wohnzimmer.

Vicky hielt, während sie trank, die Tasse Tee in beiden Händen, wie um sich daran zu wärmen. In dem Raum selbst war es inzwischen merklich wärmer als sonst im Haus, und ich überlegte schon, ob ich nicht herumgehen und sämtliche verfügbaren Heizungen in Betrieb nehmen sollte.

Ehe ich dazu kam, fuhr ein Wagen draußen vor, eine Tür knallte, und eine junge Frau betrat im Eilschritt das Haus. Das mußte Belinda sein.

Wir hörten sie „Mutter?" rufen, dann stand sie auch schon im Türrahmen. Sie war schlank, in hellen Jeans mit einer olivgrünen Daunenjacke darüber. Feingliedrig und auf eine adrette Art hübsch. Um die Dreißig, dachte ich. Ihr hellbraunes Haar war zu einem praktischen Pferdeschwanz gebunden.

„Mutter? Ah gut, da bist du ja. Tag, Greg", sagte Belinda knapp, trat auf ihn zu und gab ihm ein pflichtbewußtes Küßchen. Ihrer Mutter wurde dieselbe Behandlung zuteil: ein Kuß auf die Wange, aber kein liebevolles In-die-Arme-Schließen.

„Tja, Mutter, tut mir leid, aber ich kann nicht bleiben", sagte sie. „Ich hatte mir gestern freigenommen, aber da ihr euch einen Tag verspätet habt . . ." Sie zuckte die Achseln. „Ich muß wieder zurück. Das Pferd ist verendet. Wir müssen eine Obduktion vornehmen. Ich mache mir solche Sorgen." Sie starrte ihre Mutter an. „Was ist denn mit dir los? Du siehst sehr mitgenommen aus."

„Ich hab dir doch am Telefon erzählt –"

„Ah ja, hast du. Wir werden übrigens auch kirchlich getraut, nicht nur auf dem Standesamt, und wir geben den Empfang in diesem Haus. Das erzähle ich euch noch. Jetzt muß ich zurück in die Klinik. Macht's euch gemütlich, ja?" Ihr gehetzter Blick blieb an mir hängen. „Entschuldigen Sie, wie war doch Ihr Name?"

„Peter Darwin", erwiderte ich höflich.

„Peter ist unser Helfer in der Not gewesen", sagte Vicky mit Nachdruck.

„So? Ja, schön. Nett, daß Sie ihnen geholfen haben." Ihr Blick glitt von mir weg, umfaßte den Raum als Ganzes. „Die Sandersons, denen das Haus gehört, sind für zwei Monate nach Australien. Sie vermieten es dir ziemlich günstig, Mutter, und ich lass' dann einen Party-Service kommen . . . Du wolltest doch immer, daß ich eine richtige Hochzeit feiere, mit allem Drum und Dran, und ich hab's mir überlegt, du hast recht."

„Ja, Schatz", sagte Vicky demütig, mit allem einverstanden.

„Morgen in drei Wochen", teilte ihr Belinda mit. „Und jetzt, Mutter, muß ich aber wirklich sausen."

Sie winkte kurz, drehte sich um und verschwand.

Nach einer kurzen Pause sagte Vicky tapfer: „Als Baby war sie richtig süß. Aber . . ." Sie hielt inne und seufzte: „Wir kommen eigentlich ganz gut miteinander aus, wenn wir uns nicht zu oft sehen."

Greg sah mich von der Seite an und schwieg.

„Gut", sagte ich fröhlich, „dann können wir jetzt ja mal Ihr Gepäck reinholen, und wenn Sie möchten, gehe ich anschließend einkaufen."

Vicky meinte apathisch, sie werde die Koffer später auspacken, sich jetzt aber erst mal so, wie sie war, hinlegen.

Ich überließ sie Gregs Fürsorge, fuhr zurück in den Vorort mit den verstreut liegenden Häusern und kaufte einen Grundstock an

Nahrungsmitteln. Ich nahm eine Flasche Whisky für Greg, eine Zeitung und noch ein paar andere Annehmlichkeiten mit und fuhr zurück nach Thetford Cottage, wo ich alles unverändert fand. Greg erwachte aus einem Nickerchen, als ich ins Haus kam. Er folgte mir in die Küche und sah zu, wie ich die Vorräte einräumte.

„Sie werden jetzt zurechtkommen", sagte ich, als ich die Kühlschranktür schloß.

Er war bestürzt. „Aber Sie bleiben doch sicher? . . . nur noch eine Nacht? Bitte. Vicky zuliebe. Bitte."

Auch ihm zuliebe, wie ich deutlich erkannte. Sicher konnte ich über Nacht dableiben und die Wiederentdeckung Gloucestershires auf morgen verschieben, und so sagte ich gegen meine innere Überzeugung wiederum ja.

VICKY wachte am Abend um halb sieben auf und kam unsicheren Schrittes die Treppe herunter. Greg und ich hatten inzwischen dem Scotch zugesprochen, die Zeitung von vorn bis hinten gelesen und herausgefunden, wie der Fernseher funktionierte.

Belinda hatte nicht angerufen.

Um sieben hielt jedoch ein Wagen draußen, und die Tochter kam herein wie zuvor, eher geschäftsmäßig als liebevoll.

Aber diesmal hatte sie ihren Verlobten dabei.

„Mutter, du hast Ken doch vor zwei oder drei Jahren kennengelernt, erinnerst du dich?"

„Ja, Schatz", erwiderte Vicky freundlich. Sie bot ihm die Wange, und nach einem winzigen Zögern küßte er sie.

„Und das ist Greg", sagte Belinda. „Er ist mein Stiefvater."

„Guten Abend", meinte Ken höflich und gab Greg die Hand.

Greg schenkte ihm ein Lächeln und sagte, es freue ihn sehr, aus diesem frohen Anlaß in England zu sein.

Ken sah im Augenblick ganz und gar nicht froh aus. Unruhe sprach aus jeder seiner Gesten, aber nicht die schlichte Nervosität vor der ersten Begegnung mit den zukünftigen Schwiegereltern, sondern ein viel tieferer, umfassenderer Kummer, zu stark, als daß er ihn hätte überspielen können.

Er war groß, schlank, rotblond und drahtig wie ein Langstreckenläufer. Ein norwegischer Einschlag vielleicht in der Kopfform und im hellen Blau seiner Augen. Ende Dreißig, schätzte ich, und vermutlich war er jemand, der völlig in seiner Arbeit aufging.

„Entschuldigung“, sagte Belinda zu mir, „ich habe Ihren Namen nicht behalten.“

„Peter Darwin.“

„Ah ja.“ Sie warf Ken einen Blick zu. „Mutters Helfer.“

Er gab mir flüchtig die Hand. „Ken McClure“, sagte er.

Das kam mir sehr bekannt vor. „Kenny?“ fragte ich unsicher.

„Nein, Ken. Kenny war mein Vater.“

„Oh!“

Keiner von ihnen achtete darauf, aber für mich war es, als hätte sich eine schlummernde Erinnerung in meinem Unterbewußtsein heftig geregt. So lange es auch her war, ich wußte etwas – aber was? – über Kenny McClure aus jener Zeit.

Er hatte sich umgebracht! Das war's, und ich erinnerte mich an die Neugier, die ich als Kind damals empfunden hatte. Kenny McClure hatte in Cheltenham als Tierarzt der Rennbahn fungiert. Ich wußte, daß ich ein paarmal mit ihm in seinem Landrover um die Bahn gefahren war, konnte mich aber nicht entsinnen, wie er ausgesehen hatte.

Ken hatte sich für den Abend feingemacht und war in Anzug und Schlips gekommen, er trug jedoch einen schwarzen und einen braunen Schuh. Belinda war mit einem blauen Wollkleid angetan und machte Vicky Vorwürfe, weil sie sich nicht ebenfalls umgezogen hatte.

„Mutter, ehrlich, du siehst aus, als hättest du in den Sachen da geschlafen.“

„Hab ich auch, Liebes.“

Belinda scheuchte sie gereizt nach oben, um etwas weniger Zerknautschtes aufzutreiben, und Greg bot Ken einen Scotch an.

Ken beäugte die Flasche mit Bedauern. „Lieber nicht“, sagte er. „Ich muß noch fahren.“

„Belinda hat uns erzählt, daß Sie heute Probleme mit einem Pferd hatten“, meinte Greg.

„Es ist eingegangen.“ Ken bemühte sich, gefaßt zu wirken, doch seine Anspannung äußerte sich in einer abgehackten Sprechweise. „Wir konnten es nicht retten.“

„Das tut mir aufrichtig leid.“

Als Vicky und Belinda wiederkamen, Vicky diesmal in Rot, fuhren wir zu einer kleinen Dorfschenke mit angebautem Restaurant. Ken und Belinda kannten den Weg, und ich lenkte den Mietwagen mit Vicky und Greg im Fond hinter ihnen her. Wir setzten uns an einen kleinen dunklen Tisch in der Ecke eines Raumes mit schwerem Balkenwerk und Eichenmöbeln. Wir bestellten etwas zu trinken, und Belinda starrte mich über ihr Glas hinweg an. „Mutter sagt, Sie sind Sekretär. Ich verstehe nicht, wozu sie einen braucht."

„Nein, Liebes", setzte Vicky an, doch Belinda brachte sie mit einer Handbewegung zum Schweigen.

„Sekretär, Chauffeur, Hilfskraft, was heißt das schon? Entschuldige, daß ich so offen bin, aber mir ist nicht klar, warum du diesen Personalaufwand betreibst."

Greg und Vicky sahen beide entsetzlich betreten aus.

„Ich bin Staatsbeamter", sagte ich zu Belinda. „Referent im Auswärtigen Amt. Ihre Mutter bezahlt mich nicht. Ich bin wirklich nur hier, um ihr und Greg über die schwierigen ersten Tage nach dem Überfall hinwegzuhelfen. Ich wollte sowieso nach England, deshalb sind wir zusammen gereist. Vielleicht hätte ich das eher erklären sollen."

Belinda zuckte mit den Schultern, und Ken bemühte sich sichtlich, die Stimmung des Abends zu retten. Einigermaßen gelang es ihm.

„Was für einen Wein möchtest du zum Essen . . ., äh . . ., Mutter?" fragte er.

„Sag nicht Mutter zu mir, sag Vicky."

Er ging mühelos zu Vicky über, ohne das „Äh". Sie beschied ihm, sie trinke am liebsten Rotwein. Irgendeinen. Er könne wählen.

Vicky und Ken werden miteinander auskommen, dachte ich, und das freute mich für Vicky. Belinda taute beim Essen so weit auf, daß die zarte Schönheit, die es Ken angetan haben mußte, zur Geltung kam, und Greg brachte einen Toast auf ihre Hochzeit aus.

Als der Kaffee kam, war Vicky wie eine frisch gegossene Rose so weit wiederaufgeblüht, daß sie ganz leicht mit Ken flirtete. Ken und Greg waren nach außen herzlich, blieben innerlich aber steif. Belinda kommandierte ihre Mutter herum, war zurückhaltend gegenüber Greg und betrachtete Ken als ihr Eigentum. Alles in allem eine ziemlich normale Konstellation.

Ken zog sich in gewissen Abständen von allem zurück, offenbar von seinen Sorgen überwältigt. Er machte aber keinen Versuch, darüber zu reden. Statt dessen sprach er von einem Pferd, das er vor zwei Jahren zu einem Spottpreis gekauft hatte, um es vor dem Einschläfern zu bewahren.

„Schönes Pferd", sagte er. „Hatte sich ein Röhrbein gebrochen. Der Besitzer wollte es dem Abdecker überlassen. Ich sagte ihm, ich könne das Tier retten, wenn er die Operation bezahle, aber dafür wollte er nicht aufkommen. Also bot ich ihm ein bißchen mehr, als er von dem Hundefutterfabrikanten bekommen hätte, und er war einverstanden. Ich hab das Pferd operiert, dann wieder ins Training gestellt, und seit es neulich ein Rennen gewonnen hat, redet Ronnie Upjohn, so heißt der Besitzer, kein Wort mehr mit mir, außer um mir zu drohen, er werde mich verklagen."

„So eine Frechheit", bekundete Vicky empört.

Ken nickte. „Zum Glück hab ich mir damals von ihm ein Schriftstück geben lassen, deshalb hat er vor Gericht keine Chance. Er wird schon nicht klagen. Aber ich denke, ich habe einen Kunden verloren."

Ronnie Upjohn, dachte ich. Den Namen kannte ich auch. Konkrete Einzelheiten konnte ich nicht damit verbinden, nur daß er in meiner vagen Erinnerung mit einem anderen Namen verknüpft war: Travers. *Upjohn und Travers. Wer oder was waren Upjohn und Travers?*

„Wir haben vor, das Pferd in ein paar Wochen in Cheltenham laufen zu lassen", erklärte Ken. „Ich will es Belinda schenken, es tritt dann in ihrem Namen an, und wenn es gewinnt, ist das ein schönes Hochzeitsgeschenk für uns beide."

„Was für ein Rennen?" fragte ich.

„Ein Hindernisrennen über zwei Meilen. Sind Sie Rennsportliebhaber?"

„Ich gehe manchmal hin", erwiderte ich. „In Cheltenham war ich seit Jahren nicht mehr."

„Peters Eltern haben sich auf der Rennbahn von Cheltenham kennengelernt", sagte Vicky, und da Belinda und Ken sich interessiert zeigten, erzählte ich ihnen eine Version der Geschichte, die zwar nicht die ganze Wahrheit enthielt, für ein zwangloses Tischgeplauder aber durchaus genügte.

„Meine Mutter half dort als Sekretärin aus", sagte ich. „Mein Vater platzte in ihr Büro, um etwas zu fragen, und – peng! – Liebe auf den ersten Blick."

„Bei uns war es nicht auf den ersten Blick", sagte Belinda und berührte flüchtig Kens Hand. „Eher auf den fünfzigsten oder sechzigsten."

Ken nickte. „Ich hatte sie monatelang vor der Nase und hab sie nie so richtig wahrgenommen."

„Du mußtest erst über diese schreckliche Eaglewood wegkommen", neckte Belinda.

„Izzy Eaglewood ist nicht schrecklich", widersprach Ken.

Izzy Eaglewood, dachte ich. Ein vertrauter Name, der doch falsch klang. Irgendwie anders. Wie sonst? *Russet!* Fast hätte ich laut gelacht. Russet Eaglewood war der Name, um den sich unsere pubertären schmutzigen Witze gerankt hatten. Wir hatten natürlich keine Ahnung gehabt, was sie tatsächlich trieb. Wir sagten *es* dazu. Kicher, kicher! Eines Tages – eines unvorstellbar fernen Tages – würden wir selbst dahinterkommen, was *es* war.

Erinnerungen drängten auf mich ein. Der Vater von Russet Eaglewood war einer der führenden Hindernistrainer gewesen. Die Eaglewoods hatten ihren Stall am Ortsausgang gehabt, einen knappen Kilometer von unserem Haus entfernt. Ihre Pferde waren im Morgengrauen durchs Dorf getrappelt, auf dem Weg zum Trainingsgelände, und ich hatte im Stallhof oft mit Jimmy Eaglewood gespielt, bis er von einem Laster überfahren wurde und nach dreiwöchigem Koma starb. Ich entsann mich gut an das Unglück, aber nicht an Jimmys Gesicht. Ich konnte mich an überhaupt kein Gesicht deutlich erinnern.

Ken verlangte die Rechnung und zahlte per Kreditkarte, doch ehe wir aufstehen konnten, um zu gehen, ertönte eindringlich ein Piepser irgendwo in seiner Kleidung.

„Verdammt!" sagte er, faßte unter sein Jackett und löste ein tragbares Telefon von seinem Gürtel. „Ich habe Bereitschaft. Tut mir leid." Er klappte das Telefon auf, sagte seinen Namen und hörte zu; es war offensichtlich kein Routineanruf wegen eines kranken Tiers, denn das Blut wich aus seinem Gesicht, er richtete sich schnell und linkisch auf und wankte dann in seiner ganzen Größe buchstäblich hin und her. Verstört, mit leerem Blick, schaute er uns an. „Die Klinik brennt!" stieß er hervor.

3

DIE TIERARZTPRAXIS brannte, aber, wie sich herausstellte, nicht die neue Tierklinik selbst, die in einem Nebengebäude untergebracht war. Von der Straße aus konnte man jedoch nur den völlig in Flammen aufgegangenen Empfang und Bürotrakt sehen.

Ken war wie rasend aus dem Restaurant gestürzt und in wahnsinniger Fahrt davongebraust, ohne darauf zu achten, ob wir ihm folgten. Ich jagte ihm unter Mißachtung aller Geschwindigkeitsbeschränkungen nach.

An die Tierarztpraxis war mit dem Wagen nicht heranzukommen. Feuerwehrgerät, Streifenwagen und Schaulustige drängten sich an den Parkplätzen und versperrten die ganze Fahrbahn.

Im Licht der Scheinwerfer und Straßenlaternen eilten Feuerwehrleute hin und her, die Flammen verliehen ihren Helmen orangefarbene Heiligenscheine.

„O Gott, die Pferde . . .“ Belinda rannte sofort los, als ich anhielt, und drängte und schlängelte sich nach vorn durch. Ken war nicht zu sehen.

Es gab zwei dumpfe Explosionen irgendwo innerhalb der Mauern, und beide trieben riesige Stichflammen zu den geborstenen Vorderfenstern hinaus. Beißender Rauch quoll hinter ihnen her.

„Zurück, zurück!“ kommandierten die Feuerwehrleute.

Noch zwei Explosionen. Durch die Fenster zuckten helle Flammenzungen über den Parkplatz auf die Schaulustigen zu.

Wieder ein Knall. Wieder eine gewaltige Flammengarbe. Das ganze Dach stürzte ein wie mit einem Donnerschlag, dann verwandelte sich das brüllende Inferno urplötzlich in fettschwarze Rauchschwaden, und das Feuer erstarb in einem nassen, dreckigen Chaos, das säuerlich roch.

Asche trieb im Wind. Man hörte das Zischen von Wasser auf heißer Glut. Die Zuschauer zogen langsam ab, so daß wir drei näher an das zerstörte Gebäude herankonnten.

„Meinen Sie, das ist nicht zu gefährlich?“ fragte Vicky zweifelnd und blieb stehen.

„Gehen Sie doch zurück zu meinem Auto“, schlug ich vor. „Ich suche die beiden. Ich sage ihnen, daß ich Sie nach Hause fahre.“

Vicky und Greg sahen beide erleichtert aus und schlossen sich den abwandernden Schaulustigen an. Ich drückte mich an ein paar Feuerwehrleuten vorbei, konnte zwar nirgends Belinda und Ken entdecken, fand aber rechts von dem abgebrannten Gebäude einen Seitenarm des Parkplatzes, der zu einem größeren Platz auf der Rückseite führte. Dort hinten bewegten sich Leute im Scheinwerferlicht.

Ich sah Ken von weitem, als er durch einen Lichtkreis eilte, und lief auf ihn zu, obwohl hinter mir Warnrufe ertönten. Die Hitze, die von der Ziegelmauer zu meiner Linken ausging, hatte Backofenstärke. Ken sah mich auf sich zurennen und beobachtete mit bangem Ausdruck meinen gefährlichen Weg.

„Kann ich irgendwas tun?“ fragte ich.

„Die Pferde sind in Sicherheit“, berichtete er. „Aber ich brauche . . ., ich brauche –“ Ken schwieg abrupt und begann zu zittern, als hätte das Ausmaß der Katastrophe ihn jetzt, wo es nicht mehr nötig war, sofort zu handeln, überwältigt. Sein Mund verzerrte sich, und sein ganzes Gesicht bebte.

„Ich bringe Vicky und Greg nach Hause und komme dann wieder her“, sagte ich. „Halten Sie durch.“

Ich ging zum hinteren Hoftor hinaus und lief wieder auf die Hauptstraße. Vicky und Greg ließen sich ohne Protest nach Hause fahren. Belinda würde ihnen hoffentlich verzeihen, sagten sie, aber sie hätten das Bedürfnis, eine Woche lang nur zu schlafen, und ich solle ihr bitte ausrichten, daß sie nicht geweckt werden wollten. Ich blickte sie liebevoll an, während sie ermattet in der blankpolierten Halle von Thetford Cottage standen. Dann ging ich fort, und sie warfen hinter mir die Haustür ins Schloß.

Ich kehrte zur Tierarztpraxis zurück und schaute mir schnell den hinteren Bereich an, der vom Brand verschont geblieben war: ein neu aussehender einstöckiger Bau, eine Reihe von leeren Stallboxen mit offenen Türen, leicht zurückgesetzt unter einem vorstehenden Dach, und ein verglaster, dreißig Meter langer Durchgang, der das abgebrannte mit dem nicht abgebrannten Nebengebäude verband.

Da Ken nirgends zu sehen war und eine Tür des Neubaus offenstand, ging ich hinein, um ihn zu suchen, und landete in einer als Warteraum ausstaffierten Eingangshalle. Alles, einschließlich des Fliesenfußbodens und eines Kaffeeautomaten in der Ecke, war klitschnaß. Ein Mann, der erfolglos versuchte, dieser Maschine eine Stärkung zu entlocken, versetzte ihr einen kräftigen Tritt, als wäre ihr Ausfall nach alldem anderen nun wirklich der Gipfel.

„Wo ist Ken?“ fragte ich ihn.

Er deutete auf eine offene Tür und ging erneut auf den Automaten los, und ich folgte seinem ausgestreckten Zeigefinger. Ich fand Ken in einem ziemlich kleinen, funktionalen Raum, der momentan mehr Leute beherbergte als vom Architekten vorgesehen. Ken stand an dem vorhanglosen Fenster und zitterte immer noch. Ein grauhaariger Mann saß betrübt hinter einem Metallschreibtisch, neben sich eine Frau mit verschmutztem Gesicht. Zwei weitere Männer und noch eine Frau hockten auf Büromöbeln oder lehnten an der Wand. Das Zimmer roch nach Qualm, und es war kühl genug, um Kens Frösteln einer äußeren Ursache zuzuschreiben.

Alle wandten den Kopf nach mir, als ich in der Tür erschien.

„Kommen Sie rein“, sagte Ken, und zu den anderen gewandt: „Er ist ein Helfer.“

Sie nickten. Alle sahen erschöpft aus. Der Mann, der den Kaffeeautomaten mit Fußtritten traktiert hatte, kam in das Büro, ging an mir vorbei und setzte sich auf den Fußboden, den Rücken gegen die Wand gelehnt. Seine Augen waren rot gerändert, seine Hände und sein Gesicht schmutzig, sein Alter unbestimmbar, zwischen dreißig und fünfzig.

Der grauhaarige Mann hinter dem Schreibtisch schien sowohl der älteste als auch der ranghöchste unter den Anwesenden zu sein. Er blickte von einem zum anderen und fragte müde: „Irgendwelche Vorschläge?“

„Daß wir ins Bett gehen“, erwiderte der Kaffeeautomatenmann.

„Einen besseren Computer kaufen“, regte einer der anderen Männer an. „Wenn die Daten auf Sicherungskopien überspielt sind, sollten wir sie künftig in einem Tresor aufbewahren.“

„Dafür ist es ein bißchen zu spät“, sagte eine von den Frauen, „da alle unsere Daten verbrannt sind.“

„Dann eben die neuen Daten.“

„Falls wir noch eine Praxis haben“, sagte Ken heftig.

Niemand reagierte darauf, alle starrten trübsinnig vor sich hin.

„Wie ist das Feuer ausgebrochen?“ fragte ich.

„Wir hatten die Anstreicher hier“, antwortete der grauhaarige Mann mit todmüder Stimme. „Wir selbst verzichten aufs Rauchen, aber Handwerker mit Zigaretten . . .“

„Keine Brandstiftung also“, sagte ich.

„Sind Sie Journalist?“ wollte eine von den Frauen wissen.

Ken schüttelte den Kopf. „Er ist Diplomat. Er regelt alles mögliche.“

Keiner von ihnen wirkte beeindruckt. Der grauhaarige Mann sagte, wenn ich irgendwelche praktischen Vorschläge hätte, solle ich sie äußern.

„Ich würde die ganze Nacht jemand hierlassen, bei voller Beleuchtung“, sagte ich zögernd. „Falls es doch Brandstiftung war.“

„Das kann keine Brandstiftung gewesen sein“, betonte der Grauhaarige. „Weshalb sollte jemand unsere Praxis anzünden wollen?“

Einer der anderen Männer fügte an: „Bei der Klinik hier hätten sie jedenfalls nicht viel ausrichten können. Sie ist angeblich brandsicher.“

„Und sie hat ja auch nicht gebrannt“, sagte eine der Frauen. „Die Feuerschutztüren im Außengang haben standgehalten.“

„Wir haben also noch unsere Klinik", erklärte mir der grauhaarige Mann, „aber wir haben die Apotheke verloren, das Labor, die Kleintierpraxis und, wie Sie hörten, alle in unserem Besitz befindlichen Unterlagen . . ." Er brach ab und schüttelte hoffnungslos den Kopf. „Ich glaube, ins Bett zu gehen war ein guter Vorschlag, und wir sollten ihn annehmen. Wer aber die Nacht über hierbleiben kann, soll sich bitte melden."

Nach einer merklichen Pause stieß Ken hervor: „Ich bleibe, wenn Peter bleibt."

Das habe ich mir selbst eingebrockt, dachte ich. Nun ja. „In Ordnung", sagte ich.

„Wer hat Bereitschaftsdienst?" fragte der grauhaarige Mann.

„Ich", antwortete Ken.

„Und ich auch", setzte eine dunkelhaarige junge Frau hinzu.

Der Grauhaarige nickte. „In Ordnung. Ken bleibt dann hier. Alle anderen gehen schlafen." Müde stemmte er sich von seinem Schreibtischstuhl hoch. „Kriegsrat morgen früh um neun." Er kam um den Schreibtisch herum und blieb vor mir stehen. „Ihnen vielen Dank, wer immer Sie sind." Er drückte mir kurz die Hand. „Carey Hewett", stellte er sich vor.

„Peter Darwin."

„Oh! Irgendwie verwandt mit . . .?"

Ich schüttelte den Kopf.

„Nein. Natürlich nicht." Er ging als erster aus dem Büro, die anderen folgten ihm, gähnend und mit einem kurzen Nicken zu mir hin.

„Wo ist Belinda?" fragte ich, als der letzte von ihnen verschwunden war.

„Belinda?" Ken sah einen Augenblick verwirrt aus. „Belinda . . ., die ist mit den Pferden weg." Er schwieg und erklärte es dann. „Wir hatten drei Pferde draußen in den Boxen. Patienten. Wir haben sie zu einem Trainer geschafft, der Platz in seinem Stall hat. Belinda ist mitgefahren, um nach dem Rechten zu sehen."

Er war immer noch etwas zitterig. „Setzen Sie sich", sagte ich und wies auf den Stuhl am Schreibtisch.

Ken tastete sich vorwärts und ließ sich niederplumpsen, als wären ihm die Beine weggeknickt.

„Von dem Feuer abgesehen", sagte ich, „wo liegt das Problem?"

Er stützte sich mit den Ellbogen auf dem Schreibtisch auf, barg den Kopf in seinen Händen und antwortete mindestens eine Minute lang nicht. Als er schließlich sprach, war seine Stimme leise und äußerst beherrscht. „Ich operiere etwa fünfmal in der Woche Pferde. Normalerweise verliert man noch nicht mal eins von zweihundert, die auf den Operationstisch kommen. Bei mir wären das ein bis höchstens zwei Todesfälle im Jahr. Man kann nichts dafür, Pferde sind schwierig in der Narkose. Wie auch immer", er schluckte, „mir sind in den vergangenen Monaten vier verendet."

Das schien mir eher Pech zu sein als eine fürchterliche Katastrophe. „Ist das übermäßig viel?" fragte ich.

„Sie verstehen nicht!" Die Anspannung ließ ihn für einen Moment laut werden. „Das geht in der Branche doch wie ein Lauffeuer herum. Dann dringt es auch bald an die Öffentlichkeit, und keiner schickt einem noch Pferde. So was wie die Klinik hier kann man verlieren wie nichts." Er schnippte mit den Fingern. „Aber ich weiß, daß ich ein guter Chirurg bin. Carey weiß es, alle hier wissen es. Trotzdem müssen sie auch an sich selbst denken. Wir sitzen alle im selben Boot."

Ich machte eine das leere Büro umfassende Handbewegung. „Die Leute, die hier waren?"

Ken nickte. „Eine Gemeinschaftspraxis von sechs Tierärzten, mich eingeschlossen, und dazu Scott, der Anästhesist. Und bevor Sie mich danach fragen – nein, ihm kann ich nichts vorwerfen. Er ist fachlich kompetent und im übrigen ausgebildeter Tierpfleger wie Belinda."

„Was ist heute morgen passiert?" fragte ich.

„Wieder das gleiche", erwiderte Ken unglücklich. „Ich hatte eine Röhrbeinfraktur zu verschrauben. Routine. Aber der Herzschlag des Pferdes verlangsamte sich, sein Blutdruck sank unaufhaltsam, und wir konnten nichts dagegen tun."

„Wir?"

„Normalerweise wären es nur Scott, Belinda und ich gewesen, aber heute hat auch mein Kollege Oliver Quincy assistiert. Der Besitzer bestand darauf, er hatte nämlich die Gerüchte gehört. Und trotzdem ist das Pferd eingegangen."

Nach einer Pause sagte ich: „Die Instrumente und Medikamente, die Sie benutzten, haben Sie alle überprüft, nehme ich an."

„Aber natürlich. Immer und immer wieder."

„Wer hat vor der Operation zuletzt kontrolliert?"

„Ich." Er sagte es automatisch, dann erst ging ihm die Bedeutung meiner Frage auf. „Ich sehe ein, daß ich das vielleicht nicht hätte tun sollen", fügte er langsam hinzu. „Aber ich wollte sicher sein."

Die Äußerung und die Handlungsweise eines Unschuldigen, dachte ich im stillen.

„Wäre es nicht vielleicht klüger gewesen, das Röhrbein von einem der anderen Tierärzte operieren zu lassen?“ fragte ich.

„Was?“ Er sah mich verdutzt an und erklärte die Sache. „Wir sind Partner in einer großen Gemeinschaftspraxis. Bis zu einem gewissen Grad sind wir austauschbar. Aber jeder von uns hat sein Spezialgebiet. Carey und die zwei Frauen sind Kleintierärzte, obwohl Lucy Amhurst auch Schafe und Pferde behandelt. Jay Jardine behandelt Rinder. Ich Pferde. Oliver Quincy ist Großtierarzt, der mit Jay und mir zusammenarbeitet, macht aber nur kleinere Operationen, Kastrationen und all so etwas. Das wird vor Ort gemacht.“

Ich überlegte ein wenig. „Sind auch in der Hunde- und Katzenabteilung überdurchschnittlich viele Unglücksfälle passiert?“ erkundigte ich mich.

Ken schüttelte niedergeschlagen den Kopf. „Nur bei den Pferden.“

„Rennpferde?“

„Meistens. Aber vor ein paar Wochen war es ein Springpferd aus dem Olympiateam – und das ist nicht bei einer Operation verendet. Ich mußte es einschläfern.“ Er sah gequält ins Leere. „Eine Woche vorher hatte ich sein linkes Hinterbein zusammengeflickt, das es sich bei einem mißglückten Sprung durchbohrt hatte, und davon erholte es sich zu Hause ganz gut. Dann ist das ganze Bein plötzlich dick angeschwollen wie ein Ballon, und die Sehne war völlig im Eimer. Ich schnitt ihm das Bein auf, aber es war hoffnungslos . . ., die Sehne hatte sich zersetzt. Da gab es nichts zu flicken.“

„Kommt das oft vor?“ fragte ich.

„Nein. Der Besitzer war außer sich vor Wut. Das Pferd war versichert, sonst hätten wir den nächsten Prozeß am Hals gehabt.“

Ich bat Ken, mir den Rest der Klinik zu zeigen. Teilnahmslos stand er auf und erklärte mir, daß das Büro, in dem wir waren, den jeweils operierenden Ärzten dazu diente, ihren Bericht über den Operationsverlauf und die verabreichten Medikamente zu schreiben. Die Berichte, setzte er mit einem verzweifelten Kopfschütteln hinzu, kamen dann ins Sekretariat und zu den Akten.

„Nicht in den Computer?“ fragte ich und schnippte mit dem Finger nach einem Monitor, der neben dem Schreibtisch stand.

„In den Hauptcomputer schon, aber unsere Sekretärin gibt nur das Datum, den Namen des Tieres, seines Besitzers, die Art des Eingriffs und ein Aktenzeichen ein. Wer seine Aufzeichnungen nachschlagen will, ruft einfach das Aktenzeichen ab und sucht den Bericht im Original heraus.“ Er machte eine hilflose Handbewegung. „Jetzt dürften die Akten alle hinüber sein. Und der Computer wohl auch. Das Gerät hier ist jedenfalls kaputt. Es gibt also keine Belege mehr dafür, daß die Operationen, bei denen die Pferde eingegangen sind, ordnungsgemäß ausgeführt wurden.“

Ich überlegte, daß sich andererseits auch eventuelle Abweichungen vom normalen Verfahren nicht mehr nachweisen ließen, und vielleicht war dies jemandem sehr willkommen.

Ken führte mich vom Büro auf den Gang hinaus. Der Fußboden war durchgehend mit grau-schwarz gestreiften Vinylfliesen ausgelegt, die Wände unerbittlich weiß. Nichts war aus Holz gefertigt. Die Türen bestanden durchweg aus Metall, braun überstrichen. Hinter drei nebeneinanderliegenden Türen auf der linken Seite befanden sich Lagerräume, erklärte Ken. Sie waren abgesperrt. Ken schloß sie auf, und wir schauten hinein: alles ruhig.

Rechts hinter dem Büro lag ein viel größerer Raum mit Gerät zum Entwickeln von Röntgenaufnahmen und einem fahrbaren Röntgenapparat. Auch ein einfaches Bett mit zusammengelegtem Bettzeug stand dort, und eine jetzt verschlossene Tür ging auf den Besucherparkplatz hinaus.

„Wir müssen all diese Türen verschlossen halten, auch die zum Büro“, sagte Ken grimmig. „Wir haben festgestellt, daß die Sachen hier Beine bekommen, wenn wir alle im OP beschäftigt sind.“

Direkt hinter dem Röntgenraum kam eine besonders breite Tür. Der Gang selbst bog nach rechts ab.

„Diese Tür“, Ken zeigte nach vorn, „ist der Eingang zur Chirurgie, wenn man von hier kommt.“ Er schloß die OP-Tür auf, drückte reihenweise auf Schalter, um unseren Weg zu beleuchten, und ging voran in einen Vorraum mit Türen zu beiden Seiten und einer am hinteren Ende.

„Umkleideräume links und rechts“, sagte Ken. „Hier ist dann das Wäschemagazin mit den Kitteln, den Handschuhen und so weiter. Wir müssen jetzt auch Kittel und Überschuhe anziehen, im Interesse der Sauberkeit im Operationssaal.“

Er reichte mir ein paar Wegwerf-Überschuhe aus Plastik und eine Art Baumwolloverall, zog sich das gleiche an und versorgte uns auch noch mit duschhaubenähnlichen Kappen und Mundschutz. „Die

Instrumente und Medikamente sind ebenfalls hier", fuhr er fort und zeigte mir verschlossene Glasschränke. „Der Schrank hier läßt sich von beiden Seiten öffnen, von hier und vom Operationssaal aus. Der Medikamentenschrank hat zwei Schlösser und ist aus unzerbrechlichem Glas."

„Eine wahre Festung", bemerkte ich.

Ken wies auf eine Tür rechts von uns. „Man kann durch den Waschraum in den OP gehen", erklärte er, „aber wir gehen direkt von hier aus rein." Er stieß eine Schwingtür vor uns auf und betrat den Schauplatz seiner Debakel.

Es war unverkennbar ein Operationssaal, auch wenn der breite Tisch in der Mitte fast drei Meter lang sein mußte, mit einem nach oben herausstehenden Bein an jeder Ecke, wie ein Himmelbett. Rings an den Wänden standen fahrbare Tischchen und Karren, ganz aus Metall. Irgendwie war der Raum größer, als ich erwartet hatte.

Ken ging schnurstracks an dem OP-Tisch vorbei zur hinteren Wand, von der nach neuerlichem Schlüsselgeklimper ein ganzer Teil zurückglitt, so daß dahinter ein weiterer Raum sichtbar wurde. Ich folgte Ken dorthinein und stellte fest, daß der Boden unter meinen Füßen schwammig weich war. Erstaunt machte ich eine Bemerkung darüber.

Ken nickte. „Die Wände sind auch gepolstert." Er schlug mit der Faust gegen eine der grauen, kunststoffbezogenen Platten, mit denen der ganze Raum ausgekleidet war. „Das Zeug ist wie die Matten, die man in Turnhallen benutzt", sagte er. „Wir betäuben die Pferde hier, und die Polsterung verhindert, daß sie sich verletzen, wenn sie zu Boden gehen." Ken zeigte nach oben. „Sehen Sie die Schienen an der Decke und die Ketten, die herunterhängen? Wir stecken die Beine der Pferde in gepolsterte Manschetten, machen die Manschetten an den Ketten fest, ziehen das Pferd hoch und fahren es die Schienen entlang in den OP." Er deutete durch die Schiebetür. „Die Schienen leiten das Pferd direkt über den Tisch. Dann lassen wir es runter und bringen es in die gewünschte Position. Der Tisch läßt sich ebenfalls verstellen."

Er schob die Wandtür wieder zu und schloß sie ab, dann überquerten wir einen Flur und betraten den Vorbereitungsraum. Die Wände dort waren vollgestellt mit Behandlungswagen, und es gab weitere Schränke.

„Notfallausrüstung", erklärte er knapp. „Hier ist die Aufnahme, wenn die Pferde ankommen." Er stieg aus den Überschuhen, bedeutete mir, es ihm gleichzutun, und warf sie einfach in einen Abfallbehälter. „Jetzt gehen wir wieder raus auf den Flur und von dort ins Freie."

Jeder von Kens Schlüsseln hatte einen farbigen Anhänger mit einem aufgeklebten Etikett, um die Zuordnung zu erleichtern. Ken rasselte und klirrte wie früher die Zuchthauswärter.

Ein Windstoß fegte uns Ascheflocken durch die Ausgangstür entgegen, und Ken bedeutete mir, ihm schnell hinaus zu folgen, dann schloß er hinter uns ab. Draußen standen wir unter dem weit ausladenden Dach einer Viererreihe von neu aussehenden Stallboxen. Alle Boxentüren waren offen und die vierbeinigen Patienten fort.

„Das war's so ungefähr", sagte Ken, sich umblickend. „Wir laden die kranken Tiere hier aus und bringen sie meistens direkt in die Aufnahme. Oft ist nicht viel Zeit zu verlieren."

„Fast immer Pferde?" fragte ich.

Er nickte. „Gelegentlich auch mal Rinder. Aber meistens Pferde."

„Wie viele Pferde gibt es in Ihrem Bezirk?" fragte ich nachdenklich.

„Zusammen sind wir die Haustierärzte von, na, mindestens einem halben Dutzend Rennställen, fünf Reitschulen, etlichen Ponyklubs, zahllosen Jagdliebhabern und Leuten, die sich einfach ein paar Klepper halten . . ." Er grinste. „Es gibt schon eine Menge Pferde in Gloucestershire. Auf jeden Fall halten sie uns am Leben." Sein Lächeln erlosch. „Bis jetzt."

Ich hörte die Hoffnungslosigkeit und auch die Angst in seiner Stimme und fragte mich, ob sie von etwas herrührten, das er mir bisher unterschlagen hatte.

„Das war's dann", sagte Ken und ging an den Boxen entlang. Er verriegelte sie im Vorbeigehen und steuerte auf eine Tür zu, die in einen Seitengang des langgestreckten Hauptflurs führte. An einer Reihe von Kleiderhaken an der Wand hingen ein paar Anoraks, Stoffmützen und ein Pferdehalfter.

Ken brachte unsere Kittel in den Umkleideraum und machte eine Bemerkung darüber, wie still es in dem sonst so belebten Gebäude sei.

Ich teilte seine Ansicht, daß wir uns im Moment wegen böser Eindringlinge nicht zu sorgen brauchten, und bereute einigermaßen, meine Dienste für die ganze Nacht angeboten zu haben. Die Kälte hatte ich nicht bedacht, dabei würde es vor Tagesanbruch vermutlich noch kälter werden.

„Könnten wir uns nicht die Anoraks überziehen", schlug ich vor, „und uns in Decken einwickeln?"

„Ja, wir könnten –", sagte er, wurde aber von dem gleichen

gedämpften Geräusch wie am Abend im Restaurant unterbrochen: Das Telefon an seinem Gürtel piepte. Er zog den Apparat heraus und klappte ihn auf.

„Hewett und Partner", meldete er sich. „Ja . . . Ken hier."

Ich hätte nicht gedacht, daß er noch viel blasser werden könnte, doch er wurde es. „Ja", sagte er. „Gut . . ., ich komme sofort."

Er klemmte mit fahrigen Fingern das Telefon an seinen Gürtel und versuchte sich mit drei, vier tiefen Atemzügen wieder in die Gewalt zu bekommen, doch in seinen hellblauen Augen stand blanke Panik.

„Das Gestüt Vernonside", sagte er. „Sie haben eine Zuchtstute mit einer Kolik. Ich muß hin."

Er eilte ohne Zögern den Gang entlang in den Medikamentenraum, wo er rasch Geräte zusammensuchte, um sie hinaus ins Auto zu schaffen. „Ich bin mindestens eine Stunde weg", verkündete er. Er sah mich kurz an. „Würden Sie vielleicht hierbleiben? Es ist eine Zumutung, ich weiß . . . Eigentlich kennen wir uns ja kaum."

„Ich bleibe hier", versprach ich.

„Rufen Sie die Polizei, wenn irgendwas passiert. Am besten nehmen Sie meine Schlüssel." Er warf mir den schweren Bund zu. „Bis dann." Mit schnellen Schritten ging er zur Tür am anderen Ende des Ganges hinaus, und innerhalb von Sekunden hörte ich seinen Wagen starten und losfahren.

Ich nahm mir eine Wolldecke aus dem Röntgenraum, setzte mich, bis ans Kinn eingemummt, in den Sessel im Büro, legte die Füße auf den Schreibtisch und las einen Artikel in einer tiermedizinischen Zeitschrift, einen Aufsatz über die Verpflanzung von Eizellen unfruchtbarer Stuten auf gebärfähige Stuten und die möglichen Folgen. Es war nicht gerade das, was man spannende Unterhaltung nennt.

Ich döste bei einem Bericht über dreidimensionales Computerscanning der Zug- und Drucklinien in Sprunggelenken ein und schreckte hoch, als jemand mit etwas Hartem wie einem Geldstück ans Fenster klopfte.

Ich sah einen Mann draußen stehen, der mir zurief: „Machen Sie auf!" Er deutete heftig in Richtung der Hintertür, und als ich den Flur entlangging, entsann ich mich, daß es derjenige war, der den Kaffeeautomaten getreten hatte. Er stampfte mit den Füßen, als er mit zwei großen Thermosflaschen unterm Arm hereinkam, und schimpfte über die Kälte. Er habe in der Eile seine Schlüssel vergessen, erklärte er.

„Aber was soll's, Ken sagte ja, daß Sie hier sind. Er ist mit der Stute auf dem Weg hierher." Er drückte mir die Thermosflaschen in die Hände und schleuderte seine Stiefel weg, um sich aus dem Regal über den Kleiderhaken ein Paar Slipper zu angeln. Während er hineinschlüpfte, legte er seine Daunenjacke ab. Dann sagte er: „Gott, hier ist es ja eisig" und zog sie wieder an. „Ken ruft noch Belinda, und ich soll den OP bereitmachen." Er schnappte sich eine der Thermosflaschen, schraubte ihre Kappe ab und benutzte sie als Becher für den Kaffee. „Ich hasse diese Notrufe mitten in der Nacht." Er trank den Kaffee und schenkte dann die Kappe für mich voll. „Ich nehme an, Sie haben keine Ahnung, wie man Pferde narkotisiert?" sagte er.

„Keinen blassen Schimmer."

„Na ja, da kann man nichts machen. Sind das Kens Schlüssel? Gut."

Er griff sich den Schlüsselbund und ging rasch hinaus. Er war groß, breitschultrig, dunkelhaarig, und er bewegte sich ruckartig, so als hätte er viel mehr explosive Kraft in seinen Muskeln, als er brauchte. Ich folgte ihm auf den Gang und sah, wie er einen der Lagerräume aufschloß. Er ging hinein und kam mit mehreren großen Plastikbeuteln voll klarer Flüssigkeit wieder. „Würden Sie mir die abnehmen?" Er belud mich mit ihnen, eilte dann weiter den Gang entlang und schloß die breite Tür zum Vorraum des OP auf.

„Würden Sie einen Kittel und Überschuhe anziehen?" bat er mich und stapelte die Beutel mit der Flüssigkeit in dem Schleusenschrank, der sich auch vom OP aus öffnen ließ.

Wir legten die OP-Kleidung an, und als wir damit fertig waren, ging er durch die Schwingtür in den OP selbst und hielt mir einen Flügel auf.

„Gut." Er hantierte herum. „Beatmungsgerät." Er rollte einen der Metallwagen von der Wand an den Kopf des Operationstisches. „Pferde können nicht gut von selbst atmen, wenn sie unter Narkose stehen", erklärte er. „Wie die meisten Tiere."

Fachmännisch verband er die Schläuche des Beatmungsgerätes miteinander und schloß ein Elektrokabel an eine Steckdose im Boden an. „Wir sind das gestern morgen endlos durchgegangen", sagte er. „Haben jedes Ventil geprüft, die Pumpe, den Sauerstoff – der kommt aus den Behältern da draußen, wenn wir diesen Hahn aufdrehen." Er zeigte es mir. „Manchmal macht das Herz schlapp, und man kann einfach nichts dagegen tun. Jedenfalls prüfe ich alles zweimal."

Draußen schlug eine Wagentür zu. Scott – es mußte Scott, der Anästhesist, sein – hob den Kopf bei dem Geräusch und rollte die Schiebewand so weit zur Seite, daß wir in den gepolsterten Raum hineinschlüpfen konnten. Er überquerte den weichen Boden und schloß die Tür zum Gang auf. Beide liefen wir – ich hinter ihm, schnell die Überschuhe ausziehend – durch den Gang, traten hinaus in die kalte Luft und sahen Ken, in Anorak und Stiefeln, wie er die Rampe eines kleinen Pferdehängers herunterließ, der an einen Landrover gekoppelt war.

„Scott – gut, daß Sie da sind", sagte Ken und ließ mit Geklirr die Rampe fallen. „Ich mußte das verdammte Ding selber fahren. In Vernonside fohlen im Moment zwei Stuten, und sie haben keine Leute übrig. Die wissen nicht mehr aus noch ein. Die Stute hier stirbt fast im Stehen, und dabei trägt sie ein Gott weiß wie wertvolles Fohlen von Rainbow Quest."

Er eilte in den Hänger und half seiner Patientin, die sich rückwärts die Rampe herunterschleppte. Die Stute war hochträchtig und dick aufgequollen. Sie ließ den Kopf hängen, ihre Augen waren stumpf.

Ken sah mich dastehen und sagte mit verzweifeltem Unterton: „Das Herz macht ihr zu schaffen, und es kommt ihr aus dem Magen hoch. Das bedeutet, daß ihr Darm verstopft ist. Wahrscheinlich verendet sie innerhalb einer Stunde, wenn ich sie nicht operiere, und mit ziemlicher Wahrscheinlichkeit auch, wenn ich es tue."

„Es wäre sicherer, Sie würden eine zweite Meinung einholen."

„Ja. Ich habe Carey auf der Herfahrt angerufen und ihn gebeten, jemand zu schicken oder selbst zu kommen. Er meinte, ich solle auf mein fachliches Können vertrauen."

„Sie operieren also", sagte ich.

„Hab keine Wahl, oder? Schauen Sie das Tier doch an."

Er gab den Führstrick des Pferdes an Scott weiter, der feststellte: „Belinda ist noch nicht da."

„Sie kommt nicht", erklärte Ken. „Ich konnte sie nicht erreichen."

„Aber . . .", sagte Scott und verstummte.

„Ja. Aber." Ken wandte sich zu mir. „Ich möchte, daß Sie zusehen und sich Notizen machen. Als Zeuge."

4

IN DEM gepolsterten Raum ertastete Ken fachkundig die große Halsvene der Stute, während Scott sie am Halfter hielt, und stieß etwas hinein, das aussah wie eine lange, plastikumhüllte Spritze mit einem Anschlußstück, das außerhalb der Haut blieb. „Ein Katheter", erklärte er, während er die Nadel herauszog und die Plastikhülse in der Vene ließ.

Ich nickte.

„Tropfinfusion", erläuterte Ken und verband den Katheter über einen Schlauch mit einem der Infusionsbeutel, den Scott eilends an der Decke aufhängte. „Man muß den Kreislauf stabilisieren."

Er ging kurz in den OP und kam mit einer kleinen Spritze voll Flüssigkeit wieder, die er durch den Katheter in den Hals der Stute injizierte.

„Halber Kubikzentimeter Domosedan" – er buchstabierte es mir, während ich auf einen Block auf einem Klemmbrett schrieb. „Das ist ein Beruhigungsmittel, um sie schläfrig und fügsam zu machen. Aber kommen Sie ihren Hufen nicht zu nah. Pferde keilen wie der Blitz aus, selbst in diesem Zustand. Gehen Sie lieber hinter die Zwischenwand."

Ich trat gehorsam hinter eine halbhohe, gepolsterte Trennwand, von der aus man das Geschehen unbesorgt verfolgen konnte.

„Was machen Sie jetzt mit der Spritze?" fragte ich.

„Wegwerfen. Es ist eine Einwegspritze."

„Heben Sie sie auf", sagte ich.

Ken besann sich und nickte dann. „In Ordnung." Er brachte die Spritze in den OP und legte sie in eine Schale auf einem der Tische. Er hatte das gleiche an wie ich: Wegwerfüberschuhe, eine grüne Baumwollhose, kurzärmeliges grünes Hemd, einen Laborkittel darüber, Gesichtsmaske lose um den Hals, weiche grüne Kappe über den Haaren.

Scott, ebenso gekleidet, strich der Stute über die Nase, kraulte ihr die Ohren und gab besänftigende Laute von sich, bis sie ruhig und ganz benommen dastand.

Ken, der sie scharf beobachtete, war mit einer größeren Spritze in einer anderen Schale wiedergekommen. „Antibiotikum", sagte er und injizierte es. Er ging eine dritte Nadel holen.

„Das ist Ketamin-Hydrochlorid", erklärte er, als er zurückkam, und buchstabierte es mir wieder. „Davon schläft sie ein."

Ken nahm vorübergehend den Tropf ab und spritzte die Stute mit geübter Hand erneut durch den Katheter in den Hals. Fast sofort schwenkte das mächtige Tier herum, taumelte, wankte und brach langsam seitlich weg. Der Kopf plumpste dumpf auf den weichen Boden.

„Intubieren!" sagte Ken zu Scott.

Scott nickte und führte durch das Maul der Stute ein beeindruckend großes Rohr in den Schlund ein.

„Für Sauerstoff und Halothan", erklärte Ken mir kurz.

Scott stieß die Schiebetür weit auf, ging in den OP und kam mit den gepolsterten Manschetten für die Beine der Stute und mit Säcken für ihre Hufe wieder. Zu zweit schnallten sie ihr die um, zogen dann die Ketten von der Decke herab und schlossen sie an die Manschetten an. Scott holte eine Art Segeltuchschlinge mit Handgriffen, um den Kopf der Stute zu tragen, und im nächsten Moment setzte Ken, indem er an einem Wandbrett im OP Knöpfe drückte, den Hebekran in Betrieb.

Die Ketten zogen an und hievten das Zehnzentnerpferd mühelos in die Luft. Scott hielt den Kopf der Stute in der Schlinge, während Ken den Tropf wieder anschloß. Dann drückte Ken einen weiteren Knopf, das Fahrwerk glitt langsam an den Deckenschienen entlang und brachte den hängenden Körper samt Tropfinfusion und allem in den OP.

Durch die Schienen wurde die Patientin direkt über den Tisch geleitet. Ken drückte Knöpfe. Die Ketten wurden länger und ließen ihre Last zentimeterweise nieder, bis die Stute, alle viere in der Luft, auf dem Rücken lag, ihr aufgeblähter Bauch ein runder brauner Hügel. Scott half dann Ken, die Beinfesseln so an die vier Eckpfosten des Tisches zu schnallen, daß die Beine des Tieres in einer bequemen Lage waren.

„Atmungsgerät an!" sagte Ken. „Gas an!"

Scott schloß das Rohr im Maul des Pferdes an einen Schlauch des Respirators an, und das Sauerstoff-Halothan-Gemisch begann in einem langsamen, beharrlichen Rhythmus in die Lunge der Stute zu strömen.

„Gut", befand Ken. „Jetzt lege ich noch einen Katheter in ihre Gesichtsarterie. Damit läßt sich ihr Blutdruck direkt überwachen."

Ich nickte und sah zu, wie seine flinken Finger ein Röhrchen in den Kiefer der Stute stießen und es mit einem Meßgerät verbanden. Er selbst wie auch Scott beobachteten die beiden Linien, die sich auf dem Kontrollschirm zeigten.

„Desinfektion", sagte Ken schließlich.

Ich folgte ihm in den Waschraum, wo er sich die Hände schrubbte und sie mit einem sterilen Handtuch abtrocknete. Dann half ich ihm auf seine Bitte, einen frischen sterilen Kittel anzulegen. Schließlich streifte er sterile Latexhandschuhe über.

„Wenn die Stute eingeht", sagte Ken, „bin ich erledigt."

„Hören Sie auf, daran zu denken."

Einen Moment lang stand die ganze Anspannung in seinem Blick, dann gab er sich einen Ruck, blinzelte ein paarmal und holte tief Luft.

„Also, kommen Sie." Er wandte sich ab und ging zurück in den OP. Scott stand vor dem Blutdruckmonitor und beobachtete das Bild.

„Scott muß mir assistieren", sagte Ken zu mir. „Würden Sie hier am Bildschirm bleiben? Behalten Sie ihn ständig im Auge. Pferde haben etwa den gleichen Blutdruck wie Menschen; im Idealfall 120 zu 80, aber wie beim Menschen sinkt er in der Narkose ab. Fällt er unter 70, wird ein Alarm ausgelöst. Beobachten Sie die Kurve da. Und diesen Zähler, das ist die Herzfrequenz. Sagen Sie mir sofort Bescheid, wenn sich eins von beiden ändert."

„Gut."

Er ging auf die andere Seite des Tisches, wo Scott Instrumente auf Wagen bereitstellte.

„Alles klar?" fragte Ken Scott, und dieser nickte.

Es war der letzte Moment, in dem Ken noch hätte abspringen können, doch im Grunde hatte er sich längst festgelegt.

„Einschnitt", diktierte er mir, während er ein Skalpell nahm und das Wort präzise in die Tat umsetzte. „Fünfundzwanzig Zentimeter lang, neben dem Nabel."

Ich schrieb rasch auf, was er gesagt hatte, und richtete den Blick wieder auf seine Tätigkeit.

„Schauen Sie auf den Blutdruck!" befahl mir Ken grimmig. „Schauen Sie nicht auf mich, beobachten Sie den Monitor, wenn Sie nicht schreiben!"

Ich beobachtete den Monitor.

Ruhig und planmäßig schnitt Ken in die Bauchhöhle, tastete sich langsam zwischen den inneren Organen vor, als könne er mit den Fingerspitzen sehen.

„Die Stute steht weniger als einen Monat vor dem Abfohlen", stellte er fest. „Das Fohlen ist ziemlich groß." Er schwieg einen Augenblick, dann sagte er nüchtern: „Wenn sie kollabiert und ich sie nicht retten kann, hole ich das Fohlen hier und jetzt durch Kaiserschnitt."

Scott warf ihm einen Blick zu und sah wieder weg; er wußte wohl sehr viel mehr als ich über die Risiken eines solchen Eingriffs.

„Ah", sagte Ken schließlich. „Da haben wir's. Gott, ist dieses Stück Darm verdreht." Er entschloß sich auf der Stelle, das verschlungene Darmstück ganz herauszuschneiden. „Die Augen immer auf den Bildschirm!" wies er mich scharf an.

Ich gehorchte ihm und sah sein Vorgehen nur noch aus den Augenwinkeln.

Von Scott mit Instrumenten versorgt, arbeitete er stetig, klemmte, entfernte Gewebe, tupfte und nähte. Viel Zeit verging.

Er murmelte vor sich hin und blickte schließlich auf. „In Ordnung. Die Obstruktion ist herausgeschnitten und die Darmpassage wiederhergestellt. Wir können zumachen."

Halblaut ging er eine Checkliste zum Bauch durch, fast wie ein Pilot beim Landeanflug, und verschloß unverändert geschickt und sorgfältig den Einschnitt in drei Etappen. Zuletzt heftete er die Haut mit einer Reihe kleiner Stahlklammern. Als er fertig war, nahm er seinen Mundschutz ab und sah mich mit unsicherer Siegesfreude an.

„Soweit hat sie's geschafft", sagte er. „Gas aus, Scott."

„Respirator aus", meldete Scott. „Katheter abnehmen?"

Ken nickte. „Sie hat ein kräftiges Herz. Notieren Sie die Zeit", wies er mich an, und ich setzte die Zeit in mein Protokoll ein.

„Einundneunzig Minuten vom Einschnitt bis zum Schluß", sagte ich.

Ken lächelte mit der Genugtuung des Profis, das Zittern und die Zweifel waren verblaßt. Er und Scott schnallten nun die Beine der Stute von den Pfosten los. Dann hob der Kran das Tier vom Tisch hoch, wobei Scott wieder den Kopf hielt, und rollte es zurück in den gepolsterten Raum. Ken legte noch eine Matte zusätzlich auf den Boden, und der Kran ließ die Stute herunter, bis sie auf der Seite lag. Scott nahm ihr die Manschetten ab, legte ihr ein Seilhalfter an und führte das Seil durch einen Ring oben auf der halbhohen Trennwand, so daß man, hinter der Wand stehend, ihre Bewegungen halbwegs kontrollieren konnte.

„Es wird rund zwanzig Minuten dauern, bis sie allmählich aufwacht", erklärte Ken. „So in einer halben Stunde kommt sie vielleicht auf die Beine, aber sie wird noch eine ganze Weile benommen sein. Wenn sie steht, lassen wir sie noch eine Stunde hier, dann kommt sie in den Stall."

Er sprach mit ernster Hingabe – ein Tierarzt, der mit dem Herzen dabei war. Ich betrat hinter ihm den Vorraum, wo er die Einwegsachen auszog. Scott und ich folgten seinem Beispiel, und schon ging Ken wieder zurück, um ein Auge auf seine Patientin zu haben.

„Er läßt sie jetzt nicht allein", sagte Scott. „Er will immer sehen, wie sie aufwachen. Haben wir nicht noch Kaffee?" Er lief mit langen

Schritten zum Büro, kam mit den Thermosflaschen wieder, und zu dritt labten wir uns an deren Inhalt, während wir die Stute beobachteten und zusahen, wie allmählich wieder Bewegung in sie kam: zuerst in ihren Kopf und ihren Hals, dann in die Vorderbeine, bis sie sich mit einem jähen Ruck seitlich aufrichtete.

Die Stute verharrte zehn Minuten in dieser Haltung und rappelte sich dann, wie vom Instinkt getrieben, schwankend auf alle viere hoch. Die furchtbaren Schmerzen der Kolik war sie offensichtlich los.

Ken reichte Scott das Seil und wies ihn an, die Stute weiter zu beobachten, dann gab er mir mit dem Kopf ein Zeichen, noch einmal mit in den OP zu kommen.

„Ich möchte, daß Sie sich etwas ansehen", sagte er. Er ging zu dem Tisch hinüber, wo noch die Schalen mit den drei verbrauchten Spritzen standen. Eine weitere Schale enthielt ein großes unidentifizierbares Knäuel blutigen Gewebes.

„Das habe ich aus der Stute herausgeholt", sagte Ken.

Ich starrte darauf. „Das ist ja riesig. Was ist das denn?"

„Ein verschlungenes Stück Darm, aber irgendwas ist komisch daran. Warten Sie, ich hole Handschuhe und sehe nach."

Er ging und kam mit sauberen Handschuhen wieder, und dann lockerte er das Knäuel, in dem sich ein verschlungenes Darmstück fest um ein anderes geschnürt hatte. Unglaublicherweise schien ein Faden mit dem Gewebe verheddert zu sein: ein heller, starker Faden wie Nylon.

„Sieh sich das einer an", sagte er ungläubig. Ich schaute zwischen seinen Händen hindurch und erblickte eine halbrunde Nadel, die kräftige Sorte, die man zum Teppichnähen verwendet. Der Nylonfaden steckte in der Nadel. Die von der Verdauung in Bewegung gehaltene Nadel hatte den Darm zu dem Knäuel zusammengenäht.

„So was kommt schon mal bei Hunden und Katzen vor", sagte Ken. „Sie verschlucken Nadeln, die auf den Boden gefallen sind, und nähen sich buchstäblich zusammen. Von einem Pferd habe ich das noch nie gehört. Das ist eine echte Kuriosität."

ICH SCHLIEF vier Stunden wie betäubt in Thetford Cottage und wurde durch ein beharrliches leises Klopfen an der Schlafzimmertür geweckt. Widerstrebend raffte ich mich auf und brachte ein heiseres Krächzen hervor: „Ja?"

Vicky öffnete zaghaft die Tür und sagte, Ken habe angerufen und gefragt, ob ich zur Klinik kommen könne. „Es ist irgendeine Besprechung", sagte sie.

Sie sah heute morgen wieder mehr nach Vicky Larch, der Sängerin, aus. „Geht es Ihnen besser?" fragte ich.

„Viel besser", erwiderte sie, „aber ich bin noch immer nicht ganz auf der Höhe und Greg genausowenig. Wir werden noch Tage dafür brauchen."

Sie ging, und ich zog mich mit tapsigen Bewegungen an, denn in Wahrheit saß auch mir die Zeitverschiebung in den Knochen. Mein Gesicht im Badezimmerspiegel wies im frisch rasierten Zustand dunkle Ringe unter den müden grünbraunen Augen auf.

Als ich auf den hinteren Parkplatz der Klinik einbog, ging dort alles drunter und drüber. Ein Transporter versuchte einen Bürocontainer an die passende Stelle zu bugsieren, Pferde liefen hin und her, geführt von Menschen mit besorgten Gesichtern.

Ich zog mich aus dem Getümmel zurück, ließ den Wagen vorne an der Straße stehen. Von der Rückseite aus gesehen, waren die auffallendsten Spuren des Feuers die großen schwarzen Rußflächen über den Rahmen der einstigen Fenster. Immer noch hing der Geruch von erstickter Glut in der Luft und legte sich einem säuerlich und beißend auf die Zunge.

Ich ging in die Eingangshalle, wo es ebenfalls chaotisch zuging. Entlang den Wänden saßen Leute mit Katzen und bellenden Hunden auf dem Schoß, eine der Ärztinnen versuchte die Reihenfolge der Patienten zu klären, während ein dicker Mann in einem Tweedanzug Carey Hewetts Aufmerksamkeit auf sich zu lenken suchte.

Ich schlängelte mich zum Hintereingang und trat hinaus in den Stallbereich. Dort fand ich Ken, wie er, an die Tür der ersten Box gelehnt, zu der von ihm operierten Zuchtstute hineinschaute. Seiner ganzen Haltung war anzusehen, wie müde er war.

„Wie geht's ihr?" fragte ich, als ich bei ihm anlangte.

Er erkannte mich an der Stimme, ohne den Kopf zu drehen. „Ach, hallo. Danke, daß Sie gekommen sind. Gott sei Dank geht's ihr gut."

Danach sah die Stute für mich nun überhaupt nicht aus. Die Tropfinfusion lief von einem Beutel an der Decke in ihren Hals, ein weiterer Schlauch kam aus der einen Nüster.

„Ihr Besitzer ist im Anmarsch", berichtete Ken. „Carey sagt, er sei erbost."

„Verständlich."

Ken schüttelte müde den Kopf. „Nicht wegen ihrer Kolik. Er hat von den Gerüchten erfahren. Offenbar hat er Carey angeschnauzt, er hätte einen anderen Chirurgen damit betrauen sollen. Er will mit mir reden, deshalb habe ich Sie zur Unterstützung hergebeten. Es macht Ihnen hoffentlich nichts aus?"

„Sie wollten einen Zeugen, und Sie haben einen Zeugen."

„Sie sind zu nichts verpflichtet", betonte Ken.

„Es interessiert mich", sagte ich wahrheitsgemäß. „Wie alt sind Sie?"

„Gerade vierunddreißig", antwortete er erstaunt. „Wieso?"

Ich hatte ihn erheblich älter geschätzt, wegen seines hageren Körperbaus und des sich lichtenden Haares.

„Ich bin zweiunddreißig", sagte ich im Gegenzug, und nach einem Moment hielt er mir plötzlich die Hand hin. Die altersmäßige Nähe war ein seltsames Band, aber ein eindeutig vorhandenes. Von da an waren Ken und ich zwar noch nicht enge Freunde, aber immerhin ein Team.

Hinter uns, auf der anderen Seite des Parkplatzes, hielt das geschäftige Treiben an. Der Bürocontainer war endlich zu jedermanns Zufriedenheit aufgestellt, und der Transporter hatte sich entfernt.

„Ein Fertigbüro", meinte Ken, doch es war eher eine Fertigpraxis, denn was jetzt vom Spital dort hinüberzuckelte, waren die Tierhalter mit ihren Schützlingen, nicht Verwaltungsangestellte.

In diesem Moment erschien Belinda und warf mir einen gereizten Blick zu. „Peter hat hier nichts zu suchen", sagte sie.

„Ich habe ihn hergebeten", versetzte Ken.

Belinda verkniff sich eine bissige Antwort. „Carey möchte dich schnellstens vorne am Empfang sehen", sagte sie zu Ken.

Ken schenkte ihr ein Lächeln, das ich so zärtlich nie hinbekommen hätte, und machte sich auf den Weg um das Gebäude herum, wobei er es für selbstverständlich hielt, daß ich ihn begleitete.

Statt Katzen, Hunden und den diversen Besitzern waren in der Eingangshalle jetzt nur noch Carey Hewett selbst und der massige Mann im Tweedanzug, der sich rasch umwandte und Ken scharf ins Auge faßte.

„Sind Sie Ken McClure?"

Ken bejahte.

Carey Hewett ließ meine Anwesenheit unkommentiert und stellte den dicken Mann vor: „Das ist der Besitzer der Stute, Wynn Lees."

Wynn Lees. Wieder wurden ferne Erinnerungen in mir wach. Ich wußte eine Menge über Wynn Lees, wenn es sich um denselben handelte. Den Wynn Lees von vor fünfundzwanzig Jahren hatte meine Mutter oft und gern als abschreckendes Beispiel herangezogen, um zu erreichen, daß ich mich besser benahm.

„Wenn du jetzt schon rauchst . . . wenn du Insekten quälst . . . wenn du klaust . . . wenn du die Schule schwänzt . . . wirst du mal so werden wie Wynn Lees."

Der Wynn Lees von heute hatte einen starrsinnigen, verstockten Ausdruck in dem fleischigen Gesicht, die Backen geädert von Wind und Wetter. Ein Bulle von einem Mann, mit nicht allzu scharfem Verstand. Gerade sagte er angriffslustig zu Ken: „Sie hatten kein Recht, die Stute ohne mein Einverständnis zu operieren."

„Der Futtermeister hatte Ihre Telefonnummer", erklärte Ken. „Er stand neben mir, während ich anrief. Ihre Frau hat sich gemeldet."

„Wann war das?" unterbrach Lees.

„Heute früh gegen Viertel nach drei."

„Sie kann nicht drangegangen sein. Sie nimmt Schlaftabletten."

„Aber sie war am Apparat. Sie sagte, Sie seien nicht zu Hause und sie wisse nicht, wo Sie sich aufhielten. Ich erklärte ihr, daß die Stute eine Kolik habe und daß eine Notoperation erforderlich sei. Sie sagte, dann sollten wir operieren."

Wynn Lees sah aus, als hätte ihn das Wachsein seiner Frau über Gebühr erschüttert, und rang sich verspätet dazu durch, seine Dankesschuld gegenüber Ken einzugestehen. „Na, wenn es meine Frau gesagt hat . . . und wenn die Stute, wie es scheint, in Ordnung ist, na ja, dann . . . nichts für ungut."

Ich hielt die halbherzige Entschuldigung nicht entfernt für ausreichend und spürte, daß Ken genauso empfand. Carey Hewetts Anspannung verflog sichtlich. Er ging mit dem Besitzer zur Vordertür hinaus auf den Parkplatz und wandte sich nach links, den Ställen zu. Ken und ich folgten ihnen, doch auf halbem Weg legte ich ihm kurz die Hand auf den Arm, damit er etwas langsamer ging und wir uns ungestört unterhalten konnten.

„Was ist?" fragte Ken.

„Trauen Sie Wynn Lees nicht! Und sagen Sie ihm nicht, was Sie im Darm des Pferdes gefunden haben."

„Warum denn nicht?"

„Für den Fall, daß er es schon weiß."

Ken starrte mich verblüfft an, doch da näherten wir uns bereits der Box der Stute und kamen in Hörweite von Lees.

Lees war über den Anblick der Stute bestürzt, aber Carey versuchte ihn zu beruhigen, und Belinda, die noch da war, sagte ihm, das alte Mädchen erhole sich bestens.

„Kommt das Fohlen normal zur Welt?“ fragte Lees.

Ken äußerte die Ansicht, daß nichts dagegen spreche.

„Nur ein sehr geschickter Chirurg“, sagte Carey, „konnte so spät in der Trächtigkeit mit Erfolg eine solche Operation durchführen.“

„Ich nehme an, die Stute ist versichert?“ fragte ich harmlos.

Alle drei Männer sahen mich überrascht an, doch Lees war es, der mich einer Antwort würdigte. „Das geht Sie doch nichts an.“

„Nein, natürlich nicht“, gab ich zu. „War nur so ein Gedanke.“

Lees wandte sich wieder Ken zu. „Haben Sie einen Grund für die Kolik entdeckt?“

„Koliken werden meistens durch eine Darmverschlingung hervorgerufen“, antwortete Ken nach einem winzigen Zögern. „Hält diese an, muß man operieren, um den Darm zu richten. Manchmal ist, wie bei Ihrer Stute, der Darm so bös verschlungen, daß das verdrehte Stück regelrecht abstirbt, und man muß es herausschneiden.“

Wynn Lees wandte sich von der Box ab, als hätte er sich mit den Tatsachen abgefunden, dann ging er zu einem blitzenden Rolls-Royce und fuhr davon. Carey beobachtete den Abgang mit undurchdringlicher Miene, dankte Ken für seine Nachsicht und entführte Belinda in Richtung des Containers.

Ken sah mich an. „Warum trauen Sie Mr. Lees nicht?“

„Er benimmt sich, als wünschte er, die Stute wäre tot.“

„Meinen Sie . . . wegen der Versicherung?“ fragte Ken langsam. „Auf das Geld ist er nicht angewiesen, er fährt schließlich einen Rolls. Im übrigen kann ich nicht glauben, wie man auf die Idee kommen kann, ein Pferd umzubringen, indem man ihm etwas gibt, das seinen Darm verschließt – denn darauf wollen Sie doch hinaus, oder?“

„Könnte man ein Pferd dazu bringen, gegen seinen Willen etwas zu schlucken?“

„O ja. Man verpackt das Teil in etwas Rundem und leicht Gleitendem und wirft es dem Pferd einfach in den Schlund. Pferde können nicht erbrechen. Was sie einmal geschluckt haben, bleibt unten.“

„Unser Mr. Lees“, sagte ich, „hätte sich nicht träumen lassen, daß seine Frau wach liegt und der Operation zustimmt.“

„Stimmt.“ Ken lächelte. „Das war ein Schock, was? Sie hörte sich keineswegs so an, als hätte sie ein Schlafmittel genommen. Ich bin ziemlich sicher, die hatte einen Mann bei sich. Ich habe seine Stimme gehört."

Die Vorstellung von Lees als Hahnrei gefiel uns. Geschah ihm ganz recht.

Ken gähnte und sagte, da er theoretisch dienstfrei habe, werde er nach Hause fahren, um zu essen und zu schlafen.

„Heute nacht Bereitschaft, morgen nachmittag frei. Ich habe Belinda versprochen, morgen mit ihr zum Pferderennen in Stratford-upon-Avon zu fahren. Haben Sie Lust mitzukommen?"

„Belinda würde sich bedanken."

„Was? Blödsinn! Schauen Sie mal, ob auch Vicky und Greg mitkommen wollen. Wir könnten alle mit meinem Wagen fahren. Warum nicht? Also abgemacht." Er lächelte und gähnte erneut. „Ich mag Vicky. Prima Frau. In der Lotterie der Schwiegermütter habe ich einen Hauptgewinn gezogen, meinen Sie nicht?"

„Doch", stimmte ich zu.

In diesem Moment erschien ein Feuerwehrmann, der fragte, ob der Chef greifbar wäre, da sie ihm „vorn" etwas zeigen wollten. Ken holte Carey aus dem Container, und zu dritt folgten wir dem Feuerwehrmann die Zufahrt entlang.

Der Schauplatz „vorn" war einigermaßen geordnet. Sechs Feuerwehrleute und drei Polizisten bewachten die Überreste der Tierarztpraxis.

Einer der Feuerwehrleute kam uns entgegen und gleich darauf auch ein Polizist. Es gab einiges Händeschütteln, und dann wurde uns eröffnet, daß nach Meinung der Feuerwehr das Feuer gelegt worden war.

„Brandstiftung! Ich kann es nicht glauben!" rief Carey. „Wie kommen Sie darauf?"

Der Feuerwehrmann erklärte, sie hätten einige große Flaschen Reinigungsmittel gefunden. Fleckenentferner oder so etwas. „Leicht entzündlich", betonte er.

„Wir werden wohl Fleckenentferner gehabt haben", sagte Carey betroffen, „aber ich bin nicht darüber informiert, was alles im Putzmittelschrank steht."

„Ja, nur handelt es sich hier um drei Flaschen – drei leere. Und wissen Sie was? Die Flaschen wurden nicht wieder verschlossen. Brandstifter haben es immer so eilig, daß sie das Zudrehen vergessen. Und sie standen auch nicht irgendwo im Schrank, wir haben sie in dem großen vorderen Raum gefunden, in dem die beiden Sekretärinnen gearbeitet haben. Dann ist da noch die Farbe. Die Räume wurden gerade frisch gestrichen, ja?"

Carey nickte.

„Nun, Sir, wir haben hier Farbeimer ohne Deckel, und gute Handwerker lassen keine Töpfe, in denen noch Farbe ist, ohne Deckel herumstehen."

„Besteht Aussicht, da drin noch irgendwas zu bergen?" fragte Carey.

Der Feuerwehrmann schüttelte den Kopf. „Kaum."

„Gegen Brandstiftung sind wir versichert, aber keine noch so hohe Versicherung bringt mir meine Unterlagen zurück", sagte Carey bekümmert. „Die ganze Arbeit . . ."

Er brach ab. Carey, der große alte Mann der Praxis, sah grau, erschöpft und traurig aus, wie er mutlos in der aufgekommenen kalten Brise stand, die uns die Haare zauste.

5

DIE FAHRT zum Pferderennen in Stratford-upon-Avon war so kurz, daß Belinda mir gegenüber wenigstens höflich blieb, wenn auch von Herzlichkeit keine Rede sein konnte. Sie schien sich damit abgefunden zu haben, daß ich eben dazugehörte, solange ich da war; und ich hatte betont, daß ich mich schon bald zum Dienstantritt in London melden mußte.

„Wann genau?" fragte Ken unverblümt.

„Montag in drei Wochen."

„Ich hatte gehofft . . ." Er schwieg einen Moment, warf mir über die Schulter einen Blick zu und fuhr fort: „Was halten Sie von ein bißchen Detektivarbeit?"

„Ken!" Belinda war verständlicherweise aufgebracht. „Wenn du das meinst, was in der Praxis schiefgelaufen ist, das kann Peter doch vom tierärztlichen Standpunkt aus überhaupt nicht beurteilen, oder? Noch viel weniger erklären."

„Es hat da gebrannt, Liebes", murmelte Vicky.

„Ja, Mutter, aber darum wird die Polizei sich kümmern."

Belinda, die auf dem Beifahrersitz neben Ken saß, hatte einen kastanienbraunen Lederrock an, einen weiten weißen Pulli, kniehohe Stiefel und einen Ledermantel. Sie sah grazil und hübsch aus. Das Haar fiel ihr lose auf die Schultern. Ich saß etwas eingezwängt zwischen

Vicky und Greg auf der Rückbank. Vicky trug leuchtendes Rot, um ihre weißen Haare zur Geltung zu bringen, und schien wieder ganz auf der Höhe zu sein. Ken selbst sah etwas weniger gehetzt aus, als hätte er die schlimmsten seiner Befürchtungen zurückgestellt.

Auf der Rennbahn trennten wir uns. Greg und Vicky machten sich auf die Suche nach einem kleinen Imbiß, und ich konnte somit allein herumlaufen und seit Jahren zum erstenmal wieder ein Hindernisrennen erleben.

Die Rennbahn von Cheltenham war der Spielplatz meiner Kindheit gewesen, mein vertrauter Hinterhof. Meine Mutter hatte als Sekretärin für den Geschäftsführer des Rennvereins gearbeitet. In den Schulferien, während sie an ihrem Schreibtisch saß, erlaubte mir ihr Chef, auf der Rennbahn und in den Tribünenbauten umherzustreifen. Während der Renntage schwebte ich immer im siebten Himmel, und bis John Darwin daherkam, hatte ich es für selbstverständlich gehalten, daß ich eines Tages auch so ein Jockey sein würde, der über die Hindernisse flog.

Ich las Rennsportzeitungen, kannte Namen und Werdegang eines jeden Hindernispferdes, Trainers und Jockeys im Land, sah mich in endlosen Tagträumen als Spitzenjockey und als Sieger in sämtlichen großen Rennen.

Zwei kleine Handicaps trübten allerdings meine Aussichten. Erstens besaß ich kein eigenes Pferd und ergatterte nur selten eine Gelegenheit, überhaupt zu reiten. Zweitens sah ich mich dem felsenfesten Vorsatz meiner Mutter gegenüber, mir das Erreichen meines Ziels zu verwehren.

Das Jockeydasein hatte meinen Vater ins Grab gebracht. Der Mann, der mich gezeugt hatte, den ich lediglich von Fotos kannte, war nur ein Jahr lang Hindernisjockey gewesen. Mit vier Siegen auf dem Konto war Paul Perry, damals einundzwanzig Jahre alt, eines Morgens wie gewohnt auf die Bahn hinausgeritten. Sein Pferd, sagte man, hatte wegen eines Vogels, der aus einer Hecke aufflog, gescheut. Er wurde aus dem Sattel geschleudert und war schon tot, ehe die anderen Reiter absitzen und ihm zu Hilfe eilen konnten.

Die Witwe, die selbst noch keine zwanzig war, wurde in den Monaten darauf von der wohltätigen Jockey-Unterstützungskasse über Wasser gehalten, eine wundervolle Organisation, die ihr als gelernter Sekretärin schließlich zu der Stelle auf der Rennbahn von Cheltenham verhalf.

Hier, wo ich nach einem Zeitraum von zwanzig Jahren in die Welt meines verstorbenen Vaters zurückkam, schien es in mancher Hinsicht, als wäre die Zeit stehengeblieben. Viele von den Namen der Jockeys waren die gleichen wie damals, doch mußten es jetzt die Söhne und Töchter der Leute sein, die ich damals vergöttert hatte. Mit den Trainern im Rennprogramm verhielt es sich ähnlich, wobei ich nach und nach herausfand, daß tatsächlich noch viele von der alten Garde dabei waren.

J. Rolls Eaglewood zum Beispiel machte ich aus, als er mit seinem Pferd samt Jockey vor dem ersten Rennen im Führring stand: ein alter Mann, der sich schwer auf seinen Stock stützte, zweifellos identisch mit dem Vater von Russet.

Auch unter den Besitzern gab es vertraute Namen. Ich suchte im Programmheft nach Ronnie Upjohn, dem Besitzer, der Ken einen Prozeß aufgehalst hatte, weil der es gewagt hatte, mit einem ausrangierten Upjohn-Pferd zu siegen, aber er mischte heute nicht mit. Upjohn . . . und Travers. Upjohn und Travers. Sie gehörten in meinem Kopf zusammen wie Pat und Patachon, aber eindeutig ohne deren Komik.

Ich wandte mich vom Führring ab und schlängelte mich langsam durch das Gedränge zu einem guten Beobachtungspunkt auf der Tribüne vor, und weil ich nicht aufpaßte, wohin ich ging, prallte ich fast mit zwei kleinen Männern in Regenmänteln zusammen, die sich als Japaner entpuppten.

Ich bat auf englisch um Entschuldigung. Sie verbeugten sich wortlos vor mir, und ich ging weiter zur Tribüne.

Die beiden Japaner, die inzwischen unterhalb von mir auf dem Platz vor dem Waageraum standen, schauten verwirrt und hilflos drein. Eine junge Frau hatte sich zu ihnen gesellt. Sie versuchte in Zeichensprache mit ihnen zu reden. Die beiden Männer berieten ernst miteinander und verbeugten sich einige Male vor ihrer Begleiterin, doch es war offensichtlich, daß niemand besonders viel verstand.

Der Drang zu helfen war vermutlich tief in mir verwurzelt. Ich schlenderte von der Tribüne hinunter und blieb ein paar Schritte vor der jungen Frau stehen, die aus der Nähe betrachtet ebenso gereizt wie überfordert aussah.

„Kann ich Ihnen behilflich sein?“ Eine im auswärtigen Dienst oft gebrauchte Formel.

Sie warf mir kurz einen Blick zu. „Nur wenn Sie Japanisch sprechen.“

„Tu ich ja. Deswegen habe ich gefragt."

Nun wandte sie mir ihre ganze Aufmerksamkeit zu und klammerte sich bildlich gesprochen wie eine Ertrinkende an die angebotene Rettungsleine. „Dann fragen Sie die beiden doch bitte mal, was sie wollen", sagte sie. „Die wollen irgendwas, aber ich versteh sie einfach nicht."

Ich verbeugte mich vor den Japanern und bot meine Dienste an. Das Ausmaß der Erleichterung, als sie ihre Landessprache hörten, war beinah komisch, und ihre Antwort auch. Ich verbeugte mich und zeigte ihnen, was sie suchten, und sie hasteten davon. Die junge Frau sah ihnen verärgert mit offenem Mund nach.

„Sie wollten aufs Klo", erklärte ich.

Sie starrte mich an, taute dann auf und mußte lachen. „Schönen Dank auch", sagte sie. „Ich führe sie seit drei Tagen in London herum, und heute morgen wurde der Dolmetscher krank und konnte nicht kommen. Sie gehören zum japanischen Jockeyclub."

„Ah! Ich glaube, ich bin einem von ihnen schon mal begegnet."

„Wirklich? Wo denn?"

„In Japan. Ich habe da gearbeitet."

Sie taxierte mich mit einem wachen Blick, und ich meinerseits vermerkte den kleinen Mund, die großen blauen Augen und das dichte braune Kraushaar, blond gesträhnt und in Ohrläppchenhöhe ringsherum abgeschnitten bis auf einen wimpernlangen Saum. Insgesamt wirkte das etwas puppenhaft, doch der Verstand dahinter war kein Spielzeug.

„Ich arbeite beim britischen Jockeyclub", erklärte sie. „Zu meinen Aufgaben gehört es, die Besuche von auswärtigen Gästen zu organisieren. Transport, Unterkunft, was es da so gibt."

Ich konnte mir Schlimmeres vorstellen, als von ihr herumgeführt zu werden. „Ich heiße Peter", sagte ich.

„Annabel." Sie fragte beiläufig: „Was haben Sie in Japan gemacht?"

„Fürs Auswärtige Amt gearbeitet."

Die Herren vom japanischen Jockeyclub kamen zurück, verbeugten sich mehrmals und strahlten vor Freude, als ich ihnen sagte, ich hätte in Japan eine schöne Zeit verbracht.

Annabel ging mit ihren Schützlingen in den Buchmacherring, und ich beobachtete sie von der Tribüne aus. Sie zogen langsam von einem Buchmacher zum anderen, bis einer der Männer schließlich Geld hervorholte. Die Wette wurde angenommen, der Schein ausgestellt. Das

Trio ging in den Tribünenabschnitt hinter den Reihen der Buchmacher und verfolgte das Rennen von dort aus.

Greg und Vicky erschienen an meiner Seite. Ich diagnostizierte einen leichten Anfall von Langeweile. Von Ken und Belinda sah ich überhaupt nichts, und später erfuhr ich, daß sie die Bahn entlanggegangen waren, um näher bei den Sprüngen zu sein. Annabel geleitete die Japaner zum Führring, um dort vom Zaun aus zuzuschauen, wie die nächsten Starter herumgeführt wurden, und nicht aus Pflichtgefühl, sondern vielmehr, weil ich Lust dazu hatte, gesellte ich mich zu ihnen.

Alle freuten sich, die Japaner geradezu überschwenglich: Ich war ihr bester Kumpel im Westen geworden. Sie hofften, ich könnte ihnen sagen, welches der Pferde das nächste Rennen gewinnen würde.

Ich beobachtete das Aufgebot und wies auf ein schlankes, glänzendes Kraftpaket, das träge mit gesenktem Haupt im Kreis schritt. Die Japaner verneigten sich dankend und eilten hinüber zu den Buchmachern.

„Dann verstehen Sie was von Pferden?“ fragte Annabel.

„Ich wollte einmal Jockey werden.“

Sie sah sich meine Körpergröße an. „Es hat wohl auch schon Jockeys gegeben, die über einsachtzig waren.“

Sie war ganz in Schwarzweiß: schwarze Stiefel, karierter Rock, weißer Rolli, schwarze Jacke und ein riesengroßer, flaumiger weißer Schal mit schwarzen Troddeln. Manchmal sah sie wie sechzehn aus und manchmal doppelt so alt, und sie wirkte gewandt und selbstsicher.

„Leben Sie in London?“ fragte ich.

„Fulham Road, wenn man das London nennen kann. Und Sie?“

„Unbehaust, im Moment.“

„Heißt das ein Abluftschacht am Trafalgar Square?“

„Gibt es irgendwelche gute Abluftschächte in Richtung Fulham?“

Sie antwortete mit einer Miene, die besagte, jetzt sei genug geplänkelt.

Die Japaner kamen, glücklich mit Wettscheinen wedelnd, zurück, und wir gingen alle miteinander auf die Tribüne, um dem Rennen zuzuschauen. Ihr Pferd hielt sich gut bis zur letzten Hürde, wo es sich dann in einem Wirbel von Beinen überschlug.

Ich bat um Entschuldigung. Die Japaner steckten ihre wertlosen Wettscheine weg, zusammen mit ihren zerstörten Hoffnungen, und wollten vor dem nächsten Lauf gern hinunter zu den Hindernissen. Ich war im Begriff, ihnen zu sagen, ich würde mitkommen, als ich Ken erblickte, der allein durch die Menge schlenderte.

„Bitte entschuldigen Sie mich, ich muß jetzt mit jemand was bereden", sagte ich hastig in zwei Sprachen.

Ich ließ sie mitten in der Verbeugung stehen und holte Ken ein. „Ich möchte mit Ihnen reden", sagte ich. „Allein und ungestört."

„In Ordnung." Er überlegte kurz. „Gehen wir in die Bar?"

Die Bar erwies sich als völlig ungeeignet, denn als wir den Eingang erreichten, sahen wir uns Auge in Auge J. Rolls Eaglewood gegenüber, der auf dem Weg nach draußen mit seinem Stock angehumpelt kam.

„Tag, Sir", grüßte Ken.

J. Rolls blieb abrupt stehen und heftete einen bitterbösen Blick auf Kens Gesicht. „Sie haben mein Pferd umgebracht", knurrte er.

Ken schüttelte schwach den Kopf. „Es ist verendet. Wir konnten es nicht retten."

„Sie haben schlicht versagt."

Mager, wie er war, die Haut übersät mit Altersflecken, strahlte Eaglewood von nahem doch immer noch die Macht und Bedrohlichkeit aus, die ich mit seinem Namen verband. In seiner Stimme lag das Schnarren desjenigen, der es gewohnt ist, daß man ihm aufs Wort gehorcht. „Sie werden meine Pferde niemals mehr anrühren, sonst gehe ich zu einer anderen Ärztegemeinschaft."

Ken unternahm nicht den kleinsten Versuch, sich zu rechtfertigen. Eaglewood nickte ihm kurz und grimmig zu und hinkte außer Hörweite.

„Sehen Sie?" sagte Ken erschüttert und mit blassem Gesicht. „Ich kann's ihm nicht verdenken. Das Pferd, das Donnerstag früh eingegangen ist – das mit der Röhrbeinfraktur –, kam aus seinem Stall. Vor einem Monat ist mir eins von ihm auf dem Operationstisch verendet, während ich es an den Atemwegen operierte. Und eines ging daheim in seiner Box ein . . ." Seine Stimme nahm den inzwischen vertrauten Tonfall der Verzweiflung an. „Ich mache nichts verkehrt, ich passe immer auf. Sie sind einfach verendet."

„Mmh. Nun, dann geben Sie mir doch mal eine vollständige chronologische Liste von all den Mißgeschicken der letzten Zeit. Und die Namen von sämtlichen Besitzern und Trainern und was es an Besonderem über sie zu bemerken gibt."

„Dazu bräuchte ich meine Unterlagen –", er brach ab. „Meine ganzen Unterlagen sind verbrannt."

Wir hatten uns vom Eingang der Bar entfernt und standen auf dem Platz vor dem Waageraum.

„Es wird Zeit", sagte ich zu Ken, „daß Sie anfangen, darüber nachzudenken, wie Sie vorgegangen wären, wenn Sie die Pferde, die eingegangen sind, hätten töten wollen. Gehen Sie alle Möglichkeiten durch, ein Pferd umzubringen."

„Aber ich . . ." Seine Stimme stockte unschlüssig.

„Wissen und Schuld sind zweierlei", sagte ich. „Das heißt noch nicht, daß Sie es getan haben."

Ich sah in sein unglückliches Gesicht und verstand seine mangelnde Bereitschaft, Informationen preiszugeben, die sich wie ein Schuldgeständnis anhören konnten. Über seine Schulter hinweg sah ich Belinda auf uns zukommen. „Stellen Sie die Liste auf", drängte ich Ken. „Wir treffen uns morgen früh in der Klinik. Allein."

„Wann?"

„Um acht?"

„In Ordnung", willigte er ein. „Acht."

„Acht was?" fragte Belinda, die ihn gehört hatte.

„Die Nummer acht im nächsten Rennen", erklärte ich.

Ich ließ sie allein und machte mich auf den Weg zu Annabel, die gerade mit ihrem Anhang zurück zum Führring kam. Nach zwanzig Minuten der Trennung begrüßten wir einander bereits wie alte Bekannte. Die beiden Japaner erörterten lebhaft das nächste Rennen, und Annabel und ich sahen uns an, die Blicke voll unausgesprochener Fragen.

„Wer war das, mit dem Sie gesprochen haben, als wir zurückgekommen sind?" fragte sie. „Ein langer, dünner Mann mit blonden Haaren und eine gereizte junge Frau."

„Ken McClure und Belinda Larch."

Sie runzelte die Stirn. „Ist er Tierarzt?"

„Ja. Ich habe ihn vorgestern kennengelernt."

„Man hat oben in den Räumen des Jockeyclubs über ihn geredet."

„Wer denn?"

„Der Vereinsvorstand und die Stewards. Jedenfalls einer von ihnen. Er sagte, Ihr Bekannter würde ein Pferd nach dem anderen abmurksen oder etwas in der Richtung."

„Wirklich?" Das interessierte mich. „Wer war denn das?"

„Man hat mich schnell hintereinander mit ungefähr acht Personen bekannt gemacht, daher weiß ich seinen Namen nicht mehr, aber ich meine, es war einer von den Stewards."

„Mal sehen", sagte ich und blätterte zur Titelseite meines Rennprogramms zurück, wo ich zu meinem Erstaunen im Verzeichnis der Stewards den Namen fand, den ich im ganzen Innenteil vergebens gesucht hatte: R. UPJOHN.

„Ronnie!" rief Annabel aus. „Er wurde Ronnie genannt." Sie musterte mein Gesicht. „Sagt Ihnen das was?"

Ich erzählte ihr von dem abgeschriebenen und am Leben erhaltenen Pferd, das wieder siegen konnte. „Ken hat ihn dumm aussehen lassen. Das können manche Leute nicht ertragen."

Sie sah auf die Uhr. „Ich sollte mit den beiden hier wirklich wieder zu den Herren vom Jockeyclub gehen. Könnten Sie ihnen das mal übersetzen?"

Die Japaner nickten und verabschiedeten sich freundlich, und für mich war mit Annabels Abgang erst einmal die Luft raus. Ich warnte mich selbst: „Peter, mein Junge, sicher ist halb London hinter ihr her, und du weißt überhaupt nichts von ihr", aber alles fing schließlich irgendwo an.

Ich kehrte auf die Tribüne zurück, wo ich mich wieder zu Greg und Vicky gesellte.

Annabel blieb bis zum letzten Rennen außer Sicht; danach erst kam sie von oben herunter und steuerte mit ihren Schützlingen auf den Ausgang zu. Sie sah mich dort herumlungern (ich ließ Ken und die anderen bereits warten) und kam zu mir, den hübschen Mund zu einem Grinsen verzogen.

„Ronnie Upjohn ist der Mann da vor uns, der mit der Frau in der orangefarbenen Jacke." Wir gingen zusammen hinaus auf den Parkplatz, hinter uns die zwei Japaner. Annabel steuerte auf einen großen Wagen mit Chauffeur zu, der bereitstand, um die sehr bedeutenden Japaner davonzufahren. Ich verbeugte mich zum Abschied vor den beiden Männern, ohne jedoch die entschwindende orangefarbene Jacke aus den Augen zu lassen.

„Nichts wie hinterher", sagte Annabel, „wenn Ihnen so viel daran liegt."

Ich sah ihr lächelnd in die blauen Augen. „Ich rufe Sie an", versprach ich.

„Gern."

Ich eilte unverzüglich der orangefarbenen Jacke nach, so schnell ich konnte.

Die Frau in Orange hielt bei einem großen grauen Wagen an, und Ronnie Upjohn schloß auf. Ich hatte noch Zeit, ihn deutlich zu sehen, bevor er sich auf den Beifahrersitz setzte. Die Dame nahm am Steuer Platz.

Ronnie Upjohn war um die Sechzig und ziemlich unauffällig. Ich mußte mir seine Gesichtszüge bewußt einprägen, wollte ich auch nur eine Chance haben, ihn woanders wiederzuerkennen. Haarfarbe grau. Augen an den Außenwinkeln leicht verdeckt von schweren Lidern. Nase dick, etwas knollig. Schnurrbart bräunlich . . . Ich gab auf. Er war inzwischen meinen Blicken entzogen.

Ich wandte mich ab und ging quer über den Parkplatz auf Kens Wagen zu, und auf einmal sah ich, daß er mit verschränkten Armen dastand und mich verwundert bei meinen Kapriolen beobachtete.

„Wissen Sie, wem Sie da gefolgt sind?“ fragte er ungläubig. „Das war Ronnie Upjohn.“

„Will ich auch hoffen“, erwiderte ich. „Was macht er, außer daß er als Steward fungiert?“

„Besitzt ein paar Pferde.“ Ken dachte nach. „Und macht irgendwelche Geldgeschäfte. Ich weiß es nicht genau. Er ist halb im Ruhestand, glaube ich.“

„Er erzählt im Augenblick über Sie nichts Gutes“, sagte ich.

Ken seufzte. „Niemand tut das.“

AN DIESEM Abend, als alle ausgeflogen waren, aß ich einen Schinkentoast, trank ein Glas Wein dazu und telefonierte mit meiner Mutter in Mexiko-Stadt. Ich sah sie vor mir am anderen Ende der Leitung, schön wie eh und je, und mit einem vertrauten Gefühl von Geborgenheit lauschte ich ihrer hellen Stimme.

„Wynn Lees?“ wiederholte sie ungläubig. „Du willst dich doch hoffentlich nicht mit Wynn Lees einlassen, Peter.“

„Was hat er denn so Schreckliches getan?“ fragte ich. „Ich habe nur ganz verschwommen die Erinnerung, daß er mal im Gefängnis war.“

„Das stimmt allerdings. Wegen Mißhandlung von Pferden.“

„Was?“ Ich war sprachlos.

„Du hast richtig gehört, das erstemal war es wegen Mißhandlung von Pferden. Er und noch ein junger Bursche haben einem Pferd die Zunge abgeschnitten. Ich wußte nichts davon, bis wir nach Cheltenham gezogen sind, und da war Wynn Lees schon über dreißig und hatte noch mal im Gefängnis gesessen, aber diesmal wegen einer Prügelei. Er war ein gräßlicher Mensch. Später soll er nach Australien gegangen sein.“

„Mit wem hat er sich geprügelt?“ fragte ich.

„Was? Ach du meine Güte . . . Es war nicht nur wegen einer Prügelei. Er ist auf irgendwen mit einer Heftmaschine losgegangen und hat ihm Klammern in die Jeans gejagt. Sozusagen die Jeans an den Mann geheftet. Ich glaube, er hat dem Mann vorgeworfen, heimlich mit seiner Freundin herumzumachen, und er wollte dafür sorgen, daß er nicht noch mal die Hosen runterkriegt."

„Um Himmels willen!" sagte ich. Fürs erste hatte ich genug gehört von Wynn Lees. „Es gibt da noch ein paar Namen, die mich interessieren, Mutter. Was ist mit Ronnie Upjohn?"

„Upjohn . . ." Ihr Ton war neutral, ohne ein Zeichen des Erkennens.

„Upjohn und Travers", ergänzte ich. „Wer waren Upjohn und Travers?"

„Peter, ich habe keine Ahnung. Sonst noch jemand?"

„J. Rolls Eaglewood. Derselbe wie früher, aber alt und mit Stock."

„J. Rolls!" Sie lachte. „Er hat mit eiserner Hand seinen Hof regiert und auch unser Dorf. Das alte Ungeheuer trainiert also immer noch . . . Was ist aus seiner Tochter Russet geworden? Gegen sie durfte keiner etwas sagen."

„Weiß ich noch nicht. Es gibt jetzt eine Enkeltochter, die Izzy heißt. Sie war eine Zeitlang mit Ken McClure befreundet." Ich hielt inne. „Mama, weißt du eigentlich, warum Kens Vater Kenny McClure sich umgebracht hat?"

„Depressionen, nehme ich an", sagte sie nach kurzem Schweigen. „Es war ein furchtbarer Schlag damals. Ich habe die Gerüchte nie geglaubt."

„Was für Gerüchte?"

„Es hatte etwas mit Arzneimitteln zu tun. Er soll die falschen Medikamente verordnet haben. Die Leute suchten eine Erklärung dafür, daß er sich umgebracht hatte, obwohl er so beliebt und ein guter Tierarzt war. Es war unfaßbar."

„Wie hat er sich umgebracht?"

„Mit dem Jagdgewehr. Hat sich den Kopf weggeschossen. Erinnere mich nicht dran, Peter, es hat mich damals über Tage hinweg krank gemacht. Wenn ich bloß daran denke, kommt alles wieder hoch."

Ich wunderte mich über den Gefühlsausbruch. Ich hatte nie Mutmaßungen über ihr Liebesleben zwischen dem ersten und dem zweiten Mann angestellt. Aber mit zweiundzwanzig Jahren mußte sie für die Liebe bereit und empfänglich gewesen sein.

Meine Mutter hatte seit jeher einen sechsten Sinn, um mein Schweigen zu deuten, und so sagte sie scharfsinnig: „Kenny war verheiratet. Es wäre nicht recht von ihm gewesen, Frau und Kinder zu verlassen, darin waren wir uns einig, und deshalb dauerte es auch nicht sehr lange. Es hörte schon Jahre vor seinem Selbstmord auf. Ich sah ihn oft, aber wir waren bloß Freunde. Ist es das, was du wissen wolltest?"

„Ich glaube schon."

„Also weißt du", sagte sie zögernd, „wenn du Ken in seiner schwierigen Lage helfen könntest, dann wäre das irgendwie angebracht. Laß ihn nicht tun, was sein Vater getan hat. Ich hätte alles darum gegeben zu erfahren, was Kenny bedrückte . . ., und ihn davor zu bewahren . . . Darum hilf seinem Sohn, mir und Kenny zuliebe, ja?"

Ich war außerordentlich bewegt. Eltern steckten voll der erstaunlichsten Überraschungen.

„Ich werde ihm helfen", versprach ich. „Sofern ich das kann."

AM NÄCHSTEN Morgen um acht fuhr ich zur Klinik, entschlossen, so viele Informationen wie möglich aus Ken herauszuholen, doch statt einer ruhigen Sonntagmorgenstimmung fand ich das ganze Areal von brodelnder Aktivität erfüllt.

Eine Absperrung blockierte den Zugang zum hinteren Parkplatz, der voller Polizeiautos stand. Auf der anderen Seite des Parkplatzes erblickte ich Carey Hewett in seinem mittlerweile schon vertrauten Zustand der Verzweiflung. Ich hatte ihn noch nie anders gesehen. Ken, der mit ein paar anderen dabeistand, winkte mir zu und kam mir entgegen.

„Anscheinend hat die Feuerwehr mit den Leuten von der Versicherung gestern den ganzen Tag hier den Schutt durchgesiebt, auf der Suche nach stichhaltigen Beweisen für Brandstiftung", erklärte er.

„Und haben sie welche gefunden?"

„Haben sie nicht gesagt. Aber sie haben eine Leiche gefunden."

6

„WESSEN Leiche?" fragte ich automatisch.

„Das weiß niemand", erwiderte Ken.

Ich ging mit Ken zu der Gruppe um Carey Hewett hinüber. Carey trug legere Freizeitkleidung – kariertes Hemd, kastanienbrauner Pullover – statt wie üblich Schlips und Kragen. Sein Auftreten verlor dadurch einiges an Autorität, und obendrein wirkte er verwirrt und bekümmert. Dieser letzte Schlag hatte ihn merklich altern lassen.

„Ich verstehe nicht, wie am Donnerstag so spät noch jemand in dem Gebäude gewesen sein konnte", sagte er gerade. „Es war alles abgeschlossen worden."

„Es könnte der Brandstifter gewesen sein", sagte einer von den Männern aus der Gruppe, offenbar ein Polizist in Zivil. Ich reimte mir nach und nach zusammen, daß man die Leiche im einstigen Medikamentenraum gefunden hatte und daß sie zu sehr verkohlt war, um ohne weiteres identifiziert werden zu können. Nicht einmal ihr Geschlecht war bisher bestimmt worden.

„Anscheinend haben sie die Leiche gestern abend entdeckt", raunte mir Ken zu. „Was für ein elender Schlamassel!"

„Es könnte schlimmer sein", sagte ich. „Der Tote da drin könnte einer von Ihnen sein. Einer von Ihnen hätte den Brandstifter stören und dafür umgebracht werden können."

„Schon möglich." Der Gedanke erschreckte ihn nicht besonders. „Wenn wir kranke Tiere in den Boxen haben, ist abends oft jemand von uns hier. Scott kam gestern alle paar Stunden her, um nach der Stute zu sehen, und ich habe dreimal nach ihr geschaut."

„Der Stute geht es also gut?"

„Soweit ja. Drücken Sie uns die Daumen."

Wir verließen die Gruppe und gingen zu der Stute und einem weiteren Pferd hinüber. Beide schienen halb zu schlafen, so still standen sie da.

„Was fehlt ihm?" erkundigte ich mich nach dem Pferd, das ich noch nicht kannte.

„Ein Hengst, der Atemschwierigkeiten hatte. Wenn er gefordert war, kriegte er keine Luft in die Lunge, weil sein Kehlkopf halbseitig gelähmt ist. Das kommt bei großen Pferden oft vor. Ich habe die geschädigte Seite des Kehlkopfs durch eine Naht fixiert, um sie offenzuhalten, so daß er besser atmen kann. Gott sei Dank ist alles gutgegangen."

„Haben Sie ihn hier in der Klinik operiert?"

„Ja. Ich habe es Mittwoch früh gemacht. Es ist ein längerer Eingriff. Er stand seit vierzehn Tagen auf dem Terminplan. Es war kein Notfall."

„Waren alle Pferde, die eingegangen sind, Notfälle?"

Er überlegte kurz und schüttelte den Kopf. „Eines ist hier draußen nach einer gelungenen Sprunggelenkoperation an Herzversagen verendet. Scott ist nach dem Eingriff die ganze Nacht hiergeblieben, hat regelmäßig nach ihm gesehen. Alles war in Ordnung mit ihm. Dann war es plötzlich tot."

„Hat Scott selbst gesehen, wie es tot umgefallen ist?"

„Nein, ich glaube nicht. Ehrlich gesagt, glaube ich, Scott ist eingeschlafen, obwohl er das bestreitet." Er zuckte die Achseln. „Wir haben eine Obduktion vorgenommen, aber eine Ursache konnten wir nicht feststellen. Sein Herz war einfach stehengeblieben."

„Kommt das oft vor?"

„Eigentlich nicht. Höchstens nach einem schweren Rennen."

„Haben Sie mir die Liste zusammengestellt?"

„Bin noch nicht dazu gekommen." Er hielt sich so bedeckt wie eh und je.

„Was haben Sie falsch gemacht?" fragte ich.

„Nichts", sagte er wenig überzeugend.

„Etwas muß falsch gelaufen sein. Warum erzählen Sie es mir nicht einfach?"

Er warf mir einen langen, gequälten Blick zu und zuckte mit den Schultern. „Beim ersten", begann er zögernd, und sein längliches Gesicht nahm einen unglücklichen Ausdruck an, „dachte ich hinterher, ich hätte vielleicht etwas übersehen . . ., aber es schien so unlogisch . . ., und so oder so hätte es das Pferd nicht umgebracht, die Wirkung hätte irgendwann wieder nachgelassen."

„Was denn, Ken? Was für eine Wirkung?"

„Von Atropin", sagte er.

„Ist das ein Gift?" fragte ich.

„Ja, ein Gift, das vor allem aus der Tollkirsche gewonnen wird", erklärte er geduldig. „Es wirkt beruhigend. Krampflösend."

„Führt es zum Herzstillstand?"

Er schüttelte den Kopf. „Es kann allenfalls die Darmbewegung zum Stillstand bringen. Der Darm bläht sich dann auf, und in diesem Fall bleibt nichts anderes übrig, als das Pferd zu operieren. Aber wenn die Atropinwirkung nachläßt, arbeitet der Darm wieder ganz normal. Nur, daß es so nicht gelaufen ist. Sie sind beide in der Narkose gestorben."

„Beide?"

„Aber ich bin mir nicht sicher . . ."

Ausgerechnet da kam Scott mit zwei anderen Tierärzten wieder, Oliver Quincy und Lucy Amhurst.

„Peter kennt ihr doch, ja?“ fragte Ken seine beiden Kollegen, worauf sie mir beiläufig zunickten.

Fast im selben Moment fanden sich auch Belinda sowie zwei weitere Mitglieder der Gemeinschaftspraxis ein, Jay Jardine und Yvonne Floyd.

Gemeinsam gingen wir ins Klinikgebäude, um die Lage zu besprechen. Scott, Belinda und ich griffen uns in der Eingangshalle Stühle und nahmen sie mit ins Büro. Nur Carey Hewett war noch draußen bei den Vertretern der Obrigkeit.

Lucy Amhurst verlangte zu wissen, was vor sich ging, und das konnte ihr natürlich niemand sagen. „Wir haben tote Pferde genug für eine Leimfabrik, wir haben Brandstiftung und eine Leiche. Das ist wirklich nicht komisch.“ Sie war eine selbstbewußte, nüchterne Person mittleren Alters, mit der stämmigen Statur einer Frau vom Land. Nachdem sie sich auf den Schreibtischstuhl gesetzt hatte, heftete sie ihren etwas oberlehrerinnenhaften Blick auf mich und sagte: „Entschuldigen Sie, wir wissen, daß Sie ein Freund von Ken sind, aber ich finde, Sie könnten ein bißchen genauer erklären, wer Sie sind.“

„Er ist im Staatsdienst“, sagte Belinda. „Irgendeine Art Sekretär.“

„Ein Schnüffler“, meinte Jay Jardine mißbilligend.

Lucy Amhurst musterte mich abwägend. „Wir brauchen ein paar Antworten. Falls er nichts rauskriegt, stehen wir auch nicht schlechter da.“

Allgemeines Achselzucken. Niemand äußerte eine Meinung. Ich blieb einfach da, und das Thema war fürs erste erledigt.

Jay Jardine, der Rinderfachmann, meldete sich zu Wort. Er war noch nicht allzulange mit dem Studium fertig, ein kleiner, dünner Mann, der sich gern in den Vordergrund spielte. In der Gruppe war er der jüngste und, wie mir schien, der unbeliebteste. „Carey ist nicht mehr auf Zack“, nörgelte er. „Wir brauchen Laborräume. Ich habe ihn gestern abend angerufen, und er hat immer noch nichts organisiert. Er ist zu alt, um mit alldem fertig zu werden, das ist doch offensichtlich.“

Die anderen widersprachen in allen Schattierungen der Gefühlsskala, von Entrüstung, wie Lucy, bis zu banger Sorge wie Yvonne Floyd.

„Er ist schon sechzig, nicht wahr?“ sagte Yvonne bedrückt. Sie war jung genug, um sechzig für unvorstellbar alt zu halten.

Ich schätzte Yvonne auf etwa dreißig. Sie trug einen Ehering und betonte ihre Weiblichkeit durch eine üppige Masse nahezu schwarzen Haars. So früh es war, hatte sie doch Lippenstift und Lidschatten aufgetragen, und man konnte ihren spitzenbesetzten schwarzen Unterrock sehen, wenn sie die Beine übereinanderschlug.

Oliver Quincy ließ die Beine kaum einmal aus den Augen, wenn ich mir auch nicht ganz sicher war, ob aus Begehrlichkeit oder Zerstreutheit.

Er war ein braunhaariger, dicklicher Mann im beginnenden mittleren Alter, mit einer gemütlicheren Ausstrahlung als die anderen. Von allen im Raum wirkte er am entspanntesten. Er versuchte sogar, einen Witz anzubringen. „Welches sind die vier Lieblingstiere einer Frau?" fragte er und hängte die Antwort gleich an. „Ganz einfach: ein Nerz im Schrank, ein Jaguar in der Garage, ein Tiger im Bett – und ein Esel, der das alles bezahlt."

Ich fand es urkomisch, aber keiner lachte.

Yvonne kam wieder auf ernstere Dinge zu sprechen. „Was wird denn, wenn die ganze Partnerschaft auseinanderfällt?" fragte sie besorgt.

„Wenn das passiert", sagte Quincy leichthin, „stelle ich Leute ein."

„Was soll das heißen?" fragte Lucy.

„Ich spreche von Quincy und Partnern", erwiderte er. „Wenn Carey aussteigt, machen wir weiter wie bisher, aber ohne ihn. Mit mir als Seniorpartner."

„Er steigt schon nicht aus", sagte Lucy erregt.

„Wir könnten ihn zum Aussteigen bewegen", meinte Jay Jardine, eine günstige Gelegenheit witternd. „Wir müssen ihm sagen, daß er zu alt ist, daß er unser Vertrauen verloren hat."

„Carey hat diese Praxis aufgebaut", protestierte Ken. „Sie ist sein Werk."

„Ist doch normal", sagte Oliver. „Die Jungtiere verstoßen immer den alten Bullen."

„Das läßt der Alte sich nicht gefallen", hielt Scott dagegen. „Warten Sie's ab. Wir bleiben alle bei Carey."

Olivers sanft herablassender Blick glitt von Scotts Gesicht zu dem von Ken. „Quincy und Partner", sagte er, „können keinen in Verruf geratenen Arzt gebrauchen. So leid mir das auch tut."

Völlige Stille trat ein.

„Wem gehört die Klinik?" fragte ich. Alle Blicke richteten sich auf mich. „Wem gehört das abgebrannte Gebäude?" setzte ich hinzu. „Wer bekommt die Versicherungssumme?"

„Die Bank", antwortete Ken. „Sie ist Hypothekengläubiger."

„Warum fragen Sie?" wollte Lucy wissen.

„Ich habe nur überlegt, ob vielleicht jemand besonders davon profitiert, wenn das Ganze hier abbrennt."

Sie dachten darüber nach, doch man merkte, daß sie grundsätzlich an der Pflege kranker Tiere interessiert waren, nicht an finanziellem Gewinn.

„Wir werden Carey fragen müssen", sagte Lucy. „Er hat immer noch die Leitung." Die Saat des Zweifels war jedoch ausgebracht. Kens Aussichten waren erschreckend. Carey konnte nicht immer und ewig zu ihm stehen, und die anderen würden ihn zwangsläufig fallenlassen. Nach einem so schmählichen Abgang würde ihn aber niemand von Rang und Namen mehr haben wollen.

Während seine fünf Partner noch schweigend ihre Zukunft überdachten, steckte Carey sein graues Haupt zur Tür herein. „Ach, da seid ihr ja", sagte er arglos. „Die Polizei möchte euch drüben im Container sprechen." Seine Stimme klang müde. Er sah abgekämpft aus.

Er, seine Partner und sein Pflegepersonal marschierten über den Hinterhof, Ken als letzter. Ich ging neben Ken. Wir betraten den Container, wo ein Polizist sich die Namen geben ließ. Ich nannte meinen Namen und setzte mich wie die anderen auch.

Der leitende Polizeibeamte, ein Mann mittleren Alters von nüchtern-zuverlässigem Aussehen, sagte, er wüßte gern, wer das Hauptgebäude der Tierarztpraxis vor dem Brand am Donnerstag zuletzt verlassen habe.

Yvonne Floyd gab an, nur Carey sei noch dagewesen, als sie um sieben gegangen sei. „Wir haben montags und donnerstags von fünf bis sieben Kleintiersprechstunde. Meine ist donnerstags."

Der Polizist sah auf den spitzengesäumten Unterrock, wandte seinen Blick ab und suchte Bestätigung bei Carey.

Ja, stimmte Carey müde zu. Donnerstag sei ein zermürbender Tag gewesen. Erst nach acht sei er gegangen. Er sei dann hinaus und habe die Vordertür von außen abgeschlossen. Dann sei er noch zu den Stallboxen gegangen, wo er Scott angetroffen habe. Er habe Scott gute Nacht gesagt und sei nach Hause gefahren.

Der Polizist nickte und fragte, wer von uns Scott sei.

Scott meldete sich, schlank, breitschultrig, die Kraftmaschine. „Scott Sylvester, geprüfter Tierpfleger."

Der Polizist fragte, wie viele Personen Schlüssel zu dem niedergebrannten Gebäude besäßen.

„Wir alle", erwiderte Carey.

„Können Sie mir sagen, ob die Innentüren verschlossen waren, Sir?"

„Als ich am Donnerstag weg bin, war nur die Tür zum Medikamentenraum und die zum Labor abgesperrt", sagte Carey.

Der Einsatzleiter fragte, wie viele Leute einen Schlüssel für den Medikamentenraum hätten.

„Wir alle", antwortete Carey wieder. „Einschließlich der Chefsekretärin und der Reinigungskolonne. Und natürlich hat jeder Schrank noch ein Zusatzschloß. Dafür haben die Sekretärin und die Putzleute keinen Schlüssel."

„Glasschränke, Sir?"

Carey nickte.

„Die Ermittler sagen, daß im Medikamentenraum sehr viel geschmolzenes Glas lag. Anscheinend besteht keine Hoffnung, dort noch etwas zu identifizieren, das heißt, wir können nicht feststellen, ob etwas fehlt. Wir bitten Sie deshalb, gemeinsam eine Liste von den Ihres Wissens vorhandenen Medikamenten anzulegen, so daß wir einen Ansatz für unsere Ermittlungen haben, falls etwas davon in fremden Händen auftaucht." Der Polizist schlug eine neue Seite in seinem Spiralblock auf. „Ich möchte gern festhalten, wo Sie alle an dem Abend waren. Angefangen bei Mr. Hewett bitte."

„Ich sagte Ihnen doch, ich bin um acht gegangen und nach Hause gefahren."

„Wie weit ist das, Sir?"

„Ist diese ganze Fragerei denn nötig? Sie können doch wohl nicht annehmen, daß einer von uns das Feuer gelegt hat?" protestierte Carey.

„Wir können nicht sagen, wer es gelegt hat, aber wir möchten gern möglichst viele Personen ausschließen."

„Ah, verstehe. Nun, ich wohne fünf Minuten entfernt."

„Und Sie haben den Abend mit Ihrer Frau verbracht?"

„Meine Frau ist tot. Ich habe mir etwas zu essen gemacht, ein wenig Musik gehört, die Zeitung gelesen."

Der Polizist nickte, machte sich eine Notiz und ging zum nächsten Namen auf der Liste über. „Mrs. Amhurst?"

„Miß", korrigierte Lucy.

„Ihr Donnerstag abend, Miß?" fragte er knapp.

„In etwa das gleiche wie bei Carey. Aber statt Musik zu hören, habe ich ferngesehen."

„Wie weit wohnen Sie von hier entfernt?"

„Zwei Kilometer. In Riddlescombe."

Ich sah sie an. Riddlescombe war das Dorf, wo ich mit meiner Mutter gewohnt hatte und wo die Eaglewoods heute noch herrschten.

Der Polizist konsultierte seine Liste. „Mrs. Floyd?"

„Ich bin, wie schon gesagt, um sieben nach Hause gefahren", erklärte Yvonne.

„Und das ist wo?"

„Painswick Road. Ungefähr drei Kilometer von hier. Mein Mann war geschäftlich unterwegs, aber die Kinder waren da."

„Äh . . ., wie alt sind Ihre Kinder?"

„Es sind nicht meine. Mein Mann hat sie mit in die Ehe gebracht. Zwei Jungen, fünfzehn und sechzehn Jahre alt."

„Und könnten die für Sie bürgen, Madam?"

„Die haben gerade ihre Hausaufgaben gemacht. Jeder hat ein Zimmer für sich. Ich gehe immer hinauf und sage ihnen Bescheid, wenn ich zurück bin. Wir kommen ganz gut miteinander aus."

„Sie sind also wieder nach unten gegangen, nehme ich an, haben etwas zu essen gekocht und den Abend mehr oder minder allein verbracht."

„So ungefähr. Hab die Post durchgesehen und eine Illustrierte gelesen. Die Nachrichten angeschaut. Dann rief Oliver an und sagte, hier würde es brennen."

Der Polizist machte sich nur ganz wenige Notizen.

„Oliver Quincy, Tierarzt?" fragte er als nächstes.

„Das bin ich", meldete sich Oliver.

„Ihr Abend, Sir?"

„Ach, na ja, ich war hundemüde. Ich bin in eine Kneipe gefahren und hab ein paar Bier getrunken und einen Happen gegessen."

„Sind Sie verheiratet, Sir?"

„Meine Frau geht, wohin sie will, und ich, wohin ich will."

„Wie haben Sie erfahren, daß das Gebäude brennt, Sir?"

„Ich habe ihn angerufen", sagte Carey. „Es dauerte lange, bis er sich meldete, aber ich hab's zuerst bei ihm versucht. Ich betrachte Oliver als meine rechte Hand. Es war ganz natürlich, ihn als ersten zu benachrichtigen und ihn zu bitten, daß er es weitergibt."

„Das Telefon klingelte, als ich heimkam", bestätigte Oliver. „Ich habe Yvonne, Lucy und Jay angerufen und ihnen Bescheid gesagt, aber die anderen haben sich nicht gemeldet."

„Ich war in der Kneipe", sagte Scott.

„Mr. McClure?" fragte er.

„Ich war mit meiner Verlobten – Belinda hier – und ihren Eltern auswärts essen. Peter Darwin war auch dabei."

Der Polizist schaute erneut auf seiner Liste nach. „Belinda Larch, Tierpflegerin? Peter Darwin, allgemeine Hilfskraft?"

„Ganz recht", bestätigte Ken. „Wir wollten gerade gehen, als Lucy mich dort anrief."

Lucy nickte. „Mir fiel ein, daß er Bereitschaft hatte, und so habe ich vom Klinikbüro aus seinen Funkanschluß angerufen. Ist das denn alles so wichtig?"

„Einiges ist wichtig, anderes nicht", erwiderte der Polizist philosophisch. „Das läßt sich noch nicht sagen." Er blickte auf die Liste. „Mr. Jay Jardine?"

Mit unverhohlener Gereiztheit sagte Jay, er sei nach Hause gefahren und habe Streit mit seiner bei ihm wohnenden Freundin gehabt. Sie sei davongestürmt. Ja, und?

Seine Antwort wurde kommentarlos aufgeschrieben, und damit war die Fragestunde offenbar zu Ende. Der Polizist wandte sich zum Gehen. Carey stand auf und begleitete ihn hinaus.

„Zwecklos, hier herumzuhängen", sagte Oliver und erhob sich ebenfalls. „Ich gehe Golf spielen. Wer hat Bereitschaft?"

„Carey", teilte Lucy mit, „und Ken."

„Dann wollen wir hoffen, daß es ein ruhiger Sonntag wird", meinte Oliver. Er ging zielbewußt aus dem Container. Jay folgte ihm auf dem Fuß.

Auch alle anderen standen nun auf und schickten sich zum Gehen an. Scott verkündete, er werde den Tag am See verbringen, denn er wolle den Motor seines Rennboots auseinandernehmen, und marschierte in flottem Tempo über den hinteren Parkplatz nach draußen. Wir hörten donnernd einen Motor anspringen und sahen ihn gleich darauf auf seinem Motorrad davonbrausen.

„Er stemmt Hanteln und hat Muskeln, daß man es kaum glauben kann", meinte Lucy. „Ein unwahrscheinlich sportlicher Typ."

„Er ist ein guter Pfleger", sagte Ken zu mir. „Sie haben es gesehen."

„Und er hält zu Carey", fuhr Lucy anerkennend fort.

„Fahren wir doch alle nach Hause", meinte Yvonne. „Oliver hat recht, hier können wir doch nichts mehr ausrichten."

„Wahrscheinlich nicht", stimmte Lucy widerwillig zu.

Die beiden Frauen gingen zusammen zum Tor. Belinda drängte Ken, mit ihr nach Thetford Cottage zum Mittagessen zu kommen.

„Fahr du schon vor, Liebling", sagte Ken, „ich möchte mit Peter noch einiges bereden." Er winkte ihr zu und führte mich entschlossen ins Büro.

„Okay", sagte er, setzte sich in den Schreibtischsessel und griff nach seinem Notizblock. „Keine Geheimnisse, keine Vorbehalte, und Sie verwenden das, was ich Ihnen erzähle, nicht gegen mich."

„Auf keinen Fall", stimmte ich zu und dachte an seinen Vater und meine Mutter und an das, was ich ihr versprochen hatte.

7

„DEM DATUM nach", sagte Ken, „geschah es schon vor Monaten zum erstenmal, daß ein Pferd unerwartet verendete, letztes Jahr im September vielleicht. Ohne meine Aufzeichnungen bin ich nicht ganz sicher."

„Was geschah?" fragte ich.

„Eines Morgens um sechs wurde ich hinaus zu den Eaglewoods gerufen. Der alte Eaglewood war weg, und der Futtermeister hatte die Aufsicht. Er sagte, eins von den Pferden sei sterbenskrank, also bin ich hin. Es war ein dreijähriger Hengst, den ich wegen einer Sehnenzerrung behandelt hatte, aber sonst war er vollkommen gesund gewesen. Jetzt lag er in seiner Box auf der Seite, im Koma, ab und zu liefen ein Zittern und ein Zucken durch seine Muskeln, und es ging offensichtlich zu Ende mit ihm. Ich fragte den Futtermeister, seit wann das so sei, aber das wußte er nicht."

„Was haben Sie getan?" fragte ich.

„Es war zu spät für jede Hilfe. Ich habe nur ein paar Blutproben für die Analyse genommen und ihn von seinen Qualen erlöst."

„Was fehlte ihm?"

Ken schüttelte den Kopf. „Alles in seinem Blut war im Bereich des Normalen, auch wenn der Blutzucker niedrig war, aber . . ."

„Aber was?"

„Bevor er einging, war die Herzfrequenz des Hengstes sehr hoch, und er hatte Schwellungen um die Augen. Ich dachte über Gift nach, über Mittel, die zu Krämpfen, hoher Herzfrequenz und Koma führen. Ich fragte den Futtermeister, ob das Pferd versichert sei, denn die Frage stellte sich einfach, aber er wußte es nicht. Ich sprach mehrmals mit Carey darüber, und schließlich hat er Eaglewood selbst nach der

Versicherung gefragt, doch anscheinend hatte der Besitzer den Hengst nicht versichert."

„Aber Sie haben sich damit trotzdem nicht zufriedengegeben?"

„Nein, das Ganze war mir ein Rätsel. Ich bin sicher, daß der Hengst vorsätzlich getötet wurde, auch wenn es keinen ersichtlichen Grund dafür gab."

„Was hat ihn denn umgebracht?" fragte ich gespannt.

„Insulin. Obwohl ich es nicht beweisen kann."

„Insulin?"

„Ja. Nun, also bei Pferden gibt es so gut wie nie Diabetes, nur in ausgesprochen seltenen Fällen. Pferde werden nicht mit Insulin behandelt. Würde man einem Pferd eine Überdosis davon geben, fiele sein Blutzuckerspiegel katastrophal ab; es bekäme einen Insulinschock. Die Symptome des Hengstes stimmten damit überein."

„Es *muß* wegen der Versicherung gewesen sein", meinte ich grübelnd.

„Aber Eaglewood sagte doch, es war nicht versichert."

„Hat der Hengst ihm gehört?"

„Nein. Tatsache ist, er gehörte dem Mann, dem auch die Stute gehört. Wynn Lees."

Ich sog scharf die Luft ein. „Was wissen Sie über Wynn Lees?"

„Nichts weiter. Warum sagten Sie mir, ich solle ihm nicht trauen?"

Ich dachte kurz daran, ihn aufzuklären, beschloß dann aber, es nicht zu tun. Noch nicht. „Instinkt", erwiderte ich. „Mir hat vor ihm gegraust."

Ken nickte und sagte, auf ihn habe der Mann ähnlich gewirkt.

„Lebt Ihre Mutter noch?" erkundigte ich mich nach einer Pause.

„Ja, warum fragen Sie?"

„Ich weiß nicht . . . Mir ging nur durch den Kopf, ob sie eigentlich schon Gelegenheit hatte, Greg und Vicky zu treffen. Sie hätten sich bestimmt viel zu erzählen so kurz vor der Hochzeit. Und ich würde sie auch gerne kennenlernen."

Er sah mich fast ein wenig bestürzt an. „Verdammt, warum habe ich das nicht längst eingefädelt? Aber ich habe ja auch so viel am Hals. Wie wär's mit heute, zum Mittagessen?" Er streckte die Hand nach dem Telefon aus. „Ich ruf gleich im Thetford Cottage an."

Wer sich dann meldete, war Vicky, und sie nahm den Vorschlag begeistert auf – es sei eine reizende Idee, und sie werde Belinda sagen, es sei abgemacht. Ken legte lächelnd auf, wählte erneut und erreichte seine Mutter, deren Reaktion gedämpfter ausfiel. Ken redete ihr zu. Er werde sie abholen, versprach er, und sie anschließend wieder nach Hause fahren.

„Meine Mutter ist nicht so wie Vicky", sagte er, als er den Hörer auflegte. „Sie plant gern voraus. Sie findet, wir überstürzen die Hochzeit, aber in Wahrheit ist sie dagegen, daß ich überhaupt heirate." Er seufzte. „So sind Eltern eben!"

„Erinnern Sie sich noch an Ihren Vater?"

„Nur undeutlich. Ich war zehn, als er starb. Ich wünschte . . .", er unterbrach sich, „. . . ich wünschte, ich wüßte, warum er gestorben ist. Je älter ich werde, desto stärker habe ich das Bedürfnis zu wissen, warum."

Ich wartete schweigend, dann sagte er: „Er hat sich umgebracht." Das war offensichtlich noch immer ein wunder Punkt bei ihm.

Ich sah auf seinen Notizblock, auf den er lediglich das Wort *Insulin* geschrieben hatte. „Wie wär's, wenn ich die Notizen mache, während Sie reden?"

Dankbar schob er mir Block und Kuli zu. Ich schlug eine neue Seite auf, und nach einigem Nachdenken ging er wieder zu den Vorfällen in der Tierarztpraxis über.

„Das nächste Pferd, dessen Tod ich mir nicht erklären kann, kam kurz nach Weihnachten. Es war das Pferd, das meiner Ansicht nach Atropin bekommen hat. Ein Rennpferd für Hindernisstrecken. Trainiert von Zoe Mackintosh."

„Zoe Mackintosh? Ist sie die Tochter eines Trainers?" fragte ich. Mackintosh war in meiner dunklen Erinnerung ein Mann.

Ken nickte. „Ihr Vater, der alte Mac, mischt noch mit, aber sein Gedächtnis läßt nach. Er ist ein alter Streithahn, der ihr ständig im Nacken sitzt. Sie geht noch zu Hewett und Partner, weil sie Carey schon ihr Leben lang kennt – er und Mac sind dicke Kumpel –, aber sie ist wegen der toten Pferde sauer auf mich."

„Mehr als eins?"

„Zwei. Und ich könnte schwören, beide haben Atropin bekommen."

„Hatten die beiden Pferde denselben Besitzer?" fragte ich.

„Keine Ahnung."

„Und waren sie versichert?"

„Ich glaube nicht. Da müßten Sie Zoe oder die Besitzer fragen, und ganz offen gesagt, ich werde das nicht tun."

„Sie haben Angst vor ihr!"

„Sie kennen sie ja nicht."

„Beschreiben Sie die Atropin-Pferde."

„Das erste, ein brauner vierjähriger Wallach mit breiter durchgehender Blesse. Das zweite, ein fünfjähriger Fuchswallach mit ‚Laterne', das heißt mit einem fast weißen Kopf."

„Okay." Ich notierte die Beschreibungen. „Wie sind sie umgekommen?"

„Kolikfälle, bei beiden der gleiche Verlauf. Aus heiterem Himmel versagte ihr Herz, ihr Blutdruck ging in den Keller, und wir verloren sie auf dem Operationstisch."

„Wie viele sind jetzt so eingegangen?"

„Vier in acht Wochen." Er schluckte. „Das letzte war, wie gesagt, ein zusammengeschraubtes Röhrbein, und davor kam eine Kehlkopfkorrektur wie bei dem, das jetzt hier steht. Diese beiden gehörten Eaglewood."

„Was kam nach der Kehlkopfkorrektur?"

Er überlegte eine ganze Weile. „Das nächste war vermutlich das Springpferd aus Nagrebbs Stall. Es hatte sich beim Training in einem Hindernis verheddert, und als ich hinkam, war es noch auf der Wiese, und ein spitzes, dreißig Zentimeter langes Stück Holz steckte in seinem linken Hinterbein, über dem Sprunggelenk. Die Reiterin, Nagrebbs Tochter, heulte die ganze Zeit, was ihrem Pferd auch nicht half. Pferde reagieren auf Furcht mit Furcht. Schließlich kriegte ich den alten Nagrebb dazu, daß er mit seiner Tochter ins Haus ging. Ich zog dann also den Splitter aus dem Bein und untersuchte den Schaden, der vorwiegend muskulär war. Also habe ich die Wunde gereinigt, geflickt und sie mit einer starken Naht verschlossen." Er hielt inne, konzentrierte sich auf seine Erinnerungen. „Nun, das Bein heilte auch ganz gut. Ich fuhr noch mehrmals raus. Schließlich zog ich die Fäden, und damit war der Fall abgeschlossen. Ein paar Tage darauf bekam ich dann einen entsetzten Anruf und fuhr hin. Das Bein vom Sprunggelenk abwärts sowie die Fessel waren aufgeblasen wie ein Luftballon, das Pferd konnte mit dem Fuß nicht mehr auftreten. Wir schafften das Tier also her, und ich schnitt das Bein auf, die Sehne hatte sich buchstäblich aufgelöst. Nichts mehr zu machen. Natürlich mußten wir das Tier töten, und es war doch ein bekanntes Turnierpferd. Nagrebb hatte es versichert, also teilten wir der Versicherungsgesellschaft mit, daß das Pferd nicht mehr zu retten gewesen war." Er schwieg wieder und blickte mich ernst an. „Ich habe viel über den Fall nachgegrübelt. Es gibt in der Tat etwas, wodurch sich die Sehne auflösen kann."

„Nämlich?" fragte ich.

„Ein Zeug namens Kollagenase. Es ist ein Enzym, das Kollagen zersetzt, und Sehnen und Bänder bestehen aus Kollagen. Wenn man, sagen wir, zwei Kubikzentimeter Kollagenase in eine Sehne injizierte, hätte es diese Wirkung. Aber man kann nicht einfach hingehen und Kollagenase kaufen. Sie wird von der chemischen Industrie geliefert, findet aber nur in Forschungslaboratorien Verwendung. Es ist ein ziemlich gefährliches Zeug. Es würde auch menschliche Sehnen zersetzen."

Ich machte mir Notizen. „Kommen Sie zum nächsten Fall", forderte ich ihn auf.

„In Ordnung. Als nächstes verendete dann das Pferd draußen in der Beobachtungsbox, von dem ich Ihnen heute morgen erzählt habe."

„Wem hat es gehört?"

„Einem Mann namens Fitzwalter. Anständiger Kerl. Hat mir nicht die Schuld gegeben. Die Bluttests waren negativ im Hinblick auf eventuelle körperfremde Substanzen."

Ich musterte sein blasses, besorgtes Gesicht.

„Und gleich darauf kam das zweite Mackintosh-Pferd zu uns", fuhr Ken fort, „und es ging auf dem OP-Tisch ein, genau wie das erste." Er schüttelte den Kopf. „Letzten Donnerstag, am Tag, als Sie gekommen sind, verloren wir dann das Eaglewood-Pferd mit dem Röhrbeinbruch. Auf genau die gleiche Art. Herzschwäche und schlagartig absinkender Blutdruck."

„War irgend etwas bei den beiden Mackintosh-Operationen anders als bei dem von mir beobachteten Eingriff an der Stute? Außer daß Sie keinen Darmverschluß gefunden haben, meine ich."

„Nein, nur daß natürlich Scott und Belinda bei mir waren, nicht Sie. Belinda führt Aufsicht, Scott macht die Narkose. Wir arbeiten immer so."

„Nur Sie drei?"

„Nicht unbedingt. Einer von den anderen kann auch dazukommen." Er hielt inne.

„Kommen wir auf den vorigen Donnerstag morgen zurück", sagte ich. „Da haben Sie alles doppelt geprüft. Sie hatten Oliver dabei. Gehen Sie in Gedanken noch mal alles durch, von der Ankunft des Pferdes an. Lassen Sie nichts aus."

Ich schaute ihm zu, beobachtete die kleinen Regungen seiner Gesichtsmuskeln, während er in der Erinnerung Schritt für Schritt nachvollzog. Schließlich schüttelte er den Kopf, und seine Miene verdüsterte sich. „Überhaupt nichts Besonderes", platzte er heraus. „Nichts, außer –"

„Außer was?" fragte ich.

„Nun, Oliver hat den Monitor beobachtet. Ich habe ab und zu einen Blick darauf geworfen. Ich kann's nicht beschwören, aber ich meine jetzt im nachhinein, daß sich die EKG-Kurve leicht verändert hatte." Er starrte finster vor sich hin. „Ich werde einiges nachschlagen müssen."

„Hier?" fragte ich und blickte mich in dem leeren Büro um.

„Nein, zu Hause. Meine ganzen Bücher stehen zu Hause. Carey hatte seine alle hier im Büro." Er schüttelte den Kopf. „Einige von diesen Büchern sind unersetzbar."

„Wirklich Pech", sagte ich.

„Man kann auch nicht sagen, daß die Sorgen nun vorbei wären."

„Schon gar nicht, wenn hier eine unidentifizierte Leiche herumliegt."

Er rieb sich müde mit der Hand übers Gesicht. „Fahren wir nach Thetford Cottage."

„Einverstanden. Aber hören Sie, Ken . . . Bis man herausgefunden hat, wessen Leiche das ist, sollten Sie nicht durch irgendwelche dunklen Straßen laufen."

Er blickte mich überrascht an. Offenbar hatte er sich wegen der Leiche bislang weder Sorgen gemacht noch sie als Mahnung zur Vorsicht aufgefaßt.

„Das war doch der Brandstifter", protestierte er.

„Mag sein. Trotzdem, seien Sie vorsichtig."

„Sie machen mir angst, wissen Sie das?"

„Das ist gut."

BEIM Mittagessen in Thetford Cottage gab Vicky sich alle Mühe, Kens Mutter Josephine zu bezaubern, doch in Wahrheit waren sie unvereinbare Geister. Die spontane, großzügige, rundliche Vicky sah sich der ablehnenden Haltung einer bieder gekleideten, eckigen Frau gegenüber, der Mißbilligung zur Gewohnheit geworden war.

Schließlich setzten wir uns alle nieder zu Lammbraten mit Kartoffeln, Erbsen und Möhren. Als sich erst einmal alle bedient hatten und zufrieden speisten, war es nicht weiter schwierig, die Sprache auf Kens brillante Arbeit an der kolikgeplagten Stute zu bringen und auf das Mißtrauen und den Undank ihres Besitzers.

„Ein äußerst sonderbarer Mann", sagte ich. „Wynn Lees heißt er. Er gefiel mir gar nicht."

Josephine McClure, die neben mir saß, spitzte die Ohren. „Ken", sagte sie streng, „du hattest mir nicht erzählt, daß du für Wynn Lees gearbeitet hast. Halte dich von ihm fern."

„Ich wußte nicht, daß du ihn kennst", erwiderte Ken verwundert.

„Ich kenne ihn auch gar nicht persönlich. Aber ich bin über ihn informiert. Das reicht."

„Was wissen Sie denn über ihn?" fragte ich. „Bitte erzählen Sie's uns."

Sie stieß verächtlich die Luft aus. „Er hat Pferde gequält und dafür im Gefängnis gesessen. Es war ein furchtbarer Skandal. Ich habe jahrelang nicht einmal mehr seinen Namen gehört."

„Ken hat außerdem ein bißchen Ärger mit Ronnie Upjohn bekommen", sagte ich. „Wissen Sie auch über den irgendwelche Geschichten?"

„Ronnie Upjohn?" Sie runzelte leicht die Stirn. „Der hat meinen Mann gekannt."

„Ist er Geschäftsmann? Hat er einen Partner?" fragte ich zögernd.

„Ach, Sie meinen den alten Mr. Travers? Nein, das war der Partner von Ronnies Vater, ein fürchterlicher Lüstling."

„Upjohn und Travers", sagte ich. Ich hielt die Luft an, in Erwartung weiterer Einzelheiten.

„Ganz recht." Sie aß gleichmütig weiter.

„Was für ein Geschäft war das?" fragte ich.

„Weiß ich nicht. Hatte irgendwas mit Finanzierungen zu tun. Ronnie Upjohn hat sein Lebtag nicht gearbeitet, soviel ich weiß."

„Sie wissen eine Menge über all diese Leute", bemerkte ich bewundernd. „Wie ist es mit den Eaglewoods?"

„O nein, nicht die Eaglewoods", warf Belinda ein.

Josephine warf ihrer Schwiegertochter in spe einen scharfen Blick zu und traf eine beachtenswerte Feststellung: „Gegenüber dieser Izzy sind Sie, glaube ich, ein Fortschritt."

„Was gab es an Izzy Eaglewood denn auszusetzen?" fragte ich Josephine.

„Ihre Mutter, Russet Eaglewood." Josephine kniff die Lippen

zusammen, konnte sich aber nicht enthalten, ihr Wissen preiszugeben. Einmal aufgezogen, schnurrte sie ab wie ein Uhrwerk. „Izzys Mutter war und ist ein Flittchen. Izzy ist natürlich unehelich."

„Hör doch auf", bat Ken sie. Er blickte mich etwas verstört an. „Können Sie nicht das Thema wechseln?"

Ich wandte mich verbindlich an Josephine: „Wie ist es mit Zoe Mackintosh? Gibt es über sie und ihre Familie irgendwelche hübschen Skandalgeschichten?"

„Ihr alter Vater ist am Verkalken, wenn man das skandalös nennen kann. Er war immer ein Lump, aber sehr gerissen. Wie es heißt, hat er vor ein paar Monaten sehr viel Geld durch eine Immobilienpleite verloren."

„Was ist mit der Familie Nagrebb?" fragte ich sie.

„Die haben doch die Springreiterin, nicht? Ken kümmert sich um ihre Pferde." Sie aß ihren Teller leer, legte Messer und Gabel ordentlich nebeneinander und wandte sich an Ken. „Ist dieser Nagrebb nicht der Mann", fragte sie, „der Scherereien bekommen hat, weil er Springpferde beim Training mißhandelte?"

Ken nickte.

„Was hat er gemacht?" fragte ich.

„Ihnen mit einer Stange gegen die Schienbeine geschlagen, während sie gesprungen sind, damit sie lernen, die Beine höher zu heben", erzählte Ken. „Nagrebbs Pferde hatten immer Beulen und Blutergüsse an den Schienbeinen."

„Nagrebbs Tochter hat geschworen, er habe es nicht getan", warf Belinda ein.

Ken lächelte. „Sie tut alles, was er ihr sagt. Sie hat die Pferde geritten, während er ihre Beine traktierte. Sie möchte siegen, und Papa stellt die nötigen Mittel, da kommt es nicht in Frage, daß sie ihn verpfeift."

„Eine schlechte Welt", sagte Vicky traurig.

ALS SICH die Mittagstafel auflöste, verließ ich Thetford Cottage und fuhr in das Dorf Riddlescombe, um zu sehen, was ich davon wiedererkennen würde. Ich hatte nur undeutliche Bilder im Kopf gehabt und stellte um so überraschter fest, wie vieles mir noch lebhaft vertraut war, als ich durch die langgezogene Hauptstraße fuhr. Die Post, die Tankstelle, die Kneipen; alles war noch da. Die Zeit hatte weder die kleinen Katen hinweggefegt noch die Steinhäuser verändert. Ich stellte den Wagen ab und ging zu Fuß weiter, und dabei fiel mir wieder ein, wer wo gewohnt hatte, wer gestorben war und wer abgehauen.

Es war wie die Rückkehr in ein vergessenes Land, das zwanzig Jahre still vor sich hin geschlummert hatte. Unberührt von Jahrhunderten, stand die winzige alte Kirche, in die ich gegangen war. Immer noch von einer niedrigen Steinmauer umgeben, mit einem Rasenstreifen, willkürlich angeordneten Eiben und verwitterten, namenlosen grauen Grabsteinen, stand sie da, Sinnbild der verzweifelten Hoffnung auf das ewige Leben.

Der alte Riegel schnappte mit einem vertrauten hohlen Klicken unter meinem Daumen zurück, und als ich die schwere Holztür aufstieß, empfing mich das muffige Geruchsgemisch von Gesangbüchern, Betkissen und Altarblumen. Ich wanderte in den rückwärtigen Teil der Kirche und las die Inschrift auf der kleinen Messingplakette wieder, die unauffällig oben an ihrem Platz hing.

PAUL PERRY. Geburtsjahr und Todesjahr. RUHE SANFT.

An jedem ersten Weihnachtstag hatte meine Mutter der Plakette eine Kußhand zugeworfen, und wenngleich ich das bei meiner Rückkehr jetzt nicht tat, wünschte ich ihm doch alles Gute, dem blutjungen Jockey, der mir das Leben geschenkt hatte.

Ich trat hinaus und ging weiter die Straße hinunter zu dem kleinen Haus, in dem wir gewohnt hatten. Der Anstrich war verwittert, der Garten öde, aber sauber, und das Eingangstor, auf dem ich herumgeturnt hatte, fehlte ganz. Ich blieb draußen stehen und fragte mich, ob ich hineingehen sollte oder nicht. Doch schließlich nahm ich meine alten Erinnerungen unberührt wieder mit und schlenderte zurück zum Wagen.

Ehe ich losfuhr, beschloß ich, noch einen Abstecher zum Ortsausgang zu machen, zum Stall der Eaglewoods. Ich ließ den Wagen draußen stehen und schlenderte in Richtung der Ställe, in der Hoffnung, wie ein harmloser Tourist auszusehen, der sich verlaufen hat.

Ich hatte noch keine sieben Schritte auf den Hof getan, als mir auch schon jemand gebieterisch zurief: „Hallo? Kann ich Ihnen helfen?"

Ich schwenkte herum. Die Stimme kam von einer schlanken Frau um die Vierzig in Jeans und Pullover, die auf einer Trittleiter stand und ein handgemaltes Schild an einer Stallmauer befestigte. BITTE DIE PFERDE NICHT FÜTTERN stand darauf.

„Ähm“, sagte ich und begann zu improvisieren. „Ich hatte gehofft, mit Mr. Eaglewood sprechen zu können.“

„Worüber?“

Ich räusperte mich. „Über eine Versicherung.“ Es war das erste, was mir einfiel.

Sie betrachtete das Schild mit schräg geneigtem Kopf, nickte zufrieden und stieg die Leiter herab. Ein kühler Windhauch vertrieb die schwache Wärme des Februarsonnenscheins und wehte ihr das dichte hellbraune Haar übers Gesicht. Ihre Vitalität und ihre natürliche Anziehung erzeugten ein ganz eigenes Kräftefeld. Sie musterte mich von Kopf bis Fuß mit einem Blick, der wie ein Röntgenstrahl durch Herz und Hirn zu gehen schien. „Was für eine Versicherung?“

„Lebensversicherungen für die Pferde.“

Sie schüttelte den Kopf. „Das ist Sache der Besitzer.“

„Vielleicht würde Mr. Eaglewood –“

„Ich bin die Geschäftsführerin“, unterbrach sie mich. „Ich verwalte die Finanzangelegenheiten. Wenn die Besitzer ihre Pferde versichern möchten, setzen wir sie mit einem Vertreter in Verbindung. Sie brauchen nicht mit Mr. Eaglewood zu reden.“

„Tja . . . könnten Sie mir dann wohl sagen, ob Mr. Wynn Lees den Hengst versichert hatte, der im September hier im Koma verendet ist?“

„Was?“

„Oder“, fuhr ich fort, „ob das Pferd, das bei der Operation an den Luftwegen eingegangen ist, von seinem Besitzer vorher versichert worden war? Und, ähm, dann die Röhrbeinfraktur – wie lange vor der tödlichen Operation am vorigen Donnerstag hat sich das Pferd die Verletzung zugezogen?“

Sie starrte mich sprachlos an.

„Ken McClure ist in großen Schwierigkeiten“, sagte ich, „und ich glaube nicht, daß er die selbst verschuldet hat.“

„Wer sind Sie bitte?“ fragte sie. „Polizeibeamter?“

„Nein, bloß ein Freund.“

„Wie heißen Sie?“

„Peter Darwin.“

„Irgendwie verwandt mit Charles?“

„Nein.“

„Wissen Sie, wer ich bin?“ fragte sie.

„Die Tochter von Mr. Eaglewood?“ fragte ich zögernd zurück.

„Wenn Sie mit Ken bekannt sind, wissen Sie auch, daß er ein Techtelmechtel mit meiner Tochter hatte“, sagte Russet Eaglewood.

„Er mag sie“, versicherte ich.

Sie zuckte gleichmütig die Achseln. „Izzy hat sich ihm an den Hals geworfen, das arme Ding. Allerdings hat er sie recht anständig behandelt.“ Sie stockte, dann sagte sie: „Es ist windig hier draußen und bald schon Abendstallzeit. In Kürze rücken die Burschen an und machen Radau. Gehen wir beide doch ins Haus, damit wir uns ungestört unterhalten können.“

Ohne auf meine Zustimmung zu warten, ging sie los, schritt an dem großen hochragenden Haupthaus vorbei zu einem zweigeschossigen separaten Gebäude, in dem sie, wie sie sagte, allein wohnte.

In puncto Einrichtung hegte sie eine Vorliebe für antike Möbel und klassische Stoffe. An den Wänden hingen Ölgemälde, überwiegend Pferdemotive. Insgesamt eine Atmosphäre unaufdringlichen Wohlstands. Sie bot mir einen Sessel an und setzte sich in einen zweiten Sessel auf der anderen Seite des Kamins, die Beine in den blauen Jeans übereinandergeschlagen, Telefon und Adreßbuch auf einem Tischchen neben sich.

„Mit Wynn Lees rede ich auf keinen Fall, wenn ich nicht muß“, sagte sie. „Mir ist unbegreiflich, wie mein Vater überhaupt dazu kam, den Hengst für ihn auszubilden. Aber der Hengst ist doch an Krämpfen gestorben, oder? Zumindest hat Ken ihn einschläfern müssen.“

„Ken sagte, dieser Hengst sei nicht versichert gewesen. Wissen Sie, ob es die beiden anderen waren?“

„Davon habe ich nichts gehört.“ Sie nahm den Telefonhörer ab, sah eine Nummer nach und fragte den Besitzer des an den Luftwegen erkrankten Pferdes selbst, ob er es versichert hatte. Das Pferd war nicht versichert.

Sie wiederholte die Anfrage bei dem Besitzer des Pferdes mit Röhrbeinbruch. Das Ergebnis war das gleiche.

„Drei Tage lagen zwischen dem Röhrbeinbruch und der Operation“, sagte sie. „Ken und Carey meinten beide, daß das Pferd gerettet werden könne. Der Besitzer willigte ein, die Kosten dafür zu tragen, weil das Pferd nicht kastriert war und in die Zucht genommen werden konnte, wenn es nicht wieder in Form kam. Diese beiden Pferde sind also einfach in der Tierklinik hopsgegangen. Sie waren nicht versichert. Mein Vater und alle anderen glauben, daß

Ken zumindest nachlässig, wenn nicht regelrecht fahrlässig gewesen ist."

Ich schüttelte den Kopf. „Ich habe ihn beobachtet. Ich weiß, daß er nicht schludrig oder fahrlässig sein könnte."

„Wollen Sie ernstlich behaupten", fragte sie, „daß jemand diese beiden Todesfälle geplant und arrangiert hat?"

„Ich versuche das herauszufinden."

„Aber zu welchem Zweck sollte das denn jemand getan haben, wenn es nicht wegen der Versicherung war?"

Ich seufzte. „Vielleicht, um Ken in Mißkredit zu bringen."

„Und warum?"

„Das weiß er nicht."

Sie sah mich grübelnd an. „Natürlich", sagte sie schließlich, „könnte auch jemand anders als der Besitzer die Pferde versichert haben. Wir hatten mal einen Besitzer, der seine Rechnungen nicht zahlte. Seine Geschäfte liefen nicht gut, er konnte das Geld nicht auftreiben. Sein wertvollstes Stück war das Pferd, das wir für ihn trainierten. Das Pferd sollte in ein Vorbereitungsrennen gehen, und ich hatte so ein ungutes Gefühl, deshalb versicherte ich es am Tag vor dem Rennen so hoch, daß der Betrag, den uns der Besitzer schuldete, locker abgedeckt war – und entscheidend ist, ich hatte dem Besitzer nichts davon gesagt."

„Und ist das Pferd umgekommen?"

„Nicht bei dem Rennen. Das hat es gewonnen. Es kam auf der Rückfahrt durch einen Unfall auf der Autobahn ums Leben."

Ich gab einen mitfühlenden Laut von mir.

Sie nickte. „Der Besitzer war platt, als ich ihm von der Versicherung erzählte. Ich hatte sie in seinem Namen abgeschlossen, und er hat gezahlt, was er uns schuldete. Aber ich hätte das Pferd auch versichern können, ohne ihm je ein Wort davon zu sagen, und den ganzen Zaster selbst einstecken können."

Ich holte langsam und tief Atem. „Danke", sagte ich.

Russet überlegte. „Es könnte sein, daß die Versicherungsgesellschaft prüft, ob der Name auf der Police mit dem Namen des eingetragenen Besitzers übereinstimmt, und selbst das ist nicht sicher, aber sie würden niemals jeden einzelnen Besitzer anrufen, um sich zu vergewissern, ob er von der Versicherung weiß und sie auch wirklich wünscht."

„Also", sagte ich und wollte mich erheben, „ich kann Ihnen gar nicht genug danken . . ."

„Möchten Sie was trinken?“

„Herzlich gern“, willigte ich ein.

Sie stand auf, ging hinüber zu einem Tablett mit Flaschen auf einem Tisch und kam mit zwei Gläsern voll dunklem, gerbstoffreichem Bordeaux zurück.

Ich trank einen Schluck Wein. „Ken hat etwas von einem Jungen gesagt, der vor langer Zeit hier gewohnt hat. Jimmy, nicht wahr?“

Ihr Gesicht nahm einen sanften Ausdruck an, und sie sagte traurig: „Ja, mein kleiner Bruder. Ein ziemlich wildes Kerlchen war das.“

Ich hoffte im stillen, sie würde weiterreden, und nach einem Augenblick tat sie es auch. „Er hat immer mit einem Jungen aus dem Dorf Blödsinn gemacht.“ Sie lächelte zärtlich. „Seltsam, aber manche Sachen kommen einem immer so vor, als wären sie erst gestern passiert.“

„Mhm.“

Ich war versucht, ihr zu sagen, daß ich der Junge aus dem Dorf war. Doch da ich immer noch glaubte, die Anonymität von Peter Darwin, Diplomat, könnte mir bei der Entwirrung von Kens Schwierigkeiten förderlich sein, ließ ich den Augenblick der Versuchung verstreichen.

8

AM NÄCHSTEN Tag, einem Montag, fuhr ich am Morgen zur Klinik, um mich mit Ken im Büro zu treffen, und stellte fest, daß er fortgerufen worden war, um ein Pferd mit akuter Hufrehe zu behandeln. Danach standen für ihn zwei Operationen auf dem Plan.

Diese Auskunft kam von Oliver Quincy, der den Platz eingenommen hatte, den er am meisten begehrte, den Polsterstuhl hinter dem Schreibtisch.

Sein Ton mir gegenüber war nicht besonders freundlich, schließlich war ich der erklärte Verbündete des Mannes, den er an die Luft zu setzen gedachte.

„Was haben Sie eigentlich gegen Ken?“ fragte ich.

„Das wissen Sie doch ganz genau. Er pfuscht.“

„Er ist ein guter Chirurg.“

„War er mal.“ Er starrte mich abschätzend an. „Er hätte das Pferd mit Röhrbeinbruch am Donnerstag nicht eingehen lassen dürfen.“

„Was glauben Sie, woran es verendet ist?“

Er starrte mich weiter an und gab keine Antwort. Wenn er es wußte, wollte er es nicht sagen. Hatte er gewußt, wie es sich verhindern ließ, dann hatte er Ken nichts davon gesagt.

Da ich keinen gesteigerten Wert auf seine Gesellschaft legte, schlenderte ich wieder hinaus auf den Parkplatz. Die Polizei hatte auf der Rückseite des abgebrannten Gebäudes eine Schranke errichtet, um leichtsinnige Gaffer zurückzuhalten. Am anderen Ende der Auffahrt suchte die Obrigkeit, wie ich sah, mit unermüdlichem Eifer nach Schuldbeweisen.

Drüben bei den Stallboxen wurde unter Scotts Aufsicht ein unbändig die Nüstern blähendes und mit dem Kopf schlagendes Pferd aus einem Transporter geladen. Es sah nicht im mindesten krank aus.

Ein Stallbursche brachte es in eine der leeren Boxen und sperrte es ein, ließ aber die obere Hälfte der Tür offen.

Ich schlenderte hin, als der Transporter samt Stallbursche vom Parkplatz fuhr, und fragte Scott, ob sich der Zustand der trächtigen Stute weiterhin gebessert habe.

„Der geht's gut", sagte er. „Ihr Besitzer ist gerade bei ihr."

„Bloß nicht!" rief ich erschrocken.

Scott, der darin keine Gefahr sah, sagte achselzuckend: „Das ist doch sein gutes Recht. Sie gehört ihm."

Die obere Türhälfte an der Box der Stute stand ebenfalls offen, und ich ging unverzüglich hin und sah hinein. Wynn Lees stand da und betrachtete kritisch den dicken Bauch der Stute. Er drehte sich fragend nach mir um, vorweg schon einen finsteren Ausdruck in dem fleischigen Gesicht. Er hatte mich vom Freitag morgen nur schwach als unbedeutende Hilfskraft in Erinnerung.

„Holen Sie Carey her!" forderte er grimmig. „Ich bin gar nicht zufrieden."

Ich wandte mich ab und fragte Scott, wo Carey zu finden sei. „Im Container, bei der Sprechstunde", sagte Scott, also ging ich dorthin und überbrachte die Botschaft.

Carey ging mit mir zum Stall und betrat die Box der Stute, doch alles, was ich von der Unterhaltung mitbekam, waren Bemerkungen über die näher rückende Geburt des Fohlens.

Kurz darauf kamen beide Männer heraus, nicht gerade, als ob sie einander besonders zugetan wären, und der eine fuhr mit seinem Rolls-Royce weg, der andere kehrte zu seiner Sprechstunde zurück.

Scott beschloß, die Stute in die Box am Ende der Reihe zu verlegen, damit die Beobachtungsbox für die neuen Patienten frei wurde. Ich ging mit ihm, als er das große trächtige Tier am Halfter führte.

„Als am Donnerstag das Pferd mit dem Röhrbeinbruch starb", sagte ich, „ist Ihnen da etwas Ungewöhnliches an der Kurve auf dem Bildschirm aufgefallen? An dem Elektrokardiogramm, meine ich."

„Hören Sie", versetzte er in gekränktem Ton, „will Ken vielleicht behaupten, es sei meine Schuld, daß das Pferd gestorben ist? Das muß ich entschieden von mir weisen."

„Ken sagt, Sie seien ein sehr guter Anästhesist", erklärte ich beschwichtigend.

„Und überhaupt hat außer mir doch auch Oliver den Schirm beobachtet."

Scott führte die Stute in die Box und verriegelte die untere Hälfte ihrer Tür, und ehe mir noch etwas einfiel, das ich ihn hätte fragen können, kurvte ein kleiner weißer Lieferwagen auf den Parkplatz und kam mit einem Ruck zum Stehen. Scott warf einen Blick darauf und setzte seine Muskelberge in Bewegung, um den Fahrer zu begrüßen.

Carey kam in seinem weißen Laborkittel eilends aus dem Container. „Schaffen Sie das alles ins Klinikbüro. Auspacken und verteilen können wir es dann selbst."

Wie sich herausstellte, brachte der Lieferwagen Ersatz für den beim Brand des Medikamentenraums zerstörten Grundbestand.

Ich ging zu Carey hin und unterbreitete ihm einen Vorschlag, wie sich die von der Polizei gewünschte Verlustliste erstellen ließe. „Ich dachte mir", sagte ich behutsam, „wenn Sie alle Ihre Medikamentenlieferanten bitten würden, Ihnen Kopien von den Rechnungen etwa der letzten sechs Monate zu schicken, dann bekämen Sie doch eine ziemlich genaue Übersicht."

Er sah mich abwesend an, doch dann wurde sein Blick klar, und er erfaßte die Situation. „Gute Idee! Eine Gesamtaufstellung vom Großhändler, dann brauchen wir uns nicht das Hirn zu zermartern. Ken soll sich darum kümmern, ja?"

Er eilte hinter dem Fahrer her, der stapelweise Kartons in die Klinik brachte. Ich ging ebenfalls ins Büro und fand dort Scott, der den Inhalt jedes eintreffenden Kartons sorgfältig prüfte und ihn auf einem mehrere Seiten langen Lieferschein abhakte.

Oliver Quincys Beitrag zu dieser Aktion war gleich Null. Er nahm sich, was er brauchte, und verschwand zu seinem ersten Hausbesuch.

In diesem Moment kehrte Ken zurück und rauschte hoch erfreut über den Medikamentennachschub zur Tür herein.

„Ist das Luftröhrenpferd gekommen?“ fragte er.

„Steht draußen in der Box“, erwiderte Scott.

„Ich dachte, die würden es sich vielleicht anders überlegen.“

Carey räusperte sich. „Leider hab ich ihm gesagt . . ., ich meine, ich mußte dem Besitzer versprechen, daß ich, äh . . . mich um den Eingriff kümmern werde.“

Ken schluckte diese Beleidigung seiner Kunstfertigkeit als weitere bittere Pille und bat mich, ebenfalls mit dabeizusein und Protokoll zu führen. Scott blickte erstaunt drein, und Carey meinte, das sei nicht nötig, doch Ken blieb stur, und es war abgemacht.

Lucy Amhurst kam auf der Jagd nach den neuen Medikamenten herein und nickte mir wohlwollend zu. „Was macht die Spurensuche?“ fragte sie.

„Was für eine Spurensuche?“ wollte Carey wissen.

„Schon vergessen?“ fragte Lucy. „Wir haben ihm gestern morgen doch grünes Licht gegeben. Er soll sehen, was er für Ken tun kann. Ach nein“, rief sie aus, „Sie waren ja nicht dabei!“ Offenbar fiel ihr in diesem Moment wieder die Verschwörung gegen Carey ein, denn ihre Wangen röteten sich. „Wir dachten, es könnte nichts schaden, wenn Peter mal sieht, was er herausbekommt und ob Ken damit zu helfen ist.“

„Ja, das ist gut so“, sagte Carey mit einem Nicken. „Ganz meine Meinung.“ Er kehrte zu seinen Hunden und Katzen zurück.

Lucy machte den Vorschlag, Ken und Scott sollten die Medikamente an einem sicheren Platz unterbringen, nahm sich dann, was sie selbst davon benötigte, und folgte Carey.

„Schreiben Sie auf, wer was entnimmt?“ fragte ich Ken.

„Normalerweise schon. Wir haben ein Buch dafür. Hatten eins.“ Er seufzte. Er beschloß, alles auf die Regale in einem der Lagerräume zu stellen, und ich half ihm und Scott, die Kartons hinüberzuschaffen.

Ich hätte gern für eine Stunde Kens ungeteilte Aufmerksamkeit gehabt, bekam sie jedoch nicht. Er setzte sich in den Polsterstuhl und bestand darauf, sich Notizen über das an Hufrehe leidende Hindernispferd zu machen, das er gerade untersucht hatte.

„Komisch.“ Er hielt plötzlich inne und blickte zu mir auf. „Die sagen, gestern war das Pferd noch ganz in Ordnung.“

„Ja, und?“ fragte ich.

„Das hat mich an etwas erinnert . . .“ Er brach ab, zog die Stirn kraus und redete langsam weiter. „Eines von Nagrebbs Springpferden hatte Hufrehe . . ., also eine Entzündung der Huflederhaut, das ist eine Gewebeschicht zwischen der Hufwand und dem Fußknochen. Eins von Nagrebbs Pferden hat die Rehe gekriegt, und Nagrebb war verärgert, daß ich es nicht kurieren konnte. Eines Tages ließ er mich dann kommen, im vorigen Herbst, und da lag dieses Springpferd auf der Koppel und konnte sich buchstäblich nicht mehr rühren. Jetzt waren nicht, wie vorher, nur die beiden Vorderfüße entzündet, sondern alle vier Hufe. Ich sagte ihm, wir könnten versuchen, das Pferd zu retten, obwohl ich nicht verhehlte, daß die Aussichten sehr schlecht waren. Nagrebb beschloß, es von seinem Elend zu erlösen. Dank Ihnen habe ich jetzt so meine Zweifel . . .“

„Aber das wäre unglaublich“, sagte ich.

„Ja, schon. Trotzdem, es wäre recht einfach, einem Pferd Hufrehe anzuhängen. Man braucht lediglich eine Sonde in den Schlund einzuführen und ihm so drei, vier Liter Zuckerlösung in den Magen zu gießen. Gelöster Zucker in großer Menge würde innerhalb weniger Stunden zu einer sehr schweren Hufrehe führen.“

„Wenn Nagrebb das getan hat“, sagte ich, „läßt es sich unmöglich nachweisen.“

Ken nickte düster. „Und welchen Sinn hätte es gehabt?“

„Versicherung“, erwiderte ich.

„Andauernd kommen Sie mir mit der Versicherung.“

Ich zog ein paar zusammengefaltete Bogen Papier aus meiner Tasche und sagte, ich wolle ihm eine Liste zeigen.

„Nein, jetzt nicht. Später. Ich möchte einfach meine Notizen noch vor der Operation abschließen. Zeigen Sie mir die Liste nachher, einverstanden?“

„Einverstanden.“ Ich sah ihm eine Zeitlang beim Schreiben zu und fragte dann, ob ich mal das Telefon benutzen dürfe.

Er wies darauf, und ich hob den Hörer ab. Ich fragte die Auskunft nach dem Jockeyclub und den Jockeyclub nach Annabel in der Abteilung für Öffentlichkeitsarbeit. Bemerkenswerterweise war sie da.

„Hier ist Peter“, sagte ich. „Was machen die Japaner?“

„Die reisen heute ab.“

„Gehen Sie morgen abend in London mit mir essen?“

„Morgen kann ich nicht. Wie wär's mit heute abend?“

„Wo finde ich Sie?“

Sie hörte sich belustigt an. „In *Daphne's Restaurant*, Draycott Avenue."

„Um acht?"

„Bis dann", sagte sie. „Muß mich beeilen." Die Verbindung brach ab, bevor ich noch auf Wiedersehen sagen konnte.

Ken beobachtete meinen Gesichtsausdruck. „Sie reisen doch nicht ab, oder?"

„Noch nicht. Nicht, solange ich behilflich sein kann."

„Ich verlasse mich auf Sie", sagte er.

Wahrscheinlich wäre es ihm gar nicht so unrecht gewesen, wenn sein vierbeiniger Patient heute morgen nicht erschienen wäre, denn trotz seines Erfolges mit der Zuchtstute sah er wieder blaß und unruhig aus.

Die Operation verlief jedoch von Anfang bis Ende glatt. Carey sah aufmerksam zu. Und ich führte Protokoll. Scott und Belinda fungierten geschickt als Kens Satelliten, und dem tänzelnden Pferd, das jetzt fest schlief, wurde der Kehlkopf gerichtet und erweitert, damit es besser atmen konnte.

Hinter der schützenden Trennwand im Ruheraum stehend, beobachteten wir, wie es zu sich kam. Es stand mit wackligen Beinen auf und sah elend aus, aber ganz entschieden lebendig.

„Gut", sagte Carey, schon unterwegs in Richtung Büro. „Ich habe versprochen, den Besitzer anzurufen."

Ken und ich streiften unsere Kittel ab und gingen ins Büro, wo Carey eben die Erfolgsmeldung durchgab. Danach zog Carey sich zurück, und Ken sagte, er habe nun Zeit für meine Liste.

Ich holte sie aus der Hosentasche. Wir setzten uns nebeneinander, und ich erklärte ihm, was er sah. „In der linken Spalte stehen die Besitzer und Trainer, deren Pferde unter, gelinde gesagt, fragwürdigen Umständen verendet sind. In der zweiten Spalte stehen die Diagnose und die mögliche Krankheitsursache. In der dritten Spalte ist vermerkt, wo sie eingegangen sind. Und dann habe ich hier noch ein zweites Blatt . . ."

Ken sah sich das zweite Blatt an und protestierte sofort, da alle seine Partner sowie Belinda und Scott dort namentlich aufgeführt waren.

„Die haben nichts damit zu tun", beharrte er.

„Gut. Dann sehen Sie sich das erste Blatt an."

Ich hatte in Tabellenform geschrieben:

Wynn Lees/ Eaglewood	Hengst mit Insulin	Im Stall eingeschläfert
Mackintosh	Kolik durch Atropin?	Bei Operation verendet
Mackintosh	Kolik durch Atropin?	Bei Operation verendet
Eaglewood	Atemwege	Bei Operation verendet
Eaglewood	Röhrbeinbruch	Bei Operation verendet
Fitzwalter	Sprunggelenkverletzung	In Intensivpflege verendet
Nagrebb	Springpferd/ zerstörte Sehne	Auf OP-Tisch eingeschläfert
Nagrebb	Springpferd/Hufrehe	Auf Koppel eingeschläfert

„Puh", stöhnte Ken nachdenklich beim Durchlesen.

„Die Pferde, die bei der Operation verendet sind, sind vielleicht zu einem im voraus geplanten Termin hier eingeliefert worden. Wenn zwei Tiere Atropin bekommen haben, dann war der Zeitpunkt dafür mit Bedacht gewählt. Das waren keine Notfälle, die sich zufällig ergeben haben."

„Nein, wahrscheinlich nicht."

„Die Todesfälle im OP wurden also sehr wahrscheinlich alle vorsätzlich herbeigeführt, und es ist Ihre Sache herauszufinden, warum."

„Aber ich überlege doch andauernd." Seine Verzweiflung kam wieder durch.

„Mhm. Dafür ist das zweite Blatt da."

„Nein."

„Es muß sein", sagte ich. „Besitzt von Lees, Eaglewood, Mackintosh, Fitzwalter und Nagrebb irgendeiner die tierärztlichen Kenntnisse, um das alles zu bewerkstelligen? Hat einer von ihnen die Gelegenheit gehabt?"

Er schüttelte den Kopf. „Aber die Leute hier sind doch meine Freunde. Meine Partner."

Partner sind nicht unbedingt Freunde, dachte ich und wechselte das Thema. „Übrigens, die Arzneimittelliste, die die Polizei haben will: Carey meint, dafür wäre es ganz gut, bei den Lieferanten Kopien von den Rechnungen der letzten sechs Monate anzufordern. Ich soll Sie fragen, ob Sie das übernehmen."

„Das kann doch eine Sekretärin machen."

„Ich dachte nur", sagte ich vorsichtig, „wenn Sie es selber machen, dann könnten Sie sich die Kopien persönlich zuschicken lassen. Mal angenommen, hier hat jemand so etwas bestellt wie . . . Kollagenase."

Seine hellen Augen starrten mich an, als würden sie nie wieder blinzeln. Nach einer langen Pause sagte er: „Man müßte es bei einem Chemiewerk bestellen, das Stoffe vertreibt, die nur für den Laborgebrauch bestimmt sind." Er seufzte schwer. „Also gut", meinte er schließlich. „Ich schreibe sie an. Ich werde alle anschreiben, die mir einfallen. Bestimmt sind alle Antworten ergebnislos."

„Sehr wahrscheinlich", stimmte ich zu und dachte, hoffentlich nicht.

Die Nachmittagsoperation, der Carey müde, aber wachsam beiwohnte, während ich wieder Protokoll führte, verlief ohne Zwischenfälle. Je besser ich mit der allgemeinen OP-Routine vertraut wurde, desto mehr beeindruckte mich Ken in Aktion: Seine Selbstzweifel schienen jedesmal zu verfliegen, sobald er ein Skalpell in der Hand hielt.

Er schloß den Einschnitt mit einer sauberen Reihe von Klammern, und wieder hievte der Kran den großen, schlaffen Pferdekörper in den gepolsterten Ruheraum. Alle gingen hinterher und warteten, geschützt durch die brusthohe Trennwand, bis sich das Tier schwankend aus seiner Bewußtlosigkeit hochrappelte.

„Alles bestens", sagte Carey, seufzte aber dennoch.

Er sieht immer noch übermüdet aus, dachte ich, immer noch grau. Er schien von unregelmäßigen Energieschüben in Gang gehalten zu werden, nicht wie Scott von einem unerschöpflichen Stehvermögen.

Wie um meinen Eindruck zu bestätigen, rieb er sich mit der Hand übers Gesicht und sagte: „Ich habe Lucy gebeten, meine Bereitschaft zu übernehmen. Heute nacht sind also Lucy und Jay dran. Hoffentlich wird's ruhig. Ich fahre nach Hause."

Ken und ich gingen mit ihm ins Büro, wo er die überweisenden Tierärzte anrief und ihnen mitteilte, daß ihr Pferd sich normal erhole. Oliver Quincy, der sich den ganzen Nachmittag Notizen gemacht hatte, während er das Befinden des am Morgen operierten Pferdes überwachte, meinte verdrießlich, es sei an der Zeit, daß man ihn ablöse. „Das hier ist nicht meine Aufgabe", protestierte er. „Dafür sind Scott und Belinda da."

„Wir müssen alle mit anpacken." Carey sah da keine Schwierigkeit.

Oliver warf ihm einen unfreundlichen Blick zu und sagte, es sei am besten, er breche jetzt auf. Jay steckte kurz den Kopf zur Tür herein, um in etwa das gleiche zu vermelden, und sie gingen gemeinsam weg, zwei, die zusammenhielten wie Pech und Schwefel.

Ken begann seinen Bericht abzufassen, der das von mir geführte

Protokoll ergänzen sollte. Ich benutzte noch einmal das Telefon und rief Vicky an, um ihr zu sagen, daß ich nach London fuhr und daß ich am frühen Morgen oder noch später zurückkommen würde.

Ken blickte auf und grinste. „Ist Annabel das Mädchen von der Rennbahn in Stratford?"

„Ja."

„Sie vergeuden keine Zeit."

Ich lächelte und wandte mich zum Gehen. „Bis morgen." Ich verließ die Klinik und ging über den Parkplatz zum Wagen. Belinda kam aus der Klinik und ging kurz in die Beobachtungsbox, um sie für den Neuzugang herzurichten. Sie warf einen Blick in die nächste Box, wo der Patient vom Morgen stand, und ging dann weiter, um sich routinemäßig auch noch die trächtige Stute anzusehen. Ich blickte ihr nach und fragte mich, ob ihre fürsorglichen Neigungen sich ändern würden. Manche Pflegebediensteten wurden in der Ausübung ihres Berufes eher sanft, andere hart. Noch war alles offen.

Sie riegelte die Tür der Box auf und ging hinein – und stürzte blitzartig wieder heraus. „Ken! Ken!" schrie sie und lief in die Klinik zurück. O Gott, nein, dachte ich und ging zu der letzten Box hinüber, um nachzusehen.

Die dicke Stute lag auf der Seite, der Kopf schlaff, die feuchten Augen grau und trüb, gebrochen.

Die Stute war tot.

Ken kam verzweifelt angerannt. Er fiel neben dem Tier auf die Knie und legte das Ohr an ihren braunen Körper, hinter der Schulter, doch man sah ihm an, daß nichts zu hören war.

Er hockte sich auf die Fersen, so bewegt, so überwältigt, als wäre sie sein Kind gewesen.

Ich dachte daran, wieviel Mut es ihn gekostet hatte, diese Stute zu operieren. Dachte an das enorme Können, das er aufgeboten hatte, um ihr das Leben zu retten, in dem Bewußtsein, die eigene Zukunft aufs Spiel zu setzen. Ich empfand eine ohnmächtige Wut darüber, daß soviel Nervenstärke, soviel Kunstfertigkeit vergeudet worden waren. Nicht nur Ken und meiner Mutter zuliebe würde ich alles tun, um den Nebel zu durchdringen, sondern auch für die Pferde selbst, die prächtigen, stummen Opfer, die sich gegen das Raubtier Mensch nicht wehren konnten.

„Sie hätte nicht sterben dürfen", flüsterte Ken wie betäubt. „Sie war außer Gefahr."

Es schien mir etwas zu früh, ihm zu sagen, ich sei anderer Meinung. Die Gefahr hatte hier viele Gesichter.

Er ließ seine Hand über die braune Flanke gleiten. „Sie ist schon eine ganze Weile tot." Er erhob sich müde und zitterte wie ehedem. „Das überstehen wir nie. Das ist das endgültige Aus."

„Heute mittag ging es ihr noch gut", sagte Belinda, als müsse sie sich verteidigen. „Als ich zur Kontrolle bei ihr war, fraß sie Heu."

Ken hörte nur halb zu. „Wir müssen eine Obduktion vornehmen", murmelte er dumpf. „Mal sehen, ob ich noch Blut bekomme." Er ging mit staksigen Schritten in Richtung seines Wagens davon und kam nach einiger Zeit mit einer Tasche wieder, die Injektionsspritzen und Flaschen enthielt.

„Ich muß Carey und einige neutrale Tierärzte zusammentrommeln", sagte er. „Und was Wynn Lees erst sagen wird . . ." Seine Stimme brach ab; das Zittern nicht.

„Er war heute morgen hier", berichtete ich.

„Gütiger Himmel!"

Ich schilderte, was ich von Wynn Lees' Besuch mitbekommen hatte. „Die Stute war in Ordnung, als er wegfuhr. Danach hat Scott sie in die hintere Box verlegt, und es ging ihr glänzend. Fragen Sie Carey."

Ken blickte auf den Kadaver hinunter. „Gott weiß, was Carey dazu sagen wird."

„Wenn er vernünftig ist, wird er anfangen, sich Gedanken über Gift zu machen."

„Aber neulich", sagte Ken, „als das Fitzwalter-Pferd hier draußen tot umfiel, waren alle Tests negativ. Kein Gift."

„Versuchen Sie's noch mal."

Ohne zu antworten, begann er, der Stute Blut abzunehmen.

„Was sagten Sie noch, wie Sie bei einem Pferd Atropin verabreichen würden?" fragte ich.

„Spritzen oder ins Futter mischen. Aber das hier hat mit Atropin nichts zu tun."

„Prüfen Sie ihr Futter trotzdem."

Er nickte. „Leuchtet ein. Das Wasser auch. Belinda, sieh mal, ob du zwei fest verschließbare Gläser findest."

Belinda ging los, ohne Fragen zu stellen. Sie war gewohnt, im Dienst Befehle entgegenzunehmen. Ken schüttelte den Kopf bei seiner Arbeit. „Und das Fohlen", sagte er mit einem tiefen Seufzer. „Solch eine Vergeudung."

Er begann die Fläschchen zu beschriften, die die Blutproben enthielten. „Ich werde jede Probe halbieren und sie an zwei verschiedene Labors schicken", sagte er. „Doppelte Überprüfung."

Belinda kam mit zwei Gläsern zurück, in die sie Proben füllte, einmal Wasser und dann Heu. Scott kam gleich hinter Belinda her und konnte seine Erregung nicht bezähmen; soweit ich es beurteilen konnte, eine Mischung aus Unglauben, Wut und der Angst, verantwortlich gemacht zu werden.

„Ich habe sie in die Box gebracht. Ich habe ihr auch frisches Wasser und frisches Heu vorgesetzt, und sie war putzmunter. Peter wird es euch bestätigen. Sie kann nicht tot sein."

Niemand machte sich die Mühe, darauf hinzuweisen, daß sie es dennoch war.

Ken packte die letzten Proben ein, klappte die Tasche zu und richtete sich zu seinen vollen ein Meter neunzig auf. „Wer kümmert sich um das operierte Pferd von heute nachmittag?" fragte er. „Scott, sehen Sie sofort mal nach! Es darf nicht allein gelassen werden, und wenn ich die ganze Nacht auf einem Stuhl vor seiner Box hocken muß." Er warf mir einen wilden Blick zu. „Ich muß es Carey sagen."

Ich ging mit ihm ins Büro und lauschte dem schicksalhaften Anruf. Am anderen Ende nahm Carey die Nachricht nicht mit Zorngeschrei, sondern schweigend auf.

Ken sagte ihm, daß er die Obduktion einem außenstehenden Arzt zu überlassen wünsche und daß ich vorgeschlagen hätte, sie sollten nach Gift suchen.

Dieser letzte Satz rief eine scharfe Reaktion hervor, die ich nicht ganz mitbekam, die aber Ken überraschte und in Verlegenheit brachte. Schließlich sagte Ken: „Ja. Ja, in Ordnung" und legte langsam den Hörer auf. „Er will nicht glauben, daß jemand vorsätzlich die Stute umgebracht hat. Er meint, Sie sehen Gespenster."

„Kommt er her?"

Er schüttelte den Kopf. „Er setzt die Obduktion für morgen früh an, und er benachrichtigt Wynn Lees."

„Wynn Lees weiß es vielleicht schon."

AUF DER Fahrt nach London drückte ich kräftig aufs Gaspedal, um Zeit aufzuholen.

Annabel, die Tüchtige, hatte sich pünktlich in *Daphne's Restaurant* eingefunden. Ich kam siebzehn Minuten zu spät. Sie saß steif an einem Tisch für zwei, ein Glas Wein vor sich.

„Tut mir leid", sagte ich und setzte mich ihr gegenüber.

„Irgendwelche Entschuldigungen?"

„Ein totes Pferd. Hundertsechzig Kilometer Anreise. Stau."

„Das soll genügen." Sie lächelte. „Was für ein totes Pferd?"

Ich erzählte es ihr recht ausführlich und zweifellos auch zornig.

„Die Sache geht Ihnen zu Herzen", sagte sie, als ich geendet hatte.

„Ja. Wie auch immer . . . Sind die Herren aus Fernost gut weggekommen?"

Sie bejahte das. Wir sahen uns die Speisekarte an und wählten, und ich schätzte das Ambiente und sie selbst ab.

Sie war wieder in Schwarzweiß gekleidet: schwarzer Rock, ein Harlekin-Top mit schwarzweißen Rauten und dicken schwarzen Pompons als Knöpfen vornedran. Ihr kurzgeschnittenes Kraushaar sah locker und wuschelig aus, und sie trug dezentes Augen-Make-up und hellrosa Lippenstift.

Das enge Restaurant war laut und gestopft voll, eine heikle Sache für die umhereilenden Kellner mit ihren großen, in Kopfhöhe gehaltenen Tabletts.

„Glück, daß wir einen Tisch bekommen haben", bemerkte ich, mich umschauend.

„Den hatte ich reserviert."

Ich lächelte. Effektive Öffentlichkeitsarbeit.

Sie betrachtete mich, den Kopf zur Seite geneigt. „Suchen Sie eine Wohnung in London?"

Ich nickte. „Heute in drei Wochen fängt meine Arbeit in Whitehall an. Ich brauche also was, wo ich mein Haupt hinbetten kann."

„Ich könnte ein paar Fühler ausstrecken."

„Dafür wäre ich Ihnen dankbar."

Sie aß Schnecken, sehr geschickt mit der Schneckenzange. Ich, noch immer unsicher im eigenen Land, hatte mich vorsichtshalber für Pastete und Toast entschieden.

„Haben Sie auch einen Nachnamen?" fragte ich beim Essen.

„Nutbourne. Sie auch?"

„Darwin. Wie der berühmte, aber nicht verwandt."

„Sie werden das bestimmt dauernd gefragt."

„Ziemlich oft."

Wir plauderten ein wenig über unsere Familien, und sie fragte mich nach dem Beruf meines Vaters. „Er ist ebenfalls Diplomat", antwortete ich. „Und Ihrer?"

Sie verspeiste die letzte Schnecke und legte Zange und Gabel ordentlich hin.

„Geistlicher", sagte sie. Sie sah mich aufmerksam an, wartete auf eine Reaktion.

„Es gibt sehr gute, anständige Pfarrerstöchter", sagte ich abwägend.

Sie war belustigt, Lachfältchen erschienen um ihre Augen. „Er ist Bischof, genaugenommen."

„Mein Vater ist Botschafter", erklärte ich, „um ehrlich zu sein."

„Danke", sagte sie.

„Das bedeutet ja nicht, daß wir nicht nackt durch den Hydepark tollen könnten."

„Doch", sagte sie. „Die Kinder haften für die Tugenden der Väter genauso wie für ihre Sünden. Daran ist nicht zu rütteln."

Wir gingen zu Seezunge über, und ich fragte sie, ob es im Jockeyclub jemanden gab, der sich mit Versicherungsbetrug bei toten Pferden auskannte.

Sie sah mich ernst an. „Glauben Sie, daß es sich darum handelt?"

„Fast mit Sicherheit, wenn nicht die Machenschaften eines Verrückten dahinterstecken."

Sie dachte darüber nach. „Ich kenne den stellvertretenden Direktor des Sicherheitsdienstes ganz gut. Ich könnte ihn bitten, sich mit Ihnen zu treffen."

„Ja? Wann?"

„Wenn Sie gerade noch warten, bis ich mit dem Essen fertig bin, rufe ich ihn an."

Ich zügelte meinen detektivischen Eifer, während Annabel Nutbourne sorgsam auch die winzigsten Bissen von den Gräten schälte und ein Skelett zurückließ, so blank wie in der Anatomiestunde.

Hinter diesem selbstbewußten Äußeren, dachte ich, liegen weniger Unsicherheiten, als man normalerweise antrifft.

Als der Kellner wieder auftauchte, wählte Annabel Cappuccino mit Muskat obendrauf für uns beide, und während ich danach die Rechnung zahlte, führte sie das Telefongespräch. Sie kam mit der Nachricht zurück, daß der Mann uns am besten gleich empfangen wolle. „Allerdings nicht bei sich zu Hause", meinte sie mit einem Lachen, „er bleibt abends so gut wie nie zu Hause."

Der stellvertretende Direktor vom Sicherheitsdienst des Jockeyclubs erwartete uns in der Eingangshalle eines Spielsalons und trug uns als Gäste ein. Er war eine stattliche Erscheinung, und seine wachsamen Augen ließen mich vermuten, daß er bei der Polizei gewesen war, im gehobenen Dienst.

„Brose", sagte Annabel und strich ihm zur Begrüßung über den Arm, „das ist Peter Darwin." Dann stellte sie ihn mir vor: „John Ambrose. Nennen Sie ihn einfach Brose."

Er schüttelte mir fest die Hand und führte uns in einen weitläufigen Spielsaal, wo das Leben auf grünem Filz unter hellen, niedrig hängenden Lampen stattfand.

„Brose zieht durch die Klubs und behält einen Haufen schräger Rennbahntypen im Auge, und die hassen das. Er sagt, wer Verluste nicht wegstecken kann, bringt sich leicht in Schwierigkeiten. Davon abgesehen läßt sich mit den vertraulichen Informationen, die man ihm dort gibt, Gaunern das Handwerk legen und der Rennsport wenigstens halbwegs sauberhalten." Wir folgten ihm in eine durch ein Geländer abgeteilte Ecke mit kleinen Tischen. Eine Kellnerin brachte Brose unaufgefordert ein Glas Zitronenwasser, das er langsam und stetig in einem Zug hinunterkippte.

„Was genau möchten Sie wissen?" fragte er.

Ich erzählte, welche Sorgen Hewett und Partner mit Pferden hatten, wobei ich ausführlich nur auf die Stute einging. „Sie trug ein Fohlen von Rainbow Quest", sagte ich. „Ihr Besitzer ist ein komischer Vogel –"

„Name?" unterbrach Brose mich.

„Des Besitzers? Wynn Lees."

Brose stieß einen Brummton aus und wirkte noch aufmerksamer als zuvor.

Ich ging auf die Kolikoperation ein und erzählte ihm von der Nadel, dann schilderte ich die Umstände des Todes der Stute am heutigen Nachmittag.

Er sah mich an. „Meinen Sie, Wynn Lees hat es bewerkstelligt?"

„Er war heute morgen da, aber sie lebte noch, als er wegfuhr."

Er orderte mit erhobenem Finger noch ein Zitronenwasser.

„Ich sage Ihnen was", meinte er schließlich. „Jede Wette, daß das Fohlen nicht von Rainbow Quest war."

„Warum?" fragte Annabel.

„Wegen der Art, wie die Stute eingegangen ist." Er hielt inne. „Also, Sie haben eine ganz passable Zuchtstute, die schicken Sie zu

Rainbow Quest. Bald scheint sie trächtig zu sein, und Sie holen sie stolz nach Hause, aber irgendwann im weiteren Verlauf verfohlt sie. Schließlich erkennt man, daß einem nichts als ein unfruchtbares Jahr beschert ist. Aber nehmen wir mal an, Sie ziehen los und kaufen eine andere Stute ohne besonderen Ruf, die von irgendeinem hergelaufenen Hengst trägt. So, jetzt haben Sie eine ungefähr im richtigen Stadium trächtige Stute, und die versichern Sie, als wäre es die Stute, die von Rainbow Quest trägt. Dann schickt man die ursprüngliche Stute zu zwielichtigen Kumpanen nach Australien." Er hielt inne und trank einen Schluck. „Heutzutage ist die Vaterschaft zweifelsfrei nachweisbar. Wäre ich die Versicherung, würde ich der Sache nachgehen. Schade, daß Ihre Tierärzte keine Gewebeproben von dem Fohlen genommen haben."

„Das wäre noch möglich", sagte ich. „Die Obduktion ist morgen früh."

„Was ist denn Ihr Hauptanliegen bei dem Ganzen?" fragte Brose.

„Äh . . . den Ruf von Ken McClure wieder zu kitten und nachzuweisen, daß der Tod der Pferde nicht seine Schuld war."

„Schwierig", meinte er.

„Ist es unmöglich?" fragte Annabel.

„Sagen Sie niemals, etwas sei unmöglich. Unwahrscheinlich ist besser."

„Außerdem", fuhr ich fort, „ist das Hauptgebäude der Praxis durch Brandstiftung zerstört worden, und eine unbekannte Leiche lag darin."

Brose hörte sich ungerührt das Ausmaß der Probleme von Hewett und Partner an, während Annabel mit offenem Mund lauschte.

„Carey Hewett, der Seniorpartner, sieht stündlich älter aus. Der innere Zusammenhalt der Gemeinschaftspraxis bröselt. Sämtliche Unterlagen der Tierärzte sind verbrannt. Ihr größter noch erhaltener Vermögenswert, die Klinik, wird immer mehr von Kunden boykottiert, die Angst haben, ihre Pferde von Ken operieren zu lassen."

Brose schürzte die Lippen. „Ich nehme zurück, was ich gesagt habe. Unmöglich ist das richtige Wort."

„Es wäre wirklich hilfreich", sagte ich, „wenn Sie mir eine Liste von nicht feststellbaren Giften geben könnten."

„Wenn sie nicht feststellbar sind, läßt sich nicht beweisen, daß sie verabreicht wurden", versetzte Brose. „Grundsätzlich ist aber auch richtig, daß alle Gifte schwer festzustellen und zu identifizieren sind, wenn man nicht wenigstens eine ungefähre Vorstellung davon hat, wonach man suchen soll." Er stand auf. „Halten Sie mich auf dem laufenden über Wynn Lees. Es ist zwar strenggenommen keine Rennsportangelegenheit, aber vielleicht könnte ich ein paar Anregungen geben." Er tätschelte Annabel den Wuschelkopf, nickte mir freundlich zu und schlenderte davon.

Wir kehrten in die Außenwelt zurück, wo das Spiel Ernst war, und fuhren zu dem Haus im Stadtteil Fulham, in dem Annabel zur Miete wohnte.

Sie dankte mir für das Abendessen. Ich dankte ihr für Brose. Wir standen ein paar Augenblicke auf dem Gehsteig. Ich küßte sie auf die Wange.

„Viel Glück mit allem", sagte sie. „Es hört sich an, als ob Sie und die Tierärzte ein Wunder brauchten."

„Ein Wunder wäre ausgezeichnet."

Statt dessen bekamen wir einen Alptraum.

9

VICKY hatte mir eine Notiz aufs Kopfkissen gelegt: „Ken bittet Sie, um neun in die Klinik zu kommen."

Mit einem Stöhnen, da die Nacht schon halb vorbei war, stellte ich meinen Wecker, kroch unter die geblümte Steppdecke und schlief sofort ein.

Ich erwachte mit einem gewissen Unbehagen, das anhielt, als ich wieder zur Klinik fuhr. Auf den ersten Blick erschien alles relativ normal, wenn auch düster unter einem Himmel voll dunkler Wolken. Ich trat durch die Hintertür ein und fand Ken im Büro, blaß und voller Wut.

„Was ist los?" fragte ich.

„Drei Überweisungen für Ende der Woche wurden storniert. Die Leute haben alle von der toten Stute gehört und sind in Panik geraten. Außerdem saß ich bis heute früh um drei hier und habe die gestern operierten Tiere überwacht, dann kam Scott mich ablösen. Vor zehn Minuten komme ich also wieder, und was glauben Sie? Kein Scott zu sehen. Er hat sich davongeschlichen, um irgendwo zu frühstücken."

„Wie geht's den beiden Pferden?"

„Ganz gut“, sagte er widerwillig, „aber das tut nichts zur Sache.“

„Nein“, stimmte ich zu. „Wann wird die Stute seziert?“

Er sah auf seine Uhr. „Carey sagte um zehn. Es ist wohl besser, wenn ich dabei bin. Dürfte ich Sie bitten, die Briefe an die Pharmaproduzenten fertigzumachen, so daß sie heute noch rausgehen können? Ich habe gestern abend damit angefangen. Ich habe ein Rundschreiben aufgesetzt und Kopien gemacht für alle Firmen, die mir eingefallen sind.“ Er schob sie mir über den Schreibtisch zu, nebst einem Blatt mit den Namen und Anschriften. „Ich weiß, es ist eine fürchterliche Arbeit, aber Sie haben es ja auch vorgeschlagen.“

„Ich hätte noch einen Vorschlag“, sagte ich. „Nehmen Sie eine Gewebeprobe von dem toten Fohlen, damit Sie einen Vaterschaftstest machen können.“ Ich setzte ihm Broses Theorie auseinander. „Damit der Versicherungsfall eintrat, mußte die Stute eingehen. Sie haben ihr beim erstenmal unwillkommenerweise das Leben gerettet, deshalb nahm jemand einen zweiten Anlauf. Wenn Brose recht hat, konnte der Täter nicht zulassen, daß das Fohlen auf die Welt kommt. Im übrigen müßten Sie auch eine Gewebeprobe von Rainbow Quest besorgen.“

„Kein Problem. Allerdings ist der Vergleich von Gewebeproben teuer. Die Suche nach Gift übrigens auch.“

„Sie glauben also doch, daß es Gift war?“ fragte ich.

„Sie hätte nicht verenden dürfen . . ., irgend etwas hat ihr Herz zum Stehen gebracht.“

Yvonne Floyd, die das Büro betrat, sagte, sie erwarte einen bei einem Unfall verletzten Hund und sei herübergekommen, um den Kleintier-OP vorzubereiten. „Ideal wäre es, wenn Scott und Belinda dabeisein könnten.“

„Ja“, sagte Ken. „Die sind beide da.“

„Großartig.“ Sie sah selbst großartig aus in ihrem weißen Laborkittel: schimmernde weiße Zähne, glänzende Augen, eine Wolke von schwarzem Haar. Sie ging aus dem Büro und wandte sich in Richtung Operationssaal.

„Tolle Chirurgin“, bemerkte Ken.

„Tolle Beine“, meinte ich.

Nach einer Pause hörte man das Krachen einer gegen die Wand schlagenden Tür, Geklapper auf dem Gang und ein Stöhnen.

„Was ist denn das?“ fragte Ken erschrocken und sprang auf.

Da ich am nächsten zur Tür saß, war ich als erster draußen. Ken folgte mir auf den Fersen. Yvonne kam uns schwankend und stolpernd entgegen, die Augen weit aufgerissen, eine Hand auf den Mund gepreßt. Wir traten auf sie zu, um ihr zu helfen, aber sie schüttelte heftig den Kopf.

„Yvonne!“ rief Ken. „Was ist los?“

Sie lehnte sich schwach gegen die Wand, weinte stoßweise, sah aus, als würde sie jeden Moment in Ohnmacht fallen. Ken und ich handelten sofort und eilten hinzu, um sie links und rechts zu stützen. Sie schüttelte uns ab und wies, unfähig zu sprechen, mit einer wilden Armbewegung zum OP hin. Ken sah mich erschrocken an, und angsterfüllt gingen wir weiter, um nachzuschauen, was eine so außergewöhnliche Reaktion hervorgerufen hatte. Die Tür zum Vorraum war es, die gegen die Wand geschlagen war: Sie stand noch offen. Wir gingen zum Lagerraum durch und drückten auf die Türklinke zum Kleintierbereich, doch die Tür war verschlossen. Wir stießen die Schwingtür auf, die in den großen Hauptoperationssaal führte.

Was wir dort sahen, löste selbst bei mir fast eine Ohnmacht aus.

Scott lag mit dem Rücken auf dem langen Pferdeoperationstisch, die Arme und Beine in der Luft. Um jedes Fuß- und jedes Handgelenk war eine gepolsterte Manschette geschnallt. Jede Manschette war an einer der Ketten befestigt, die von dem Kran herabhingen. Er war wie ein Pferd auf den Tisch gehievt worden. Er trug wie immer Jeans und einen Pullover. Von seinem kraftvollen, muskelbepackten Körper ging eine ungewohnte, absolute Ruhe aus, eine Stille, so gewaltig wie der Kosmos.

Ken und ich traten jeder auf eine Seite und blickten auf sein Gesicht nieder. Sein Kopf war nach hinten gekippt, sein Kinn hochgereckt. Seine Augen standen entnervenderweise halb offen, als beobachte er uns und warte auf unsere Hilfe. Scotts Mund war mit einer sauberen Reihe von Klammern verschlossen. Kleine silberne Klammern. Neun an der Zahl.

„Gütiger Himmel“, sagte Ken leise. Er wandte sich der Steuerung für den Kran zu.

„Nicht anrühren!“ befahl ich.

Ken hielt inne und drehte sich um. „Wir müssen die Polizei rufen.“

„Ja. Und dafür sorgen, daß niemand mehr hier hereinkommt.“

Ein Nahthefter lag zu meinen Füßen auf dem Boden. Ich ließ ihn liegen.

Wir gingen wieder auf den Gang hinaus und zu Yvonne, die am Boden kniete, den Kopf an die Wand gelehnt. Ken hockte sich neben sie. Sie drehte sich um und klammerte sich schluchzend an ihn.

Ich ging an den beiden vorbei ins Büro und fand ein großes Stück Papier, schrieb BETRETEN VERBOTEN! darauf, schnappte mir eine Rolle Klebeband und ging zur Außentür, die zur Großtieraufnahme führte, um das Papier zu befestigen.

Danach eilte ich erneut ins Büro und schrieb einen zweiten Zettel, den ich an die Tür des OP-Vorraums klebte. Ken kam aus der Eingangshalle ins Büro. Er setzte sich in den Sessel hinter dem Schreibtisch und schaute auf das Telefon.

„Bitte, machen Sie den Anruf bei der Polizei." Er gab mir den Hörer.

Ich tat ihm den Gefallen. Man versicherte mir, es werde jemand kommen.

Noch vor der Ankunft der Polizei tauchte Carey auf und wollte wissen, was der Zettel an der Tür sollte.

Ihm das zu sagen fiel mir schwer. Als ich es tat, wurde sein Gesicht noch grauer.

Das Telefon klingelte, und da es meiner Hand am nächsten war, nahm ich ab.

„Hier Lucy. Ist Yvonne da?"

„Hm . . ., wo sind Sie?" fragte ich.

„Im Container natürlich."

Mir fiel ein, daß man zwischen dem alten Gebäude und der Behelfsunterkunft eine provisorische Telefonleitung verlegt hatte.

„Lucy, wenn Sie können, kommen Sie hier rüber."

„Unmöglich. Belinda und ich stecken bis über die Ohren in Staupe-Impfungen. Würden Sie Yvonne ausrichten, daß sie doch bitte herkommen soll."

„Sic kann nicht kommen", sagte ich.

Endlich fiel ihr der unheilvolle Ton in meiner Stimme auf. „Was ist los?" fragte sie, nun auch selbst beunruhigt.

„Ich kann es nicht am Telefon sagen, aber es ist eine Katastrophe."

Nach einer kurzen Stille legte sie einfach auf, und einen Augenblick später erschien sie an der Bürotür, entschlossen, mich auszuschimpfen, daß ich sie erschreckt hatte. Ein Blick auf Careys geneigten Kopf, auf Ken, der noch blasser als sonst war, auf mein von Anspannung gezeichnetes Gesicht überzeugten sie vom Ernst der Lage.

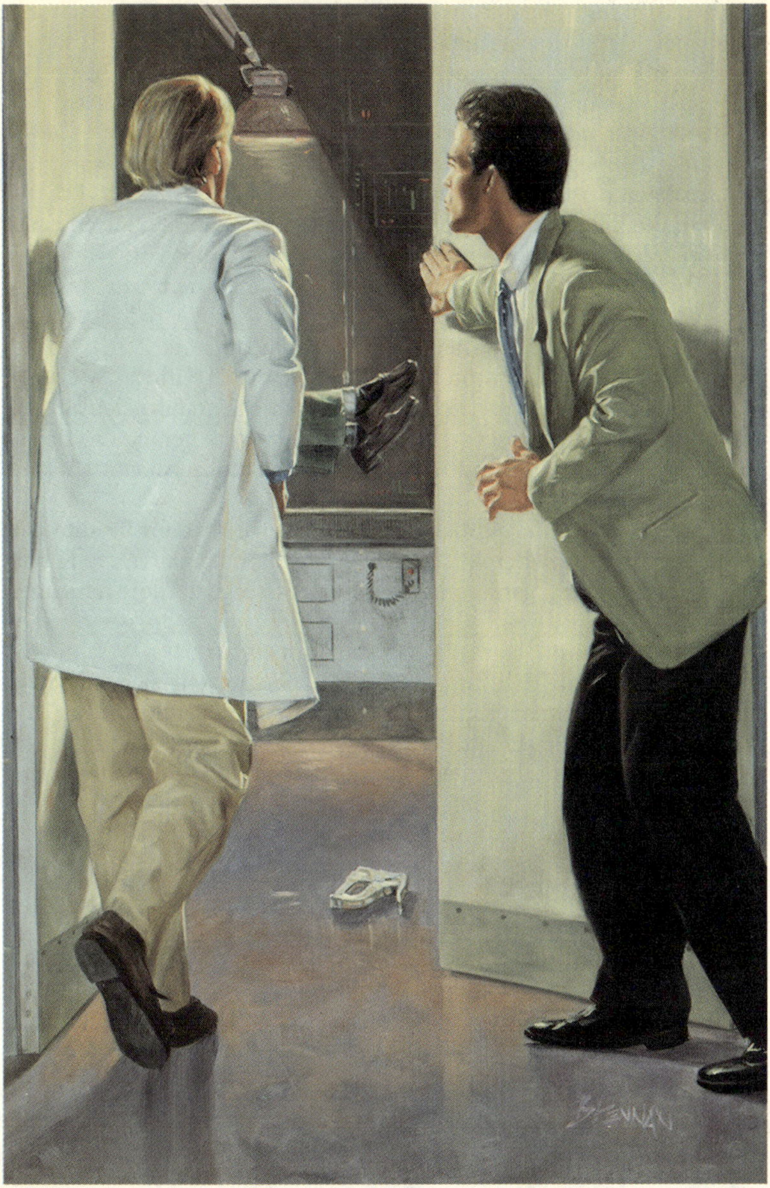

Da die anderen beiden stumm blieben, sagte ich: „Scott ist tot."
„O nein!" rief sie entsetzt. „Mit seinem Motorrad?"
„Es war kein Motorradunfall", sagte ich. „Er ist hier, im OP, und es sieht aus . . ., nun, es sieht aus, als hätte ihn jemand umgebracht."
Sie plumpste auf einen der Stühle.
Durchs Fenster sah ich Oliver Quincy in seinem dreckbespritzten weißen Wagen ankommen, den er neben meinem parkte.
Mein Blick fiel auf die Mappe mit den Briefen, die Ken mir in einer anderen, weit zurückliegenden Zeitzone aufgedrängt hatte, und aus einer spontanen Regung nahm ich sie und schaffte sie hinaus zu meinem Wagen, so daß ich Oliver begegnete, der seinen gerade abschloß.
„Ich sollte Sie wohl warnen –", begann ich langsam.
„Doch nicht noch ein totes Pferd?" unterbrach er mich barsch.
Ich schüttelte den Kopf. Er zuckte die Achseln, wandte sich ab und ging durch die hintere Tür ins Büro. Ich verstaute gerade die Briefmappe im Kofferraum und schloß ab, als ein Polizeiwagen auf den Parkplatz rollte.
Er hielt vor der Eingangshalle an, und derselbe Kriminalbeamte wie zuvor stieg aus, begleitet von einem Kollegen. Sie betraten die Klinik durch den Vordereingang, und ich beschloß, ebenfalls dort reinzugehen.
Lucy und Yvonne kamen gerade zusammen aus dem Waschraum, beide sahen krank und angegriffen aus. Sie setzten sich auf zwei Stühle, jede mit einem Papiertaschentuch in der Hand, um sich das Gesicht zu trocknen. Unglücklich starrten sie ins Leere.
„Ich habe Belinda mit dem ganzen Betrieb im Container allein gelassen", sagte Lucy schniefend. „Ich muß wieder zurück." Sie stand auf und ging hinaus auf den Parkplatz.
„Ich sollte ihr helfen", brachte Yvonne mit Mühe hervor, „aber ich kann nicht."
„Sie bleiben besser noch ein wenig hier sitzen", redete ich ihr zu.
Jay Jardine kam auf seine anmaßende Art in die Eingangshalle und blieb stehen, als er uns erblickte. „Was zum Teufel geht hier vor?" wollte er wissen. „Der unverschämte Kripomensch im Büro sagte, ich solle hier warten. Wieso ist der schon wieder da? Was ist denn los?"
Ich sagte es ihm.
Er starrte mich an. Dann setzte er sich, mit einem Stuhl Abstand zwischen sich und Yvonne. „Ganz schön hart", meinte er nur.
Die Untertreibung des Tages, dachte ich.

Schließlich hielten noch zwei Polizeiwagen vor dem Eingang. Ein untersetzter Mann mit der rotgeäderten Gesichtshaut eines Bauern schlenderte ohne sonderliche Eile in die Eingangshalle, ihm folgte ein älterer Mann mit einer dicken schwarzgerahmten Brille und einer altmodischen schwarzen Arzttasche.

„Das Büro?“ fragte der bäuerliche Typ kurz. Jay zeigte es ihm. Er nickte und ging hinein. Ein Fotograf und mehrere andere Spezialisten, die dem zweiten Polizeifahrzeug entstiegen, wurden bald darauf von Jay hinter ihrem Vorgesetzten her dirigiert.

Ken kam mit steifen Schritten aus der Gegenrichtung. „Sie sind in den Operationssaal gegangen“, sagte er. „Kommen Sie nach draußen, Peter. Ich brauche Luft.“

Ich ging mit ihm und sah auf meine Uhr. Zehn vor zehn. Der Morgen schien schon eine Woche gedauert zu haben.

Die Luft draußen war frisch und kalt. „Haben Sie an die Obduktion gedacht?“ fragte ich.

„Carey hat sich darum gekümmert. Er hat beim Abdecker angerufen und ihnen gesagt, sie sollen ohne uns anfangen.“

„Haben Sie ihn gebeten, etwas Gewebe von dem Fohlen zu besorgen?“ hakte ich nach.

Er zog die Brauen hoch. „Hab ich vergessen. Ist das jetzt noch wichtig?“

„Vielleicht wichtiger denn je. Man kann nie wissen.“

Er nahm sein Funktelefon vom Gürtel, sah die Nummer in einem kleinen Adreßbuch nach und erklärte jemandem, der offenbar etwas von der Sache verstand, er brauche ordnungsgemäß etikettierte Gewebeproben.

Nachdem er das Telefon weggesteckt hatte, fragte ich ihn, ob er eine Schreibmaschine besitze.

„Wofür denn?“

„Für die Briefe. Die Kuverts. Ins Büro kann ich nicht rein.“

Er überlegte kurz. „Ich habe eine alte verbeulte Reiseschreibmaschine daheim. Würde die gehen?“

„Je eher, desto besser“, sagte ich und nickte. „Wo wohnen Sie? Ich hole die Schreibmaschine und komme wieder her. Dann kann ich sobald wie möglich mit dem Briefeschreiben anfangen. Falls jemand meckert, sagen Sie, ich sei los, um etwas zu essen zu besorgen.“

Er gab mir eine Wegbeschreibung und seine Hausschlüssel, und ich fuhr los und holte die Schreibmaschine zusammen mit einem Packen großer Briefumschläge und einem Bogen Briefmarken. Auf dem Rückweg hielt ich an einer Bäckerei.

Als ich zur Klinik zurückkam, hatten sie Scotts Leichnam weggebracht, und jeder ging seinen Geschäften nach. Ken und Belinda schauten draußen bei den Ställen nach ihren Pferdepatienten. Yvonne war im Büro, bei geschlossener Tür. Als sie herauskam, weinte sie.

„Als nächstes sind Sie dran", sagte sie und wischte sich die Augen.

Ich nickte und trat ins Büro.

Der Mann, der wie ein Bauer aussah, stand am Fenster. Bei meinem Eintreten drehte er sich um und stellte sich als Kriminalkommissar Ramsey von der Polizei Gloucestershire vor. Er blickte auf eine Liste. „Sie sind Peter Darwin, hier angestellt als Hilfskraft?"

„Nicht angestellt", berichtigte ich. „Unbezahlter Helfer. Ich bin beim Auswärtigen Amt, aber zur Zeit habe ich Urlaub."

Er notierte sich die Auskunft und fragte mich, welche Art von unbezahlter Hilfe ich geleistet hätte. Ich sagte ihm, daß in der Klinik mehrere Pferde verendet seien, daß mein Freund Ken McClure davon betroffen sei und daß ich ihm zu helfen versuchte herauszufinden, warum sie verendet waren.

„Und ist Ihnen das gelungen, Sir?"

„Nein", antwortete ich bedauernd.

Er schürzte die Lippen und notierte sich noch etwas, dann blickte er auf.

„Sie haben Scott Sylvesters Leiche gesehen, soweit ich weiß."

„Ja." Ich schluckte. „Wie ist er gestorben?"

„Alles zu seiner Zeit", sagte er freundlich. „Haben Sie, als Sie im OP waren, etwas Besonderes gesehen? Außer der Leiche natürlich."

„Auf dem Boden lag ein Nahthefter."

Er machte sich noch eine Notiz.

„Außerdem", fuhr ich fort, „waren, glaube ich, alle Türen unverschlossen, und das ist auch nicht normal." Ich hielt inne. „Und als Ken und ich in den OP gegangen sind, stand die Tür zu dem gepolsterten Raum offen und ebenso die Tür zum Korridor und zum Empfang."

Der Kripobeamte schrieb meine Beobachtungen nieder. „Und waren Sie es, der die Zettel angebracht hat?"

Ich nickte.

„Wo waren Sie, Sir, zwischen einundzwanzig Uhr gestern abend und neun Uhr heute früh?"

„Ich bin nach London gefahren, zu einer Verabredung in einem

Restaurant. Von elf bis zwei war ich in Gesellschaft des stellvertretenden Direktors vom Sicherheitsdienst des Jockeyclubs, dann bin ich wieder hierher nach Cheltenham gefahren und zu Bett gegangen. Ich wohne bei den Eltern von Ken McClures Verlobter, knapp zwei Kilometer von hier."

Kommissar Ramsey fragte, wie lange ich noch dort wohnen bliebe.

„Wahrscheinlich noch ein paar Tage."

Er nickte, machte sich eine letzte Notiz und entließ mich aus der Befragung.

VICKY und Greg waren nicht da, als ich nach Thetford Cottage kam. Ich schloß die Haustür auf, brachte Kens Schreibmaschine und die Mappe mit den Briefen hinauf in mein Zimmer und machte mich an die Arbeit.

In Kens Briefen stand, daß die Polizei eine Aufstellung der bei dem Brand vernichteten Arzneimittel verlange und daß die Mitarbeit der Firmen erforderlich sei. An sich fand ich den Inhalt ganz in Ordnung, aber dennoch fügte ich unter Kens Unterschrift noch ein Postskript hinzu.

„Die Sache ist von größter Dringlichkeit", schrieb ich. „Es könnten vor der Brandstiftung bestimmte gefährliche, nicht handelsübliche oder verbotene Stoffe entwendet und später in Umlauf gebracht worden sein. Wir bitten Sie, unser Ersuchen vorrangig zu behandeln und uns in dem beigefügten adressierten Freiumschlag postwendend Kopien von sämtlichen diesbezüglichen Rechnungen zuzusenden."

Verschwenderisch frankierte ich einen ersten DIN-A4-Umschlag für die Rückantwort und adressierte ihn an Hewett und Partner in Thetford Cottage (als provisorisches Büro). Dann faltete ich Brief und Rückumschlag ineinander und steckte sie in ein Geschäftskuvert mit der Adresse des Pharmaproduzenten.

Es dauerte ziemlich lange, bis ich den Zusatz auf alle Briefe getippt hatte. Als es schließlich geschafft war, fuhr ich zum Postamt und schickte den ganzen Stoß Anfragen los.

Wieder zurück in Thetford Cottage, wählte ich die Nummer von Kens Funktelefon. Er meldete sich sofort.

„Wo sind Sie?" fragte ich. „Hier ist Peter."

„Auf dem Weg zu einer schwachen Sehne. Was liegt an?"

„Ich dachte, wir könnten mal die Mackintoshs besuchen . . . oder die Nagrebbs."

Er sog hörbar die Luft ein. „Sie haben wirklich tolle Ideen, wie man sich einen Nachmittag verdirbt. Nein, danke."

„Möchten Sie Ihren guten Namen wiederhaben oder nicht?"

Nach einer Pause erklärte er mir den Weg. „Zoe Mackintosh ist eine Furie, und ihr Papa ist schon jenseits von Gut und Böse. Ich treffe Sie da vor dem Haus, in etwa einer Viertelstunde."

„Prima."

Ich fuhr durch Riddlescombe und hielt an einem Hang, von dem aus man das Heimatdorf der Mackintoshs überblicken konnte. Schieferdächer, gelbgraue Steinmauern, idyllische Wiesen, die auf den Frühling warteten. Das Gefühl des Déjà-vu war überwältigend. Ich hatte diese Dächer gesehen, war die Straße entlanggelaufen, auf der ich jetzt mit dem Wagen stand. Jimmy Eaglewood und ich waren lachend in den Bach gesprungen, der im Tal floß. Von da, wo ich stand, konnte ich den Bach nicht sehen, aber ich wußte, daß er dort war.

Kurz vor der mit Ken verabredeten Zeit ließ ich den Motor an, löste die Bremse und fuhr die Anhöhe hinunter. Ken traf sich mit mir vor der Zufahrt zu einem langen grauen Haus mit efeubewachsenen Giebeln.

„Hallo", sagte ich kurz, als ich ausstieg.

„Sie wissen hoffentlich, was Sie tun", erwiderte er ergeben. „Zoe kennt mein Auto. Sie wird auf mich losgehen."

„Dann steigen Sie bei mir ein."

Er kletterte aus seinem Wagen und zwängte sich zu mir rein. „Carey sagt, er will ausscheiden", erzählte er. „Ich finde, das sollten Sie wissen."

„Das ist doch undenkbar. Wann hat er das gesagt?"

„Im Büro, nachdem Sie gegangen waren. Ich bin rein, da war Carey bei dem Kommissar. Carey war mit den Nerven am Ende. Ich sagte ihm, wir seien auf ihn angewiesen, aber darauf hat er nicht geantwortet. Wenn Carey die Partnerschaft auflöst, dann müssen wir von vorn anfangen."

„Und um von vorn anzufangen", hob ich hervor, „brauchen Sie eine weiße Weste."

Ich ließ den Motor an, fuhr durch das Tor und hielt auf einem kiesbestreuten Platz vor dem Haus. Dann stieg ich allein aus und ging das letzte Stück zu Fuß.

Die Frau, die die Tür öffnete, war rotblond, von unbestimmtem Alter, mit sprödem, gelocktem Haar und hellen Wimpern. Sie war schlank und kräftig, in Jeans, kariertem Hemd und ausgeblichenem Pullover. Sie musterte mich von oben bis unten und wartete.

„Miß Zoe Mackintosh? Ich komme von Hewett und Partner."

„Ich hab niemand bestellt."

„Wir gehen, hm . . . der Frage nach, warum zwei von Ihren Pferden bei uns in der Klinik verendet sind."

„Das kommt aber ein bißchen spät", bemerkte sie.

„Könnten wir Ihnen vielleicht ein paar Fragen stellen?"

Sie legte den Kopf schräg. „Meinetwegen. Wer ist wir?"

Ich blickte zum Wagen zurück. „Ken McClure ist bei mir."

„O nein. Er hat sie doch umgebracht."

„Das glaube ich nicht", sagte ich. „Könnten Sie uns nicht bitte anhören?"

Sie zögerte. „Er hat mir irgendwelchen Quatsch von Atropin erzählt."

„Und wenn das nun kein Quatsch gewesen ist?"

Sie unterzog mich einer weiteren unverhohlenen Musterung und entschloß sich dann, sich wenigstens die Argumente der Verteidigung anzuhören.

„Dann kommen Sie mal rein", sagte sie. Sie trat beiseite, blickte zum Wagen hinüber und fügte widerwillig hinzu: „Ich habe Ken gesagt, er solle nie wieder einen Fuß hier auf den Hof setzen, aber er kann auch kommen."

„Danke."

Ich winkte Ken mit einer einladenden Armbewegung herbei, doch er näherte sich argwöhnisch und blieb einen ganzen Schritt hinter mir stehen.

„Zoe . . .", sagte er zögernd.

„Rein mit Ihnen, und lassen Sie hören."

Wir traten ein, und sie schloß die Tür hinter uns. Dann führte sie uns in ein quadratisches Zimmer, vollgestopft mit Bürozubehör, Siegestrophäen, Fotos, durchgesessenen Sesseln und sechs verschiedenen Hunden. Zoe schob etliche Hunde von den Sitzgelegenheiten hinunter und bat uns, Platz zu nehmen.

„Also, was ist mit den Pferden?"

„Ich glaube, daß sie und mehrere andere als Folge von Versicherungsbetrügereien verendet sind."

Sie schüttelte entschieden den Kopf. „Unsere beiden waren nicht versichert. Ihre Besitzer erinnern uns dauernd daran."

„Pferde können versichert werden, ohne daß der Besitzer es weiß", erklärte ich.

Ihre Augen weiteten sich langsam, während ihr eine Erinnerung kam. „Russet Eaglewood hat das mal gemacht."

„Ja, hat sie mir erzählt. Russets Pferde und Ihre Pferde sind auf die gleiche Art verendet."

Zoe blickte zu Ken.

Ich schüttelte den Kopf. „Er kann nichts dafür."

„Sondern?"

„Das versuchen wir herauszufinden." Ich hielt inne. „Die Pferde sind alle in der Klinik verendet, mit einer Ausnahme vielleicht –"

„Wie viele sind verendet?" unterbrach sie mich.

„Acht oder neun", erwiderte ich.

„Sie machen Witze."

„Das hätten Sie ihr nicht sagen sollen", protestierte Ken.

„Einen Todesfall könnte man vielleicht auf Fahrlässigkeit Ihrerseits zurückführen", sagte ich. „Vielleicht auch zwei. Aber acht ungeklärte Todesfälle? Acht, wo Sie doch ein erfahrener Chirurg sind? Sie halten da für jemand anders den Kopf hin, Ken, und vernünftige Menschen wie Miß Mackintosh werden das einsehen."

Die vernünftige Miß Mackintosh warf mir einen ironischen Blick zu, betrachtete Ken fortan aber dennoch als Opfer und nicht mehr als Schurken.

„Um die Pferde in die Tierklinik zu bekommen, nachdem sie versichert waren", sagte ich, „mußten sie natürlich krank gemacht werden. Deshalb möchten wir, daß Sie einmal darüber nachdenken, wer Gelegenheit hatte, bei Ihren Pferden durch Verabreichung von Atropin schwere Kolikanfälle auszulösen."

„Offen gestanden, für ein bißchen Bargeld würde jeder von unseren Stallburschen seine eigene Mutter an die Pferde verfüttern. Genauer kann ich das nicht eingrenzen. Tut mir leid."

Ein Summer schnarrte laut. „Mein Vater", sagte Zoe und stand auf. „Ich muß gehen."

„Ich würde Ihren Vater sehr gern kennenlernen", erklärte ich.

Sie zog die buschigen blonden Brauen hoch. „Dafür ist es fünf Jahre zu spät. Aber kommen Sie ruhig mit."

Wir folgten ihr durch eine Flügeltür in ein großes, prächtiges Wohnzimmer, dessen hintere Wand vom Boden bis zur Decke verglast war. Draußen vor der Glasfront befand sich ein riesiges hölzernes Mühlrad, mehr als zur Hälfte sichtbar. Es war nur Dekoration; man sah keine Bewegung.

„Wo ist der Bach?“ fragte ich.

„Der ist weg. Vor Jahren ausgetrocknet“, erklärte Zoe und durchquerte das Zimmer. „Paps“, sie blieb bei einem Sessel mit hoher Rückenlehne stehen, „du hast Besuch.“

Keine Antwort. Ken und ich gingen um den Sessel herum und sahen uns dem einst so trickreichen Rennstallbesitzer Mac Mackintosh gegenüber.

10

MACKINTOSH war klein und runzelig, ein vertrockneter alter Stecken von einem Pferdemenschen. Die blauen Augen in dem wettergegerbten Gesicht sahen durchaus wach und intelligent aus, und erst nach und nach begriff man, daß die Gedanken dahinter in Unordnung waren.

Mit einer kratzigen, hohen Stimme fragte er: „Wen hast du da bei dir?“

„Das sind Ken McClure und ein Freund von ihm“, teilte ihm Zoe mit.

„Ich bin Peter“, ergänzte ich.

„Du hast gesagt“, hielt er Zoe vor, „nur Carey würde kommen.“

„Ja, ich weiß. Carey kommt noch zum Kartenspielen zu dir, aber Ken kümmert sich wieder um die Pferde.“ Zu uns gewandt, fügte sie leise hinzu: „Sie spielen seit Jahren zusammen Karten, aber mittlerweile ist das eine Farce. Carey tut nur noch so, und das ist nett von ihm.“

Ken und ich standen zwischen Mackintosh und dem Fenster. Ken drehte sich zur Seite, und das Licht vom Fenster fiel auf die eine Hälfte von Kens knochigem Gesicht, während der Rest im Schatten blieb. Mackintosh setzte sich steil in seinem Sessel auf und starrte ihn freudig an.

„Kenny“, sagte er, „haben Sie das Zeug mitgebracht? Ich dachte, Sie wären –“ In banger Verwirrung brach er ab. „Tot“, fügte er schwach hinzu.

„Ich bin nicht Kenny“, sagte Ken bewegt.

Mackintosh ließ sich in den Sessel zurückfallen. „Wir haben das Geld verloren“, erklärte er.

„Welches Geld?“ fragte ich.

„Sie bekommen doch keine vernünftige Antwort", schaltete Zoe sich ein. „Er redet von dem Geld, das er bei einer Immobilienspekulation verloren hat. Das läßt ihm keine Ruhe. Jedesmal, wenn ihn etwas beunruhigt oder wenn er was nicht versteht, kommt er darauf zurück."

„Ist das die Geschichte, von der Ihre Mutter gesprochen hat?" fragte ich Ken.

„Josephine?" Zoe schnitt unwillkürlich ein Gesicht. „An einem Unglück, wo's was zu tratschen gibt, hat die auch immer ihre Freude. Tut mir leid, Ken." Zu mir gewandt, setzte sie hinzu: „Paps hat ein kleines Vermögen verloren, aber er war nicht der einzige. Auf dem Papier sah das Projekt ganz gut aus. Jede Menge Leute haben dafür Anleihen gezeichnet – für den Bau eines Freizeit- und Vergnügungszentrums zwischen Cheltenham und Tewkesbury. Das Ding wurde auch gebaut, aber die Lage und das Konzept waren völlig daneben, so daß keiner hinging und keiner es kaufen wollte, und die Bank hat alle Kredite gekündigt. Wenn ich das blöde Ding nur schon sehe!"

„Wie nannte es sich denn?" fragte ich.

„Porphyr-Park", erwiderte Zoe.

Ken nickte. „Eine riesige Bauruine, vorwiegend in Dunkelrot. Ich fahre manchmal daran vorbei. Böse Geschichte."

„Ronnie Upjohn", sagte Mackintosh frohlockend, „hat seine Strafe gekriegt."

„Was meint er damit?" fragte ich.

„Ronnie Upjohn ist ein Steward", erklärte Zoe. „Jahrelang hat er Paps dem Jockeyclub gemeldet und ihn beschuldigt, Schmiergeld von den Buchmachern zu nehmen, was Paps natürlich nie getan hat."

Mackintosh lachte kichernd los, ein offensichtlich zufriedener Missetäter.

„Paps!" protestierte Zoe, und wie ich sah, wußte sie, daß die Vorwürfe stimmten.

„Ronnie Upjohn hat eine Menge Geld verloren", sagte Mackintosh und fiel wieder in seine Verwirrung zurück. „Steinbeck hat 100 zu 6 notiert."

„Was meint er damit?" fragte ich Zoe wieder.

Zoe zuckte die Achseln. „Alte Wetten. Steinbeck war ein Buchmacher, er ist seit Jahren tot. Paps erinnert sich an viele Dinge, bringt sie aber durcheinander." Sie sah ihren Vater mit einer eigentümlichen Mischung aus Zuneigung, Erbitterung und Angst an. Schließlich wandte sie sich an Ken. „Da Sie schon mal hier sind", sagte sie, „hätten Sie Lust, mit mir auf einen Stallrundgang mitzukommen?"

Daß Ken die Einladung mit Freuden annahm, freute wiederum Zoe. „Komm, Paps", sagte sie und half ihrem Vater auf die Beine. „Abendstallzeit."

Der alte Mann war körperlich viel kräftiger, als ich angenommen hatte. Leicht O-beinig ging er mit großen Schritten quer durch das geräumige Zimmer. Zu dritt folgten wir ihm hinaus in die geflieste Diele und durch den Gang, vorbei an der offenen Tür von Zoes Zimmer. Sie steckte den Kopf hinein und pfiff, und die sechs Hunde kamen herausgeschossen.

Die ganze Meute drängte sich mit uns in einen alten Landrover, und wir fuhren einen Weg hinter dem Haus entlang. Aus einem einstöckigen weißen Gebäude kam der Futtermeister zu uns heraus, und wir gingen von einer Box zur anderen.

Ken besprach frühere Verletzungen der Pferde mit Zoe, und der alte Mackintosh gab dem Futtermeister einen Schwall Anweisungen, die ernst zur Kenntnis genommen wurden, sich für mich aber widersprüchlich anhörten.

Zwischendurch fragte ich Zoe, in welchen Boxen die beiden „Atropin-Kolikfälle" gestanden hatten.

„Reg", wandte sie sich an den Futtermeister, „kümmern Sie sich mal um meinen Bekannten hier, ja? Antworten Sie ihm auf alle Fragen. Er ist auf der richtigen Seite."

Reg, klein und drahtig wie Mackintosh selbst, musterte mich argwöhnisch. Reg, dachte ich, könnte auf der falschen Seite sein. Ich fragte ihn nach den entsprechenden Boxen. Widerwillig zeigte er darauf und sagte mir ihre Nummern, sechs und sechzehn. Die Zahlen waren über den Türen schwarz auf die weiße Wand gemalt.

„Kennen Sie jemanden namens Wynn Lees?" fragte ich weiter.

„Nein." Die Antwort kam sofort.

Der alte Mackintosh hatte die Frage auch gehört und gab eine andere Antwort. „Wynn Lees?" fragte er vergnügt. „Der hat mal einem die Hose in den Schritt genietet. Mit der Heftmaschine."

Ich blickte zu Ken. Er war vor Schreck erstarrt.

„Paps!" protestierte Zoe automatisch.

„Kennen Sie Wynn Lees, Sir?" fragte ich.

Die blauen Augen funkelten mich an. „Er ist fortgegangen . . . Ich nehme an, er ist tot. Box sechs ist Vinderman."

„Komm, Paps", sagte Zoe und ging weiter an den Boxen entlang.

Schelmisch, als gäbe er einen Kinderreim zum besten, sagte der alte Mackintosh die Namen weiterer Pferde auf: „Revised Edition, Wishywashy, Pennycracker, Glue."

„Davon will doch keiner was hören, Paps", sagte Zoe.

Ich horchte auf. „Was kommt nach Glue?" fragte ich ihn.

„Faldy, Vinderman, Kodak, Boy Blue."

Ich lächelte breit. Er lachte zufrieden, freute sich.

„Das sind Namen von Pferden, die er vor langer Zeit trainiert hat", erklärte Zoe. „Die neuen Namen behält er nicht." Sie faßte ihn beim Arm. „Laß uns weitergehen, die Stallburschen warten schon."

Er ging bereitwillig mit, und wir kamen zu einem Pferd, von dem Zoe sagte, es sei viel kräftiger und zäher, seit es „gelegt" worden sei. Gelegt gleich kastriert, dachte ich. Die meisten männlichen Hindernispferde waren Wallache.

„Oliver Quincy hat das gemacht", erzählte Zoe. „Er war ein paarmal hier, Paps mag ihn."

Wir kamen zur letzten Box. „Poverty", sagte Mackintosh und gab einem Fuchs mit Stern eine Mohrrübe. „Wie macht er sich, Reg?"

„Immer besser, Sir."

„Danke, Reg. Das wär's dann. Ich komm nachher noch mal vorbei", sagte Zoe.

Reg nickte, und wir fuhren zurück zum Wohnhaus. Zoe lud uns halbherzig ein, noch auf ein Glas mit hereinzukommen. Sie war nicht böse, als wir ablehnten.

„Lassen Sie sich mal wieder sehen", sagte Mackintosh herzlich.

„Danke, Sir", erwiderte Ken.

Ich schaute an der breiten Vorderfront entlang, dem verwitterten Gemäuer mit seinem Mühlrad auf der anderen Seite, an dem einstigen, für immer verschwundenen Bach.

„Herrliches Haus", sagte ich. „Ein Stück Geschichte. Ich wüßte gern, wer früher hier gewohnt hat."

„Da es zweihundert Jahre alt ist, kann ich Ihnen nicht alle aufzählen, aber die Leute, von denen Paps es gekauft hat, das war eine Familie Travers."

KEN WOLLTE nicht über die Mackintoshs mit mir reden, sondern über seine Sitzung mit dem Kommissar. Als wir mit meinem Wagen zu seinem kamen, blieben wir noch eine Weile sitzen, und er erzählte mir, was sich im Büro getan hatte, nachdem ich gegangen war.

„Kommissar Ramsey wollte wissen, ob uns irgendwelche Gummihandschuhe fehlen. Wie sollen wir das beantworten? Die kaufen wir in Hunderterkartons. Carey sagte ihm, er solle uns was Leichteres fragen."

„Carey war mit Ihnen da?"

„Ja, eine Zeitlang."

„Was hat er sonst noch gefragt?"

„Zum Beispiel, ob ich glaube, daß Scott die Pferde getötet hat."

„Mhm."

„Was heißt da ‚mhm'? Er kann das nicht gewesen sein. Er war Tierpfleger."

„Vielleicht hat er herausgefunden, wer sie umgebracht hat", sagte ich.

Ken schluckte. „Ich habe Ihnen nicht geglaubt, als Sie sagten, die Sache sei gefährlich. Ich meine, Pferde töten ist eine Sache, aber einen Menschen zu töten ist etwas ganz anderes."

„Gefährlich wird es, wenn man Mittel und Wege hat zu töten, ohne Spuren zu hinterlassen."

„Ja, verstehe."

„Und Scott ist schon der zweite Tote hier."

„Der zweite? Ach, Sie meinen den Brandstifter?"

„Alle vergessen ihn", sagte ich. „Wie wär's, wenn wir die Nagrebbs besuchten?"

Er schüttelte sich beim Gedanken daran. „Nagrebb ist schlimm genug, aber sein Sohn ist noch schlimmer."

„Ich dachte, Sie hätten gesagt, er habe eine Tochter."

„Hat er auch. Zwei Söhne und eine Tochter. Einer von den Söhnen ist ebenfalls Springreiter, und er ist der gemeinste Hund, der je in einem Sattel gesessen hat."

„Das will schon was heißen, wo doch Wynn Lees noch da ist."

„Den werden Sie als nächstes besuchen wollen."

„Nein, eigentlich nicht", sagte ich. „Wer hat denn das Pferd von Fitzwalter trainiert?"

„Er selbst. Er hat eine Lizenz."

„Wie ist er?"

„Fitzwalter? Rechthaberisch, aber wenn Sie ihn besuchen möchten, würde ich mitkommen. Er hat den Tod seines Pferdes recht gut aufgenommen. Er hat mich seither weiter konsultiert."

„Wo wohnt er?"

„So sieben, acht Kilometer von hier."

„Dann nichts wie los!"

Ken stieg von meinem Wagen in seinen um und fuhr mir auf der Landstraße voran, an Feldern vorbei und eine Serpentine hinauf zu einer kahlen Hochfläche, auf der ein graues, unscheinbares Steinhaus stand. Direkt daneben befand sich ein hektargroßer Autofriedhof voller zertrümmerter und verrosteter Wagen. Wir bogen von der Straße ab auf eine gerade Zufahrt, die an dem Haus vorbeiführte und an Stallungen endete, die aussahen, als wären sie aus alten Schuppen, einer Scheune, ein oder zwei Garagen und einem Hühnerstall zusammengezimmert.

„Fitzwalter ist Schrotthändler", erklärte Ken überflüssigerweise, als wir ausstiegen. „Verdient ein Vermögen damit."

„Eigenartige Kombination, Altmetall und Pferde", sagte ich.

Auf dem Hof war die Abendstallzeit in vollem Gang. Fitzwalter, von Ken schlicht als Fitz vorgestellt, kam aus einem Schuppen und begrüßte uns mit einem Winken. Er trug geflickte Kordhosen und ein großkariertes, derbes Wollhemd. Er hatte glattes schwarzes Haar, dunkle Augen, sonnengebräunte Haut, war dünn, energisch und um die Sechzig.

„Sie sollten ihn mal auf der Rennbahn sehen", sagte Ken leise. „Dort trägt er Maßanzüge und sieht aus wie ein Londoner Geschäftsmann."

Im Augenblick sah er eher wie ein Zigeuner aus, aber sein Englisch war gepflegt und sein Benehmen korrekt. Er schien erfreut, Ken zu sehen, nickte auch mir freundlich zu, und wir gingen zur Scheune.

Drinnen befanden sich zwei geräumige Stallboxen, in denen zwei schmale, fit aussehende Braune standen. Ken tastete die Beine ab. Ausgiebiges Nicken auf beiden Seiten.

„Wie viele Pferde trainieren Sie?" fragte ich Fitzwalter.

„Sechs zur Zeit", antwortete er. „Ich habe Platz für sieben, aber eines haben wir vor einiger Zeit verloren. Guter kleiner Hengst, schade, daß er sich am Sprunggelenk verletzt hat."

„Hatten Sie ihn versichert?" fragte ich mitfühlend.

„Ja, aber nicht hoch genug." Er zuckte unbekümmert die Schultern. „Manche versichere ich, manche nicht. Meistens ist die Prämie zu hoch, so daß ich lieber verzichte. Ich lasse es drauf ankommen. Aber ihn, na ja, den hatte ich teuer gekauft und mich deshalb auch abgesichert. Allerdings nicht genügend. Mal gewinnt man, mal verliert man."

Ich lächelte unverbindlich. Vielleicht lügt er, dachte ich.

Er führte uns aus der Scheune heraus und lud uns auf einen Drink ein, doch auch hier lehnten wir ab. Fitzwalter blickte Ken abwägend an und gab sich dann einen Ruck. „Einer von meinen Stallburschen hat mir ein Gerücht erzählt, das ich kaum glauben kann", begann er.

„Was für ein Gerücht?" fragte Ken.

„Daß einer von Ihren Leuten heute früh ermordet worden ist." Er sah Ken prüfend ins Gesicht und erhielt die Bestätigung. „Wer denn? Doch nicht etwa Carey?"

„Scott Sylvester, unser Anästhesist", sagte Ken widerstrebend.

„Was ist passiert?"

„Wir wissen es nicht", erwiderte Ken. „Die Polizei untersucht den Fall noch. Wir bemühen uns, normal weiterzumachen, aber ich weiß offen gestanden nicht, wie lange wir dazu noch in der Lage sind. Es wird in den Zeitungen kommen . . . Eine Katastrophe."

Fitzwalter blickte nachdenklich in die Ferne. „Tut mir leid."

„Danke", sagte Ken. Er seufzte tief. „Als es bloß um tote Pferde ging, war das Leben einfacher."

„Ja, ich hörte, Sie hätten eine ganze Unglücksserie gehabt."

„Jeder hat davon gehört", sagte Ken verzagt.

„Und einen Brand und noch eine Leiche. Ich kann mir nicht vorstellen, wie Hewett und Partner das überstehen wollen."

Ken antwortete nicht.

„Zeit zu gehen", sagte ich, und Ken nickte.

Fitzwalter nickte mitleidig und wandte sich ab.

Ken und ich wurden in Thetford Cottage erwartet, doch anscheinend hatte er es damit ebensowenig eilig wie ich. „Wie wär's, wenn wir was trinken gehen?" fragte er. „Ich habe außerdem den ganzen Tag noch nichts gegessen, und mir ist so flau."

„Ich fahre Ihnen nach", sagte ich, und er nickte.

In der einsetzenden Dämmerung fuhren wir über die Feldwege zu einem ruhigen altmodischen Lokal. Ich trank einen Brandy mit viel Wasser.

„Es ist aussichtslos, nicht wahr?“ Ken starrte in sein Bierglas. „Als ich mit Fitz sprach, ist mir das klargeworden.“

Ich ging nicht darauf ein. „Wie alt ist Nagrebb?“ fragte ich statt dessen. „Sechzig oder älter?“

„Er sieht nicht so aus, aber er hat einen über dreißigjährigen Sohn. Warum fragen Sie?“

„Alle Besitzer oder Trainer der toten Pferde sind Männer um die Sechzig oder älter.“

Er starrte mich an. „Na und?“

„Mehr weiß ich auch nicht. Ich suche nur nach Ähnlichkeiten“, sagte ich. „Bisher haben wir also einen perversen Pferdeschinder, einen verkalkten alten Mann, einen Schrotthändler, einen skrupellosen Springpferdetrainer, den tyrannischen alten Vater von Russet Eaglewood und einen Steward.“

„Was für einen Steward?“

„Ronnie Upjohn.“

„Aber sein Pferd hat doch überlebt.“

„Er hat das richtige Alter.“ Ich schwieg, dann sagte ich: „Kannten sie auch alle Ihren Vater?“

Er warf mir einen irritierten Blick zu, wich aber der Frage nicht aus. „Der alte Mackintosh offensichtlich schon“, meinte er. „Da mein Vater Tierarzt hier in der Gegend war, nehme ich an, die meisten von ihnen haben ihn gekannt.“

„Kennen sie sich alle untereinander?“

Er runzelte die Stirn. „Eaglewood kennt Lees und Mackintosh und Upjohn. Die drei Trainer kennen sich natürlich gut. Nagrebb lebt in einer anderen Welt.“

„Und das Ganze hat angefangen, nachdem Wynn Lees aus Australien zurückgekommen ist?“

„Scheint so.“

Völlig deprimiert tranken wir unsere Gläser leer und fuhren nach Thetford Cottage.

Belinda hatte Vicky und Greg bereits von Scott erzählt, und so verbrachten wir einen langen, bedrückenden Abend.

AM MORGEN fuhr ich wieder zur Klinik. Der gewöhnlich überfüllte Parkplatz war halb leer. Ich parkte am Vordereingang neben einem Polizeiwagen, ging hinein und fand Ken, Oliver, Jay und Lucy düster schweigend im Büro sitzen.

„Ich hätte nicht gedacht, daß er uns das antut!" rief Lucy. „Er hat uns nicht mal gefragt."

„Er hat gar nicht das Recht dazu", sagte Oliver Quincy. „Wir haben eine Gemeinschaftspraxis."

„Ist Carey hier?" fragte ich.

Sie schüttelten die Köpfe. „Er war hier. Er hat uns Bescheid gesagt. Dann ist er wieder weg."

„Und die Polizei?"

Wie aufs Stichwort erschien ein Polizist an der Tür und bat die Tierärzte, mit ihm zum Kommissar zu kommen. Sie erhoben sich und folgten ihm. Ich hätte vielleicht versuchen können, mich unauffällig dranzuhängen, doch das Telefon auf dem Schreibtisch brachte mich auf eine bessere Idee, und ich rief statt dessen Annabel im Jockeyclub an.

„Ah, gut", sagte sie, als ich mich meldete, „ich wußte nicht, wie ich Sie erreichen kann. Ein paar Leute, die ich kenne, suchen einen neuen Untermieter. Sind Sie interessiert?"

„Brennend", beteuerte ich.

„Können Sie mich um sechs bei mir zu Hause abholen?"

„Ja, um sechs, und ich bin Ihnen sehr dankbar."

„Muß jetzt Schluß machen. Wiedersehen!"

Ich dachte beim Auflegen, daß das Leben doch nicht nur aus Tod und Verderben bestand. Fast sofort klingelte das Telefon wieder, und ich nahm den Hörer ab und sagte: „Hewett und Partner."

„Hier ist die Parkway Chemical Company", verkündete eine Stimme am anderen Ende. „Wir möchten Ken McClure sprechen, von dem wir heute morgen einen Brief erhalten haben."

„Am Apparat", sagte ich.

„Schön. Dann also zu Ihrer Anfrage. Ich bin übrigens der Verkaufsleiter. Müssen Sie jetzt alle Medikamente ersetzen, die verlorengegangen sind?"

„Ja", erwiderte ich. „Wenn Sie uns die früheren Rechnungen zuschicken, könnten wir eine neue Einkaufsliste zusammenstellen."

„Ausgezeichnet", meinte er. „Sie erinnern sich aber doch auch, daß einige Stoffe darunter sind, die wir nicht mit der Post aufgeben können. Da werden Sie wie letztes Mal wieder jemand schicken müssen, der sie abholt."

„In Ordnung", sagte ich.

„Unseren Unterlagen zufolge war Ihr Bote letztes Mal ein Mr. Scott

Sylvester. Er ist abholberechtigt, und wenn Sie jemand anders schikken, dann benötigen wir einen vollständigen Nachweis seiner Legitimation und ein Begleitschreiben Ihres Labors. Tut uns leid, aber Sie wissen, wir müssen vorsichtig sein."

„Natürlich", stimmte ich zu. „Könnten Sie uns die Rechnungskopien möglichst bald zukommen lassen? Ebenso eine Kopie des Lieferscheins, den Sie Scott Sylvester sicher gegeben haben, als er die Ware bei Ihnen abgeholt hat? Es würde uns die Neuordnung unserer Unterlagen erleichtern."

„Selbstverständlich. Ich suche das gleich heraus. Wir helfen Ihnen gern." Er legte den Hörer auf, und ich stand da und dachte über die mögliche Bedeutung dessen nach, was er mir erzählt hatte.

Scott hatte mindestens eine Substanz, die nicht mit der Post versandt werden durfte, persönlich abgeholt. Ich hätte den Verkaufsleiter gern gefragt, was Scott eigentlich befördert hatte, doch ich hatte ihn nicht mißtrauisch machen wollen. Sobald die Antwort durch den Briefkastenschlitz von Thetford Cottage fiel, würden wir es wissen.

ICH KAM pünktlich um sechs bei Annabel an. Ihre Kleidung bestand diesmal aus einer flatterigen schwarzen Seidenhose und einem weiten Top, das aussah, als sei es ganz aus zarten weißen Federn. Dazu trug sie silberne Stiefel, einen breiten silbernen Gürtel, silberne Ohrringe und hatte gegen die Kälte ein schwarzes Cape überm Arm. Ihr Mund war rosa, ihre Augen lächelten. Ich küßte sie auf die Wange.

„Wir können eigentlich gleich mit Ihrem Wagen weiterfahren", sagte sie. „Die Leute erwarten uns."

Die Wohnung selbst lag im vierten Stock eines alten sechsstöckigen Wohnblocks und war mit einem knarrenden alten Aufzug zu erreichen. Die Wohnungsinhaber waren ein bärtiger Professor und seine verschüchterte Frau. Das Zimmer, das sie vermieteten, war groß und altmodisch, mit Blick auf benachbarte Dächer und Feuerleitern. Es gefiel mir nicht sonderlich, aber zumindest war es eine Möglichkeit, Fuß zu fassen. Wir einigten uns über die Bedingungen, ich ließ ihnen als Anzahlung einen Scheck da, und Annabel und ich stiegen die Treppe hinab zum Wagen.

Immerhin hatte die Wohnung den Vorzug, daß sie nur zwei Kilometer von Annabels Haus entfernt lag, und diese zwei Kilometer hoffte ich oft zu fahren. Die Bischofstochter ließ mich jetzt schon in so gewichtigen, ungewohnten Begriffen denken wie „für immer" und

„feste Bindung", aber die Vernunft sagte mir, daß es dafür zu früh war. Freilich hatte es die Vernunft noch nie mit einer Annabel zu tun gehabt.

„Zwanzig vor sieben", sagte sie nach einem Blick auf ihre Armbanduhr. „Brose hat jemand aufgetan, mit dem er Sie bekannt machen kann, wenn Sie möchten. Wegen der Versicherung von Pferden."

Ich fuhr unter ihrer Anleitung zu einem Hotel nahe dem Londoner Sitz des Jockeyclubs. Brose selbst war in der Bar und unterhielt sich mit einem kleinen, glatzköpfigen Mann mit Spitzbauch und goldgerahmter Brille.

„Darf ich Ihnen Mr. Higgins vorstellen?" fragte er und deutete auf den Spitzbauch. „Seine Gesellschaft versichert Pferde."

Wir gaben uns die Hand und führten die Vorstellung zu Ende. Ich spendierte allen etwas zu trinken.

„Brose hat vorgeschlagen", sagte Higgins mit seiner sonoren Baßstimme, „daß ich einfach mal rede, und wenn Sie was fragen wollen, haken Sie ein."

„Gute Idee", stimmte ich zu.

„Pferde versichern", begann er, „ist ein Risikogeschäft. Die Prämien sind hoch, weil die Risiken hoch sind, verstehen Sie?"

Ich nickte. „Was ist mit einer von einem Spitzenhengst tragenden Zuchtstute?"

„Wir würden sie versichern, sofern die Trächtigkeit einwandfrei erwiesen ist und normal verläuft. Alter der Stute?"

„Das kann ich Ihnen sagen", schaltete sich Brose ein. „Sie war neun und war ein Jahr nichttragend gewesen, hatte aber vorher zwei gesunde Fohlen geboren, einen Hengst, eine Stute."

Higgins zog die Augenbrauen hoch, bis sie über die goldene Fassung seiner Brille hinausragten. Ich merkte, wie sich gleichzeitig auch meine eigenen Brauen hoben.

„Woher wissen Sie das?" fragte ich.

„Also, Peter, wirklich! Ich bin Detektiv von Beruf. Ich habe mir die Liste der Stuten besorgt, die in der vergangenen Saison von Rainbow Quest gedeckt wurden, und habe sie überprüft. Ich habe den früheren Besitzer der Stute, die angeblich in Ihrer Klinik war, angerufen und ihn gefragt, wieso er sie an Wynn Lees verkauft hat. Er sagte, er sei wegen geschäftlicher Einbußen gezwungen gewesen, einiges Eigentum zu verkaufen."

„War die Stute tragend, als er sie verkauft hat?" fragte ich.

„Sagt er. Vielleicht war sie es, vielleicht auch nicht. Jedenfalls hat er an Wynn Lees verkauft." Er hielt inne. „Haben Sie Gewebeproben von dem Fohlen besorgt?"

Ich nickte. „Jetzt brauchen wir noch welche von Rainbow Quest."

„Die besorge ich Ihnen", bot Brose an.

Ich bedankte mich sehr herzlich bei ihm. Er habe für Betrug nichts übrig, sagte er.

Higgins nickte. „Die Versuchung, ein versichertes Pferd zu töten, ist mit ein Grund für die hohen Prämien. Betrug ist ein großes Problem."

„Waren bei Ihrer Gesellschaft auch schon Pferde versichert, die während oder nach chirurgischen Eingriffen verendet sind?" fragte ich.

„In letzter Zeit nicht", antwortete er.

„Würden Sie ein Pferd auch speziell gegen den Tod bei einer Operation versichern?" hakte ich nach.

Higgins schürzte die Lippen. „Ja, wenn es bereits versichert wäre. Ich würde eine Zusatzprämie von einem Prozent verlangen und zahlen, wenn das Pferd eingeht."

„Das alles ist abscheulich", meinte Annabel.

Brose und Higgins stimmten ihr lächelnd zu. Higgins verabschiedete sich bald darauf und ging.

Brose richtete sich zu seiner vollen Größe auf, strich Annabel übers Haar und sagte zu mir, er werde von sich hören lassen. Annabel und ich blieben noch, als er gegangen war, und unterhielten uns lebhaft, wenn wir auch vieles unausgesprochen ließen.

Sie fragte nach meiner Zukunft im auswärtigen Dienst, und mir war, als hörte ich da das ferne Echo einer von ihrem Vater angeregten und gewünschten Sondierung.

„Haben Sie Ihren Eltern von mir erzählt?" fragte ich neugierig.

„Na ja, schon. Ich hatte ihnen von den Japanern erzählt."

„In Japan", sagte ich, „schleppen die Männer ihre Sachen in bunten Tragetüten herum statt in den Jackentaschen oder in Aktenmappen."

„Wie in aller Welt kommen Sie jetzt darauf?"

„Nur so. Ich erinnere mich gern an Japan. Wollen Sie noch mehr wissen? In Japan haben alle Einheimischen glattes schwarzes Haar. Alle Frauennamen enden mit -ko. Yuriko, Mitsuko, Yoko."

„Und haben Sie auch auf dem Fußboden geschlafen und rohen Fisch gegessen?"

„Häufig", bestätigte ich. „Aber Fugu habe ich nie probiert."

„Was in aller Welt ist Fugu?"

„Das ist der Fisch, der die meisten tödlichen Lebensmittelvergiftungen in Japan verursacht. Fugu-Restaurants bereiten ihn mit ungeheurer Sorgfalt zu, und trotzdem sterben Leute . . ." Die Stimme versagte mir. Ich war stumm, wie versteinert.

„Was ist?" fragte Annabel. „Woran haben Sie gedacht?"

„Fugu", sagte ich, und der Kloß in meinem Hals löste sich wieder, „ist einer der giftigsten Fische überhaupt. Sein Gift tötet schnell, da er das neuromuskuläre System lähmt und die Atmung stillstehen läßt. Bekannter ist er unter dem Namen Kugelfisch. Mir hat mal jemand gesagt, das Gift sei in so geringer Konzentration schon tödlich, daß es bei einer Obduktion praktisch nicht zu entdecken ist."

Sie saß mit offenem Mund da.

„Das Problem ist", schloß ich, „man kann in Cheltenham nicht grad mal um die Ecke gehen und einen Kugelfisch kaufen."

11

DER ABEND mit Annabel endete wie schon einmal mit einem Kuß. Ein kurzer Kuß, aber auf die Lippen. Danach trat sie einen Schritt zurück und sah mich unschlüssig an.

„Wie wär's mit Freitag?" fragte ich.

„Sie haben die Fahrerei bestimmt schon satt."

„Bald sind es nur noch zwei Kilometer, nicht mehr hundertsechzig."

„Also am Freitag", willigte sie ein. „Dieselbe Zeit, derselbe Ort."

Widerstrebend brach ich auf, fuhr zurück nach Cheltenham, wo ich eine unruhige Nacht verbrachte, voller verwirrender Träume. Beim Aufwachen dachte ich, daß etwas in den Träumen war, das ich behalten sollte, doch die Phantombilder waren sehr schnell verblaßt.

Ich nahm ein Bad, zog mich an und frühstückte mit Vicky und Greg. Danach lungerte ich ungeduldig herum, bis der Briefträger kam, doch er brachte nur einen von den Antwortbriefen, und das war nicht der von Parkway Chemicals. Der Brief enthielt einen ganzen Stoß Rechnungen für Dinge, von denen ich noch nie gehört hatte. Ich rief Ken unter der Nummer seines Funktelefons an. In einer halben Stunde sei er bei mir, versprach er.

Als Ken kam, nahm er die Rechnungen und schaute sie durch. „Sie haben die von einem ganzen Jahr geschickt", stellte er fest. „Mal sehen . . . Natrium, Kalium, Kalzium, Chlor . . . mhm, das sind die Bestandteile der Ringer-Lösung."

„Was ist eine Ringer-Lösung?"

„Ein Allzweck-Blutersatz. Das Zeug in den Tropfinfusionen. Bei Operationen verwende ich die handelsüblichen sterilen Fertigpackungen", sagte er, „aber für die Transfusionen im Stall machen wir uns die Lösung selbst, da das viel billiger kommt. Im Medikamentenraum wiegt Scott . . ." Er seufzte. „Scott hat immer die Wirkstoffe hier ausgewogen, lauter weiße kristalline Pulver, und sie in Plastikbeuteln gelagert. Brauchen wir Lösung, geben wir destilliertes Wasser hinzu."

Er schaute weiter die Rechnungen durch und runzelte die Stirn. „Wir haben ja eine Menge Kalium verbraucht", sagte er. Er saß da und starrte ins Leere, ähnlich vor den Kopf geschlagen wie ich von Fugu am Abend zuvor. „Ich hätte es sehen müssen", murmelte er.

„Was denn?"

„Kaliumchlorid." Er schaute mich entsetzt an. „Ich glaube, die vier bei der Operation verlorenen Pferde sind an überhöhtem Kaliumblutspiegel verendet, an Hyperkaliämie, wie man sagt, und das hätte ich sehen müssen."

„Sie hatten nicht erwartet, daß mit der Lösung etwas nicht stimmte."

„Trotzdem . . ." Er runzelte die Stirn. „Die EKG-Kurven, von denen ich Ihnen erzählt hatte, daß sie verändert aussahen . . . Das Herz schlug langsamer."

„War es nicht Scotts Sache, Ihnen das zu sagen?"

„Der Kapitän ist für das Schiff verantwortlich. Ich bin einfach nicht darauf gekommen, daß die Verlangsamung mit Kaliumüberschuß zusammenhängen könnte. Ich hatte ihnen kein Kalium zugesetzt."

„Eben", stellte ich fest. „Wer hat bei den vier Operationen die Infusionsbeutel geholt, und wer hat sie ausgewechselt, wenn sie leer waren?"

Er überlegte einen Augenblick. „Scott."

„Immer Scott?"

Er durchforstete sein Gedächtnis. „Oliver hat einmal assistiert. Er nahm Scotts Stelle ein. Es kann nicht Scott gewesen sein, der sie umgebracht hat."

„Also gut", sagte ich. „Sie glauben, es war zuviel Kalium in den Infusionsbeuteln. Wie ist es dahinein gekommen? Wie ist es gerade für diese vier Pferde dahinein gekommen und für sonst keine?"

Er sah verständnislos drein. „Scott kann es nicht gewesen sein. Das glaub ich nicht."

„In der Nacht, als die Stute operiert wurde", sagte ich, „sah ich Scott, wie er die Beutel aus dem Lager holte, und half ihm, sie in den Vorraum zum OP hinüberzubringen. Er hat sie dort auf dem Regal gestapelt, das man vom OP aus erreicht, wenn man die Glastür öffnet. Hat er die Beutel nach einem Schema hinübergeschafft?"

„Ja. Immer die vordersten oder die obersten."

„Wollte man also Kalium zusetzen, dann konnte man das im Lagerraum machen, da man wußte, welche Beutel als nächstes benutzt würden."

„Dann könnte es jeder gewesen sein", folgerte Ken erleichtert.

„Ich denke, wir sollten mit Kommissar Ramsey reden", sagte ich.

Ich telefonierte mit dem Kriminalbeamten und machte ihm den Vorschlag, sich am späten Vormittag im Büro der Klinik mit uns zu treffen.

Ramsey, der bäuerliche Typ, hörte geduldig zu. Er kam mit uns in den Lagerraum, um zu sehen, wie die Infusionsbeutel gestapelt waren. Er folgte uns in den kleinen Apothekenbereich, wo die Beutel in das Regal gelegt wurden, und er kam mit in den OP und sah, wie man sie bei Bedarf herausnehmen konnte, indem man die Glastür öffnete.

Niemand sprach direkt die Möglichkeit an, daß Scott entdeckt haben könnte, wer die Beutel präpariert hatte; es bedurfte kaum der Erwähnung.

Als wir wieder ins Büro zurückkehrten, meinte Ramsey nachdenklich: „Die Kadaver der Pferde sind längst beseitigt. Ihre Theorie läßt sich also nicht beweisen." Dann ergriff er den Briefumschlag mit den Rechnungen. „Das war keine schlechte Idee. Geben Sie mir die anderen Antwortbriefe auch, wenn sie kommen."

Wir versprachen, dies zu tun, und ich fragte ihn, ob er wisse, woran Scott gestorben sei. Und ob er wisse, wer in dem Feuer verbrannt sei.

„Unsere Ermittlungen", sagte er, „sind im Gange."

ICH BESUCHTE die Nagrebbs. Ken wollte nicht mitkommen, aber ich wollte den Mann sehen, der mit größter Wahrscheinlichkeit auf brutale Weise zwei Pferde umgebracht hatte – eines durch Hufrehe, das andere durch die Zerstörung einer Sehne. Ihn und Wynn Lees hatte es nicht gekümmert, ob ihre Pferde unter Qualen verendeten. Ich hatte die Stute von Wynn Lees leiden sehen, und daß sie eingegangen war, hatte mich mit Bitterkeit und Trauer erfüllt. Ich konnte nicht nachweisen, daß ihr Besitzer ihr eine Teppichnadel zu fressen gegeben hatte. Ich konnte nicht nachweisen, daß er seinem Eaglewood-Pferd Insulin gespritzt hatte. Aber ich glaubte, daß es so war, und empfand eine so starke Abneigung gegen Wynn Lees, daß ich nie wieder in seine Nähe kommen wollte.

Nagrebb weckte in mir auf Anhieb das gleiche Gefühl.

Ich hatte ihn mir dick und dumm wie Wynn Lees vorgestellt, deshalb war seine äußere Erscheinung eine Überraschung. Er war draußen auf der Koppel hinter seinem Haus. Die Koppel war mit ehemals weißen Querlatten eingezäunt. Auf der kahlen Weide standen ein Mann und eine Frau mit rötlichen Haaren neben einem leuchtend rot-weiß gestrichenen Hindernis, einem Stück imitierter Ziegelmauer, und forderten einen anderen Mann auf einem dunklen muskulösen Pferd auf, es zu überspringen. Das Pferd brach seitlich aus, um den Sprung zu vermeiden, und wurde mit ein paar heftigen Peitschenhieben ermahnt, das nicht noch mal zu tun.

In diesem Moment bemerkten sie alle drei meine Ankunft und machten zur Begrüßung ein finsteres Gesicht. Der Mann auf dem Pferd und die Frau, sah ich, waren jung. Der ältere Mann, auffallend breitschultrig, mit zu kurzen Beinen für den kräftigen Rumpf, stiefelte grimmig auf den Koppelzaun zu. Kahl, stechender Blick, kampflustig; ein Rottweiler von einem Kerl. Ich stieg aus und ging ihm bis dicht vor den Zaun entgegen.

„Mr. Nagrebb?" fragte ich.

„Was wollen Sie?" Er blieb einige Schritte vor dem Zaun stehen und hob die Stimme. „Wer sind Sie? Ich habe zu tun."

„Es dauert nicht lange. Ich schreibe einen Artikel über Todesursachen bei Pferden. Sie kennen sich doch so gut aus. Ich dachte, da könnten Sie mir vielleicht weiterhelfen."

„Sie haben falsch gedacht. Schwirren Sie ab!"

„Ich dachte, Sie könnten mir etwas über plötzlich auftretende akute Hufrehe erzählen", sagte ich.

Seine Reaktion war an sich schon Beweis genug. Das jähe Erstarren, die unwillkürliche Anspannung der Gesichtsmuskulatur um die Augen. „Wovon reden Sie?" wollte er wissen.

„Von überschüssigen Kohlehydraten."

Etwas an seiner Reaktion mußte die beiden anderen alarmiert haben, denn die junge Frau kam angelaufen, und der Reiter trottete mit seinem Pferd zu uns herüber. Sie hatte wild blitzende Augen, eine Harpyie, er war so dunkel und muskelbepackt wie sein Pferd.

„Was ist, Paps?“ fragte er.

„Der Mann will was über akute Rehe wissen.“

„Sieh einer an.“ Auch er wußte, wovon ich redete. Bei dem Mädchen war ich mir nicht sicher.

„Ich brauche Berichte aus erster Hand“, erklärte ich. „Es soll für den Durchschnittsleser sein. Sie brauchen mir nur mit Ihren eigenen Worten zu schildern, was Sie empfunden haben, als Sie feststellten, daß Ihr Pferd unheilbar geschädigt war.“

„Quatsch“, sagte der Sohn, brachte das Pferd ganz an den Zaun heran und hob warnend die respekteinflößende Peitsche.

Ich trat beschwichtigend den Rückzug an, aber in dem Augenblick bog ein anderer Wagen um das Haus und kam neben meinem zum Stehen. Der Fahrer stieg aus. Oliver Quincy, zu meiner Bestürzung.

„Tag“, sagte er überrascht zu mir. „Was zum Teufel machen Sie denn hier?“ Sein Mißfallen war offensichtlich.

„Kennen Sie den?“ wollte Nagrebb wissen.

„Natürlich. Ein Freund von Ken McClure. Steckt in der Klinik überall seine Nase rein.“

Die Stimmung wendete sich merklich zum Schlechteren.

„Ich schreibe einen Artikel über die Klinik“, sagte ich und hielt Quincys Blick stand. „Und was machen Sie hier?“

„Das geht Sie einen Dreck an!“ knurrte Nagrebb, und Oliver Quincy antwortete gleichzeitig: „Das Übliche. Behandlung von Sehnenzerrung.“ Er sah mich feindselig an.

„Sind Sie noch in der Gemeinschaftspraxis?“ fragte ich.

„Selbst wenn die Praxis sich auflöst“, erwiderte Quincy, „brauchen Pferde noch Betreuung.“

Nagrebbs Sohn glitt plötzlich von seinem Pferd herunter, gab die Zügel seinem Vater und stieg unter dem Koppelzaun durch, um zu Oliver und mir zu kommen. Die Aggressivität, die er verströmte, war nahezu greifbar.

„Sie sind lästig“, sagte er zu mir, trat auf mich zu und schlug mir schnell und hart die rechte Faust in den Magen.

Mir war, als hätte mich ein Pferd getreten. Zusammengekrümmt, praktisch gelähmt, ging ich in die Knie. Nagrebbs Sohn setzte mir seinen bestiefelten Fuß auf eine Schulter und kippte mich hintenüber.

Niemand erhob Einspruch.

Langsam bekam ich wieder Luft. Jetzt meinerseits auf Nagrebb junior loszugehen war zwecklos. Worte waren meine Waffen, nicht meine Hände.

Ich rappelte mich auf die Knie hoch und stand auf. Nagrebb schaute wachsam drein und sein Sohn unerträglich überlegen. Quincy gab sich gleichgültig. Das Mädchen lächelte.

Ich bekam genug Luft, um zu sprechen. Ich versuchte, meine Wut im Zaum zu halten. „Sehr aufschlußreich", kommentierte ich.

Ich kehrte ihnen den Rücken zu und ging die wenigen Schritte zu meinem Wagen.

„Kommen Sie nicht noch mal!" drohte Nagrebb.

Ganz bestimmt nicht, dachte ich. Unter keinen Umständen. Ich öffnete die Wagentür und ließ mich ächzend auf den Fahrersitz sinken.

Als ich nach Thetford Cottage kam, blieb ich erst noch eine Weile im Auto sitzen, und Ken kam heraus, um nachzusehen, warum.

„Was ist los?" fragte er.

Ich seufzte. „Nagrebbs Sohn hat mir eins auf den Solarplexus gegeben."

Er war verärgert. „Warum hat er Sie geschlagen?"

„Ich habe nach akuter Hufrehe gefragt."

Er sah geschockt aus. „Das war doch verdammt blöd."

„Quincy war übrigens auch dort, wegen einer Sehnenzerrung."

„War Nagrebb selbst da?"

„Ja. Und eine junge Frau mit rötlichen Haaren, die es lustig fand, daß Nagrebbs Sohn mich zusammenschlug."

Ken nickte. „Das war Nagrebbs Tochter. Ich hatte Sie gewarnt, daß der Sohn ein Giftbolzen ist."

Gift, dachte ich. Ich war drauf und dran, Ken von Fugu zu erzählen, aber je mehr ich darüber nachdachte, desto unwahrscheinlicher kam es mir vor. Wenn es aber ein nicht nachweisbares Gift gab, dann gab es vielleicht noch mehr von der Sorte. Warten wir den Lieferschein von Parkway Chemicals ab, dachte ich.

AM FREITAG morgen trafen zwei weitere Antwortbriefe ein, aber noch immer nicht der von Parkway Chemicals.

Ken kam nach Thetford Cottage und ging die gebündelten Rechnungskopien durch. „Nichts Ungewöhnliches", bemerkte er zum ersten Stoß.

Der zweite Stapel versetzte ihn in Erregung. Er schob die Papiere über den Küchentisch und wies mit dem Zeigefinger auf eine Zeile. „Insulin! Wir haben Insulin bestellt! Nicht zu fassen."

„Wer genau hat das bestellt?"

„Weiß der Himmel." Er runzelte die Stirn.

„Wer nimmt die Lieferungen in Empfang?"

„Eine Sprechstundenhilfe schafft die Pakete in den Medikamentenraum. Einer von uns packt die Sachen dann aus und ordnet sie ins Regal ein. Alles Ungewöhnliche oder Heikle steht in einem besonderen Fach. Stand, genauer gesagt. Ich sehe den Medikamentenraum noch so vor mir, wie er war, und vergesse, daß er hinüber ist."

„Wenn also jemand Insulin auspacken würde, dann käme das in ebendieses Sonderfach und wäre für den, der es bestellt hat, griffbereit?"

„Ohne weiteres", sagte er.

Er ging die restlichen Rechnungskopien durch und stieß auf etwas, das ihm den Atem verschlug. „Wir haben Kollagenase bestellt", sagte er tonlos.

„Wer hat sie bestellt?"

„Läßt sich nicht sagen. Insulin wurde vor sechs Monaten bestellt. Das paßt. Wynn Lees' Pferd ist vergangenen September verendet, kurz nachdem das Insulin hier eingetroffen sein dürfte."

„Und die Kollagenase?"

Er schaute das Datum nach. „Da war's genauso. Sie wurde ein paar Tage nachdem Nagrebbs Pferd sich das Bein durchbohrt hatte geliefert."

Ich seufzte. Viel weiter waren wir noch nicht, außer daß mit jedem Schritt die Gewißheit zunahm, daß jemand die Mittel und Prozeduren der Ärztegemeinschaft für betrügerische Zwecke genutzt hatte.

„Was ist mit Atropin?"

„Das brauchen wir ständig nach Augenoperationen, um die Pupille zu erweitern. Es wird logischerweise ab und zu in kleinen Mengen auf Rechnungen auftauchen."

Ich rief Kommissar Ramsey an.

„Was gibt's?" fragte er ein wenig gereizt.

„Wir haben hier Antworten von Pharmaproduzenten."

Er war still, dann sagte er: „Im Büro der Tierarztpraxis, heute nachmittag um drei."

Entgegen unserer ursprünglichen Vereinbarung, traf ich mich dann allein mit dem Kommissar, da Ken von einem Stammkunden gerufen worden war. Wir setzten uns an den Schreibtisch, und ich gab ihm die Rechnungskopien und erklärte, was es mit Insulin und Kollagenase auf sich hatte. Ich erzählte ihm auch noch von der Teppichnadel und erwähnte Broses Theorie über die Vaterschaft des toten Fohlens.

„Sie waren fleißig", sagte er anerkennend. „Wenn ich herausfinde, wer die Pferde getötet hat, werde ich wohl auch wissen, wer Scott Sylvester umgebracht hat."

„So ist es", bestätigte ich.

„Sonst noch etwas?"

Ich zögerte. „Ich habe die Besitzer und Trainer sämtlicher unter verdächtigen Umständen gestorbenen Pferde aufgesucht oder mit ihnen gesprochen", erzählte ich schließlich. „Ich wollte herausbekommen, ob sie selbst etwas mit dem Tod ihres Pferdes zu tun hatten."

„Und?"

„Zwei sind bestimmt Schurken, einer definitiv nicht, einer wahrscheinlich und einer vielleicht, aber der weiß nichts davon."

Er fragte mich nach dem zuletzt Genannten, und ich erzählte von dem alten Mackintosh und seinem bruchstückhaften Erinnerungsvermögen. „Er erinnert sich an die Reihenfolge, in der vor langer Zeit einmal Rennpferde in den Boxen seiner Stallungen gestanden haben", sagte ich. „Die hat er mir vorgebetet wie eine Zauberformel. Sechs, sagte er, sei Vinderman. Nun, eines von den Pferden, bei denen man wahrscheinlich durch Atropin eine Kolik erzeugt hat, war in Box sechs untergebracht. Ich dachte, wenn man Mackintosh vielleicht einen Apfel oder eine Möhre in die Hand drückte – er gibt seinen Pferden täglich Mohrrüben – und ihn ausdrücklich bäte, sie an Vinderman zu verfüttern, dann würde er auf den Hof laufen und sie dem Pferd in Box sechs geben. Es könnte auch sein, daß der Futtermeister weiß, wer Box sechs – und Box sechzehn – mit Geschenken für die Insassen beehrt hat. Der Futtermeister weiß mehr, als er sagt." Dann setzte ich hinzu: „Mackintosh wohnt in einer alten Mühle, die mal einer Familie Travers gehört hat."

Selbst erfahrene Polizeibeamte haben ihre Muskulatur nicht ganz unter Kontrolle. Unwillkürlich hatte er seine Haltung verändert. Ich hatte ihn überrumpelt.

„Travers", wiederholte ich. „Was sagt Ihnen das?"

Er antwortete mit einer Gegenfrage. „Kennen Sie jemand namens Travers?" fragte er.

Ich schüttelte den Kopf.

Er überlegte eine ganze Zeit lang, sagte aber nichts. Dann stand er auf und gab mir damit zu verstehen, daß das Gespräch beendet sei.

„Wo kann ich Sie morgen erreichen?" fragte ich. „Wir haben nämlich herausgefunden, daß Scott zu einem Chemiewerk gefahren ist, um persönlich etwas abzuholen, was nicht mit der Post versandt werden darf. Morgen wissen wir wahrscheinlich, was es war. Ich könnte Sie anrufen."

„Ja, bitte." Er nickte. Ohne Zeit zu vergeuden, setzte er sich wieder hin, schrieb eine Nummer auf einen Notizzettel und gab sie mir.

„Apropos Travers", sagte ich. „Vor langer Zeit gab es mal eine Finanzierungsgesellschaft, die Upjohn und Travers hieß. Der jetzige Upjohn – Ronnie mit Vornamen – fungiert als Steward auf der Rennbahn. Jedenfalls hatte der Vater von Ronnie Upjohn einen Partner namens Travers. Er wäre jetzt mindestens neunzig, schätze ich, wenn er noch lebt."

„Sonst noch etwas?" fragte Ramsey.

„Hm . . . Porphyr-Park."

„Die scheußliche rote Bauruine? Was ist damit?"

„Der alte Mackintosh hat Geld da hineingesteckt und es verloren. Ronnie Upjohn und viele andere Leute hier aus der Gegend ebenfalls."

Er nickte grimmig, und ich fragte mich flüchtig, ob er selbst zu den Unglücklichen zählte.

Im Plauderton fuhr ich fort: „Man muß nicht der Besitzer eines Pferdes sein, um es zu versichern. Es kann ohne Wissen des Besitzers versichert werden. Die von der Versicherung in gutem Glauben geleistete Zahlung läuft dann am Besitzer vorbei, der völlig ahnungslos bleibt. Es ist zwar eine Theorie", sagte ich, „aber vielleicht haben ein paar Herren eine Idee gehabt, wie sie ihre Verluste vom Porphyr-Park wieder wettmachen könnten. Möglicherweise könnten Sie von irgendwoher eine Liste von den Leuten bekommen, die bei dem Projekt Geld investiert und verloren haben."

„Sagen Sie bloß", meinte er, bei aller Schulung doch ironisch, „das haben Sie noch nicht selbst geschafft?" Ein Lächeln flackerte kurz auf. Er ging mit mir hinaus auf den Parkplatz und wartete, bis ich zum Ausgang gefahren war, fast als wolle er mich hinausbugsieren. Er hätte keine Angst zu haben brauchen, daß ich umkehren würde. Wenn ich Vollgas gab, kam ich gerade noch um sechs nach London in die Fulham Road.

Annabel, einigermaßen konventionell heute mit silbernen Cowboystiefeln und einem einfachen schwarzen Kleid, entschied sich für ein Abendessen in einem Bistro. In dem Bistro gab es Kerzen, rotkarierte Tischtücher und einen Zigeunersänger mit einer Blume hinterm Ohr. Ich erzählte Annabel von Vickys und Gregs Auftritten. Sie würde die beiden gerne mal singen hören, meinte sie.

„Kommen Sie am Sonntag vorbei", sagte ich spontan.

„Sonntags besuche ich den Bischof und seine Frau." Sie sah auf ihre Spaghetti nieder, die Augen im Schatten, nachdenklich. „Die Sonntage mit ihnen lasse ich nur aus, wenn es wichtig ist."

„Es ist wichtig."

Sie hob den Blick. „Ich komme mit der Bahn."

„Zum Mittagessen in einem Landgasthof?"

Sie nickte.

„Und Sie bleiben bis zum Abend, dann fahre ich Sie nach Hause."

„Ich kann mit der Bahn zurückfahren. Ich kann selbst auf mich aufpassen."

„Trotzdem fahre ich Sie."

Sie lächelte. „Der Bischof wird Ihnen seinen Segen geben müssen."

„Mir bangt davor, ihn kennenzulernen . . . Hat der Bischof noch weitere Kinder?"

„Zwei Söhne und zwei Töchter", erwiderte sie. „Sie sind vermutlich ein Einzelkind."

„Wie kommen Sie darauf?"

„Sie brauchen keine Wurzeln."

„Wie stark sind Ihre Wurzeln?" fragte ich.

„Ich habe nie versucht, sie auszureißen."

Wir schauten uns an. „Ich werde vier Jahre in England sein", sagte ich. „Danach alle zwei Jahre für ungefähr einen Monat." Sie hörte aufmerksam zu. „Das Auswärtige Amt kommt dafür auf, daß Kinder von im Ausland tätigen Diplomaten ein Internat besuchen können."

„Waren Sie auch in einem Internat?"

„Nur die letzten beiden Schuljahre. Ich wollte bei meinen Eltern bleiben. Ich mag sie, und das Leben ist vielseitig."

Ein Berufsprofil, dachte ich, ist schon eine merkwürdige Art, ihr mitzuteilen, daß mich ihre Zukunft mehr als gemeinhin üblich interessiert. Sie schien das unschwer zu verstehen.

Ich fuhr sie nach Hause und küßte sie wieder zum Abschied. Diesmal dauerte der Kuß länger. Sie sagte, sie werde den letzten Zug nehmen, der am Sonntagvormittag in Cheltenham ankomme.

SAMSTAG früh traf endlich der Brief von Parkway Chemicals ein. Während ich auf Ken wartete, las ich die wenigen verständlichen Informationen, die den Rechnungskopien zu entnehmen waren. Der Lieferschein, den Scott bekommen hatte, war mit Warnungen übersät. HOCHGIFTIGE STOFFE. NUR VON GESCHULTEM PERSONAL ZU VERWENDEN. NUR FÜR DEN LABORGEBRAUCH. PER BOTEN.

Scott hatte den Empfang mit seinem Namenszug quittiert.

Die Warnungen bezogen sich offenbar auf drei kleine Ampullen mit etwas, das sich Tetrodotoxin nannte.

Als Ken das sah, sagte er gleich: „Alles, was die Endung ‚toxin' hat, ist giftig." Mit gerunzelter Stirn las er die Einzelheiten vor: „Drei Ampullen à ein Milligramm Tetrodotoxin mit Natriumzitrat als Puffer. Wasserlöslich. Packungsbeilage beachten."

„Was ist das?" fragte ich.

„Muß ich nachsehen."

Die Eigentümer von Thetford Cottage besaßen eine Reihe von Nachschlagewerken und eine kleine Enzyklopädie. Ken und ich suchten vergeblich nach Tetrodotoxin. Da ich das Lexikon gerade in den Händen hielt, sah ich auf gut Glück unter Kugelfisch nach:

> Kugelfisch, verschiedene Arten, lebt in tropischen Gewässern und kann seinen Körper mit Wasser oder Luft kugelförmig aufblasen, wobei die Stacheln in der Haut sich aufrichten . . .

So weit, so gut. Das dicke Ende war es, das mir die Luft verschlug:

> . . . gehört zur Familie der Tetraodontidae.

Kugelfisch. Also doch mein alter Freund Fugu!

12

„KUGELFISCH?" fragte Ramsey.

Der Kommissar hatte sich wieder allein mit uns in der Tierklinik getroffen. Ken hatte ein Buch über Gifte von zu Hause geholt.

„Tetrodotoxin", las er vor, „ist eines der stärksten bekannten Gifte überhaupt. Es wird aus dem Kugelfisch gewonnen und führt durch Lähmung des neuromuskulären Systems zu Atem- und Herzstillstand. Die letale Dosis ist überaus gering. Bei gerichtsmedizinischen Untersuchungen ist es daher kaum zu entdecken."

Im Raum herrschte betroffenes Schweigen, während jeder sich wohl darüber klar wurde, daß noch eine ganze Menge von dem Zeug herumliegen konnte.

„Scott muß gewußt haben, wer ihn gebeten hat, so weit zu fahren, um das Päckchen abzuholen", sagte ich. „Er kannte den Empfänger. Er hat allerdings nicht unbedingt gewußt, was drin war." Ich schwieg und setzte hinzu: „Das hat er wahrscheinlich am eigenen Leib erfahren."

„Großer Gott!" sagte Ken leise.

„Verraten Sie's uns", bat ich Ramsey. „Sagen Sie nur ja oder nein. Haben Sie Einstichspuren von einer Nadel bei Scott entdeckt?"

Er schürzte die Lippen. „Die Antwort ist ja", sagte er schließlich.

Das symbolische Verschließen von Scotts Mund, dachte ich, ist eine unbewußte Offenlegung des Motivs gewesen, Ausdruck einer Besessenheit, die alle Skrupel hinweggefegt hatte. Scott konnte ein Komplize gewesen sein, der schließlich Einwände erhoben hatte. Er hatte vielleicht Unregelmäßigkeiten entdeckt und gedroht, sie zu enthüllen. Er konnte eine gefährliche kleine Erpressung versucht haben. Die Brutalität der Klammern war die gewalttätige Antwort darauf gewesen.

Ramsey plauderte, nachdem er einmal damit angefangen hatte, weiter aus der Schule. „Es kann wohl nicht schaden, wenn ich Ihnen mitteile, was heute noch der Presse bekanntgegeben wird. Wir haben die Person identifiziert, die nach dem Brand hier gefunden worden ist. Es ist ein zweiunddreißigjähriger Mann. Ein Versicherungsagent." Er schwieg. „Sein Name", sagte er schließlich, „war Travers. Theodore Travers."

„Upjohn und Travers", erklärte ich.

Ramsey nickte. „Wir haben das überprüft, nachdem Sie gestern davon gesprochen hatten. Diese Firma existiert nicht mehr, schon seit vielen Jahren nicht, aber in den Tagen des alten Travers war es eine Versicherungsagentur. Sie löste sich auf, als Travers und auch Upjohn starben."

„Weshalb sollte ein Versicherungsagent sich spätabends in der Tierarztpraxis aufhalten?" fragte ich.

„Nun, weshalb?" gab Ramsey zurück, als wisse er die Antwort.

„Jemand hat ihn hereingelassen, um über Versicherungstricks zu sprechen“, sagte ich. „Vielleicht über die widerrechtliche Versicherung von Pferden. Vielleicht kam es dabei zu einem Streit, der zum Unfalltod oder zur vorsätzlichen Tötung Travers' geführt hat. Vielleicht wurde der Brand gelegt, um das zu vertuschen.“

„Das ist eine Menge Unwägbares“, bemerkte Ramsey, „womit ich nicht sagen will, daß Sie unrecht haben.“

Ramsey komplimentierte uns hinaus. Ken und ich blieben auf dem Parkplatz bei unseren Wagen stehen. „Wie geht's jetzt weiter?“ fragte Ken.

Weiter ging es mit einer dieser eigentümlichen, jäh aufblitzenden Erinnerungen an früher, die meistens quälend unvollständig waren, manchmal aber auch gestochen scharf. Ich erinnerte mich, daß ich meine Mutter vor vielen Jahren einmal etwas hatte sagen hören, das sie mir vor kurzem nicht am Telefon erzählt hatte.

„Wie wär's, Ken“, schlug ich vor, „wenn wir Ihre Mutter besuchten? Um über Ihren Vater zu sprechen.“

„Nein“, protestierte er, „das können Sie nicht machen.“

„Ich glaube doch“, sagte ich und deutete ihm an, was ich dabei im Sinn hatte.

Er sah verwirrt drein, fuhr aber in seinem Wagen zu Josephine voran, während ich ihm folgte.

Sie bewohnte die zwei oberen Stockwerke eines stattlichen Gebäudes in einer eleganten Häuserreihe in Cheltenham. Ken hatte uns telefonisch angekündigt, und sie freute sich durchaus über unseren Besuch. Sie trug einen grauen Rock, eine gestärkte cremefarbene Bluse und eine moosgrüne Strickjacke.

Wir setzten uns. Der Anfang war schwierig. „Hat Kens Vater gerne geangelt?“ fragte ich.

„Nein, überhaupt nicht“, antwortete Josephine. „Wieso fragen Sie?“

„Ging er auf die Jagd?“ fragte ich.

Josephine sah Ken an. Er nickte ihr aufmunternd zu. „Erzähl es ihm. Wir haben nie wirklich erfahren, warum Vater Selbstmord begangen hat. Peter hat eine Vermutung.“

Sie trank einen Schluck Sherry. „Kenny“, sagte sie, „ist immer mit den anderen auf Fasanenjagd gegangen. Mit Mac Mackintosh, Rolls Eaglewood, Ronnie Upjohn, diesen Leuten eben. Ich denk nicht gern daran.“

„Ich weiß“, sagte ich sanft. „Wo war er, als er sich erschossen hat?“

„Ogottogott.“ Sie schluckte.

Wenn meine Erinnerung nicht trog, dann kannte ich die Antwort, aber Ken mußte sie von seiner Mutter hören.

„Du hast mir nie erzählt, wo er gestorben ist“, sagte Ken. „Keiner wollte mit mir über ihn reden. Ich sei zu jung, meinten alle. Jetzt möchte ich auch wissen, wo und warum.“

Tränen strömten ihr aus den Augen. Stockend erzählte sie es ihm. „Er starb . . ., er stand im Bach . . ., als er sich erschossen hat . . ., ein Stück unterhalb vom Mühlrad . . . bei den Mackintoshs.“

Die Enthüllung erschütterte Ken und bestätigte meine Ahnung. In der Erinnerung hörte ich deutlich die Stimme meiner weinenden Mutter, die, kurz nachdem sie es erfahren hatte, mit einer Besucherin sprach, während ich mich irgendwo versteckt hielt. „Er ist in den Mühlbach gefallen.“

„Wissen Sie“, fragte ich vorsichtig, „ob sein Gewehr bei ihm im Bach lag?“

„Natürlich lag es bei ihm. Sonst hätte er sich doch nicht erschießen können.“

Sie stand unvermittelt auf und ging zu einem Mahagonisekretär hinüber. Aus der untersten Schublade zog sie einen großen polierten Holzkasten hervor. Wie sich herausstellte, enthielt er Zeitungen, maschinengeschriebene Blätter und Briefe.

Ich blätterte die Papiere durch. Die Briefe obenauf waren Beileidsbekundungen.

Als ich mich den Zeitungsberichten zuwandte, stellte ich fest, daß sie in Abstufungen in einem sachlichen bis reißerischen Ton verfaßt waren und weitgehend die gleichen Fotos von dem Verstorbenen zeigten. „Beliebt“, „geachtet“ hieß es im Text. Das Ergebnis der amtlichen Totenschau: „Es gibt keine ausreichenden Beweise dafür, daß er vorhatte, sich das Leben zu nehmen.“ Kein Abschiedsbrief. Die Berichte enthielten Zweifel und Fragen. „Wenn er sich nicht umbringen wollte, wieso hat er sich dann mit Schuhen und Strümpfen mitten im Januar in einen Bach gestellt?“

„Ich kann das einfach nicht lesen“, sagte Josephine bedrückt.

„Ich dachte, es gab da Theater wegen eines Medikaments, das er nicht hätte bestellen sollen“, sagte ich. „Davon steht hier nichts.“

„Doch“, widersprach Ken schwach. Er hatte mit offenem Mund eine der maschinengeschriebenen Seiten gelesen. „Sie werden es nicht für möglich halten. Und wer in aller Welt hat Ihnen davon erzählt?"

„Weiß ich nicht mehr", sagte ich ausweichend.

Er gab mir die Blätter, blaß und niedergeschmettert. „Ich verstehe das nicht."

Ich las, was er mir zeigte. Es schien ein Gutachten zu sein, aber ohne Briefkopf und ohne Unterschrift. Es war erschreckend, und in gewisser Weise war es unvermeidlich.

Ganz sachlich stand da:

> Kenneth McClure hatte kurz vor seinem Tod, angeblich zu Forschungszwecken, einen kleinen Vorrat des organischen Präparates Tetrodotoxin angefordert und erhalten. Bald darauf starb ein von ihm behandeltes Pferd plötzlich ohne erkennbare Ursache, wie dies auch bei einer Tetrodotoxinvergiftung der Fall gewesen wäre. Ohne ihm unterstellen zu wollen, daß er selbst diese äußerst gefährliche Substanz verabreicht hat, bleibt doch zu überlegen, ob der Erwerb oder die Weitergabe dieser Substanz sein Gewissen so stark belastet haben könnte, daß er deshalb Selbstmord begangen hat.

Mit zitternder Stimme fragte Ken seine Mutter: „Weißt du etwas von diesem Tetrodotoxin?"

„Es gab einen fürchterlichen Aufruhr deswegen, aber ich wollte nichts davon hören", sagte sie geistesabwesend. „Ich wollte nicht, daß alle erfahren, daß Kenny unrecht getan hat. Versteht ihr?"

Mir zumindest war jetzt klar, daß irgendwo in der alten Clique das Wissen von Tetrodotoxin und seiner tödlichen Wirkung all die Jahre geschlummert hatte und daß irgend etwas – vielleicht die Porphyr-Pleite – es in seiner ganzen Gefährlichkeit aktiviert hatte.

„Kenny, haben Sie das Zeug mitgebracht?" hatte der alte Mackintosh fröhlich gefragt.

Kenny hatte, nahm ich an. Und dann hatte er es vermutlich bereut und sich erschossen – oder er hatte beschlossen zu plaudern und war zum Schweigen gebracht worden.

Scott, der Bote mit dem gestopften Mund. Travers, der Versicherungsagent, verbrannt. Kenny, der Tierarzt, im Wasser mit seinem Gewehr mit den weggewaschenen Fingerabdrücken. Tetrodotoxin war vielleicht für sie alle ein zu harter Brocken gewesen.

„O Gott", sagte Ken unglücklich. „Deswegen also. Jetzt wünschte ich, ich wüßte es nicht."

„Sie wissen, wo es geschah“, sagte ich, „aber nicht, wie. Er hat keinen Brief hinterlassen. Die Frage ist also, hat er sich in dem Bach umgebracht, oder hat ihn jemand am Ufer erschossen, so daß er rückwärts ins Wasser gestürzt ist?“

„Warum hätte ihn jemand umbringen sollen?“ hielt Ken entgegen.

„Warum wurde Scott umgebracht?“ fragte ich.

Er schwieg.

KEN BLIEB bei seiner Mutter, und ich verbrachte den Nachmittag damit, ziellos in der Gegend herumzufahren und nachzudenken. Schließlich kam ich auch an der häßlichen roten Bauruine des Porphyr-Parks vorbei. Die Lösung des Falles, die nach und nach Kontur annahm, schien mir die ganze Zeit schon vor Augen gestanden und gesagt zu haben: „Hier bin ich. Sieh mich an.“ Allerdings war es mehr eine Theorie als etwas Handfestes. Der Vergleich der Fohlenchromosomen würde vielleicht weiterhelfen. Vielleicht spuckte der Porphyr-Park auch einen Namen aus. Der schurkische alte Mackintosh wußte ebenso wie ich im Innersten Dinge, die ihm nicht immer präsent waren.

Ich fuhr im Dunkeln nach Thetford Cottage zurück.

Kurz nach meiner Ankunft rief Ken an. „Hören Sie“, Kens Stimme klang verlegen, „meine Mutter hat sich fast die Augen ausgeweint. Sie haben eine Unmenge Kummer freigesetzt. Aber bei Gott, ich danke Ihnen. Ich frage mich zwar, woher Sie das alles wissen, was Sie wissen, aber soweit es mich betrifft, kann mein Vater jetzt in Frieden ruhen.“

„Das freut mich.“

„Als ich wieder zu Hause war“, sagte er, „hat Carey angerufen. Er klang ziemlich niedergeschlagen. Ehrlich gesagt glaube ich, daß ihm die Praxis inzwischen gleichgültig ist. Trotzdem habe ich ihm von den Rechnungskopien erzählt und was wir unternommen haben.“

„Was meinte er dazu?“

„Nichts weiter. Nur, daß wir unsere Sache gut gemacht hätten. Ich glaube, Oliver Quincy hat doch recht. Wir müssen allein was auf die Beine stellen. Jedenfalls vielen Dank noch mal. Wir sehen uns sicher morgen.“

Vielleicht, dachte ich, als er auflegte, aber morgen würde Annabel kommen, und da wollte ich ein Essen zu zweit, nicht im Familienkreis.

SIE KAM mit dem letzten Vormittagszug, und aus unserem Kuß sprach Vertrautheit. Sie trug einen weiten Pullover mit weißen Sternen auf schwarzem Grund über einer engen schwarzen Stretchhose. Rosa Lippenstift. Riesengroße Augen.

„Ich habe zum Essen ein wunderbares Lokal entdeckt“, sagte ich, „aber wir müssen auf dem Weg dahin kurz anhalten. Kleine kriminalistische Einlage.“

„Und ich habe Ihnen auch was von Broses Freund Higgins mitgebracht, das Ihnen weiterhelfen soll“, erzählte sie lächelnd. Sie zog einen Briefumschlag aus ihrer glänzenden schwarzen Handtasche und gab ihn mir. Er enthielt, wie ich sah, die Namen von drei Versicherungsgesellschaften, die im vergangenen Jahr für außerhalb der Rennbahn gestorbene Pferde gezahlt hatten. Neben jeder Agentur stand eine Telefonnummer, die ich kontaktieren konnte.

„Fabelhaft“, sagte ich erfreut.

Wir stiegen in meinen Wagen und fuhren los zur Tierklinik.

„Vicky hat mir ausgerichtet, daß der Kommissar, der wegen Scotts Tod ermittelt, mich heute am späten Vormittag kurz sprechen will“, erklärte ich. „Ken und ich haben uns in letzter Zeit jeden Tag mit ihm in der Klinik unterhalten. Es wird schon zur Gewohnheit.“

„Wie läuft's so allgemein?“ fragte sie.

„Sag ich Ihnen beim Essen. Wie geht's dem Bischof?“

„Er ist vorsichtig.“

Ich lächelte. Meine Vorsicht schwand mit jedem Mal mehr, wo ich sie sah.

Ein einziger Wagen parkte am Vordereingang der Klinik, als wir hinkamen. Nicht Ramseys Wagen und auch keiner, den ich kannte.

Wir gingen in die Eingangshalle und durch den langen Gang zum Büro, in dem sich niemand befand. Wir gingen weiter den Gang hinunter zur Tür des Chirurgie-Vorraums. Sie ließ sich öffnen, und wir traten ein, worauf ich Annabel die Umkleideräume und den „Giftschrank“ zeigte.

Wir betraten den Operationssaal und schauten uns um. Annabel war begeistert von dem Kran. Die Schiebetür zu dem gepolsterten Narkose- und Ruheraum stand jedem vagabundierenden Bazillus weit offen. Als wir hineingingen, staunte Annabel über den federnden Boden und hüpfte ein paarmal auf und ab.

Hier war offenbar niemand. Wir gingen auf den Flur hinaus und in die Aufnahme. Alles war still und einsatzbereit.

„Normalerweise achten sie peinlich genau darauf, daß alles abgeschlossen ist“, sagte ich. Ich probierte die Tür zur Außenwelt. Wenigstens die war verschlossen.

Irgendwie bekam ich ein ungutes Gefühl. Mit der ganzen Chirurgie schien etwas nicht zu stimmen, wenn ich auch nicht sagen konnte, woran es lag. Lag es daran, daß ich jetzt ziemlich sicher wußte, wer Scott umgebracht hatte? Oder war es vielleicht nicht so gut, an einem Sonntagmorgen hier zu sein?

„Gehen wir zurück ins Büro“, sagte ich spontan. Ich machte kehrt und ging durch den gepolsterten Raum voran. Unser Rückweg führte durch den OP, und als ich diesen betrat, blickte ich zurück, um zu sehen, ob Annabel mir folgte.

Entsetzen überflutete mich. Annabel war auf den Knien, ihre Arme machten unkoordinierte Bewegungen, ihr Kopf hing herunter. Noch während ich zu ihr rannte, fiel sie bewußtlos vornüber auf den weichen Boden.

„Annabel!“ Ich war außer mir, kniete mich neben sie, drehte sie herum, wußte nicht, wie ich ihr helfen sollte, war verrückt vor Sorge.

Erst im letzten Moment hörte ich das Rascheln von Kleidung hinter mir und drehte den Kopf. Zu spät, zu spät!

Eine Gestalt rückte aus knapp einem Meter an, ein Mann in OP-Kittel, Gummihandschuhen, OP-Kappe und Mundschutz. Er hielt eine Spritze in der Hand, die er mir wie ein Messer in den Hals stieß.

Ich spürte das tiefe Eindringen der Nadel. Verzweifelt schnappte ich nach seinen Kleidern, und er glitt einen Schritt zurück, die Augen wie graue Kiesel über dem Mundschutz.

Ich erkannte zu spät, daß er sich hinter der Trennwand versteckt gehalten hatte, daß er hervorgeschossen war, um Annabel eine Spritze zu geben, sich dann wieder versteckt hatte und am anderen Ende herausgekommen war, um sich von hinten an mich heranzuschleichen, als ich mich über sie beugte.

Ich wußte, während Wolken in meinem Gehirn aufzogen, während ich in einen unerbittlichen Schlaf sank, daß ich recht gehabt hatte.

Der Mann in der OP-Kleidung hatte Scott ermordet.

Ein alter grauhaariger Mann mit dem vollständigen tierärztlichen Wissen der Welt. Carey Hewett.

ICH LAG auf dem Boden, die Nase in die Polsterung gedrückt. Ich war noch halb bei Bewußtsein, meine Glieder gehorchten mir nicht. Meine Stimme auch nicht. Am Leben zu sein war an sich schon erstaunlich.

Annabel!

Der Gedanke an sie zuckte durch mein halbwaches Bewußtsein. Mit ungeheurer Mühe versuchte ich mich zu bewegen, aber, wie mir schien, vergebens.

Ich mußte mich doch bewegt haben. Ein rascher Ausruf war über mir zu hören, mehr ein Keuchen als ein Wort. Ich begriff, daß mich jemand anfaßte, meine Hände bewegte, hastig und grob.

Instinktive Furcht überkam mich. Ketten rasselten, und dieses Geräusch kannte ich. Die Ketten des Krans.

Nein, protestierte ich dumpf. Das nicht. Nicht so wie Scott.

Meine Augen öffneten sich.

Fliehen war unmöglich. Meine Glieder hatten noch immer keine Kraft. Gepolsterte Pferdemanschetten waren um meine Handgelenke geschnallt. Carey befestigte die Ketten an den Manschetten.

Annabel lag wenige Schritt entfernt auf dem Fußboden in tiefem Schlaf. Ich durfte gar nicht daran denken, daß ich sie in diese furchtbare Gefahr gebracht hatte. Ich hatte die Telefonnachricht, daß Ramsey sich mit mir treffen wolle, für echt gehalten. Da ich wußte, daß Ken Carey erzählt hatte, wieviel wir herausbekommen hatten, hätte ich vorsichtiger sein müssen.

Meine Muskeln erholten sich jetzt allmählich. Ich streckte die Finger der einen Hand nach den Schnallen am anderen Handgelenk aus. Die Ketten klirrten von der Bewegung.

Wieder ein Ausruf, diesmal von der anderen Seite des Raums.

Der Kran quietschte, als Carey die Ketten einholte. Er zerrte meine Handgelenke nach oben, hob mir die Arme, zog mich weiter hoch, bis ich in der Luft hing. Er stand im OP und drückte auf die Kranbedienung. Wütend und hilflos glitt ich auf die Schiebetür zu, auf den riesigen Operationstisch. Careys Gnadenlosigkeit und seine Ungerührtheit verstärkten meine Furcht.

„Ich habe Ramsey gesagt, daß Sie Scott umgebracht haben!" Ich brüllte es, war plötzlich mit meiner Beherrschung am Ende.

Er hörte nicht hin. Er stoppte den Kran, als ich noch vor dem Tisch war, und legte nachdenklich den Kopf schräg. Es hatte den Anschein, daß er nicht vorgesehen oder damit gerechnet hatte, daß ich jetzt wach war. Das Zeug in der Spritze, ein einfaches Betäubungsmittel, wie ich verzweifelt hoffte, war zur Hälfte für Annabel draufgegangen, und er hatte mich nicht so lange ausschalten können, wie er gewollt hatte.

Er faßte einen Entschluß und ging zu einem der Wandtische, auf dem eine Nierenschale stand. Er ergriff eine Spritze, die darin gelegen hatte, und hielt sie ans Licht.

Man brauchte mir nicht zu erklären, daß ich im Begriff war, mit dem Kugelfisch Bekanntschaft zu schließen.

Die Todesangst verlieh mir Kräfte, die ich nicht für möglich gehalten hätte. Als er auf mich zukam, krümmte ich die Arme, um mich hochzuziehen, klappte meinen Körper wie ein Taschenmesser zusammen, zog die Knie unters Kinn und versuchte, indem ich mich dann plötzlich streckte, meine Füße links hinter mich auf den OP-Tisch zu bekommen. Das gab mir Halt genug, um auf Carey zuzuschwingen und zu versuchen, ihm die Spritze mit meinen Schuhen aus der Hand zu treten.

Carey wich nach hinten aus, hielt die Spritze vorsichtshalber hoch. Ich schaukelte vergeblich durch die Luft, weinte fast vor Wut.

Er drückte einen Bedienungsknopf für den Kran und hievte mich einen Meter weiter weg vom Tisch, zu sich hin. Sofort wiederholte ich die Klappmesserbewegung, zielte diesmal aber direkt auf ihn. Er wich schnell zurück. Meine Füße trafen die Wand an der Stelle, wo er gestanden hatte, und ich stieß mich heftig von ihr ab, drehte mich in der Luft, säbelte mit den Beinen nach der Spritze.

Wie es der Zufall wollte, erwischte ich mit beiden Füßen Careys Kopf von links und rechts. Ich versuchte, ihn fest in die Zange zu nehmen. Das einzige, was passierte, war, daß die OP-Kappe und der Mundschutz heruntergerissen wurden.

Sonderbarerweise schien ihn das aus dem Konzept zu bringen. Er bückte sich, um die heruntergefallene Kappe aufzuheben, und ich, noch immer hilflos baumelnd, stieß Carey mit der Kraft der Verzweiflung meine Füße in den Hintern.

Die Wucht des Treffers war so groß, daß sie ihn aus dem Gleichgewicht brachte, so groß, daß sie ihn nach vorn taumeln ließ, und so groß, daß Carey, bevor er sich aufrichten konnte, mit der Stirn gegen die scharfe Metallkante eines Schrankes schlug.

Er brach bewußtlos zusammen.

Fieberhaft bemühte ich mich, die beengenden Manschetten aufzuschnallen. Ich schwitzte. Kämpfte. Zwang meine Finger, die Gegenkraft meines Gewichtes zu überwinden. Endlich kamen meine Hände frei, und ich fiel, landete ungeschickt, dachte sofort an eine Waffe.

Die Lösung war passend und verblüffend einfach. Ich schaltete selbst den Kran ein und ließ die Ketten in voller Länge herunter. Dann, ganz vorsichtig, drehte ich Careys Arme auf den Rücken und schnallte die Manschetten um seine Handgelenke.

Ich ging zur Kransteuerung und zog nach und nach die Ketten hoch, bis sie gerade so weit eingeholt waren, daß sie Careys latexbehandschuhte Hände sechs bis acht Zentimeter über seinem Rücken fixierten. Wenn er in dieser Stellung aufwachte, würde er kaum in der Lage sein, den Kopf vom Boden zu heben.

Voll angestauter Sorge lief ich in den gepolsterten Raum zu Annabel hinüber. Hastig fühlte ich ihren Puls. Sie lebte.

Ich stolperte auf wackligen Beinen zum Büro und schickte Ramsey ein telefonisches SOS, er solle kommen und Verstärkung mitbringen. Dann wankte ich wieder zu Annabel, sank neben sie und beobachtete durch die Schiebetür, ob Carey wieder Anzeichen von Leben und Mordgelüsten zeigte.

Zwischen Intuition und gezielten Überlegungen war ich schon zuvor zu der Einsicht gekommen, daß Carey derjenige sein mußte, den ich suchte. Carey war der große alte Mann, die Autoritätsfigur, derjenige, der vor allen anderen Respekt und das Vertrauen der Kunden genoß.

All diese alten Männer. Seine Generation. Männer, die sich bereits ein halbes Leben lang kannten. Und die alle die Geheimnisse kannten.

Vor langer Zeit hatten Ronnie Upjohns Vater und Theodore Travers' Großvater als Versicherungsagenten überdurchschnittlichen Erfolg gehabt und ein Vermögen erworben.

Vor langer Zeit hatte Kenny McClure Tetrodotoxin bestellt, um es an den gewissenlosen Mackintosh weiterzugeben, der heute noch mit Carey Karten spielte. Es war Carey, nahm ich an, der Kenny – ein Kollege, aber nicht sein Partner – überredet hatte, das Gift zu besorgen, und als Kenny aufging, was er getan hatte, war er zum Dank dafür erschossen worden.

Vor langer Zeit hatte Wynn Lees einem Feind die Hose an den Leib genietet, hatte seine Strafe abgesessen und war nach Australien gegangen.

Die jetzigen Probleme hatten nach Wynn Lees' Rückkehr angefangen, und vielleicht war er der Auslöser gewesen, der den Motor wieder in Gang gesetzt hatte.

Carey mußte Geld gebraucht haben. Nicht auszuschließen, daß er bei der Porphyr-Pleite die Ersparnisse verloren hatte, die seine Altersversorgung sichern sollten. Nicht undenkbar, daß er versucht hatte, sie sich mit Hilfe seiner speziellen Kenntnisse wiederzuholen. Nicht auszuschließen, daß er Travers, den Versicherungsmenschen der dritten Generation, irgendwie überredet hatte, mit ihm zusammen reich zu werden. Möglich, daß Travers dann aussteigen wollte wie Kenny und feststellen mußte, daß Aussteigen Sterben hieß.

Carey, dachte ich, hat das Gebäude nicht nur angezündet, um Travers' Identifizierung zu verzögern oder zu verhindern, sondern auch, um alle seine Fährten zu verwischen. Bestellungen, Rechnungen, der ganze verräterische Papierkram war willkommenerweise in Rauch und Flammen aufgegangen und vor allem – ich begriff es mit ehrfürchtigem Schaudern – die Blutproben, die an dem Tag genommen worden waren, als das Pferd mit Röhrbeinbruch auf dem OP-Tisch starb. Diese Proben hätten einen Überschuß an Kalium enthalten.

Natürlich hatte sich niemand je etwas dabei gedacht, daß Carey in dem Raum, wo die Infusionsflüssigkeit gelagert wurde, ein und aus ging. Natürlich hatte niemand je nachgeprüft, was für Chemikalien Carey bestellte. Niemand roch Unrat, als er eines Abends bei den Eaglewoods auftauchte und nach seinen vierbeinigen Patienten sah, denen er dann heimlich Insulin verabreichte.

Carey, dachte ich, hat seinen Schnitt machen und sich verabschieden wollen. Die Ereignisse hatten ihn zur Eile getrieben: Travers hatte den Brand heraufbeschworen. Ken hatte die kolikkranke Stute gerettet, die sterben sollte. Aus Careys Sicht war es nur nötig gewesen, die Stute zu erledigen und dem Mann, der das Gift besorgt hatte, den Mund zu stopfen. Danach hatte ihn nichts mehr halten können, und er hatte überaus passend das Ende der Partnerschaft bekanntgegeben. Hätte Ken ihm nicht erzählt, wieviel wir herausgefunden hatten, wäre er in diesem Moment wahrscheinlich friedlich beim Packen gewesen, wieder zahlungskräftig und bereit zum Auswandern.

Annabel bewegte sich.

Ich empfand eine ungeheure, herzerquickende Erleichterung und Dankbarkeit. „Sei unbesorgt", sagte ich und drückte ihre Hand. „Es geht dir bald wieder gut, das kann ich dir versprechen."

Da schlug sie die Augen auf und lächelte mich an.

Als Ramsey eintraf, saß sie in meine Arme geschmiegt, zitterte aber vor Angst, daß die immer noch am Boden liegende Gestalt in dem OP-Kittel erwachen, aufspringen und uns etwas antun könnte. Er sei über die Trennwand hinweg auf sie losgegangen, sagte sie. Sie habe ihn zu ihrem Schreck gerade noch gesehen, bevor er ihr die Nadel in den Hals gestochen habe.

Der stämmige Kommissar trat neugierig vom Gang her durch die Tür und starrte verblüfft auf die Gestalt am Boden.

„Ich glaube", sagte ich, „daß das Ihr Mörder ist. Und seien Sie vorsichtig, denn unter ihm oder dicht bei ihm liegt eine Spritze mit etwas, das Ihrer Gesundheit schaden könnte."

EINE Woche danach rief ich meine Mutter an und erzählte ihr das meiste, was geschehen war. Am Ende rief sie aus: „Ich kann nicht glauben, daß ein Tierarzt Pferde umbringt! Er muß verrückt gewesen sein."

„Ja, schon", sagte ich und dachte an Carey, wie ich ihn zuletzt noch kurz gesehen hatte, auf einer Tragbahre festgeschnallt. Die Augen geschlossen, dem Anschein nach harmlos. Später hörte ich, er sei mit einer Gehirnerschütterung aufgewacht und seither verblüffend ruhig gewesen. „Er ist erleichtert, schätze ich", hatte Ramsey in einem Anfall ungewohnter Geschwätzigkeit gemeint. „Die sind oft erleichtert, wenn es vorbei ist."

Die Spritze, die mir Carey im OP hatte verpassen wollen, war unter einen Tisch gerollt. Eine vorsichtige Analyse ergab, daß sie unzweifelhaft Tetrodotoxin enthielt.

„In flagranti ertappt", sagte Ramsey zufrieden.

In Ramseys Verzeichnis von den Porphyr-Park-Anlegern war Carey mit einem Betrag vertreten, dessen Höhe mich zusammenzucken ließ.

Higgins' Freunde aus der Versicherungsbranche fanden jedes tote Pferd auf unserer Liste: Versicherungsvertreter jeweils Theodore Travers; Zahlungsempfänger zumeist fiktiv, aber auch Wynn Lees, Fitzwalter und Nagrebb.

Der eilends angeforderte Bericht über den Chromosomenvergleich des Fohlens der getöteten Stute mit Rainbow Quest war negativ: keinerlei Übereinstimmung, er war eindeutig nicht der Vater. Wynn Lees, den man mit Sicherheit wegen Betrugs belangt hätte, war schlauerweise ins Ausland geflohen.

„Was ist mit Ken?" fragte meine Mutter.

„Ich mußte ihm sagen, daß ich als Junge hier gewohnt habe."

„Du hast ihm aber doch nicht von mir und seinem Vater erzählt?“ fragte sie besorgt.

„Kein Wort.“

Ich sagte ihr dann, daß die Hochzeit von Ken und Belinda stattfinden werde wie geplant und daß Ken mit weitgehend wiederhergestelltem Ruf aus der Geschichte hervorgehen werde.

„Und Mama“, fügte ich hinzu, „dein Kenny . . . Ich habe herausgefunden, warum er gestorben ist.“

Es war still in der Leitung, dann sagte sie: „Erzähl es mir“, und ich erklärte ihr die Theorien und daß Josephine sie für wahr hielt und als tröstlich empfand.

„Stimmen deine Theorien?“

„Ja, ich denke schon.“

Eine kurze Stille. Dann folgte leise, fast gehaucht ein „Danke, Schatz“.

Ich lächelte. „Hättest du gern eine Schwiegertochter?“ fragte ich.

„Ja! Das weißt du doch.“

„Sie heißt Annabel“, sagte ich.

Foto: Mary Francis

Dick Francis

Wenn man den einstigen Meisterjockey Dick Francis fragt, wie er auf die Ideen zu seinen Romanen kommt, gesteht er fröhlich: „Ich beginne damit, daß ich mir böse Taten ausdenke." Im Falle von *Comeback* begann diese Denkarbeit bei einer Reise nach England im September 1990. Dick Francis und seine Frau Mary besuchten damals die Stallungen mit den Rennpferden ihres Sohnes Merrick und lernten dort auch die Tierärztin Dr. Jenny Hall kennen. „Dr. Hall schlug vor, ich solle doch mal einen Roman schreiben, bei dem ein Tierarzt im Mittelpunkt steht", erinnert sich der Autor. „Also begann ich über Schandtaten in einer Tierklinik nachzusinnen."

Dabei kamen dem Autor Erinnerungen an eine frühere Reise nach Japan zu Hilfe, wo der hochgiftige Kugelfisch als Delikatesse gilt – freilich erst nach der Entgiftung in einem geheimen Zubereitungsverfahren. Befragt, ob er selbst den Fisch gerne essen würde, antwortet der Autor lachend: „Nein, vielen Dank!"

Obgleich Dick Francis seit einigen Jahren im sonnigen Florida wohnt, teilt er nach wie vor die Begeisterung seiner britischen Landsleute für den Pferdesport. Jahr für Jahr fliegt er zumindest zum „Grand National", dem legendären Hindernisrennen, in die alte Heimat. „Endlich mal nicht am Schreibtisch hocken, die Pferde über die Bahn galoppieren sehen und alte Freunde treffen – was gibt es Schöneres?" fragt der Mann, der mit nunmehr einunddreißig Romanen eine millionenfache Leserschaft bestens unterhalten hat und in England als eine Art nationale Institution gilt. Die Londoner Zeitschrift *Punch* hat es auf den Punkt gebracht: „Ein Jahr ohne einen neuen Roman von Dick Francis wäre so undenkbar wie ein Jahr ohne das Grand National."

Wie wilder Wein

Eine Kurzfassung des Buches von
JANET DAILEY

Nach der Übersetzung von Veronika Cordes

Katherine Rutledge führt mit einem ihrer Söhne einen erbitterten Machtkampf um ihr renommiertes Weingut im Napa Valley in Kalifornien. Als die Fernsehreporterin Kelly Douglas auf dem Gut erscheint, um dort eine Reportage zu drehen, wird sie unweigerlich in die Intrigen der Familie hineingezogen. Doch noch gefährlicher als Gewinnstreben und Machtgier der Rutledge-Sippe wird ihr ein Mordfall, der sich auf dem Weingut ereignet – die besiegt geglaubte Vergangenheit droht sie nun doch einzuholen.

Kapitel 1

IN DER drückenden Hitze eines New Yorker Augustnachmittags beäugten Schaulustige neugierig die Vorbereitungen eines Kamerateams.

Vertraute Leierkastenweisen erfüllten die Luft, als Kelly Douglas, seit knapp zwei Jahren Berichterstatterin und Nachrichtensprecherin des Fernsehsenders NBC, aus dem klimatisierten Übertragungswagen stieg. Sie war bereits kameragerecht geschminkt für die Reportage „Um fünf dabei". Das kastanienbraune Haar hatte sie in einem französischen Zopf nach hinten gebannt.

„Hallo, Kelly." Eddy Michels vom technischen Stab eilte lächelnd auf sie zu. „Mann, ist das heiß." Er wischte sich das Gesicht mit seinem T-Shirt ab. „Dürfte an die vierzig Grad im Schatten sein."

„Willkommen in New York, der Sommersauna der Natur", begrüßte ihn Kelly lachend.

„So kann man's wohl nennen." Michels war schon ein paar Schritte gegangen, als er sich noch einmal umdrehte. „Übrigens, dein Interview mit dieser Schreckschraube Blaine neulich war Klasse. Hat ganz schön rumgestottert und sich gewunden wie ein Aal, als du ihr ihre Widersprüche unter die Nase gerieben hast. Du hättest aber kein Mitleid mit ihr zeigen sollen."

Kelly winkte ab. „In Iowa habe ich gelernt, daß man sich mit einem Gegner, der sein Pulver bereits verschossen hat, keine weiteren Wortgefechte liefern soll. Und schon gar nicht mit einem Gegner, der einflußreiche Freunde hat."

Er grinste. „Stimmt auch wieder."

„Siehst du." Kelly lachte und machte sich an den Zuschauern vorbei auf den Weg zu den Kameraleuten.

Aus der Zuschauermenge rief ein Mann: „Hallo Kelly, haben Sie gar keine Angst, hier raus in den Central Park zu kommen?"

„Nur, wenn Sie hier sind", erwiderte Kelly und lächelte, während sie Ausschau nach dem unbekannten Rufer hielt.

Dabei fiel ihr ein älterer Mann mit graumeliertem Haar auf, der etwas abseits von den übrigen stand und den sie nur im Profil sehen konnte. Er trug ein kariertes Hemd und verschossene grüne Hosen. Die Kleidung, die Art zu lächeln . . .

Kelly fröstelte bei seinem Anblick, während Bilder vor ihrem inneren Auge aufzuckten – eine Faust, die kraftvoll zustieß, Schmerz, der in ihr explodierte, Atem, der nach Whiskey stank, ein erschrockenes Stimmchen, das „Nicht schlagen, Papi, nicht schlagen!“ schluchzte.

Sie starrte den Mann an, ihre Gedanken wirbelten in blankem Entsetzen durcheinander. Wie hatte er sie gefunden? Wie, nach all den Jahren? Sie hatte sich ein neues Leben aufgebaut. Sie war beliebt, die Leute schätzten ihre Arbeit. Sie konnte nicht zulassen, daß er ihr das kaputtmachte. Daß er ihr je wieder weh tat . . .

„Kelly, was ist denn?“ fragte jemand. „Du bist ja weiß wie ein Laken.“

Sie konnte nicht antworten, konnte den Blick nicht von diesem Mann losreißen. Da drehte er sich so, daß sie sein Gesicht ganz sehen konnte. Es war nicht er. Erleichtert atmete sie auf und nahm nun auch die Produktionsassistentin wahr, die sie gerade gefragt hatte, was los sei.

„Ist nur die Hitze“, log sie – etwas, das sie gut konnte. „Es geht schon wieder.“ Sie schielte noch mal zu dem Mann hinüber, um sich zu vergewissern, daß es nicht er war. Wie sollte er es auch sein? Er lebte ja in Kalifornien, im Napa Valley. Sie hatte nichts zu befürchten.

DIE HEISSE Augustsonne prallte auf den unebenen Berghang, der mit unzähligen Reihen von Rebstöcken überzogen war, deren Wurzeln sich tief in den felsigen Boden bohrten. Dieser Weinberg war berühmt für die besten Weine des Napa Valleys. Rutledge-Wein aus Rutledge-Reben von den Weinbergen der Rutledges.

Sam Rutledge ging langsam auf seinen Jeep zu, blieb zwischendurch aber immer wieder stehen, um die heranreifenden Trauben zu prüfen. Er trug eine sandfarbene Arbeitskluft und ein blaues Baumwollhemd, dessen hochgekrempelte Ärmel die Muskelstränge seiner Unterarme entblößten. Ein von Wind und Wetter ramponierter Hut schützte ihn vor der Sonne.

Kurz vor dem Jeep blieb er noch einmal stehen, bückte sich und griff sich eine Handvoll Erde, ein Gemisch aus Sand und kleinen Steinen. Rutledge-Boden, genau wie die Reben. Sein Leben drehte sich darum. Und er wollte es nicht anders.

Den Sand noch in der Hand, blickte Sam über das enge, von Reben durchzogene Tal. Die steil abfallenden Canyons und gezackten Kämme des Mayacamas-Gebirges lagen im Westen, gegenüber einer Bergkette, die das Tal im Osten, zur Küste hin, einschloß. Am Ende des Tals erhob sich der Mount St. Helena mit seinem abgerundeten Gipfel als markantester Punkt des nördlichen Horizonts, und über allem wölbte sich ein wolkenloser Himmel.

Sam schloß die Hand um den steinigen Sand, preßte ihn kurz zusammen und ließ ihn dann durch die gespreizten Finger rieseln. Als er sich die Hände abklopfte, meinte er ein Auto zu hören. Hatte etwa jemand vergessen, das Haupttor zu schließen?

Ein grün-weißer Buick bog um die Kurve und wirbelte eine dichte Staubwolke auf. Sam erkannte den alten Wagen, noch ehe er das auffällige Schild REBECCAS WEINBERG an der Fahrertür sah. Es gab im ganzen Tal nur ein Auto wie dieses, und das gehörte Len Dougherty, ebenso wie die vier Hektar Land, die Dougherty „Rebeccas Weinberg" nannte. Das letztemal, als Sam dort vorbeigekommen war, hatte das Gut einen verwilderten Eindruck gemacht. Eigentlich kein Wunder, denn Len Dougherty gab sich zwar als Winzer aus, doch sein Tagwerk bestand vornehmlich aus Trinken und gelegentlichem Herumkrakeelen.

Sam hatte nichts übrig für den Mann, auch kein Mitleid für seine finanziellen Schwierigkeiten. Das war ihm vom Gesicht abzulesen, als der Buick jetzt mit quietschenden Bremsen anhielt.

„Wo find ich sie?" Len Dougherty steckte den Kopf aus dem Fenster, das zerfurchte Gesicht wutverzerrt.

„Ich nehme an, Sie meinen Katherine." Aus alter Gewohnheit nannte Sam seine Großmutter beim Vornamen. Dougherty wollte bestimmt zu ihr, weil er den Vollstreckungsbescheid zugestellt bekommen hatte.

„Sie wissen verdammt gut, daß ich sie meine!" schrie der Mann aufgebracht und kniff die Augen zusammen. „Und ich sage Ihnen das gleiche, was ich auch ihr erzählen werde: Ihr werdet mir mein Land nicht wegnehmen. Ihr habt kein Recht dazu."

„Jeder Anwalt dürfte Ihnen was anderes erzählen, Dougherty", erwiderte Sam ungerührt. „Sie haben sich von Gut Rutledge Geld geliehen und als Sicherheit Ihr Land geboten. Jetzt sind Sie mit den Zahlungen in Verzug geraten, und wir melden unsere Ansprüche an. So einfach und legal ist das!"

„Legaler Diebstahl, meinen Sie wohl", gab Dougherty zurück und trat aufs Gas, so daß die abgefahrenen Reifen durchdrehten und Schotter und noch mehr Staub aufwirbelten, ehe das Auto entschwand.

Sam nahm seinen Hut ab und fuhr sich durch das dichte blonde Haar. Er hatte erwartet, daß Dougherty auf den Vollstreckungsbescheid hin empört und wütend reagieren würde. Dabei war für Sam das eigentlich Empörende, daß Dougherty das Land hatte derart verkommen lassen.

Das vier Hektar große Stück Land hatte früher zum Rutledge-Anwesen gehört. Dann, vor gut sechzig Jahren, war Doughertys Vater bei einem rätselhaften Unfall in der Weinkellerei ums Leben gekommen und hatte seine hochschwangere Frau mittellos zurückgelassen. Aus Mitleid und Verantwortungsgefühl heraus hatte Katherine ihr ein kleines Haus auf dem Anwesen und die vier Hektar Weinberg drumherum geschenkt. Sam fand es nun an der Zeit, dieses Stück Land wieder dem Rutledge-Anwesen einzuverleiben. Er stülpte sich den Hut auf den Kopf und sah nach der Sonne. Um diese Tageszeit würde Dougherty Katherine beim alten Claude in der Weinkellerei antreffen.

Sam kletterte in den Jeep und fuhr in dieselbe Richtung wie Dougherty vorhin, allerdings nicht, um seiner Großmutter beizustehen. Selbst mit ihren neunzig Jahren war Katherine Rutledge sehr wohl in der Lage, mit Len Dougherty fertig zu werden. Mit ihm und mit jedem anderen auch.

MEHRERE alte Bäume sorgten für Schatten auf dem Hof der gutseigenen Weinkellerei, die vor mehr als hundert Jahren erbaut worden war – ein massiger, zweieinhalbgeschossiger Backsteinbau, der mit einer Kuppel geschmückt war.

Katherine Rutledge ging durch die gewaltigen Holztüren am Haupteingang der Weinkellerei. Ihr Mahagonistock mit dem silbernen Knauf tippte in gleichmäßigem Takt auf den Boden. Sie war von zierlicher Gestalt und hielt sich noch immer kerzengerade. Ihre Gesichtszüge wirkten fein, fast zerbrechlich – bis man ihr in die Augen sah, in deren blauer Tiefe Macht schimmerte, dazu Intelligenz und Entschlossenheit.

Neben ihr stand Claude Broussard, fünfzehn Jahre jünger als Katherine und seit Urzeiten Kellermeister auf Gut Rutledge. Der gebürtige Franzose war ein stämmiger Mann mit großen Händen, breiten Schultern und einem noch breiteren Brustkasten. Er war mit dem Alter ergraut, aber sein Schritt war – wie Katherines – immer noch fest und seine legendäre Kraft unbeeinträchtigt.

„Ein Mann namens Ferguson war heute morgen in der Weinkellerei", berichtete er Katherine. „Er hat den Weinberg von Cooper übernommen und wollte uns seine Trauben verkaufen."

„Was für ein Unsinn." Ihre Antwort kam spontan, ihre Stimme war noch immer so klar wie zu Zeiten ihres Aufenthalts in dem französischen Mädchenpensionat. „Rutledge-Wein wird ausschließlich aus Rutledge-Trauben gemacht. Sollte sich dieser Mann noch einmal melden, richten Sie ihm das aus."

Claude nickte zustimmend. „Wie Sie wünschen, Madame."

Madame – so nannte er sie seit jeher, von dem Augenblick an, da er sie in Frankreich kennengelernt hatte. Niemals Madame Rutledge. Und auch nicht Katherine. Für ihn war sie immer Madame gewesen. Eine Bezeichnung, die andere im Lauf der Jahre übernommen hatten. In Fachkreisen war es nichts Ungewöhnliches, bei Weinen aus der Weinkellerei Rutledge von Madames Weinen zu sprechen. In den ersten Jahren nach Aufhebung der Prohibition war das ironisch gemeint gewesen, als Spitze gegen ihren Versuch, einen Rotwein zu produzieren, der es mit den großen Bordeauxweinen aus Frankreich aufnehmen konnte. Als dann ihre Weine bei verdeckten Weinproben immer häufiger gegen berühmte französische Châteaux-Weine gewannen, wurde das „Madame" mit Respekt und vor allem Neid ausgesprochen. Das war nicht zuletzt auch das Verdienst ihres Kellermeisters. Broussard, der sich dessen bewußt war, reckte den Kopf ein wenig höher. Sein selbstgefälliger Gesichtsausdruck schwand jedoch, als ein alter Buick im Hof der Weinkellerei auftauchte. Broussard warf Katherine einen unbehaglichen Blick zu.

Widerwillen zeichnete sich auf ihrem Gesicht ab, als sie Len Dougherty erkannte. Sie ließ sich aber nichts anmerken, als er ausstieg und näher kam.

„So können Sie doch nicht mit mir umspringen!" Len Dougherty stellte sich vor Katherine hin. „Sie können mir nicht meinen Weinberg wegnehmen. Das ist mein Land!"

„Wenn Sie meinen Besitzanspruch abweisen wollen, Mr. Dougherty, brauchen Sie mir nur die Summe zu bezahlen, die Sie mir schulden", ließ ihn Katherine wissen.

„Aber das sind mehr als fünfunddreißigtausend Dollar. Vor Ende Oktober kann ich unmöglich so viel Geld auftreiben. Ich brauch mehr Zeit." Der Protest hatte, wie schon so oft, einen um Verständnis ringenden Unterton. „Seit ich meine Frau verloren habe, war es nicht leicht für mich . . ."

„Das liegt mehr als zwanzig Jahre zurück." Katherines Ton war scharf. „Sie haben ihren Tod weidlich ausgeschlachtet. Glauben Sie ja nicht, daß das weiter so geht."

Das Blut schoß ihm ins Gesicht und ließ für einen Augenblick seine ungesunde Blässe verschwinden. „Sie sind eine kalte und herzlose alte Hexe. Kein Wunder, daß Ihr Sohn Gilbert Sie haßt."

„Meine Beziehung zu Gilbert ist kein Thema, das ich mit Ihnen zu erörtern beabsichtige, Mr. Dougherty", erklärte sie kühl.

Dougherty hatte ins Schwarze getroffen, und er wußte es. „Muß Ihnen schwer zu schaffen machen, daß seine Weinkellerei ‚The Cloisters' genauso erfolgreich ist wie Gut Rutledge. Wer weiß? In ein paar Jahren hat er Sie vielleicht sogar überrundet."

Ein Jeep fuhr in den Hof ein und hielt unter den Bäumen. Katherine sah ihren Enkel Sam aussteigen.

„Ich verstehe nicht, inwieweit Ihre Ausführungen sachdienlich sind, Mr. Dougherty. Sie haben die gerichtliche Anweisung zugestellt bekommen. Entweder Sie zahlen den vollen Schuldbetrag, oder Sie treten Ihren Weinberg ab. Die Entscheidung liegt ganz bei Ihnen."

„Verdammt!" fluchte er verbittert. „Sie glauben, Sie hätten mich in der Hand, wie? Aber Sie werden schon sehen. Bevor ich zulasse, daß Sie mich von meinem Land verjagen, werde ich alles niederbrennen."

„Tun Sie das", sagte Sam, der hinzugetreten war. „Das erspart uns das Roden."

„Gehen Sie!" befahl Katherine unvermittelt und bedachte Dougherty mit einem eisigen Blick. „Ich bin zu alt, um meine kostbare Zeit darauf zu verschwenden, Ihnen zuzuhören." Sie wandte sich an Sam. „Bring mich ins Haus, Jonathan." Versehentlich benutzte sie Sam gegenüber den Namen seines Vaters, und Sam machte sich nicht die Mühe, sie zu korrigieren. Er war vierzehn gewesen, als sein Vater vor mehr als zwanzig Jahren starb, und seither kam es immer wieder vor, daß Katherine ihn Jonathan nannte. Sam hatte sich angewöhnt, darüber hinwegzuhören.

Er begleitete Katherine zum Jeep und half ihr auf den Beifahrersitz. Als er sich selbst hinters Lenkrad schwang, hörte er sie aufseufzen. „Machst du dir Sorgen wegen Dougherty?" fragte er auf gut Glück und sah sie von der Seite an, während er den Jeep zu einer von Bäumen beschatteten Auffahrt lenkte.

„Dougherty interessiert mich nicht. Er kann nichts gegen uns ausrichten."

Der schroffe Ton verhieß, daß für sie eine weitere Diskussion des Themas nicht in Betracht kam. Ihr Verstand vermochte abrupt Türen zufallen zu lassen; dabei konnte es sich um handfeste Dinge, um Gefühle oder auch um Menschen handeln. So hat sie auch Onkel Gilbert aus ihrem Leben ausgeschlossen, dachte Sam, als er den Jeep die schmale Fahrspur hinauflenkte. Sam war im Internat gewesen, als es zum Bruch zwischen Mutter und Sohn gekommen war. Über das Ereignis kursierten im Tal hundert Versionen und ebenso viele Begründungen. Jede konnte zutreffen. Sein Vater hatte nie mit ihm darüber gesprochen, und Katherine erst recht nicht. Über Anwälte hatte sie sofort nach dem Zerwürfnis alle Ansprüche abgelten lassen, die ihr Sohn Gilbert an dem Familienunternehmen besaß. Gilbert hatte mit diesem Geld ein nur acht Kilometer von Gut Rutledge entfernt gelegenes Weingut mit einer klösterlich anmutenden Weinkellerei erworben – deshalb der Name The Cloisters. Er kelterte dort erfolgreich einen Wein, der ebenfalls The Cloisters hieß und mit dem er ganz unverhohlen seiner Mutter Konkurrenz machen wollte.

Mehr als einmal war Sam Zeuge einer zufälligen Begegnung der beiden bei irgendwelchen Anlässen geworden. Ein Fremder konnte unmöglich ahnen, daß sie Mutter und Sohn waren und daß sie sich überworfen hatten. Katherine behandelte Gilbert wie jeden anderen Winzer, den sie oberflächlich kannte - sofern sie geruhte, ihn überhaupt zu beachten. Aber die Rivalität bestand und war für alle ein offenes Geheimnis.

„Ich habe heute morgen mit Emile gesprochen", sagte Katherine. Emile war kein Geringerer als Baron Emile Fougère, Besitzer von Château Noir im französischen Médoc. „Er wird nächste Woche an der Weinauktion in New York teilnehmen. Ich habe mich mit ihm dort verabredet."

Ihre Finger schlossen sich um den ziselierten Knauf ihres Stocks, dessen Vorhandensein ständiger Mahner ihrer eigenen Sterblichkeit war. Die Zeit, die ihr noch blieb, wollte sie tatkräftig für die Sicherung der Zukunft von Gut Rutledge verwenden. Denn so schmerzlich es auch war, sich das einzugestehen, sie hegte ihre Zweifel, daß sein Fortbestand in den Händen ihres Enkels gewährleistet war. Sie warf ihm einen prüfenden Blick zu. Sam war jetzt sechsunddreißig und so groß wie sein Vater, er besaß auch dessen muskulöse Statur. Sein Gesicht verriet Entschlossenheit. Um so mehr bedauerte Katherine, daß er nie irgendwie gezeigt hatte, daß er stolz war auf die

Weine, die den Namen Rutledge trugen. Ohne Stolz war Leidenschaft undenkbar; ohne Leidenschaft wurde Wein lediglich zum Produkt degradiert. So betrachtet blieb ihr keine andere Wahl, als sich außerhalb der Familie umzusehen. Im Frühjahr hatte sie Kontakt mit dem Baron von Château Noir aufgenommen und ihm eine Geschäftspartnerschaft vorgeschlagen. Es wäre längst zu einer grundsätzlichen Einigung gekommen, wenn nicht Gilbert auf der Bildfläche aufgetaucht wäre und dem Baron ein ähnliches Angebot unterbreitet hätte. Katherine war überzeugt, daß er das aus reiner Bosheit getan hatte.

„Du begleitest mich natürlich nach New York", sagte sie zu Sam, ehe sie sich von ihm beim Aussteigen helfen ließ.

„Selbstverständlich."

Katherine wandte sich dem Haus zu und ließ ihren Blick über das hochherrschaftlich anmutende Gebäude aus dem Jahre 1880 wandern, das nach dem Vorbild der großen französischen Weingüter gebaut war. Wilder Wein rankte sich die altrosa Mauern hinauf. Kamine unterbrachen die steile Schräge des schiefergedeckten Daches, und die Fenster waren lang und schmal, mit Scheiben aus Bleiglas.

Die Eingangstür aus schwerem Mahagoni öffnete sich, und Mrs. Vargas, die nimmermüde Haushälterin, erschien.

„Dieser Dougherty war vorhin da und wollte Sie sprechen", meldete Mrs. Vargas naserümpfend.

Katherine nickte nur und stieg neben Sam die Marmorstufen hoch. „Han Li soll uns Tee zubereiten und auf der Terrasse servieren", ordnete sie an. Und mit einem Blick auf Sam: „Leistest du mir Gesellschaft?"

„Nein. Ich hab zu tun."

Im Gegensatz zu Katherine kreisten Sams Gedanken noch immer um Len Dougherty. Nüchtern war der Mann eigentlich harmlos. In betrunkenem Zustand dagegen galt er als gewalttätig, und diese Gewalt konnte sich sowohl gegen Besitz als auch gegen Menschen richten. Sam wollte sichergehen, daß Gut Rutledge nicht davon betroffen wurde.

DER VERKEHR im Zentrum von St. Helena stockte. Die Hauptstraße säumten massive Backsteinhäuser aus der Jahrhundertwende, elegante Läden und extravagante Restaurants. Ein Toyota mit Nummernschild aus Oregon scherte aus seiner Parklücke aus und schnitt Len Doughertys Buick den Weg ab.

„Verdammte Touristen, fallen ein wie die Schmeißfliegen." Fluchend trat Dougherty auf die Bremse und hupte. „Bilden sich ein, daß ihnen alles gehört. Wie die Rutledges."

Dieser Gedanke löste erneut Panik bei ihm aus. Er verspürte den schalen Geschmack von Angst in seinem Mund und das dringende Bedürfnis nach einem Drink. Dougherty parkte seinen Wagen vor seiner Stammkneipe und trat ein. Es roch nach abgestandenem Tabakqualm und verschütteten Drinks. Big Eddie hinter der Bar sah nur kurz auf und drehte sich dann wieder zu dem an der Wand montierten Fernseher um.

Dougherty nahm seinen angestammten Platz ein, einen Hocker am Ende der Bar. „Ich nehme einen Whiskey."

Big Eddie bequemte sich, unter die Theke zu greifen und ein kleines Glas nebst einer Flasche Whiskey vor Dougherty zu stellen, bevor er sich wieder dem Fernseher zuwandte.

Das erste Glas kippte Dougherty in einem Zug hinunter. Mit ruhigerer Hand schenkte er sich ein zweites Mal ein – wie Lava rann der Whiskey durch seine Kehle. Fünfunddreißigtausend Dollar. Bei seinen Aussichten, eine derartige Summe aufzutreiben, hätten es ebensogut dreihunderttausend Dollar sein können . . . Er leerte sein Glas und füllte es erneut. Die eine Hand um die Flasche, die andere um das Glas gelegt, verlor er jegliches Zeitgefühl. Er dachte an das Schreiben in seiner Tasche und fühlte sich elend. Er mußte unbedingt dieses Geld auftreiben. Nur wie? Wo?

Nichts war für ihn nach Wunsch gelaufen, seit Becca tot war. Seine wunderschöne Rebecca. Alles war schiefgegangen, nachdem er sie verloren hatte.

Dougherty spülte seine Verbitterung hinunter. Sein Blick streifte den Fernsehschirm.

„Bei einem Zwischenfall, der Parallelen zu dem Mordanschlag auf Präsident Reagan aufweist", sagte der Nachrichtensprecher soeben, „wurde heute abend Senator Dan Melcher aus New York verwundet und ein Polizist angeschossen. Kelly Douglas berichtet aus New York über weitere Einzelheiten."

Eine junge Frau wurde eingeblendet; hinter ihr war der hell erleuchtete Eingang eines Krankenhauses zu erkennen. Die Präsenz, die von dieser Frau mit dem ausdrucksstarken Gesicht ausging, weckte plötzlich seine Aufmerksamkeit.

„Senator Dan Melcher, den mindestens ein Schuß in die Brust getroffen hat, wurde sofort ins Krankenhaus gebracht . . ."

Diese Stimme! Der tiefe Klang, der unaufdringliche Unterton von

Autorität. Unmöglich, daß er sich täuschte. Er wußte es. Er kannte diese Stimme so gut wie seine eigene. Sie mußte es sein.

Das Gesicht der Frau war nicht länger auf dem Bildschirm zu sehen, statt dessen sah man einen Mann um die Vierzig, der ungeachtet der wütenden Zurufe einer versammelten Menge aus einem schwarzen Auto ausstieg und lächelnd in die Kamera winkte. Nur ihre Stimme war aus dem Off zu hören.

„Seit seiner Wahl zum Senator vor zwei Jahren gab es Kontroversen um Dan Melcher. Seine liberale Einstellung zu den Bürgerrechten und zur Legalisierung des Schwangerschaftsabbruchs hat heftige Opposition hervorgerufen. Heute abend ist diese Opposition in Gewalttätigkeit umgeschlagen."

Jetzt löste sich eine Frau aus der Menge. „Mörder!" kreischte sie und schoß auf Melcher.

Ein Mann fing den taumelnden Senator auf, ein Polizist sackte zusammen; die Menge stob entsetzt aufschreiend auseinander; jemand packte die Frau, ein weiterer Polizist überwältigte sie.

Jetzt war wieder die Reporterin zu sehen. „Wie wir soeben erfahren haben, ist der Sicherheitsbeamte seinen Verletzungen erlegen. Die Polizei hat die Täterin festgenommen. Ihre Identität ist noch nicht bekannt. Ein Verfahren wurde eingeleitet." Und nach einer kurzen Pause: „Dies war Kelly Douglas, NBC, New York."

Dougherty runzelte die Stirn. Kastanienbraunes Haar, dunkelgrüne Augen. Und dazu diese Stimme, unverkennbar. Ansonsten hatte sie sich in den zehn Jahren mächtig verändert. Sogar einen anderen Namen hatte sie sich zugelegt, den ihrer Mutter. Aber entscheidend war ihre Stimme. Sie war es!

Len Dougherty starrte auf den Fernseher. In seinem Kopf ging es drunter und drüber. Schon wollte er das Glas an die Lippen heben, aber dann schob er es entschlossen von sich und glitt vom Hocker. Er mußte nachdenken.

Kapitel 2

KELLYS abschließender Kommentar erfolgte live. Als die Scheinwerfer ausgeschaltet wurden, ließ sie das Mikrofon sinken und entspannte sich. Triumph blitzte in ihren Augen auf, und ein zufriedenes Lächeln huschte um ihren Mund.

Der Aufnahmeleiter kletterte aus dem mit technischem Gerät vollgestopften Übertragungswagen. Er hielt den Daumen nach oben. „Wir haben es geschafft, Leute!"

Überglücklich über den Erfolg und darauf aus, ihn mit den anderen zu teilen, strahlte Kelly ihren Kameramann Rory Tubbs an. „Ich würde sagen, wir haben einen Volltreffer gelandet", meinte sie augenzwinkernd.

Über Tubbs' Gesicht huschte ein Lächeln. „Ich kann noch immer nicht glauben, wieviel ich in den Kasten kriegen konnte. Als Melcher ausstieg und winkte, hab ich genau auf die Demonstranten gehalten, um ihre Reaktion einzufangen. Und dann war da plötzlich diese Frau . . ." Er schüttelte den Kopf und schaute Kelly an. „Ist dir klar, daß wir das beinahe verpaßt hätten? Wenn du nicht unbedingt noch bei der Demonstration hättest vorbeischauen wollen –"

Sie unterbrach ihn: „Von der du mir erst erzählt hast . . . Mach dir nichts vor, es war Glück!"

Tubbs schaute sie nachdenklich an. „Das war kein Glück. Das war dein Instinkt. Du bist die Beste. Kein Wunder, daß du uns verläßt", fügte er hinzu und sah ihr in die Augen. „Wir werden dich wirklich vermissen."

Kelly lächelte. „Das klingt ja, als würde ich in eine entlegene Ecke der Welt entschwinden statt lediglich das Stockwerk wechseln."

„Ja, vom Regionalen ins Hauptprogramm. Das ist, als würde man in die Stratosphäre geschossen."

Hauptprogramm. Ein Zauberwort. Ein Ziel, auf das sie hingearbeitet hatte, seit sie vor acht Jahren vom College abgegangen war. Diese zurückliegenden acht Jahre waren hart gewesen, weil sie den mühsamen Aufstieg von der unerfahrenen Fernsehreporterin eines kleinen Senders im ländlichen Iowa zur Moderatorin einer neuen, anspruchsvollen Magazinsendung im Hauptprogramm zur besten Sendezeit unbedingt schaffen wollte. Jetzt war es soweit; sie hatte die Hand an der obersten Sprosse – alles, was sie nun tun mußte, war, sich dort zu behaupten.

Der Aufnahmeleiter kam angetrabt. „Du sollst ins Studio kommen, Kelly." Er winkte den Fahrer in den Wagen zurück. „Jetzt gleich!" Minuten später setzte sie der Fahrer in der 50th Street ab, vor dem Eingang des siebziggeschossigen Gebäudes. Ihre Umhängetasche schlug ihr bei jedem Schritt an die Hüfte, als sie durch die mit Granit verkleidete Eingangshalle eilte. Sie strebte auf die Fahrstühle zu und hörte jemanden rufen: „Fährst du nach oben?"

Kelly wußte sofort, wem diese Stimme mit dem feinen englischen Akzent gehörte, noch ehe sie Hugh Townsend in einem der Aufzüge auf sie warten sah. Schlank und wie immer adrett in einem hellgrauen Anzug lächelte der gebürtige Brite mit den aristokratischen Zügen sie freundlich an. Er konnte zurückhaltend sein oder charmant, je nach der Gesellschaft, in der er sich befand. Kelly gegenüber zeigte er sich stets von seiner charmanten Seite.

„Du arbeitest ja heute bis in die Nacht hinein, Hugh." Sie war sich nicht sicher, was er für sie war – ihr Freund, Mentor, Berater oder, in seiner Eigenschaft als Produzent der neuen Magazinsendung, ihr neuer Boß.

„Eigentlich wollte ich schon vor einer Stunde Schluß machen, bin aber wegen der Nachrichten noch geblieben." Er wartete, bis sie eingestiegen war, drückte dann den Knopf für ihr Stockwerk und sah sie mit seinen haselnußbraunen Augen von der Seite her beifällig an. „Hervorragende Arbeit. Komm mit zum Essen, wenn du fertig bist, damit wir deinen Erfolg bei einer Flasche Wein feiern können. Vielleicht sollten wir heute abend einen Margaux trinken. Der achtziger ist herrlich spritzig."

„Was? Keinen fünfundvierziger Latour, zur Feier des Tages?" neckte Kelly.

Er zog amüsiert die dunklen Brauen hoch. „Wenn du mir einen ‚Emmy' anbringst, Kelly, wird das ein Anlaß sein, der wahrlich einen fünfundvierziger Latour verdient."

„Einen Emmy?" Natürlich wußte Kelly, wie begehrt diese Auszeichnung fürs Fernsehen war. „Du bist aber verdammt anspruchsvoll, Hugh."

Er sah sie mit einem Lächeln an. „Du meinst doch nicht etwa, du dürftest als einzige ehrgeizig sein?" Der Fahrstuhl hielt in ihrem Stockwerk an, die Türen öffneten sich. „Ich werde dafür sorgen, daß nachher ein Wagen bereitsteht."

„Ein Abendessen mit dir klingt zwar verlockend, Hugh, aber . . ." Aus der Nachrichtenredaktion drang hektisches Stimmengewirr. „Es wird ein stressiger Abend werden. Wenn alles vorbei ist, möchte ich am liebsten nach Hause und nichts mehr sehen und hören."

Seine Hand schob sich unter ihren Zopf im Nacken. „Es wird Stunden dauern, bis du so entspannt bist, daß du einschlafen kannst." Sanft schubste er sie aus dem Fahrstuhl. „Also bis zum Abendessen."

„Bis zum Abendessen", wiederholte sie.

ES WAR Mitternacht, als Kelly auf den menschenleeren Bürgersteig trat. Als sie auf das einsame Auto zuging, das am Bordstein wartete, hielt ihr der Fahrer bereits die hintere Wagentür auf.

Bald schon hielt der Wagen vor dem markisenüberdachten Eingang eines eleganten, dabei keineswegs besonders pompös wirkenden französischen Restaurants. Das Innere war kühl und in ruhigen Pastelltönen gehalten, genau die Art Restaurant, die Hugh Townsend bevorzugte. Der Oberkellner eilte ihr entgegen. „Guten Abend, Miß Douglas. Mr. Townsend erwartet Sie. Hier entlang bitte."

Von seinem Platz an einem Ecktisch blickte er ihr entgegen. Ihr Gang fesselte ihn, ein Gang, der nicht unbedingt aufreizend war, aber doch so, daß sich ein Mann unwillkürlich nach ihr umdrehte. Seit er Kelly Douglas zum erstenmal gesehen hatte – auf einer MAZ war das gewesen, einer magnetischen Bildaufzeichnung –, hatte sie sich sehr verändert. Genaugenommen hatte er sie erst gehört und dann gesehen. Der volle, warme Klang ihrer Stimme war ihm aufgefallen, als er am Schneideraum vorbeigekommen war. Neugierig hatte er hineingeschaut.

Seine erste Reaktion auf die Frau auf dem Monitor war negativ gewesen – dunkles, langes Haar, das ihr glatt über die Schulter fiel, Schildpattbrille, markante, aber eigentlich ausdruckslose Gesichtszüge, strenges Jackett. Aber diese Stimme – wegen ihr war er eingetreten und hatte sich ihren Bericht über die Situation der Obdachlosen angehört.

Das Potential, von dem er ahnte, daß es in ihr steckte, hatte sein Interesse geweckt, auch wenn sie eher wie eine versauerte Bibliothekarin wirkte.

„Wer ist diese Frau?" hatte er den Redakteur gefragt.

„Kelly Douglas. Sie ist bei unserer Tochtergesellschaft in St. Louis und schickt uns regelmäßig ihre Beiträge. Will vermutlich ins Hauptprogramm." Und nach einer Pause hatte der Redakteur grinsend gefragt: „Irre Stimme, was?"

„In der Tat", hatte Hugh Townsend abwesend gemurmelt und dann gesagt: „Was dagegen, wenn ich die MAZ mitnehme? Ich würde sie mir gern noch mal ansehen."

„Aber ja doch!"

Townsend hatte das Band mehrere Male durchlaufen lassen und nur wenig an ihren journalistischen Fähigkeiten auszusetzen gefunden; ihre Stimme, der warme, ruhige, unterschwellig eindringliche Klang hielt ihn weiterhin gefangen. Nur ihr Äußeres empfand er als Ohrfeige für sein ästhetisches Empfinden – nicht nur als Produzent.

Dann hatte er Kelly nach New York beordert, offiziell zu einem Vorstellungsgespräch. Eine Woche darauf war sie wieder in seinem Büro bei der NBC erschienen und kaum wiederzuerkennen gewesen. Das Aschenbrödel hatte sich in eine attraktive Frau verwandelt.

Als Kelly an seinen Tisch trat, erhob sich Townsend und wartete, bis sie ihm gegenüber Platz genommen und die große Umhängetasche auf dem Boden abgestellt hatte. „Was gibt's Neues?" Er setzte sich wieder.

„Melcher ist aus dem Operationssaal. Sein Zustand ist weiterhin kritisch, aber stabil." Um der Versuchung von vornherein zu widerstehen, legte sie die Speisekarte gleich beiseite. In einem Beruf, in dem man vor der Kamera stand, hieß es Diät halten. Für sie galt das auch. Sie sah sich um. „Hübsch ist das. Ich war noch nie hier."

„Das Essen ist hervorragend. Und die Weinkarte . . ." Um die Wirkung seiner Worte zu erhöhen, hielt er kurz inne und lächelte wissend, „geradezu erlesen."

„Ohne Zweifel, der entscheidende Faktor für deine Wahl." Sie hob ihr Glas Wasser, das ihr ein Kellner gebracht hatte, und prostete Townsend schalkhaft zu. Er war bekannt als Liebhaber von guten Weinen.

„Ohne Zweifel." Sein Lächeln vertiefte sich. „Wenn du Hunger hast, können wir gleich bestellen."

„Ich bin hungrig wie ein Wolf", gab sie zu.

Townsend winkte den Ober herbei, der auch sofort kam. „Wir möchten bestellen."

„Sehr wohl", antwortete er und wandte sich Kelly zu. „Was möchten Sie heute abend gern essen, Madame? Sehr zu empfehlen wäre Lammrücken, zubereitet mit –"

„Nein, vielen Dank." Um nicht schwach zu werden, fiel sie ihm ins Wort. „Ich nehme einen grünen Salat, ohne Dressing, und gedünsteten Kabeljau, nur mit Zitrone, ohne Sauce." Sie übersah seinen gequälten Blick.

„Damit verdirbst du dir den Genuß des Weins." Townsend sah sie vorwurfsvoll an und wandte sich dann an den Ober. „Bringen Sie Miß Douglas den Coq au vin."

„Hugh . . ."

Mit einer Handbewegung wehrte er ihren Protest ab. „Wir sind hier, um zu feiern. Die überschüssigen Kalorien kannst du morgen bei Rick abstrampeln", sagte er unter Hinweis auf ihren Privattrainer, den sie, als Teil eines strengen Programms zur Gewichtskontrolle, dreimal in der Woche aufsuchte.

„Bei diesem Sadisten", murmelte Kelly nur noch und erhob keinen weiteren Einspruch zum Menüwechsel.

Für sich bestellte Townsend die Ente mit Orangensauce und ließ dann den Weinkellner rufen. Nur mit halbem Ohr hörte Kelly die beiden die Weinliste durchgehen.

Vor drei Jahren, als Townsend sie nach New York bestellt hatte, da hatte sie alles daran gesetzt, einen guten Eindruck zu machen. Wein war der Schlüssel dazu gewesen . . .

TOWNSENDS Büro bei der NBC entsprach genau dem, was Kelly nach ihren Recherchen über ihn erwartet hatte – Ledersessel, makelloser Eichenschreibtisch, Ölgemälde an den Wänden, eine Atmosphäre unaufdringlicher Eleganz.

„Willkommen in New York, Miß Douglas." Er kam um den Schreibtisch herum und schüttelte ihr die Hand.

Kelly war bemüht, sich ihre Nervosität nicht anmerken zu lassen. „Danke, Mr. Townsend. Ich freue mich sehr, hier zu sein." Sie legte eine kurze Pause ein, ehe sie ihm den Geschenkkarton überreichte. „Vielleicht empfinden Sie das als aufdringlich, aber ich bin in Iowa aufgewachsen, und dort ist es üblich, dem Gastgeber eine Kleinigkeit mitzubringen."

„Ein Geschenk?" Er zog die Augenbrauen hoch.

„Zum Dank für das Interesse, das Sie meiner Arbeit entgegenbringen", erwiderte Kelly.

Sie beobachtete ihn, wie er die Geschenkverpackung öffnete und die Weinflasche herausnahm. Als sie sah, daß seine Hand fast zärtlich darüber glitt, atmete sie erleichtert durch.

Völlig perplex musterte er sie. „Ein historischer Wein."

„Ich weiß. Der 73er Stag's Leap Cabernet Sauvignon war der erste kalifornische Wein, der bei einer verdeckten Weinprobe den Haut-Brion und den Mouton-Rothschild auf die Plätze verwiesen hat. 1976 in Paris."

Mit nachdenklichem Kopfschütteln stellte er die Flasche ab. „Woher wissen Sie, daß ich gute Weine schätze?"

Kelly lächelte. „Ich habe meine Hausaufgaben gemacht. Wie ich in Erfahrung bringen konnte", beeilte sie sich zu erklären, „gehören Sie einer berühmten Vereinigung von Weinkennern an. Ich habe daraus geschlossen, daß Sie nicht zu den Snobs gehören, die über unsere erstklassigen kalifornischen Weine die Nase rümpfen."

„Das war reichlich riskant, Miß Douglas."

„Sie haben sich mit mir doch auch auf ein Risiko eingelassen, Mr. Townsend", konterte sie.

„Vielleicht sollten wir beide zu Gewinnern erklärt werden", sagte er. „Wie kommt es, daß Sie so viel über die Stag's-Leap-Weine wissen? Auch durch Hausaufgaben?"

„Gewissermaßen. Ich bin im Napa Valley geboren." Jahrelang – seit dem Tag, da sie das Tal verlassen hatte – hatte sie ihre kalifornische Herkunft verschwiegen. Sie jetzt ausnahmsweise einmal zu erwähnen konnte vielleicht von Vorteil sein.

„Und ich dachte, Sie seien in Iowa geboren und dort aufgewachsen."

„Nur wenige wachsen dort auf, wo sie geboren sind. Umziehen scheint doch eine typisch amerikanische Eigenschaft zu sein. In meinem Fall war es ein Umzug nach Iowa." Kelly fand, daß sie das sehr geschickt pariert und nicht einmal geschwindelt hatte. „Irgendwann während meiner Schulzeit erwachte mein Interesse für die Gegend, in der ich geboren worden war, und ich schrieb für die Zeitung einen Artikel über das Weinanbaugebiet im Napa Valley. Damals träumte ich noch von einer Karriere bei einer Zeitung."

„Und wovon träumen Sie jetzt?"

„Davon, bis zu meinem dreißigsten Lebensjahr den Sprung zur überregionalen Korrespondentin zu schaffen", antwortete Kelly.

„Wie alt sind Sie jetzt?"

„Siebenundzwanzig."

„Sie könnten es durchaus schaffen . . ." Er verschränkte seine Arme. „Allerdings müßten Sie diese Brille loswerden, etwas mit Ihren Haaren anstellen und diesen strengen Aufzug gegen etwas Pfiffigeres eintauschen."

Betroffen von dieser direkten Kritik, erstarrte Kelly. Daß sie nicht hübsch war, wußte sie. Höchstens in gewisser Weise attraktiv. Sie hatte hart gearbeitet, damit sie schlank aussah. Daß er an ihrem Äußeren Anstoß nahm, tat weh. Aber sie hatte gelernt, sich nichts anmerken zu lassen, wenn jemand etwas Verletzendes äußerte.

Sie schaute Hugh Townsend kühl an. „Mein Äußeres hat nichts mit meiner Kompetenz als Journalistin zu tun."

Er schien belustigt. „Da bin ich anderer Meinung, Miß Douglas. Fernsehen ist schließlich ein visuelles Medium."

Am liebsten wäre sie auf ihn losgegangen, beherrschte sich aber. „Ich weiß sehr gut, daß ich keine Schönheitskönigin bin."

„Wenn Sie das wären, würde ich mich jetzt vermutlich nicht mit Ihnen unterhalten. Das Äußere einer Kommentatorin sollte die Aufmerksamkeit des Zuschauers weder beeinflussen noch fesseln. Die Brille, das Haar, der strenge Schnitt Ihrer Garderobe lenken einfach ab."

„Aber die Zuschauer kennen mich so."

„Einem guten Journalisten kommt es darauf an, daß sich die Zuschauer an seinen Bericht erinnern", erwiderte er, und Kelly zuckte unmerklich unter der mit sanfter Stimme erteilten verbalen Ohrfeige zusammen. „Übrigens findet bei unserer Tochtergesellschaft hier in New York ein Vorsprechen für die Stelle eines Reporters statt", fuhr Townsend fort. „Ich habe für morgen einen Termin für Sie vereinbart. Und für heute vormittag habe ich Sie beim Optiker angemeldet, damit er Ihnen Kontaktlinsen verpaßt, und gleich danach gehen Sie zum Friseur ... Sigmund ist einer der besten in Manhattan. Sobald er mit Ihnen fertig ist, treffen wir uns bei Saks und suchen eine geeignetere Garderobe für Sie aus ..." Er legte eine Pause ein. „Nun, Miß Douglas?"

Eine Herausforderung, zweifelsohne. Kelly war nicht begeistert, ganz und gar nicht. Aber sie hatte wohl keine andere Wahl.

Keine zwei Stunden später verließ Kelly mit Kontaktlinsen den Optiker. Nach einer vierstündigen Sitzung bei Sigmund war ihr Haar eine Handbreit kürzer, etwas länger als schulterlang; eine Formwelle gab ihm Fülle und Glanz. Im Nobelkaufhaus Saks schließlich fiel die Wahl auf ein aprikosenfarbenes Seidenkleid mit farblich abgestimmter Wildlederschärpe und einen Blazer aus einem Seiden-Leinen-Gemisch.

Als sich Kelly in dem großen Spiegel des Geschäfts betrachtete, kam sie aus dem Staunen nicht mehr heraus. Nicht, daß sie urplötzlich zu einer hinreißenden Schönheit geworden wäre. Dennoch war die Veränderung überwältigend. Ihr kastanienfarbenes Haar mit dem rötlichen Schimmer schmeichelte ihrem Gesicht, ein Gesicht, das nichts Langweiliges mehr an sich hatte. Kleid und Blazer saßen perfekt, und gleichzeitig umspielte das geschmeidige Material ihre Figur. „Sie hatten recht", sagte sie zu Townsend.

„Kommt selten vor, daß sich eine Frau einem Mann gegenüber zu einem solchen Bekenntnis durchringt", bemerkte er trocken. „Glauben Sie, Sie kommen mit diesem neuen Image zurecht?"

„Ja." Eigenartigerweise stimmte das sogar.

Das Vorstellungsgespräch hätte nicht besser verlaufen können. Eine Woche später bot man Kelly die Stelle an.

DAS WAR der Beginn ihrer Freundschaft mit Hugh Townsend gewesen. Immer mehr hatte sie sich auf sein Urteil und sein Gespür verlassen, hatte durch ihn die richtigen Leute kennengelernt, entscheidende Kontakte geknüpft – unbezahlbar in einer Stadt wie New York und in einer derart unter Konkurrenzdruck stehenden Branche wie dem Fernsehen.

DER KELLNER brachte die gewünschte Flasche Wein, Kelly beobachtete andächtig, wie Townsend das Glas ergriff – einen Finger unten um den Kelch und den Daumen an den Rand gelegt, das Zeichen des wahren Kenners – und es gegen das weiße Tischtuch hielt, um die rubinrote Färbung des Weins zu prüfen. Zufrieden schwenkte er den Wein, hielt die Nase über das Glas und atmete das Aroma ein, nahm dann einen Schluck, den er in seinem Mund hin und her bewegte, ehe er ihn über die Zunge gleiten und dann durch die Kehle rinnen ließ. Mit einem zufriedenen Nicken setzte er schließlich das Glas ab.

„Sehr gut."

Der Kellner dienerte ob dieses Lobs und füllte beide Gläser.

Kelly lächelte und seufzte unwillkürlich leise auf.

„Müde?"

Sie nickte. „Das war ein langer Tag."

„Du arbeitest zuviel und amüsierst dich zu wenig, Kelly."

„Schon möglich. Wer hat in dieser Branche schon Zeit, sich zu amüsieren?"

Ihr Tagesablauf war stets mehr oder weniger der gleiche. Um sieben Uhr aufstehen, damit sie an den vier Fernsehgeräten in ihrem Wohnzimmer die drei überregionalen Morgensendungen sowie die Berichterstattung der CNN verfolgen konnte, bevor sie die Morgenausgaben der *New York Times*, des *Wall Street Journal*, der *Washington Post* und der *Daily News* überflog, die ihr an die Tür geliefert wurden. Um zwei Uhr nachmittags erschien sie im Büro beim Sender. Nur ganz selten kam sie vor Mitternacht in ihr Apartment am Gramercy Park zurück.

Abgesehen von einem gelegentlichen Abend mit Townsend hatte sie so gut wie kein Privatleben. Aber das machte ihr nicht besonders viel aus.

Der Kellner servierte die Vorspeisen. Aber als er die Gläser nachfüllen wollte, wehrte Kelly ab; mehr als eines gestattete sie sich für gewöhnlich nicht. Townsend hatte sie noch nie mehr als zwei trinken sehen. Auch mit dem Essen hielt sie sich zurück: die Hälfte ihres

Hauptgerichts ließ sie zurückgehen, obwohl sie dem Kellner versicherte, es sei ausgezeichnet gewesen.

Sie nahmen noch einen Kaffee und spielten verschiedene Konzepte für das neue Fernsehmagazin durch. Danach verlangte Townsend die Rechnung und ließ seinen Wagen vorfahren.

Um zwei Uhr morgens betrat Kelly ihr Apartment, das sie nach und nach mit eigenem handwerklichen Geschick hergerichtet hatte. Der schwache Duft von Zitrone und Kiefernöl verriet ihr, daß die Zugehfrau dagewesen war. Kein abgestandener Zigarettenrauch, kein süßlicher Geruch leerer Whiskeyflaschen. Das war ein für allemal vorbei.

Sie schloß die Tür, die mit drei zusätzlichen Sicherungen versehen war. Bei der letzten, einem einfachen Riegel, zitterten ihre Hände. Sie starrte die polierte Messingoberfläche an und mußte plötzlich an ein anderes Schloß denken, das diesem sehr ähnlich gewesen war. Mit einemmal war sie wieder zehn Jahre alt und hantierte wild entschlossen, wenngleich ungeschickt, mit einem Schraubenzieher herum, um das einfache Schloß an ihrer Zimmertür zu befestigen . . .

DER SCHRAUBENZIEHER rutschte ab und machte einen Kratzer in das Holz. Sie versuchte erneut mit all ihrer Kraft, die Messingschraube ins Holz zu treiben. Während sie mit einem Ohr horchte, ob ein Auto vorfuhr, bemühte sie sich verzweifelt, das Schloß fest zu verankern. Bis er zurückkam, mußte sie unbedingt fertig sein. Unbedingt.

Als sie es geschafft hatte, trat sie zurück und betrachtete ihr Werk, nicht zufrieden, aber erleichtert. Ihr Zimmer war jetzt ein Zufluchtsort, ein Platz, den sie aufsuchen und verriegeln konnte und wo sie sicher war. Sicher vor seinen alkoholumnebelten Wutausbrüchen . . .

So hatte sie damals jedenfalls gehofft. Kelly schloß die Augen und hörte wieder das Wummern an ihrer Zimmertür, das Rütteln am Drehknopf, das unbeherrschte Brüllen, als die Tür nicht nachgab, dann das gräßliche Poltern, als er sich mit vollem Gewicht gegen die Tür warf.

Sie kauerte in der entferntesten Ecke des Bettes, die Decke zum Schutz um sich gewickelt, und fixierte gebannt den kleinen Messingriegel. Würde er halten? Ihr Mund war trocken, ihre Kehle wie zugeschnürt, so sehr, daß sie keinen Ton hervorbringen konnte.

Wieder rammte er mit der Seite gegen die Tür. Diesmal vernahm sie das Splittern von Holz. Beim drittenmal hatte die Tür nachgegeben.

„Verdammtes Schloß!" Er stolperte auf das Bett zu. „Was soll dieses verdammte Schloß an deiner Tür?"

„Ich hab's nicht so gemeint!" Sie hob abwehrend die Hände in Erwartung der Schläge. „Ehrlich!"

„Verfluchte Lügnerin." Mit einer Hand packte er sie am Handgelenk und verpaßte ihr mit der anderen eine derart heftige Ohrfeige, daß ihr Kopf zur Seite flog. Sie hatte den süßlichen Geschmack von Blut im Mund, und der Whiskeygestank seines Atems schlug ihr entgegen, als er sie an den Schultern hochriß und unbarmherzig schüttelte. „Lüg mich nie wieder an!"

„Bestimmt nicht." Sie nickte unter Tränen und hütete sich davor, etwas zu tun oder zu sagen, was seinen Zorn erneut entfachen konnte.

KELLY löste den Blick von dem polierten Metall und schob nachdenklich den Riegel vor. Dieser Mann im Park. Er hatte sie an all das erinnert. So sehr sie sich bemühte, die Vergangenheit zu vergessen, sie war nie weiter als einen Gedankensprung entfernt.

Kapitel 3

EIN KECKER Spatz hopste auf der Suche nach Krümeln aus der glühenden Sonne in den kühleren Schatten. Sam Rutledge sah ihm gedankenverloren von seinem Stuhl aus zu, einen Arm um die Rückenlehne gelegt, die Beine übereinandergeschlagen. Ihm gegenüber saß Katherine. Mittagessen auf der hinteren Terrasse war ein Ritual, das jeden Dienstag stattfand, vorausgesetzt, das Wetter war schön. Gemeinsame Mahlzeiten waren darüber hinaus selten, obwohl sie im selben Haus wohnten.

Auf Gut Rutledge war es nie üblich gewesen, daß sich die Familie geschlossen zu Tisch setzte. Auch nicht in Sams Kindheit, als seine Eltern noch lebten. Jeder war ständig viel zu beschäftigt gewesen. Bei den wenigen Anlässen, zu denen die ganze Familie zusammen speiste, war er sich vorgekommen wie unter Fremden.

Das Land, die Weinberge und die Weinkellerei waren das einzige Band zwischen ihnen, gegenseitige Achtung das einzige Gefühl füreinander. Was Zuneigung anbelangte, so hatte Sam längst begriffen, daß man nicht weitergeben kann, was man nie erhalten hat.

„Ich denke, Emile wird mein Angebot durchaus annehmbar finden", bemerkte Katherine und lenkte Sams Aufmerksamkeit auf sich zurück. „Möchtest du dich irgendwie dazu äußern?"

„Der Entwurf des Abkommens verrät deinen guten Geschäftssinn“, sagte Sam anerkennend, obwohl er genau wußte, daß es ihr auf seine Zustimmung nicht ankam. Sie hatte ihn nicht zu Rate gezogen, ehe sie dem Baron den Vorschlag unterbreitete, geschweige denn gefragt, was er von der Idee hielt. Hätte sie es getan, hätte sie festgestellt, daß er strikt dagegen war. Das hätte er ihr auch ins Gesicht gesagt, wenn er sie dadurch hätte umstimmen können. Aber auf seine Meinung legte Katherine sowieso keinen Wert. Da Sam das wußte, sah er keinen Grund, sich weiter über dieses Abkommen den Kopf zu zerbrechen; ihn beschäftigten ganz andere Dinge.

„Wenn wir Donnerstag nach New York fliegen, bleibt uns der Freitag zum Ausruhen und für die Vorbereitung auf unsere Besprechung mit Emile am Samstag vormittag. Das dürfte Zeit genug sein.“

„Finde ich auch.“

Sam ließ den Blick über den von Blumenbeeten unterbrochenen Rasen gleiten, ein blühendes Paradies, für das Katherine vor fünfzig Jahren ein schier undurchdringliches Dickicht aus Rankengestrüpp und Buschwerk gerodet hatte. Das Haus stand auf einem breiten Bergsattel; von der hinteren Terrasse sah man über das Napa Valley. Der Staub der verdorrten Landschaft war eine ständige Ermahnung. Schon eine einzige achtlos weggeworfene Zigarette konnte einen verheerenden Brand auslösen. Eine achtlos weggeworfene Zigarette oder ein brennendes Streichholz an der richtigen Stelle. Sam wurde den Gedanken einfach nicht los. Bis auf diesen einen Zusammenstoß hatte sich Len Dougherty ruhig verhalten. Nach Sams Meinung zu ruhig.

LEN DOUGHERTY hing schlaff in dem ausladenden Lehnsessel, in dem er, volltrunken wie er gewesen war, letzte Nacht geschlafen hatte.

Der angeschlagene Aschenbecher auf dem gebeizten und mit Brandflecken übersäten Tisch neben ihm war randvoll mit Zigarettenkippen und Asche. Leere Streichholzbriefchen, zerdrückte Zigarettenschachteln und anderer Abfall lagen verstreut daneben. Auf dem einzig relativ sauberen Fleckchen auf dem Tisch stand, in einem billigen Rahmen, ein Foto von einer jungen, dunkelhaarigen Frau, die verschüchtert in die Kamera lächelte.

Die leere Whiskeyflasche entglitt seiner Hand, plumpste auf das Sitzkissen und drückte gegen seinen Schenkel. Behutsam griff er nach der Fotografie.

„Warum mußtest du sterben, Becca?“ stöhnte er. „Warum hast du mich allein gelassen? Du weißt doch, daß ich ohne dich zu nichts tauge."

Ein Schluchzer stieg in seiner Kehle hoch. Er spülte ihn mit einem weiteren Schluck Whiskey hinunter. „Was haben wir für Pläne geschmiedet, Becca!" Seine Stimme war heiser. Er schniefte geräuschvoll. „Ich lass' nicht zu, daß sie uns das Land wegnehmen. Das schwör ich dir, Becca. Ich werd das Geld auftreiben. Irgendwo . . ., irgendwie. Vielleicht . . ." Er sprach nicht aus, woran er dachte, aber ein Hoffnungsschimmer zeigte sich auf seinem Gesicht. „Ich beschaff es. Wirst schon sehen."

Überraschend zielstrebig erhob er sich, schritt auf die Tür zu, und eine halbe Stunde später hielt sein Buick vor seiner Stammkneipe. „Ich brauch Kleingeld. Zum Telefonieren." Er schob eine zerknitterte Zehndollarnote auf den Tresen. „Für ein Ferngespräch."

„Ist das hier vielleicht 'ne Wechselstube?" knurrte Big Eddie, kassierte aber den Schein und gab Dougherty dafür eine Rolle Vierteldollarmünzen aus der Registrierkasse.

Dougherty eilte zum Telefon bei den Toiletten. Entschlossen griff er nach dem Hörer und rief bei der Vermittlung an.

„Ich möchte die Nummer von NBC in New York."

Nachdem er die Nummer erfahren hatte, rief er bei dem Fernsehsender an.

„NBC, guten Tag."

„Guten Tag. Ich möchte mit Kelly Douglas sprechen."

„Einen Moment bitte."

Nach einer kurzen Pause sagte die Stimme: „Miß Douglas arbeitet nicht hier."

Dougherty verlor seine Beherrschung. „Das ist eine Lüge. Sie arbeitet bei NBC. Ich habe sie erst vor ein paar Tagen in den Nachrichten gesehen."

„Es tut mir leid, aber –"

„Sie hat Ihnen gesagt, daß Sie mich abwimmeln sollen." Sein Gesicht war rot vor Wut. „Sie verbinden mich sofort mit ihr. Haben Sie mich verstanden?" Es dauerte mehrere Sekunden, bis er registrierte, daß am anderen Ende bereits aufgelegt worden war. Vor Wut schlug er den Hörer auf die Gabel. „Sie wird mit mir sprechen. Verdammt noch mal. Ich werde sie schon dazu bringen", schwor er sich.

Aber zuerst brauchte er noch einen Whiskey.

Die Studiobeleuchtung flammte auf und tauchte die beiden Nachrichtensprecher in grelles Licht. Den Blick auf Kamera drei gerichtet, wartete Kelly auf ihr Einsatzzeichen, das gleich kommen würde. Ihr langes Haar verdeckte den Stöpsel in ihrem Ohr, über den sie in direktem Kontakt mit der Regie und der Technik stand. Ein weiteres Mikrofon steckte am Aufschlag ihrer Jacke.

Das rote Licht an Kamera drei leuchtete auf, gefolgt von dem üblichen Handzeichen. „Gouverneur Cuomo hielt sich heute in New York auf, um . . .“ Als Kelly begann, den Text vom Teleprompter unter der Kameralinse abzulesen, erlosch dessen Mattscheibe. Ohne sich davon sonderlich irritieren zu lassen, griff sie nach dem Papierstapel vor sich und las einen Ausdruck des Manuskripts ab, das für solche Fälle bereitlag. „. . . sich mit den Vertretern der Stadt zu treffen und staatliche Hilfsmaßnahmen zur Behebung der gegenwärtigen finanziellen Situation zu erörtern. Mehr dazu von John Daniels.“

Kelly veränderte ihre Haltung nicht, bekam aber über den Knopf im Ohr mit, daß in der Regie nach einem Bild geschrien und der Befehl fluchend wiederholt wurde. Scheinbar auf ihr Manuskript konzentriert, schielte sie verstohlen auf den kleinen Monitor in ihrer Schreibtischplatte. Er reflektierte lediglich ihr Gesicht. Mit flattrigen Nerven suchte Kelly schon mal die Unterlagen für den nächsten Bericht heraus. Auf dem Monitor tauchte jetzt das Gesicht von John Daniels vor dem Rathaus auf.

Kelly lehnte sich entspannt zurück. „Wenn ihr es darauf angelegt habt“, sagte sie an die versammelte Mannschaft im Studio gerichtet, „daß mir irgendwelche vorwitzigen Kobolde meine letzte Nachrichtensendung hier unvergeßlich machen, dann ist euch das gelungen.“

Vereinzeltes unterdrücktes Lachen drang hinter den Kameras hervor, und Chuck, der zweite Sprecher, grinste. „Wir wollten nur, daß du immer daran denkst, wie aufregend eine Live-Sendung sein kann.“

„Besten Dank“, sagte sie trocken.

Das war heute nicht die erste Panne gewesen: Kurz vor Beginn der Sendung hatte Kelly erfahren, daß das Interview mit Robert Mondavi nicht stattfinden würde, weil sein Flugzeug Verspätung hatte, daß aber Hugh bereits einen anderen Gast eingeladen hatte; man wollte Kelly noch rechtzeitig einen Zettel mit Stichpunkten und Fragen zuschieben. Dann war ein Scheinwerfer explodiert und das Sendepult mit Glassplittern übersät gewesen, und zu guter Letzt war der Teleprompter ausgefallen. „Für heute ist mein Bedarf an Überraschungen gedeckt.“

„Noch zehn Sekunden", kam die Vorwarnung des Studioleiters. „Neun . . ., acht . . ., sieben . . ., sechs . . ., fünf . . ., vier . . ., drei . . ., zwei . . ."

Auf sein Handzeichen hin sah sie in die Kamera. „Während seines Aufenthalts in New York wird Gouverneur Cuomo auch Senator Dan Melcher einen Besuch abstatten. Der Senator befindet sich weiterhin im Krankenhaus, nachdem Anfang der Woche eine Frau auf ihn geschossen hatte. Nach Auskunft des Krankenhauses hat sich der Zustand des Senators gebessert. Einer vollständigen Genesung dürfte nichts im Wege stehen."

Jetzt schwenkte die Kamera auf den zweiten Sprecher, der die einleitenden Worte für den nächsten Beitrag las. Kelly machte ihr Mikrofon vom Revers ab, stand auf und legte es auf den Stuhl. Knapp fünf Minuten blieben ihr nur für die Vorbereitung auf ihren unbekannten Gast, und die wollte sie so gut wie möglich nutzen.

Eine der Produktionsassistentinnen übergab ihr zwei Blätter voller Informationen. „Die Einführung und die Fragen", flüsterte sie Kelly hastig zu. „Hier entlang", sagte sie dann, und Kelly folgte ihr vorsichtig über das Gewirr von Kabeln auf dem Boden. Sie machte Hugh Townsend aus, der hinten im Studio bei zwei Leuten stand. Ihr Blick fiel auf die schlanke Frau mit der kerzengeraden Haltung rechts von ihm.

Katherine Rutledge. Kelly erstarrte, Panik erfaßte sie. Unmöglich, ihr gegenüberzutreten. Sie durfte nicht riskieren, erkannt zu werden. Ausgeschlossen. Wie aber sollte Katherine Rutledge sie erkennen? Sie war nicht mehr das stämmige Mädchen mit Brille und strähnigem Haar, das Katherine gekannt hatte. Sie hatte sich verändert. Ihren Namen, ihr Äußeres, ihr Leben, alles. Trotzdem war Kelly verkrampft, als sie auf das Trio zuging.

Townsend lächelte ihr zur Begrüßung zu, dann wandte er sich Katherine zu. „Mrs. Rutledge, darf ich Ihnen Kelly Douglas vorstellen? Sie wird das Interview mit Ihnen machen."

„Es ist eine Ehre, Sie bei uns zu Gast zu haben, Mrs. Rutledge."

„Miß Douglas." Katherine reichte ihr in wahrhaft königlicher Geste die weißbehandschuhte Rechte, eine Geste, die Kelly unvergeßlich geblieben war, und wies auf den jungen Mann in ihrer Begleitung. „Mein Enkel Sam Rutledge."

Kelly schaute in ein hageres, kantiges Gesicht, das schon von einigen Fältchen gezeichnet war. Alles Glatte und Jungenhafte, an das sie sich von den wenigen Begegnungen her erinnerte, war daraus verschwunden. Daß sie sich damals kaum gesehen hatten, war nicht weiter verwunderlich. Sam Rutledge hatte in den Kreisen der reichen Winzer verkehrt, die flotte Sportwagen fuhren, große Gartenpartys veranstalteten und sich nach dem neuesten Schrei kleideten, während sie . . . Nein, Kelly wollte nicht mehr daran denken. Dieses Leben hatte sie weit hinter sich gelassen.

„Willkommen in New York, Mr. Rutledge", sagte sie und merkte, daß er sie ungeniert musterte. Kein Erkennen blitzte in seinen Augen auf, und dennoch wagte sie kaum zu atmen.

„Guten Tag, Miß Douglas." Er begnügte sich damit, ihr zuzulächeln, wobei seine Gesichtszüge noch markanter wurden.

„Werden Sie beim Interview dabei sein, Mr. Rutledge?" erkundigte sie sich und fragte sich insgeheim, wie sie das durchstehen sollte.

„Nein. Ich habe Katherine lediglich ins Studio begleitet."

Kelly fand es eigenartig, daß er seine Großmutter mit ihrem Vornamen ansprach, schenkte dem aber weiter keine Beachtung. Hinter ihr wurden Stimmen vernehmbar, was bedeutete, daß nun die Werbung eingeblendet wurde. Inzwischen wurden bereits zwei Kameras vom Nachrichtenpult weggeschoben und weiter rechts aufgebaut. Die Techniker hantierten mit den Kabeln, die obere Beleuchtungsschiene flammte auf, richtete ihr grelles Licht auf die beiden schräg zueinander stehenden, durch einen runden Tisch getrennten Stühle. Ein Requisiteur stellte eine Weinflasche und ein Weinglas neben die mit Lilien und Rosen gefüllte Blumenvase.

Die junge Produktionsassistentin nickte Kelly zu. „Warum bringst du Mrs. Rutledge nicht schon mal aufs Set, damit sie sich auf das Interview einstellen kann?"

„Gut." Kelly zwang sich, das mulmige Gefühl in ihrem Magen zu ignorieren. „Würden Sie bitte mit mir mitkommen, Mrs. Rutledge?"

Während sich die beiden zum Plauderpodium, wie Townsend es nannte, begaben, führte Townsend Sam an eine Stelle, von der aus sie ungehindert Sicht auf das Podium hatten. Katherine hatte inzwischen Platz genommen, während Kelly Douglas im Stehen an ihren Knopf im Ohr tippte und durch ein Kopfschütteln andeutete, daß die Verbindung zur Regie noch nicht hergestellt war.

Ein Tontechniker eilte zu ihr und überprüfte die Batterien, die an Kellys Rockbund befestigt waren. So konnte Sam einen Blick auf ihr kobaltblaues Seidentop werfen, ein hübscher Kontrast zu dem strengen

Jackett. In der dunklen Studioecke hatte ihr Haar fast schwarz gewirkt. Im Licht aber schimmerte es rötlich, wie Sam bemerkte.

Nachdem der Schaden behoben war, nahm auch Kelly Platz und wechselte ein paar Worte mit Katherine, um dann nach ihrem Manuskript zu greifen und emsig darauf herumzukritzeln.

„Noch fünfzehn Sekunden", kam die Ankündigung, und gleich darauf setzte der Countdown ein.

Sam bemerkte, daß Kelly Douglas auf dem Monitor zu sehen war. Schriftzüge wurden eingeblendet, die auf die bevorstehende Weinversteigerung hinwiesen. Sam dachte an die viele Arbeit, die zu Hause auf ihn wartete. Eigentlich wäre es ihm lieber gewesen, gleich nach dem Treffen mit Baron Fougère wieder nach Hause zu fliegen und auf die Teilnahme an der Versteigerung zu verzichten. Andererseits war dies vielleicht das letzte offizielle große Ereignis, an dem Katherine teilnahm. Sie hatte ihr ganzes Leben, all ihre Kraft für Gut Rutledge geopfert und kaum einmal an sich selbst gedacht. Sie verdiente es, sich in dem Ruhm zu sonnen, den sich ihre Weine erworben hatten. Es stand für ihn außer Frage, daß die Versteigerung ein Triumph für die Weine von Gut Rutledge werden würde. Katherine hatte eine Kiste ihres '73er Cabernet Sauvignon Réserve gespendet, ein Jahrgang, der unter Fachleuten ausnahmslos die höchste Bewertung erzielt hatte, die ein Wein erringen konnte, und den man heutzutage nur noch in den Kellern privater Sammler fand. Das letzte Mal, daß eine einzelne Flasche '73er versteigert worden war – sieben Jahre lag das zurück –, hatte sie fünfhundert Dollar erbracht, für einen kalifornischen Wein eine phantastische Summe. Der Preis für eine ganze Kiste konnte gut und gern in die Zehntausende gehen.

Neben sich hörte er Hugh Townsend murmeln. „Glänzend, einfach glänzend." Als er merkte, daß Sam ihn ansah, deutete er nach vorn. „Sie hat sich nicht an die vorbereitete Einleitung geklammert, sondern eine eigene formuliert. Großartig."

Erst jetzt hörte Sam zu, was Kelly Douglas sagte.

„. . . ist in der Tat einmalig. Zu Zeiten der Prohibition behielt sie ihre Weinkellerei und produzierte Meßweine, im felsenfesten Glauben an ein absehbares Ende der Prohibition. Ein Glaube, der sich bewahrheitet hat. Fragen Sie einen Kenner von kalifornischen Weinen nach Gut Rutledge, und er wird geradezu andächtig von ‚Madames Wein' sprechen." Kelly machte eine Pause und lächelte Katherine an. „Es ist uns wirklich eine Ehre, Madame, Sie bei uns im Studio zu haben. Ich weiß, daß Sie Napa Valley nur noch selten verlassen. Ist es eher Zufall, daß sowohl Sie als auch Baron Fougère an der diesjährigen Galaversteigerung in New York teilnehmen, oder ist an den Gerüchten etwas dran, daß Ihre Weinkellerei und die Ihres Sohnes Gilbert, The Cloisters, darum wetteifern, mit Château Noir, dem Weingut des Barons, ein Gemeinschaftsunternehmen im Napa Valley aufzuziehen?"

Katherine lächelte freundlich. „Es gibt immer Gerüchte. Auf Ihre Frage, ob ich den Baron in New York treffen werde, lautet meine Antwort jedoch ja. Unsere Familien sind seit vielen Jahren befreundet."

Für dieses geschickte Ausweichen auf ihre Frage mußte Kelly Katherine wohl oder übel Anerkennung zollen. Da ihr nur noch eine Minute für das Interview blieb, konnte sie aber nicht nachhaken. „Ich stelle es mir nicht einfach für eine Mutter vor, mit ihrem Sohn in der gleichen Branche zu konkurrieren, und könnte mir denken, daß das auch auf die Rivalität zwischen Ihrem Weingut und dem Ihres Sohnes zutrifft."

„Die Weine von Gut Rutledge haben keine Rivalen zu fürchten", sagte Katherine liebenswürdig.

Ein perfektes Schlußwort, fand Kelly. Sie wandte sich zur Kamera. „Das werden bestimmt alle, die an der Versteigerung morgen abend teilnehmen, bestätigen. Katherine Rutledge vom bekannten kalifornischen Weingut Rutledge, ich danke Ihnen, daß Sie bei uns waren."

Das kurze Interview war tadellos über die Bühne gegangen. Kelly empfand diese Gewißheit als Balsam für ihre strapazierten Nerven.

Solange der Abspann lief, blieb sie sitzen, lächelte und tat, als lausche sie den herumschwirrenden Wortfetzen des Sendeteams. Als die Lichter erloschen, hätte sie vor Erleichterung am liebsten ihr Manuskript in die Luft geworfen. Aber zu einem derartigen Gefühlsausbruch durfte sie sich nicht hinreißen lassen, schon um den anderen nicht zu zeigen, wie schwer ihr dieses Interview gefallen war.

Hastiger als sonst entledigte sie sich des Mikrofons und des Knopfs im Ohr, verließ das Podium und erschrak, als sie feststellte, daß Townsend noch nicht gegangen war, sondern zusammen mit Katherine und Sam Rutledge an der Tür auf sie wartete. Kelly hätte ihnen am liebsten zugerufen, sie sollten verschwinden. Aber sie tat es natürlich nicht. Wohl oder übel mußte sie sich zu der kleinen Gruppe gesellen.

„Mrs. Rutledge wollte bleiben, um dir zu deinem Wissen über den Wein und über Gut Rutledge zu gratulieren", erklärte Townsend. „Ich habe übrigens ganz vergessen, Katherine zu erzählen, daß du im Napa Valley geboren bist."

„Wirklich?" Katherine musterte Kelly mit neuerwachtem Interesse.

„Aber aufgewachsen bin ich dort nicht", beeilte sich Kelly Townsends Aussage zurechtzurücken. „Doch die Gegend hat mich seit jeher fasziniert. Und was meine Weinkenntnisse betrifft – Mr. Townsend läßt es sich nicht nehmen, jeden seiner Mitarbeiter über die Geheimnisse des Weins aufzuklären, ob man will oder nicht."

„Sie scheinen aber eine gelehrige Schülerin zu sein", bemerkte Sam Rutledge.

Sie schaute ihn an. „Danke." Trotz der inneren Anspannung sah sie ihm in die Augen und spürte wieder, wie sehr er sie faszinierte.

„Kelly ist mehr als eine gelehrige Schülerin", widersprach Townsend. „Sie ist der neue Star der NBC und genau von diesem Augenblick an offiziell als Moderatorin einer neuen Sendung unter Vertrag."

„Gratuliere!" Sam streckte die Hand aus.

„Danke." Sie drückte seine Hand, aber nur kurz.

Daß Kelly Douglas attraktiv war, hatte Sam längst festgestellt. Mehr aber noch weckte die angespannte Aufmerksamkeit hinter ihrer so selbstsicher wirkenden Fassade seine Neugier.

„Wir wollen Sie nicht länger aufhalten, Miß Douglas", ließ sich Katherine zu Kellys Erleichterung vernehmen. „Ich bin nur noch geblieben, um Ihnen meine Anerkennung auszusprechen. Wir würden uns freuen, Sie bald wiederzusehen."

„Das werden Sie", sagte Townsend. „Kelly nimmt am Empfang bei mir heute abend teil."

„Ich komme vielleicht später", gab Kelly zu bedenken. „Das Team veranstaltet eine kleine Abschiedsfeier für mich."

„Ob nun mit oder ohne Verspätung, ich erwarte dich. Betrachte das als einen Befehl von deinem neuen Boß."

„Schon gut." Warum bloß fiel ihr keine passende Ausrede ein?

„Dann bis heute abend, Miß Douglas", sagte Sam leise, als sie sich verabschiedeten.

Kapitel 4

DAS TAXI hielt vor dem Eingang zum Trump Tower auf der Fifth Avenue. Kelly bezahlte den Fahrer und stieg aus, warf einen Blick zu dem Palast aus Marmor und Glas hinauf, der sich siebenundsechzig Stockwerke hoch in die warme Sommernacht erhob. Obwohl sie immer noch keine Lust auf die Party verspürte, hatte sie sich sorgfältig zurechtgemacht und sich dabei eingeredet, das sei sie sich und Townsends erlesenen Gästen schuldig. Das elegante Ensemble, für das sie sich entschieden hatte, gab ihr die nötige Selbstsicherheit.

Der weitgeschnittene Mantel mit dem aufgestellten Kragen war aus mattem Goldsatin. Sie trug ihn über einem kurzen Kleid in der gleichen Farbe, das in Rüschen auslief und durch seine schlichte Eleganz bewundernde Blicke auf sich zog. Schwarze Pumps mit hohen Absätzen und goldgefaßte Ohrringe vervollständigten ihre Garderobe. Kelly betrat die in zartrosa Marmor gehaltene Halle des Towers. Ein Sicherheitsbeamter brachte sie zu den Privatliften, die zu den exklusiven Apartments über der Einkaufspassage führten.

Im sechzigsten Stock verriet das Stimmengewirr aus Townsends riesigem Apartment, daß die Party bereits in vollem Gang war. Kelly holte tief Luft und läutete. Innerhalb von Sekunden wurde die Tür von einem livrierten Bediensteten geöffnet, der sie sofort erkannte. „Guten Abend, Miß Douglas."

„Guten Abend." Kelly reichte ihm ihren Mantel, streifte sich die Kette ihres Abendtäschchens über die Schulter und betrat zögernd das geräumige Wohnzimmer. Die Vorhänge an der Glasfront waren zurückgezogen und gaben den Blick über die nächtlich erleuchtete Stadt frei. Kelly betrachtete die Gäste. Eine gut ausgesuchte Mischung aus Persönlichkeiten der Gesellschaft und Berühmtheiten, aus Politikern und einflußreichen Geschäftsleuten, und, natürlich, den Weingutbesitzern, die in diesen Kreisen zu Halbgöttern stilisiert wurden.

Ein weißbefrackter Kellner bot Kelly auf einem Tablett Räucherlachshäppchen an. Kelly lehnte dankend ab. Kurz darauf kämpfte sich Townsend zu ihr durch und hauchte ihr einen Kuß auf die Wange.

„Du kommst spät", flüsterte er ihr ins Haar, das sie offen trug, so daß es in dichter Fülle ihr Gesicht umspielte.

„Besser spät als gar nicht", erwiderte sie. „Und jetzt verrat mir mal", sagte sie leise, „wer hier ist, den ich kennen sollte."

Mit selbstzufriedenem Lächeln überflog er die Schar seiner Gäste. „Es sind nicht nur Katherine Rutledge und Baron Fougère gekommen, sondern auch Gilbert Rutledge. Das Unwetter, wie es so schön heißt, braut sich zusammen. Komm mit, ich mach euch bekannt."

Er faßte sie am Ellbogen und steuerte mit ihr auf Gilbert Rutledge zu, einen Mann mit silbergrauem Haar, der sich etwas abseits mit zwei weiteren Gästen unterhielt. Wenn Kelly nicht gewußt hätte, daß er

Katherines Sohn war, hätte sie wahrscheinlich keine Ähnlichkeit feststellen können. Gilbert mußte um die Sechzig sein. Er hatte Katherines blaue Augen geerbt und ihre auf klassische Weise schönen Züge. Dennoch traten die Gegensätze deutlich zutage. Er besaß weder Katherines Würde noch ihre Zurückhaltung, noch diese Aura überlegener Autorität. Gilbert Rutledge wirkte zwangloser; er hatte etwas Forsches, Extravagantes an sich und dazu jede Menge Charme.

„Guten Abend, Miß Douglas", sagte er und begrüßte sie mit einem formvollendeten Handkuß, ohne daß diese Geste irgendwie affektiert wirkte. „Ich hatte das große Vergnügen, Sie vorhin im Fernsehen bewundern zu dürfen."

„Sehr schmeichelhaft von Ihnen, Mr. Rutledge." Kelly fragte sich, wie er auf ihr Interview mit Katherine reagiert haben mochte; ihn darauf anzusprechen verbot die Höflichkeit.

„Sie sind zu bescheiden", mahnte Gilbert leichthin. Er lächelte und wandte sich ein wenig zur Seite, um sie auf den Mann zu seiner Rechten aufmerksam zu machen. „Miß Douglas, ich möchte Ihnen meinen Sohn Clay vorstellen."

Gilberts faszinierende Persönlichkeit hatte bewirkt, daß Kelly seinen Gesprächspartner völlig übersehen hatte. Eine Filmstarschönheit, schoß es ihr beim Anblick von Clay Rutledge durch den Kopf, vom dunkelblonden Haar bis zu den auf Hochglanz polierten italienischen Schuhen. Dazu die von der Sonne Kaliforniens tiefgebräunte Haut, blaue Augen – Schlafzimmerblick – und ein Mund, der nicht anders als sinnlich bezeichnet werden konnte. Ohne Zweifel besaß er den Charme seines Vaters, nur daß er sich anders ausdrückte, weniger überschwenglich, hintergründiger.

„Guten Abend, Mr. Rutledge", begrüßte sie ihn.

„Bitte nennen Sie mich Clay.“ Im Gegensatz zu seinem Vater sah er von einem Handkuß ab und tauschte statt dessen mit Kelly einen warmen, persönlicher wirkenden Händedruck.

Sie sah in seinen Augen rückhaltlose Bewunderung aufleuchten. Vor noch nicht allzu langer Zeit hätte sie sich ob seiner Aufmerksamkeit geschmeichelt gefühlt. Inzwischen wußte sie Bescheid. Ihr Beruf hatte sie mit vielen Politikern und berühmten Leuten zusammengebracht, die sich aufs Flirten und Schmeicheln verstanden und alle Register zogen, um zu erreichen, was sie wollten. Abrupt zog sie die Hand zurück.

Für Clay war jede Frau eine Herausforderung. Als er beobachtet hatte, daß diese schlanke, graziöse Frau auf ihn zukam, als er den rötlichen Schimmer ihres Haares bemerkt hatte, war sein Jagdinstinkt erwacht. Im Plauderton versuchte er sie aus der Reserve zu locken und einen Anknüpfungspunkt zu finden. Er rechnete gar nicht damit, bereits bei der ersten Begegnung erfolgreich zu sein, er baute vielmehr auf die Zukunft. Deshalb widersprach er auch nicht, als Hugh Townsend Kelly mit einer Entschuldigung fortzog.

„Eine resolute, blitzgescheite Frau“, faßte er seinen Eindruck zusammen.

Sein Vater brachte seine anders lautende Meinung lediglich durch ein Räuspern zum Ausdruck und nippte an seinem Whiskey. „Katherine ist jedenfalls spielend mit ihr fertig geworden“, entgegnete er, denn die Bemerkung, daß die Weine von Gut Rutledge keine Rivalen zu fürchten hätten, wurmte ihn noch immer.

„Apropos Madame, wo steckt sie eigentlich?“

„Da drüben. Sie hält hof“, meinte Gilbert Rutledge sarkastisch und deutete auf eine kleine Gruppe, in der auch Katherine stand und allem Anschein nach eine Zuhörerschaft gefunden hatte, die ihr förmlich an den Lippen hing.

„Ich wette, sie glaubt, sie hätte den Vertrag mit dem Baron bereits in der Tasche“, raunte Gilbert seinem Sohn zu.

„Stimmt das etwa nicht?“ fragte Clay.

„Keineswegs, und nachdem ich mit ihm gesprochen habe, wird es auch nie dazu kommen.“ Sein Gesichtsausdruck war mürrisch-entschlossen. „Ich brauche ihm nur die Augen für ein paar neue Fakten zu öffnen.“

„Zum Beispiel?“

„Es gibt bereits ein Überangebot von überteuerten Spitzenweinen auf dem Markt. Um einen neuen Markt zu erobern, bedarf es eines aggressiven Marketings und ausgefeilter Verkaufsstrategien. Wir können damit aufwarten – mit Organisation, Technik, Erfahrung. Sie nicht. Die Kapazität ihrer Weinkellerei ist zu klein. Dazu kommt, daß sie immerhin neunzig ist. Sehr viel älter wird sie nicht mehr werden. Und ohne sie hat Gut Rutledge keine Zukunft."

„Du vergißt Sam."

„Der hat genausowenig Rückgrat wie sein Vater", meinte Gilbert abschätzig. „Katherine – sie ganz allein – leitet Gut Rutledge." Seine Finger krallten sich um das Glas, als er seiner Mutter einen Blick zuwarf. Es widerte ihn an, wenn er sah, wie andere um sie herumscharwenzelten. Ihr ganzes Leben war ein einziges Lügengespinst. Die Behauptung, sie habe während der Prohibition die Weinkellerei weitergeführt und Meßweine hergestellt, stimmte nicht. Genausowenig wie die, sie habe an den Träumen ihres Mannes festgehalten und seinem Andenken die Treue bewahrt – bildete sie sich ein, er hätte vergessen, daß er, Gilbert, sie lippenstiftverschmiert und mit offener Bluse überrascht hatte? Daß sie sich zu ihm hinuntergebeugt, ihn am Arm gepackt und mit funkelnden Augen gesagt hatte: „Du darfst niemals jemandem auch nur ein Wort davon erzählen, Gilbert. Niemandem. Niemals. Hast du mich verstanden?"

Er nickte steif, wie damals auch, und verspürte auch das gleiche Entsetzen, den gleichen Verrat. Er hatte kein Wort darüber verlauten lassen. Und nichts vergessen.

„UND JETZT zum Dritten im Bunde", raunte Townsend Kelly zu, „Baron Fougère. Sprich ihn auf seine Bibliothek auf Château Noir an, und er liegt dir zu Füßen."

Als sie dem Baron vorgestellt wurde, war sie zunächst enttäuscht. Emile Gérard Chrétien Fougère entsprach keineswegs ihren Vorstellungen von einem französischen Aristokraten. Gewiß, die äußeren Merkmale stimmten – Siegelring, maßgeschneiderter Abendanzug, Schuhe aus feinstem Leder, manikürte Fingernägel –, aber damit hatte es sich schon. Mitte Fünfzig und nur so groß wie sie, eher korpulent und mit schütterem Haar, besaß er den nach innen gekehrten Blick eines Professors.

„Es ist mir ein Vergnügen, Ihre Bekanntschaft zu machen, Mademoiselle Douglas", sagte er abwesend, ohne das Gesicht zu verziehen. Er nickte zerstreut, um sich dann, reichlich spät, der Dame an seiner

Seite zu erinnern. „Verzeihen Sie, meine Frau, Baronin Natalie Eugénie Madeleine Fougère."

Kelly wandte sich Fougères Frau zu, einer schlanken, zierlichen Dame, die gut und gern zwanzig Jahre jünger war als ihr Mann. „Ich freue mich sehr, Sie kennenzulernen, Baronin."

„Natalie bitte." Ihr Lächeln war strahlend und sprühend wie ihre Augen. Daß sie Farben liebte, kam in ihrem Abendkleid aus glänzendem Seidenchiffon zum Ausdruck. „Wir sind schließlich in Amerika. Da läßt man Titel doch beiseite. Darf ich Sie Kelly nennen?"

„Gerne." Man mußte diese Frau einfach mögen. Die eklatanten Gegensätze im Wesen der beiden ließen sich nicht übersehen.

„Ihre Stadt ist einfach hinreißend", sagte sie. „Es muß aufregend sein, hier zu leben."

„Hin und wieder, ja", gab Kelly zu. „Sind Sie zum erstenmal in New York?"

„Ich war bereits zweimal hier, aber es gibt so viel zu sehen und zu unternehmen, daß ich wohl nie genug davon bekomme", erklärte Natalie Fougère. Sie hatte im Gegensatz zu Kelly nicht bemerkt, daß der Baron schon längst nicht mehr zuhörte.

„So urteilt fast jeder. New York mag anstrengend sein, aber es ist niemals langweilig", erwiderte Kelly. Die Baronin lachte zustimmend. Kelly versuchte, den Baron wieder ins Gespräch zu ziehen. „Baron, wie ich hörte, besitzen Sie auf Château Noir eine eindrucksvolle Bibliothek."

Diese Bemerkung ließ seine Augen aufleuchten. „Das stimmt. Ich besitze viele schöne und seltene Erstausgaben. Aber das ist nicht mein Verdienst. Meine Familie hat diese Bücher über Jahre und Jahrhunderte hinweg zusammengetragen."

Aus einiger Entfernung beobachtete Clay Rutledge das Gespräch zwischen dem Baron und Kelly Douglas. Als die Baronin lachte, zog sie Clays Aufmerksamkeit auf sich. Sie war die zweite Frau des Barons. Da sie wesentlich jünger war als Fougère, brauchte sie sicher Gesellschaft und Abwechslung und sehnte sich, wie Clay bereits bei früheren Begegnungen festgestellt zu haben glaubte, nach Leidenschaft und Zärtlichkeit.

Er dachte an die Fusion, auf die sein Vater so verbissen hinarbeitete. Man konnte sie auf zwei Ebenen erreichen. Während sein Vater mit dem Baron das Geschäftliche aushandelte, würde er seine Verführungskünste an der Frau des Barons erproben.

Clay wartete, bis Kelly und Townsend weitergingen, ehe er seinerseits den Baron begrüßte. Er unterhielt sich mit ihm kurz über die Weinversteigerung und nickte dann flüchtig Natalie Fougère zu.

Der Baron schien sich unvermittelt der Regeln des Anstands bewußt zu werden. „Ihr kennt euch doch, *non*?“ fragte er seine Frau.

„Ja.“ Sie lächelte. „Vom Sehen bei zwei oder drei Empfängen.“

„Wir haben so viele gesellschaftliche Verpflichtungen. Da vergißt man einiges“, meinte der Baron entschuldigend.

„Das ist doch verständlich.“

In diesem Moment gesellte Gilbert sich zu ihnen und begann ein Gespräch mit dem Baron. Clay machte einen Schritt zur Seite, um das Gespräch der beiden nicht zu stören. Er hielt Natalies verhohlen inspizierendem Blick stand und erwiderte ihn. Instinktiv wußte er, daß die erfolgversprechendste Methode war, sich seriös und etwas unnahbar zu geben und nicht zu viele Worte zu machen.

„Gefällt Ihnen Ihr Aufenthalt in New York?“ fragte er.

„Eine aufregende Stadt. Finden Sie nicht auch?“ fragte Natalie.

„Wenn man allein und gelangweilt ist, spielt es keine große Rolle, wo man ist.“ Clay gab sich sehr zurückhaltend.

„Ich könnte mir vorstellen, daß ein Mann hier alles mögliche unternehmen kann“, gab sie eher beiläufig zurück.

„Vielleicht sehne ich mich nach etwas, was es gar nicht gibt.“ Er sah ihr in die Augen. „Wie Sie möglicherweise auch.“

Einen Augenblick lang starrte sie ihn erschrocken, fast ertappt, an, fing sich dann aber wieder. „So manche beneiden mich um das, was ich habe, Mr. Rutledge.“

„Verständlicherweise.“ Damit wandte er sich wieder seinem Vater und dem Baron zu. Er wußte, daß er ihr Interesse geweckt hatte. Morgen traf sich der Baron mit Katherine, und dazu würde er seine junge Frau nicht mitnehmen. Was bedeutete, daß sie sich selbst überlassen blieb. Oder ihm.

KELLY huschte in die matt erleuchtete Bibliothek. Sie hatte mehr als eine Stunde lang Höflichkeiten ausgetauscht und brauchte eine Pause. Sie trat ans Fenster, von dem aus man einen Blick auf das Empire State Building und auf die beiden weiter entfernten Türme des World Trade Centers hatte, und zündete sich eine Zigarette an.

„Noch nie was davon gehört, daß Rauchen ein gesundheitliches Risiko birgt?“

Verdutzt fuhr sie herum und entdeckte in einem grau-weiß gestreiften Sessel Sam Rutledge.

„Nicht mehr als Eier, Süßigkeiten und Spazierengehen nach Einbruch der Dunkelheit." Sie blies den Rauch zur Decke und bemühte sich, unbefangen zu bleiben.

Er stand auf und schlenderte zu ihr ans Fenster. Unwillkürlich fühlte sie sich verunsichert. Er schaute sie an.

Im gedämpften Licht schimmerten die Metallfäden in ihrem goldfarbenen Rüschenkleid. Unwillkürlich fragte er sich, was sie wohl darunter trug. Seidene Unterwäsche oder einfach gar nichts?

„Sie wollten sich wohl auch ein bißchen Ruhe gönnen?" fragte er.

Sie lächelte und nickte. „Es war ein langer Tag für mich."

„Kann ich mir denken."

Kelly fiel auf, wie ruhig sein Blick war. Er hatte dunkle Augen, mit denen er sie unbeirrt ansah. Eine Frau mußte sich unweigerlich zu ihm hingezogen fühlen. Kelly hatte den Eindruck, er würde das, was ihm gehörte, verteidigen und beschützen.

Ärgerlich wandte sie sich ab. Sie hatte doch gelernt, sich allein zu behaupten. Sie brauchte keinen Beschützer.

„Ist Ihre Frau nicht mitgekommen?"

„Ich habe keine Frau."

Kelly zeigte sich überrascht. „Ich meine irgendwo gelesen zu haben, daß Sie verheiratet sind."

„Vergangenheitsform. Wir sind geschieden."

„Ich weiß nie, was ich auf so etwas antworten soll." Sie spielte mit ihrer Zigarette. „Ob ich sagen soll, es tut mir leid, oder ob ich mich für die Person freuen soll."

„Freuen Sie sich." Er grinste. „Ich tu's jedenfalls."

„Gut. Dann freut es mich für Sie."

„Danke."

„Madame Rutledge scheint sich gut zu unterhalten." Kelly hatte kurz einen Blick auf das Oberhaupt der Familie Rutledge werfen können. „Sie wird schon den ganzen Abend von einer Anhängerschaft umlagert."

„Katherine freut sich über jede Gelegenheit, über Wein reden zu können. Ist wohl nicht weiter verwunderlich. Für die gesamte Familie Rutledge ist das Leben ein Cabernet." Sein Mund verzog sich zynisch.

Obwohl Kelly die Bemerkung ganz witzig fand, hielt sie ihm vor: „Sie sind doch auch ein Rutledge."

Er lächelte spöttisch, und seine Augen blitzten amüsiert. „Katherine würde sagen, daß ich einer dieser großen, kräftigen, langsam reifenden Cabernets mit noch einer Spur zuviel Gerbsäure bin. Sie neigt dazu, Menschen mit Weinen zu vergleichen und beide als Lebewesen zu betrachten, die sie nach weintypischen Charaktereigenschaften einstuft. In Ihrem Fall . . ." Er hielt inne und musterte sie nachdenklich. „Ich glaube, sie täte sich ziemlich schwer, Sie einzuordnen. Auf jeden Fall sind Sie ein trockener Wein. Wahrscheinlich ein weißer –"

„Das hoffe ich doch nicht", fiel ihm Kelly ins Wort. „Die halten sich nicht sehr lange."

„Einige schon, je nach Traubenart und Jahrgang."

„Dann wäre das vielleicht doch gar nicht so daneben getippt." Sie schnippte die Asche ihrer Zigarette in einen Kristallaschenbecher. „Hoffentlich habe ich Katherine bei meinem Interview keine Fragen gestellt, die sie gekränkt haben könnten."

„Wenn ja, dann wüßten Sie es bereits", versicherte ihr Sam, dem nicht entgangen war, daß sie absichtlich das Gespräch von sich abgelenkt hatte. „Vermutlich hat sie Ihre Fragen als Herausforderung empfunden, und Herausforderungen liebt sie nun mal. Wie jeder Winzer. Wenn nicht, sollte er die Finger von diesem Geschäft lassen."

„Das heißt also, Sie mögen Herausforderungen ebenfalls?"

„Jawohl." Und eine stand gerade vor ihm. „Wie lange haben Sie im Napa Valley gelebt?"

„Nicht lange." Sie stieß den Rauch langsam aus. „Iowa ist für Kinder ein Paradies."

„Haben Sie dort beschlossen, Reporterin zu werden?"

„Ja", sagte Kelly. „Ich hospitierte in meinem zweiten Jahr an der Universität von Iowa bei einer lokalen Fernsehstation. Und kurz vor meinem Examen boten sie mir einen Job als Reporterin an. Ich griff zu." Sie zuckte kaum merklich die Schulter. „Von da an lief alles mehr oder weniger automatisch."

„Ihre Familie muß sehr stolz auf Sie sein."

„Ich habe keine." Kelly drückte ihre Zigarette im Aschenbecher aus. „Meine Mutter starb, als ich acht war, und meinen Vater verlor ich, kurz nachdem ich mit der Schule fertig war. Ich habe auch keine Geschwister."

„Das muß schwer für Sie gewesen sein." Er neigte seinen Kopf. „Sie erwähnten, daß Sie im Napa Valley geboren wurden. Wo genau?"

Sie zwinkerte ihn schelmisch an. „Soll das etwa ein Verhör sein oder so was? Wenn Sie wissen wollen, wie alt ich bin, lautet die Antwort neunundzwanzig. Ich bin einsfünfundsiebzig groß, wiege 58 Kilo, bin unverheiratet. Ich mag Erdtöne, Kleider von Calvin Klein, Musik von Cole Porter. Ich esse gern Marmorkuchen und trinke niemals sogenannte harte Sachen. Ich rauche, bemühe mich allerdings, es einzuschränken. Habe ich etwas vergessen?"

„Keine Hobbys?" Aus seinen Augen funkelte Bewunderung und Heiterkeit zugleich.

„Sie sind gnadenlos."

„Neugierig", berichtigte Sam. „Aber ich wollte Sie nicht in Verlegenheit bringen."

„Haben Sie auch nicht."

Lautes Gelächter drang aus dem Wohnzimmer. Kelly packte die Gelegenheit beim Schopf. „Ich glaube, es ist Zeit, sich mal wieder da drin blicken zu lassen." Sie begab sich Richtung Tür, und es war ihr unangenehm, daß Sam ihr so dicht folgte. Sowie sie das Wohnzimmer betrat, schnitt Townsend ihr den Weg ab. „Da bist du ja, Kelly. Ich fürchtete schon, du seist bereits gegangen."

„Offen gestanden, habe ich dich gerade gesucht, um dir zu sagen, daß ich bald nach Hause muß."

„Nach dem anstrengenden Tag, den du hinter dir hast, hab ich schon damit gerechnet." Er sah sie verständnisvoll an, und sie wäre ihm am liebsten um den Hals gefallen. „Ich ruf dir ein Taxi."

„Das brauchen Sie nicht." Sam Rutledge war ihr nicht von der Seite gewichen. „Unser Wagen steht unten. Ich bringe Miß Douglas gern nach Hause."

„Danke, aber das ist wirklich nicht nötig", wehrte Kelly ab.

„Wenn es nicht nötig ist, dann betrachten Sie es doch als Vergnügen", meinte er galant.

„Aber wenn Mrs. Rutledge gehen möchte . . .", setzte Kelly an.

„Warum sollte ich gehen wollen?" mischte sich Katherine, die gerade vorbeiging, vergnügt ein. „Es geht ja sonst auch noch niemand."

„Doch, Miß Douglas", sagte Sam. „Und ich habe ihr angeboten, sie nach Hause zu bringen. Sie befürchtet nur, daß du aufbrechen möchtest, bevor ich mit dem Wagen zurück bin."

„Sehr rücksichtsvoll von Ihnen, Miß Douglas, aber machen Sie sich darüber keine Gedanken. Ich unterhalte mich viel zu gut und möchte das noch ein Weilchen genießen. Ich bestehe darauf, daß Sam Sie nach Hause bringt."

Kelly blieb nichts anderes übrig, als sich zu bedanken, ihren Mantel zu nehmen und in Sams Begleitung aufzubrechen. Als sie das klimatisierte Gebäude verließen, schlug ihnen die schwüle Sommerluft entgegen.

„Unser Wagen steht da drüben." Sie liefen zu dem Wagen, dessen hintere Tür der Chauffeur bereits geöffnet hatte.

Kelly stieg ein. Die Hoffnung, allein heimgefahren zu werden, schwand, als Sam neben ihr Platz nahm. Sie nannte dem Chauffeur ihre Adresse und lehnte sich in die Polster zurück.

„Sie hätten nicht mitzukommen brauchen." Sie mußte das sagen, um die innere Anspannung loszuwerden.

„Wahrscheinlich nicht", pflichtete er ihr bei. „Aber ich möchte, daß Sie wohlbehalten nach Hause kommen."

In einem urplötzlichen Bedürfnis, sich trotz seiner Gegenwart zu entspannen, schloß Kelly die Augen und atmete tief durch. „Ich gebe zu, diese Art der Beförderung ist weit angenehmer als ein Taxi."

Der Wagen fuhr rasch durch die Lichtkegel, die die Straßenbeleuchtung auf den Asphalt warf. Sam schwieg, beobachtete sie und bewunderte ihr gut geschnittenes Gesicht und den rötlichen Schimmer in ihrem Haar.

„Werden Sie morgen abend zur Versteigerung kommen?" fragte Sam.

„Nein. Morgen abend bin ich auf Sendung."

Der Wagen hielt vor dem roten Backsteingebäude aus der Jahrhundertwende, in dem Kelly wohnte. Der Chauffeur stieg aus, um Kelly die Wagentür aufzuhalten. Beim Aussteigen hörte sie, wie die Tür auf der anderen Seite zufiel, und sah gleich darauf Sam auf sich zukommen.

Plötzlich durchzuckte es sie. Ein Rutledge hatte sie nach Hause gebracht. Ein Rutledge begleitete sie zur Haustür. Sie spürte die köstliche Ironie, die darin lag, so etwas wie Triumph.

Sam bedeutete dem Fahrer zu warten und schob seine Hand unter Kellys Ellbogen, um sie die wenigen Stufen zum bogenförmig überdachten Eingang hinaufzuführen. Sie hatte den Schlüssel schon in der Hand. Als Sam die Hand danach ausstreckte, überließ sie ihm den Schlüssel.

„Danke fürs Heimbringen", sagte sie, ohne ein zufriedenes Lächeln ganz unterdrücken zu können.

„Vielleicht sehen wir uns mal wieder."

„Vielleicht." Sie bezweifelte es.

Auch Sam glaubte nicht so recht daran. Er sperrte die Tür auf. Schon halb im Gehen, drehte sie sich nochmals um und streckte die Hand nach ihrem Schlüssel aus.

Sam gab ihn ihr zurück, und dann, aus einer plötzlichen Eingebung heraus, strich er ihr übers Haar, bevor er sie küßte. Sie wehrte ihn nicht ab, sondern erwiderte seinen leidenschaftlichen Kuß.

Er zog sie an sich. Dieses Kleid, dieser zarte Duft, dieser warme Körper . . . Ein Kuß war nicht genug. Als das Verlangen übermächtig zu werden drohte, riß er sich von ihr los. Sexuelle Anziehungskraft war ihm schon einmal zum Verhängnis geworden, als er Adrienne heiratete. Noch einmal sollte ihm das nicht passieren.

„Gute Nacht, Kelly." Zögernd wich er zurück, wie jemand, der sich von der Kante einer steilen Klippe abwendet.

„Gute Nacht." Sie vermied es, ihn anzusehen, und zog die Tür hinter sich zu.

Nachdem die Tür ins Schloß gefallen war, fühlte Kelly sich niedergeschlagen nach dieser jähen Erinnerung an zu viele fast schon vergessene Bedürfnisse, die sie mit einemmal nicht länger verleugnen konnte.

Kapitel 5

VON SEINEM Beobachtungsposten in der luxuriösen Eingangshalle des „Waldorf Astoria" sah Clay Rutledge, wie die Baronin den Fahrstuhl verließ. Sie trug einen roten Strohhut mit breiter Krempe und ein schwingendes Sommerkleid aus weißgrundiger Seide mit farbigen Tupfen. Ein bezaubernder und zugleich ungemein eleganter Anblick, sehr schick, sehr französisch und sehr auffallend.

Sie zögerte, ehe sie sich zum Ausgang zur Park Avenue wandte. Clay wartete noch ein wenig und folgte ihr dann langsam. Die schmalen, hohen Absätze ihrer Schuhe klapperten auf dem Mosaikfußboden und die Stufen zur Drehtür hinunter. Nachdem sie den Türsteher offensichtlich nach dem Weg gefragt hatte, überquerte sie die Straße Richtung Fifth Avenue.

Clay wartete einen Moment, bevor er hinter ihr herschlenderte und zu erraten versuchte, wohin sie wollte – vielleicht zum „Rockefeller Center" oder zum „Museum of Modern Art". Während er ihr folgte, dachte er über sie nach. Seit gestern abend stand es für ihn außer Frage, daß sie einsam war und bereit, sich in ein Liebesabenteuer zu stürzen.

Als sie in die Fifth Avenue einbog, beschleunigte er seinen Schritt, und als er die Straßenecke erreichte, stieg sie gerade die Stufen zur „St. Patrick's Cathedral" hinauf. In einigem Abstand betrat auch Clay das prächtige Bauwerk. In den Kirchenbänken saßen vereinzelte Gläubige, andere, vornehmlich Touristen, hielten sich um den Altar herum auf. Clay hielt nach der Baronin mit ihrem auffälligen roten Strohhut Ausschau und entdeckte sie schließlich vor einem Seitenaltar, wo sie eine Kerze anzündete und dann niederkniete, um zu beten.

Nachdenklich ließ er den Blick auf ihr ruhen, ehe er die Kirche verließ und sich auf die andere Straßenseite begab. Während er dort auf sie wartete, rückte er das Bild, das er sich von Natalie Fougère gemacht hatte, zurecht: Sie war nicht der Typ, der zum Zeitvertreib mit einem Mann flirtete; zweifelsohne bedeutete ihr Mann ihr sehr viel, und sie kämpfte dagegen an, ihre Ehe als unglücklich zu empfinden. Was nichts an der Tatsache änderte, daß sie einsam war und reif für einen Seitensprung. Er mußte nur seine Strategie ein wenig ändern.

Als Natalie Fougère auftauchte, hatte Clay das Glück auf seiner Seite: Es war Samstag und wenig Verkehr. So erreichte er die andere Straßenseite, als sie die letzte Stufe herunterkam.

„Baronin! Guten Morgen." Er gab sich freudig überrascht.

„Guten Morgen, Monsieur Rutledge."

Er gewahrte das kurze Aufleuchten in ihren dunkelbraunen Augen, die kleine Veränderung um ihren Mund und in ihrer Stimme, die ihm verrieten, was er wissen wollte – daß sein Auftauchen sie erfreute. Er sah an ihr vorbei zum Portal der Kirche. „Wo ist Ihr Mann?" fragte er mit gespielter Ahnungslosigkeit.

„Er mußte zu einer Besprechung."

Clay hatte sich vorgenommen, ihr gegenüber den zurückhaltenden Gentleman zu spielen, der sich eisern beherrscht.

„Dann darf ich Sie vielleicht ins Hotel zurückbegleiten?" fragte er höflich.

„Danke, aber . . . ich möchte mir gern noch ein paar Sehenswürdigkeiten ansehen."

„Ganz allein?" Clay gab sich besorgt, um gleich darauf mit dem Vorschlag herauszurücken: „Dann erlauben Sie mir, daß ich Ihnen New York zeige. Zu zweit macht das weitaus mehr Spaß."

Zwanzig Minuten später fuhren sie in einer Kutsche durch den Central Park.

Als sie zum großen See im Park kamen, beugte Natalie sich vor. „Schauen Sie mal, die Ruderboote!“ rief sie. „Das sieht wunderschön aus, wie sie da liegen.“

„Ich finde, wir sollten uns davon überzeugen, ob sie nicht auch wunderschön sind, wenn man drinsitzt“, erklärte Clay und wies den Kutscher an, sie am Bootsverleih abzusetzen.

Bald darauf legten sie ab. Natalie, die am Bug saß, reckte ihr Gesicht der Sonne entgegen.

Wie schön sie ist, dachte Clay, als er nach den Rudern griff und das Boot mit langsamen, sicheren Bewegungen durch das Wasser steuerte.

„Es ist wirklich wunderschön hier.“ Sie tauchte die Hand ins Wasser und beobachtete, wie die Tropfen von ihren Fingerspitzen abperlten. „Sie hatten recht, Clay. Zu zweit macht es viel mehr Spaß.“

„Ja“, sagte er und hielt ihrem Blick eine Weile stand. „Ich sollte das nicht sagen, Natalie, aber Sie sind hinreißend.“ Seine Stimme verriet mühsam beherrschte Leidenschaft.

Einen Moment lang war ihre Kehle wie zugeschnürt. Wie oft hatte sie sich in letzter Zeit danach gesehnt, Emile würde sie mehr beachten, in ihr wieder die schöne, begehrenswerte Frau sehen, die sie für ihn früher gewesen war. Es gab sogar Augenblicke, in denen ihr dieses Verlangen körperliche Schmerzen bereitete. Sie wußte, daß es unschicklich war, die Komplimente eines anderen Mannes zu genießen, aber sie tat es, weil sie das so lange entbehrt hatte.

„Nett, daß Sie das sagen, Clay.“

„Verzeihen Sie mir“, flüsterte er.

„Was denn? Daß Sie nett sind?“

„Das war nicht nur nett gemeint. Sie sind wirklich eine hinreißende Frau. Ein Mann, der das nicht bemerkt, muß blind sein.“

Sie erwiderte nichts darauf und richtete ihre Aufmerksamkeit auf die Sonnenreflexe auf seinem dunkelblonden Haar, das Spiel der Muskeln unter seinem Hemd, seine kräftigen Arme.

Natalie spürte, daß ihr Herz schneller schlug, und wandte den Blick von Clay ab. Es war nicht gut, sich in müßigen Phantasien zu verlieren.

Viel zu schnell, wie es ihr schien, war die Stunde, für die sie das Boot gemietet hatten, vorbei, und sie mußten es zurückgeben. Clay half ihr beim Aussteigen und ließ sie auch nicht los, als sie bereits wieder festen Boden unter den Füßen hatten; eine Hand ruhte an der Taille, die andere auf ihrem Arm.

„Ich habe mich getäuscht“, flüsterte er ihr zu, „selbst ein Blinder würde Sie bemerken . . . wegen Ihres betörenden Dufts, dem Klang Ihrer Stimme, Ihrer weichen Haut."

Sie stellte sich vor, wie es wäre, wenn sie sich an ihn lehnte und die Wärme seiner Arme, die sie umschlossen, spürte. Ehe der Gedanke zu einem Impuls werden konnte, gab er sie frei. Die Gelegenheit war vorbei. Die Erinnerung daran nicht. Sie sah auf ihre Armbanduhr. „Es ist schon spät", sagte sie und hatte plötzlich Gewissensbisse. „Ich habe mich um eins mit Emile zum Mittagessen verabredet."

„Verstehe." Clay nickte, aber sie entdeckte eine Spur von Bedauern in seinen Augen, das sie gut verstand, weil sie genauso empfand.

Ein Taxi brachte sie ins Hotel zurück. „Ich weiß nicht, ob Ihr Mann mit Ihnen über seine geschäftlichen Angelegenheiten spricht", sagte Clay, kurz bevor sie ihr Fahrtziel erreichten, „aber mein Vater und er verhandeln wegen einer partnerschaftlich zu führenden Weinkellerei in Kalifornien. Natürlich bedingt eine solche Partnerschaft für beide Seiten häufige Reisen über den Atlantik." Er legte eine kleine Kunstpause ein, sah ihr in die Augen. „Und darauf freue ich mich ganz besonders."

Sie konnte nicht darauf antworten, da das Taxi bereits hielt und der Portier die Wagentür öffnete. Der rasche Blick, den sie Clay zuwarf, sprach allerdings Bände.

EIN RAUNEN ging durch die elegante Gesellschaft im großen Ballsaal des Waldorf Astoria, als der Preis für die Kiste Rutledge Estate '73 Cabernet Sauvignon Réserve Privée immer höher getrieben wurde. Sam verfolgte die Versteigerung gelassen. Auch Katherine, die neben ihm saß, schien unbeeindruckt von dem Gebot. Dennoch war die Spannung unverkennbar. Sam konnte sie an ihren Augen ablesen.

Der Zuschlag erfolgte bei eindrucksvollen fünfundsechzigtausend Dollar, der höchsten Summe, die jemals für einen kalifornischen Wein gezahlt worden war. Entsprechend ehrfurchtsvolles Schweigen legte sich über den Saal. Katherine blieb unverändert hoheitsvoll, wenngleich sich auf ihrem Gesicht eine kaum merkliche Veränderung abzeichnete. Eine Katze mit Sahnespuren im Schnurrbart hätte nicht zufriedener aussehen können.

Jemand fing an zu klatschen, und kurz darauf standen alle Anwesenden auf und applaudierten Katherine. Sie dankte mit einer anmutigen Kopfbewegung. Der Auktionator hielt es für angebracht, vor der Versteigerung der nächsten Partie eine kleine Pause anzuberaumen.

Sam war nicht überrascht, unter den ersten Gratulanten Baron Fougère und dessen Frau zu erkennen. In einer Branche, in der Image und Prestige eine entscheidende Rolle spielten, war das Ansehen von Gut Rutledge ungeheuer aufgewertet worden. Und entsprechend beeindruckt zeigte sich der Baron. Der Respekt, den er nun zeigte, stand in Gegensatz zu seinem etwas schroffen Verhalten, das er bei dem Treffen am Morgen an den Tag gelegt hatte. Eine Partnerschaft zwischen ihm und Katherine schien dennoch nur eine Frage der Zeit – so dachte zumindest Katherine. Sam aber wußte, daß sein Onkel noch nicht aus dem Rennen war und weiterkämpfte.

Auch Gilbert stand bei Katherine und gratulierte ihr überschwenglich. „Ein sagenhafter Preis, Katherine." Das klang ganz nach dem Sohn, der sich für sie freut, auch wenn Sam vermutete, daß das Glitzern in den Augen des Onkels eher Neid denn Begeisterung verriet.

Eine plötzliche Unruhe ergriff Sam. Er ließ seine Blicke umherwandern. „Ich möchte noch ein wenig Luft schnappen", sagte er und steuerte auf den nächsten Ausgang zu.

Auch Gilbert setzte sich in Bewegung.

DIE FORTSETZUNG der Versteigerung wurde angesagt, und die Anwesenden nahmen – bis auf Sam – wieder ihre Plätze ein. Es wurde ruhig im Saal, als der nächste Wein präsentiert wurde. Katherine hörte teilnahmslos zu, wie die Magnumflasche eines seltenen Jahrgangs, ein berühmter Erstling von einem Weingut in Bordeaux, vorgestellt wurde. Sie ertappte sich dabei, wie sie unwillkürlich zu ihrem Sohn Gilbert schaute, der nur ein paar Reihen vor ihr saß. Diese Feindseligkeit in seinem Blick, als er ihr vorhin gratuliert hatte. Katherine fühlte einen Stich. Was war der Grund, daß ihr Kind sie so sehr haßte? Hatte es in jener Nacht damals begonnen? Nein, das konnte nicht sein. Denn auch wenn sie in der Vergangenheit zuweilen den Vorwurf „ich weiß, was du getan hast" in seinem Blick gelesen hatte, so hatten die strahlenden, intelligenten Augen ihres Jüngsten sehr viel häufiger vor Lebenslust und Übermut gefunkelt.

Wer oder was also hatte seine Gefühle geschürt und ihn gegen sie aufgebracht? Jonathan? Die erbitterte Rivalität zwischen Gilbert und dem älteren Bruder? Natürlich hatten die beiden um ihre Aufmerksamkeit gewetteifert. Aber war das nicht in allen Familien so? Und wenn sie mehr Zeit mit Jonathan verbracht hatte als mit Gilbert, dann deshalb, weil Jonathan echtes Interesse für die Weinberge und die Weinkellerei gezeigt hatte. Gilbert dagegen schien das alles zu langweilen. Erst als er aus dem Krieg zurückkam . . .

Ja, erst nach dem Krieg waren die Auseinandersetzungen zwischen den beiden Brüdern eskaliert. Gilbert war zwei Jahre in Frankreich stationiert gewesen, wo er die großen Bordeauxweine kennengelernt und viele Weinkellereien besucht hatte, darunter auch Château Noir. Und dann, nachdem er wieder zu Hause gewesen war, hatte er plötzlich Interesse und Begeisterung für das Familienunternehmen gezeigt und mit allerlei Verbesserungsvorschlägen aufgewartet.

Für Jonathan war die unerwartete Einmischung des jüngeren Bruders völlig unvorbereitet gekommen. Aber Gilbert hatte auch keinen leichten Stand. Er fühlte sich zuweilen als Außenseiter. Die Jungen waren auch in ihrem Charakter völlig verschieden. Jonathan war immer in sich gekehrt gewesen, mehr ein Einzelgänger, während Gilbert kontaktfreudig und gesellig war; Jonathan konnte so leicht nichts aus der Fassung bringen, im Gegensatz zu dem heißblütigen Gilbert. Jonathan hielt sich an das, was sich bewährt hatte, und überdachte gründlich jeden Schritt, während Gilbert immer gleich mit dem Kopf durch die Wand wollte.

Katherines Hoffnung, die Brüder würden sich prächtig ergänzen, wenn sie Jonathan die Verantwortung für die Weinberge und die Weinkellerei und Gilbert die Verantwortung für den Verkauf und das Marketing übertrug, hatte sich nicht erfüllt. Wenn Gilbert die Ansicht vertrat, die Weinkellerei müsse modernisiert werden, um effizienter zu arbeiten, hielt ihm Jonathan entgegen, daß er für die Weinkellerei zuständig und die Anschaffung neuer Geräte überflüssig sei, solange die alten ihren Zweck erfüllten. Oder wenn Jonathan monierte, Gilbert gebe auf seinen Reisen zuviel Geld für sogenannte Geschäftsessen aus, erwiderte Gilbert, er könne Einkäufer nicht gut in ein Schnellrestaurant einladen und ihnen damit die Abnahme von Qualitätsweinen schmackhaft machen. Und dann wollte Gilbert mit einem Tischwein auf den Markt, was Jonathan rundweg ablehnte.

Dennoch hatte Katherine gehofft, die beiden würden ihre Streitigkeiten beilegen – bis es zum letzten großen Krach gekommen war. Bei offener Tür hatte sie von Claudes kleinem Büro aus telefoniert und war somit Zeuge einer Auseinandersetzung zwischen Jonathan und Gilbert geworden . . .

„VERDAMMT noch mal, Jonathan." Gilbert packte seinen Bruder am Arm und zwang ihn damit, stehenzubleiben. Jonathan fuhr herum und starrte ihn mit eiskalter Ruhe an. „Sei nicht so verbohrt und sieh dir das wenigstens mal an." Gilbert deutete auf die Papiere in seiner Hand. „Zahlen lügen nicht."

„Nein. Aber Lügner zahlen drauf."

„Du nennst mich einen Lügner?" brüllte Gilbert aufgebracht. „Meinetwegen!" Er schleuderte Jonathan die Papiere ins Gesicht. „Dann besorg du dir die Zahlen und stell sie zusammen. Du wirst zum gleichen Ergebnis kommen. Diese alte Weinkellerei unten an der Straße aufzukaufen und die zweihundert Morgen, die dazugehören, ist verdammt noch mal das klügste, was wir machen können. Warum hast du bloß soviel Schiß davor zu expandieren?"

„Und warum gibst du dich nicht zufrieden mit dem, was du hast?" gab Jonathan zurück. „Nichts ist jemals gut genug für dich! Immer mehr und noch mehr. Mehr Wein, mehr Geld, mehr Klamotten, mehr Reisen. Du kannst nie genug bekommen."

„Ich hab die Schnauze voll, mir ständig anhören zu müssen, daß ich habgierig bin. Und auch, daß du Katherine was weiß ich für Märchen über mich erzählst, um mich bei ihr anzuschwärzen."

„Märchen? Ich frisiere doch nicht meine Reisekostenabrechnungen auf Kosten des Betriebs. Aber du tust das."

„Du Schwein!" fauchte Gilbert und ballte die Faust. „Das laß ich mir nicht länger bieten!" Er verpaßte Jonathan einen Kinnhaken. Völlig unvorbereitet taumelte Jonathan rückwärts, rieb sich verblüfft das Kinn und stürzte sich gleich darauf mit einem Schrei auf seinen Bruder.

Entsetzt sprang Katherine auf. „Aufhören! Hört sofort auf!" Als sie bei ihnen war, lag Jonathan halb bewußtlos und übel zugerichtet auf dem Boden, mit zugeschwollenem Auge und blutendem Mund. Katherine kniete sich neben ihn und versuchte die Blutung zu stillen. „Zwei erwachsene Männer, die sich prügeln wie kleine Jungen", schimpfte Katherine erbost. „Ich schäme mich für euch. Gilbert, hilf mir, deinen Bruder ins Haus zu schaffen!"

„Ich rühre keinen Finger für ihn, und wenn er verreckt!" brüllte Gilbert und rannte davon.

So konnte es nicht weitergehen. Katherine mußte handeln. Sofort. – Eine halbe Stunde später rief sie Gilbert zu sich in die Bibliothek.

„Wenn du mich hierher bestellt hast, um mir eine weitere Lektion über Zusammenarbeit zu erteilen, dann spar dir deine Worte für deinen Ältesten auf", sagte er wütend. „Ich bin es leid, daß er mir ständig in den Rücken fällt."

Er hätte noch weitergesprochen, wenn Katherine nicht die Hand gehoben hätte. „Ich bin nicht gewillt, mir das anzuhören, und weitere Lektionen wird es nicht geben." Auf ihrem Schreibtisch lagen die Papiere, über die es letztlich zur Prügelei gekommen war. „Nach diesem verabscheuungswürdigen Zwischenfall könnt ihr unmöglich länger zusammenarbeiten."

„Wird auch Zeit, daß du das einsiehst", erklärte Gilbert. „Überlaß Jonathan einen der Weinberge. Mehr will er doch eigentlich nicht. Und ich kann die Weinkellerei übernehmen." Er erkannte die Papiere auf dem Schreibtisch. „Wir kaufen das alte Anwesen unten an der Straße dazu und verdoppeln unsere Produktion. In fünf Jahren hat Gut Rutledge einen Namen, der jedem ein Begriff ist."

„Ich bin sicher, daß dir das gelingen würde. Du verfügst über einen bemerkenswerten Geschäftssinn, Gilbert. Deshalb wirst du es auch schaffen, auf eigenen Füßen zu stehen."

„Du wirfst mich raus?" brach es aus ihm hervor.

„Jahrelang hast du dich immer wieder gegen die Prinzipien aufgelehnt, die ich für dieses Weingut aufgestellt habe. Du hast lange genug deine eigenen Ansichten und Überzeugungen verfochten. Eine eigene kleine Weinkellerei gibt dir Gelegenheit, sie zu verwirklichen. Um dir den Start zu ermöglichen, werde ich dir deine Anteile an Gut Rutledge abkaufen."

„Um mir den Start zu erleichtern? Was du mir damit sagen willst, ist doch, daß du mich auszahlst."

„Ich versuche, gerecht zu sein."

„Gerecht? So also nennst du das?" höhnte er. „Du hast doch seit jeher gemeinsame Sache mit Jonathan gemacht. Daß ich auch noch da war, hat dir nicht gepaßt."

„Das ist nicht wahr!"

„Erwartest du allen Ernstes, daß ich dir glaube? Wo ich doch weiß, wie du lügst? Dein ganzes Leben ist eine einzige Lüge. Du kannst einfach nicht ertragen, daß ich weiß, was in jener Nacht wirklich geschah."

„Das tut hier nichts zur Sache."

„Nein? Du wolltest mich immer loswerden, weil ich dich ständig daran erinnerte, was du getan hast – was du verheimlicht hast. Meinst du, ich wüßte das nicht, hätte es nicht schon immer gewußt?"

„Du täuschst dich."

Katherine gelang es niemals, ihn davon zu überzeugen. Haßerfüllt hatte er damals die Bibliothek verlassen. Als seine Weinkellerei dann gut lief, hatte sie geglaubt, er würde einsehen, daß sein Weggang von Gut Rutledge zum Besten für alle Beteiligten gewesen sei. Aber sie täuschte sich, und inzwischen hatte sie die Hoffnung, daß sich das noch einmal ändern würde, aufgegeben.

SAM TRAT durch die Drehtür des Hotels in die schwülwarme Nacht und blickte hinauf zu den Wolkenkratzern. Es waren keine Sterne zu sehen. Die stickige Luft roch nach Abgasen und Müll.

Er marschierte los. Er hatte kein bestimmtes Ziel, aber als er den treibenden Rhythmus eines alten Rock-'n'-Roll-Hits hörte, ging er dem Klang entgegen. Die Musik kam von einer Dreimannkapelle, die auf der unteren Plaza des Rockefeller Centers spielte. Von der oberen Ebene aus verfolgten Schaulustige das Geschehen. Sam schaute ebenfalls zu.

Eine Frau verließ das Gebäude auf der gegenüberliegenden Straßenseite, eine große Umhängetasche über der Schulter. Ihr zügiger Gang verriet Sam, daß es Kelly Douglas sein mußte.

„*Yes, it's me and I'm in love again*", dröhnte es von der unteren Plaza herauf.

Sam war wütend auf sich selbst. Warum war er ausgerechnet hierher gekommen und nicht woanders hingegangen? Er war ein gebranntes Kind und hatte nicht die Absicht, dem Feuer nochmals zu nahe zu kommen.

Dennoch ließ er die Frau auf der anderen Straßenseite nicht aus den Augen, beobachtete, wie sie auf dem Rücksitz eines parkenden Autos Platz nahm. Täuschte er sich, oder hatte sie wirklich kurz zu ihm herübergeschaut? Na, wenn schon. Morgen würde er diese Insel aus Beton verlassen und nach Kalifornien zurückfliegen. Und damit wäre das Problem erledigt.

Kapitel 6

IN DEN Produktionsbüros für das neue Fernsehmagazin „Land und Leute" war nichts von der Hektik in einer Nachrichtenredaktion zu spüren. Es kam nur selten vor, daß sich Stimmen überschlugen oder Befehle geschrien wurden, selbst das Klingeln des Telefons klang irgendwie zivilisierter. Nach drei Tagen hatte sich Kelly noch immer nicht an das langsamere Arbeitstempo gewöhnt. Termindruck und Spannung gab es zwar weiterhin, aber in gemäßigterer Form.

„Kelly. Hallo, Kelly!"

Kelly ging zu der offenen Tür zurück, an der sie gerade vorbeigekommen war, und sah Debbie Sullivan, die die Brille ins kurzgeschnittene, bereits mit vereinzelten grauen Strähnen durchzogene Haar hochgeschoben hatte, hinter ihrem überladenen Schreibtisch hervorkommen. Debbie wies mit dem Daumen nach oben und strahlte. „Hab gerade mit John Travis' Presseagenten gesprochen. Mittagessen morgen um eins im ‚Russian Tea Room' mit dem Star höchstpersönlich."

Kelly war begeistert. „Heißt das, er ist einverstanden, daß wir ein Porträt von ihm machen?"

„Die offizielle Zusage steht noch aus. Sie verlangen, daß du dich erst mal mit Travis triffst, um herauszufinden, wie du mit ihm zurechtkommst. So machen sie das immer. Wenn du mich fragst, Schätzchen, haben wir ihn im Kasten." Debbie lehnte sich an den Türpfosten. „Großer Gott, Kelly, weißt du, was das bedeutet? Travis' neuer Film ist ein Kassenschlager und die Rolle, die er darin spielt, höchst oscarverdächtig. Denk mal, wie sich das auf unsere Einschaltquoten auswirkt."

„Sprecht ihr von John Travis?"

Kelly fuhr herum. Vor ihr stand Linda James, Korrespondentin an der Westküste. Sie musterte Kelly höflich-kühl und versuchte erst gar nicht, das feindselige Funkeln in ihren blauen Augen zu verbergen.

„Hallo, Linda." Kelly gab sich der Kollegin gegenüber unverbindlich, die sie sich unweigerlich zur Feindin gemacht hatte, als sie sie bei der Vergabe des Moderatorenjobs ausgestochen hatte.

„Sieh einer an, wen haben wir denn da. Linda James." Debbie verschränkte die Arme; sie lehnte noch immer an dem Türpfosten. „Was führt dich denn in unsere Gemächer?"

„Geschäftliches." Sie streckte Kelly die Hand entgegen. „Übrigens, Glückwunsch, Kelly. Townsend hat mit mir über das Konzept des neuen Magazins gesprochen. Na ja, für mich eigentlich uninteressant. Ich mache lieber Sendungen mit mehr Biß. Oberflächliche Plaudereien sind wohl eher was für dich." Sie lächelte. Und mit einem „Na, dann alles Gute" stolzierte sie auf die Fahrstühle zu.

„Ich habe das Gefühl, das einzige, was sie uns wünscht, ist eine Bauchlandung", raunte Kelly. Sie winkte Debbie kurz zu und eilte in ihr Büro.

Susan, ihre Assistentin, saß nicht an ihrem Schreibtisch. Die Post stapelte sich darauf. Kelly nahm alles an sich und ging in ihr eigenes kleines Büro.

Sie überflog gerade die Post, als das Telefon läutete. Kelly griff zum Hörer.

„Kelly Douglas." Automatisch griff sie zu Stift und Papier.

„Lizzie-Mädchen, bist du's?"

Die Stimme ließ Kelly vor Schreck erstarren.

„Was willst du?" flüsterte sie.

„Ich hab dich neulich in den Fernsehnachrichten gesehen, zum ersten Mal. Habe gedacht, meine Ohren spielen mir einen Streich."

„Du meinst wohl eher der Whiskey", fauchte sie.

„Du hattest schon immer ein freches Mundwerk."

„Laß mich raten – du willst Geld, stimmt's?" sagte sie gereizt.

„Es ist wegen der Rutledges. Die allmächtige Madame will mir mein Land wegnehmen. Bin ein bißchen mit den Zahlungen im Rückstand, und jetzt will sie mir keinen Aufschub geben. Ich soll alles begleichen, oder sie nimmt mir das Haus weg, die Weinberge, alles. Du mußt mir helfen. Du hast dich fein rausgemacht. Fünfunddreißigtausend sind doch für dich ein Klacks."

„Nein." Ihre Antwort war prompt und entschieden.

„Du mußt mir helfen. Verdammt noch mal, das bist du mir schuldig!"

„Ich bin dir gar nichts schuldig! Nichts, hast du verstanden?"

„Lizzie-Mädchen, du glaubst doch nicht . . ."

Aber sie wollte ihm nicht länger zuhören. „Versuch nie, nie wieder, mich zu belästigen!"

Kelly knallte den Hörer auf den Apparat und vergrub das Gesicht in den Händen. Entsetzen, Verbitterung, Erinnerungen stiegen in ihr hoch. Wie sie ihn haßte! Sie hatte gehofft, daß er mittlerweile gestorben sei. Sie verspürte Angst, so wie es immer gewesen war, wenn die erste Wut verraucht war. Sie starrte aus dem Fenster und versuchte die Panik, die in ihr aufstieg, zurückzudrängen. Sie hätte ihm das Geld schicken sollen. Wenn er nun anfing, Sachen über sie zu erzählen? Was, wenn . . .

Hör auf! Hör bloß auf, beschwor sich Kelly. Sie warf den Kopf zurück und sah zur Decke hoch, um die Tränen zurückzuhalten. Und wenn er redete? Was konnte er schlimmstenfalls damit anrichten? Die Antwort lag auf der Hand. Hugh, Debbie, alle beim Sender würden erfahren, wie sie gelebt hatte, wie sie aufgewachsen war, jede erniedrigende Einzelheit über ihr Leben und ihre Familie. Mochten sie sie auch bewundern, daß sie es trotz allem geschafft hatte, mehr noch würden sie sie dann bedauern. Kelly verabscheute Mitleid.

Obwohl sie Mitleid bereits erfahren und das überlebt hatte.

Die Welt würde nicht untergehen, sie würde ihren Job, ihre Karriere nicht aufgeben müssen. Was immer geschah, sie würde damit fertig werden. Sie war eine Überlebenskünstlerin – mußte eine sein.

LEN DOUGHERTY hängte geistesabwesend ein und starrte das Münztelefon an. Er hatte schon ein dutzendmal versucht, diesen Anruf hinter sich zu bringen. Aber jedes Mal hatte er sich zu viel Mut angetrunken. Seit sechs Tagen hatte er keinen Tropfen Alkohol angerührt. Aber das zählte nicht. Sie würde ihm das Geld nicht geben. Das war so klar wie der Haß in ihrer Stimme. Er schluchzte. „Die Rutledges werden gewinnen, Becca. Ich kann sie nicht aufhalten."

Er verstummte, langsam formte sich eine Idee. Vielleicht hatte er trotzdem noch nicht verloren. Er mußte es versuchen. Becca erwartete es von ihm.

IN DEN folgenden Tagen zuckte Kelly jedesmal zusammen, wenn das Telefon läutete. Jedesmal war sie auf das Schlimmste gefaßt. Sie hatte sich genau überlegt, was sie sagen würde.

Die Verantwortlichen der neuen Show hatten sich wie immer am Montagmorgen zur Lagebesprechung am Konferenztisch eingefunden. Kelly kritzelte nervös auf ihrem Block herum. Als Townsend das Wort ergriff, blickte sie scheinbar interessiert auf, war aber viel zu zerstreut, um aufmerksam zuzuhören. Bis sie den Begriff „Weinbaugebiet Napa Valley" aufschnappte.

„Was?" platzte sie dazwischen, worauf Townsend die Stirn runzelte und die anderen sie belustigt ansahen. „Tut mir leid, ich hab nicht aufgepaßt", entschuldigte sie sich, „was hast du da eben gesagt?"

„Daß ich vorhabe, eine Dokumentation über das Napa Valley zu machen", erklärte Townsend leicht ungeduldig. „Debbie leitet die Dreharbeiten. Ich habe mich am Wochenende mit Katherine Rutledge unterhalten; sie hat ihre Mitwirkung zugesagt."

Nein! schrie Kelly innerlich auf. Napa Valley war der letzte Ort, den sie aufsuchen wollte. „Hältst du angesichts der steigenden Zahl von Alkoholgegnern und der verschärften Gesetze gegen Alkohol am

Steuer eine Dokumentation über Wein wirklich für angebracht?" gelang es ihr, betont ruhig und gelassen zu erwidern.

„Ein guter Einwand, aber ich glaube, daß das Risiko, irgend jemandem auf die Füße zu treten, sehr gering ist."

Kelly fühlte sich in die Enge getrieben. „Und wann gedenkst du damit anzufangen?"

„In zwei Wochen."

„In zwei Wochen? Unmöglich!" protestierte Kelly sofort. „Das reicht nicht für die Vorbereitungen."

Townsend zog die Brauen gleichermaßen erstaunt wie amüsiert nach oben. „Das sagt eine Frau, die nicht mal zehn Minuten Zeit hatte, sich auf ein Live-Interview mit Katherine Rutledge vorzubereiten?" konterte er und fuhr im selben Atemzug fort: „Terminlich läßt sich das bestens einrichten. Debbie und ihr Team fliegen nach Kalifornien, filmen die Traubenlese, und du kommst nach, machst das Interview und fliegst von dort aus direkt nach Aspen zu John Travis."

Kelly war es gelungen, den Star bei ihrem gemeinsamen Essen für ein Porträt zu gewinnen. Sie fühlte sich in die Enge getrieben. Es gab keine Hoffnung, Townsend etwas auszureden, was er sich einmal in den Kopf gesetzt hatte. Sie würde also hinfliegen, das Interview machen und gleich wieder abfliegen. Mit ein wenig Glück würden ihr nur wenige böse Geister begegnen.

IN DER Kühle des großen Säulenbaus der Weinkellerei auf Gut Rutledge schritt Claude Broussard den Gang zwischen den riesigen Bottichen aus rostfreiem Stahl entlang. Gegenwärtig waren sie leer, aber in einem Monat, vielleicht schon früher, würde in ihnen der Saft der diesjährigen Trauben gären. Alles mußte für diese Zeit bereit sein.

Broussard inspizierte die Weinbottiche, als ihm Katherine entgegenkam. Sie schien aufgebracht zu sein.

„Madame." Er runzelte die Stirn. „Was ist?"

„Haben Sie Sam gesehen? Jemand sagte, er sei hier bei Ihnen."

„Er ist gerade weggegangen. Gibt es Probleme, Madame?"

„In der Tat. Ich habe heute vormittag mit Baron Fougère gesprochen. Offenbar hat sich Gilbert eingehend mit ihm unterhalten und Zweifel angemeldet."

„Zweifel?"

„Wegen Sam. Ob er geeignet sei, Gut Rutledge oder eine andere Weinkellerei zu leiten. Das gleiche frage ich mich seit langem auch."

„Ihr Enkel ist ein guter Mann", sagte Broussard im Brustton der Überzeugung. „Er kümmert sich sehr um die Reben und um das Land."

Sie seufzte auf. „Das ist aber auch alles, worum er sich kümmert. Manchmal . . ." Ihre Stimme erstarb. „Ehrgeiz geht ihm völlig ab. Er würde niemals darum kämpfen, Gut Rutledge zu erhalten."

Broussard teilte diese Ansicht nicht. „Er würde wahrscheinlich keinen Kampf beginnen, Madame, aber sehr wohl einen beenden", widersprach er.

Sie ging nicht darauf ein und sah ihn nur skeptisch an. „Ich muß Gewißheit haben, daß die Zukunft von Gut Rutledge gesichert ist. Dieses Abkommen mit dem Baron kann dazu beitragen. Nichts und niemand soll mir dabei in die Quere kommen." Sie wandte sich zum Gehen. „Ich muß Sam suchen."

Dieser stolze Gang! Als kleiner Junge hatte Broussard sie für eine Prinzessin und die schönste Frau überhaupt gehalten. Damals war ihr Haar schwarz gewesen, hatte geglänzt wie der Onyxring seines Dienstherren, des Barons. Es war kurz geschnitten, wie es in den Jahren nach dem Ersten Weltkrieg Mode war. Neun Jahre alt war er, Claude, gewesen, als er Madame zum ersten Mal gesehen hatte, im Garten des Schlosses, zusammen mit seiner Herrin, der Baronin, und Clayton Rutledge, Katherines Mann.

Damals, so kurz nach dem Ersten Weltkrieg, war es im Schloß nur selten fröhlich zugegangen. Ihr Lachen indes, so glockenhell und unbeschwert, hatte ihn neugierig gemacht. Er hatte sich näher geschlichen, um einen Blick auf die Neuankömmlinge zu werfen . . .

EIN LAUES Mailüftchen trug Claude den Duft von Lavendel und Rosen zu, als er, hinter einem Rosenspalier kauernd, durch das Gitterwerk in den Garten spähte, an dessen Ende das prächtige alte Schloß mit seinen Türmchen und Erkern in den Himmel ragte.

Er beachtete es genausowenig wie die Rebstöcke, die sich hinter ihm fast bis zur Garonne erstreckten, er hatte nur Augen für die junge Frau mit der unwahrscheinlich weißen Haut und dem pechschwarzen Haar und Augen, die blauer waren als der Himmel und die vor Lachen sprühten, während sie sich mit der Baronin unterhielt.

Der Mann sprach Englisch, deshalb verstand Claude kein Wort. Die Frau dagegen sprach Französisch. Ein wunderbares Französisch.

Wie lange er sie von seinem Versteck aus belauscht hatte, konnte er nicht sagen. Als die beiden unvermutet über den geharkten Kies auf sein Versteck zukamen, befürchtete Claude, entdeckt zu werden, und trat den Rückzug an. Dabei stolperte er unglücklicherweise und fiel in das Dornengestrüpp. Er rappelte sich auf, so schnell er konnte, aber es war zu spät. Sie stand vor ihm und sah ihn mit ihren blauen Augen neugierig an.

„Und wer bist du?" fragte sie.

Claude baute sich in voller, für sein Alter recht beachtlicher Größe vor ihr auf. „Ich heiße Claude Henry Broussard." Und setzte stolz hinzu: „Mein *grand-père* ist der *maître de chai* auf Château Noir."

„Ist er das?" Sie schien tatsächlich beeindruckt. „Und dein Vater?"

Er senkte den Blick und schluckte. „Er ist tot, Madame. Im Krieg gefallen."

„Im Schützengraben an einer Gasvergiftung gestorben", raunte die Baronin der schönen Dame zu. „Seine Mutter wurde bald darauf von einem Fieber dahingerafft. Er lebt jetzt bei seinem Großvater."

„Das tut mir leid, Claude." Die schöne Frau sah ihn mit sanften Augen an. „Als mein Vater starb, war ich auch noch so jung wie du. Manchmal tut es noch immer weh, wenn ich an ihn denke."

Claude schwoll das Herz, weil sie ihm etwas Derartiges anvertraute. „Wenn ich groß bin", sagte er, „werde ich auch ein *maître de chai.* Mein *grand-père* bringt mir alles bei, was ich wissen muß."

„Dann kennst du dich bestimmt gut aus in den Weinbergen. Mein Mann und ich werden einige Wochen hierbleiben. Vielleicht gestattet dein Großvater, daß du uns durch die Weinberge und die Weinkellerei führst."

Claude meinte vor Stolz zu platzen. „Ich werde ihn fragen." Er nickte den beiden Damen kurz zu und rannte davon zu dem niedrigen, langgestreckten Gebäude, in dem der Wein in riesigen Fässern gelagert wurde, bis er ausgereift war und auf Flaschen gezogen werden konnte.

Der Großvater erlaubte es, und Claude fand sich am nächsten Morgen im Schloß ein.

„Wenn es Ihnen recht ist, besichtigen wir zunächst die Weinberge", sagte er.

Madame wechselte ein paar Worte mit ihrem Mann und sagte dann zu Claude: „Der Ursprung großer Weine ist der Weinberg. Also sollten wir auch dort beginnen."

Als ob der Weinberg sich der wichtigen Gäste bewußt gewesen wäre, erstrahlte er an diesem Tag in schönstem Smaragdgrün. Claude hatte von seinem Großvater gelernt, anhand der Blattformen die verschiedenen Rebsorten zu unterscheiden, und drängte nun auf den Pfad zwischen den Rebstockreihen, um sein Wissen kundtun zu können.

„Das ist unser jüngster Weinberg. Hier wächst Cabernet Sauvignon“, fing er an, „zu erkennen an . . .“

Madame hörte offenbar nicht zu. Sie hatte sich gebückt und eine Handvoll Erde aufgehoben, die sie ihrem Mann hinhielt. Was sie zu ihm sagte, verstand Claude nicht, aber er merkte, wie erstaunt sie war. Jetzt sagte sie zu ihm auf französisch: „Unser Boden in Amerika ist genauso karg und steinig.“

Das Stichwort Amerika bot Claude eine weitere Gelegenheit, mit seinem Wissen zu glänzen. „Sie haben doch sicher von der Reblaus gehört?“ fragte er und meinte damit das winzige Insekt, das von der Wurzel her dem Rebstock den Garaus zu machen pflegt. Als sein Großvater noch jung war, hatte in ganz Europa eine Reblausplage gewütet und allein in Frankreich über eine Million Hektar Weinberge zerstört. Die zerstörerische Invasion war aus Amerika gekommen, aber um Madame nicht zu kränken, behielt er das lieber für sich.

Nachdem sie kurz mit ihrem Mann gesprochen hatte, erklärte sie: „Mein Mann sagt, sein Großvater habe damals auch seine Weinberge verloren. Nicht alle, aber sehr viele mußten neu angelegt werden.“

„Hat er Ihnen auch gesagt, wie man verhindert hat, daß die Reblaus abermals über die Wurzeln der neuen Pflanzen herfällt?“

Als sie verneinte, verzog sich sein Mund zu einem triumphierenden Lächeln. „Man fand heraus, daß die Reblaus die Wurzeln von bestimmten amerikanischen Rebstöcken nicht angreift. Also nahm man Stecklinge unserer Viniferapflanzen und pfropfte sie auf diese amerikanischen Wurzeln. Viele meinen zwar, aus den Trauben solcher amerikanischen Rebstöcke könne man keinen guten Wein machen. Aber mein *grand-père*“, sagte Claude nicht ohne Stolz, „war anderer Meinung. Er sagte, die Rebstöcke wüßten genau, daß der Boden, auf dem sie wachsen, französisch ist, auch wenn die Lebenskraft durch amerikanische Wurzeln rinnt.“

Er setzte den Rundgang fort, machte auf die besondere Blattform des Cabernet Sauvignon aufmerksam, zeigte Katherine eine Blütendolde und die winzigen Trauben, die sich hier und da schon bildeten, erklärte, daß diese Rebstöcke ihren fünften Sommer erlebten und aus ihren Trauben jetzt zum erstenmal ein vielleicht großer Wein gekeltert werden konnte.

Viel zu schnell stand die Sonne hoch am Himmel, und es wurde Zeit für das Mittagessen. Claude fiel es schwer, sich schon zu verabschieden.

„Claude, ich danke dir für die beiden äußerst lehrreichen Stunden", sagte Madame zum Abschied. „Wenn du morgen Zeit hast, kannst du uns gern durch die Weinkellerei führen." Sie lächelte ihn an.

„Selbstverständlich, Madame", sagte Claude strahlend. „Es wird mir ein Vergnügen sein."

Am nächsten Morgen begleitete Claude die kleine Gruppe zur alten Weinkellerei, damit einige der jungen Weine verkostet werden konnten. Der Großvater stieg auf einer kurzen Leiter zu einem der großen Eichenfässer hinauf, schlug mit einem hölzernen Schlegel den Spund aus seinem Loch und führte einen langen, hohlen Glasstab, landläufig Weinheber genannt, in das Faß ein. Mit seinem schwieligen Daumen verschloß er nun das obere Ende des Röhrchens und zapfte auf diese Weise Rotwein aus dem Faß, den er mit der Geschicklichkeit fünfzigjähriger Übung gleichmäßig auf die bereitstehenden Gläser verteilte.

Der Baron erklärte ihnen die einzelnen Schritte der Verkostung.

Katherine und ihr Mann ließen sich Zeit mit dem Probieren. „Er ist stark", sagte sie schließlich zum Baron, „er hat meinen Mund ein bißchen zusammengezogen."

„Das kommt von der Gerbsäure", erklärte der Baron. „Es macht den Wein haltbar. Allerdings sollte er nicht zuviel davon enthalten, sonst schmeckt er bitter. Wie Tee, den man zu lange hat ziehen lassen."

In den folgenden Tagen und Wochen waren Madame und ihr Mann ständig unterwegs, um sich hier etwas anzusehen und sich dort über etwas zu informieren. Manchmal begleitete Claude die beiden. Er wußte inzwischen, daß Madame in Kalifornien lebte, wo früher einmal minderwertige amerikanische Weine gekeltert worden waren, ehe ein idiotisches Gesetz, das man Prohibition nannte, Herstellung und Verkauf jeglicher alkoholischer Getränke verboten hatte. Madames Freundschaft mit der Baronin datierte aus den Jahren ihrer gemeinsamen Pensionatszeit in der Schweiz. Es hieß, sie habe ihre beiden kleinen Söhne – Jonathan und Gilbert – nach Frankreich mitgenommen, aber Claude hatte sie noch nie zu Gesicht bekommen, denn es hieß auch, Madame habe eine Gouvernante für sie nach Frankreich mitgebracht.

Er erfuhr, daß sowohl Madame wie auch ihr Mann überzeugt

waren, der Tag, an dem in ihrem Land wieder Wein produziert werden dürfte, würde bald kommen. Und dann würden sie aus den Trauben, die auf ihrem eigenen Anwesen in Kalifornien wuchsen, Weine keltern, die es mit den besten Weinen Frankreichs aufnehmen könnten. Natürlich ein absurder Gedanke. Und trotzdem wünschte sich Claude insgeheim, der Traum der schönen Madame würde in Erfüllung gehen.

So sehr er sie verehrte, bezweifelte er allerdings, daß er diese Amerikaner jemals verstehen würde. Sie waren so ganz anders als die Gäste, die sich gewöhnlich im Schloß aufhielten, und vor allem ganz anders als der Baron.

Der Baron inspizierte in regelmäßigen Abständen die Weinberge, untersuchte die Rebstöcke auf Krankheiten, vergewisserte sich, wann die Trauben reif waren. Ebenso regelmäßig ließ er sich im Lagerraum sehen und erkundigte sich bei Claudes Großvater, wie es um die Weine stand, die in den Fässern und Flaschen reiften. Daß sich der Baron jedoch nach Feierabend mit den Arbeitern zusammengesetzt hätte, um von ihnen zu lernen und selbst Hand anzulegen, war undenkbar!

Und genau das tat der Mann von Madame – noch dazu wie selbstverständlich. Als man die alten Blätter ausschneiden mußte, damit die Trauben mehr Sonne bekamen, war er unter den Arbeitern, um sie zu beobachten und von ihnen zu lernen. Er wollte alles wissen und auch alles selbst einmal probieren. Madame interessierte sich genauso dafür wie ihr Ehemann, der von der Sonne und seinem Eifer einen roten Kopf hatte.

Am ersten Tag der Lese erschien Clayton Rutledge in der Frühe hemdsärmelig im Weinberg, ließ sich eine Kiepe und ein sichelförmiges Messer aushändigen und eine Reihe zuweisen. Und dann, unglaublich, aber wahr, arbeitete er nicht weniger emsig als die anderen Weinleser.

Tags darauf ging er nicht in die Weinberge, sondern in die Weinkellerei und sah zu, wie die Trauben entrappt und zerstampft wurden. Madame wich nicht von seiner Seite, übersetzte seine unablässigen Fragen und die entsprechenden Antworten des Großvaters, der zwar brummte, daß der Amerikaner ihm lästig sei, ihm aber insgeheim Respekt und Anerkennung nicht versagen konnte.

Der Herbst zog ins Land, ohne daß jemand die Tragödie ahnte, die sich ereignen sollte. An einem frischen Septembermorgen fuhr der amerikanische Monsieur mit dem Automobil weg. Er wollte Stecklinge besorgen, wie er Claude zurief, um sie nach Kalifornien mitzunehmen. Madame blieb zurück, weil ihr Jüngster Fieber hatte.

Als Claude am späten Nachmittag aus der Schule kam, erfuhr er das Entsetzliche – der amerikanische Monsieur war bei einem Autounfall ums Leben gekommen. Er hatte einem Pferdefuhrwerk ausweichen wollen und dabei die Kontrolle über seinen Wagen verloren, das Auto hatte sich überschlagen, und er war auf der Stelle tot gewesen.

Tags darauf wurde für Clayton Rutledge eine Messe gelesen. Als die Wagenkolonne sich nach der Beerdigung langsam dem Schloß näherte, nahm Claude ehrerbietig die Mütze ab. Wie gern hätte er die arme, tapfere Madame getröstet! Zwar trug sie den Kopf hoch, doch durch ihren Schleier hindurch sah Claude, daß ihre Wangen von Tränen naß waren.

Claude wachte jeden Morgen mit einem unguten Gefühl auf, weil er Angst hatte, es könnte der Tag sein, an dem Madame abreiste. Eine Woche verging, aber Madame war noch immer da, auch wenn sie das Schloß nicht verließ.

Am Vorabend vor Beginn der Lese sah Claude seinen Großvater im Gespräch mit dem Baron. Der Baron wirkte ernst und auch ein wenig traurig und schien als einziger zu reden, während der Großvater nur gelegentlich kurz nickte. Das ist keine normale Unterhaltung, dachte Claude.

Jetzt verbeugte sich sein Großvater steif und kam direkt auf Claude zu, ging aber wortlos an ihm vorbei, auf ihr Häuschen zu. Claude lief ihm nach. „*Grand-père*“, sagte er entgeistert, als er in dem zerfurchten Gesicht Tränenspuren entdeckte, „was ist denn passiert?“

Er erhielt keine Antwort. Der Großvater betrat ihr kleines Haus und warf die Tür zu. „*Grand-père!*“ Claude öffnete die Tür und näherte sich vorsichtig.

„Ab heute bin ich nicht mehr *maître de chai*.“ Seine Stimme war belegt und verbittert. „Der Baron meint, ich sei zu alt. Zu alt!“ Er schlug mit der flachen Hand auf den Tisch.

Wehmütig überlegte Claude, das hier war sein Zuhause, und eigentlich hatte er sich ausgemalt, eines Tages in die Fußstapfen seines Großvaters zu treten und *maître de chai* auf Château Noir zu werden. Aber nun mußten sie wohl weg, und was aus ihnen werden würde, war nicht abzusehen.

Nach Sonnenuntergang saß Claude im Schein einer kleinen Lampe über seinen Schulbüchern. Sein Großvater hatte sich ans Feuer gesetzt. Alt wirkte er heute abend, alt und gebrochen.

Plötzlich klopfte es. Die Madame! Claude hielt den Atem an, als sie durch die Tür trat. Mit einer ungeduldigen Handbewegung forderte sein Großvater ihn auf, für mehr Licht zu sorgen, und rückte Madame einen Holzstuhl zurecht. Sie trug Trauerkleidung, aber keinen Schleier. Ihr Gesicht war blaß und ernst.

„Ich will den gemeinsamen Traum meines Mannes und mir, eines Tages ebenso vorzügliche Weine herzustellen wie die Franzosen, weiterverfolgen. Aber allein schaffe ich es nicht. Ich brauche Ihre Hilfe, Monsieur Broussard."

„Meine?"

„Ja. Ich möchte, daß Sie und Ihr Enkel mit nach Kalifornien kommen und mir beim Anbau und bei der Aufzucht der Rebstöcke helfen. Hätten Sie Lust dazu, Monsieur Broussard? Würden Sie als mein Kellermeister mit nach Amerika kommen?"

Lange Zeit schwieg Claudes Großvater. Endlich nickte er. „Mir ist bekannt, wie es um den amerikanischen Wein bestellt ist", sagte er, und Claude stöhnte innerlich auf, weil die Stimme seines Großvaters so abwertend klang. „Vielleicht brauchen Sie da drüben einen Franzosen, der Ihnen Nachhilfeunterricht erteilt."

Ein Lächeln huschte um Madames Mund. „Dann kommen Sie also mit?"

„Ja."

Claude hätte vor Freude am liebsten laut aufgejubelt, beherrschte sich aber, bis Madame gegangen war und sein Großvater augenzwinkernd zu ihm sagte: „Zu alt, wie?"

„Wir fahren nach Amerika! Wir fahren nach Amerika!" Claude umarmte seinen Großvater stürmisch.

CLAUDE stand zwischen den blanken Gärfässern, nicht mehr als der kräftige kleine Junge, der er bei seiner Ankunft auf Gut Rutledge gewesen war, sondern als alter Mann, runzlig wie seinerzeit sein Großvater. Was hatte die Erinnerung an Château Noir geweckt? Daß Madame den jetzt dort lebenden Baron erwähnt hatte?

War denn das eigentlich wichtig? Es lag alles so weit zurück. Hier war er jetzt zu Hause, hier war er daheim. Er kannte jeden Zentimeter dieses alten Gebäudes, jeden Winkel, jeden Riß. Er kannte all dessen Geheimnisse und behielt sie für sich.

Das niedrige Gebäude unweit der Weinkellerei war einst ein Pferdestall gewesen. Vor zwanzig Jahren hatte man ihn zu Büroräumen umgestaltet, die Tore zur Hälfte zugemauert, Fenster eingesetzt. Sam ging den ehemaligen Stallgang entlang zu seinem Büro. Ein Stapel Fragebögen und amtlicher Formulare wartete auf seinem Schreibtisch auf seine Unterschrift. Als er sich setzte, erschien Katherine.

„Da bist du ja. Ich habe dich überall gesucht", bemerkte sie kühl und irgendwie vorwurfsvoll.

Es kam selten vor, daß Katherine ihn suchte. „Was gibt's denn?"

„Gilbert hat den Baron mit seiner Frau ins Napa Valley eingeladen. Und er hat zugesagt." Wie Peitschenhiebe stieß sie die Worte aus. „Natürlich hat er vor, auch Gut Rutledge einen Besuch abzustatten."

„Wann will er kommen?"

„In zwei Wochen." Sie trat ans Fenster, stützte beide Hände auf den ziselierten Knauf ihres Stocks und sah zur alten Weinkellerei hinüber. „Ist dir klar, daß Emile vor allem dir auf die Finger sehen wird? Gilbert hat Zweifel geäußert, daß du geeignet bist, selbständig eine große Weinkellerei zu führen."

„Diese Kampferöffnung hat sich doch geradezu angeboten", erwiderte Sam ruhig. „Das ganze Tal weiß, daß *du* Gut Rutledge leitest."

Sie sah ihn trotzig an. „Ich erwarte von dir, daß du Emile eines Besseren belehrst."

Sam wippte auf seinem Stuhl zurück. „Wie kann ich ihn von meinen Fähigkeiten überzeugen, Katherine, wenn mir das nicht mal dir gegenüber gelingt?" fragte er amüsiert.

Diese Direktheit überraschte Katherine. Daß sie ihm selbst nicht viel zutraute, war noch nie zwischen ihnen zur Sprache gekommen. Dabei wollte sie es auch belassen. „Darum geht es doch gar nicht", wehrte sie ab.

„Aber es stimmt doch", gab Sam zurück. „Wenn du überzeugt wärst, daß ich die Weinkellerei allein leiten kann, hättest du doch gar nicht erst mit dem Baron Kontakt aufgenommen."

„Ich habe nie bezweifelt, daß du tüchtig bist, Jonathan."

„Sam", korrigierte er. „Paß auf, daß dir dieser Fehler nicht unterläuft, wenn der Baron da ist. Sonst meint er noch, dein Gedächtnis läßt nach."

„Ich will diese Fusion." Eine knappe, unmißverständliche Aussage.

„Und Gilbert wird alles tun, um dir zuvorzukommen", erwiderte Sam. „Aus rein persönlichen Gründen."

Katherine ließ sich mit der Antwort Zeit. „Aus persönlichen, aber auch aus finanziellen Gründen. Alle seine Weinberge sind infiziert mit dieser neuen Reblausart. Im Verlauf der nächsten vier Jahre muß er Meter für Meter neu bepflanzen, und dazu braucht er eine Menge Bargeld. Ich frage mich, ob Emile darüber im Bilde ist. Vielleicht sollte ich ihn darauf hinweisen . . ., so ganz nebenbei natürlich."

„Natürlich", spöttelte er. „Wo wird der Baron eigentlich wohnen?"

„Er hat sich in der ‚Auberge du Soleil' eine Suite reservieren lassen. Neutraler Boden", sagte sie und nickte in Gedanken. „Ich muß unbedingt ihm zu Ehren eine Party geben. Am besten, solange das Fernsehen hier ist."

„Welches Fernsehen?" Sam verstand nicht, was sie meinte.

„Hugh Townsend möchte einen Film über kalifornische Weine drehen und in diesem Zusammenhang Gut Rutledge vorstellen."

„Und du bist damit einverstanden?"

„Emile soll nicht glauben, daß Gilbert der einzige ist, der die Werbetrommel zu rühren versteht. Das Team will sich mehrere Tage hier aufhalten. Wer weiß? Vielleicht können wir ihnen dann bereits die große Neuigkeit mitteilen."

Sam hätte gern gewußt, ob Kelly Douglas zum Team gehörte. Aber er fragte nicht.

Kapitel 7

REGEN trommelte ans Fenster von Kellys Büro, rann in Strömen die Scheiben hinunter, als Kelly sich die dicke Akte vornahm, in der alle verfügbaren Informationen über Katherine Rutledge und ihr Weinimperium enthalten waren. Fürs erste griff sie zu den kopierten Zeitschriftenartikeln, Zeitungsausschnitten und Buchseiten.

Die Akte war chronologisch geordnet und begann mit George Simpson Rutledge, der während der Zeit des Goldrauschs in San Francisco als Importeur und Exporteur ein Vermögen erworben hatte. 1879 kaufte er die zweihundert Hektar große Ranch, die den Grundstein für Gut Rutledge bildete, und ließ dort ein Sommerhaus errichten, das in der damaligen Sprache „einer herzoglichen Residenz in Europa ebenbürtig" war. Neben der Aufzucht von Rindern, Schafen und Pferden trug er sich bereits mit dem Gedanken, mehrere Hektar Weinberge anzulegen. Ein später datierter Artikel besagte, daß diese

Weinberge samt und sonders der Reblaus zum Opfer gefallen waren, daß Mr. Rutledge jedoch eine Neuanpflanzung ins Auge fasse, sobald man der Plage Herr geworden sei.

Der nächste Artikel, 1917 veröffentlicht, berichtete ausführlich von den Feierlichkeiten aus Anlaß der Vermählung von Clayton Rutledge mit Katherine Leslie Fairchild, und nur unwesentlich später vermeldete eine Gesellschaftsspalte, daß sich die Familie Rutledge entschlossen habe, ihr Haus im Napa Valley zu ihrem ständigen Wohnsitz zu machen und „ein Gutsherrenleben zu führen".

Der nächste Artikel, neun Jahre später geschrieben, berichtete, daß Clayton Rutledge in Frankreich bei einem Autounfall ums Leben gekommen sei und neben seiner Frau Katherine zwei Söhne, Jonathan und Gilbert, acht beziehungsweise sechs Jahre alt, zurückgelassen habe.

Kelly seufzte auf. Bisher gab es nichts, was ihr nicht längst bekannt gewesen wäre. Erst als sie die Artikel aus jüngerer Zeit durchging, fesselte eine Überschrift ihre Aufmerksamkeit.

> RÄTSELHAFTER UNFALL AUF GUT RUTLEDGE
> Am frühen Morgen wurde in der Weinkellerei von Gut Rutledge die Leiche des Verwalters Evan Dougherty entdeckt. Es wird vermutet, daß ein kleineres Faß von der Stellage gerollt ist und das Opfer zerschmettert hat. Der Unfall ist besonders tragisch für Doughertys hochschwangere junge Frau, die ihr erstes Kind erwartet.

Kelly war überrascht, diesen Artikel im Dossier zu finden, aber es zeigte, daß das Pressebüro sich in der Tat bemüht hatte, alles verfügbare Material über die Rutledges zusammenzutragen.

EIN HEISSER Wind drang durch das offene Fenster des grün-weißen Buick, der mit schleifendem Auspuff über den Silverado Trail röhrte. Gepflegte Weinberge erstreckten sich auf der rechten Seite. Hohe Pappeln säumten die Zufahrt zu den Gebäuden, die die Weinkellerei sowie die Verkaufs- und Büroräume von The Cloisters beherbergten. Len Dougherty fuhr auf der Privatstraße weiter, die sich in Serpentinen einen Steilhang hinaufwand. Unweit der Bergkuppe gelangte er zu einem schmiedeeisernen Tor und hielt an. Der aufgewirbelte Staub war durch die offenen Fenster ins Auto gedrungen. Er klopfte sich den Anzug ab – seinen besten und einzigen. Schließlich wollte er Gilbert Rutledge ein Geschäft vorschlagen.

Das Tor stand offen. Dougherty überlegte, ob er weiterfahren sollte oder laufen, und stieg schließlich aus. Bis zum Haus waren es noch gut vierhundert Meter. Er folgte der Auffahrt, die zum weitläufigen, relativ niedrigen Haupthaus führte, auf dessen rote Dachziegel die Nachmittagssonne brannte. Er sah links einen hohen Zaun und dahinter einen Tennisplatz und sehr grüne Rasenflächen und Blumen.

Neid stieg in ihm hoch. „Allein für das Anwesen hier braucht er mehr Geld als ich für meine vier Hektar Land." Am liebsten wäre er umgekehrt, aber er ging trotzig weiter. Als er an der Haustür angelangt war, zögerte er kurz, bevor er auf den Klingelknopf drückte.

Ein Mexikaner in schwarzer Dieneruniform öffnete ihm. „Kann ich Ihnen behilflich sein, *Señor?*" fragte er herablassend.

„Ich will zu Mr. Rutledge", sagte Dougherty hastig.

„Erwartet er Sie?"

Eine weibliche Stimme aus dem Hintergrund nahm ihm die Antwort ab. „Wer ist da, Luis? Wenn es Clay ist, sag ihm, sein Vater ist auf dem Krocketfeld."

„Das Krocketfeld, ist das da drüben?" Dougherty deutete Richtung Tennisplatz.

„Nein, *Señor.* Hinter dem Haus, auf dem unteren Rasen." Der Mexikaner war sich nicht so sicher, ob er das überhaupt sagen durfte.

„Danke." Dougherty ließ den Diener einfach stehen und ging um das Haus herum. Er entdeckte die wohlbekannte Gestalt von Gilbert Rutledge, von Kopf bis Fuß in Weiß gekleidet, auf einem weiter unten gelegenen, ebenen Stück Rasen. Leicht gebückt und breitbeinig stand der Hausherr da, visierte mit einem langen Schlagholz eine rote Kugel an, um sie dann durch einen aus dem kurzen Gras ragenden Drahtbogen zu befördern.

Dougherty stieg den sanft abfallenden Hang zu ihm hinunter. Als Gilbert Rutledge den ungebetenen Gast bemerkte, bedachte er ihn mit einem kühlen Blick.

„Tag, Mr. Rutledge. Möglich, daß Sie sich nicht mehr an mich erinnern. Ich bin Len Dougherty." Er lächelte verbindlich.

„Dougherty. Ja. Sie waren mal Zweiter Kellermeister auf Gut Rutledge. Wenn ich mich recht erinnere, wurden Sie entlassen, weil Sie während der Arbeit getrunken haben."

„Nur einen Schluck gegen die Kälte", beeilte sich Dougherty, den Vorwurf abzuwehren.

Rutledge beugte sich wieder über die rote Kugel und visierte den nächsten Drahtbogen an. „Wenn Sie Arbeit suchen, gehen Sie in die

Verwaltung und füllen Sie die Bewerbungsunterlagen aus." Rutledge holte aus und schickte die Kugel über das kurzgeschnittene Gras bis unmittelbar vor das nächste Tor.

„Es geht nicht um einen Job", sagte Dougherty. „Ich möchte Ihnen ein Geschäft vorschlagen."

Rutledge sah ihn von der Seite her an. „Kein Interesse." Er schubste die Kugel durch den Bogen.

„Es könnte aber für Sie durchaus interessant sein. Es geht um Ihre Mutter!"

„Katherine?" fragte er. „Was hat sie mit Ihrem Angebot zu tun?"

„Folgendes." Dougherty wählte seine Worte bedächtig. „Ich besitze nämlich vier Hektar Land, das im Norden an Gut Rutledge grenzt. Vier Hektar besten Weinbergboden. Er gehört mir, das heißt, wenn ich es irgendwie schaffe, daß sie ihn mir nicht wegnimmt."

„Wie kann sie Ihnen das Land wegnehmen, wenn es Ihnen angeblich gehört?"

„Ich schulde ihr fünfunddreißigtausend und hab mit meinem Weinberg dafür gebürgt. Wenn ich das Geld bis Ende Oktober nicht auftreibe, geht er an sie über. Und das ist der Punkt, wo Sie ins Spiel kommen."

„Was schlagen Sie also vor?"

„Daß Sie mir die fünfunddreißigtausend leihen, damit ich meine Schulden bei ihr begleiche. Ich würde Ihnen jährlich aus dem Erlös meiner Trauben einen Teil zurückzahlen, und als Sicherheit hätten Sie mein Land. Sie haben also nichts zu verlieren."

Rutledge beugte sich wieder über seine Holzkugel. „Ich bin im Weingeschäft, nicht im Geldverleih." Ein wohlplazierter Schlag trieb die Kugel vor das nächste Tor. „Sie haben Ihre Probleme mit Katherine und ich meine." Er ging der Kugel nach.

Dougherty blieb ihm auf den Fersen. „Aber inzwischen weiß doch jeder, daß Sie beide mit diesem französischen Baron einen Vertrag abschließen wollen." Gilbert sah ihn scharf an. „In diesem Tal verbreiten sich Gerüchte sehr schnell", fügte Dougherty deshalb erklärend hinzu.

„Wenn Sie so gut Bescheid wissen, wissen Sie bestimmt auch, daß ich im Augenblick alles daran setze, dieses Ziel zu erreichen." Er blickte Dougherty nachdenklich an. „Wenn es klappt, kann ich Ihnen vielleicht helfen. Da muß aber schon was für mich dabei rausspringen!"

„Wie meinen Sie das?" Dougherty erschrak.

„Die fünfunddreißigtausend wären als langfristige Pacht anzusehen.

Natürlich dürfen Sie weiterhin dort leben." Je länger Gilbert darüber nachdachte, desto reizvoller erschien ihm der Gedanke. Katherine würde es nicht schmecken, wenn er Doughertys Weinberg übernahm. Er lachte schadenfroh, als er daran dachte, wie sie reagieren würde, und schlug die Kugel durch das Doppeltor. Sie eckte an und prallte zurück.

„Wann entscheidet sich, ob Sie mit dem Baron einig werden?" wagte Dougherty einen erneuten Vorstoß.

„Ich hoffe, bald. Der Baron kommt heute an. Das heißt, er sollte bereits hier sein." Gilbert drehte sich um und sah Clay die Stufen zum Pool hinunterkommen. Demnach war der Baron eingetroffen, denn Clay hatte ihn vom Flugplatz abgeholt. Er schulterte sein Schlagholz und warf Dougherty einen scharfen Blick zu. „Das war's wohl."

Dougherty nickte und ging über den Rasen davon.

„Wer war denn das?" Clay hatte den Vater erreicht.

„Len Dougherty."

„Was wollte dieser Trunkenbold denn?"

„Er hat mir ein Geschäft vorgeschlagen. Ein durchaus verlockendes." Gilbert schwang das Schlagholz übermütig im Kreis herum. „Hast du den Baron ins Hotel gebracht?"

Clay nickte. „Ich habe ihm deine Einladung zum Abendessen übermittelt, aber er meinte, die Reise habe ihn zu sehr ermüdet. Ihm wäre es lieber, wenn wir morgen zusammen frühstückten."

„Klingt auch gut." Gilbert widmete sich wieder seinem Spiel.

Clay folgte ihm und beobachtete den nächsten Schlag seines Vaters. „Ich habe übrigens den Eindruck, daß die Baronin auf unserer Seite ist", sagte Clay nach einer Weile.

„Hast du sie gesprochen?"

„Ganz kurz. Während der Baron die Formalitäten im Hotel erledigte."

ES WAR ganz einfach gewesen, ein paar Augenblicke allein mit Natalie Fougère zu plaudern. Nachdem Clay den Kofferraum aufgeschlossen hatte, damit der Träger das Gepäck ausladen konnte, betrat er die „Auberge du Soleil", das gediegen elegante Gasthaus Zur Sonne. An dem kleinen Empfangstisch lehnte der Baron – offensichtlich erschöpft von dem langen Flug. Die Baronin ging auf die Terrasse hinaus, um den schönen Blick zu genießen. Clay folgte ihr.

„Sie sind bestimmt müde", sprach er sie mit der selbstauferlegten Zurückhaltung an.

Sie sah ihn an und schüttelte den Kopf. „*Non.* Ich habe im Flugzeug tief geschlafen. Im Gegensatz zu Emile."

Er sah sie vielsagend an. „Ich bin sehr froh, daß Sie da sind, Natalie. Ich nahm an, Sie würden in Frankreich bleiben."

„Und mir die Gelegenheit entgehen lassen, Ihr Tal zu besuchen, von dem ich schon so viel gehört habe?" Ihre Stimme klang ungezwungen, aber die verhaltene Leidenschaft, die darin mitschwang, verhieß, daß er auf dem richtigen Weg war.

„Sie hätten nicht kommen sollen." Auf seiner Stirn zeichneten sich Falten ab. „Verzeihen Sie mir, Natalie", sagte er gepreßt, „aber es ist sehr schwer für mich, eine Frau in der Nähe zu wissen, die die Frau meiner Träume ist, die das gleiche Verlangen kennt. Nachts wach zu liegen . . ."

„Clay", hauchte sie verschämt, ohne den Blick zu senken.

„Wenn Sie mir sagen, daß Sie nicht auch so empfinden, schwöre ich, daß ich nie wieder ein Wort darüber verliere."

„Das kann ich nicht", gestand sie mit einem sehnsüchtigen Lächeln. Mit der Ruhe einer Frau, die ihre Entscheidung getroffen hat, schaute sie hinunter zu einem Olivenhain. „Ich gehe abends gern spazieren. Wie friedlich es dort unten an dem kleinen Fluß sein muß."

„Das stimmt. Vor allem im Mondschein."

Damit stand das erste Rendezvous fest.

EIN FORD TAURUS jagte über den Highway 29, seine Scheinwerfer streiften die riesigen Eukalyptusbäume, die wie schemenhafte Wächter entlang der Straße standen.

Debbie Sullivan saß am Steuer des Leihwagens, neben ihr Kelly, die gedankenverloren in die Nacht starrte. Es war dunkel gewesen, als sie vor zwölf Jahren das Tal verlassen hatte, genauso dunkel wie jetzt, da sie, ihrem Schwur zum Trotz, zurückkehrte.

Debbie und das Filmteam arbeiteten schon seit zwei Tagen hier im Tal. Aber eine defekte Kamera hatte einen großen Teil ihrer Arbeit zunichte gemacht.

„Ja, jetzt funktioniert sie wieder." Debbie klang verärgert. „Bloß gut, daß wir zwei Tage länger bleiben. Die brauchen wir unbedingt."

Kurz vor St. Helena ging Debbie vom Gas und bog in eine Seitenstraße ein. „Nur damit du's weißt: Wir sind zu einer piekfeinen Party auf Gut Rutledge eingeladen. Zu Ehren von Baron Fougère. Wir dürfen sogar filmen, nur nicht während des Essens." Debbie bog in die

Einfahrt eines von mächtigen Eichen und Ulmen umgebenen, im viktorianischen Stil erbauten Hauses. „Da wäre unser Hotel", verkündete sie. „Das schönste Zimmer haben wir dir vorbehalten."

Das Bett mit seinen vier Pfosten, der Federkernmatratze und der alten, weichen Tagesdecke war hinreißend. Das kleine Sofa vor dem Kamin war mit leuchtend gemustertem Chintz überzogen. Kelly stellte ihr Gepäck ab, öffnete die Tür zur Veranda und trat in die Nacht hinaus.

Kletterrosen, deren Duft die warme Luft erfüllte, rankten sich bis zu ihrer Veranda hinauf. Trotz der Dunkelheit hielt Kelly unwillkürlich Ausschau nach ihrem Lieblingsplatz unter der auf halber Höhe stehenden verwachsenen Eiche, dachte daran, wie sie dort mit einem Buch gesessen, geträumt oder sich ausgeweint hatte. Nun war sie doch zurückgekommen. Und ihr Instinkt riet ihr wegzulaufen, solange es noch möglich war.

AUF LEISEN Sohlen brachte Han Li eine Kanne starken Kaffees, wie er in Europa getrunken wird, auf die Terrasse und setzte das Tablett in Reichweite von Katherine auf dem Tisch ab. Mit einer angedeuteten Verbeugung entfernte sich der Hausangestellte, der in der fünften Generation Amerikaner chinesischer Abstammung war, so lautlos, wie er gekommen war.

Katherine schenkte ein und reichte Emile Fougère eine der beiden Tassen. „Ich freue mich, daß Sie heute vormittag kommen konnten, Emile. Ich weiß doch, daß Gilbert Sie in den letzten Tagen sehr beansprucht hat."

„Er hatte mir viel zu zeigen." Seit ihrem letzten Zusammentreffen in New York gab der Baron sich Katherine gegenüber noch zurückhaltender als bisher – ein Zeichen, daß Gilbert es geschafft hatte, ihre Position zu unterminieren. „Ein äußerst innovativer Geschäftsmann, Ihr Sohn!"

„Das ist er. Seine Erfolge sprechen für sich." Sie war durchaus stolz auf das, was Gilbert erreicht hatte, eine Tatsache, die viele im Tal und ganz besonders ihren Sohn überrascht hätte. „Und vor allem freue ich mich darüber, daß sich die Qualität seiner Weine mit jedem Jahr gesteigert hat. Aber die gesamte Region hat ja in den letzten zehn Jahren in puncto Qualität große Fortschritte gemacht." Sie nippte an ihrem Kaffee. „Leider könnte es damit bald wieder vorbei sein."

„Aus welchem Grund?" Der Baron runzelte die Stirn.

„Reblausbefall. Schätzungen besagen, daß bis zu fünfundsiebzig Prozent der Weinberge hier im Tal neu angepflanzt werden müssen. Gott sei Dank muß auf Gut Rutledge nicht ein einziger Rebstock erneuert werden. Unsere Reben wurden nur auf resistente Stöcke gepfropft." Sie schürzte in gespieltem Bedauern die Lippen. „Gilbert ist leider nicht so gut dran. Er muß seine gesamten Weinberge neu anlegen, aber das hat er Ihnen ja bestimmt erzählt."

Der Baron bemühte sich, seine Unwissenheit zu verbergen. „Selbstverständlich!"

Katherine vernahm Schritte, und gleich darauf betrat Sam die Terrasse, genau zum richtigen Zeitpunkt.

„Ah, da ist Sam ja", sagte Katherine. „Er wird Sie durch die Weinberge und die Weinkellerei führen. Das gibt Ihnen Gelegenheit, sich gegenseitig besser kennenzulernen."

„Falls Sie Zeit haben, Baron." Sam begrüßte den Gast, der sich erhoben hatte, mit einem Händedruck. Insgeheim war er wütend, den Fremdenführer spielen und damit Katherines Wunsch nachkommen zu müssen, den Baron mit seinen Kenntnissen zu beeindrucken.

„Die Zeit nehme ich mir", erklärte der Baron.

Bald darauf fuhr er mit Sam zunächst zu dem am Hang gelegenen sogenannten Sol-Weinberg, ließ sich die Berieselungsanlage zeigen, die im zweiten Jahr der Dürre installiert worden war, und die Zwergtrauben, die zu siebzig Prozent für den Wein verantwortlich waren, der als „Réserve" auf Flaschen gezogen wurde – Gut Rutledges Spitzenerzeugnis. Der Baron fragte nach den Rebstöcken und dem Reblausbefall in Kalifornien, zeigte aber am Weinberg selbst wenig Interesse.

Am Eingang der alten Weinkellerei erwartete Broussard sie bereits. Sam übernahm das Vorstellen und sagte dann: „Claude stammt vom Château Noir. Sein Großvater war dort *maître de chai*."

„Das ist eine Ewigkeit her", beeilte sich Broussard einzuwerfen und wiegte stolz den Kopf. „In der Zeit, als Ihr Großvater Baron war."

„Ihr Großvater war Girard Broussard, nicht wahr?" Der Baron musterte den Kellermeister nachdenklich und neugierig zugleich.

„Richtig", meinte Broussard kurz angebunden.

Der Baron nickte versonnen. „Der Name Ihres Großvaters wird auf Château Noir hoch in Ehren gehalten."

Broussard zeigte dem Baron die Weinkellerei. Danach gingen Sam und der Baron über den staubigen Hof zu den Büros der Weinkellerei.

Die Buchhaltung von Gut Rutledge schien den Baron mehr zu interessieren als Weinberge und Weinkellerei zusammen. Er studierte Umsätze, Produktionsberichte und Kostenaufstellungen und fragte immer wieder nach. Eine Stunde verging, ehe Sam ihn in sein Büro lotste, wo sie sich bei einer Tasse Kaffee über die anhaltende Trockenheit in Kalifornien und ihre Auswirkung auf das Tal unterhielten.

Plötzlich stellte der Baron seine Tasse auf den Schreibtisch und lehnte sich in seinem Stuhl zurück.

„Wie stehen Sie eigentlich zu dieser geplanten Zusammenarbeit zwischen Gut Rutledge und Château Noir?" fragte er.

Auch Sam lehnte sich in seinem Sessel zurück. „Meine persönliche Meinung tut nichts zur Sache", meinte er eher gleichgültig.

„Aber mich interessiert, was Sie davon halten", insistierte der Baron.

„Wenn dem so ist", meinte Sam und zuckte die Schultern, „dann muß ich gestehen, daß ich das Ganze für meinen Geschmack zu einseitig finde. Wenn dieser Vertrag zum Abschluß kommt, sind Sie derjenige, der dabei gewinnt. Wir würden zuviel aufgeben müssen."

„Wieso?" Der Baron zeigte sich verwirrt. „Das müssen Sie mir erklären."

„Das hier ist Rutledge-Land, Baron. Jahr für Jahr verarbeiten wir unsere Trauben zu unserem Wein. Sobald aber Sie und Katherine ein Abkommen schließen, wird sich das ändern. Das heißt, wenn wir hier in Zukunft einen Spitzenwein produzieren, wird sich Château Noir die Federn dafür an den Hut stecken können." Sam hielt kurz inne. „Und gelinde ausgedrückt, schmeckt mir dieser Gedanke nicht. Wenn umgekehrt die Identität von Château Noir in Frage gestellt würde, wären Sie wohl auch nicht begeistert."

Befriedigung spiegelte sich auf dem Gesicht des Barons wider, als er Sam nachdenklich musterte. „Wie würden Sie also entscheiden?"

„Wenn es nach mir gegangen wäre", sagte Sam freundlich lächelnd, „hätte ich gar nicht erst Kontakt zu Ihnen aufgenommen."

Kapitel 8

EINE Stehlampe warf ihr Licht auf den hellgelben Sessel, in dem der Baron saß; durch die Lamellen der Holzfensterläden drang ein kühler Windhauch, der mit dem Duft von Olivenbäumen und gärenden Trauben erfüllt war und die Goldschnittseiten des Buches, in das der

Baron vertieft war, leise bewegte. Er ließ das Buch sinken, um dann nach dem silbernen Buchzeichen in Form des Familienwappens der Fougères auf dem Tisch neben der Lampe zu greifen und es zwischen die Seiten zu schieben. Flüchtig dachte er daran, daß ihm Natalie dieses silberne Lesezeichen vor zwei Jahren zum Geburtstag geschenkt hatte – oder war das bereits vor drei Jahren gewesen? Er wollte sie fragen, merkte aber, daß sie nicht da war. Sie machte einen Spaziergang, wie beinahe jeden Abend, seit sie hier waren.

Er griff wieder nach dem Buch. Aber je später es wurde, desto weniger vermochte er sich auf seine Lektüre zu konzentrieren. Seine Gedanken wanderten zu Natalie. Als er endlich hörte, wie der Schlüssel im Schloß herumgedreht wurde, tat er, als lese er.

„Ich dachte, du würdest bereits schlafen."

Der Klang ihrer Stimme machte ihn stutzig – diese unbeschwerte Fröhlichkeit, die da mitschwang. Er legte das Buch beiseite und sah sie prüfend an. Ihre Wangen waren gerötet, ihre Augen leuchteten. Sie strahlte ihn förmlich an. Emile konnte sich nicht erinnern, wann sie ihm zum letztenmal derart glücklich vorgekommen war.

„Du scheinst einen langen Spaziergang hinter dir zu haben."

„Aus den dunklen Schatten des Zweifels ins helle Mondlicht der Verheißung."

Der Baron legte die Stirn in Falten. „Dieses Zitat ist mir nicht geläufig. Woher stammt es?"

„Aus einem dicken Buch." Ihre Stimme schien ihn zu necken. „Viel zu dick, als daß du es auf den Schoß nehmen könntest." Seine Verwunderung entlockte ihr ein Lächeln. „Es war der Himmel. Der nächtliche Himmel."

„Du tätest gut daran, Natalie, dich bei deinen Spaziergängen nicht abseits der Wege aufzuhalten."

Die Art, wie sie ihn anlächelte – wie eine nachsichtige Tochter ihren übervorsichtigen Vater –, behagte ihm ganz und gar nicht. Ihre nächste Bemerkung verstärkte dieses Unbehagen noch mehr.

„Es ist spät, Emile. Du solltest längst im Bett sein", sagte sie wie zu einem alten Mann, der seinen Schlaf braucht.

Nachdem er ins Bett gegangen war, lag er noch lange wach und sinnierte über die kleinen Veränderungen in ihrem Verhalten. Die seltsamsten Gedanken kamen ihm. Und obwohl er sie als unsinnig verwarf, beunruhigten sie ihn.

DER PFAD war breit und wurde von Eichen, Madrona- und Eukalyptusbäumen überschattet. Hier und da zwängte sich die Morgensonne durch die ausladenden Zweige und malte helle Flecken auf den trockenen Boden. Die in einiger Entfernung auf einem Stativ aufgestellte Kamera fing den geradezu mystischen Effekt der sich brechenden Strahlen um Katherine ein. Kelly stand so, daß man sie nur hörte, nicht sah. Die Kamera konnte sich so während des Gesprächs ganz auf Katherine konzentrieren. „Erzählen Sie mir etwas über diesen Weg, auf dem wir uns gerade befinden!"

Wie eine routinierte Schauspielerin wiederholte Katherine, was sie bei der ersten Besichtigung bereits erzählt hatte. „Dieser Pfad ist eigentlich ein ehemaliger Reitweg, der vom Haupthaus zur Weinkellerei verläuft. Es war damals viel bequemer, die Weinberge und die Arbeit auf dem Anwesen zu Pferd zu überwachen. Häufig saß ich schon bei Tagesanbruch im Sattel, bis nach Sonnenuntergang." Sie legte eine Pause ein und lächelte. „Früher hätten mein graues Reitpferd und ich uns mit verbundenen Augen hier zurechtgefunden."

Als sie schwieg, meldete sich Debbie mit einem kurzen „Das wär's. Kamera aus. Perfekt. Jetzt können wir in die Weinkellerei gehen."

Kurz darauf fanden sie sich alle vor dem Backsteinbau der Weinkellerei ein.

Kelly durchfuhr es heiß und kalt. Sie wollte die Erinnerungen an diesen Ort nicht hochkommen lassen. Sie brauchte einen Augenblick, um in dem sich nähernden Mann in Khakihosen, Arbeitshemd und verbeultem Filzhut Sam Rutledge zu erkennen.

„Guten Morgen." Der Gruß galt allen Anwesenden, aber Sams Blick war nur auf Kelly gerichtet. Er spürte die Spannung zwischen ihnen förmlich knistern.

„Sam, wie schön, Sie wiederzusehen!" Sie schüttelte ihm herzlich die Hand. Sam hatte die Wiedersehensfreude in ihrem Gesicht aufleuchten sehen.

„Herzlich willkommen auf Gut Rutledge." Er fragte sich, ob sie das gleiche wohlige Schauern wie er gespürt hatte, als sich ihre Handflächen berührten.

„Danke schön", sagte sie und machte ihn mit Debbie und ihren anderen Kollegen bekannt.

„Alle ganz fleißig", stellte Sam fest.

„Nonstop", sagte Debbie. „Und jetzt wollen wir in den Weinkellern drehen."

„Bud holt schon mal den Wagen mit der Ausrüstung", sagte der Kameramann Steve Gibbons. Bud Rasmussen war der Beleuchter. „Ich gehe davon aus, daß wir 'ne Menge zusätzliches Licht brauchen. Wenn Sie uns sagen, wo's langgeht, können wir uns ja schon mal auf den Weg machen."

„Die Weinkeller befinden sich auf der Rückseite", antwortete Kelly automatisch. „Wenn ihr durch die Weinkellerei geht, erspart ihr euch den Weg außen herum."

„Richtig", pflichtete Katherine bei. „Aber es ist wohl besser, wenn ich mitkomme."

„Dann nichts wie los", sagte Debbie. „Und du, Kelly, bleibst hier und wartest auf Bud."

„Mach ich!" Wohl oder übel blieb Kelly allein mit Sam zurück. Sie spürte ein Prickeln auf ihrer Haut. Instinktiv ging sie etwas auf Distanz.

Er sah sie von der Seite her verwundert an. „Woher wußten Sie, wie man von hier aus zu den Weinkellern kommt?"

Panik erfaßte sie, schärfte aber gleichzeitig ihre Sinne. „Unsere Presseabteilung ist ungeheuer tüchtig. Wenn ich gewollt hätte, hätte sie mir anstatt eines Übersichtsplans von Gut Rutledge bestimmt auch eine Blaupause von der Weinkellerei und dem Haus besorgt. Wir kommen nicht unvorbereitet."

„Ganz offensichtlich nicht!" Er schien sich damit zufriedenzugeben, und Kelly atmete erleichtert auf. Der Wagen fuhr vor und wirbelte noch mehr Staub auf. „Dann will ich Sie nicht länger aufhalten." Er wollte schon gehen, fragte dann aber noch: „Werden Sie morgen abend bei der Party für den Baron dabeisein?"

„Ja. Wir sind alle eingeladen."

„Dann bis morgen!" Er nickte ihr zu und schlenderte auf den in einiger Entfernung geparkten Jeep zu.

Die Wärme, die aus seinen Augen geleuchtet hatte, tat Kelly gut. Aber sie wollte nicht zulassen, daß sie sich zu ihm hingezogen fühlte. Das war zu gefährlich. Entschlossen ging sie auf den Wagen mit der Fernsehausrüstung zu.

„Hallo!" Rasmussen stieg aus dem Wagen. „Wo sind die anderen?"

Noch ehe Kelly antworten konnte, waren aus der Weinkellerei zwar unverständliche, dafür eindeutig wütende Worte zu vernehmen.

„Was um alles in der Welt . . .", murmelte Rasmussen, als Debbie mit hochrotem Gesicht und hinter ihr Gibbons aus dem Gebäude stürmten.

„Was ist denn passiert?" wollte Kelly wissen.

„Die reinste Hölle war los", keuchte Debbie, die sich langsam von ihrem Schreck erholte. „Katherine wollte uns gerade diesem alten Kellermeister vorstellen, als der sich plötzlich in einen brüllenden Stier verwandelte und uns anschrie, wir sollten machen, daß wir fortkommen, unser Parfum würde seinen Wein ruinieren. Ich dachte schon . . ., o Gott, da ist er ja." Sie brach ab, als sie den alten Mann zusammen mit Katherine aus der Weinkellerei kommen sah.

Broussard eilte auf sie zu, das Gesicht zerknirscht in Falten gelegt. „Verzeihen Sie mir! Mein Temperament ist mit mir durchgegangen. Ich hätte Sie nicht so anschreien dürfen."

Katherine mischte sich ein. „Ich habe Monsieur Broussard gesagt, daß die Schuld bei mir liegt. Ich habe vergessen, Sie zu bitten, heute kein Parfum zu benutzen. Es ist zwar unwahrscheinlich, aber immerhin möglich, daß die Weine etwas von dem Duft annehmen."

„Natürlich", stammelte Debbie, nur unwesentlich besänftigt.

„Verstehen Sie mich bitte richtig", beeilte sich Claude zu versichern, „ich habe durchaus nichts dagegen, wenn Sie die Keller besichtigen möchten. Im Gegenteil, ich würde mich freuen –"

„Sie brauchen sich nicht zu entschuldigen, Monsieur Broussard", fiel ihm Kelly ins Wort. „Sie hatten Grund, sich aufzuregen. Wir verstehen Sie sehr gut, wirklich!"

„Kommen Sie", übernahm Katherine wieder das Kommando. „Sie können im Haus duschen, und dann vergessen wir diesen peinlichen Zwischenfall einfach."

ABENDS, als sie sich im gemütlichen Wohnzimmer ihrer Pension die MAZ ansahen, die sie dann doch noch im Weinkeller aufgezeichnet hatten, konnten sie längst wieder darüber lachen. Kelly, die sich in die eine Ecke des Sofas gekuschelt hatte, verfolgte auf dem Bildschirm, wie Claude Broussard mit einem Holzschlegel den Spund aus einem Weinfaß schlug.

„Ein Wahnsinnstyp, dieser Kerl." Debbie hockte im Schneidersitz auf dem Boden vor dem Fernseher. „Im einen Moment ein zähnefletschender Grizzly und im nächsten Augenblick ein Kuschelbär. Zuerst mochte ich ihn ja nicht, aber jetzt find ich ihn Klasse." Kelly dachte genauso, sagte aber nichts; sie war zu sehr in die Szene auf dem Bildschirm vertieft.

Sie hatten in den unterirdischen Gewölben einen Standort gewählt, an dem sich zwei Gänge kreuzten. Zu beiden Seiten dieser Tunnel stapelten sich Weinfässer aus französischem Eichenholz. In gleichmäßigen Abständen montierte Lampen warfen ebensoviel Schatten, wie sie Licht verbreiteten. Vor der Kamera unterhielt sich Kelly mit Katherine und Claude Broussard, der einem der Fässer eine Probe entnommen hatte.

Es war nicht ihr eigener Auftritt, der Kellys Aufmerksamkeit fesselte, sondern vielmehr die Kellergewölbe und die Erinnerungen an damals, als sie sich als kleines Mädchen so oft vor der Hitze dorthin geflüchtet und, um nicht entdeckt zu werden, in einen dunklen Winkel gedrückt hatte. Die unterirdischen Keller mit ihrer langen Geschichte, ihren verwirrenden Gerüchen, ihrer unheimlichen und gleichzeitig beruhigenden Stille hatten sie fasziniert. Eine Zeitlang waren sie ihre Zuflucht vor der unsicheren Welt gewesen. So wie später die Nacht ihre Zuflucht geworden war, um sich seinem Jähzorn zu entziehen. Wie auch an jenem Abend, als sie in der Küche gesessen und das Radio aufgedreht hatte, um den Text eines neuen Schlagers besser zu verstehen. Sie hatte nicht gehört, daß die Haustür geöffnet wurde.

„HOCKST du schon wieder auf deinem fetten Hintern", sagte er und betonte jedes Wort sorgfältig, wie immer, wenn er betrunken war.

Der Stuhl schrammte über den Boden, als sie hochfuhr, jeden Nerv aufs äußerste gespannt. „Ich hab dich nicht kommen hören."

„Erstaunlich, daß dich dieser Krach nicht völlig taub macht." Er deutete auf das Radio oben auf dem Kühlschrank. „Stell das verdammte Ding leiser. Oder mach es besser ganz aus."

Sie nahm dankbar die Gelegenheit wahr, den Abstand zwischen sich und ihm zu vergrößern, eilte zum Kühlschrank und schaltete das Radio aus. Er ließ sich auf den Stuhl fallen. „Wieso steht kein Essen auf dem Tisch?"

„Ich hab es für dich warm gehalten." Sie griff nach einem Topflappen, öffnete die Backofentür und holte einen Teller heraus. Sie schob ihm den Teller hin. „Besteck kommt gleich."

Sie wollte gerade das Besteck aus der Schublade nehmen, als er angewidert meinte: „Was ist das denn für ein vertrockneter Fraß?" Mit einer ausholenden Bewegung fegte er den Teller vom Tisch. Erbsen und ein Hamburger flogen durch die Luft. Nur die Käsemakkaroni klebten noch auf dem Teller, als er auf dem Boden zerschellte. Sie starrte auf die Bescherung und versuchte, einen Seufzer der Enttäuschung zu unterdrücken.

Sie bückte sich, um die Scherben aufzuheben. Unvermittelt schob er seinen Stuhl zurück und ging zum Küchenschrank. Als sie sah, daß er im oberen Regal herumwühlte, wußte sie, was er suchte – die Whiskeyflasche, die sie vorhin gefunden und in den Ausguß geleert hatte. Verängstigt zog sie den Kopf ein und machte sich noch eifriger daran, den Boden zu säubern.

„Wo zum Teufel ist die Flasche Whiskey, die hier oben stand?"

„Eine Flasche Whiskey?" Den Blick auf den Boden geheftet, versuchte sie, ganz arglos zu erscheinen. Inzwischen hatte sie das Gröbste beseitigt und stand auf. „Bist du dir sicher, daß da eine war?"

„Verdammt sicher! Hab sie selbst dort raufgestellt." Seine Augen verengten sich. „Du hast rumgeschnüffelt, wie? Was hast du damit angestellt?"

„Nichts. Ich wußte gar nichts davon", log sie. „Vielleicht hast du vergessen, daß du sie schon ausgetrunken hattest."

„Von wegen. Ich bin nicht so blöd wie du. Hier oben stand eine Flasche, eine fast volle", beharrte er.

Sie zwang sich zu einem lässigen Schulterzucken und ging zum Spülbecken. „Wenn du sie nicht findest, kann ich dir ja statt dessen einen Kaffee machen." Sie hielt den elektrischen Wasserkocher unter den Wasserhahn. Als er die flache Hand auf die Anrichte sausen ließ, fuhr sie zusammen.

„Lüg mich bloß nicht an! Ich will wissen, was du mit dieser Flasche gemacht hast!"

„Ich sagte doch schon, daß ich nichts davon weiß." Sie drehte den Wasserhahn zu, stellte den Wasserkocher auf die Anrichte und schloß ihn an der Steckdose an. „Ehrlich!" Sie mußte unbedingt das Thema wechseln. „Ich hab eine Idee", sagte sie beherzt, „wie wär's mit überbackenem Toast mit Spiegelei und Käse? Du sagst doch immer, ich mach den besten, den du je gegessen hast."

„Ich will keinen Toast mit Ei und Käse." Schwere Schritte, die auf sie zukamen, unterstrichen seine Worte. „Und deinen verdammten Kaffee will ich auch nicht!"

Zu spät bemerkte sie, wie er ausholte, um sie zu schlagen, und gleichzeitig den Griff des Kochers, in dem das Wasser bereits brodelte, packte. Instinktiv duckte sie sich und riß schützend die Arme hoch.

Der schwere Topf traf ihren linken Unterarm. Ein stechender Schmerz durchfuhr sie, und sie schrie auf. Sie taumelte gegen die Anrichte neben dem Herd, dann gaben ihre Beine nach, und sie sank zu Boden. „Mein Arm", wimmerte sie. „Du hast mir den Arm gebrochen."

„Schade, daß es nicht das Genick war." Die höhnische Stimme war ganz nahe. „Steh auf, oder du kriegst noch mehr ab." Das war keine leere Drohung; er war drauf und dran, ihr einen Fußtritt zu verpassen.

Sie konnte nicht noch mehr Schmerzen ertragen. So fest es ging, trat sie ihm mit dem Fuß gegen den Knöchel. Ihr Vater verlor das Gleichgewicht und taumelte mit einem Aufschrei an den Küchentisch. Stühle fielen krachend um. Und inmitten dieses Durcheinanders, in dem er lag, stieß er eine Litanei von Beschimpfungen aus.

Das war ihre Chance. Sie preßte den schmerzenden Arm, so gut es ging, an ihren Körper und schaffte es aufzustehen, schleppte sich zur Hintertür und stolperte in die dunkle Nacht hinaus.

UNBEWUSST rieb sich Kelly den Unterarm, den sie sich in jener so weit zurückliegenden Nacht gebrochen hatte. Erst am folgenden Morgen war er nüchtern genug gewesen, sie ins Krankenhaus zu bringen und versorgen zu lassen. Mit Schrecken dachte sie zurück an die qualvollen Stunden, als sie in der lauen Nacht auf den Morgen gewartet hatte. Jetzt, da sie Katherine im hellen Sonnenlicht vor dem samtiggrünen Weinberg stehen sah, spürte sie Gänsehaut auf ihren Armen. Sie hatte das Gefühl, als schließe sich der Kreis - von der Vergangenheit in die Gegenwart und wieder zurück in die Vergangenheit.

DIE SONNE brannte auf die grauen Gebäude von The Cloisters. Len Dougherty stand im Eingang zum Hauptbüro und starrte auf den Scheck in seiner Hand. Gilbert Rutledge hatte ihn als Wachposten angeheuert, und er hatte dafür zu sorgen, daß die Touristen sich nicht an Orten herumtrieben, wo sie nichts zu suchen hatten. Dougherty faltete den Scheck sorgfältig zusammen und überlegte, wofür er ihn verwenden wollte. Vielleicht könnte er endlich die Telefonrechnung bezahlen, damit die Sperre wieder aufgehoben wurde. Das satte Schnurren eines Mercedesmotors riß ihn aus seinen Überlegungen. Er erkannte den eleganten blaugrauen Wagen, den Gilbert Rutledge wie immer schwungvoll auf den gepflasterten Parkplatz lenkte. „Was hat er's bloß so eilig?" fragte sich Dougherty und beobachtete, wie der Mercedes mit quietschenden Reifen anhielt. Gilbert Rutledge stieg aus und ging auf den dunkelroten Ferrari zu, der zwei Parkbuchten weiter abgestellt war und in den gerade Clay Rutledge einsteigen wollte.

Irgend etwas war faul, und Dougherty hatte das ungute Gefühl, daß es was mit dem Abkommen zwischen Rutledge und dem Baron zu tun haben könnte. Er eilte auf die beiden zu.

„. . . er hat mich vor dreißig Minuten angerufen." Gilbert Rutledges Stimme war heiser vor Zorn. „Warum zum Teufel hast du mir nicht gesagt, daß was schiefläuft?"

„Aber –", Clay Rutledge war völlig entgeistert. „Das kann ich kaum glauben. Heute morgen habe ich mit Natalie Tennis gespielt. Und sie sagte, alles sei in bester Ordnung."

„Von wegen, verdammt noch mal!" entfuhr es Gilbert. Er brach ab, als er sah, daß Dougherty zu ihnen trat. „Was wollen Sie?" herrschte er ihn an.

„Es geht um den Baron, richtig?" vermutete Dougherty. „Ihr Vertrag mit ihm ist geplatzt, oder?"

„Das bleibt abzuwarten", antwortete er knapp.

„Was ist mit meinem Geld? Ich brauche es!"

„Ich werd's dem Baron sagen. Bestimmt ändert er dann seine Meinung", meinte Gilbert sarkastisch. „Verschwinden Sie!"

Dougherty zögerte noch, dann trottete er zu seinem Buick.

Gilbert sah ihm nach, als er wegfuhr. „Verdammt, ich hatte ihn so gut wie sicher in der Hand", sagte er zu Clay.

„Weshalb hat er seine Meinung geändert? Hat er dir was verraten?" Clay konnte es noch immer nicht fassen.

„Nein, als ich danach fragte, sagte er nur, das sei eine rein geschäftliche Entscheidung."

„Ich fahr am besten gleich mal rüber. Vielleicht kann mir Natalie sagen, was es damit auf sich hat."

„Das brauchst du gar nicht erst zu tun. Sie sind ausgezogen", sagte Gilbert kurz angebunden. „Ich komm gerade von dort. Der Baron hat das Hotel angewiesen, ihm seine Post nach Gut Rutledge nachzuschicken."

„Das ist nicht dein Ernst!"

„Doch, allerdings." Er stieß die Worte angewidert aus. „Nur einer hat im Augenblick Grund zum Lachen: Katherine. Aber nicht lange, das versprech ich dir!"

„Was ist mit dieser Party heute abend?" besann sich Clay. „Du gehst doch wohl jetzt nicht mehr hin?"

Gilbert Rutledge lächelte teuflisch. „Die laß ich mir um nichts auf der Welt entgehen. Und du", er deutete nachdrücklich auf Clay, „wirst gefälligst auch erscheinen! Schnapp dir seine Frau. Katherine hat dem Baron das Hirn vergiftet. Stell fest, wie. Ich will diesen Vertrag, Clay. Und ich werd ihn bekommen. So oder so." Damit ließ er ihn stehen.

Kapitel 9

GANZE Ketten von matten Glühbirnen waren wie ein Baldachin über die Terrasse gespannt und warfen ein sanftes Licht auf die mehr als fünfzig Gäste. Die Atmosphäre war ungezwungen. Der warme Septemberabend diktierte die Kleidung: leichtes, sportliches Jackett und offener Hemdkragen für die Herren; kurze Kleider aus Chiffon oder Seide für die Damen.

Die Kamera auf der Schulter, streifte Steve Gibbons unter den Gästen umher und fing Momentaufnahmen der Party ein. Kelly hielt sich dicht hinter ihm, wechselte für die Kamera ein paar Worte mit den Anwesenden und machte Debbie auf Leute aufmerksam, die ihr wichtig erschienen.

Die Gäste setzten sich größtenteils aus Weingutsbesitzern und ihren Ehefrauen zusammen; ferner waren ein bekannter Weinkritiker erschienen, ein weltbekannter Gastronom, zwei fachkundige Journalisten und, zur Auflockerung, noch die eine oder andere Lokalberühmtheit. Brisanz erhielt das Fest jedoch zweifelsohne durch die Anwesenheit von Gilbert Rutledge und seinem Sohn. Bedeutete das doch, daß sich alle Hauptdarsteller gleichzeitig auf der Bühne befanden – Katherine, Baron Fougère, Gilbert. Wann immer Kelly zwischendurch Gilbert Rutledge ins Visier nahm, sah sie ihn sichtlich locker und bestens gelaunt das Höflichkeitsprogramm zum Auftakt absolvieren, Begrüßungsküßchen tauschen, Hände schütteln, angeregt plaudern. Wie er sich vor der Kamera wohl über Katherine äußern würde? Als sie sich zu Debbie umdrehte, um mit ihr darüber zu spekulieren, stand sie unverhofft Sam gegenüber. Seine Nähe bewirkte, daß sie unwillkürlich ein Schauer überrieselte.

„Hallo", sagte sie betont lässig. „Begrüßungszeremoniell beendet?" Er hatte vorhin, zusammen mit Katherine sowie dem Baron und dessen Frau, die ankommenden Gäste willkommen geheißen.

„Sofern nicht jemand vorhat, die Party zu sprengen, sind die letzten Gäste eingetroffen." Er musterte sie. Ihr Seidenkleid schien regelrecht dazu aufzufordern, darüber zu streichen. Das satte Aquamarin betonte das Grün ihrer Augen. Ihr kastanienbraunes Haar war aufgesteckt, ein paar vorwitzige Strähnchen hatten sich verselbständigt.

Ein Ober ging mit einem silbernen Triangel, den er in regelmäßigen Abständen zum Klingen brachte, durch die Reihen. „Ich glaube, das ist das Zeichen, sich zu Tisch zu begeben“, bemerkte Sam.

„Und für uns das Zeichen, die Kameras einzupacken. Wenn Sie mich entschuldigen würden.“ Sie gesellte sich zu ihren Kollegen. Bei ihnen fühlte sie sich sicherer.

In einem kleinen Gesteck aus silbernen Weinblättern stand vor jedem Gedeck die Platzkarte. Mit einiger Erleichterung nahm Kelly zur Kenntnis, daß Debbie rechts neben ihr saß. Der Austausch höflicher Belanglosigkeiten mit Leuten, die sie überhaupt nicht kannte, war nicht unbedingt ihre Stärke.

Kelly musterte unauffällig die Gäste. Katherine hatte am Kopf der hufeisenförmigen Tafel Platz genommen, rechts von ihr saß der Baron mit seiner Frau, links von Katherine Sam, der Kellys ganze Aufmerksamkeit fesselte. Er strahlte eine Ruhe aus, die sie faszinierte.

Stille senkte sich über die Gesellschaft, als Katherine sich erhob. „Ich habe Sie heute abend eingeladen“, hob sie an, „um einen besonderen Gast in unserem Tal willkommen zu heißen. Seit zweihundert Jahren hat sich die Familie Fougère auf ihrem Gut in Médoc der Herstellung edler Weine verschrieben, von Weinen, die wir uns haben munden lassen, wenngleich diesem Genuß ein Beigeschmack von Neid anhaftete.“ Diese Bemerkung wurde mit Schmunzeln und leisem Lachen quittiert. „Baron Emile Fougère setzt die Familientradition fort, exzellente Bordeauxweine zu keltern.“ Sie griff zu ihrem Glas. „Auf Baron Fougère. Möge dies der erste von vielen Besuchen in unserem Tal sein.“

Beifälliges Gemurmel war zu hören, als alle ihr Glas erhoben, um sodann am trockenen Chardonnay zu nippen. Der Baron stand auf. „Ich glaube, es ist an der Zeit“, sagte er mit einem Blick zu Katherine, „bekanntzugeben, daß zwei Weindynastien – Fougère in Frankreich und Rutledge in Kalifornien – beschlossen haben, sich zusammenzutun und einen großen Wein aus Napa-Valley-Trauben zu machen.“ Auf diese Worte hin hielten alle die Luft an. Der Baron erhob sein Glas. „Auf Fougère und Rutledge!“

Gilbert Rutledge prostete ihm derart gelassen zu, daß Kelly den Eindruck hatte, die Mitteilung habe ihn nicht im geringsten überrascht. Der einzige Betroffene, der sich offensichtlich um Haltung bemühte, war Sam.

„Wie werden Sie Ihren Wein nennen?" erkundigte sich ein Journalist.

„Er wird Fougère-Rutledge heißen", antwortete der Baron.

„Oder aber Rutledge-Fougère", warf Katherine lächelnd ein.

„Mit dem Drucken warten Sie wohl besser noch", scherzte Gilbert, „bis die Reihenfolge geklärt ist."

Diese Bemerkung löste allgemeine Heiterkeit aus, obwohl Clay als einziger ahnte, daß sein Vater nicht auf die Weinetiketten anspielte, sondern auf den Vertrag. Noch war nichts schriftlich festgehalten. Und bis dahin war die Schlacht keineswegs entschieden.

Nach dem Essen begab sich die Gesellschaft in den Garten, in dem jetzt eine Fünfmannkapelle für flotte Unterhaltungsmusik sorgte. Natalie hielt sich ein wenig abseits von ihrem Mann. Clay witterte seine Chance. Er schlenderte auf sie zu und blieb unweit von ihr stehen. „Ich muß dich sprechen", raunte er ihr zu und tat, als lausche er der Musik. „Auf der anderen Seite des Hauses führt ein Weg in den Wald. Dort treffen wir uns."

„Es geht nicht", flüsterte sie ihrerseits. „Nicht heute abend."

„Wenn du mich liebst, dann komm!" Er ging, bevor sie antworten konnte.

LÄCHELND blickte Katherine über die Schar ihrer Gäste. Die Ankündigung beim Essen hatte für Gesprächsstoff gesorgt, eine gewisse Spannung lag in der Luft. „Die Überraschung ist gelungen", flüsterte sie dem Baron zu.

„Ihr Enkel schien nicht sonderlich begeistert über diese Neuigkeit. Sie haben allen Grund, ihm Ihr Vertrauen zu schenken", meinte der Baron.

„So?" Katherines Erstaunen barg eine gewisse Neugier.

„Ich muß gestehen, daß ich anfangs angezweifelt habe, daß er qualifiziert ist. Inzwischen weiß ich, daß das ein Trugschluß war."

„Was hat diesen Gesinnungswandel bewirkt?" Sie sah ihn interessiert an.

„Eine Bemerkung, die er unlängst äußerte." Und nach einer kleinen Kunstpause: „Ohne Rücksicht darauf, ob er mich beleidigte, sprach er sich dagegen aus, einen Fougère zum Nutznießer eines erlesenen Rutledge-Weins zu machen." Er nickte nachdenklich. „Er gehört jedenfalls nicht zu denen, die gegen ihre Überzeugung handeln."

Katherine war sprachlos. Zunächst war sie empört, daß Sam etwas Derartiges geäußert hatte. Gleich darauf aber kamen ihr Zweifel. Sollte sie Sam etwa falsch eingeschätzt haben?

„Hören Sie das Lied, Katherine?“ sagte der Baron leise. „An dem Abend, als ich Natalie bat, meine Frau zu werden, tanzten wir zu dieser Melodie. Vielleicht möchte sie das jetzt auch. Ich werde mich nach ihr umsehen.“

Katherine nickte nur, hörte seine Stimme, ohne daß seine Worte sie erreichten. Sie merkte nicht einmal, daß er ging.

KELLY wäre Steve Gibbons am liebsten um den Hals gefallen, als er sie zum Tanzen aufforderte und sie dadurch von einem geschwätzigen Winzer erlöste. Sie folgte ihm auf die Tanzfläche. Beim dritten Lied klopfte ihm Sam auf die Schulter. „Darf ich übernehmen?“

„Warum nicht?“ Gibbons gab Kelly frei, und gleich darauf entschwebte sie in Sams Armen. Noch nie hatte sie die Gegenwart eines Menschen derart intensiv gespürt.

„Sie sind mir doch nicht böse?“

„Nein.“ Sich in seinen Armen zu entspannen war ein Ding der Unmöglichkeit. Sie spürte seinen Körper, den festen Druck seiner Hand auf ihrem Rücken. Wie es wohl wäre, mit ihm eine Nacht zu verbringen? Nein, so weit durfte es auf keinen Fall kommen.

„Sie sind so schweigsam“, sagte er.

„Es war ein langer Tag.“ Kelly griff zu der erstbesten Ausrede. „Das Essen und vor allem der Wein haben mir wohl den Rest gegeben.“

Die Falten um seinen Mund vertieften sich. „Wenn Sie in Ihr Hotel möchten, werde ich Sie zurückbringen.“

„Vorsicht“, warnte sie schelmisch, „ich könnte Ihr Angebot annehmen.“

„Wenn dem so ist – was halten Sie davon, wenn ich nach diesem Tanz das Auto hole?“

Kelly zögerte nicht lange. „Einverstanden!“

„Abgemacht!“ Sein Lächeln war unwiderstehlich.

MIT HOCHERHOBENEM Kopf bahnte sich der Baron einen Weg durch das Gewühl und hielt nach Natalie Ausschau. Als er seine Frau allein in der weitläufigen Gartenanlage entdeckte, eilte er zu ihr.

„Natalie, hörst du die Musik?“ Erschreckt fuhr sie herum; ihr purpurroter Rock fächerte sich dabei auf wie eine Flamme. „An unserem

Verlobungsabend haben wir zu dieser Melodie getanzt. Den Titel habe ich vergessen, aber du erinnerst dich bestimmt daran."

Unsicher fingerte sie an ihrer Perlenkette herum. „Ich . . ., ich hab ihn auch vergessen."

„Möchtest du wieder dazu tanzen?" fragte er in seiner gesetzten Art.

Sie schüttelte den Kopf. „Es ist schon fast zu Ende. Vielleicht ein andermal." Es gelang ihr, so etwas wie ein Lächeln anzudeuten.

Ihre etwas zittrige Stimme bewog ihn aber, sie genauer anzusehen. „Ist etwas? Du bist so blaß."

„Nein. Ich habe nur Kopfschmerzen", tat sie seine Besorgnis mit einer Handbewegung ab. „Die Party, der Lärm, die Musik, das alles ist mir zuviel geworden. Deshalb habe ich mich hierhergeflüchtet."

„Soll ich dir etwas gegen die Kopfschmerzen bringen lassen?"

„Ich habe schon etwas eingenommen. Mach dir bitte keine Sorgen. Du mußt zurück zu den Gästen", drängte sie. „Sie sind schließlich deinetwegen gekommen."

„Du hast recht." Ihr Verhalten beunruhigte ihn dennoch. Auch nachdem er wieder zur Party zurückgekehrt war, drehten sich seine Gedanken weiterhin um Natalie und verursachten ihm mehr Kopfzerbrechen, als er sich einzugestehen bereit war. Deshalb behielt er den Garten – und Natalie – im Auge.

ALS KATHERINE auf der Terrasse stand, ganz in Gedanken versunken, hätte sie beinahe nicht bemerkt, daß Sam auf die Terrassentüren zueilte.

„Sam! Sam, ich muß dich sprechen!" rief sie ihm nach.

Er blieb stehen. „Ich bringe Kelly Douglas ins Hotel. In etwa einer halben Stunde bin ich wieder da", antwortete er.

„Es wird ihr wohl nichts ausmachen, ein paar Minuten zu warten", meinte sie ungehalten. „Komm mit rein!"

Ihr gereizter Ton veranlaßte Sam innezuhalten. Er folgte ihr in die Halle.

„Was gibt es denn so Dringendes?" begehrte er unwillkürlich auf.

„Ich habe mit Emile gesprochen . . ."

„. . . und ihr beide habt euch geeinigt. Das hab ich bereits beim Essen gehört." Sam bemühte sich keineswegs, seinen Unmut zu zügeln. „Du hättest mich ruhig einweihen können, ehe du es an die große Glocke hängst, Katherine!"

„Ich wollte ja. Emile und ich waren der Meinung, daß eine Ankündigung nicht . . .“ Sie brach ab und wischte den Rest des Satzes mit einer Handbewegung beiseite. „Darüber wollte ich gar nicht mit dir sprechen. Emile hat mir vorhin gesagt, du seist dagegen, daß ein Rutledge-Wein den Namen Fougère trägt. Stimmt das?“

„Das stimmt.“ Dabei wollte er es belassen, besann sich dann aber anders. „Offen gesagt, Katherine, ich verstehe nicht, warum zum Teufel du dich nicht dagegen wehrst. Immer und immer wieder hast du betont, Gut Rutledge würde dereinst im selben Atemzug wie Pétrus, Mouton-Rothschild und Margaux genannt werden. Dein ganzes Leben lang hast du darauf hingearbeitet. Ab heute abend ist es vorbei mit Gut Rutledge. Es gibt nur noch Fougère-Rutledge oder Rutledge-Fougère.“

„Und das schmerzt dich.“ Sie musterte ihn mit einem Blick, den er nicht zu deuten vermochte.

Er lachte kurz und verbittert auf. „Mein Gott, Katherine, ich bin ein Rutledge. In unseren Adern fließt nun mal Wein anstelle von Blut.“ Damit ließ er sie stehen.

ALS KELLY aus dem Haus kam, suchte sie in der Auffahrt nach Sams Jeep, fand Sam aber neben einem grünen Jaguar Kabrio. Er öffnete ihr die Beifahrertür.

„Sieht ganz nach dem Wagen eines erfolgreichen Weingutsbesitzers aus“, frotzelte sie.

„Ich hol ihn immer dann raus, wenn ich Eindruck schinden will.“ Er wartete, bis sie eingestiegen war, machte die Beifahrertür zu, ging um den Wagen und setzte sich hinter das Lenkrad.

„Ich bin tief beeindruckt“, versicherte ihm Kelly.

Der Sportwagen flitzte über den um diese Zeit kaum befahrenen Silverado Trail Richtung St. Helena. Kelly bedauerte es fast, als Sam schon bald in die Auffahrt ihres Hotels einbog, den Motor und die Scheinwerfer ausmachte.

„Hat doch nicht lange gedauert.“ Er legte den Arm um ihre Rükkenlehne und sah sie an.

„Gar nicht lange.“ Sie öffnete ihren Sicherheitsgurt und wollte schon die Tür öffnen. „Danke fürs Herbringen. Ich . . .“ Irgendwoher, ganz leise, wehte Musik durch die stille Nacht, wohlbekannte Klänge, die sie lange nicht mehr gehört hatte. „Spanische Gitarren“, murmelte sie.

Sam hob den Kopf. Horchte. „Wahrscheinlich aus einer Gastarbeiterunterkunft." Er lauschte noch einen Moment. „Wie lange bleiben Sie?" Eigentlich hatte er das nicht fragen wollen.

„Ich reise morgen früh ab."

„Morgen?" Er runzelte erstaunt die Stirn. „Ich dachte, Sie bleiben noch ein paar Tage."

„Die anderen ja. Sie sind noch mit Außenaufnahmen beschäftigt. Ich werde dabei nicht benötigt. Meine Arbeit ist getan."

„Dann heißt es wohl Abschied nehmen." Er strich ihr die dunklen Haarsträhnen aus dem Gesicht, berührte ihren Hals, streichelte mit dem Daumen über ihr Kinn.

„Sozusagen." Ihre Stimme klang beklommen. Sie sah ihn an und bemerkte, wie sich seine Augen veränderten, unergründlicher, dunkler wurden. Eine Sehnsucht überkam sie, schürte wieder ihr Verlangen. Sie griff nach seinem Handgelenk. „Ich muß noch packen", gelang es ihr zu flüstern, „ich sollte lieber gehen", aber sie machte keine Anstalten, sich ihm zu entziehen.

„Ja, das sollten Sie." Er beugte sich über sie. Seine Hand glitt ihren Hals entlang. Mit dem Daumen spürte er, daß ihr Puls ebenso heftig pochte wie sein eigener. Ganz sacht glitt sein Mund über ihre Lippen, zögernd preßte sie ihren Mund auf seinen. Er begehrte mehr und zog sie an sich, seine Finger lösten die Nadeln in ihrem Haar.

Kelly wich zurück, senkte den Kopf, um seinem fragenden Blick nicht zu begegnen, kämpfte gegen den Sturm sinnlosen Begehrens an. Morgen früh reiste sie ab. Das hier würde, konnte zu nichts führen.

„Auf Wiedersehen, Sam." Kurz entschlossen löste sie sich von ihm, stieg aus und eilte zum Haus.

Sam wartete, bis die Tür hinter ihr zufiel. Dann öffnete er die Faust und starrte auf die fünf Haarnadeln in seiner Hand.

LANGE nachdem die roten Schlußlichter des Jaguar verschwunden waren, sah Katherine noch immer vom Fenster aus auf die Auffahrt hinaus. Der Wortwechsel mit ihrem Enkel ging und ging ihr nicht aus dem Sinn. „Was habe ich da bloß angerichtet?" flüsterte sie in die Nacht hinaus.

Unweit der Auffahrt bewegte sich etwas. Mit einer gewissen Gleichgültigkeit spähte sie in diese Richtung und sah, daß es sich um den Baron handelte. Was tat er da draußen? Warum war er nicht bei den Gästen? Verwundert beobachtete sie, wie er den alten Pfad unter den Bäumen einschlug. Sie mußte mit ihm sprechen. Ihr Stock klopfte im Gleichtakt zu ihren Schritten auf den Boden, als sie den vorderen Salon verließ und auf die Haustür zusteuerte.

Im Freien angelangt, nahm sie die Abkürzung quer über die Auffahrt und über das schmale Rasenstück zwischen der Auffahrt und dem breiten Fußweg. Kaum war sie außerhalb des Lichtkreises des Hauses angelangt, versagten ihr die Augen den Dienst. Geradezu undurchdringlich erschien ihr die Dunkelheit. Katherine überlegte, ob sie umkehren sollte. Andererseits mußte sie unbedingt und unverzüglich mit Emile sprechen. Hatte sie nicht zu Miß Douglas gesagt, sie fände sich auf diesem alten Pfad mit verbundenen Augen zurecht? Ihren Instinkten, ihrem Gedächtnis und ihrem Stock vertrauend, machte sich Katherine langsam und vorsichtig auf den Weg.

Die Partygeräusche von der Terrasse her verebbten, die Stille des Pfades hüllte sie ein. Zweimal meinte Katherine, vor sich etwas zu hören, und blieb stehen, um zu lauschen. Beide Male mußte sie sich eingestehen, daß sie sich vom Wind, der in den Blättern rauschte, hatte täuschen lassen.

Endlos lang kam ihr der Pfad bei Nacht vor. Hatte sie sich vielleicht verirrt? Immer wieder hielt sie inne, hoffte, daß die Dunkelheit vor ihr vom Schein der Sicherheitslampen der Weinkellerei durchbrochen würde. Da blinkten sie ja bereits durch die Zweige! Katherine atmete erleichtert auf. Und gleichzeitig fragte sie sich, weshalb der Baron zur Weinkellerei gegangen war und woher er von diesem alten Pfad wußte.

Sie schritt voran und vernahm plötzlich Stimmen. „Emile?" rief sie fragend. Augenblicklich trat Stille ein. Diesmal konnte sich Katherine nicht getäuscht haben. „Wer ist da?" fragte sie bestimmt, erhielt jedoch keine Antwort.

Abseits des Pfades raschelte es, ohne daß sie etwas erkennen konnte. Endlich erreichte sie den erleuchteten Hof der Weinkellerei. Keine Spur von Emile. Er mußte sich in der Weinkellerei aufhalten. Katherine hastete auf die schweren Fachwerktüren zu.

Ein unterdrückter Fluch drang aus dem Dunkel am anderen Ende des Gebäudes. Katherine sah die schwarzen Umrisse eines sich dukkenden Mannes. „Emile? Sind Sie es?" rief sie und ging auf ihn zu. Der Mann richtete sich auf, hob den Kopf. Im fahlen Schein der Sicherheitsbeleuchtung war sein Gesicht deutlich zu erkennen. Überrascht blieb Katherine stehen. „Was geht hier vor?" herrschte sie den

Mann an. Auf ihre Frage hin ließ er einen Gegenstand aus der Hand fallen und entschwand Hals über Kopf in die Finsternis auf der Rückseite des Gebäudes.

Als sie zu der Stelle lief, um festzustellen, was der Mann hatte fallen lassen, entdeckte sie, von der Dunkelheit fast verschluckt, einen großen schwarzen Schatten auf dem Boden. Katherine griff sich ans Herz.

Lieber Gott, da lag ja ein Mensch!

Sie erschauerte bei dem Anblick, Bilder aus der Vergangenheit tauchten vor ihr auf. Sie zwang sich, näher heranzugehen. Ein Mann, offenbar bewußtlos, lag mit dem Gesicht nach unten auf der Erde. Katherine bückte sich und berührte eine Schulter, die unter ihrer Hand kaum merklich nachgab.

„Emile!" Sie unterdrückte einen Schrei.

Er war nicht bewußtlos. Er war tot!

Sie sah auf. Etwas, das weitaus schlimmer war als eine grauenhafte Erinnerung, ergriff von ihr Besitz.

Kapitel 10

DAS LAUTE und eindringliche Hämmern an der Tür wollte nicht aufhören. Schlaftrunken stöhnte Kelly auf, bis sie eine Stimme ihren Namen rufen hörte. Sie hob verstört den Kopf und warf einen Blick zum Fenster, in die graue Dämmerung hinaus.

„Kelly, Menschenskind, wach endlich auf!" Wieder trommelte es an ihre Tür. Es war Debbie.

Verschlafen antwortete Kelly: „Ich komm ja schon!" Unwillig kroch sie aus dem Bett und zog sich auf dem Weg zur Tür ihren Morgenmantel über. Auf diese Weise geweckt zu werden behagte ihr ganz und gar nicht.

Debbie stürmte herein. „Los, zieh dich an!" sagte sie. „Wir dürfen keine Zeit verlieren. Der Baron ist heute nacht ermordet worden."

„Was?" Kelly war mit einemmal hellwach.

„Der Baron ist ermordet worden." Debbie war bereits dabei, in Kellys fertig gepacktem Koffer herumzuwühlen. „Ein Verdächtiger wurde bereits verhaftet. Ich hab mit Townsend gesprochen. Er will, daß wir einen Bericht drehen."

Debbie zerrte einen hellen Rock und eine dunkelgelbe Bluse aus dem Koffer. „Mrs. Rutledge fand die Leiche unweit der Weinkellerei. Er ist mit einem stumpfen Gegenstand erschlagen worden. Ein Übertragungswagen aus dem kalifornischen Studio ist schon hierher unterwegs. Ich besorg uns Kaffee und warte im Auto auf dich."

Knapp fünf Minuten später rannte Kelly aus dem Hotel. Debbie erwartete sie bereits mit laufendem Motor.

Als Debbie vor dem Rathaus hielt, in dem auch die Polizeiwache und das Gefängnis untergebracht waren, warteten schon mindestens drei weitere Fernsehteams auf dem Bürgersteig.

Kelly drehte sich um und sah Linda James auf sie zukommen. „Was hast du hier zu suchen?" fauchte diese. „Die Westküste ist mein Revier."

„Wir machen eine Dokumentation über Gut Rutledge, wo sich der Mord ereignet hat." Kelly versuchte gar nicht erst, die Rivalin zu beschwichtigen.

„Dann haltet euch an eure Dokumentation. Ich mache den Bericht über diese Sache hier", beschied Linda.

„Mach du deine Arbeit, und laß uns unsere tun", gab Kelly zurück.

Ein Jeep fuhr an den Bordstein heran. Sam stieg aus und zeigte sich verblüfft über das Aufgebot an Fernsehteams, von denen jedoch keines Notiz von ihm zu nehmen schien. Einzig Kelly hatte ihn bemerkt. Er sah müde und erschöpft aus.

„Ich hätte mir denken können, daß Sie hier sind." Seine Gesichtszüge verhärteten sich.

„Wie geht es Katherine?" fragte Kelly.

„Gut."

„Und der Baronin?"

„Quetschen Sie mich bloß nicht aus, Kelly", warnte er sie. Kelly konnte sich vorstellen, daß die Journalisten wie ein Schwarm Heuschrecken über Gut Rutledge hergefallen waren, seitdem der Mord an dem Baron bekanntgeworden war.

„Ich frage, weil ich mir Sorgen mache, Sam", sagte sie leise.

Er sah sie prüfend an, nickte dann mit einem müden Seufzer. „Der Arzt hat ihr ein Beruhigungsmittel gegeben. Das Ganze hat sie sehr mitgenommen." Er wollte noch etwas anderes sagen, sah sie statt dessen aber an, als müsse er sich in acht nehmen vor ihrem Beruf und vor ihr. Kelly wußte nicht, warum es ihr plötzlich so wichtig war, daß Sam ihr vertraute.

Ein brauner Wagen rangierte in einen Parkplatz für Dienstfahrzeuge. Ein Mann in dunklem Anzug stieg aus. Sofort setzten sich die Reporter in Bewegung.

„Wer ist denn das?“ fragte Kelly neugierig.

„Zelinski, der Staatsanwalt“, gab Sam Auskunft.

Doch nicht etwa Ollie Zelinski? Ollie war ihr bester Freund, ihr einziger Freund gewesen, als sie aufgewachsen war.

Er war es tatsächlich! Der hoch aufgeschossene, schlaksige Ollie. Ollie mit den dicken Brillengläsern, die seine Haselnußaugen noch größer und runder machten. Ollie, die Eule, hatte man ihn damals gerufen. Was für ein Paar sie gewesen waren – Ollie, die Eule, und Lizzie, der Klops. Zum gegenseitigen Schutz hatten sie sich zusammengetan. Und jetzt? Ollie war Staatsanwalt, und sie hatte ihre eigene Fernsehshow. Sie war stolz auf Ollie und sich.

Ollie schien der spontanen Pressekonferenz durchaus gewachsen.

„. . . des Mordes angeklagt“, sagte er eben mit seiner unerschütterlichen Baritonstimme.

„Haben Sie ihn bereits verhört?“ rief ein Reporter aus dem Hintergrund. „Hat er gesagt, warum er den Baron ermordet hat?“

„Jede Diskussion über das Motiv wäre zu diesem Zeitpunkt der Untersuchung reine Spekulation“, erwiderte Ollie Zelinski. „Und um Ihre erste Frage zu beantworten: Nein, ich persönlich habe nicht mit ihm gesprochen.“ Sein Blick überflog die Gesichter der Reporter, auch das von Kelly.

„Hat er Familie?“ kam es von Linda James.

„Er . . .“ Zelinski hielt inne, sah noch mal zu Kelly, und sein Gesicht strahlte mit einemmal. Er hatte sie erkannt. Hastig sah er zu Boden. Als er den Kopf wieder hob, suchte er erneut Blickkontakt zu ihr, jetzt mit einem bekümmerten Ausdruck. Urplötzlich krampfte sich ihr Magen zusammen. „Nur eine Tochter, die vor Jahren von hier weggegangen ist. Soviel ich weiß, gibt es darüber hinaus keine Angehörigen.“

Irgendwo hinter ihnen empörte sich eine männliche Stimme: „Stoßen Sie mich nicht so rum. Ich geh ja schon!“

„Das ist er!“ rief ein Reporter und übertönte damit den Entsetzensschrei, der Kelly entfuhr. Sam jedoch hatte ihn gehört. Er sah, daß sie wie angewurzelt dastand, sah ihr aschgraues Gesicht, die vor Entsetzen weit aufgerissenen Augen, als der grauhaarige Gefangene in Handschellen von drei Polizeibeamten zum Einsatzwagen geführt wurde.

Linda James drängelte sich an den Journalisten vorbei nach vorn und schob ihr Mikrofon an den Polizisten vorbei. „Was sagen Sie zu der Mordanklage?“

„Ich hab’s nicht getan!“ schrie Len Dougherty. „Eine abgekartete Sache ist das. Ich hab noch nie jemand umgebracht.“

„Können Sie das beweisen?“ hakte Linda James nach.

„Ich . . .“ Seine Stimme erstarb. Einen Augenblick lang sah er aus wie ein kranker, verängstigter alter Mann. Sein Zorn und sein Kampfgeist erwachten erst wieder, als er Sam erkannte. „Diese Rutledges werden verhindern, daß ich es beweise. Sie wollen sich mein Land unter den Nagel reißen, und damit sie’s kriegen, hängen sie mir diesen Mord an. Aber ich bin kein Mörder.“ Jetzt hatte er Kelly entdeckt und reckte, um sie nicht aus den Augen zu verlieren, den Hals. „Sag’s ihnen, Lizzie-Mädchen. Auf dich hören sie doch. Sag ihnen, daß dein alter Vater kein Mörder ist.“

Während ihn die Beamten auf den Rücksitz des Einsatzwagens stießen, hatten sich bereits die Köpfe suchend nach diesem „Lizzie-Mädchen“ umgedreht. Kelly war die einzige Frau in unmittelbarer Nähe.

„Er hat dich gemeint, nicht wahr, Kelly?“ stellte Linda James genüßlich fest. „Du bist seine Tochter, was?“

Angesichts Debbies fassungslosem Blick und Sams zu Schlitzen verengten Augen sagte Kelly erst einmal nichts. Dennoch wußte sie, daß sie jetzt, da Linda James Lunte gerochen hatte, der Wahrheit nicht entrinnen konnte.

„Ja.“ Es klang dumpf. Sie empfand keine Angst mehr, keinen Zorn oder Groll, nur das bleierne Gefühl des Unvermeidlichen.

Von allen Seiten bombardierte man sie mit Fragen, ein Wald von Mikrofonen baute sich vor ihr auf.

„Wie lange haben Sie Ihren Vater nicht mehr gesehen?“

„Halten Sie ihn für schuldig?“

„Wie fühlt man sich, wenn der eigene Vater unter Mordverdacht steht?“

Sie schüttelte nur den Kopf. „Ich habe nichts zu sagen“, beschwor sie die Menge. Nur weg von hier! Aber sie folgten ihr, mit Mikrofon, Kamera, Notizblock und Aufnahmegerät. Unversehens packte sie jemand an der Schulter – es war Sam, der mit fester Stimme befahl: „Platz da! Lassen Sie uns vorbei.“

Zelinski kam ihm zu Hilfe, und gemeinsam bahnten sie sich einen Weg zu Sams Jeep.

„Bringen Sie sie von hier weg“, sagte Zelinski und drückte Kelly

norm eastman

rasch die Hand. „Tut mir leid", raunte er ihr noch zu, ehe er sich den Reportern entgegenstellte.

Sam fuhr los. Wohin, war Kelly völlig gleichgültig. Sie starrte stur geradeaus, spürte weder den Seitenwind, der in den offenen Jeep drang, noch sonst etwas. Irgendwo auf der gewundenen Straße, die in die Mayacamasberge führte, bog Sam auf einen Kiesstreifen am Rande eines von hohen Bäumen umgebenen Baches und stellte den Motor ab. Regungslos blieb Kelly sitzen.

„Was werden Sie tun?" fragte er und dachte, wie schön sie ist! Schön und einsam.

Sie deutete ein Schulterzucken an. „Weglaufen und so tun, als sei nichts geschehen, kann ich nicht. Diesmal nicht." Ein Kardinalsvogel flatterte in den Zweigen eines Rotholzbaums, hob sich wie ein leuchtendroter Streifen gegen das sattgrüne Blattwerk ab. „Er hat mir das Leben zur Hölle gemacht. Und jetzt tut er es wieder."

„Sie sind nicht verantwortlich für das, was er getan hat." Mitfühlend ruhte sein Blick auf ihr.

„Das nicht." Dafür würde sie die Folgen zu spüren bekommen, wie früher auch.

„Was nun, Kelly?"

Sie atmete tief durch, schluckte ihren Groll hinunter. „Wieder in die Stadt, würde ich sagen. Ins Hotel."

„Man wird schon auf Sie warten."

„Sie meinen, die Kollegen von der Presse?" murrte sie. „Früher oder später muß ich mich den Tatsachen stellen und alles weitere auf mich zukommen lassen. Aber diese kleine Erholungspause war wichtig." Sie sah ihn an. „Ich danke Ihnen dafür, Sam."

Sie fuhren schweigend in die Stadt zurück.

KAUM hatte Kelly das kleine Hotel betreten, stürzte Debbie auf sie zu. „Wo bist du gewesen? Townsend hat bereits mehrmals angerufen und nach dir gefragt. Was ist los, Kelly?"

„Du warst doch dabei. Mein Vater steht in Verdacht, Baron Fougère ermordet zu haben." Die unbeabsichtigte Schärfe in Kellys Stimme machte deutlich, daß sie das Gefühl hatte, doppelt auf der Hut sein zu müssen. Debbie brachte sie damit jedenfalls zum Schweigen.

Kelly begab sich geradewegs zum Telefon und wählte nach kurzer Überwindung Townsends Nummer.

„Hallo, Hugh. Ich bin's, Kelly."

Erst nach einer lähmenden Pause antwortete er. „Kelly, schön, daß du anrufst. Dein Name sorgt für Schlagzeilen in allen Nachrichtenagenturen dieses Landes."

„Kann ich mir vorstellen."

„So, kannst du?" Es war keineswegs zu überhören, daß er verstimmt war. „Dann sei doch so freundlich und erkläre mir mal, was das heißen soll. Ist dieser Mann dein Vater? Ich erinnere mich genau, daß du mir erzählt hast, er sei tot."

„Damals war es leichter zu lügen, als offen zu reden."

„Kelly, Kelly, Kelly", kam es zwar ruhig, aber eindeutig tadelnd durch die Leitung. „Die Nachricht ist eben erst durchgesickert. Eine ganze Reihe von Leuten hier im Haus ist nicht gerade . . ., soll ich sagen begeistert, von dem, was sie sehen und hören. Ist er schuldig?"

„Anzunehmen. Ich weiß es nicht."

Durch die Leitung kam ein mitfühlender, resignierter Seufzer. „Unter diesen Umständen ist es wohl das beste, wenn du dich beurlauben läßt."

„Aber ich muß arbeiten, Hugh. Ich werde verrückt, wenn . . ."

„Dann bete, daß sich irgendeine Katastrophe ereignet und diese Geschichte von der ersten Seite verdrängt."

Er dachte bereits an eine Neubesetzung der Magazinshow. Kelly merkte es seiner Stimme an. Wenn das passierte, war sie erledigt; ihre Karriere, für die sie alles getan hatte und die für sie das Wichtigste war, wäre zu Ende. Und Hugh . . ., sie hatte damit gerechnet, daß er zu ihr stehen würde. Statt dessen war er drauf und dran, sie fallenzulassen. Mit dieser Beurlaubung distanzierte er sich bereits von ihr, kippte sie aus der Show.

Undeutlich nahm sie Townsends Stimme wahr. „Kelly, ich habe dich gefragt, ob Debbie in der Nähe ist. Ich muß sie sprechen. Und sieh zu, daß du ihr alles Material über John Travis aushändigst und dann sicherheitshalber untertauchst. Linda James lechzt förmlich danach, dich mit dieser Geschichte fertigzumachen."

Sofort nachdem Debbie übernommen hatte, stieg Kelly die Treppe zu ihrem Zimmer hinauf, das sie vor wenigen Stunden so überstürzt verlassen hatte. Sie warf ihre Tasche auf das ungemachte Bett und trat ans Fenster.

Ein leises Klopfen an der Tür, dann Debbies Stimme. „Kelly, ich bin's. Darf ich reinkommen?"

„Es ist offen!" Als Debbie eintrat, hatte Kelly bereits die Unterlagen zu John Travis aus dem Koffer genommen und hielt sie ihr entgegen. „Hugh hat mich gebeten, dir das zu geben."

Debbie nahm das Material zögernd entgegen. „Tut mir leid, Kelly. Was hast du jetzt vor?"

Kelly hob die Schultern. „Keine Ahnung!"

„Wenn du bleibst, dann lieber nicht hier. Im Augenblick glauben alle, du besuchst deinen Vater im Gefängnis. Sobald sie merken, daß das nicht stimmt, werden sie das Hotel belagern."

Das hatte Kelly sich bereits gedacht. „Ich brauche den Wagen."

Debbie wühlte ihre Tasche nach dem Schlüssel durch. „Wohin willst du?"

„Weiß ich noch nicht. Erst einmal muß ich nachdenken." Sie schloß die Finger um den Schlüsselbund, der für sie die Freiheit bedeutete. War es wirklich Freiheit?

DIE SCHULE, die schäbige Kneipe, in der ihr Vater ständig gehockt hatte, die Restaurants, in denen sie Geschirr gespült hatte – sie war nicht schlank oder hübsch genug gewesen, um bedienen zu dürfen –, an alldem fuhr Kelly langsam vorbei. Sie sperrte die Erinnerungen nicht länger aus, sondern gab sich ihnen hin, dachte daran, wie weh es getan hatte, nicht dazuzugehören, sich schämen zu müssen, wer und was sie war.

Kelly bog in die Spring Street ein, fuhr langsam die Strecke ab, die sie so oft zu Fuß gegangen war und die zum Friedhof führte. Sie parkte vor dem Eingang, nahm den Strauß langstieliger, dunkelroter Rosen, den sie gerade erst gekauft hatte, vom Beifahrersitz, stieg aus und schritt auf das Grab ihrer Mutter zu. Eine Vase mit einem bunten Strauß Margeriten, Nelken und Schleierkraut stand vor dem Stein, der den Namen REBECCA ELLEN DOUGHERTY mit dem Zusatz MEINE GELIEBTE FRAU trug.

„Die sind wohl von ihm?" dachte Kelly wütend und hätte die Blumen am liebsten aus der Vase gerissen und sie in die Gegend geschleudert, um sie nicht mehr sehen zu müssen. Nur der Mutter zuliebe tat sie es nicht.

Sie bückte sich und legte die Rosen behutsam neben den Stein. „Ach, Mama." Ihre Stimme war belegt. „Wie konnte er uns das bloß antun? Wie konnte er bloß?"

In dem Augenblick, da sie das sagte, wußte sie, was sie zu tun hatte. Nicht für ihn. Für ihre Mutter – und für sich selbst.

EIN BILD des Gouverneurs sowie das Staatswappen von Kalifornien prangten neben gerahmten Urkunden an der Wand. Der klotzige Schreibtisch war übersät mit Schreibblöcken und einem wahllos aufgetürmten Haufen dicker Aktenordner. Der Drehstuhl ächzte, als Ollie Zelinski sich erhob, um Kelly zu begrüßen.

„Setz dich doch, Lizzie. Pardon, Kelly, wie du dich neuerdings nennst."

Sie nahm auf der Kante des lederbespannten Stuhls vor seinem Schreibtisch Platz. „Ich habe meinen Namen vor neun Jahren offiziell ändern lassen."

„Gut siehst du aus, Kelly." Der Drehstuhl ächzte erneut, als Zelinski wieder Platz nahm.

„Danke. Ich . . ." Sie suchte nach Worten, um ihre Befangenheit herunterzuspielen. „Ja, wir waren gute Freunde, Ollie", sagte sie versonnen. „Du ahnst gar nicht, wie oft ich an dich gedacht habe. Als ich dich dann heute sah, beim . . ." Sie beendete den Satz nicht. Dies war nicht der geeignete Zeitpunkt und auch nicht der richtige Ort, gemeinsame Erinnerungen aufzufrischen oder zu versuchen, die Jahre, die ohne Kontakt zueinander vergangen waren, zu überbrücken. „Ollie, darf ich zu ihm?"

„Das läßt sich einrichten." Er nickte, sah sie prüfend an. „Wenn du unbedingt willst."

„Ich will keineswegs, aber es muß sein." Sie sah auf ihre ineinander verkrampften Hände, hob dann den Kopf. „Er braucht einen guten Anwalt, Ollie. Ich weiß, daß es abwegig ist, den Staatsanwalt zu bitten, einen Verteidiger zu empfehlen, aber ich wüßte nicht, wen ich sonst fragen sollte", sagte sie gepreßt.

Zelinski schwieg eine Weile. Schließlich angelte er sich einen der Notizblöcke. „Ich schreib dir ein paar Namen auf. Du kannst den Zettel einstecken." Er kritzelte etwas auf das Blatt, riß es dann ab und hielt es ihr hin.

„Danke." Sie stand auf, nahm es entgegen und schob es zusammengefaltet in ihre kleine Handtasche. „Bist du sicher . . .", fing sie an, hielt dann aber inne und schüttelte den Kopf. „Du mußt ja überzeugt sein. Sonst würdest du ihn doch nicht des Mordes beschuldigen."

„Möchtest du die Fakten hören, Kelly?" fragte er ruhig. „Eine Augenzeugin sieht ihn am Tatort, mit der Mordwaffe in der Hand. Etwa einen halben Meter von der Leiche entfernt findet man einen Benzinkanister. Voll. Als man deinen Vater verhaftete, entdeckte man auf seiner Hose einen Benzinfleck. Und drei weitere Kanister im Kofferraum seines Autos, außerdem eine Quittung über zwanzig Liter Benzin in seiner Hosentasche. Daß er auf Gut Rutledge nicht gut zu sprechen ist, ist hier im Tal hinlänglich bekannt."

„Du nimmst also an, er wollte in der Kellerei Feuer legen, aber der Baron kam ihm in die Quere, und deswegen erschlug er ihn." Das bedeutete, daß die Tat nicht vorsätzlich begangen worden war. Irgendwie war das für sie leichter zu akzeptieren.

„Das hast du gesagt, nicht ich." Aber er widersprach nicht.

„Wann kann ich ihn besuchen?"

Er sah sie eindringlich an, dann griff er zum Telefon. Fünfzehn Minuten später wurde Kelly in einen kleinen, fensterlosen Raum begleitet, in dem es nach Schweiß, kaltem Rauch und abgestandener Luft stank. Kaum daß sie an dem verkratzten Bürotisch Platz genommen hatte, führte ein Aufseher in Uniform bereits ihren Vater herein, um dann an der Tür Posten zu beziehen. Ihr Vater war knapp sechzig, sah aber gut und gern zehn Jahre älter aus. Sein Haar, einstmals voll und kastanienbraun wie ihr eigenes, war inzwischen schütter und grau meliert. Kleiner und schmächtiger schien er geworden zu sein, so als wäre er seit der Zeit, da sie ihn zuletzt gesehen hatte, geschrumpft.

„Hast du 'ne Zigarette, Lizzie-Mädchen?" Er setzte sich Kelly gegenüber.

Wortlos zündete Kelly eine Zigarette an und reichte sie ihm, zündete sich selbst auch eine an und stieß den Rauch aus.

„Ich heiße jetzt Kelly", sagte sie verärgert.

„Kelly, so hieß deine Mutter, eh sie mich heiratete. Rebecca Ellen Kelly." Er grinste verlegen.

„Ich habe ein paar Namen von Anwälten", erklärte sie. „Die werde ich heute nachmittag der Reihe nach aufsuchen und dafür sorgen, daß einer von ihnen deinen Fall übernimmt."

„Nicht nötig. Ich kann mir einen Pflichtverteidiger nehmen. Wir brauchen dein Geld, um die Rutledges daran zu hindern, meinen Weinberg zu stehlen."

„Ich werde einen Anwalt mit deiner Verteidigung beauftragen." Kelly zog hastig an ihrer Zigarette, strich danach mit dem Daumennagel immer wieder über das Filtermundstück. „Der Weinberg nützt dir gar nichts im Gefängnis, und da wirst du ja landen."

Seine wäßrigen Augen verengten sich vorwurfsvoll. „Du glaubst also, ich hab's getan? Du glaubst, ich hätte diesen Baron umgebracht."

„Dann sag mir, daß es nicht so ist“, forderte sie ihn kühl heraus.

„Ich war's nicht.“ Er forschte in ihrem Gesicht, bis etwas in ihm zu zerbrechen schien. Er senkte den Kopf, fuhr sich durch das schüttere Haar. „Du glaubst mir nicht. Keiner glaubt mir!“

„Warum bist du weggelaufen, wenn du's nicht warst?“

„Warum?“ Er sah sie verständnislos an. „Was würdest du denn machen, wenn du über eine Leiche stolperst und jemand dich anschreit? Vielleicht dort bleiben und seelenruhig abwarten?“

„Jedenfalls nicht weglaufen. Nicht, wenn ich unschuldig wäre.“

Er fuhr sich mit dem Handrücken über den Mund, vermied es, sie anzusehen. „Na ja, bei meinen vielen Auseinandersetzungen mit den Bullen war mir nicht danach, noch länger dort rumzulungern. Deshalb bin ich schleunigst abgehauen.“

Im stillen mußte ihm Kelly wohl oder übel zugestehen, daß Flucht für ihn zur Gewohnheit geworden war.

„Kleines, ich bin völlig ausgetrocknet. Hättest du vielleicht 'nen Kaugummi für mich? Schokolade wär auch nicht schlecht.“ Begehrlich stierte er auf ihre Tasche. „Du warst doch immer eine Naschkatze.“

„Jetzt nicht mehr.“ Seine Bitte weckte eine Erinnerung: Er hatte sich immer mit Süßigkeiten vollgestopft, wenn sich nach einer Sauftour der Katzenjammer einstellte. „Du hast gestern getrunken, was?“

Er fuhr hoch. „Zwei Gläser.“

„Doch sicher mehr als zwei.“ Mein Gott, wie sie ihn verabscheute!

„Also gut, meinetwegen mehr als zwei.“ Er drückte seine Zigarette aus, seine Hand zitterte. „Hatte seit zwei Wochen keinen Tropfen mehr getrunken, ehrlich. Und dann ging gestern alles daneben. Ich dachte, ich krieg das Geld, um den Schuldschein, den sie hat, auszulösen. Aber der Vertrag platzte und ...“

„Und du hast dich vollaufen lassen“, sagte sie angewidert. „So sehr, daß du wahrscheinlich gar nicht mehr weißt, was letzte Nacht passiert ist, genausowenig wie du dich daran erinnern konntest, daß du mich geschlagen hast.“

„So war es nicht“, sagte er zerknirscht. „Nicht gestern abend. An Einzelheiten erinnere ich mich zwar nur undeutlich, aber umgebracht hab ich ihn nicht.“ Er beugte sich über den Tisch und senkte die Stimme. „Lizzie-Mädchen, ich hatte mir doch ganz genau ausgedacht, wie ich's ihr heimzahle, ihren Landdiebstahl. Stell dir doch mal vor, was gewesen wär, wenn Madames Auslesen allesamt nach Benzin geschmeckt hätten.“ Er grinste. „Wenn ich es doch bloß in die Lagerkeller geschafft hätte! Dann hätte ich nur das Benzin über die Eichenfässer schütten müssen und ein bißchen was über die Korken, und alles . . . alles wäre ruiniert gewesen."

Er hatte demnach nie vorgehabt, die Weinkellerei in Brand zu setzen. Sein Plan war viel heimtückischer gewesen: den gesamten Wein in den Kellern von Gut Rutledge zu verderben, Jahrgänge zu vernichten, die Jahrzehnte und noch länger dort lagerten.

„Warum denn das?" fragte sie flüsternd.

„Wenn sie meinen Weinberg kassiert, stehe ich ohne alles da. Ich wollte ihr klarmachen, was das für ein Gefühl ist."

Kelly hatte plötzlich das Gefühl, sie bekäme keine Luft mehr. Sie mußte hier raus. Sie drückte ihre Tasche an sich und stand auf.

„Ich möchte gehen", sagte sie zu dem Beamten.

Kapitel 11

DIE SPÄTE Septembersonne stand über der Terrasse am Pool. Mit gleichmäßigen Zügen schwamm Gilbert Rutledge eine Bahn nach der anderen, bis er nach seinem täglichen Pensum von zwanzig Bahnen aus dem Wasser stieg.

Clay, der sich unweit des Beckenrandes aufhielt, kaute nervös an seinem Daumennagel. Gilbert deutete es als Angst. Etwas, das zu zeigen sich keiner der beiden erlauben konnte.

„Auf dem Tisch steht eine Karaffe mit Martini. Gieß uns doch jedem ein Glas ein!" rief Gilbert seinem Sohn zu.

Während er sich abtrocknete, musterte er Clay verstohlen und stellte erleichtert fest, daß dessen Hand ruhig war. Beim Eingießen ging kein Tropfen daneben.

„Was Neues?" fragte er Clay und setzte sich in einen Liegestuhl.

„Nicht, daß ich wüßte. Hat sich die Polizei noch mal blicken lassen?"

„Nein. Warum sollte sie auch?" entgegnete Gilbert gleichgültig und nippte an seinem Glas.

„Wie wahr!" Insgeheim bewunderte Clay die Gelassenheit und Kaltschnäuzigkeit seines Vaters. Das stärkte auch ihm den Rücken.

„Ich halte es für angebracht, der trauernden Witwe morgen einen Beileidsbesuch abzustatten." Gilbert hielt sein Gesicht in die Sonne. „Nach meinen Informationen scheint die liebe Natalie Alleinerbin zu sein. Pech für Katherine, daß sie nichts Schriftliches vom Baron in

Händen hält. Vielleicht läßt sich Natalie ja überreden, sich einen anderen Geschäftspartner zu suchen."

„Gut möglich." Grinsend stießen sie an und tranken ihre Gläser aus. Beiden war klar, daß sie nichts zu befürchten hatten, solange sie zusammenhielten.

DER MIETWAGEN rumpelte über die ausgefahrene Spur in den unkrautüberwucherten Hof. Kelly hielt neben dem dort geparkten Buick und stieg aus.

Sie wollte sich den Geistern aus der Vergangenheit stellen, die sie noch immer bedrängten und vor denen sie ständig weggelaufen war.

Der mit Steinen gepflasterte Boden war für hohe Absätze nicht unbedingt geeignet. Kelly schaffte es trotzdem zur vorderen Veranda. Das Schloß an der Haustür war, wie damals schon, defekt; die Tür gab auf den ersten Druck nach. Kelly betrat das stickige Wohnzimmer. Wohlbekannte Gerüche schlugen ihr entgegen – der gräßlich süßliche Duft von verschüttetem Whiskey. Auf dem Tisch neben dem Sessel des Vaters standen eine Ansammlung schmutziger Gläser, ein randvoller Aschenbecher und ein gerahmtes Foto der Mutter.

Kelly starrte das Sofa an, auf dem die Mutter gestorben war und auf dem immer noch die alte Indianerdecke lag, deren leuchtende Farben inzwischen verblaßt waren. Auf dem aus Stoffresten gewebten Teppich stehend, schoß ihr plötzlich die Erinnerung daran ins Gedächtnis, wie sie vor endlos langer Zeit mit ihrem Vater hier herumgetollt war, wie er sie gekitzelt hatte, bis sie vor lauter Lachen keine Luft mehr bekam, und er hatte nicht weniger übermütig gelacht. Merkwürdig, daß ihr das ausgerechnet jetzt einfiel. Lachen war bisher durchaus keine Erinnerung gewesen, die sie mit ihrem Vater in Verbindung brachte.

Nachdenklich ging sie in die Küche. Im Spülbecken und auf der Anrichte stapelte sich schmutziges Geschirr. Das Linoleum auf dem Fußboden war rissig geworden und vergilbt und hatte sich von der Wandleiste gelöst. Sie wollte nur noch einen Blick in ihr Zimmer werfen und dann gehen.

Nichts war angetastet worden. Eine dicke Staubschicht bedeckte alles. Babs, ihre Puppe, lehnte an einem Kissen auf dem Bett. Kelly nahm sie hoch und pustete ihr den Staub aus dem Gesichtchen. Das blaue Kleidchen, das sie trug, hatte die Mutter selbst genäht. Gedankenverloren wiegte sie die Puppe sanft hin und her.

Das Geräusch eines vorfahrenden Autos riß Kelly aus ihren

Träumereien. Vermutlich die Polizei, mit einem Durchsuchungsbefehl, um weiteres Beweismaterial gegen den Vater sicherzustellen. Sie eilte ins Wohnzimmer zurück, schob die verschlissenen Vorhänge beiseite und sah gerade noch, wie Sam Rutledge aus seinem Jeep kletterte. Sie erschrak. Was alles würde er noch über ihre Herkunft in Erfahrung bringen? Was mußte er von ihr denken?

Sie warf die Puppe aufs Sofa und eilte an die Tür, die sie noch vor Sam erreichte.

„Ich habe Sie hier vermutet." Seine braunen Augen sahen sie voller Wärme an.

„Ich wollte mich hier umsehen." Sie war verunsichert und alles andere als erfreut über den Besuch.

Er gab sich mit dieser Erklärung zufrieden. „Ich habe mich vorhin mit Ollie Zelinski unterhalten und von ihm erfahren, daß Sie bei Ihrem Vater waren."

Sie trat beiseite, wie um ihn aufzufordern näherzutreten. „So hat es hier nicht immer ausgesehen. Solange meine Mutter noch lebte, war alles blitzblank und gemütlich. Nach ihrem Tod habe ich mich um das Haus gekümmert, aber . . ."

„Wie alt waren Sie, als sie starb?"

„Acht." Kelly ließ den Blick durch das Wohnzimmer streifen. „Mama hatte die Angewohnheit, von einem Fenster zum anderen zu gehen, um ihn abzupassen, wenn er nach Hause kam. Manchmal durfte ich noch aufbleiben und mich mit meiner Decke und dem Kopfkissen aufs Sofa legen. Wenn er vorfuhr, scheuchte sie mich ins Bett und ermahnte mich, dort zu bleiben, weil Papa sich nicht wohl fühle."

Mehr als ihren Worten lauschte Sam ihrer Stimme, die ihn an einen ruhig dahinziehenden Fluß denken ließ, mit einer spiegelglatten Oberfläche, die nicht verriet, wie stark die Strömung darunter war. Ein Fluß, der über ihn hinwegschwappte und ihn mitriß.

„Ich verstand erst gar nicht, was Mama meinte, wenn sie sagte, er fühle sich nicht wohl. Ich weiß nur, daß es mir zuwider war, wenn er mit diesem eigenartig riechenden Atem und hochrotem Kopf nach Hause kam, mit schleppender Stimme redete, sich liebevoll und zärtlich gab und gleich darauf fuchsteufelswild wurde. Mama beschwor ihn immer wieder, das Trinken aufzugeben. Er versprach es jedesmal. Bis zum nächsten Vollrausch."

Sie ging zum Sofa hinüber und fuhr mit der Hand über die Rückenlehne. „Manchmal holten Mama und ich ihn ab, vor allem am Zahltag.

Wahrscheinlich um ihn davon abzuhalten, mit den Kumpels einen heben zu gehen." Sie sah Sam an. „Damals arbeitete er auf Gut Rutledge."

„Was erklärt, wie Sie über den Lageplan der Weinkellerei Bescheid wußten."

„Ja. Zum Gut bin ich wahnsinnig gern gegangen. Die Weinkellerei mit ihren Kellern hat mich magisch angezogen. Wenn niemand hinschaute, schlüpfte ich hinein und wanderte drin herum." Sie schaute ihn sinnend an. „Ein paarmal hab ich Sie gesehen."

„Tatsächlich?" Daß Dougherty früher in der Weinkellerei gearbeitet hatte, wußte Sam, aber mehr nicht.

„Ich bin froh, daß Sie sich nicht an mich erinnern", meinte Kelly. „Ich war ausgesprochen häßlich. Ein dickes Mädchen mit strähnigen Haaren und Brille." Sie schüttelte den Kopf und lachte leise auf. „Warum um alles in der Welt erzähle ich Ihnen so viel über mich?"

„Vielleicht, weil es an der Zeit ist, darüber zu sprechen. Erzählen Sie weiter, Kelly", beschwor Sam sie zu seiner eigenen Überraschung.

„Viel gibt es da nicht mehr zu erzählen. Nach dem Tod meiner Mutter trank er noch mehr. Zum Trinken hat er immer einen Grund gefunden", murmelte sie. „Er trank, wenn er sich elend fühlte, aber auch, wenn er sich wohl fühlte. Bei Hitze trank er zur Erfrischung und bei Kälte, um sich aufzuwärmen. Und wenn er blau war, wurde er sehr leicht handgreiflich."

„Er hat Sie geschlagen." Sam sah sie scharf an.

Sie zuckte gleichgültig die Schultern. „Hin und wieder. Fast war es, als lebte ich mit zwei ganz verschiedenen Menschen zusammen. Wenn er nüchtern war, benahm er sich wie ein richtiger Vater, fragte, ob ich meine Hausaufgaben erledigt hätte oder warum ich so spät aus der Schule gekommen war. Wenn er aber betrunken war, war es ratsamer, einen Bogen um ihn zu machen." Ihre Stimme wurde immer belegter, ohne daß sie etwas dagegen tun konnte. „Ich redete mir ein, daß er mit der Trinkerei aufhören würde, wenn er mich wirklich liebte. Aber er trank weiter. Und schlug mich weiter. Ich haßte ihn. Und wie!" Ihre Stimme bebte vor Schmerz und Wut. Sie hatte ihren Vater geliebt, aber er hatte diese Zuneigung nicht erwidert. Sam wußte nur zu gut, wie man sich fühlte, wenn man sich unerwünscht und ungeliebt vorkam.

Sams Gegenwart wurde Kelly erst wieder bewußt, als sie seine Hand auf der Schulter spürte. Sie fuhr herum. „Warum sind Sie eigentlich hergekommen?"

Sanft, unendlich zärtlich strich er ihr über die Wange. „Weil ich dich nicht allein lassen wollte." Wie gerne hätte sie geglaubt, was sie in seinen Augen las! Aber der Schutzmechanismus, den sie sich zugelegt hatte, zwang sie, sich ihm zu entziehen. Seine Hände legten sich wohltuend warm auf ihre Arme. „Denk nicht an ihn, Kelly!" Der Druck seiner Hände wurde stärker. Er zog sie an sich, schloß sie in die Arme. „Denk an mich." Sein Mund berührte ihre Stirn, dann die Wange. Sein Atem streifte ihre Lippen. Er küßte sie flüchtig. „Nur an mich!"

Kelly hatte nicht gewußt, daß der Kuß eines Mannes Trost spenden und mehr als Zärtlichkeit zum Ausdruck bringen konnte. Sein Mund wirkte besänftigend und wärmend, und seine Hände streichelten die Verkrampfung weg. Seine Lippen, die über ihr Gesicht glitten, waren nicht fordernd, nur verstehend.

Unvermittelt entzog sie sich ihm. „Bitte nicht hier", flüsterte sie abwehrend. Es klang wie ein Schluchzen.

„Dann brechen wir jetzt auf." Er streckte ihr die Hand entgegen. „Du hast hier nichts mehr verloren."

Nur einen Augenblick lang zögerte sie, ehe sie die dargebotene Hand ergriff und sich von Sam hinausführen ließ. Sie hatte ganz vergessen, wie schön es war, sich einfach nur an der Hand zu halten. Sie bedauerte es direkt, als sie bei ihrem Auto ankamen und es keinen Grund mehr zum Händchenhalten gab. Dabei wollte sie doch gar nicht, daß Sam sie derart in seinen Bann zog, aber das hatte er vom ersten Augenblick an, als sie sich begegnet waren, getan.

Die Sonne und die frische Luft taten Kelly nach dem erinnerungsbeladenen Besuch im Haus gut. Schützend legte sie die Hand über die Augen, um Sam anschauen zu können, der mit dem Rücken zur Sonne stand. Sein Gesicht wirkte dadurch noch markanter.

Der Himmel über ihnen war blau, wolkenlos, es war, als erstreckten sich die Weinberge um sie herum ins Unendliche.

„Wie lange hast du jetzt vor zu bleiben?" Mit leiser Stimme durchbrach er den Zauber.

„Solange ich Lust habe. Ich bin offiziell vom Sender beurlaubt." Sie tat, als nehme sie dies gelassen hin, aber Townsends barsche Worte machten ihr noch immer angst.

„Warum denn?" Sam war sichtlich empört. „Was dein Vater angestellt hat, kann man doch nicht dir vorwerfen!"

Kelly konnte sich nicht erinnern, daß sich jemals jemand darüber aufgeregt hätte, daß ihr Unrecht geschah. Sam tat es. Das machte alles leichter für sie.

„Nicht, was er getan hat. Sondern weil ich für die Öffentlichkeit die Tochter eines Mörders bin. Das schafft automatisch Vorurteile, und der Sender kann es sich nicht leisten, daß die Integrität der Moderatorin eines neuen Magazins in Frage gestellt wird. Das ist alles."

„Die Sache wird in Vergessenheit geraten."

„Mit der Zeit, ja", pflichtete Kelly ihm bei, „aber das dauert eine Weile. Der Prozeß steht noch aus. Er wird die Medien beschäftigen, und er wird sich in die Länge ziehen: Mein Vater hat nicht vor, sich schuldig zu bekennen. Er schwört, daß er es nicht war."

„Glaubst du ihm?" Sein Tonfall verriet, daß er anderer Meinung war.

„Ich will nicht glauben, daß er zu einem Mord fähig ist."

„Das kann ich verstehen."

Diese Worte warfen sie beinahe um. Plötzlich fühlte sie sich müde, so schrecklich müde von der Anstrengung, auf ein Ziel hinzuarbeiten, müde vom Kampf, die Ketten der Vergangenheit abzuschütteln. Tränen brannten in ihren Augen. Nein, bloß nicht weinen!

„Wo wirst du übernachten?" Sams Frage brachte sie glücklicherweise wieder auf andere Gedanken.

„In irgendeinem Motel. Wahrscheinlich in Napa oder Vallejo."

„Man wird dich auch dort aufspüren. Komm mit aufs Gut! Ich stelle Posten am Tor auf, die die Presse abwimmeln. Keiner wird dich belästigen."

Kelly schüttelte den Kopf. „Lieber nicht. So würde ich mich nur weiterhin verstecken."

„Nicht verstecken, nur dich ein wenig am Rande anstatt im Mittelpunkt des Medienrummels aufhalten."

Er lächelte so unwiderstehlich, daß sie schließlich nachgab. „Also gut, ich komme mit."

Als sie kurz darauf vor dem Haus vorfuhren, fragte sie sich, wie Katherine Rutledge es wohl aufnehmen würde, wenn sie erfuhr, daß Sam sie eingeladen hatte, über Nacht auf Gut Rutledge zu bleiben.

Katherine verzog aber keine Miene, sondern wies die Haushälterin an, Miß Douglas in die Rosenholzsuite im Südflügel zu begleiten. „Um sieben wird zu Abend gegessen. Sie werden sich bestimmt frisch machen wollen, aber Sie müssen sich nicht umziehen. Bei uns geht es eher zwanglos zu."

„Vielen Dank." Sie lächelte Sam kurz zu und folgte Mrs. Vargas die Marmortreppe hinauf.

Die allgegenwärtige Mrs. Vargas führte sie etwas später in einen kleinen, an das offizielle Eßzimmer grenzenden Salon, in dem Katherine bereits an einem kleinen Tisch wartete, der zu Kellys Verblüffung lediglich für zwei gedeckt war.

„Natalie leistet uns heute abend nicht Gesellschaft", sagte sie zur Erklärung. „Sie speist auf ihrem Zimmer."

Die Baronin. Kelly hatte ganz vergessen, daß sie ebenfalls hier wohnte. „Und Sam?"

„Der dürfte noch in der Weinkellerei sein. Es gab Schwierigkeiten mit zwei Fotografen, die sich auf das Anwesen geschlichen haben."

Der Tod des Barons wurde mit keinem Wort erwähnt und schon gar nicht die Rolle, die Kellys Vater dabei gespielt hatte. Als perfekte Gastgeberin hielt sich Katherine an unverfängliche Themen, beispielsweise die Auswirkungen der Dürre in Kalifornien für die Traubenlese.

Schon bald nach dem Essen entschuldigte Kelly sich und suchte ihr Zimmer auf. Sie kuschelte sich in ihrem Bett unter die Decke und versuchte, weder an Sam noch an ihren Vater zu denken.

Kapitel 12

KELLY hatte lange geschlafen. Als sie schließlich nach unten ging, begegnete ihr Mrs. Vargas. Sie ging Kelly in ein lichtdurchflutetes, im französischen Landhausstil eingerichtetes Zimmer voraus und deutete dort auf die silberne Kaffeekanne und die Saftkaraffe auf der Anrichte. „Bedienen Sie sich bitte", sagte sie förmlich. „Auf dem Tisch finden Sie ein Körbchen mit Croissants und verschiedene Marmeladen. Madame hat bereits gefrühstückt. Möchten Sie vielleicht ein Omelett?"

„Etwas Brot, wenn Sie haben. Am liebsten Vollkorn." Kelly goß sich ein Glas Saft ein und stellte es auf dem Glastisch ab, um sich Kaffee zu holen.

Sie hörte leichte Schritte zögernd auf das Frühstückszimmer zukommen, und gleich darauf sah sie Natalie Fougère eintreten, in einem schlichten schwarzen Gewand, und obwohl sie sich bemühte, ihre Blässe und die geschwollene Augenpartie zu überschminken, bot sie einen Mitleid erregenden Anblick. Als sie Kelly erkannte, spiegelten sich Verblüffung und Entsetzen auf ihrem Gesicht wider.

„Sie sind doch diese Fernsehjournalistin", stellte sie gequält fest. „Wie sind Sie hier hereingekommen?"

„Ich wohne hier, als Sams Gast." Und weil sie es unerträglich fand, ihr Gegenüber in dem Glauben zu belassen, sie wäre lediglich Fernsehreporterin, fügte sie hinzu: „Baronin, Sie wissen bestimmt, daß ich Len Doughertys Tochter bin."

Natalie wurde noch blasser.

„Es tut mir leid, Baronin. Meine Anwesenheit kann für Sie nur lästig sein. Es ist wohl besser, wenn ich gehe."

Noch ehe sie die Tür erreicht hatte, trat Katherine ein. Sie erfaßte die Situation sofort. „Natalie, Sie erinnern sich doch bestimmt an Kelly Douglas. Kelly ist wegen ihres Vaters bedauerlicherweise zur Zielscheibe der Medien geworden. Sam schlug deshalb vor, daß sie sich bei uns zurückzieht, und ich stimmte zu."

„Und ich bin Ihnen dafür sehr dankbar, auch wenn ich es unter den gegebenen Umständen für besser halte abzureisen", warf Kelly ein.

„Sie brauchen doch nicht abzureisen", sagte die Baronin sanft.

„Das ist sehr freundlich", erwiderte Kelly, „aber mein Aufenthalt erinnert Sie doch immer wieder an all das Schreckliche, was geschehen ist."

Die Baronin schien erstaunt. „Wie können Sie mich an etwas erinnern, was ich ohnehin niemals zu vergessen vermag? Ihre Gegenwart kann das nicht schlimmer machen, aber es würde mir leid tun, wenn ich der Grund für Ihre Abreise wäre."

„Natalie hat recht", pflichtete ihr Katherine bei. „Sie bleiben, und von Abreise will ich nichts mehr hören."

Katherines Entschiedenheit machte weitere Ausflüchte unmöglich. Kelly mußte sich wohl oder übel fügen. Unter dem Vorwand, einen Brief schreiben zu müssen, zog sie sich auf ihr Zimmer zurück, in dem unbestimmten Gefühl, in eine Falle gegangen zu sein.

EINE unheilverkündende Wolkenbank ballte sich im Westen zusammen. Katherine beobachtete durch die Terrassentüren des Salons die aufziehenden Regenwolken. Noch waren sie weit weg, und vielleicht würden sie sich gar nicht über dem Tal entladen. Auf jeden Fall aber paßten sie genau zu ihrer düsteren Stimmung.

Das Klingeln der Türglocke drang an Katherines Ohr. Verdutzt drehte sie sich um. Sie erwartete keinen Besuch. Wer mochte das sein?

Neugierig begab sie sich in die Halle. Mrs. Vargas öffnete bereits die Haustür. Katherine erschrak, als sie ihren Sohn Gilbert sah, der von Clay begleitet wurde.

„Lassen Sie sie eintreten, Mrs. Vargas", gab sie Anweisung. Als sie vor ihrem Sohn stand, fiel ihr auf, wie gesetzt und zurückhaltend er sich gab. „Du willst sicher Natalie besuchen? Findest du das klug?"

Eine Augenbraue schob sich kaum merklich in die Höhe. „Ich würde sagen, höflich. Wir möchten ihr unsere Anteilnahme ausdrücken und unsere Unterstützung anbieten."

„Natürlich." Ihr Tonfall verriet, was sie von der Ausrede hielt. „Sie ist in der Bibliothek." Sie stützte sich schwer auf ihren Stock, ehe sie sich umdrehte und vorausging.

Natalie saß blaß und erschöpft in einem ledernen Ohrensessel in der Bibliothek. Sie starrte vor sich hin und schenkte den Faxmitteilungen, die sie in der Hand hielt, keinerlei Beachtung.

„Natalie." Von der Schwelle aus sah Katherine, wie die Frau erschrocken den Kopf wandte. „Sie haben Besuch."

„Besuch?" Unsicher stand sie auf und erschrak, als sie Clay und Gilbert Rutledge erblickte. Das Blut schoß ihr in die Wangen. „Ich . . . Bitte lassen Sie sie näher treten."

Katherine ließ die beiden ins Zimmer und zog sich ins angrenzende Musikzimmer zurück, nicht ohne absichtlich die Tür zur Bibliothek offen zu lassen.

Gedämpfte Stimmen drangen aus der Bibliothek. Katherine konnte die von Gilbert deutlich heraushören. Gleich darauf vernahm sie Schritte auf dem Flur. Selbst nach all den Jahren erkannte sie noch Gilberts raschen, entschlossenen Gang.

Er blieb stehen. „Was dagegen, wenn ich das Telefon im großen Salon benutze? Ich muß einen wichtigen Anruf erledigen."

„Wie praktisch für Natalie und Clay", sagte sie trocken.

Als sie sah, daß er rot wurde, wußte sie, daß sie richtig vermutet hatte. Sein angeblich wichtiger Anruf war nichts weiter als ein Vorwand, Clay und Natalie allein zu lassen. Dieses Wissen behagte ihr gar nicht.

NATALIE hatte Clay den Rücken zugekehrt und stand mit gesenktem Kopf am Kamin. „Du hättest nicht kommen sollen!"

„Ich konnte nicht anders. Dich mit deinem Kummer allein zu lassen war mir unerträglich. Ich . . ."

„Er wußte es." Sie schien ihm gar nicht zuzuhören. „Er muß es gewußt haben. Weshalb wäre er uns sonst gefolgt?"

„Diese Frage quält mich auch schon die ganze Zeit." Er kam näher. „Wir müssen uns wohl damit abfinden, daß wir niemals eine Antwort darauf erhalten werden." Seine Hände strichen sanft über ihre Arme. Sie ließ es zu. „Ich liebe dich mehr als mein Leben. Wenn du mich jetzt haßt, könnte ich das nicht ertragen."

Sie drehte sich zu ihm um und sank seufzend an seine Brust. Liebevoll hielt er sie umfangen, drückte sie nur sanft an sich. Später, wenn er sicher sein konnte, daß sie ihm keine Vorwürfe machte, würde er die Fusion zur Sprache bringen.

SAM DURCHQUERTE mit langen Schritten die Halle und eilte die Treppe hinauf. Eine erfrischende Dusche und Kelly waren alles, was er im Sinn hatte, wobei die Dusche eher nebensächlich war. Seit diesem Morgen hatte er das Ende des Tages und den Anbruch der Nacht herbeigesehnt. Endlich war es soweit.

Oben an der Treppe angelangt, lief er über den Flur auf sein Zimmer zu, blieb unwillkürlich vor Kellys Tür stehen, zögerte einen Augenblick und klopfte dann an.

„Herein!" Er drehte den Türknauf und trat ein. Nur eine kleine Lampe erhellte die Sitzecke, der Rest des Zimmers lag im Dunkeln.

Kelly stand am Fenster. Sie trug ein seidenes Negligé und hatte das Haar zu einem Zopf geflochten. Sam ließ die Tür zufallen und ging auf sie zu.

„Stehst du oft im Dunkeln?"

„Nein." Heute allerdings verspürte sie das Bedürfnis, sich in den Schatten zu verlieren, sich in der Dunkelheit zu verstecken und sich von ihr beschützt zu wissen. Sam kam auf sie zu und blieb dicht neben ihr stehen. Zu dicht, fand sie.

„Tut mir leid, daß ich's zum Abendessen nicht geschafft habe", sagte er leise. „Ich hatte es fest vor, aber ständig kam was dazwischen. Was hast du tagsüber getrieben?"

„Ich bin geschwommen, habe ein bißchen Sonne getankt und viel nachgedacht."

„Worüber?" Sie war ihm den ganzen Tag über nicht aus dem Kopf gegangen. Verhielt es sich umgekehrt vielleicht ähnlich?

„Über alles mögliche. Vor allem über meinen Job. Ich darf ihn nicht verlieren. Nicht nachdem ich so hart dafür gearbeitet habe."

„Ist das nicht ein bißchen voreilig, sich darüber Sorgen zu machen? Man hat dir doch noch gar nicht gekündigt."

„Eine Beurlaubung kommt dem schon sehr nahe", beharrte sie. „In den nächsten Tagen spricht sicher der Anwalt des Senders mit meinem

Agenten, um sich von dem Vertrag freizukaufen. Wenn ich jetzt nicht um meinen Job kämpfe, bin ich ihn los."

„Wäre es denn wirklich so schlimm, wenn du darauf verzichten müßtest?"

Kelly sah ihn verblüfft an. Daß er so etwas überhaupt fragen konnte! „Das Fernsehen ist mein Leben. Eine Sendung im Hauptprogramm machen zu dürfen ist immer mein Traum gewesen."

„Aber doch bestimmt nicht dein einziger", bemerkte Sam ruhig.

Nein. Sie hatte einmal davon geträumt, ein hübsches Haus und Kinder zu haben und einen Mann, der sie lieben und beschützen würde. Aber das war lange her.

„Eigentlich schon. Die anderen waren eher kindliche Phantasien", behauptete sie, drehte sich um und blickte auf die niedrig hängende Mondsichel am Himmel.

Sam rückte noch näher. „Kelly?"

Die Wärme seiner Stimme ließ alle schützenden Hüllen um sie herum schmelzen. „Ja, Sam?" flüsterte sie.

Wortlos griff Sam nach ihrem Haar und löste geschickt den Zopf. Sie schüttelte den Kopf. Sam strich sanft durch ihre Haare.

Kelly schloß angesichts dieser verhaltenen Geste, die so viel Zärtlichkeit ausdrückte, die Augen, atmete seine Nähe ein, seine Wärme und Stärke, die ihr verhießen, wenigstens heute nacht nicht allein zu sein. Heute nacht sehnte sie sich danach zu erfahren, wie es war, von kräftigen Armen umfangen und geliebt zu werden.

Von dieser Sehnsucht getrieben, fuhr sie die Konturen seiner Kinnpartie nach, während Sams Hand über ihren Nacken glitt. Elektrisierende Schauder jagten durch sie hindurch. War das etwa Verlangen? Sie wußte nur, daß sie mehr begehrte. Sehr viel mehr.

„Sam."

„Nicht", sagte er. „Sag nichts. Denk an gar nichts."

„Ich will ja gar nicht denken", kam es flüsternd zurück.

„Dann sag mir, was du willst." Er nahm ihre Hand in seine. „Das?" Seine andere Hand glitt über ihren Hals. Kellys Puls war in Aufruhr, genau wie ihre Sinne, ihr Atem, alles. „Oder vielleicht das?"

Er streifte ihr das Negligé von den Schultern. Sein Atem durchströmte ihr Haar, er flüsterte etwas, streifte ihre Wange. Ihr Verlangen wurde unbezwingbar. Sie verhielt bewegungslos, gab sich ganz dem Streicheln seiner Fingerspitzen hin, den warmen Liebkosungen seines Atems und der Gewißheit, daß das noch nicht alles war.

Kelly drehte sich auf die andere Seite. Das Bett neben ihr war leer, das Laken kühl. Sam mußte schon vor einer Weile gegangen sein. Sie setzte sich auf, rieb sich den Schlaf aus den Augen. Und wenn schon. Sie war gewöhnt, allein aufzuwachen. Aber diesmal war es anders. Sie fühlte sich einsam. Sie glitt aus dem Bett und hob ihr Negligé vom Boden auf. Jetzt erinnerte sie sich undeutlich, daß sie Sams warmen Mund gespürt und er gesagt hatte: „Ich muß gehen." Hatte er auch ihre Wange gestreichelt? Oder hatte sie das nur geträumt? Möglicherweise hatte sie auch nur geträumt, daß er noch gesagt hatte: „Wenn du aufgestanden bist, dann komm in mein Büro. Bis dahin ist der Kaffee fertig." Nein, das konnte unmöglich ein Traum gewesen sein. Sie lächelte über die Erkenntnis, daß Sam sich nicht wortlos verdrückt hatte, womit er die gemeinsame Nacht für Kelly abgewertet hätte.

Diesmal brach sie alle Rekorde, was rasches Duschen und Anziehen betraf. Es gelang ihr sogar, völlig unbeachtet das Haus zu verlassen. Von den Eingangsstufen aus warf sie einen Blick zu den regenschwangeren Wolken hinauf. Kein Lüftchen regte sich. Kelly ging die Auffahrt hinunter. Als sie den schmalen Pfad entdeckte, der eine Abkürzung zur Weinkellerei und zu Sams Büro war, schlug sie ihn kurz entschlossen ein.

Dicht an dicht standen hier die Bäume, hielten mit ihren verschlungenen Ästen weitgehend das Licht ab, das durch die Wolkendecke bereits gedämpft war und das Gefühl verstärkte, allein auf weiter Flur zu sein. Wieviel dunkler, wieviel schwärzer mußte es hier in der Nacht der Party gewesen sein. Was mochte den Baron bewogen haben, auf diesem Weg zur Weinkellerei zu gehen? Hatte er etwas beobachtet?

Fragen über Fragen. Seufzend schüttelte Kelly den Kopf. So viele Fragen hatte sie von Berufswegen in den letzten zehn Jahren stellen und zu beantworten versuchen müssen, daß ihr das zu einer Gewohnheit geworden war, von der sie nicht so schnell loskam.

Jetzt sah sie die Weinkellerei bereits vor sich liegen, deren Ziegelmauern ohne die belebende Sonne düster und eintönig wirkten. Um so deutlicher hob sich, am Ende des Baus, das gelbe Band ab, mit dem die Polizei den Tatort abgesperrt hatte. Sie ging hinüber, um sich dort umzusehen.

Auf dem Boden waren überall Fußabdrücke. Eine schwache Umrandung deutete die Stelle an, wo man die Leiche gefunden hatte. Zwei weitere Markierungen ließen den Schluß zu, daß an der einen die Mordwaffe und an der anderen der Benzinkanister aufgefunden worden war, den der Vater hatte fallen lassen. Vermutlich war er in der fraglichen Nacht ebenso verängstigt wie betrunken gewesen und hatte, als ihn der Baron überraschte, in einem Anfall von Panik auf ihn eingeschlagen. Warum aber mit einem Schlegel aus der Weinkellerei? Warum nicht mit dem Benzinkanister, den er getragen hatte? Und wenn er vorgehabt hatte, den Wein, der in den Kellern lagerte, zu ruinieren – was hatte er dann an dieser Stelle zu suchen gehabt? Der Eingang zu den Lagerräumen befand sich auf der Rückseite des Gebäudes.

Eine kleine Seitentür zur Weinkellerei öffnete sich, und der stämmige alte Claude Broussard tauchte auf, warf einen Blick auf Kelly und sagte ärgerlich: „Reporter haben hier nichts zu suchen! Verschwinden Sie augenblicklich!"

Wieder einmal fühlte sich Kelly bemüßigt, ihre Anwesenheit zu erklären. „Monsieur Broussard, ich bin Len Doughertys Tochter."

„Sie?" Er kam näher und musterte sie skeptisch. „Ich weiß, daß er eine Tochter hatte. Ein plumpes Ding mit Brille."

„Das sich immer in die Kellerei schlich", ergänzte Kelly. „Sie haben mich einmal erwischt."

„Ich weiß." Er nickte bedächtig, schien sich zu erinnern.

„Ich hatte wahnsinnige Angst, Sie würden mich verprügeln."

Broussard schüttelte den Kopf. „Ich würde niemals ein Kind schlagen." Dann schmunzelte er. „Ich hab Sie meinen Wein probieren lassen."

„Richtig." Es fiel ihr wieder ein. „Ich dachte, er würde wie Traubensaft schmecken, statt dessen war er ziemlich sauer."

„Nicht sauer", wies er sie zurecht. „Der Wein war jung, zog einem vielleicht ein bißchen den Mund zusammen. Ihr Vater war kein guter Mensch. Er hatte angefangen, während der Arbeit zu trinken. Ich mußte ihn entlassen."

„Ich weiß. Er war ständig betrunken", gab sie gegen ihren Willen zu. „Und ständig hat es Schwierigkeiten mit ihm gegeben."

„Wir sollten hier weggehen!" Seine Hand legte sich fest auf ihren Arm, führte sie fort vom Ort des Verbrechens.

Gerührt blickte Kelly in sein zerfurchtes Gesicht. „Wie alt sind Sie eigentlich?" Schon als kleines Mädchen war er ihr uralt vorgekommen.

Er blieb stehen, reckte die breiten Schultern. „Ist das so wichtig?" Ihre Frage hatte ihn sichtlich gekränkt.

Kelly versuchte ihn zu beschwichtigen. „Reine Neugier, weiter nichts!"

Stolz blickte er sie an. „Ich stehe im siebten Jahrzehnt. Mein *grand-père* war bis zu seinem vierundachtzigsten Lebensjahr hier auf Gut Rutledge als *maître de chai*. Wie mein Großvater habe auch ich noch viele gute Jahre vor mir. Ich bin noch längst nicht bereit, mich in den Ruhestand schicken zu lassen."

„Darauf wollte ich doch gar nicht hinaus."

„Nicht?" Er blitzte sie herausfordernd an, wandte dann, noch immer gereizt, den Blick ab. „Weshalb sind Sie eigentlich hergekommen?"

„Um Sam zu besuchen."

„Er ist vor fünf Minuten weggefahren."

„Wissen Sie, wohin er gefahren ist?"

„Nein."

Sie nickte. Dann winkte sie Broussard zum Abschied zu und machte sich auf den Rückweg.

Kapitel 13

DURCH die Zweige hindurch konnte Kelly die Fahrzeuge ausmachen, die entlang der Auffahrt parkten – einen Streifenwagen, eine Limousine und Sams Jeep. Irgend etwas stimmte nicht. Nach einer Schrecksekunde eilte sie auf die Eingangstür zu. Als sie sie öffnete, hörte sie Katherine sagen: „Im Haus ist sie nicht. Sie muß weggegangen sein."

Zwei uniformierte Beamte sowie Ollie Zelinski, Sam und der mit der Verteidigung beauftragte Anwalt John MacSwayne standen am Fuß der Marmortreppe und blickten Katherine entgegen.

„Suchen Sie mich?" Unheil ahnend, ging Kelly langsam auf die Gruppe zu. Sams grimmiges Gesicht und der mühsam zurückgehaltene Zorn in seinen Augen sprachen für sich.

„Dein Vater ist ausgebrochen", informierte er sie. „Ich hab's im Radio gehört und wollte dir Bescheid sagen. Als ich herkam, waren bereits Zelinski und die anderen da."

„Wann?" fragte sie tonlos, um ihre Wut zu verbergen. Sie wußte genau, was das bedeutete: eine großangelegte Fahndung mit Straßensperren, Suchtrupps und Hubschraubern. Die Art von Sensationsstory, die die Presseleute scharenweise auf Trab brachte. Von neuem würde ihr Name in den Dreck gezogen werden, zu einem Zeitpunkt, da das Interesse der Öffentlichkeit bereits etwas nachgelassen hatte.

„Wohl bei Tagesanbruch", sagte Zelinski. „Er hat sich krank gestellt. Der diensttuende Aufseher ist neu und hat sich täuschen lassen. Wir sind dabei, die Einzelheiten zu klären."

„Warum bist du hier?" wollte sie wissen. „Doch nicht nur, um mir das zu sagen."

Zelinski sah sie unbehaglich an. „Hast du eine Ahnung, wo er sich aufhalten könnte?" fragte er dann.

„Ich habe keine Ahnung, wohin er wollte oder was er vorhaben könnte."

„Wie steht's mit Freunden?"

„Ich bin vor zehn Jahren von hier weggegangen, kenne also seine Freunde nicht."

Fragen über Fragen, auf die sie keine Antwort geben konnte und die ihr langsam auf die Nerven gingen. „Wenn ich etwas wüßte", platzte sie schließlich heraus, „würde ich das doch sagen! Ich bin genauso daran interessiert wie ihr, daß er gefaßt wird. Je länger er draußen ist, desto länger zieht sich diese Sache hin . . ."

„Schon gut", beschwichtigte sie Zelinski. „Tut mir leid, Kelly, daß wir dich damit belästigt haben, aber es ging nicht anders. Sollte dir noch was einfallen, was wichtig sein könnte . . ."

„. . . rufe ich dich an", versprach sie.

Zelinski und die beiden Beamten gingen, MacSwayne, der sich die ganze Zeit über mit der Rolle des aufmerksamen Zuhörers begnügt hatte, blieb.

„Ich möchte nur noch eins hinzufügen, Miß Douglas", sagte er. „Sollte sich Ihr Vater melden, dann versuchen Sie unbedingt, ihn dazu zu bewegen, sich zu stellen. Als er am Morgen nach dem Mord verhaftet wurde, lag der Alkoholgehalt in seinem Blut beträchtlich über dem vertretbaren Grenzwert. Er gibt zu, getrunken zu haben. Gut möglich, daß er zu betrunken war, um zu wissen, was er tat. Ich kann auf verminderte Schuldfähigkeit plädieren, mit der Aussicht, die Anklage auf Totschlag im Affekt zu drücken. Aber das kann ich nur, wenn er sich stellt und bereit ist, eine Entziehungskur zu machen. Wir müssen zeigen, daß Alkoholismus eine Krankheit ist und Ihr Vater ein Opfer davon."

„Erzählen Sie mir nichts von Opfern!" Kellys Stimme bebte vor Zorn. „*Ich* war das Opfer! *Ich* wurde geprügelt, wenn er betrunken war. *Ich* bin diejenige, die dafür bezahlt hat. Und die noch heute dafür bezahlt!" Tränen schossen ihr in die Augen. Sie lief weg und hörte nicht einmal, daß Sam ihr nachrief.

Sie verbrachte den Rest des Tages und einen Großteil des Abends vor dem Fernseher. Regen trommelte gegen das Fenster. Sie hüpfte per Fernbedienung von Programm zu Programm und verglich die Berichterstattung des einen Senders mit der des nächsten. Immer wieder hieß es, die Polizei bleibe bei ihrer Vermutung, der Flüchtige müsse sich weiterhin irgendwo im Napa Valley aufhalten. Suchtrupps durchkämmten verlassene Gebäude.

Jede Sondersendung begann unweigerlich mit etwa folgendem Wortlaut: „Der Vater der bekannten Nachrichtensprecherin Kelly Douglas, der im Verdacht steht, Baron Emile Fougère ermordet zu haben, ist weiterhin flüchtig . . ."

Der nächste Tag brachte keine neuen Entwicklungen. Am späten Nachmittag begann es wieder zu regnen. Die Abendnachrichten zeigten Reporter, die unter tropfenden Schirmen mit den neuesten Neuigkeiten von der Menschenjagd aufwarteten und Vermutungen anstellten.

NBC brachte eine Reportage, die noch vor Einsetzen des Regens gedreht worden war. Als der Nachrichtensprecher auf den Beitrag überleitete, ahnte Kelly zwar, daß sie nicht ungeschoren davonkommen würde, war aber völlig perplex, als zum Auftakt des Beitrags Linda James, ihre Feindin und Rivalin, vor der Bruchbude ihres Vaters stand und den Zuschauern eröffnete, dies sei das Haus, in dem Kelly Douglas als Kind gelebt hatte . . . Gleich darauf sah man Linda James ins Haus und dort ins Wohnzimmer gehen. Großer Gott! Kellys Hand fuhr zum Mund, um den Aufschrei zu ersticken. Da war ihre Puppe, in Großaufnahme, die einsam auf der schmuddeligen Couch lag. Die verwahrloste Küche und das verklebte Geschirr in der Spüle und auf der Anrichte. Warum hatte sie bloß nicht aufgeräumt?

Die Reportage endete im Freien. „Es ist uns nicht gelungen", schloß Linda James bedauernd, „von Kelly Douglas eine Stellungnahme einzuholen, obwohl sie sich noch in der Gegend aufhalten soll. Wahrscheinlich, um über den neuesten Stand der Dinge auf dem laufenden zu bleiben. Zweifelsohne mit gemischten Gefühlen. Dies war Linda James, Napa Valley."

Aus professioneller Sicht ein guter Beitrag, wie Kelly zugeben mußte. Was nichts daran änderte, daß sie sich an den Pranger gestellt fühlte. Sie lief in ihr Zimmer, holte Tasche und Regenmantel und eilte wieder hinunter.

Eine Viertelstunde später ließ der Leihwagen das Wasser in der ausgefahrenen Straße hoch aufspritzen und hielt dann vor Kellys einstigem Zuhause an. Das Wohnzimmer war stockdunkel. Erst als sie die Deckenbeleuchtung anknipste, wurde es ein wenig heller. Kelly zog den Mantel aus, sah sich um und entschied – zuerst der Abfall.

Die Plastiksäcke im Unterbau des Spülbeckens kamen ihr wie gerufen. Im ersten landete der Inhalt des Kühlschranks und des Mülleimers, in den zweiten leerte sie den Papierkorb und stopfte die herumliegenden leeren Schachteln, in den dritten und einen vierten kamen Asche, leere Flaschen, alte Zeitschriften und Zeitungen und was sonst noch nach Abfall aussah.

Als nächstes nahm sie sich den Abwasch vor, kratzte die Essensreste von den Tellern, weichte das Geschirr ein, bearbeitete es mit der Bürste, spülte nach, trocknete ab. Als sie gerade ihr Schlafzimmer in Angriff nehmen wollte, hörte sie ein Geräusch. Erschreckt ging sie in die Küche. Wie angewurzelt blieb sie stehen, als sie auf einem der Küchenstühle ihren Vater sitzen sah, der sich seelenruhig Frühstücksflocken aus einer Schachtel in den Mund schaufelte. Ihr Zorn, neuerdings, wie es den Anschein hatte, auf Abruf bereit, flammte wieder auf. „Was hast du hier zu suchen?"

„Was zu essen." Er kaute geräuschvoll. „Wie wär's mit Kaffee für uns beide?"

Kelly hätte ihm am liebsten die Schachtel aus der Hand geschlagen. Statt dessen ging sie zur Spüle hinüber und füllte den alten elektrischen Kaffeetopf mit Wasser. „Warum bist du hergekommen?"

„Um mir was zum Essen zu holen, trockene Kleidung, Decken und was ich sonst noch so brauchen kann."

Sie schloß den Topf an der Steckdose an der Wand an. „Warum bist du aus dem Gefängnis ausgebrochen?"

„Soll ich vielleicht drauf warten, daß man mich für etwas verurteilt, was ich nicht getan habe? Von wegen. Ich mußte raus, mir ein bißchen Geld verschaffen, nachdem das Darlehen geplatzt war, und verhindern, daß diese Rutledges mein Land kassieren."

„Stell dich, dann helf ich dir. Ich löse den Schuldschein aus, und das Land gehört ein für allemal dir."

„Nein. Ich geh nicht ins Gefängnis zurück."

„Früher oder später werden sie dich doch erwischen."

„Werden sie nicht. Nicht, wenn du mir hilfst!"

„Dir helfen? Wie denn?" Im Kaffeetopf hinter ihr begann es zu brodeln.

„Indem du dich heimlich mit mir triffst und mich mit Proviant versorgst.“

Sie meinte ihren Ohren nicht zu trauen. „Du willst mich zur Komplizin machen?“

„Verdammt, ich bin unschuldig!“ Er starrte sie an. „Deine Mutter hätte das für mich getan, keine Frage. Sie hätte mir geholfen. Und sie wäre dafür, daß du mir hilfst.“

„Laß Mama aus dem Spiel!“ schrie sie gequält auf und krallte die Hände in die Rückenlehne des vor ihr stehenden Stuhls. „Ich kann’s nicht ertragen, wie du von ihr sprichst und sagst, wie sehr du sie geliebt hast. Du hast sie auf dem Gewissen.“ Tränen verschleierten ihr den Blick. „Ich habe dir gesagt, daß sie krank ist und einen Arzt braucht. Du wolltest nichts davon hören, hattest angeblich kein Geld, um den Arzt zu bezahlen. ‚Ist nur ’ne Sommergrippe‘, hast du behauptet. Aber Geld für Whiskey war immer da, stimmt’s? Du bist abgehauen und hast mich mit ihr allein gelassen. Und ich wußte nicht, wie ich ihr helfen sollte! Ich wußte einfach nicht weiter!“

Nur mit Mühe gelang es Kelly, ihr Schluchzen zu unterdrücken. Sie wäre am liebsten weggelaufen, aber sie konnte nicht. Jetzt, da sie einmal davon angefangen hatte, mußte sie es auch zu Ende bringen.

„Derart betrunken kamst du damals nach Hause, daß du noch vor der Tür zusammengeklappt bist. Sie hatte aufbleiben wollen, deinetwegen, aber sie war zu krank und zu schwach. Sie lag auf dem Sofa, und ich schlief auf dem Fußboden neben ihr, und als ich aufwachte . . ., war sie tot.“

„Ich weiß.“ Er faltete die zitternden Hände. „Ich hab sie im Stich gelassen. Gott ist mein Zeuge, daß ich sie geliebt habe, aber ein guter Ehemann war ich wohl nicht“, sagte er zerknirscht, und seine Augen schimmerten glasig. „Und auch kein besonders guter Vater.“

„Kein besonders guter Vater? Himmel, das dürfte die Untertreibung des Jahrhunderts sein!“ höhnte Kelly. „In Wahrheit habe ich nie einen Vater gehabt. Ich habe in diesem Haus mit einem Säufer und Kindesmißhandler gelebt.“

„Der Whiskey war dran schuld“, sagte er kleinlaut.

„Warum hast du dann nicht mit der Trinkerei aufgehört?“

„Das verstehst du nicht. Deine Mama, die hat das verstanden. Daß ich schwach bin. Dieses Land war das einzige, worauf ich stolz sein konnte“, fuhr er mit rauher Stimme fort. „Deswegen kann ich nicht zulassen, daß diese Rutledges es mir wegnehmen.“ Flehentlich sah er sie an. „Verstehst du das nicht? Ohne meinen Grund und Boden bin ich doch ein Niemand."

„Doch, das verstehe ich." Kelly holte zwei frisch gespülte Tassen aus dem Schrank und schenkte den Kaffee ein, der mittlerweile fertig war. Sie setzte sich dann ihm gegenüber an den Tisch. „Trink! Der Kaffee wird dich aufwärmen. Du kannst nicht ewig weglaufen", sagte sie. „Ich habe gestern mit MacSwayne gesprochen. Er will dir helfen, aber nur, wenn du dich stellst. Wenn du unschuldig bist . . ."

„Wenn!" Ein abgehacktes bitteres Lachen. „Da haben wir's. Selbst du glaubst mir nicht. Meine eigene Tochter!"

Ihm glauben setzte Vertrauen voraus, und so lange Kelly zurückdenken konnte, hatte er ihr Vertrauen mißbraucht. Sie seufzte erschöpft auf. „Dann beantworte mir doch ein paar Fragen", begann sie. „Du hast gesagt, daß du den Rutledge-Wein verderben wolltest. Wenn du in die Lagerkeller wolltest – was hast du dann an der Ecke des Kellereigebäudes zu suchen gehabt?"

„Ich hatte Stimmen gehört. Ich wußte, im Haus war eine Party zugange, und befürchtete, daß die Alte vielleicht vorhatte, eine Besichtigung der Weinkeller zu veranstalten. Ich wollte mich vergewissern und mein Vorhaben gegebenenfalls verschieben."

Das hörte sich einleuchtend an. „Was hast du beobachtet?" fragte Kelly.

„Erst mal nichts. Bis dieser Mann angetorkelt kam und zusammenbrach."

„Das hast du mir noch gar nicht gesagt." Der Regen war wieder heftiger geworden und trommelte auf das Dach. „Du sagtest, der Mann habe bereits dort gelegen."

„Als ich hinkam, lag er ja da", beharrte er trotzig.

„Also gut. Und was hast du davor mitbekommen?"

„Nichts. Hab ich doch schon gesagt. Nichts außer Stimmen, Leute, die miteinander redeten."

„Worüber?"

„Weiß ich nicht. Konnt's nicht verstehen." Ihre Fragerei schien ihm lästig zu sein. „Ich würd mich sowieso nicht dran erinnern. Ich hatte ja getrunken."

„Wie viele Stimmen hast du unterscheiden können? Zwei, drei? Mehr? Waren es männliche oder weibliche Stimmen?"

„Die eine gehörte mit Sicherheit einem Mann." Er stand auf, schaute erst in den Kühlschrank und angelte sich dann eine Dose Pfirsiche aus dem Vorratsschrank und öffnete sie. „Eine war ziemlich laut, ich würde sagen aufgeregt oder wütend, und gehörte eindeutig zu einem Mann."

„Als du zu der Leiche kamst, hast du da noch jemanden gesehen?"

Mit einer Gabel versehen, setzte sich der Vater wieder an den Tisch und machte sich über die Pfirsiche her. „Nur die große Katherine Rutledge, höchstpersönlich, die mich anstarrte, als wär ich der letzte Dreck. Wer sagt denn, daß sie nicht diejenige ist, die den Kerl erledigt hat?"

Eine absurde Vorstellung. Mit ihren neunzig Jahren war Katherine zwar noch immer eine Frau, die einen das Fürchten lehren konnte, aber sie besaß weder die Statur noch die Kraft, einem wesentlich größeren Mann den Schädel einzuschlagen.

Schweigen lastete im Raum. Der Regen peitschte an die Fensterscheiben. Kelly wußte nicht weiter und vor allem nicht, ob das, was der Vater von sich gegeben hatte, der Wahrheit entsprach.

Dougherty erhob sich. „Ich muß ein bißchen Proviant zusammenpacken." Er machte sich daran, die Dosen aus dem Vorratsschrank in einer Plastiktüte zu verstauen.

Ein leises Grollen mischte sich in das Rauschen des Regens. Donner konnte es nicht sein; dazu war das Geräusch zu monoton, obwohl es zunehmend lauter wurde. Ein Auto? „Ich glaube, da kommt jemand!" rief Kelly ihrem Vater zu und stürzte ins Wohnzimmer. Von dort konnte sie sehen, daß ein Auto neben ihrem Leihwagen hielt. Sams Jeep. Als sie die Hintertür zufallen hörte, ließ ihre Anspannung etwas nach.

Barhäuptig hastete Sam durch Regen und Pfützen auf das Haus zu und ins Wohnzimmer hinein. „Du hättest Bescheid sagen können, wohin du fährst", sagte er ungehalten und schlenkerte die Arme, um das Wasser abzuschütteln.

„Daran hab ich gar nicht gedacht", gestand Kelly und fragte dann erstaunt: „Wieso hast du mich hier vermutet?"

„Hab ich gar nicht, ich hab einfach hier angefangen zu suchen." Er stemmte die Hände auf die Hüften und atmete tief durch. „Würdest du mir verraten, was dich noch mal hierhergetrieben hat?"

„Ich wollte aufräumen." Sie fand, daß sie ihm eigentlich erzählen sollte, daß ihr Vater dagewesen war und daß sie mit ihm gesprochen hatte. Aber aus einem völlig abwegigen Gefühl von Loyalität heraus schienen ihr die Worte im Hals steckenzubleiben. „Im Fernsehen haben sie das Haus gezeigt. Ein Kamerateam war hier drin . . ., wie ein Schweinestall hat es ausgesehen. Ich wollte ein wenig Ordnung machen, falls weitere Fernsehleute auftauchen."

„Das werden sie nicht. Ich sorge dafür, daß das Gelände bewacht wird. Tut mir leid, daß ich nicht eher daran gedacht habe", sagte er, schon wieder freundlicher. „Also dann? Fertig zum Abmarsch?"

„Ich muß noch staubwischen. Ich . . ."

„Das kann morgen einer von unseren Leuten erledigen. Zieh dir den Mantel an. Ich mach inzwischen das Licht in der Küche aus."

Siedendheiß fielen ihr die Kaffeetassen und die Schachtel mit den Frühstücksflocken auf dem Tisch ein. „Laß nur. Ich mach das schon." Sie eilte in die Küche.

Die verräterischen Hinweise darauf, daß sie nicht allein gewesen war, konnte sie allerdings nicht mehr beseitigen. Sam war ihr gefolgt und sah erstaunt, wie sie die Tassen im Abwaschbecken versenkte.

„Wer war hier?" Ein böser Verdacht stieg in ihm hoch. „Doch nicht etwa dein Vater?"

Sie holte tief Luft. „Doch. Er verließ das Haus durch die Hintertür, als du kamst."

Mit einem unterdrückten Fluch riß Sam die Tür auf. Dougherty war längst verschwunden. Er schmiß die Tür wieder zu. „Warum zum Teufel hast du ihn nicht zurückgehalten?" fuhr er Kelly an und hastete ins Wohnzimmer zurück.

„Wie denn? Sollte ich ihn vielleicht in den Schwitzkasten nehmen und warten, bis du da bist? Ich wußte ja nicht, daß du es warst, der da vorfuhr."

Sie kam ihm nach und sah, wie er zu dem alten Telefon mit der Wählscheibe griff, das auf dem Tisch neben dem Sessel ihres Vaters stand. Sollte Sam doch selbst herausfinden, daß es außer Betrieb war! Als er kein Leerzeichen bekam, warf er den Hörer auf die Gabel zurück. „Das muß gemeldet werden, Kelly."

Noch nie hatte sie eine solche Härte in seinem Gesicht bemerkt. „Ich weiß!"

Resolut drückte er ihr den Regenmantel in die Hand, packte sie am Arm und drängte sie zur Haustür hinaus. Der strömende Regen kühlte ihr erhitztes Gesicht.

„Warum hast du mir nicht sofort gesagt, daß er da war?" Es war ihm offensichtlich nicht leichtgefallen, diese Frage zu stellen, denn er blickte nur stur geradeaus.

„Ich wußte nicht, wie", sagte sie kleinlaut.

Als sie bei Kellys Auto angekommen waren, ließ er sie los. „Wo ist er hin?"

„Das wollte er mir nicht sagen."

„Was hat er dir erzählt, Kelly? Die Polizei wird dich bestimmt danach fragen."

Ihr Kinn fing an zu zittern. Um es zu verbergen, senkte sie den Kopf, spürte den Regen die Nase hinuntertropfen. „Er hat gesagt, daß er Baron Fougère nicht umgebracht hat und daß da noch jemand am Tatort war."

„Und du hast ihm das abgenommen?" Sein Sarkasmus ließ sie zurückschrecken. „Hast du vergessen, wie er mit dir umgesprungen ist? Was er dir angetan hat?"

„Hab ich nicht. Und ich werde es auch niemals vergessen."

Sie stieg ins Auto, knallte die Tür zu und ließ den Motor an. Sie sah noch, wie Sam in seinen Jeep stieg. Dann strahlten ihre Scheinwerfer durch den Regen, warfen ihr Licht auf den holprigen Weg. Tränen vermischten sich mit den Regenspuren auf ihren Wangen. Sie wischte sich übers Gesicht und trat das Gaspedal durch. Sie konnte nicht sagen, wovor sie diesmal weglief: vor der Vergangenheit oder vor der Gegenwart?

Bald darauf rannte Kelly, bis auf die Haut durchnäßt, ins Haus und geradewegs die Treppe hinauf. Als sie auf halber Höhe war, flog die Eingangstür auf. Es war Sam.

„Kelly, so warte doch!" Die Schärfe in seiner Stimme bewirkte lediglich, daß sie ihre Schritte beschleunigte. Sam eilte hinter ihr her und erreichte ihr Zimmer gerade noch rechtzeitig, um die sich bereits schließende Tür abzufangen und wieder aufzustoßen. Als er eintrat, wich Kelly zurück. Er kam näher. Doch dann sah er Angst in ihren Augen flackern, und das brachte ihn zur Besinnung.

„Kelly, wir müssen miteinander reden", sagte er so ruhig wie möglich.

„Was willst du von mir? Daß ich mich entschuldige? Also meinetwegen: Es tut mir leid, daß ich dir seinen Besuch verschwiegen habe. Warum ich es tat, weiß ich nicht. Ich war durcheinander, verstehst du. Erklären kann ich dir das nicht." Sie wandte sich sichtlich erregt ab. „Ich kann es mir ja nicht einmal selbst erklären."

„Demnach hat er dir nichts angetan? Dich auch nicht bedroht?"

„Nein." Kelly schüttelte den Kopf. „Wir haben miteinander geredet. Ich wollte ihn dazu bringen, daß er sich der Polizei stellt, aber das war völlig zwecklos." Sie senkte den Kopf und seufzte tief. „Frag mich jetzt bitte nicht, ob ich ihm glaube. Ich weiß doch wohl am besten, wie oft er schon gelogen hat. Nur . . ., was ist, wenn er diesmal wirklich die Wahrheit sagt?"

„Kelly!" Jetzt kam er doch einen Schritt näher.

Sofort wandte sie sich ab. „Himmel, warum erzähle ich dir das alles? Das geht dich ja gar nichts an. Überhaupt nichts."

„Ich denke, doch." Sam sah sie grimmig an. „Hast du schon mal daran gedacht, daß ich mich vielleicht in dich verliebt haben könnte?"

Sie starrte ihn entgeistert an und wurde ganz blaß.

„Du kannst dir über deine Gefühle gar nicht im klaren sein. Dazu kennen wir uns viel zu kurz."

„Wie lange dauert es denn, um sich zu verlieben?" fragte Sam herausfordernd und ergriff ihre Hände. „Einen Tag? Eine Woche? Einen Monat? Zwei? Welche Zeitspanne ist dafür angemessen?"

„Weiß ich nicht. Hör zu, Sam. Mein Leben ist völlig aus den Fugen geraten. Ich muß es in Ordnung bringen, klare Verhältnisse schaffen."

„Dann tu's doch." Ohne den Blick von ihr abzuwenden, drückte er ihr einen Kuß auf die Handfläche. „Solange du mich dabei nicht vergißt!"

„Das dürfte so gut wie unmöglich sein."

KELLY war keineswegs überrascht, als am nächsten Morgen Ollie Zelinski und ein Kommissar zu einer Befragung erschienen. Vorsorglich hatte sie bereits genau aufgeschrieben, was sich abends zuvor ereignet hatte. Kurz bevor sich Sam auf eine Tasse Kaffee zu ihr gesellt hatte, war sie mit ihrer Niederschrift fertig geworden.

„Was dagegen, wenn ich dabei bin?" fragte Sam, nachdem Mrs. Vargas den Staatsanwalt und den Kommissar ins Frühstückszimmer geführt hatte.

„Nein", antwortete der Kommissar. „Im Gegenteil. Ich hab bestimmt auch ein paar Fragen an Sie."

Zelinski nahm Platz. „Tut mir leid", meinte er zu Kelly.

„Es muß sein, ich weiß. Hier." Sie schob ihm ihren Bericht zu. „Damit ich nichts auslasse, habe ich alles aufgeschrieben – alles, was ich irgendwie für wichtig hielt."

Zelinski überflog die Seiten und reichte sie dann an den Kommissar weiter. Kelly verfolgte gespannt, wie sich der Kommissar in die Aufzeichnungen vertiefte, um dann Zelinski von der Seite her einen Blick zuzuwerfen. „Jetzt können Sie sich zumindest ausrechnen, wie sich Dougherty verteidigen wird“, sagte er. „Er wird behaupten, daß ein anderer am Tatort war und sich mit Fougère angelegt hat.“

„Wäre das so abwegig?“ fragte Kelly.

„Abwegig? Nein. Aber so gut wie unwahrscheinlich. Das einzige, was mich überrascht, ist, daß er keine noch so vage Beschreibung dieser angeblich dritten Person abgibt.“

Irgendwann während der Nacht hatte es zu regnen aufgehört. Durch die aufgerissene Wolkendecke drang Sonnenlicht ins Zimmer.

„Sie halten ihn demnach für schuldig“, sagte Kelly.

„In der Tat“, bekräftigte der Kommissar, um gleich darauf verlegen hinzuzufügen: „Tut mir leid, aber wir haben ein Motiv und die Mordwaffe, die er in der Hand hielt und die seine Fingerabdrücke trägt.“

„Waren noch andere Fingerabdrücke drauf?“

„Natürlich.“

„Haben Sie sie identifiziert?“

„Alle, bis auf einen“, gab Zelinski Auskunft. „Die beiden anderen stammen von Arbeitern aus der Kellerei. Der Schlegel ist sozusagen ihr Handwerkszeug.“

„Wäre es denn so völlig aus der Luft gegriffen, wenn der dritte Abdruck dem gehörte, der tatsächlich Baron Fougère umgebracht hat?“ fragte Kelly.

„Kelly, wir haben erdrückende Beweise gegen deinen Vater“, hob Zelinski geduldig an.

„Alles nur Indizien. Sie haben eine Zeugin, die ihn mit der Mordwaffe neben der Leiche gesehen hat. Aber niemand hat mit angesehen, wie er den Mord beging. Das sogenannte Motiv beruht auf der Annahme, daß Baron Fougère ihn bei einem Akt vorsätzlicher Zerstörung von Eigentum ertappt hat. Was vermuten läßt, daß er überrascht war. Wenn dem so ist – warum hat er dem Baron nicht eins mit dem Benzinkanister, den er bei sich hatte, versetzt? Warum hat er ihn erst abgestellt und einen Schlegel irgendwoher genommen? Es wäre auch möglich, daß ein Dritter anwesend war. Jemand, der sich mit dem Baron herumstritt und ihn dann erschlug.“ Immer trotziger klammerte sich Kelly an die Version ihres Vaters. „Haben Sie feststellen können, wo sich jeder einzelne Gast zur angenommenen Tatzeit aufhielt? Hatte sich jemand von der Terrasse entfernt?“

„Du und ich waren bereits weg“, machte Sam aufmerksam. „Ich habe dich nach Hause gebracht.“

„Aber ich kann nicht beschwören, daß du zur Tatzeit mit mir

zusammen warst", gab sie zurück. „Ich weiß nicht, wann wir die Party verließen. Ich trug keine Uhr, und in meinem Hotelzimmer habe ich auch nicht nachgesehen, wie spät es ist. Du hättest anstatt nach Hause ebensogut zur Weinkellerei fahren, auf den Baron treffen, dich mit ihm streiten und ihn schließlich umbringen können."

„Angelst du nach einem Strohhalm?" murrte Sam. „Welchen Grund sollte ich dafür gehabt haben?"

Sie kannte einen und war entschlossen, ihn zur Sprache zu bringen. „Denk doch mal nach. Als Baron Fougère vor dem Essen davon sprach, daß Fougère und Rutledge für Kalifornien gemeinsame Pläne hätten, schienst du über diese Absicht nicht sonderlich glücklich zu sein."

„Nicht unbedingt, nein", meinte er kurz angebunden, um dann, wie aus der Pistole geschossen, zu fragen: „Was zum Teufel soll das, Kelly?"

„Ich versuche, etwas zu begründen." Sie richtete den Blick wieder auf Zelinski und den Kommissar. „Andere könnten ebenfalls ihre Gründe gehabt haben, dem Baron den Tod zu wünschen, um daraus Profit zu schlagen. Aber es ist wohl einfacher, den Mord einem notorischen Trinker anzulasten, stimmt's?"

„Tut mir leid, wenn du das so auslegst, Kelly", sagte Zelinski und stand auf. „Ich glaube, das wär's wohl."

„Richtig." Der Kommissar sammelte eilends seine Unterlagen zusammen.

Als sie gegangen waren, drehte sich Sam zu Kelly um. „Was dagegen, mir zu erklären, was das alles bedeuten soll?"

„Was?" Sie zog die Stirn in Falten und warf Sam ungeduldig einen Blick zu. „Du nimmst mir doch hoffentlich nicht übel, daß ich dir unterstellt habe, als Täter in Frage zu kommen?"

„Mich stört weitaus mehr, daß du langsam anfängst zu glauben, dein Vater sei unschuldig. Damit wirst du Schiffbruch erleiden, Kelly", warnte er.

„Es geht nicht darum, daß ich es glaube, sondern daß ich herausfinde, ob er es ist oder nicht. Ich weiß nur, daß das, was man gegen ihn vorbringt, alles andere als hieb- und stichfest ist."

„Das herauszufinden ist die Aufgabe des Verteidigers, den du ihm besorgt hast – nicht deine!"

„Hast du dir jemals die Abbildung der Justitia angesehen, Sam? Nicht nur, daß ihre Augen verbunden sind. Die Waagschalen sind auch nicht auf gleicher Höhe. Wir wissen doch beide, daß er, wenn er sich rechtfertigen muß, eine miserable Figur machen wird. Und wenn man mich in den Zeugenstand ruft, werde ich sagen müssen, daß er, sobald er getrunken hatte, gewalttätig wurde. Welches Gericht wird glauben, daß ein solcher Mann unschuldig ist, selbst wenn das der Fall ist?"

„Was wirst du also aussagen?"

„Daß er ein schrecklicher Vater war und nicht viel taugt, daß ich aber dagegen bin, ihn allein deswegen zu verurteilen. Wenn er ins Gefängnis muß, dann nur, wenn er sich eines Verbrechens schuldig gemacht hat. Ist das denn so schwer zu begreifen?"

„Nein. Schwer zu begreifen ist eher, wie du das beweisen willst. Und warum du meinst, diejenige sein zu müssen, die das tut?" parierte er.

„Wer denn sonst? Und der einzige Weg, etwas zu beweisen, ist der, alle anderen in Frage kommenden Möglichkeiten auszuschalten. Der einzige Weg, der mir einfällt, ist, immer wieder Fragen aufzuwerfen."

Kapitel 14

EIN WINDSTOSS hob Kellys Rock leicht an, als sie vor The Cloisters aus dem Auto stieg. Sie hatte eine Verabredung mit Gilbert Rutledge. Nervös ging sie zum Empfang. „Mein Name ist Elizabeth Dugan", log sie. „Ich habe eine Verabredung mit Mr. Rutledge."

Im Gegensatz zu dem nüchternen Äußeren des klösterlich anmutenden Gebäudes, in dem die Verwaltung der Weinkellerei untergebracht war, bot das Innere durchaus einen Hauch von Luxus, der noch deutlicher zum Ausdruck kam, als Kelly das mit Perserteppichen und Gobelins ausgestattete geräumige Chefbüro betrat, in dem Gilbert Rutledge residierte. Durch die Fenster konnte man auf die Weinberge sehen. Hinter einem wuchtigen antiken Schreibtisch saß Gilbert Rutledge auf einem hochlehnigen, fast wie ein Thron wirkenden, geschnitzten Stuhl.

„Miß Dugan." Gilbert stand auf und kam mit dem ihm eigenen charmanten Lächeln um den Schreibtisch herum. „Wenn ich mich recht erinnere, sagte meine Sekretärin, daß Sie aus Sacramento sind, vom Gesundheitsministerium. Richtig?"

„Nein. Um ehrlich zu sein, komme ich von keiner Behörde, und mein Name ist auch nicht Elizabeth Dugan." Sie nahm die Sonnenbrille ab. „Ich bin Kelly Douglas."

„Natürlich! Jetzt erkenne ich Sie wieder." Sein Lächeln schwand und machte verblüffter Neugier Platz.

„Es tut mir leid, daß ich Ihre Sekretärin angeschwindelt habe. Ich wollte nicht, daß mein Name in irgendeinem Terminkalender auftaucht und einer Ihrer Angestellten womöglich der Presse einen Wink gibt. Ich nehme doch an, daß Ihnen ebensowenig wie mir an einer Meute von Reportern auf Ihrem Grundstück gelegen ist."

„Allerdings. Bitte nehmen Sie doch Platz!" Er deutete auf zwei geschnitzte, gepolsterte Stühle und ließ sich selbst wieder hinter seinem Schreibtisch nieder. „Was kann ich für Sie tun?" Noch ehe sie antworten konnte, hob er bereits die Hand. „Wenn es sich um den noch ausstehenden Lohn für Ihren Vater handelt, muß ich Ihnen leider sagen, daß die Abrechnung nicht vor Ende der Woche erfolgen kann."

Ihr Vater hatte hier gearbeitet? Kelly ließ sich nicht anmerken, wie überrascht sie war.

„Unseren Unterlagen zufolge gab es keinerlei Probleme mit ihm. Soweit mir bekannt ist, war er im Dienst stets nüchtern. Jedenfalls hat es seinetwegen niemals Anlaß zu Beschwerden gegeben." Er stieß einen tiefen Seufzer aus. „Was die nachfolgenden Ereignisse in einem um so tragischeren Licht erscheinen läßt."

„Da haben Sie wohl recht." Um sich etwas mehr Klarheit zu verschaffen, fragte sie: „Soweit mir bekannt ist, konkurrierten Sie und Ihre Mutter um den Abschluß eines Fusionsvertrags mit Baron Fougère, nicht wahr? Da dürfte Sie seine Absichtserklärung beim Abendessen ganz schön erstaunt haben!"

„Nicht im mindesten. Der Baron hatte mich noch am Nachmittag angerufen und mir seine Entscheidung mitgeteilt. Um so bedauerlicher, daß keine Zeit mehr blieb für einen schriftlichen Vertrag. Sein tragischer Tod . . ."

„Demnach ist jetzt alles wieder offen?"

„Theoretisch, ja." Lässig zuckte er die Schultern. „Die endgültige Entscheidung liegt wohl bei seiner Witwe." Er brach ab, lächelte sie mitfühlend an. „Das Ganze ist bestimmt schrecklich für Sie."

„Ja", sagte Kelly und nickte zustimmend. „Vor allem, weil ich ebenfalls auf der Party war, aber aufbrach, bevor . . . Sie blieben länger, nicht wahr?"

„Stimmt. Mein Sohn Clay und ich drehten gerade die Abschiedsrunde. Wir unterhielten uns mit Clyde Williams und seiner Frau, als wir die Polizeisirenen hörten."

Obwohl er die Namen von Gästen erwähnt hatte, hatte sie das Gefühl, daß sein eigentliches Alibi sein Sohn war, und umgekehrt natürlich ebenfalls. Äußerst praktisch, wie Kelly fand, unter Umständen sogar äußerst verdächtig, oder wünschte sie sich nur, daß es verdächtig war?

„Und kurz danach erfuhren Sie, daß der Baron umgebracht worden war. Hat die Polizei durchblicken lassen, wer als Täter in Frage kommt?"

„Nein. Aber einer meiner Freunde ist bei der Polizei, und der sagte mir, alles deute auf Len Dougherty hin."

„Ich habe erst am darauffolgenden Morgen vom Tod des Barons erfahren." Kelly hatte das unbestimmte Gefühl, daß da noch etwas war, etwas, das ihr unbedingt wieder einfallen mußte.

„Bestimmt ein entsetzlicher Schock für Sie", meinte Gilbert mitfühlend.

„Manchmal ist mir, als drehte sich noch immer alles in meinem Kopf. Mein Vater schwört, den Baron nicht umgebracht zu haben. Er ist überzeugt, daß Mrs. Rutledge ihm das angehängt hat, um ihn daran zu hindern, das Geld aufzutreiben, das er ihr schuldet. Er hat ihr als Sicherheit seine vier Hektar Land überschrieben, und wenn er nicht zahlt, gehören sie ihr."

Geld! Das war es. Ihr Vater hatte gesagt, jemand wolle ihm ein Darlehen geben, um Katherine auszuzahlen, aber sein Vertrag sei geplatzt. Hatte er damit das Darlehen gemeint, das geplatzt war, oder Gilbert Rutledges Abkommen mit Baron Fougère?

Auf gut Glück sagte sie: „Er hat fest damit gerechnet, daß Sie ihm das Geld geben, das er Katherine schuldet."

„Hat er das gesagt?" Gilbert Rutledge bemühte sich nach Kräften, den Erstaunten zu spielen. Wenn er es dabei belassen hätte, hätte sie ihm vielleicht geglaubt. Aber er lachte nervös auf. „Er hat mich zwar gefragt, ob er sich von mir eine geradezu phantastische Summe borgen könnte, aber ich habe ihn abblitzen lassen. Ich versichere Ihnen, daß ich nicht im Traum daran gedacht habe, ihm auch nur zehn Cent zu leihen."

„Andererseits müßte es doch für Sie eine Genugtuung sein, wenn Katherine nicht an dieses Land herankäme."

„Wenn ich es *ihr* für fünfunddreißigtausend hätte abjagen können, wäre das einer Überlegung wert gewesen. Aber rein zur Genugtuung war mir der Preis dann doch zu hoch."

Er hatte genau die Summe erwähnt, die ihr Vater brauchte. Weshalb wußte er so genau Bescheid, wenn er nicht ernsthaft über ein Darlehen nachgedacht hatte? Ein Gedanke schoß ihr durch den Kopf. „Er hat mir erzählt, daß er in der Nacht, als die Party stattfand, zur Weinkellerei gegangen ist, um über die Fässer in den Reifekellern Benzin zu gießen, damit es in das Holz einzieht und auf diese Weise den Wein verdirbt."

„Mein Gott, was für ein teuflischer Racheakt. Ich wußte gar nicht, daß Ihr Vater zu solch abstrusen Ideen fähig ist."

„Vorausgesetzt, die Idee stammte von ihm . . . und nicht von Ihnen."

Gilberts Gesicht verfinsterte sich. „Wollen Sie mir damit unterstellen, daß ich ihn angestiftet habe?!"

„Haben Sie das denn nicht?"

„Das hat doch Katherine ausgeheckt, oder?" Er war aufgesprungen, rote Flecken zeichneten sich auf seinem Gesicht ab, die Adern an seinem Hals traten hervor. „Das soll ihr noch leid tun, meinen Namen in einen Mordfall reinzuziehen. Wenn sie glaubt, sie könne mich ruinieren und meine Chance zunichte machen, mit Fougères Witwe einen Vertrag abzuschließen, soll sie sich das lieber noch mal überlegen." Dann brach es aus ihm heraus: „Ich weiß doch ganz genau, was sich in Wirklichkeit hinter der Legende um Madame verbirgt. Ich weiß um die Geheimnisse, die sie seit all den Jahren im Weinarchiv hinter Schloß und Riegel hält. Ich weiß Bescheid über den Unfall, der kein Unfall war. Wenn sie jetzt so was vorhat, dann, bei Gott, vernichte ich den Ruf von Madame ein für allemal!" Er ließ die Faust auf die Schreibtischplatte niedersausen, daß Kelly zusammenzuckte. „Und jetzt verschwinden Sie! Gehen Sie, ehe ich Sie rausschmeiße!"

Kelly ließ sich nicht zweimal auffordern und entfernte sich schleunigst aus dem Büro. Der tobende Gilbert Rutledge jagte ihr mehr Angst ein, als sie sich eingestehen wollte.

Gilbert rang um Fassung. Noch immer heftig schnaufend, hob er den Telefonhörer ab und wählte Clays Nummer. „Katherine will uns in den Mordfall hineinziehen."

„Mein Gott, hat sie . . ."

„Bis jetzt versucht sie erst einmal, uns mit Dougherty in Verbindung zu bringen. Du mußt ab sofort Fougères Witwe unter Druck setzen. Und halt sie verdammt noch mal von Katherine fern." Er knallte den Hörer hin.

Auf dem Rückweg zum Gut ließ Kelly die Szene immer wieder vor ihrem inneren Auge ablaufen und versuchte, die obskuren Behauptungen, die Gilbert Rutledge vom Stapel gelassen hatte, zu ergründen.

Ich weiß doch ganz genau, was sich in Wirklichkeit hinter der Legende um Madame verbirgt. Was berichtete die Legende, die sich um Katherine Rutledge rankte? Daß sie den gemeinsam mit ihrem verstorbenen Mann geträumten Traum, in Kalifornien einen Wein anzubauen und zu keltern, der sich mit den edelsten französischen Tropfen messen konnte, in die Tat umgesetzt hatte. Daß sie die Kellerei während der Prohibition nicht stillgelegt, sondern Meßwein hergestellt hatte. Das berichtete die Legende, und Gilbert behauptete nun, das entspreche nicht der Wahrheit. Nichts davon oder nur Teile?

Kelly nahm sich den nächsten Punkt vor. *Ich weiß um die Geheimnisse, die sie seit all den Jahren im Weinarchiv hinter Schloß und Riegel hält.* Spielte er damit auf das Gewölbe an, in dem sich eine vollständige Kollektion der Weine befand, die Gut Rutledge im Laufe der Zeit gekeltert hatte? Aber wo mochte da ein Geheimnis sein? Kelly kannte das Weinarchiv, in dem sich in Stellagen, die fast bis zur Decke reichten, Flasche an Flasche reihte. Kein Versteck für einen größeren Gegenstand. Oder etwa doch?

Der letzte Punkt war eindeutiger. *Ich weiß Bescheid über den Unfall, der kein Unfall war.* Kelly vermutete, daß Gilbert auf einen der beiden Unfälle angespielt hatte, die auch ihr bekannt waren. Katherines Ehemann Clayton Rutledge war bei einem Autounfall in Frankreich ums Leben gekommen und Kellys Großvater Dougherty bei einem merkwürdigen Vorfall, der sich in der Kellerei ereignet hatte. Wenn einer davon kein Unfall war, dann war es Mord. Auf welchen der beiden Vorfälle bezog sich das? Und wer hatte ihn begangen? Katherine?

Unter Umgehung der Hauptzufahrt zum Gut fuhr Kelly über einen Seitenweg geradewegs zur Weinkellerei. Das Weinarchiv war die einzige Möglichkeit weiterzukommen.

Am Empfang im Bürogebäude saß gerade niemand, als Kelly eintrat. Nach kurzem Zögern suchte sie auf dem Schreibtisch nach dem Schlüssel für das Weinarchiv. Kelly nahm ihn an sich und verließ unauffällig das Büro. Sie ging um das Kellereigebäude herum, zum Eingang zu den Reifekellern und betrat die kühlen Gewölbe. Um sie herum herrschte Stille, eine Stille, die fast unheimlich war. Im Licht der Lampen in den Gängen ließen sich die bauchigen Umrisse der Reifefässer und die Stellagen mit den kleineren Fässern erkennen.

In der Stille klangen Kellys Schritte um so lauter, als sie jetzt auf die mit einem verschnörkelten R verzierte schmiedeeiserne Gittertür zuging, hinter der sich das Weinarchiv mit den in Regalen gelagerten Flaschen befand. Der Schlüssel paßte, und gleich darauf ließ sich die Tür in den gutgeölten Angeln lautlos aufdrücken. Kelly trat ein, zog die Tür wieder hinter sich zu, sah sich in dem langen, schmalen unterirdischen Raum um, in dem Hunderte von Flaschen bis zum Bogenansatz des Deckengewölbes gelagert waren. Ansonsten, abgesehen von einem kleinen Holztisch und einem Stuhl sowie leeren Gestellen für kommende Jahrgänge und einer stabilen Trittleiter, gab es nichts zu sehen.

Kelly seufzte. Wenn in diesem Raum etwas versteckt war, mußte es sich um etwas sehr Kleines handeln. Irgendwelche Dokumente oder Papiere? Nein, das wäre zu riskant. Gut und gern ein halbes Dutzend Arbeiter hatten immer mal wieder hier zu tun. Falls man zwischen den Flaschen etwas fand, was nicht dahin gehörte, würde das unweigerlich Verdacht erregen.

Und doch mußte etwas versteckt worden sein. Wenn ich hier etwas verstecken wollte, überlegte Kelly, wo würde ich es hintun? Doch nicht zwischen die Flaschen. Die wurden immer wieder herausgezogen, damit man einen Blick auf das Etikett werfen konnte. Vielleicht in eine Flasche? Genau.

„All diese Jahre im Weinarchiv hinter Schloß und Riegel“, murmelte Kelly Gilberts Andeutung nach. Wie viele Jahre? Dreißig? Vierzig? Fünfzig? Sie versuchte, sich an bestimmte Daten zu erinnern. Katherine hatte Clayton Rutledge gegen Ende des Ersten Weltkriegs geheiratet, und Gilbert hatte Anfang der sechziger Jahre Gut Rutledge verlassen. Dazwischen lag eine Zeitspanne von etwa vierzig Jahren.

Kelly nahm sich die Weine vor, die Ende des Ersten Weltkriegs abgefüllt worden waren, zog eine Flasche nach der anderen heraus, um sich zu überzeugen, daß sie Wein enthielten. Als sie zu den zwanziger Jahren kam, der Ära der Prohibition, keimte plötzlich ein Verdacht in ihr auf. Einem Impuls folgend, wandte sie sich dem Ende der zwanziger Jahre zu, der Zeit nach Claytons Tod. Sie zog eine Flasche heraus, sah sie sich genauer an. Eigentlich unterschied sie sich in nichts von den anderen. Wirklich? Es gab nur eine Möglichkeit, das festzustellen.

Sie nahm die Flasche mit an den Tisch, entkorkte sie und schnupperte naserümpfend am Inhalt. Der beißende Essiggeruch verriet, daß der Wein umgekippt war. Sie nahm sich eine weitere Flasche vor, mit dem gleichen Ergebnis. Wenn ihre Vermutungen nun doch falsch waren? Sie konnte nicht alle Flaschen öffnen, nur um eine bestimmte ausfindig zu machen.

Nur noch eine. Nur noch eine letzte wollte sie überprüfen.

DER LEDERRIEMEN schnitt ihr in die Schulter, das Gewicht der beiden Flaschen, die Kelly in ihrer Tasche verstaut hatte, zog ihn nach unten. Um verräterisches Aneinanderstoßen der Flaschen zu vermeiden, hielt sie die Tasche eng an sich gepreßt. Als sie das Haus betrat, sah sie am anderen Ende der Halle die Haushälterin von draußen hereinkommen.

„Mrs. Vargas“, rief Kelly ihr zu, „wo ist Mrs. Rutledge?“

Die Frau blieb stehen. „Madame speist auf der Terrasse.“

„Ist Sam bei ihr?“

„Ja, Miß. Möchten Sie sich mit zu ihnen setzen?

„Ja, aber nicht zum Mittagessen. Würden Sie bitte ein paar Weingläser hinausbringen?“

„Wie Sie wünschen!“

Sam stand auf, als Kelly auf die Terrasse hinaustrat. „Ich hab mich schon gefragt, wo du bleibst.“

„Es war ein reichlich anstrengender Vormittag.“

„Was hast du gemacht?“ Sams Blick verriet mäßige Neugier.

Zum genau richtigen Zeitpunkt erschien die Haushälterin mit den Weingläsern, um die Kelly gebeten hatte. „Ich fand, wir sollten zum Mittagessen Wein trinken“, erklärte Kelly und zog die Flaschen aus ihrer Tasche. „Ich war noch schnell in den Kellern und hab die hier geholt.“ Sie stellte sie auf den Tisch, wobei sie darauf achtete, daß Katherine die Etiketten erkennen konnte.

Die Farbe wich aus dem Gesicht der alten Dame. „Ihre Wahl war alles andere als glücklich. Nehmen Sie sie weg, Mrs. Vargas.“

„Nein“, widersprach Kelly ruhig, aber bestimmt, und legte die Hand um einen der beiden Flaschenhälse. „Ich bin der Meinung, wir sollten diesen Wein probieren. Sam, wärst du so nett, die Flasche zu öffnen?“

„Es besteht kein Grund, sie zu öffnen“, sagte Katherine scharf. „Dieser Jahrgang ist schon vor Jahren umgekippt.“

Sam besah sich das Etikett. „Katherine hat recht, Kelly. Das hier ist ein Rotweinverschnitt, den man hätte trinken müssen, solange er jung war. Er dürfte längst zu Essig geworden sein.“

„Machen wir die Flasche trotzdem auf“, meinte Kelly. „Wenn er nicht gut ist, lassen wir ihn eben stehen.“

„Das ist doch Unsinn!“ beharrte Katherine, deren Haltung sich verkrampft hatte.

„Keineswegs, Katherine. Ich habe durchaus meine Gründe dafür.“ Kelly sah Katherine durchdringend an. „Sie wissen das so gut wie ich.“

Sam sah von einer zur anderen. „Was soll denn das heißen?“

„Möchten Sie ihn aufklären, oder soll ich es tun?“ fragte Kelly. Und als Katherine fast unmerklich den Kopf schüttelte, fuhr sie fort: „Es hat mit der Prohibition zu tun, Sam, und einer Hausarbeit, die ich vor etlichen Jahren in der Schule über die Geschichte der noch jungen Weinindustrie im Napa Valley schrieb. Um die Arbeit schreiben zu können, befragte ich Leute, die noch die Anfänge miterlebt hatten. Sie erzählten mir alle möglichen Geschichten über Alkoholschmuggler und deren Arbeitsweisen während der Prohibition, von halsbrecherischen Nachtfahrten bis zum Transport von Weinkanistern in Särgen. Die Weinkellereien, die daran beteiligt waren, mußten sich zudem etwas einfallen lassen, um den Aufsichtsorganen gegenüber ihren Schwund an Lagerbeständen zu rechtfertigen. Manchmal verfuhr man so, daß man Fässer mit gefärbtem Wasser füllte, damit sie voll klangen, wenn ein Kontrollbeamter dagegen klopfte. Wenn du diese Flasche öffnest, Sam, wirst du feststellen, daß sie gefärbtes Wasser enthält.“

„Stimmt das, Katherine?“ Seine Augen hatten sich zu Schlitzen verengt.

„Ja“, kam es nur unwesentlich lauter als ein Flüstern. Sie war blaß, ihre wäßrig blauen Augen glänzten qualvoll. Sie sah alt aus, sehr alt. „Wie . . .“ Ihre Stimme erstarb.

„Wie ich dahinterkam?“ vollendete Kelly die Frage. „Ich habe mich heute morgen mit Ihrem Sohn unterhalten. Auch über den sogenannten Unfall weiß ich Bescheid.“

„Es *war* ein Unfall!“ Die Hand der alten Dame fuhr hoch, schmale Finger ballten sich zu einer Faust. „Das müssen Sie glauben. Evans Tod war ein schrecklicher, tragischer Unfall.“

Evan. Ihr Großvater. „Vielleicht sollten Sie mir Ihre Version von dem, was damals geschah, erzählen?“

„Das ist so lange her.“ Katherine schüttelte kraftlos den Kopf. „Ich wußte nicht, daß unser Wein illegal verkauft wurde . . ., nicht bis zu jener Nacht.“ Ihre Stimme wurde monoton und spröde. „Evan

Dougherty war unser Gutsverwalter. Solange Clayton noch lebte, erstattete Evan ihm Bericht. Danach mir." Sie ließ die Hand auf ihren Schoß sinken. „Evan war ein gutaussehender Mann, der etwas von einem arroganten Draufgänger an sich hatte. Daß er auch äußerst gerissen war, steht außer Frage. Als die Prohibition in Kraft trat, war es für ihn ein leichtes gewesen, gutseigenen Wein auf dem schwarzen Markt zu verkaufen und sein eigenmächtiges Handeln durch falsche Einträge in den Büchern zu vertuschen. Selbst heute kann ich nicht sagen, ob er seine dunklen Geschäfte schon vor unserer Reise nach Frankreich einfädelte oder erst während wir uns dort aufhielten. Als ich mit Girard Broussard und seinem Enkel Claude zurückkam, kümmerte ich mich ausschließlich um die neuen Weinberge. Die Auseinandersetzungen zwischen Evan und Broussard interessierten mich weniger; ich ließ es dabei bewenden, Claudes Großvater anzuweisen, alles Geschäftliche weiterhin Evan zu überlassen." Sie seufzte. „Ich habe nie in Frage gestellt, was er in der Weinkellerei tat. Ich hielt mich lieber von ihm fern. Er hatte früher schon anzügliche Bemerkungen gemacht, und was er nicht laut aussprach, verrieten seine Blicke. Evan Dougherty gehörte zu dieser Sorte Mann. Als die Kinderfrau meiner Söhne schwanger wurde und ich erfuhr, daß er der Vater war, war ich aufs äußerste empört und bestand darauf, daß er sie heiratete. Was er auch tat, ohne daß das seinen Hang, jedem Rockzipfel nachzustellen, groß beeinträchtigt hätte. Für ihn schienen Frauen dazusein, um erobert zu werden."

Sam stellte die Weinflasche auf den Tisch. „Was geschah in jener Nacht, Katherine?"

„In jener Nacht?" Sie starrte ihn eine Weile an. „Es war schon spät. Ich unternahm einen Spaziergang. Ich kam mir verloren und einsam vor, mutlos. Als ich Claude durch die Dunkelheit nach Hause eilen sah, rief ich ihm hinterher, fragte ihn, warum er sich noch so spät draußen herumtreibe. Er sagte, er sei spazierengegangen, aber er kam mir verstört vor. Ich fragte ihn, was ihn bedrücke. Zunächst wollte er nicht mit der Sprache herausrücken, aber dann erzählte er, daß er beobachtet habe, wie Evan Wein aus den Kellern auf seinen Lastwagen lud. Und das sei ihm doch eigenartig vorgekommen. Ich weiß noch, daß er fragte: ‚Darf Monsieur Dougherty das tun?' Ich sagte Claude, er solle nach Hause zu seinem Großvater gehen und sich keine Gedanken machen; ich würde Evan zur Rede stellen. Ich fand ihn schließlich in den Weinkellern. Mit Weinflaschen beladen . . ."

„WAS HABEN Sie damit vor?" Katherine baute sich mitten im Gang zwischen den Fässern auf.

„Sieh einer an." Seine grünen Augen musterten sie ungeniert. „Wenn das nicht die Witwe persönlich ist, noch dazu ganz allein. Sie fühlen sich wohl einsam, was?"

„Ich habe Sie etwas gefragt."

„Reichlich frisch hier unten." Er stellte die Flaschen auf die Erde. „Nehmen Sie lieber meine Jacke, sonst holen Sie sich noch den Tod."

Er schlüpfte aus seiner Jacke, wobei sich der Stoff seines karierten Hemds spannte und Katherine, so sehr sie sich bemühte, dem keine Beachtung zu schenken, die Konturen seines muskulösen Brustkorbes erahnen konnte. „Ich brauche Ihre Jacke nicht", erwiderte sie betont kühl und mit eisigem Blick.

Evan ging auf sie zu. „Doch, Sie brauchen sie!" Katherine wich keinen Zentimeter zurück, in der fälschlichen Annahme, andernfalls ihre Autorität zu gefährden. „Na, kommen Sie schon. Lassen Sie sich das Ding um die Schultern hängen, dann wird Ihnen gleich wärmer."

Als er Anstalten machte, ihr die Jacke umzulegen, ließ sie es geschehen. Die Jacke verströmte seinen aufreizend männlichen Geruch. Katherine glaubte ersticken zu müssen.

„Ich möchte wissen, was Sie mit diesen Flaschen und dem Wein auf Ihrem Lastwagen vorhaben", sagte sie schneidend.

„Verkaufen selbstverständlich!" Er grinste verschlagen und studierte nachdenklich ihr Gesicht.

„An wen?"

„Einen Kunden in San Francisco." Genüßlich strich er ihr über die Wange.

Sie schlug seine Hand weg. „Das ist gegen das Gesetz! Einfach meinen Wein zu nehmen und ihn auf dem Schwarzmarkt zu verhökern! Ich hätte es mir denken können!" Sie war außer sich.

„Na, na, das braucht Sie doch nicht zu bekümmern", wiegelte er schmeichlerisch ab. „Sie haben schon genug am Hals."

Er wollte ihr die Hände auf die Schultern legen. „Lassen Sie das!" fauchte Katherine und wich zurück. „Sie haben mich in Schwarzmarktgeschäfte hineingezogen. Ist Ihnen klar, was passiert, wenn man Sie erwischt?"

„Ich pass' doch auf!" Er trat noch dichter an sie heran. „Sie können sich auf mich verlassen", sagte er mit honigsüßer Stimme. „Wissen Sie das denn nicht? Weshalb hat das Gut Ihrer Meinung nach in den letzten Jahren einen Gewinn erwirtschaftet?“

„Sie müssen damit aufhören. Das Risiko ist zu groß.“ Sie wich noch einen Schritt zurück und stieß dabei mit dem Rücken an die Weinfässer.

„Sie machen sich Sorgen um mich. Find ich richtig nett!“ Er stemmte die Hände gegen die Eichenfässer und rahmte Katherine so mit seinen ausgestreckten Armen ein. „Ich find vieles an Ihnen nett.“

Sie versuchte, den Kopf abzuwenden. Ohne Erfolg. „Hören Sie auf! Lassen Sie mich in Ruhe!“ Sie wollte ihn zurückstoßen, von sich weg, aber er schob einfach den anderen Arm hinter ihren Rücken.

„Du willst ja gar nicht, daß ich dich in Ruhe lasse, stimmt's?“ raunte er ihr zu.

„Doch!“ Sie warf den Kopf zurück und bemerkte augenblicklich ihren Fehler, denn seine Hände packten zu, und er beugte sich über ihr Gesicht. Sie wehrte sich, aber er ignorierte einfach das Trommeln ihrer Hände und die Anspannung in ihrem Körper, mit der sie sich zu befreien suchte. Katherine stöhnte ob ihrer Hilflosigkeit auf und schloß die Augen. Sie haßte ihn dafür, daß er die Erinnerung an die Zeit weckte, da sie und Clayton sich geliebt hatten und Claytons Mund zärtlich über ihr Gesicht und ihren Hals geglitten war. Sie sehnte sich danach, all das erneut zu erfahren, das Fieber und das Verlangen. Sie nahm gar nicht wahr, daß sich ihre Finger in sein Hemd gekrallt hatten, ihn festhielten. Sie nahm nicht wahr, daß ihr Körper sich an ihn schmiegte – bis sie den kalten Windhauch auf ihrem Busen spürte und sich seine derbe Hand darauf legte.

„Nicht!“ Sie kämpfte mit allen ihr zur Verfügung stehenden Mitteln, um sich zu befreien. „Lassen Sie mich los! Hören Sie? Lassen Sie mich los!“

„Sie haben Madame gehört!“

„Claude!“ Als sie ihn so dastehen sah, einen für sein Alter hoch aufgeschossenen, strammen Jungen mit unerbittlicher Miene, schluchzte Katherine vor Erleichterung förmlich auf.

Evan warf einen Blick über die Schulter. „Dein Schoßhündchen ist dir wieder mal nachgelaufen. Meinst du nicht, du solltest ihn lieber nach Hause schicken?“ Dann wandte er sich wieder ihr zu. Er drückte seine Hüften an sie. „Na, hau schon ab, Bürschchen“, sagte er, ohne Katherine aus den Augen zu lassen. „Die Dame braucht deine Hilfe nicht.“

Katherine war außer sich. „Und Sie brauche ich schon gar nicht.“

Wieder bemühte sie sich freizukommen, was Evan nur mit einem höhnischen Auflachen quittierte.

Mit einemmal warf sich Claude zwischen sie und versuchte, Evan von ihr wegzudrängen. Evan drehte sich um, stieß einmal zu, so daß Claude rückwärts taumelte und unsanft auf dem harten Kellerboden landete. Evan zog Katherine wieder lachend an sich.

Dann war ein dumpfes Geräusch zu hören, und Evan starrte sie ungläubig an, ehe er die Augen verdrehte und zusammenbrach. Der Blick, den Claude auf Katherine geheftet hatte, verriet blankes Entsetzen.

„CLAUDE schlug ihn nieder", erklärte Katherine, „um mich zu verteidigen. Er hatte nicht vorgehabt, ihn umzubringen. Es war ein schrecklicher Unfall, und ich wußte, daß ich etwas tun mußte, damit es wirklich nach einem Unfall aussah."

„Warum?" Wie um besser zu verstehen, beugte sich Sam vor. „Hättest du nicht die Polizei rufen können?"

„Und mich dem Skandal einer Untersuchung aussetzen?" Katherine schüttelte den Kopf. „Wie hätte ich mich rechtfertigen sollen, noch so spät in die Weinkeller hinuntergegangen zu sein? Etwa damit, daß ich Evan zur Rede stellen wollte – um diese Uhrzeit? Wir wissen doch beide, was die Leute hinter so etwas vermuten. Und hätte ich vielleicht riskieren sollen, daß die Polizei von seinen Schmuggelgeschäften erfährt? Das hätte bedeutet, alles zu verlieren. Und Claude . . ., Claude war erst vierzehn. Sein Leben wäre ruiniert gewesen."

„Deshalb haben Sie ein Faß von der Stellage gerollt und das Ganze als Unfall getarnt", folgerte Kelly.

„Ja, das tat ich." Katherine nickte versonnen. „Als ich fertig war und mich umdrehte, sah ich in Gilberts kalte, vorwurfsvolle Augen." Sie rieb sich die Arme, als fröstelte sie bei der Erinnerung daran. „Ich habe nie herausbekommen, wie er dorthin gelangt ist. Er hat sich immer einen Spaß daraus gemacht, sich unbemerkt anzuschleichen. Vielleicht verhielt es sich in jener Nacht nicht anders. Erzählt hat er es mir nie." Verlegen und wie um Verständnis bittend, sah sie Kelly über den Tisch hinweg an. „Evans Tod war ein Unfall."

„Ja", pflichtete Kelly ihr leise bei und bedauerte längst, sich jemals in den Kopf gesetzt zu haben, die Wahrheit über die Legende um Katherine Rutledge zu ergründen. Wozu das alles? überlegte Kelly. Wo ich doch im Grunde keinen Schritt weitergekommen bin, um die

Schuld oder Unschuld meines Vaters zu beweisen. „Katherine . . ., haben Sie in der Nacht, als die Party stattfand, noch jemanden bei der Weinkellerei gesehen?“

„Noch jemanden?“ Sie warf Kelly einen gequälten Blick zu. Oder war es Angst?

„Sie haben noch jemanden gesehen, nicht wahr?“

Ihr Blick wurde trüb. „Ich sah nur ein Gespenst. Einen kleinen Jungen mit kalten, vorwurfsvollen Augen.“ Katherine griff nach ihrem Stock und erhob sich. „Ich bin sehr müde. Ich werde mich etwas hinlegen.“ Langsam ging sie auf die Terrassentür zu. „War diese Frage nötig?“ sagte Sam mit einem giftigen Blick zu Kelly.

„Glaubst du, es war Gilbert, den sie in jener Nacht gesehen hat?“

„Ich glaube, sie hat genau das gesehen, was sie sagte: ein Gespenst!“

Es klang sehr bestimmt. Das Dumme war nur, daß Kelly nicht an Gespenster glaubte – außer es waren lebendige.

Kapitel 15

DIE GETÄFELTEN Wände der Bibliothek glänzten in der Morgensonne, die durch die Fenster flutete. Kelly schlenderte ziellos im Raum hin und her. Ein Seufzer der Entmutigung entrang sich ihr. Sie hatte gestern nichts erreicht. Natürlich stimmte das nicht ganz. Schließlich war sie hinter Familiengeheimnisse gekommen. Allerdings belasteten sie sie nur unnötig.

Sie verspürte ein unwiderstehliches Bedürfnis nach frischer Luft, eilte in die Eingangshalle, riß die Terrassentüren weit auf und trat ins Freie, aus dem Schatten des Hauses heraus in die wärmende Sonne. Der schrille Heulton einer Sirene durchschnitt die Stille des Morgens. Nur nicht daran denken, daß das etwas mit ihrem Vater zu tun haben könnte! Als Kelly den dichten Rasen betrat, drangen Stimmen an ihr Ohr, die aus dem Rosengarten zu kommen schienen. Sie ging dorthin und entdeckte plötzlich Natalie Fougère – in den Armen von Clay Rutledge.

Jäh riß sich die Baronin von ihm los, wehrte sich gegen seine Umarmung und schlug sogar nach ihm. Clay sagte etwas, worauf Natalie abwehrend den Kopf schüttelte und, nachdem sie sich befreit hatte, auf die Terrasse zu hastete. Clay wandte sich verärgert ab und eilte auf kürzestem Weg durch den Garten.

Nur wenige Meter trennten die beiden Frauen, als Natalie Kellys Anwesenheit wahrnahm. Erschrocken starrte sie sie an, warf einen raschen Blick zum Rosengarten zurück.

Alles Blut war aus ihrem Gesicht gewichen. „Sie haben uns gesehen", flüsterte sie stockend.

„Ja, Sie und Clay." Kelly war ganz durcheinander. Natalie wurde zusehends verlegener.

„Es ist nicht so, wie Sie denken. Es ist vorbei. Ich kann es nicht ertragen, daß er mir auch nur noch einmal zu nahe kommt." Sie schüttelte sich angewidert. Es wirkte durchaus echt. „Ich habe es ihm gesagt, aber er weigert sich, mich anzuhören."

„Als Ihr Mann umgebracht wurde, hielten Sie sich ebenfalls im Rosengarten auf, nicht wahr?" sagte Kelly aufs Geratewohl. „Sie haben die Party verlassen, um sich mit Clay zu treffen."

„Wir waren zusammen, ja."

„Und Emile ist Ihnen nachgegangen."

Natalie warf ihr einen gehetzten Blick zu. „Ich wünschte, ich wäre ihm nie begegnet. Es war ein Fehler!"

„Was ist geschehen? Hat Ihr Mann Sie beide zusammen überrascht?" fragte Kelly leise, aber unerbittlich weiter. „Hat es eine Auseinandersetzung gegeben? Einen Kampf? Ist Clay auf ihn losgegangen?"

„Nein. Nein!"

„SIE WAR verängstigt, Sam." Kelly saß auf der breiten Brüstung einer Betonmauer hoch über dem Tal. Das Licht der untergehenden Sonne umstrahlte die Kämme der westlichen Gebirgskette.

„Verängstigt, weswegen?" fragte Sam, der neben Kelly stand.

„Das weiß ich nicht. Vielleicht fürchtet sie sich vor Clay, weil er den Baron getötet hat. Vielleicht hat sie Angst, weil sie es getan hat. Vielleicht schreckt sie aber auch nur der Gedanke, es könnte publik werden, daß sie ihren Mann betrogen hat. Wer weiß? Sam, irgendwer lügt, soviel steht fest. Sie will mit Clay zusammengewesen sein, und Gilbert behauptet genau das gleiche. Wenn nun Clay zum Zeitpunkt des Mordes mit keinem der beiden zusammen war? Und wenn ja: wer kann das beweisen?"

„Du jedenfalls nicht. Erzähl der Polizei, was du rausgefunden hast, und laß sie dem nachgehen. Das ist deren Sache."

„Großartig. Sie haben meinen Vater doch längst als schuldig abgestempelt."

„Kelly, du solltest doch am besten wissen, daß er die ganze Mühe nicht wert ist. Laß es bleiben!"

„Das kann ich nicht, und das will ich auch nicht!" Sie sprang hinunter, wollte an ihm vorbei, aber er versperrte ihr den Weg.

„Warum?" bedrängte er sie. „Glaubst du vielleicht, er würde dir dankbar sein, wenn du beweisen kannst, daß er unschuldig ist? Sobald er auf freiem Fuß ist, wird er sich wieder besaufen. Ist dir das nicht klar? Oder meinst du, wenn du tust, was du vorhast, würde er dich endlich lieben?"

Tränen schossen Kelly in die Augen. Sie stieß Sam beiseite und stürzte davon. Den ganzen Rückweg über kämpfte sie dagegen loszuheulen, jeder Atemzug verursachte ein Brennen in ihren Lungen. Alles in ihr war in Aufruhr, und ihre Empörung kannte keine Grenzen. Kaum hatte sie die Halle betreten, hastete sie zur Bibliothek hinüber. Sie kramte in den Schreibtischschubladen herum, bis sie das Telefonbuch fand. Sie schlug den Buchstaben R auf und fuhr mit dem Finger die Namen entlang, bis sie den gesuchten gefunden hatte. Sie griff zum Telefon, wählte die Nummer und wartete. „Ich möchte Mr. Gilbert Rutledge sprechen", erklärte sie der Person am anderen Ende der Leitung.

„Wer ist am Apparat, bitte?"

„Miß Douglas." Sie setzte sich auf die Kante des Schreibtischs, während sie wartete.

Endlich meldete sich Gilbert Rutledge. „Ja, Miß Douglas. Was gibt's denn? Bitte fassen Sie sich kurz. Ich habe Gäste."

„Ich werde mich sehr kurz fassen, Mr. Rutledge." Kelly bemühte sich um einen geschäftlich-neutralen Ton. „Zunächst einmal möchte ich klarstellen, daß Ihre Mutter nichts von diesem Anruf weiß. Was ich mit Ihnen zu besprechen habe, ist eine rein persönliche Angelegenheit zwischen Ihnen und mir."

„Worum handelt es sich?" fragte er barsch.

„Ich weiß, daß Sie zum Zeitpunkt des Mordes nicht mit Ihrem Sohn zusammen waren. Wenn mein Vater das ausbaden soll, ist es nur angemessen, daß er dafür eine Entschädigung erhält."

„Was sagen Sie da?"

Seine Stimme erstarb zu einem leisen, wütenden Zischeln. „Das ist Erpressung!"

„Was für ein häßliches Wort, Mr. Rutledge. Ich würde eher von einer geschäftlichen Vereinbarung sprechen. Denken Sie darüber nach. Wir sprechen uns wieder." Sie legte auf. Ihr Unmut war mit einemmal verflogen. Spielerisch glitten ihre Finger über das Telefon. „Einen, der gelogen hat, hab ich schon gefunden, Sam", flüsterte sie. „Als nächstes finde ich auch noch die Wahrheit heraus!"

Sie hatte zu lange in einem Gespinst von Unwahrheiten gelebt – ihren eigenen und denen ihres Vaters. Sie mußte herausbekommen, ob er sie jetzt wieder belog. Sie mußte sich Klarheit darüber verschaffen, ob er schuldig war oder unschuldig, weil das die einzige Möglichkeit für sie war, nicht länger Opfer, sondern endlich befreit zu sein. Sie tat es für sich, nicht für ihren Vater. Nur wie sie das Sam begreiflich machen sollte, wußte sie nicht. Es tat ihr weh, daß er es nicht verstehen wollte, viel mehr weh, als sie sich einzugestehen erlaubte.

ES WAR spät, als Sam an diesem Abend die Treppe hochstieg, um schlafen zu gehen. Er hatte unten gesessen und gehofft, Kelly würde sich zu ihm gesellen und das Kriegsbeil begraben. Wo er doch so felsenfest überzeugt gewesen war, sie würde, wenn sie über alles nachdachte, einsehen, daß er sie lediglich vor einer weiteren Enttäuschung bewahren wollte!

In Höhe ihrer Tür blieb er mitten auf dem Flur stehen. Wenn es nicht zu diesem Streit gekommen wäre, wäre er jetzt da drin bei ihr. Eigentlich war das noch immer möglich. Er brauchte nur an diese Tür zu klopfen.

Nein. Er war nicht bereit, auch nur ein einziges Wort von dem, was er gesagt hatte, zurückzunehmen. Es stimmte doch, daß Dougherty sie immer wieder gequält hatte. Höchste Zeit, daß sie sich das klarmachte.

Mit raumgreifendem Schritt steuerte Sam auf sein Zimmer zu.

ETWA ein Dutzend Gepäckstücke stand neben der Haustür auf dem Marmorfußboden, als Kelly am nächsten Morgen die Treppe herunterkam.

„Guten Morgen." Das wohlbekannte Auftippen von Katherines Stock begleitete den Gruß.

„Guten Morgen." Kelly deutete auf das Gepäck. „Wie ich sehe, reist die Baronin ab."

„Ja. Der Gerichtsmediziner hat die sterblichen Überreste von Emile zur Bestattung freigegeben", erklärte Katherine. „Natalie will den Sarg nach Frankreich begleiten."

„Verstehe." In Wirklichkeit hatte Kelly ganz und gar nicht damit gerechnet, daß Natalie schon so bald abreisen würde.

„Würden Sie mir den Gefallen tun und in die Weinkellerei hinüberlaufen, um Sam Bescheid zu sagen? In den Büros wird gerade eine neue Telefonanlage installiert; deshalb ist die Leitung vorübergehend außer Betrieb. Sam möchte sich bestimmt von Natalie verabschieden."

„Aber gerne", sagte Kelly, auch wenn ihr bei dem Gedanken, Sam gegenüberzutreten, flau wurde. Das konnte aber auch ein Zeichen dafür sein, wie sehr sie sich nach ihm sehnte. Beim Hinausgehen wurde ihr klar, daß es auch für sie an der Zeit war aufzubrechen. Sam brachte kein Verständnis auf für das, was sie tat. Wenn sie weiterhin hier wohnte, würde es nur noch mehr Auseinandersetzungen geben. Zwischen ihnen würde es sowieso bald aus sein – war es da nicht besser, den Zeitpunkt ihrer Abreise selbst zu bestimmen?

Als Kelly die Stelle erreichte, wo der alte Pfad abzweigte, schlug hinter ihr eine Autotür zu. Sie drehte sich um. Es war Gilbert Rutledge. Er hob grüßend die Hand und kam mit einem unbefangenen Lächeln auf sie zu. „Na, unterwegs zu einem Morgenspaziergang, Miß Douglas?"

„Ich muß rüber in die Weinkellerei." Kelly war bewußt, daß es jetzt darauf ankam, einen kühlen Kopf zu bewahren.

„Ich habe über unser Telefongespräch gestern abend nachgedacht. Es wird Zeit, daß wir uns einmal darüber unterhalten."

„Wie ich schon sagte, muß ich rüber in die Weinkellerei. Sie können gern mitkommen oder warten, bis ich zurück bin."

„Ich komme mit." Sein Lächeln war nachsichtig und aufreizend zugleich.

„Sie überraschen mich, Mr. Rutledge. Ein Geschäftsmann wie Sie sollte wissen, daß es unklug ist, sich anmerken zu lassen, wie sehr er darauf erpicht ist, ein Geschäft unter Dach und Fach zu bringen."

Der Pfad, den sie nun gemeinsam eingeschlagen hatten, wurde von Bäumen beschattet, durch deren Blätter kleine Sonnenlichtflecken fielen.

„Vielleicht habe ich beschlossen, mich auf keinerlei Geschäfte mit Ihnen einzulassen. Ich lasse mich niemals auf ein Geschäft ein, ehe ich nicht weiß, was dabei für mich rausspringt und was mein Partner zu bieten hat. Ganz im Vertrauen, Miß Douglas, ich glaube nicht, daß das in Ihrem Fall mehr ist als eine Menge heiße Luft."

„Genug, um Sie damit zu versengen." Kelly hörte ein Auto die

Auffahrt entlangkommen, konnte aber durch die dichten Bäume hindurch nichts sehen.

„Es wäre wohl besser, wenn Sie sich deutlicher ausdrückten."

„Was möchten Sie denn hören? Etwas über das Verhältnis der Baronin mit Ihrem Sohn? Daß sie die Party verließ, um sich mit ihm zu treffen? Leider scheint Baron Fougère Verdacht geschöpft zu haben, denn er ging ihr nach."

„Reine Spekulation."

„Es ist mehr als das, Mr. Rutledge." Sie näherten sich der Biegung des Pfades, von der die Weinkellerei nicht mehr weit weg war. „Was würden Sie sagen, wenn ich einen Zeugen hätte?"

„Katherine etwa?"

SAM KLETTERTE aus dem Jeep und sah nachdenklich zu dem Mercedes hinüber, der in der Auffahrt parkte. Die Stirn in Falten, eilte er die Stufen zur Haustür hinauf. Als er die Halle betrat, kam Katherine gerade die Treppe herunter.

„Sam!" Ein freudiges Lächeln umspielte ihren Mund. „Wie schön. Kelly hat dir demnach Bescheid gesagt."

„Kelly?" Sam blieb stehen. Die Falten auf seiner Stirn vertieften sich. „Ich hab sie nicht gesehen."

„Wirklich nicht? Vor zehn Minuten habe ich sie zur Weinkellerei geschickt. Sie sollte dir ausrichten, daß Natalie uns heute vormittag verläßt."

„Deswegen also ist Gilbert hier?" Und mit einem Blick auf das Gepäck neben der Tür: „Bringt er sie zum Flughafen?"

„Gilbert?" Katherine schien verblüfft. „Wie kommst du darauf, daß er hier ist?"

„Sein Mercedes steht draußen."

„Merkwürdig." Sie kam näher. „Er hat gar nicht geläutet. Vielleicht ist er mit Kelly unterwegs."

Das war eigentlich die einzige plausible Erklärung. „Dieses verflixte Weib", knurrte Sam. „Ich hab ihr gesagt, sie soll sich da raushalten." Verärgert machte Sam auf dem Absatz kehrt. „Ich fahr zurück zur Weinkellerei und seh nach, ob sie dort sind. Ich muß mit ihr reden."

„Warte. Ich komme mit!"

„Warum?" Die Tür halb geöffnet, blieb er stehen. Seine Augen verengten sich, als er Katherines verstörtes Gesicht sah.

„Weil . . ." Sie brach ab.

„Katherine, hast du in der Nacht damals etwa noch jemanden gesehen?“ herrschte er sie unvermittelt an. „Gilbert vielleicht?“

„Ich . . ., kann schon sein“, kam es zögernd, verunsichert.

Fluchend riß Sam die Tür weit auf und stürmte hinaus.

„KATHERINE?“ wiederholte Kelly Gilberts Frage und schüttelte den Kopf. „Katherine sagt, sie habe Dougherty gesehen, also meinen Vater . . . und das Gespenst eines kleinen Jungen mit kalten, vorwurfsvollen Augen.“

Er zuckte zusammen. „Wer ist dann dieser geheimnisvolle Zeuge?“ wollte er wissen.

Sie folgten der Biegung des Pfades. Am Ende des Tunnels, den die Bäume bildeten, waren die von der Sonne beschienenen Backsteinmauern der Weinkellerei zu sehen.

„Mein Vater erzählte mir, er habe Stimmen gehört von Leuten, die sich stritten. Er schlich am Gebäude entlang, um nachzusehen, was los war.“

„Ach, Ihr Vater ist der Zeuge“, entgegnete Gilbert Rutledge höhnisch. „Sie haben nichts in der Hand, Miß Douglas. Sie wissen so gut wie ich, daß kein Gericht der Welt meinen Sohn aufgrund der Zeugenaussage eines Säufers wegen Mordes verurteilen wird.“

Clay also. Sie mußte sich beherrschen, um das aufsteigende Gefühl des Triumphes zu unterdrücken. Unwillkürlich ging sie schneller.

„Man würde ihn aber verurteilen, wenn eindeutige Beweise vorlägen, nicht wahr, Mr. Rutledge?“

„Was für Beweise?“ stieß er durch die Zähne hervor.

„Nicht so voreilig, Mr. Rutledge. Erst einmal sollten Sie mir verraten, was Sie zu bieten haben.“

„Wieviel?“

Sie hatten den Pfad verlassen. Bis zur Weinkellerei war es nur noch ein Katzensprung. „Machen Sie mir ein Angebot.“

Er blieb stehen. „Mehr als zwanzigtausend Dollar in bar kann ich nicht aufbringen.“

Kelly sah ihn an. „Ihr Sohn ist Ihnen aber nicht besonders viel wert.“ Sie hatte die Hand am Drücker. Sie sah, wie Gilbert Rutledge die Adern schwollen. „Hören Sie –“

„Nein, ich habe genug gehört.“

Als sie Anstalten machte, ihn stehenzulassen, packte er sie am Handgelenk. „Was für einen Beweis haben Sie?“

„Sobald ich das Geld habe, erhalten Sie den Beweis." Hoffentlich konnte sie bis zu ihrer nächsten Unterredung mit Gilbert Rutledge Ollie Zelinski dazu bringen, eine Fangschaltung zu installieren. Auch wenn eine Bandaufzeichnung bei Gericht nicht unbedingt zulässig war, würde sie doch die Unschuld ihres Vaters bezeugen.

„Damit geb ich mich nicht zufrieden."

„Pech für Sie. Das ist alles, was Sie im Augenblick bekommen können."

„Von wegen." Er drehte ihr das Handgelenk um. Der Schmerz, der durch ihren Arm schoß, raubte Kelly die Luft.

„Laß sie los!"

Verblüfft starrte Kelly den stämmigen Claude Broussard an. Der Griff um ihr Handgelenk lockerte sich dennoch nicht.

„Miß Douglas und ich haben etwas rein Privates zu besprechen. Sie stören nur. Also gehen Sie schon." Mit einer Kopfbewegung bedeutete er Claude zu verschwinden.

„Erst wenn Sie sie losgelassen haben."

„Hören Sie zu, Sie verschrobener Alter . . ."

„Alt?" wetterte Broussard. „Ich und alt? Ich? Claude Broussard?" Auf französisch ließ er eine Schimpftirade los und kam näher.

Kelly sah nur den Holzschlegel, den Broussard wie eine Waffe in der Hand hielt, und nahm den Jeep, der auf den Hof einbog und auf sie zusteuerte, gar nicht wahr. Stimmen – ihr Vater hatte wütende Stimmen gehört, aber nichts verstehen können. Konnte er auch nicht, wurde Kelly klar – weil die Auseinandersetzung auf französisch stattgefunden hatte.

Der Schlegel. Laut Zelinski stammten zwei der Fingerabdrücke von Gutsarbeitern. Ihr Blick richtete sich auf Broussard.

„Sie", flüsterte Kelly. „Sie waren es, der sich in der Mordnacht mit dem Baron herumgestritten hat. Stimmt das, Claude?"

„Was?" fragte Gilbert entgeistert und ließ Kelly unwillkürlich los.

„War es nicht so, Claude?" bedrängte Kelly den alten Mann mit dem aschgrauen Gesicht, der sich nur noch mit Mühe auf den Beinen halten konnte. Aus dem Augenwinkel bekam sie mit, daß zwei Gestalten näher kamen – offenbar Sam und Katherine –, aber sie wandte den Blick nicht von Broussard ab.

„Er sagte . . ., ich sei zu alt." Seine dunklen Augen verrieten Verwirrung, Zerknirschung, ja sogar Schmerz. „Er sagte, er würde meinen

Posten einem Jüngeren geben. Er wollte mich nicht anhören. Ich versuchte ...“

„Sie haben ihn umgebracht, ja?“ fragte Kelly leise und beschwörend.

„Er sagte, das sei bereits beschlossene Sache. Und ich solle ihn nicht länger aufhalten. Er wollte mich beiseite schieben, und da ...“ Die Worte blieben ihm im Hals stecken.

Kelly half nach. „Und da schlugen Sie zu?“

Er nickte, wandte sich dann an Katherine. „Madame, es war ein Unfall. Ich wollte nicht so fest zuschlagen. Ich ...“

„Sprich nicht weiter, Claude.“ Sie stellte sich neben ihn, legte die Hand auf seinen Arm und sah zu ihm auf. „Kein Wort mehr, Claude, bis ich einen Anwalt für dich besorgt habe“, sagte sie. Ihre Augen standen voller Tränen.

Es war vorbei. Kelly spürte, wie ihre Anspannung wich und Erleichterung Platz machte. Sie wandte sich Sam zu, ihre Blicke trafen sich.

„Sieht aus, als hätte dein Vater die Wahrheit gesagt“, meinte Sam.

„Ich mußte mir Gewißheit verschaffen, Sam. Ich konnte nicht noch weitere Lügen hinnehmen.“

„Kelly, ich war auf dem Weg zu dir, um dir was zu sagen. Im Radio haben sie vorhin durchgegeben, dein Vater sei gefaßt worden.“

„Ich muß ihn aufsuchen und mich darum kümmern, daß er auf freien Fuß gesetzt wird.“

„Es besteht keinerlei Veranlassung für dich, ihn aufzusuchen, Kelly“, gab Sam zu bedenken. „Die Formalitäten kann MacSwayne erledigen. Du brauchst nicht eigens hinzufahren.“

„Doch, ich muß.“ Ohne ein weiteres Wort ging sie.

„Er wird sich nicht bei dir bedanken, Kelly!“ rief Sam ihr noch nach. Daß sie das nicht einsehen wollte!

Innerhalb von Minuten war die Polizei zur Stelle und nahm Broussard fest. Katherine und Gilbert starrten dem Fahrzeug nach.

Gilbert hatte sich noch immer nicht von seiner Verblüffung erholt. „Der alte Claude war's also“, murmelte er. „Und ich dachte immer, Clay ...“ Er brach ab, biß sich auf die Lippen.

„Wir sind schon so ein Gespann, Gilbert.“ Katherine sah ihn verständnisvoll und traurig an. „Ich glaubte, du ... Ich dachte, ich hätte dich dort gesehen.“

„Hast du auch. Ich wollte Clay warnen, daß Emile ihm gefolgt war.

Ich nahm die Abkürzung durch den Wald, um Clay noch vor Emile zu erreichen. Aber ich hab mich verlaufen. Als ich schließlich zur Weinkellerei kam, fand ich dich dort . . . neben Emiles Leiche."

Bei der Erinnerung daran, daß Clay lediglich gesagt hatte, „Emile ist tot", schüttelte Gilbert den Kopf. Clay war vor Schreck ganz blaß gewesen, und Gilbert hatte, ohne weitere Fragen zu stellen, daraus geschlossen, daß sein Sohn für die Tat verantwortlich war. Gilbert wurde klar, daß Clay wiederum gedacht haben mußte, daß er, Gilbert, Emile getötet hatte. Er sah Katherine an. „Wenn du glaubtest, mich gesehen zu haben, warum hast du das dann der Polizei gegenüber nicht erwähnt?"

„Warum hast du ihnen nichts von Clay gesagt?"

„Er ist mein Sohn."

„Eben!"

In seinem Gesicht zuckte es, ehe er ihr mit einem verschämten Lächeln zunickte und sich dann wie selbstverständlich zu dem alten Pfad begab, um zu seinem Auto zurückzugehen.

Schweigend half Sam Katherine auf den Beifahrersitz des Jeeps und nahm selbst hinter dem Lenkrad Platz. Der Zündschlüssel steckte noch, aber anstatt den Motor anzulassen, sah er Katherine fragend an.

„Du hast Gilbert für den Mörder gehalten, dich aber der Polizei gegenüber ausgeschwiegen. Warum, Katherine? Dein Sohn haßte dich, er haßt dich vermutlich noch immer. Warum ihn dann schützen, Katherine?"

„Wenn du Kinder hättest, würdest du das nicht fragen."

„Glaubst du, er würde sich dir gegenüber ebenso loyal verhalten?"

„Wohl kaum." Sie ging mit einer Handbewegung darüber hinweg. „Darauf kommt es doch gar nicht an. Ich bin in letzter Zeit recht uneinsichtig gewesen, Sam. Vermutlich das Alter. Höchste Zeit also, daß ich abtrete. Ab sofort bestimmst du, was auf Gut Rutledge getan wird."

Er warf ihr von der Seite her einen Blick zu und lächelte etwas schief. „Du kannst gar nicht aufhören, Katherine. Du weißt gar nicht, wie das geht."

„Du wirst schon sehen. Ich bin auch jetzt noch für Überraschungen gut. Schließlich wird Claude in den nächsten Wochen und Monaten einen Großteil meiner Zeit und Zuwendung in Anspruch nehmen." Selbstverständlich würde sie dem alten Claude beistehen: Sam hätte das eigentlich wissen müssen. Katherine würde für Claude dasein, ob er nun im Recht war oder nicht. So wie er, Sam, Kelly hätte beistehen und für sie dasein sollen. Er hatte sich falsch verhalten, und daß er dabei die besten Absichten gehegt hatte, vermochte nichts daran zu ändern.

AM SPÄTNACHMITTAG fuhr Kelly zurück zu Gut Rutledge. Als sie den Jeep vor dem Haus sah, stellte sie sich innerlich auf eine weitere Runde mit Sam ein – auf die letzte, wie sie sich schwor. Sam öffnete ihr die Tür, noch ehe sie sie erreicht hatte. „Da bist du ja. Hat man deinen Vater entlassen?"

„Ja." Kelly schlüpfte an ihm vorbei in die Halle. „Und falls es dich interessiert: stimmt, er hat mir nicht gedankt", sagte sie noch über die Schulter hinweg und ging auf die Treppe zu.

„Das wollte ich gar nicht wissen. Und darüber wollte ich auch nicht mit dir sprechen." Er kam ihr nach.

Kelly rannte die Stufen hinauf. „Zwischen uns ist bereits alles gesagt worden."

„Verdammt noch mal, du machst es mir wirklich nicht einfach!"

„Bedauerlich. Aber warum sollte ich es dir einfach machen? Nichts war für mich jemals einfach. Sieh es doch endlich ein, Sam. Ich bin nicht so, wie du mich sehen willst, basta." Kaum hatte Kelly ihr Zimmer erreicht, ging sie schnurstracks zum Kleiderschrank und holte ihren Koffer heraus.

Sam war ihr hinterhergerannt und packte sie nun am Arm. „Würdest du mir jetzt einmal einen Augenblick lang zuhören?"

„Ich habe dir lange genug zugehört!" schrie sie ihn an. „Ab sofort höre ich nur noch auf mich."

„Ich hätte schon die ganze Zeit auf dich hören sollen!"

Mehr vom sanften Klang seiner Stimme als durch seinen festen Griff gebannt, sah Kelly ihn überrascht an. „Was willst du damit sagen?"

Der Druck auf ihren Arm lockerte sich, sein Blick wurde flehend. „Es tut mir leid, was ich über deinen Vater geäußert habe . . . Ich weiß doch, wie sehr du gelitten hast. Ich wollte dir jeden weiteren Kummer ersparen und habe nur versucht, dich zu beschützen."

„Vor so etwas kann man einen nicht beschützen!"

„Nein, kann man nicht." Er schien nach den richtigen Worten zu suchen. „Kelly, ich weiß nicht genau, was es bedeutet, eine Familie zu haben. Meine Eltern waren mir immer fremd. Ich habe mir eingeredet, daß mir das nichts ausmacht. Es war für mich leichter so."

„Wenn einem alles egal ist, kann man nicht enttäuscht werden", sagte sie zu ihm und wiederholte damit, was er einmal zu ihr gesagt hatte.

„Vielleicht ist diese Feststellung nicht ganz richtig. Vielleicht sollte man nicht alles mit gleicher Münze heimzahlen, vielleicht muß man gelegentlich spontan handeln, einfach weil man überzeugt ist, daß es richtig ist."

„Kann schon sein." Sie trat beiseite, außerhalb seiner Reichweite, um sich selbst daran zu hindern, Sam zu berühren.

„Kelly, ich bin nicht frei von Fehlern."

„Wer ist das schon?" Sie stellte den Koffer auf das Bett und klappte ihn auf.

„Wohin willst du? Zurück nach New York?"

Kelly nickte. „Meine Arbeit wartet auf mich." Sie ging zum Kleiderschrank und holte ihre Sachen heraus. „Ich habe mit Hugh telefoniert, während ich in MacSwaynes Büro auf die Entlassung meines Vaters gewartet habe. Seine Schuldlosigkeit hat letztlich meine Karriere gerettet." Sie trug die Kleidungsstücke zum Bett. „Der Sender will außerdem mit einer groß angelegten PR-Kampagne für alles weitere sorgen."

„Das freut mich. Ich weiß doch, wieviel dir dein Beruf bedeutet."

Bisher hat er mir alles bedeutet, ging es Kelly durch den Kopf, während sie ihre Sachen zurechtlegte. Aber in den vergangenen Tagen hatte sie einiges über sich dazugelernt. Und wenn sie früher geglaubt hatte, daß eine Fernsehkarriere alles war, was sie zu ihrer Erfüllung brauchte, reichte ihr das jetzt nicht mehr. Sie sehnte sich nach einem Ehemann, nach Kindern, einem Zuhause – nach einer Familie. Sie atmete tief ein. „Vielleicht freut es dich auch zu hören, daß ich auch die Schulden meines Vaters zurückzahlen werde. Und was seinen Weinberg betrifft, so habe ich vor, ihn von ihm zu pachten, ein paar Arbeiter einzustellen und ihn erst einmal in Ordnung bringen zu lassen. Ich denke, daß sich die Investition lohnen wird."

„Das heißt, du kommst wieder!" Sam stand jetzt dicht hinter ihr.

„Vermutlich jedes Wochenende." Kelly konzentrierte sich darauf, eine zusammengefaltete Bluse im Koffer zu verstauen.

„Ich würde dich gern sehen, wenn du wieder hier bist, Kelly."

Sie spürte Tränen aufsteigen und schloß deshalb die Augen. „Bei allem, was ich dann um die Ohren habe, werde ich wohl kaum Zeit dazu finden."

„Nimm sie dir einfach", drängte er sie. „Wie ich dir schon einmal gesagt habe, wenn du Pläne schmiedest, solltest du mich unbedingt dabei berücksichtigen. Das war ernst gemeint, Kelly!"

„Sam, ich halte es für besser, wenn wir uns eine Weile nicht sehen. Für eine kurze Weile zumindest." So sehr sie sich bemühte, sie konnte das Zittern ihrer Stimme nicht verbergen. „Verstehst du das nicht, Sam? Es ist so viel geschehen. Und es gibt noch so vieles, über das ich mir klarwerden muß. Vor allem über mich selbst. Ich habe die Adresse eines Vereins in New York für Leute, deren Eltern Alkoholiker sind. Möglich, daß sie mir helfen können, meine Gefühle zu verstehen – meine Aggressionen abzubauen. Vielleicht schaffe ich es eines Tages sogar, meinem Vater das, was er mir angetan hat, zu verzeihen."

„Was hat das mit uns beiden zu tun?"

„Sehr viel", beharrte sie. „Ich muß wieder lernen, anderen zu vertrauen. So was schafft man nicht von heut auf morgen – ich bin einfach zu oft enttäuscht worden. Und ohne gegenseitiges Vertrauen kann sich eine Beziehung nicht entwickeln und vertiefen. Versteh das doch!"

„Verstehen?" Sein jungenhaftes Lächeln kam für sie völlig unerwartet. „Du hast es mit einem Winzer zu tun, Kelly. Ich weiß, daß junge Pflanzen gehegt und gepflegt werden müssen, damit sie gedeihen. Und selbst dann ist noch nicht sicher, ob was daraus wird. Und um mehr bitte ich dich ja gar nicht – nur um diese Zeit des Umeinanderwissens und des besseren gegenseitigen Kennenlernens. Gestehst du uns das zu, Kelly? Die gemeinsame Zeit, um herauszufinden, ob wir zusammengehören?"

Sie sah ihn unschlüssig an. Dann überzog ein strahlendes Lächeln ihr Gesicht. „Ja", sagte sie und wußte mit einemmal, daß sie sich das ebensosehr wünschte wie er.

Janet Dailey

Janet Dailey hat ständig neue Ideen für Romane. Kaum ist sie mit einem Buch fertig, arbeitet sie im Geist schon am nächsten, auch wenn sie sich immer eine Pause gönnt, bevor sie mit dem Niederschreiben des nächsten Romans anfängt. Besonders lang können diese Pausen aber nicht sein, denn das Werk der amerikanischen Bestsellerautorin, die ihren ersten Roman 1975 schrieb, umfaßt mittlerweile mehr als achtzig Bücher. Weltweit wurden davon über hundert Millionen Exemplare verkauft.

Eine große Hilfe ist der Autorin ihr Mann Bill, wie sie freimütig und dankbar bekennt. Er kümmert sich um die Öffentlichkeitsarbeit und das Vermarkten der Bücher und erledigt auch die Recherchearbeiten für die Romane. Darüber ist Janet Dailey besonders froh, denn das ist das einzige, was ihr am Bücherschreiben nicht so gut gefällt. Zwar bereisen sie gemeinsam mögliche Schauplätze, aber das Sammeln und Sichten von Informationsmaterial ist Bills Aufgabe.

Für den Roman *Wie wilder Wein* fuhr das Ehepaar ins Napa Valley, das bekannteste Weinanbaugebiet Nordamerikas, um sich eingehend über die Weinherstellung zu informieren. Janet Dailey beschlichen bald Bedenken, weil in diesem Roman Wein eine so wichtige Rolle spielt: „Ich fürchtete, daß die Geschichte leicht wie eine Glorifizierung des Alkohols wirken könnte, wenn ich nicht auch die fatalen Folgen seines Mißbrauchs aufzeigen würde."

Die Daileys wohnen in einem Urlaubsort in den Ozark Mountains in Missouri, wo die Autorin in verschiedene Hotels, Theater und einen Freizeitpark Geld investiert hat. Zu ihrem eigenen Haus gehört ein großer Garten. Darin zu arbeiten ist neben dem Schreiben ihre liebste Beschäftigung.

LETZTE RACHE

Eine
Kurzfassung
des Buches
von

EVELYN ANTHONY

Nach der
Übersetzung von
Armin
Gontermann

Daß das elegante Landhotel „Dedhamer Hof" seinen Besitzer gewechselt hat, ist kein Geheimnis in der englischen Grafschaft Suffolk. Es ist auch allgemein bekannt, daß der Käufer ein gewisser Harry Oakham ist, dessen Familie von jeher in der Gegend ansässig war. Doch niemand ahnt, daß das ruhige Hotel eine Tarnung für eine Gruppe von Terroristen ist, die für viel Geld tödliche Aufträge ausführt. Nur einer wird stutzig: Jim Parker vom britischen Geheimdienst. Er will der Sache auf den Grund gehen und schickt eine junge Nachwuchsagentin als Hotelgast in die Höhle des Löwen.

1. Kapitel

ROSA BENNETS Mann war schlecht gelaunt. Das wurde ihr sofort klar, als er reinkam, sie mit einem flüchtigen Kuß auf die Wange begrüßte und sich einen Drink eingoß. Sie war damit beschäftigt, das Abendessen vorzubereiten, und ließ ihn in Ruhe – es war ohnehin zwecklos, ein Gespräch mit ihm anzufangen, wenn er in dieser Stimmung war.

Wenig später saßen sie sich im Eßzimmer gegenüber.

„Schmeckt gut", sagte er. „Seezunge esse ich wirklich sehr gern."

Dann aß er weiter und nippte an seinem Wein. Diesmal war sie nicht zu spät dran gewesen. Sie hatte ihren Schreibtisch aufgeräumt und sich beeilt, nach Hause zu fahren, um vor ihm dazusein. Er haßte es, wenn er in ein leeres Haus kam. Unglücklicherweise war das in letzter Zeit des öfteren vorgekommen.

Nachdenklich sah sie ihn an. Er war noch derselbe Mann, in den sie sich vor sechs Jahren verliebt hatte: gutaussehend, blond, mit blauen Augen, voller Energie und Lebensfreude. Sie waren damals als Liebespaar so glücklich miteinander gewesen, genauso wie in den ersten drei Jahren ihrer Ehe. Das war, als sie beruflich noch nicht so erfolgreich gewesen war. Alles war gutgegangen, solange sie noch auf der untersten Sprosse der Karriereleiter im Außenministerium gestanden hatte, während er bereits eine hochbezahlte Stelle in einer Kreditbank hatte.

Ich wünschte, ich könnte mit ihm reden, dachte sie jetzt bedrückt. Richtig reden, nicht streiten. Wenn wir uns gut verstünden, dann könnte ich ihm von meiner neuen Stelle erzählen. Ich bin so aufgeregt und freue mich so, aber ich kann meine Gefühle nicht mit ihm teilen. Und ich kann auch sonst mit niemandem darüber sprechen.

„Hattest du heute viel damit zu tun, die Welt zu verbessern?" fragte er. Sein Sarkasmus war nicht zu überhören, aber sie ging nicht darauf ein.

„Ziemlich viel. Und wie war es bei dir, Liebling?"

„Eher ruhig", antwortete James knapp. „Diese gräßliche Rezession nimmt kein Ende. Nach Feierabend war ich noch mit ein paar Kollegen einen trinken. Könnte ich wohl noch einen Schluck Wein haben?"

Sie schenkte ihm ein, und für einen Moment trafen sich ihre Blicke.

„Verzeih mir, Rosa", sagte er plötzlich. „Ich wollte nicht so ekelhaft zu dir sein. Es war ein schlimmer Tag. Der arme David ist heute morgen gefeuert worden. Es wird nicht leicht sein für ihn, mit vierundvierzig einen anderen Job zu finden."

„Das tut mir leid", sagte sie mit ehrlicher Anteilnahme. Sie kannte David Hughes flüchtig. Er war ein netter Mann mit drei Söhnen, die auf einer vornehmen Privatschule waren, und einer kostspieligen Ehefrau. Auf seinem Haus war eine hohe Hypothek. Sie konnte sich nicht vorstellen, wie es jetzt mit David weitergehen sollte.

„War David auch mit dabei heute abend?"

James Bennet nickte. „Ja, wir hatten eine Art Abschiedsumtrunk für ihn. Er sitzt jetzt wahrscheinlich immer noch da."

Sie strich sich die Haare aus der Stirn – eine Geste, die ihm sehr vertraut war. Rosa hatte dickes braunes Haar, das in der Sonne manchmal wie Kupfer schimmerte. Als sie sich kennengelernt hatten, war sie noch sehr jung gewesen – sehr jung und sehr hübsch. Es war wunderbar, mit ihr zusammenzusein, und sie war phantastisch im Bett. Sie hatten eine zauberhafte Zeit miteinander verbracht; was lag also näher, als zu heiraten? Er hatte einfach angenommen, sie wolle bald eine Familie gründen, und nie richtig zugehört, wenn sie ihm von ihrer Arbeit im Außenministerium erzählte. Aber er hatte seine eigene Karriere, und damals war es eine perfekte, ausgeglichene Partnerschaft gewesen.

Auch Rosa hatte das so empfunden. Jetzt aber, da sich die Dinge geändert hatten, verbrachte sie viel Zeit damit, über die Vergangenheit nachzudenken und herauszufinden, wie der Riß zwischen ihnen entstanden war.

Begonnen hatte es mit ihrer Beförderung, zwei Jahre nach der Hochzeit. James war davon alles andere als begeistert gewesen, und das hatte sie verletzt, aber auch überrascht.

Im Gegensatz zu ihm interessierte sie sich sehr für seinen Beruf und freute sich für ihn, wenn er Erfolg hatte. Er hingegen reagierte meist gelangweilt, sobald sie über ihre Arbeit sprach oder von ihrem Chef erzählte.

Anfangs hatte sich Rosa sein Verhalten mit verletzter männlicher Eitelkeit erklärt und sich zum Ausgleich noch mehr um ihn gekümmert. Rosa konnte es einfach nicht fassen, daß er ihr die Unabhängigkeit und den Erfolg nicht gönnte, außerdem sah es James gar nicht ähnlich, so mißgünstig und boshaft zu sein.

Das ist nur eine vorübergehende Phase, redete sie sich ein. Schließlich passen wir doch so gut zusammen und sind eigentlich sehr glücklich miteinander. Sie hatten ein schönes Haus, viel Geld und einen großen Freundeskreis. Sie galten als das perfekte Paar – so hatte ein Freund von Rosas Mutter sie einmal genannt, und Rosa hatte gelacht.

Alles, was zu ihrem Glück noch fehle, hatte dieser Freund damals hinzugefügt, sei ein Baby, und Rosas Mutter hatte ihm zugestimmt. Ein Baby, ein niedlicher kleiner Junge oder ein süßes Mädchen – wie wunderbar! Wie gern wäre sie Großmutter geworden.

Niemand hatte Rosa richtig ernstgenommen, als sie protestierte. Sie sei doch erst sechsundzwanzig und habe noch viel Zeit, hatte sie damals gesagt. Die anderen wußten nicht – und Rosa war zu stolz, es ihnen zu erzählen –, daß die Gründung einer Familie für James ein vorrangiges Thema war, seit sie Assistentin ihres Abteilungsleiters, Sir Hugh Chapman, geworden war.

Sie hatte versucht, in Ruhe mit James darüber zu reden, und ihn um Zeit gebeten, aber er wollte ihr nicht zugestehen, daß sie ein Recht auf ihre Arbeit und auf ein paar weitere Jahre Unabhängigkeit hatte. Damals war der Riß zwischen ihnen zu einer Kluft geworden, die beide nicht mehr überbrücken konnten. Er warf ihr vor, selbstsüchtig und unreif zu sein. Sie hatte wütend erwidert, er sei egoistisch, chauvinistisch und . . . neidisch. Endlich hatte sie das Wort ausgesprochen, und obwohl sie sich nach diesem Streit noch einmal versöhnten, veränderte dieses Wort auf subtile Weise ihre Beziehung. Wenn sie besonders viel Arbeit hatte und länger im Büro blieb, schmollte er. Dann trank er zuviel und wurde zynisch und aggressiv. Dennoch fühlte er sich elend, weil er sie liebte, und Rosa wußte das. Er wollte sie für sich allein haben – ohne Konkurrenz.

Manchmal war Rosa fast soweit zu resignieren und klein beizugeben, denn das schien die einzige Möglichkeit für sie beide zu sein, wieder zusammenzufinden. Aber im entscheidenden Moment machte sie dann doch immer wieder einen Rückzieher.

Was er von ihr verlangte, war unfair. Wenn sie jetzt kapitulierte, dann würde sie den Respekt vor sich selbst verlieren, und es wäre eine schwere Hypothek für ihre Beziehung. Und eine Schwangerschaft, die unter diesen Umständen zustande kam, wäre ohnehin eine Katastrophe.

Einmal hatte sie versucht, ihm das zu erklären, aber James hatte sie nur verletzt angesehen und behauptet, daß sie sich auch ein Kind wünschen würde, wenn sie ihn wirklich liebte. Damals war ihr das ganze Ausmaß ihrer Misere bewußt geworden: James wollte im Grunde eine andere Frau mit anderen Ansichten über die Ehe. Offensichtlich hatten sie einander falsch eingeschätzt, bevor sie sich gebunden hatten.

Aber sie hatten sich gebunden, und Rosa war der Meinung, daß man für alles Wichtige im Leben hart arbeiten muß – auch für eine Ehe. Zeit und guter Wille würden ihnen schon helfen, die meisten Schwierigkeiten zu überwinden. Und sie liebte James noch immer, da war sie sich ganz sicher.

Sie sprach nicht mehr mit ihm über ihre Arbeit, und er fragte auch selten danach, außer, um hämische Bemerkungen über den Außenminister zu machen, mit denen er indirekt auch Rosa treffen wollte. Oberflächlich betrachtet lebten sie zusammen, aber sie umkreisten einander wachsam und mit wachsender Gereiztheit, wie Wölfe ihre Beute.

James musterte seine Frau. Sie hatte nur sehr wenig gegessen und wirkte blaß und niedergeschlagen. Er fühlte sich schuldig, und das ärgerte ihn.

Immer wieder versuchte sie es mit kleinen Gesten, indem sie ihm zum Beispiel ein Abendessen zubereitete, das er ganz besonders gern mochte, und seine schlechte Laune geduldig ertrug, während er sich danach sehnte, daß sie es ihm heimzahlte und ihn anschrie. Sie dachte immer noch, daß ihre Ehe zu retten war, aber er hatte innerlich schon aufgegeben.

James schob seinen Teller weg. Als sie aufstand und begann den Tisch abzuräumen, blieb er sitzen und machte keinerlei Anstalten, ihr zu helfen. Er war stocksauer.

„Möchtest du einen Kaffee?" fragte sie.

Er hatte schon den Fruchtsalat abgelehnt, den sie gemacht hatte, und er hatte auch keine Lust auf Kaffee. Er wollte etwas trinken.

„Nein, danke. Kannst du das nicht bis morgen früh stehenlassen? Kommt Vicky denn nicht?"

Warum konnte sie sich nicht zu ihm setzen, während er seinen Whisky trank, anstatt sich in der Küche zu schaffen zu machen? Sie bezahlten schließlich eine Frau dafür, daß sie diese Arbeit erledigte. In der letzten Zeit hatte er viel an Rosa auszusetzen, und oft sprach er seine Kritik laut aus. Manchmal explodierte sie und schrie zurück. Das machte es ihm leichter.

Er schaltete den Fernseher an und ließ sich mit einem großen Glas Whisky-Soda in einen Sessel fallen. Rosa kam ins Zimmer und setzte sich zu ihm.

„Ich würde gern die Sendung über Ungarn sehen – sie kommt im zweiten Programm", sagte sie nach einer Weile. „Hast du was dagegen?"

Er zog ein langes Gesicht. „Kannst du nicht ein einziges Mal deine verdammte Arbeit im Büro lassen, Liebling?"

Rosa unterdrückte ihre Wut. „Warum benimmst du dich eigentlich so abscheulich, James? Doch nicht nur, weil sie David gefeuert haben."

„Der arme Kerl", murmelte er. „Er hat gesagt, daß er seine Jungs jetzt von der Privatschule in Harrow nehmen muß. Ich habe ihm geraten, das Haus zu verkaufen und die Schulden zu begleichen. Er darf seine Kinder nicht darunter leiden lassen."

„Es gibt auch andere gute Schulen", stellte sie fest. „Er selbst war ja auch nicht in Harrow, er hätte seine Kinder ja nicht dorthin schicken müssen."

„Du hast doch gar keine Ahnung, wie David sich fühlt", sagte er. „Du hast schließlich keine Kinder!"

„So wie die Dinge stehen, ist das auch ganz gut so", erwiderte Rosa und erhob sich. „Ich gehe ins Bett, James. Du hast zuviel getrunken und willst doch nur Streit. Aber ich hatte viel zu tun und habe mich den ganzen Tag abgehetzt, um pünktlich nach Hause zu kommen. Jetzt bin ich müde."

Sie ging hinaus und unterdrückte den Impuls, die Tür hinter sich zuzuschlagen. Keine Kinder. Das war seine Waffe gegen sie, und er gebrauchte sie ständig. Doch als sie nach oben ging, verrauchte ihre Wut. Er war von ihr enttäuscht. Sie konnte ihm das nicht geben, was er von ihr verlangte, und von Anfang an hatte sie versucht, ihn zu warnen.

Sie hing sehr an ihrem Beruf. Sie wollte ihn nicht aufgeben und Kinder bekommen und zu Hause bleiben. Und wenn James ihr schon die Arbeit im Außenministerium übelnahm – was würde er dann erst sagen, wenn sie ihm von dem neuen Posten erzählte, den sie am Nachmittag angenommen hatte? Sie war vom diplomatischen Dienst in den Nachrichtendienst versetzt worden.

Sie zog sich langsam aus und stand vorm Badezimmerspiegel. Im Geiste ließ sie das lange Einstellungsgespräch noch einmal Revue passieren und hörte Sir Hugh Chapmans eindringliche Worte: „Sie sind außergewöhnlich talentiert, Rosa. Deshalb bieten wir Ihnen die Stelle an. Und Sie werden von dieser Erfahrung profitieren. Es ist ein sehr verantwortungsvoller Posten."

Zweite Sekretärin in der britischen Botschaft in Brüssel – das bedeutete, im Herzen der Europäischen Gemeinschaft die Augen und Ohren offenzuhalten. Eine derartig etablierte Diplomatin würde man nicht verdächtigen, auch geheimdienstlich tätig zu sein. Sir Hugh hatte ihr große Komplimente gemacht, als er dem jetzigen Chef der sogenannten Sektion C, also der Abteilung für Sicherheitsschutz, gegenüber ihre Fähigkeiten gepriesen hatte.

Sie hatte nicht lange gezögert. Es war ja höchstens für zwei Jahre. Die Wochenenden könnte sie gemeinsam mit James verbringen, und möglicherweise tat es ihnen gut, während der Woche getrennt zu sein. Wenn wir uns verstehen würden, dachte Rosa, dann wäre alles anders. Vielleicht würde ich dann gar nicht in Brüssel arbeiten wollen. Aber selbst wenn ich das Angebot ausschlüge, wäre James nicht zufrieden. Er fordert, daß ich alles aufgebe.

Vorerst brauchte sie James gar nichts davon zu erzählen, denn sie mußte zunächst in London einen Einführungskursus über nachrichtendienstliche Tätigkeit absolvieren, um sich auf ihre Aufgabe vorzubereiten. Es hatte alles so interessant geklungen, daß sie es kaum erwarten konnte, bis die Schulung begann.

Sie schaute sich im Spiegel an und beschloß plötzlich, diesen lächerlichen Streit mit ihrem Mann beizulegen. Sie hätte mehr Rücksicht nehmen sollen, schließlich war einem guten Freund von James heute gekündigt worden. Sie schlüpfte in das Doppelbett. Ihr Haar fiel locker auf ihre Schultern, und sie war nackt. Als sich die Tür öffnete, rief sie: „Ist das mein Brummbär?"

Das war in ihrer ersten gemeinsamen Zeit immer ein kleiner Scherz zwischen ihnen beiden gewesen, der Anfang einer Versöhnung, wenn sie einmal eine Meinungsverschiedenheit gehabt hatten. James kam ins Zimmer, und sie breitete die Arme aus. „Komm her, mein Bär. Komm und sei wieder gut", sagte sie sanft.

Er sah sie im Halbdunkel im Bett sitzen, und ihm war schmerzlich bewußt, wie schön und begehrenswert sie war. Plötzlich wollte er sie so sehr, daß er alle Mißstimmung darüber vergaß. Sie liebten sich mehrmals in dieser Nacht und schliefen dicht aneinandergeschmiegt ein. Es war wie früher, als sie einander noch sehr nah gewesen waren, und insgeheim hofften sie beide, daß die Krise nun überstanden war.

„ICH KAM zufällig hier vorbei und dachte mir, ich schaue mal kurz herein und sage auf Wiedersehen."

„Das ist nett von Ihnen", antwortete Harry Oakham. „Tut mir leid, daß Sie das Abschiedsessen verpaßt haben. Es war großartig."

Sir Eric Newton hatte sich entschuldigen lassen. Dringende Geschäfte hatten ihn daran gehindert, an der Abschiedsfeier im St. Ermin's Hotel teilzunehmen, einem feuchtfröhlichen Mittagessen mit vielen Reden und Achtungsbezeigungen an den Agenten des britischen Geheimdienstes SIS, Harry Oakham, der in den Ruhestand ging.

Sir Eric Newton war dreizehn Jahre lang Harrys Vorgesetzter gewesen. Die Feier hatte er zwar verpaßt, aber er wollte doch wenigstens vorbeischauen und persönlich Lebewohl sagen. Deshalb kam er an Oakhams letztem Tag in dessen Büro und schüttelte ihm zum Abschied die Hand.

„Wissen Sie schon, was Sie in Zukunft machen werden?" fragte er.

„Ich dachte mir, ich könnte vielleicht in der Gastronomie tätig werden."

„Tatsächlich? Hätte gar nicht gedacht, daß Sie so etwas interessiert."

„Es ist nur eine vage Idee, nichts Endgültiges."

„Ja, ich versteh schon. Vergessen Sie nicht, Oakham, wenn Sie einmal Hilfe brauchen, egal wobei, melden Sie sich. Freut sich denn Ihre Frau darauf, daß sie Sie jetzt zu Hause hat?"

Es stand in Oakhams Akten, daß seine Frau ihn betrog und daß die beiden nicht glücklich miteinander waren, aber die Frage war ihm einfach so herausgerutscht.

Oakham zuckte nicht mit der Wimper. „Mit ein bißchen Glück", antwortete er, „wird sie bald genug von mir haben und mich verlassen." Er lachte, und Sir Eric wurde unbehaglich zumute.

Aber so war Harry Oakham nun einmal, man wurde nie ganz schlau aus ihm. Immerhin schien ihm das alles nicht besonders viel auszumachen. Er wirkte entspannt und beklagte sich weder über seine Pension noch über die Abfindung. Er nahm alles mit einem leichten Grinsen hin und schien sich über sich selbst und den SIS lustig zu machen.

„Na dann." Sir Eric Newton streckte die Hand aus. „Viel Glück, Oakham. Genießen Sie Ihr Leben, versprechen Sie mir das. Sie haben es verdient." Er schüttelte ihm die Hand.

Dann öffnete Oakham für Sir Eric Newton die Tür und schloß sie hinter ihm. Sein Schreibtisch war ausgeräumt. Alles war zusammengepackt. Er hatte seine Schlüssel und seine Erkennungsmarke abgegeben.

Jede einzelne Sekunde seines Abschiedsessens war ihm zuwider gewesen. Er hatte sich all den Unsinn, den die Leute über ihn sagten, angehört, den Applaus über sich ergehen lassen und dann selbst eine sehr witzige Rede gehalten. Dafür hatte er wieder Beifall bekommen. Nach achtundzwanzig Jahren im Geheimdienst, von denen er zwanzig an vorderster Front verbracht hatte, war Harry Oakham nun aufs Altenteil geschickt worden. Herzlichen Dank, alter Junge, danke für die besten Jahre deines Lebens und für all die Einsätze, in denen du dein Leben aufs Spiel gesetzt hast. Die Leben, die du ausgelöscht hast, vergessen wir am besten. Als Bonbon zum Schluß gibt es ein Fest mit allem Drum und Dran, wir versichern dir, wie brillant du warst, und wünschen dir alles Gute für die Zukunft.

Er fuhr mit dem Aufzug nach unten in die Empfangshalle, trat zum letztenmal aus dem Gebäude hinaus. Er bewegte sich mit dem Elan eines Mannes, der jugendlicher wirkte als seine zweiundfünfzig Jahre. Sein Haar war kaum ergraut, sein Sehvermögen und seine Reflexe waren so gut wie eh und je. Aber sie wurden jetzt nicht mehr gebraucht – Harry Oakham war ein pensionierter Agent. Die Zeiten hatten sich geändert. Männer mit seinen Fähigkeiten und seiner Erfahrung waren überflüssig geworden. Seine Abteilung wurde dichtgemacht.

Offiziell hatte die Abteilung seit Ende des Krieges 1945 gar nicht mehr existiert, inoffiziell war sie bis 1991 tätig gewesen. Der kalte Krieg war für Leute wie ihn eine heiße Sache gewesen, aber das war jetzt alles vorbei. Friede auf Erden. Er sah ein Taxi und hob die Hand. Es hielt an, und er stieg ein.

„Arts Club, Dover Street", sagte er.

Er war draußen – mit einer Pension, einer Abfindung und einem Zeugnis, in dem stand, daß er die letzten achtundzwanzig Jahre als verläßlicher Beamter im Dienste des Staates tätig gewesen war. Man hatte ihm eine Liste mit Kontaktpersonen gegeben, die dem SIS verbunden waren und seine Dienste vielleicht in Anspruch nehmen würden.

Das Taxi hielt in der Dover Street. Er zahlte den Fahrpreis und verschwand in seinem Klub, in dem er schon seit vielen Jahren Mitglied war und in dem man ihn kannte. In der freundlichen, entspannten Atmosphäre fühlte er sich wohl. Verleger und Künstler verkehrten hier, und in den Räumen der oberen Etage hingen einige schöne Gemälde. Es gab auch interessante Ausstellungen in der gemütlichen Bar. Dies war ein angenehmer Ort, um sich mit Leuten zu treffen.

An der Bar bestellte er einen Whisky-Soda und nahm ihn mit in die große Empfangshalle. Neben der Tür hing ein Porträt der Schauspielerin Evelyn Laye, das er sich schon oft angeschaut hatte. Was für eine wunderbare Frau! Sie erinnerte ihn an die längst vergangenen Zeiten mit Judith. Judith hatte den gleichen versonnenen Blick gehabt und die gleichen großen leuchtendblauen Augen. Die Erinnerung an Judith schmerzte noch immer.

„Hallo, Harry", sagte jemand zu ihm.

„Hallo, Jan. Komm, setz dich. Ich hole dir einen Drink. Was möchtest du? Scotch?"

„Bitte. Mit Wasser, ohne Eis."

Jan war pünktlich. Seinen Nachnamen konnte kein Mensch aussprechen – Ploekewski –, deshalb nannten ihn alle einfach Jan. Und Jan kam nie zu spät. Außer einmal. Da war er zehn Jahre zu spät gekommen, weil er in Krakau im Gefängnis gesessen hatte. Das Urteil hatte „lebenslänglich" gelautet, aber man hatte ihn freigelassen, als Polen ein demokratischer Staat geworden war. Danach war Jan nach England zurückgekehrt, war nach Hause gekommen, damit sich jemand um ihn kümmerte. Der SIS hatte ihn sechs Monate lang in ein Sanatorium gesteckt und ihn dann als Invaliden ausgemustert. In seinem psychiatrischen Gutachten hieß es, nach seinen Erlebnissen im Gefängnis sei er psychisch nicht mehr stabil. Er war einer von Harrys Männern gewesen. Als er aus dem Sanatorium entlassen wurde, hatte Harry ihm einen Urlaub in Schottland spendiert. Dann hatte Jan begonnen, bei einer polnischen Wohltätigkeitseinrichtung zu arbeiten.

Harry kam mit Jans Drink zurück. „Wie geht's dir?"

Der Pole zuckte die Achseln. „Gut. Ich bin sehr beschäftigt." Er hatte ein gewinnendes Lächeln. „Sehr beschäftigt, ohne groß was zu tun, aber ich werde bezahlt und komme zurecht. Und für dich war heute der letzte Tag, Harry?"

„Ja. Ich bin jetzt offiziell im Ruhestand. Ich kann einen Zug zurück nach Woking nehmen und meinen Hintern platt sitzen, bis ich vor lauter Langeweile einen Herzinfarkt kriege. Oder einen von den Teilzeitjobs annehmen, die die dankbare Abteilung uns besorgt. Nein, danke." Offen zeigte er seine Bitterkeit.

„Was hast du wirklich vor?" fragte Jan, der ihn gut kannte. Zu gut.

Die Antwort überraschte ihn. „Ich will Peggy loswerden."

Jan hatte Harrys Frau nie gemocht. Er hielt sie für dumm, und er wußte, daß sie Harry betrog. „Wird auch Zeit. Ich weiß gar nicht, warum du dir das so lange hast gefallen lassen."

„Weil ich andere Dinge im Kopf hatte. Sie wird die erstbeste Gelegenheit ergreifen, ein bißchen Geld zusammenzukratzen und mit ihrem Jüngling durchzubrennen." Er nahm sein leeres Glas. „Trink aus, ich hole uns noch eine Runde. Und dann reden wir über Geschäfte."

„Was für Geschäfte?" erkundigte sich Jan leise.

„Geldgeschäfte", antwortete Harry Oakham. „Viel Geld für uns beide. Ich habe meinen Ruhestand gründlich geplant. Und ich möchte dir einen Vorschlag machen. Wir sprechen später beim Essen darüber."

„ALSO", fragte Harry, „was hältst du davon?"

Jan wischte sich mit der Serviette den Mund ab. „Willst du meine ehrliche Meinung hören? Ich glaube, du bist verrückt."

„Mit anderen Worten, du bist nicht interessiert." Harrys Stimme war ausdruckslos.

„Natürlich bin ich interessiert. Ich mag verrückte Ideen. Ich bin dabei, Harry. Bis zum Schluß. Aber eine Frage habe ich noch. Wie kommen wir an das viele Geld?"

Harry winkte den Kellner heran. „Zwei Kaffee und zwei Armagnac, bitte." Dann beugte er sich vor. „Ich habe meine Fühler ausgestreckt und bin auf etwas gestoßen. Vor vierzehn Tagen habe ich mich mit zwei Bankiers getroffen."

„In England?" fragte Jan. „So ein Risiko bist du eingegangen?"

„Ohne Risiko", gab Harry vergnügt zurück. „Ich habe mit Peggys schrecklichen Neffen einen Bootsausflug nach Hampton Court unternommen. Der Kontakt fand auf dem Boot statt. Sie haben mir das Kapital zugesichert und stellen es bereit, sobald wir die Sache in Gang bringen. Ich muß nur noch ein Team zusammentrommeln. Also, jetzt hängt alles von dir ab. Was glaubst du, wie lange du brauchst?"

Jan runzelte die Stirn. „Die Verbindungen kann ich schnell herstellen. Aber die Leute alle an einem Ort zusammenzubringen – ich weiß nicht, Harry. Wie kann man sie davon überzeugen, daß es keine Falle ist?"

„Du warst doch schon immer gut darin, Leute zu beschwatzen", erwiderte Harry. „Du wirst das schon schaffen. Sieh zu, daß du Rilke köderst, dann kommen die anderen von ganz allein."

„Glaubst du wirklich, daß du das durchziehen kannst?"

„Zusammen mit dir schon", lautete die Antwort. „Die schulden uns noch was, Jan. Du hast zehn Jahre deines Lebens für sie geopfert, und was haben sie gemacht? Sie haben dich fallengelassen wie eine heiße Kartoffel. Ich habe mit vierundzwanzig in diesem Spiel angefangen und mir den Kopf darüber zerbrochen, wie man die Welt vor den Roten rettet, und was hat es mir eingebracht? Jetzt sitze ich auf der Straße. Ein dutzendmal hat es mich fast erwischt. Und dann war da auch noch Judith."

„Ich weiß", sagte Jan schnell. „Sprich nicht darüber."

„Sie stehen in meiner Schuld. Und ich werde mir meinen Teil holen, genauso wie du. Danke." Er nickte dem Kellner zu, der den Kaffee brachte. „Wir wissen, daß Rilke in Berlin ist. Er lebt immer noch bei seiner Mutter. Er ist als erster dran. Wann kannst du fahren?"

„Jederzeit", antwortete der Pole. „Aber du mußt das Finanzielle übernehmen."

„Geld ist kein Problem. Ich habe genug, um uns über Wasser zu halten, solange wir die Operation planen. Kauf dir ein paar neue Anzüge. Nimm dir ein gutes Hotel, und sei nicht knausrig, wenn es darauf ankommt, Rilke weichzuklopfen. Er soll glauben, daß wir Hintermänner haben mit genügend Kapital. Wenn er denkt, das Ganze sei nur eine fixe Idee von mir, hört er dir gar nicht erst zu."

„Kann ich die Bankiers erwähnen?" wollte Jan wissen.

Harry dachte einen Moment nach. Hochrangige Leute verlangten nach hochrangigen Partnern.

„Libyen steht hinter uns", sagte er. „Gaddafi ist ein Idiot, der mit Geld nur so um sich schmeißt, und Rilke weiß das. Das wird für den Anfang reichen."

HARRY OAKHAM nahm den letzten Zug vom Waterloo-Bahnhof. Achtundzwanzig Jahre. Er hatte mit so hohen Idealen angefangen. Für den Krieg war er zu jung gewesen, aber gerade im richtigen Alter für die nächste Phase im Konflikt mit einem neuen schrecklichen Feind. Die Macht des Sowjetkommunismus war gewachsen und hatte sich, gestärkt durch die Schwäche der politischen Führer im Westen, zu einer Tyrannei entwickelt, die ebenso grausam und menschenverachtend war wie die der Nazis.

Harry empfand sich selbst als Soldat und hatte seine Aufgabe mit soldatischer Hingabe erfüllt. Die Gefahr und die Herausforderung, ins Feld zu ziehen, hatten ihn fasziniert. Er wußte, was es hieß, Angst zu haben. Nur ein Narr hatte keine Angst. Doch Harry erregte die

Angst, sie spornte ihn an und forderte seinen Wagemut und seine Reaktionsschnelligkeit heraus. Er haßte den Feind, aber Freunde wie Jan liebte er. Der Gedanke, daß Jan in einem Höllenloch in Krakau leiden mußte, hatte ihm Folterqualen bereitet, und doch hatte er ihm nicht helfen können.

Harry hatte in all den Jahren des Kampfes viele Kollegen verloren, Männer und Frauen. Nicht alle hatte er gemocht, aber die meisten hatte er respektiert.

Das war das schlimmste gewesen, wenn jemand umgekommen war. Aber er hatte die Zähne zusammengebissen und sich mit noch größerem Eifer für die nächste gefährliche Mission gemeldet. Doch dann hatte er Judith verloren, und die Welt war für ihn dunkel und öde geworden. Das Porträt der Schauspielerin vorhin im Klub hatte sie in seinem Geiste wieder lebendig gemacht. Er hatte sich ihr so nahe gefühlt, als er dort mit Jan zusammensaß, und er wußte, daß die Erinnerung an sie ihn bis ans Ende seines Lebens nicht in Ruhe lassen würde. Harry hatte in seiner Arbeit Zuflucht gesucht, sich für die gefährlichsten Aufträge zur Verfügung gestellt, aber er schien einen besonderen Schutzengel gehabt zu haben, denn es war ihm nicht gelungen zu sterben. Statt dessen betrieb er ohne den geringsten Anflug von Zweifeln oder Gewissensbissen sein eigenes blutiges Handwerk. Er glaubte an die Sache, weil ihm sonst nichts mehr geblieben war. Und dann hatte der Verrat angefangen. Die Kompromisse, die Ausweichmanöver, die Politiker, die die Macht in ihren schmutzigen Händen hielten und anständige Männer für ihr eigenes Fortkommen benutzten. Harry hatte fassungslos mit angesehen, wie er und die Männer, die mit ihm gedient hatten, in Verruf gerieten – sie waren plötzlich ein Relikt aus einer häßlichen Zeit, die man endlich überwunden hatte.

Die Bürokraten im Finanzministerium fingen an, die Ausgaben zu kürzen. Er selbst wußte, daß zwei Agenten in Bukarest geopfert worden waren, nur weil die Mittel für eine anständige Bestechungssumme gefehlt hatten.

Dann wurde die Abteilung durch Ruhestandsregelungen derart reduziert, daß ihre Effektivität immer mehr beeinträchtigt wurde. Manchmal hatte Harry den Eindruck gehabt, als ob gezielte Anstrengungen unternommen wurden, um die Abteilung überflüssig zu machen, ohne Rücksicht darauf, wer dabei auf der Strecke blieb. Sein Ärger wurde zu einer ohnmächtigen Wut, die an ihm nagte wie ein Geschwür.

Wie man Jan behandelt hatte, war typisch. Aber das würden sie noch bereuen. Harry wollte Gerechtigkeit, und die würde er auch bekommen – das hatte er sich geschworen. Jetzt war er, genau wie sein Freund, beim alten Eisen gelandet, und sie erwarteten von ihm, daß er das wie ein treuer Staatsdiener hinnahm und sich taktvoll in eine Welt zurückzog, in der er nie gelebt hatte. Sie glaubten, daß er das Messer und den Revolver beiseite legte und sich fortan im örtlichen Golfklub betätigte, anstatt sich weiter die Hände schmutzig zu machen.

Harry schaute auf seine Hände hinunter und bemerkte, daß sie verkrampft und ineinander verschränkt waren. Er entspannte sich und spreizte die Finger. Es waren kräftige, aber feinfühlige Finger, und in den goldenen Siegelring an seinem kleinen Finger war ein Wappen eingraviert: das Wappen der Oakhams aus Dedham in Suffolk.

Am Ende war seine Tarnung aufgeflogen, und um ein Haar wäre er gefangengenommen worden – von demselben Mann, den er jetzt auf seine Seite ziehen wollte: von Hermann Rilke, dem ehemaligen Chef des ostdeutschen Geheimdienstes. Dem großen Fisch, den Jan ködern sollte.

Diese Widersinnigkeit amüsierte ihn. Er hatte seine Rolle beim SIS bis zu Ende gespielt, und niemand hielt den einzelgängerischen Harry Oakham, den ehemaligen Geheimdienstagenten mittleren Alters, für gefährlich.

Der Zug hielt an, und Harry stieg aus. Schnellen Schrittes machte er sich auf den Weg nach Hause. Es war bereits dunkel, aber das machte ihm nichts aus – er hatte die Augen einer Katze. Früher war er kilometerweit im Feindesland marschiert und hatte sich am Sternenhimmel orientiert.

Er bog in die hell beleuchtete, von Bäumen gesäumte Straße ein, in der er wohnte. Die Doppelhäuser aus der Vorkriegszeit sahen alle gleich aus mit ihren hübschen Vorgärten. Er öffnete das Gartentürchen, suchte seinen Schlüssel und steckte ihn ins Schloß. Wenn alles klappt, dachte er ruhig, ist es das letzte Mal, daß ich diese verdammte Tür aufschließen muß.

Harry ging sofort nach oben, zog sich aus und kletterte ins Bett. Peggy lag ruhig atmend neben ihm. Ich hasse sie nicht, dachte er, bevor er eindöste. Ich hasse mich selbst, weil ich versucht habe, sie an Judiths Stelle zu setzen. Ich konnte mit der Trauer einfach nicht mehr leben. Das ist keine besonders gute Entschuldigung, aber es ist die einzige, die ich habe.

„WAS, BITTE, ist denn das für ein Seminar?" fragte James Bennet.

Rosa fand es schlimm, ihn zu belügen, aber sie sah keine andere Möglichkeit. Sie machte eine gleichgültige Handbewegung. „Ach, die spielen völlig verrückt wegen des Binnenmarkts und all der Veränderungen, die auf uns zukommen. Deshalb hat der Chef beschlossen, ein paar von uns auf dieses Seminar zu schicken. Es ist nur für eine Woche, Liebling. Wir könnten für ein paar Tage wegfahren, wenn ich wieder zu Hause bin."

James zuckte die Achseln. Sie merkte, daß er wütend war, und lächelte versöhnlich. „Erinnerst du dich noch an das kleine Hotel in Fordingbridge, wo du mir beibringen wolltest, wie man angelt?"

Er wußte, daß sie etwas wiedergutmachen wollte. Sie gab sich sehr viel Mühe seit jener Nacht, als sie beide versucht hatten, die Vergangenheit wiederaufleben zu lassen. Er versuchte, sie für ihre Anstrengungen zu bewundern, und fühlte sich verpflichtet, darauf einzugehen, aber er empfand dabei Schuldgefühle und Widerwillen.

Nur zu gut erinnerte er sich an das Hotel in Fordingbridge. Rosa war damals in Tränen ausgebrochen, als sie den Haken aus dem Maul eines Fisches lösen sollte, und er hatte gelacht und sie in den Arm genommen, weil sie so weichherzig war. Sie waren so glücklich miteinander gewesen, bevor ihre verdammte Karriere sie entzweit hatte . . .

Sie fuhren am Themseufer entlang und waren unterwegs zu einem festlichen Abendessen bei seinem Chef. Die Einladung zeigte, daß Rosa und er unter die Lupe genommen werden sollten, weil man James offenbar befördern wollte.

Rosa war entschlossen, James alle Ehre zu machen. Als James langsamer fuhr und in eine Seitenstraße einbog, sah sie ihn an. Sein Gesicht war unbewegt und ernst, er war also immer noch wütend wegen des Seminars. Sie hatte sich davor gefürchtet, ihm davon zu erzählen – besonders darüber, wann es stattfinden sollte, aber es war nicht mehr zu umgehen gewesen. Das siebentägige Seminar in Branksome mit Vorträgen und praktischem Training hatte nichts mit der Europäischen Gemeinschaft zu tun, sondern war streng geheim. Sie durfte James nichts Näheres darüber sagen.

Deshalb konzentrierte sie sich erst einmal auf dieses Abendessen. Sie hatte sich ein neues Kleid gekauft, das Mittagessen ausfallen lassen, um zum Friseur zu gehen, und gehofft, daß er sich darüber freuen würde. Aber als sie die Treppe heruntergekommen war, hatte er noch nicht einmal gesagt, daß sie hübsch aussah.

„Genau, das sollten wir tun“, wiederholte sie jetzt. „Laß uns irgendwohin fahren.“

„Ich weiß nicht“, erwiderte James. „Es hängt von meiner Arbeit ab.“

Er bog in den Cheyne Walk ein und parkte den Wagen. Sie stiegen aus, und Rosa ging vor ihm die Stufen zu der schönen Jugendstilvilla hinauf.

Sie sieht gut aus, gestand James sich ein. Das lange Seidenkleid, das sie sich ausgesucht hatte, betonte dezent ihre Figur, und ihr Haar hatte sie zu einem eleganten Knoten hochgesteckt. Sie trug kaum Schmuck, obwohl er ihr ein paar sehr ausgefallene, kostbare Stücke geschenkt hatte. Auch hier bewies sie ihr Taktgefühl – es war nicht klug, die Frau seines Chefs auszustechen. Rosa ist wirklich die perfekte Diplomatin, dachte er und wurde wütend.

„Wann fängt das Seminar an?“

Sie drehte sich herum und streckte ihre Hand nach der Türklingel aus. O mein Gott, dachte sie, hoffentlich fällt es ihm nicht auf . . . „Am siebzehnten, es ist nur für eine Woche.“

Er sagte nichts. Die Türklingel ertönte, aber sie drückte weiter auf den Klingelknopf, weil sie nervös war und nicht hörte, wie es im Haus schrillte. Einen Moment später öffnete sich die Tür, und ein Filipino im weißen Jackett führte sie hinein. James stellte Rosa den Gastgebern vor.

„Guten Abend. Ich glaube, meine Frau kennen Sie schon.“

Sie schüttelten sich die Hand, und James' Chef lächelte Rosa an. „Natürlich, ich erinnere mich. Sie waren letztes Jahr schon einmal hier zum Dinner. Meine Frau kennen Sie ja schon.“

„Freut mich, Sie wiederzusehen.“ Rosa lächelte charmant und drückte der Gastgeberin die Hand, der der kräftige Händedruck gefiel.

Der Abend verlief erfolgreich. Zwölf Personen saßen am Tisch, und die Speisen und der Wein waren mit Kennerschaft und Bedacht ausgewählt worden.

Rosa hob den zauberhaften Blumenschmuck hervor, und als die Gastgeberin ihr anvertraute, daß sie die Blumengestecke immer selbst machte, wußte sie, daß sie genau das Richtige gesagt hatte. Das Haus war mit ausgesuchten Möbeln und teuren Gemälden ausgestattet und wirkte sehr elegant.

James trank seinen Brandy und lehnte sich behaglich zurück. Dies war die Zukunft, die er auch für sich selbst plante. Irgendwann würde er in die Fußstapfen seines Chefs treten, dessen war er sich sicher. Dann würde er schicke Partys für die Kollegen geben, mit einer wundervollen Frau an seiner Seite, die ihn unterstützte. Sie würden ein prächtiges Haus in der Stadt haben und ein Anwesen auf dem Land für die Wochenenden. Und Kinder natürlich, damit sie auch wirklich eine richtige Familie waren.

Am siebzehnten, für eine Woche. Er hatte nicht vor, etwas zu sagen, aber am neunzehnten war ihr Hochzeitstag. Er hatte ihr ein Paar Diamantohrringe gekauft und ein Zimmer in einem schönen Landhotel gebucht, um Rosa am Morgen ihres Hochzeitstages zu überraschen. Aber sie war dann ja auf ihrem Seminar und zu beschäftigt, um einen Abend für ihn zu erübrigen – zu beschäftigt, um sich daran zu erinnern, daß sie vor fünf Jahren versprochen hatte, sein Leben zu teilen.

„Es war ein richtig netter Abend", sagte Rosa, als sie wieder nach Hause fuhren. Es war schon kurz vor Mitternacht, und die Straßen von London waren fast menschenleer.

„Ja", antwortete James, der auf dem Beifahrersitz saß, weil er keine Alkoholkontrolle riskieren wollte.

„Hat es dir denn auch gefallen, James? Du wirkst ein bißchen müde, Liebling."

„Es war ganz nett . . ." Er gähnte und ließ den Satz unbeendet.

Offenbar dachte er nicht an ihren Hochzeitstag, sonst hätte er sicher schon etwas gesagt. Rosa empfand grenzenlose Erleichterung. Später würde sie ihn daran erinnern und sich etwas ganz Besonderes ausdenken, um das Versäumte wiedergutzumachen. Schließlich war er an ihrem zweiten Hochzeitstag beruflich in Hongkong gewesen.

„Sie waren zu uns beiden wirklich sehr freundlich. Ich bin sicher, daß man dir die Teilhaberschaft anbieten wird. Wollen wir das nicht noch ein bißchen feiern?" Er drehte sich um und sah sie an. „Wir könnten doch noch auf einen Drink ins ‚Annabell's' gehen. So spät ist es noch gar nicht, erst zehn nach zwölf. Was meinst du?" Rosa lächelte ihn erwartungsvoll an.

Sie denkt also nicht an den neunzehnten, dachte James wütend. Unseren Hochzeitstag wird sie mit ihren Freunden aus dem Außenministerium verbringen. Sie war so ahnungslos, daß er sie am liebsten geschlagen hätte.

In ihrer ersten gemeinsamen Zeit waren sie regelmäßig zweimal in der Woche in dem eleganten Nachtklub Annabell's gewesen, hatten Champagner getrunken und miteinander getanzt. Das war so etwas wie ihr Vorspiel gewesen, ehe sie in seine Wohnung gegangen waren und sich geliebt hatten. Doch jetzt war alles anders.

James lehnte sich zurück und schloß die Augen. „Tut mir leid, Rosa", sagte er, „aber ich habe morgen höllisch viel zu tun. Wir verschieben es auf ein andermal."

Als sie nach Hause kamen, ging er sofort nach oben und drehte Rosa den Rücken zu, als sie ins Bett kam.

2. Kapitel

HERMANN RILKE ging in seine Wohnung. Sie unterschied sich deutlich von der geräumigen Maisonettewohnung am Potsdamer Platz, in der er mit seiner Mutter die letzten fünfzehn Jahre gelebt hatte. Doch als er seinen Job verlor, hatten sie umziehen müssen, denn seine Pension erlaubte ihm nicht mehr als eine bescheidene Dreizimmerwohnung im dritten Stock in der Eserstraße. Es war eine laute Straße in einer schäbigen Vorstadtgegend Ostberlins. Seine Mutter fühlte sich hier überhaupt nicht wohl. Rilke selbst machte das nicht so viel aus, denn er war von Natur aus ein Asket, aber für seine Mutter tat es ihm leid. Selbst wenn sie ihm Vorwürfe machte, verlor er nicht die Geduld mit ihr.

Sie hörte, wie er die Wohnungstür öffnete. „Hermann?"

„Ich bin's, Mutter!" rief er zurück.

Er ging ins Wohnzimmer, bückte sich und küßte seine weißhaarige Mutter auf die Wange. Sie roch nach Gesichtspuder.

„Es ist ein Brief für dich gekommen", verkündete sie. „Ein Bote hat ihn gebracht. Er liegt da drüben." Rilke nahm den Umschlag und bemerkte, daß vor seinem Namen sein ehemaliger Dienstgrad stand.

„Ich nehme an, du hast die Arbeitsstelle nicht bekommen."

„Nein", gab er zu. „Sie wollten einen jüngeren Mann."

Er hatte eine Lehre als Buchhalter gemacht, bevor er zur Staatssicherheit gegangen war, und manchmal wünschte er sich, er hätte den Beruf nie gewechselt.

„Ich weiß nicht, wie wir über die Runden kommen sollen, wenn du nicht bald etwas findest."

Vorwurfsvoll sah sie ihn mit ihren hellblauen Augen an. Was für ein Narr Hermann doch gewesen war, sich von diesem wunderbaren Posten im Ministerium verdrängen zu lassen. Dadurch hatten sie ihre schöne Wohnung verloren, den Wagen und all die Privilegien, die ihr

Leben so angenehm gemacht hatten. Jetzt wollte ihn niemand mehr anstellen. Die Welt hatte sich so sehr verändert, seit Ost- und Westdeutschland zu einer Nation verschmolzen waren – und nicht zum Besseren, fand Hilda Rilke.

Das Schreiben war nur eine Seite, und anstelle einer Unterschrift stand ein Kodewort. Rilke wurde noch blasser, als er ohnehin schon war.

„Da möchte sich jemand mit mir treffen."

„Geht es um eine Arbeitsstelle? Bieten sie ein anständiges Gehalt?"

Er las den Brief noch einmal. „Wenn Sie Interesse an einer beträchtlichen Geldsumme haben, dann nehmen Sie Kontakt mit mir auf im Hotel Posser, Zimmer 87." Als Rilke das Kodewort „Freiheit" las, wußte er, woher der Brief kam. Nur die Briten mit ihrem geschmacklosen Sinn für Humor konnten einer Geheimdienstoperation einen solchen Namen geben.

„Ich werde heute abend dort anrufen", antwortete er langsam. Sie sah ihn gereizt an, und er gab nach. „Sie schreiben etwas von anständiger Bezahlung."

„Dann nimm die Stelle auf jeden Fall an!" verlangte sie barsch. „In dieser erbärmlichen Wohnung überstehe ich den nächsten Winter nicht. Mach mir eine Tasse Kaffee, Hermann. Ich war zu müde, um mir etwas zum Mittagessen zu kochen."

„Mutter, du mußt doch etwas essen", mahnte er besorgt.

„Dann bring mir ein paar Kekse", sagte sie. „Und vergiß nicht, dort anzurufen."

Als er ihr den Kaffee und die Kekse gebracht hatte, ging er zum Telefonieren in den Flur, damit sie nichts mitbekam von dem, was gesprochen wurde.

Als er zurückkam, erklärte er: „Ich muß für eine Weile weg, um mich mit jemandem zu treffen. Ich bin aber früh genug zurück, um dir etwas zum Abendessen zu kochen. Mach dir also keine Sorgen. Wenn ich wieder da bin, erzähle ich dir, ob es angenehme Neuigkeiten gibt."

Sie lächelte ihn an. „Du bist ein guter Junge, Hermann", sagte sie. „Es wird langsam Zeit, daß du mal wieder Glück hast."

PEGGY OAKHAM sah ihren Mann über den Küchentisch hinweg an. Er war nun seit fast drei Wochen zu Hause, und sie wußte nicht, wie lange sie das noch aushielt. Sie hatte zwar immer etwas zu tun und schaffte es auch ein paarmal, sich davonzuschleichen und ihren Liebhaber zu besuchen, aber trotzdem war es nervtötend, daß Harry den ganzen Tag zu Hause hockte. Soweit sie wußte, tat er den ganzen Tag lang nichts anderes, als zu lesen und zu telefonieren. Es war keine Rede davon, daß er sich einen Job suchen wollte.

Sie strich Butter auf ihren Toast und dachte daran, wie unglücklich sie mit ihm war – schon seit zehn Jahren. Harry behandelte sie, als sei sie der schlimmste Fehler seines Lebens. Das lag an seiner ersten Frau, und Peggy war eifersüchtig, weil er nicht über sie sprechen wollte. Schließlich konnte sie nichts dafür, daß die andere gestorben war. Aber auch darüber sprach er nie. Solange er nicht darüber hinwegkam, konnte er sie nicht lieben, das wußte Peggy. Sie hatte angefangen zu nörgeln und Salz in seine Wunden zu streuen.

Und dann war sie eines Tages bei einem Streit zu weit gegangen. Oakham hatte sie so lange geschüttelt, bis sie schrie.

„Wenn du noch ein einziges Mal so etwas sagst, dann drehe ich dir deinen verdammten Hals um!“ hatte er gebrüllt.

Nie wieder wurde er danach handgreiflich. Er schlief einfach nicht mehr mit ihr und verschloß sich vollkommen – und sie sah sich nach ein bißchen Trost um. Sie brauchte Trost. Sie konnte nicht in einem solchen Vakuum leben. Sie war ein warmherziger, gefühlsbetonter Mensch, nicht so wie er.

„Fährst du heute weg?“ fragte sie.

Harry las noch einen Moment weiter in seiner Zeitung, dann sah er sie über den Rand hinweg an.

„Ja, ich werde ein oder zwei Tage unterwegs sein. Du hast doch nichts dagegen, oder?“

„Warum hast du mir denn nichts gesagt? Wo fährst du hin?“

Harry senkte die Zeitung und faltete sie zusammen. „Nach Suffolk. Ich habe von einer Stelle gehört, die mich vielleicht interessiert.“

„Suffolk? Ich ziehe nicht in das verdammte Suffolk, wenn du das glaubst!“

„Darum habe ich dich doch gar nicht gebeten“, bemerkte er. „Meine Kusine Liz hat mir davon erzählt, und es klang recht interessant.“

Seine Kusine Liz. Peggy schnaubte vor Wut, als sie daran dachte, wie die hochnäsige Ziege sich benommen hatte, als Peggy zum erstenmal zu Besuch bei ihr war.

„Na, das ist doch schön für dich“, sagte sie. „Mach dir um mich keine Gedanken. Um was für eine Stelle geht es denn?“

„Gastronomie", antwortete er. „In einem Hotel ist eine Stelle frei. Die werde ich mir anschauen und in der Zeit bei Liz und Peter wohnen. Ich kann mir schon vorstellen, daß du da nicht mitkommen willst."

„Ich soll bei deinen arroganten Verwandten wohnen? Nein danke. Und überhaupt – seit wann verstehst du denn etwas von Gastronomie? Die Sache hört sich an wie reine Zeitverschwendung. Gastronomie!"

Er ignorierte ihre höhnische Bemerkung. „Wenn ich die Stelle annehme, dann würdest du doch wahrscheinlich nicht umziehen wollen, oder?"

„Ganz recht, das würde ich bestimmt nicht", zischte sie und bemerkte plötzlich, daß er genau das hatte hören wollen. Sie stand auf. „Warum hast du mich geheiratet?" fragte sie.

Er zuckte die Achseln. „Ich habe wirklich keine Ahnung. Hör zu, ich muß in zehn Minuten los. Ich lasse es dich wissen, wenn ich zurückkomme, damit ich deine gesellschaftlichen Verpflichtungen nicht durcheinanderbringe."

Er verließ die Küche.

„Du Scheißkerl", murmelte sie und begann, das schmutzige Frühstücksgeschirr abzuräumen.

Harry hatte nicht viel eingepackt und verließ das Haus, ohne seine Frau noch einmal gesehen zu haben. Sie wird ihren Liebhaber anrufen, noch bevor ich an der nächsten Straßenecke bin, dachte er. Es war ein schöner Tag, und auf dem Weg nach Heathrow pfiff er vor sich hin. Jan hatte ihn am Tag zuvor angerufen. Alles lief hervorragend.

Der Treffpunkt sollte in Genf sein. Harry hatte den Elfuhrflug gebucht. Einen Moment lang dachte er noch einmal daran, wie leicht Peggy ihm in die Falle gegangen war. Sie würde nicht nach Suffolk ziehen, hatte sie gesagt, und daran änderte sich wohl auch nichts mehr. Vor allem dann nicht, wenn er ihr seine großzügigen Bedingungen mitteilte. Er wollte ihr das Haus und den Rest seiner Ersparnisse überlassen, denn schließlich empfand er keine Abscheu vor ihr, sondern nur eine große, gähnende Gleichgültigkeit mit einem winzigen Anflug von Schuldgefühl, weil er sie überhaupt geheiratet hatte.

DER MANN hatte sich fertig angezogen, bevor er etwas zu der Frau sagte, die auf dem Bett lag.

„Wie sieht es morgen aus? Ich habe mittags ein Geschäftsessen, aber am Nachmittag habe ich zwei Stunden Zeit. Bitte!"

Sie war sehr schön und erinnerte ihn an ein stolzes Tier. Eine Löwin, dachte er, als er sie so nackt daliegen sah, mit den Armen im Nacken verschränkt und ihrer üppigen blonden Mähne. Sie lächelte ihn an und erhob sich langsam vom Bett. Er sollte betteln, sie anflehen. Sie wußte, wie sehr er das mochte.

Er kam näher und umfaßte ihre Hände. „Nur zwei Stunden", umschmeichelte er sie. „Ich bringe dir auch etwas ganz Besonderes mit."

Plötzlich grub sie die Fingernägel in seine Hände. Er schrie vor Schmerz auf und ließ los. Das gehörte zu ihrem Spiel. Er fluchte, als er sah, daß er blutete.

Sie hatte sich von ihm abgewandt und zog sich Seidenstrümpfe, Seidenwäsche und hochhackige Schuhe an.

„Ich kann mich morgen nicht mit dir treffen, Gustave. Ich fahre ein paar Tage weg."

Sie setzte sich vor den Frisiertisch und fing an, ihr Haar zu bürsten. Dabei beobachtete sie ihn im Spiegel. Sie haßte ihn, wie sie alle Männer haßte. Aber sie zahlten Monika einen Haufen Geld. Und Monika wiederum zahlte einen Haufen Geld für ihren Schutz. Nicht an einen Zuhälter. Der Zuhälter mußte erst geboren werden, der sie an die Kandare nehmen konnte. Nein, ihr ging es um eine andere Art von Schutz – Schutz vor einem Autokiller oder einem Profi, der hinter jeder Ecke mit seinem Messer lauern konnte. Sie bezahlte sehr viel Geld, um sich zu schützen, und hatte trotzdem keine Garantie, daß es am Ende wirklich genug war.

Der Kunde sog an seinen Fingern. „Ich blute", warf er ihr vor. „Warum hast du das getan?"

„Weil du mich gelangweilt hast", antwortete sie, ohne sich umzudrehen.

„Sag das nicht", flehte er lustvoll. „Ich will dir doch nur gefallen. Fährst du wirklich weg?"

Er war eifersüchtig. Obwohl er wußte, daß sie noch andere Kunden hatte, wollte er sie für sich allein haben. Sie legte sich eine schwere Goldkette und Ohrringe an.

„Ich besuche meine Mutter in Grasse", erklärte sie. „Und jetzt auf Wiedersehen, Gustave, mein Liebling. Deine Zeit ist um."

Sie öffnete die Eingangstür. Er zögerte einen Moment lang. „Zwei Tage. Das wäre dann bis Donnerstag. Ich rufe dich an. Ich habe im Fenster von Boucheron eine hübsche Brosche gesehen."

„Ich will keine Brosche. Denk dir etwas anderes aus. Überrasch mich.“ Lächelnd sah sie auf ihn hinab. Sie war sehr groß, größer als er.

„Das werde ich“, versprach er und eilte nach draußen.

In einer Stunde war sie mit einem Mann verabredet, der sie immer erst zum Essen ausführte. Natürlich bestand sie auf einem erstklassigen Restaurant: dem „Tour d'Argent“, dem „Maxim“, manchmal dem Grillrestaurant des „Ritz“. Sie wollte gesehen werden, sich zur Schau stellen, damit man genau erkannte, was sie war: eines der teuersten Callgirls von Paris.

Und morgen früh um zehn Uhr würde sie in einem Flugzeug nach Genf sitzen. Der Brief, den sie bekommen hatte, hätte ein Flugticket und den Namen des Hotels enthalten. Es waren nicht die wenigen Sätze mit dem magischen Geldversprechen, die sie überzeugt hatten. Statt einer Unterschrift hatte unter dem Brief das Wort „Freiheit“ gestanden. Darum wollte sie nach Genf fliegen.

HARRY gefiel die Schweiz. Er mochte die Sauberkeit, die Berge, die majestätischen Seen. Er hatte schon viele Aufträge in der Schweiz abgewickelt und kannte sich aus. Vom Genfer Flughafen nahm er ein Taxi zum Hotel „d'Angleterre“, einem gepflegten, aber nicht zu teuren Hotel, in dem vornehmlich Geschäftsleute abstiegen. Harry trug sich ein, dann ging er hinauf in den dritten Stock und schaute sich in seinem Zimmer um.

Jan sollte am Nachmittag eintreffen. Harry packte seine Tasche aus, stellte sich unter die heiße Dusche und ging anschließend hinunter, um Mittag zu essen. Das alles kostete Geld, aber schon bald gab es Geld im Überfluß, wenn alles gut lief. Und daß die Sache klarginge, daran hatte er keinen Zweifel. Beim SIS hatte er auch immer alles hingekriegt – außer einmal. Er hatte nicht an Judith denken wollen, aber bevor er etwas dagegen machen konnte, war sie einfach in seine Gedanken geschwebt. Das blonde Haar, das wie Seide ihre Schultern umschmeichelte, das Blau des Sommerhimmels in ihren Augen, wenn sie ihn anstrahlte – sie hatten so viel zusammen gelacht. Er riß sich zusammen und verdrängte sie aus seinem Kopf, zurück auf den Friedhof seiner Erinnerungen.

UM VIER Uhr nachmittags kam Jan auf sein Zimmer.

„Wir sind im Geschäft“, verkündete der Pole aufgeregt. „Ich habe Rilke davon überzeugt, mich zu begleiten.“

„Gut gemacht“, lobte ihn Harry. „Rilke ist unser Trumpf!“

„Die anderen sind morgen früh hier. Ich habe ihnen gesagt, daß wir uns um elf Uhr treffen. Sie sollen nach dem Vertreter der D. H. Company fragen."

„Ich habe einen Raum für die Konferenz gebucht. Das Hotel hat eine Leinwand und ein Videogerät zur Verfügung gestellt. Alles sieht ganz professionell aus. Komm, darauf müssen wir einen trinken, alter Junge. Scotch?"

„Da hätte ich nichts dagegen", sagte der Pole. Während Harry die Drinks bestellte, lief er unruhig im Zimmer auf und ab. Er war vor Einsätzen immer rastlos wie eine Raubkatze, die eine Beute wittert.

„Nur Wasser, kein Eis", sagte Harry gerade und legte dann auf. Er drehte sich um und lachte Jan zu. „Also, erzähl mir, wie es mit Rilke lief. Wie hast du es bloß angestellt, daß er gleich mitgekommen ist?"

„Ich habe ihm gesagt, daß du zuerst mit ihm reden wolltest, vor den anderen. Ich habe wirklich dick aufgetragen, Harry – wie wichtig er sei, wie erfahren und so. Du weißt ja, was für ein eitles Schwein er ist, er konnte einfach nicht widerstehen. Er ist im ‚Alexandre' abgestiegen, und ich habe ihm versprochen, daß ich heute abend mit ihm in einem feinen Klub diniere."

„Sieh zu, daß er es nicht zu wild treibt", bemerkte Harry. „Er braucht morgen einen klaren Kopf."

Jan zog eine Grimasse. „Mach dir keine Sorgen, ich passe schon auf den Süßen auf."

„Ein paar von unseren Schwulen waren ziemlich gut", antwortete Oakham achselzuckend. „Schluck deine Vorurteile runter, und unterhalte ihn."

Georg Werner küßte seine Zwillingssöhne und sagte ihnen gute Nacht. Seine Frau sah ihm von der Tür aus zu. Er ist ein liebevoller Vater, dachte sie. Nachdem er die Tür leise geschlossen hatte, gingen sie zusammen nach unten.

„Wie lange wirst du weg sein?" fragte sie.

„Ich weiß nicht genau", antwortete er. „Zwei Tage, vielleicht auch weniger."

Sie lächelte ihm zu. „Es ist schon eine ganze Weile her, seit sie dich irgendwo hingeschickt haben. Die Abwechslung wird dir guttun, du langweilst dich zu Tode, wenn du immer im Ministerium herumhockst."

Er legte den Arm um sie, während sie ins Wohnzimmer gingen. Sie hatte recht, mehr, als sie je erfahren würde. Schon lange hatte man ihn nicht mehr ins Ausland geschickt. Er war erst Anfang Vierzig, aber er hatte keine Möglichkeit, sich zu profilieren, keine Chance auf Beförderung. Alles hatte sich geändert – und er hatte die besten Jahre seines Lebens vergeudet.

„Ich hole uns etwas zu trinken", sagte seine Frau. „Ich könnte doch mit dir zum Flughafen fahren, und der Chauffeur setzt mich anschließend wieder zu Hause ab."

„Ich fahre nicht mit einem Dienstwagen", erklärte Werner, während er sich einen Wodka einschenkte und daran nippte. „Es ist ein geheimes Treffen, also muß ich ein Taxi nehmen."

Er war froh, daß er den Wodka hatte, um seine Nerven zu beruhigen. Er konnte ja immer noch aussteigen, dazu war es noch nicht zu spät. Man hatte schon lange keinen Kontakt mehr zu ihm aufgenommen, deshalb war die Nachricht für ihn wie ein Schock gewesen: Es habe sich etwas ergeben, das er in seinem eigenen Interesse bedenken solle. Sonst gab es nur ein Flugticket, die Adresse eines Hotels und ein Kodewort.

In seinem Fall lautete es nicht „Freiheit".

HARRY ging etwas früher in den kleinen Konferenzraum. Alles war vorbereitet. Es war ein professionelles Ambiente für absolute Profis.

Harry hatte die fünf Leute sorgfältig ausgesucht, und der libysche Bankier hatte genickt, als er ihm die Namen genannt hatte.

Hermann Rilke. Sechzehn Jahre lang war er Chef des ostdeutschen Geheimdienstes gewesen, ein Experte für Gegenspionage und Vernehmungstechniken. Seine Erfolgsquote bei westlichen Agenten war erschreckend hoch gewesen. Er war ein heimtückischer Mensch, dem es Freude bereitete, anderen Schmerzen zuzufügen. Sogar den Menschen im eigenen Land wurde angst und bange, wenn man nur seinen Namen erwähnte.

Wassili Zarubin war ein brillanter Taktiker und Chefausbilder beim KGB gewesen. Er war erst Ende Dreißig, aber seine Bewunderung galt den eisenharten Männern der sowjetischen Vergangenheit. Zur Entspannung spielte er Schach auf höchstem Niveau.

Georg Werner – ein gutaussehender, geselliger und charmanter westdeutscher Diplomat der Nachkriegsgeneration. Seit zwanzig Jahren saß er als kommunistischer Spion im westdeutschen Auswärtigen Amt, war aber nie aktiviert worden.

Und dann der Israeli Daniel Ishbav. Er hatte als Spezialist für Entführungen beim Mossad gearbeitet, dann aber Geld von den Syrern genommen, um seine Leidenschaft für Glücksspiele zu finanzieren. Fortan hatte er beiden Seiten zugearbeitet und beide Seiten betrogen, bis ein in Gefangenschaft geratener syrischer Agent den Mossad darauf gebracht hatte, in den eigenen Reihen nachzuforschen. Ishbav war nach England geflohen, bevor sie ihn erwischen konnten.

Und schließlich die einzige Lady in dieser illustren Männerrunde: Monika van Heflin – ein schöner Name für eine sehr schöne Frau. Ihr Spitzname war Venusfalle; sie hatte sich darauf spezialisiert, Männer zu töten, nachdem sie mit ihnen geschlafen hatte. In den wilden sechziger Jahren war Monika, eine Amsterdamer Studentin, von den Roten Brigaden angeworben worden. Später hatte sie für kriminelle Kreise in Paris gearbeitet. Seit einigen Jahren verdingte sie sich unter dem Schutz der Organisationen, die sie eingesetzt hatten, als Luxuscallgirl. Aber man munkelte, daß dieser Schutz allmählich schwächer wurde.

Die Gruppe war, was ihre Talente, Nationalitäten, ihr Alter und den Grad ihrer Loyalität anging, uneinheitlich, doch es gab etwas, was sie alle miteinander und mit Harry Oakham verband, und deshalb waren sie nach Genf gekommen, um sich mit ihm zu treffen.

Jan brachte Rilke ein wenig früher in den Konferenzraum hinauf. Harry war Rilke nie begegnet, aber er hatte einige Agenten gesehen, die Rilke in die Finger bekommen hatte – oder besser gesagt das, was von ihnen übriggeblieben war. Rilke war klein und drahtig, mit dunklen, tiefliegenden Augen und einem stechenden Blick. Er trug ein dünnes Oberlippenbärtchen und hatte einen schlaffen, feuchten Händedruck.

„Guten Morgen." Rilke sprach ein exzellentes und fast akzentfreies Englisch. „Ich habe Ihre Karriere mit Bewunderung verfolgt, Mr. Oakham. Es freut mich, Sie endlich persönlich kennenzulernen."

„Ganz meinerseits", antwortete Harry. „Auch ich habe Ihre Laufbahn verfolgt und versucht, mit Ihnen Schritt zu halten, aber leider nicht immer mit Erfolg. Sie waren zu gut für uns."

Rilke grinste bei dem Kompliment. „Von einem Profi Ihres Kalibers ist das ein hohes Lob", sagte er.

„Nehmen Sie Platz", bot Harry ihm an. „Jan hat Sie im wesentlichen schon mit unserer Idee vertraut gemacht. Ich würde gern Ihre Meinung hören."

„Ploekewski hat mir lediglich eine vage Idee vorgetragen", sagte er.

„Aber nichts Genaues. Ich will mehr wissen, bevor ich an diesem Treffen teilnehme. Ich muß an meine eigene Position denken."

„Und welche Position ist das?" fragte Harry freundlich. „Soweit ich weiß, sind Sie ehrenhaft entlassen worden, oder wäre unehrenhaft vielleicht doch das zutreffendere Wort? Nach all den Jahren hervorragender Pflichterfüllung hat man Sie einfach hinausgeworfen, und niemand ist besonders versessen darauf, Ihnen Arbeit zu geben."

Rilke bekam einen roten Kopf. „Ich habe mich selbst zum Ausscheiden entschlossen", schoß er zurück, „weil ich unter dem neuen System nicht arbeiten konnte."

Er drückte seine Zigarette aus. Jan warf Harry einen warnenden Blick zu und legte eine Hand auf Rilkes Arm, als dieser einen Schritt zurücktrat.

„Laufen Sie nicht weg, bis Sie gehört haben, was wir Ihnen anbieten. Sie werden es nicht bereuen, das verspreche ich Ihnen."

Rilke sah ihn an. „Ich bin zu nichts verpflichtet? Oder in irgendeiner Weise kompromittiert?"

„Nicht mehr als wir alle." In dem Moment klingelte das Telefon.

Jan nahm den Hörer ab, hörte kurz zu und legte auf.

„Sie sind da", informierte er Harry, der innerlich fluchte, weil es ihm nicht gelungen war, Rilke schon vorab zu überzeugen.

EIN MANN stand vor Georg Werner an der Rezeption des Genfer Hotels. Werner hörte ihn nach der D. H. Company fragen. Der andere war jünger als er, ein großer, dunkelhaariger Mann mit breiten Backenknochen und schwarzen Augen. Er sah aus wie ein Osteuropäer. Vielleicht war er Armenier – er sprach mit russischem Akzent.

Werner folgte ihm durch die Empfangshalle und wartete auf den Aufzug. Der Aufzug kam, und die Türen gingen auf. Der Russe ging hinein, und Georg Werner folgte ihm. Kurz bevor die Türen sich schlossen, kam eine Frau herbeigeeilt, der ein kleiner, dunkelhäutiger Mann folgte. Die Tür schloß sich, und Werner drückte den Knopf für die dritte Etage. Er schaute die anderen an.

„Ich muß in den dritten Stock", erklärte der Russe.

„Ich auch", sagte der kleine Mann, und die Frau nickte. Sie hatte ein sehr schönes Gesicht und trug ein perfektes Make-up.

Als der Aufzug anhielt, traten alle vier heraus. Werner blieb zögernd stehen. Schließlich ergriff der Russe die Initiative. „Die D. H. Company tagt in Zimmer 22", sagte er. „Ich glaube, das ist da vorne rechts."

„ICH KANN Ihnen sagen, wer sonst noch mitmacht", sagte Harry. „Wassili Zarubin." Er sah, wie der Deutsche fast unmerklich die Stirn runzelte, als er den Namen hörte.

„Außerdem ein deutscher Diplomat, einer Ihrer nicht aktivierten Spione: Georg Werner, Staatssekretär im westdeutschen Auswärtigen Amt. Ein Israeli mit Namen Ishbav, ehemaliger Mossad-Agent und syrischer Spion. Und eine Lady – schließlich wollte ich die Frauen nicht benachteiligen." Harry lachte.

Da ging auch schon die Tür auf. Sie waren alle pünktlich und sahen erst Harry an und dann Rilke. Harry registrierte, daß Georg Werner erstarrte und blaß wurde. Aber Jan hatte schon die Tür geschlossen, es gab kein Zurück mehr. Die Frau war als letzte hereingekommen. Ihre große Statur wurde durch einen wehenden Kaschmirschal noch betont. Sie war teuer angezogen, und den Männern wehte ein betörender Geruch entgegen. Jan stellte sie Harry vor.

„Das ist Monika van Heflin", sagte er.

„Hallo." Harry schüttelte ihre Hand, die in einem weichen Handschuh steckte. Anders als Rilke hatte sie einen festen Händedruck.

„Hallo, Mr. Oakham. Guten Tag allerseits."

Sie hatte eine angenehme, etwas rauhe Stimme und sprach mit leichtem Akzent. Lächelnd setzte sie sich, und die anderen taten es ihr nach.

Harry nahm seinen Platz am Ende des Tisches ein. „Ich möchte Sie willkommen heißen", begann er. „Sie wissen, wer ich bin, und ich weiß, wer Sie sind. Wir alle sind im selben Geschäft. Früher standen wir auf verschiedenen Seiten, aber jetzt stehen wir auf derselben Seite. Wir alle haben unseren Beruf aus freien Stücken gewählt, und wir kannten die Risiken. Zwanzig Jahre lang habe ich fast ständig mein Leben aufs Spiel gesetzt. Ich habe Freunde verloren und mir eine Menge Feinde geschaffen. All das wird jedem von Ihnen bekannt vorkommen, obwohl nicht alle von Ihnen selbst an Einsätzen teilgenommen haben. Aber Daniel Ishbav zum Beispiel."

Er wandte sich an den Israeli. „Sie haben Entführungen für den Mossad organisiert. Jeder weiß, was die PLO mit einem israelischen Agenten machte, wenn sie ihn zu fassen bekam. Die Söhne Allahs haben einem bei lebendigem Leibe die Glieder abgetrennt. Oder Monika van Heflin . . ." Sie lächelte ihn an, als er sie über den Tisch hinweg ansah. „Monika war eine Idealistin. Ihr Ideal war nicht besonders edel. Aber Sie haben daran geglaubt, Sie haben dafür getötet und riskiert, lebenslänglich in einem westdeutschen Gefängnis zu sitzen."

Harry machte eine kleine Pause, bevor er sich an den Deutschen wandte. „Und Sie, Herr Werner. Sie sind ein sowjetischer Agent, seit Sie ins westdeutsche Auswärtige Amt eingetreten sind. Sie waren nie an einem Einsatz beteiligt, aber man braucht ganz besonderen Mut, um sich jahrelang zu tarnen und in der Angst zu leben, daß man geschnappt wird. Wir wußten natürlich alles über Sie. Wir haben einen Tip von einem ostdeutschen Informanten bekommen und nach Bonn weitergeleitet. Man hätte Sie in dem Moment verhaftet, in dem Sie aktiv geworden wären. Haben Sie denn nie die Blicke auf Ihrem Rücken gespürt?"

Der Deutsche war blaß geworden. Er schüttelte den Kopf.

„Genau das ist es, was wir an diesem Tisch alle gemeinsam haben. Wir sind Profis, Experten auf den verschiedensten Gebieten. Rilke, Sie haben aus dem Verhör eine Kunst gemacht und dabei eine technische Raffinesse erlangt, die bis dahin unvorstellbar war. Zarubin, Ihr Gesicht ist nie in der Öffentlichkeit bekannt geworden, aber das war auch gar nicht nötig. Sie spielen das Agentenspiel so perfekt, wie Sie Schach spielen."

Harry goß sich etwas Wasser ins Glas und trank es. Sie beobachteten ihn. Die Spannung war gestiegen, aber er spürte auch ein wachsendes Interesse. Er beugte sich vor, legte die Handflächen auf den Tisch und fuhr leise fort: „Aber die Zeiten haben sich geändert, nicht wahr? Der kalte Krieg ist vorbei. Bald sind wir alle eine große, glückliche europäische Familie. Zugegeben, eine schöne Vorstellung. Aber wo bleiben wir bei alldem?" Harry sprach lauter. „Ich werde es Ihnen verraten. Wir passen nicht in diese Vorstellung, meine Freunde. Wir gehören den bösen alten Zeiten an. Unsere Hände sind schmutzig, und alle anderen haben eine weiße Weste. Meine Abteilung wird geschlossen. Sie haben eine Abschiedsparty für mich gegeben, und ich bekomme eine Pension. Wie sieht es mit Ihnen aus, Rilke? Vorruhestand – haben Sie gesagt? Sie sind doch gefeuert worden! Sie, Werner, sind aufgeflogen. Über kurz oder lang landen Sie auf dem Misthaufen. Oberst Zarubin, Sie sind gebrandmarkt. Sie haben eine zu harte Linie vertreten und stehen den Feinden von Glasnost zu nah. Ishbav, Ihr Leben ist keinen Pfifferling mehr wert. Man wird Sie bald Ihren Freunden vom Mossad als Geschenk überreichen. Und für Sie, Monika", – Harry deutete ein Kopfschütteln an – „ist die Uhr ebenfalls abgelaufen."

Mit blitzenden blauen Augen sah sie ihn an, während sie den Kaschmirschal enger um ihre Schultern zog.

„Ich kann sehr gut auf mich aufpassen", sagte sie.

Harry zuckte nur mit den Achseln. „Wie Sie meinen. Tatsache ist aber, daß wir alle erledigt sind. Einige haben vielleicht noch eine ziemlich bescheidene Zukunft vor sich, andere haben gar keine Zukunft mehr. Wie dem auch sei, ich bin jedenfalls noch nicht reif für den Ruhestand. Ich will zur Abwechslung einmal meinen Anteil kassieren. Unsere *Meister*" – Harry sprach das Wort mit Abscheu aus – „haben vielleicht keine Verwendung mehr für uns, aber andere Leute durchaus noch. Mit denen werde ich ins Geschäft kommen, und ich lade Sie ein, sich mir anzuschließen."

Der Russe ergriff als erster das Wort. „Einmal angenommen, es stimmt, was Sie über uns gesagt haben . . ., um was für ein Geschäft geht es?"

„Terrorismus", erwiderte Harry leichthin. „Das ist es doch, wozu wir alle ausgebildet sind und was wir eigentlich überhaupt nur können. Allerdings machen wir es diesmal für Geld. Wir können unseren Preis selbst festlegen, Oberst Zarubin. Ich habe meinen bereits genannt, und er ist akzeptiert worden. Jetzt sind Sie an der Reihe."

„Wer will denn für unsere Dienste zahlen?" wollte Rilke wissen.

„Ich habe mit den Libyern gesprochen. Sie werden für unsere Tarnung aufkommen und die Kosten des Einsatzes tragen. Ich habe vier Millionen Pfund Sterling verlangt, und sie haben sofort eingeschlagen."

Die anderen sogen scharf die Luft ein – die Überraschung war ihm gelungen.

„Sie haben wirklich zugesagt, diese Summe zu zahlen?" Daniel Ishbav kannte die Libyer besser als alle anderen im Raum. Gaddafi ließ Geld fließen wie andere Leute einen aufgedrehten Wasserhahn, aber er wollte auch Gegenleistungen dafür.

Harry nickte. „Ja. Für die Dienste, die wir anbieten können, ist das sogar noch ein guter Preis. Ich habe schon für Sie alle ein paar Vorverhandlungen geführt: hunderttausend Pfund Sterling für jeden, zahlbar auf unterschiedliche Schweizer Nummernkonten – als Vorschuß. Anschließend werden wir nach Leistung bezahlt. Ich glaube, das ist kein schlechtes Geschäft."

Wassili Zarubin lachte. „Das finde ich auch. Mir gefällt das."

„Rilke?" fragte Harry.

Der Deutsche spitzte die Lippen. „Im Prinzip ja, aber vorher möchte ich genau wissen, worum es da geht. Was ist das für eine Tarnung, die so viel Geld kosten soll?“

„Dazu kommen wir gleich. Werner – wie steht es mit Ihnen?“

Werner sah Harry an. „Was für ein Narr bin ich nur gewesen“, murmelte er. „All diese Jahre habe ich vergeudet – für nichts. Wem könnte ich jetzt schon noch nützen?“

„Wir brauchen kluge Köpfe, kultiviertes Auftreten. Muskelmänner kann ich jederzeit anwerben, Werner. Aber Sie haben immer noch Ihren Job, und Sie haben Zugriff auf die Botschaften und Ministerien in aller Welt. Wenn man uns ein hochrangiges Ziel gibt, dann könnten Sie für uns die Örtlichkeiten auskundschaften. Sind Sie interessiert?“

Dieser Mann war erschüttert und aufgebracht..., und er hatte Angst. Man mußte ihn einfühlsam behandeln.

„Ja“, antwortete er. „Ja, ich bin interessiert. Schließlich muß ich jetzt sehen, wo ich bleibe.“

„Gut.“ Harry lächelte den Deutschen aufmunternd an. „Ishbav?“

Der Israeli zuckte mit den Achseln. „Unter einer Bedingung“, sagte er. „Ich gehe nicht in den Nahen Osten. Ansonsten bin ich dabei. Was habe ich schon zu verlieren?“

Harry grinste Ishbav an. „Willkommen im Klub. Und Sie, Monika?“

Monika van Heflin war wahrscheinlich am schwierigsten zu knakken. Vielleicht sagte sie jetzt einfach, sie sollten sich zur Hölle scheren, und marschierte mit hocherhobener Faust – dem Zeichen der Roten Brigaden – hinaus.

„Was wäre meine Aufgabe?“ fragte sie jedoch. „Ich habe Geld, und soviel wie diesen Vorschuß kann ich leicht verdienen, wenn ich will.“

„Zweifellos, aber dazu müssen Sie auch am Leben bleiben. Und ohne Schutz wird das nicht leicht sein. Wenn Sie mitmachen, werden Sie Ihre bekannten Fähigkeiten einsetzen.“ Er machte eine kurze Pause. „Wir erinnern uns alle noch gut an den Fall Julius Rittermann.“

Rittermann war Vorstandsvorsitzender einer der führenden westdeutschen Investmentbanken gewesen. Man hatte ihn stranguliert in einer Münchener Wohnung gefunden, nachdem er vorher mit einem großen blonden Mädchen in einem eleganten Restaurant gesehen worden war. *Tod dem Kapitalistenschwein* stand mit roter Tinte auf einem Blatt Papier, das man ihm in den Mund gestopft hatte.

Julius Rittermann zu erwähnen war ein guter Schachzug gewesen.

„Das könnte amüsant werden." Monika lächelte und zeigte dabei ihre strahlendweißen Zähne. „Ich habe mich in letzter Zeit etwas gelangweilt. Sie können auf mich zählen, Oakham."

„Ich bin entzückt. Und nun, wenn Jan freundlicherweise das Gerät einschalten würde, werde ich Ihnen die Tarnung vorführen und auch alles übrige erläutern."

Jan schaltete das Videogerät ein. Abgesehen von dem leisen Surren des Gerätes herrschte im Zimmer vollkommene Stille. Harry ergriff wieder das Wort. „Was Sie hier sehen, ist die Videoaufnahme eines Londoner Grundstücksmaklers von einem Besitz, der zum Verkauf steht."

Ein eleganter, mit roten Ziegeln erbauter und von einem hügeligen Parkgelände umgebener elisabethanischer Landsitz erschien auf der Leinwand. Man sah Innenaufnahmen von den aufwendig hergerichteten Räumen, dann weitere Außenaufnahmen, die unter anderem einen malerischen See zeigten.

„Der Preis beträgt drei Millionen", erklärte Harry.

Werner ergriff das Wort. „Wenn ich das richtig sehe, ist das ein Hotel. Ich verstehe das Ganze nicht."

„Der ‚Dedhamer Hof' wird unser Hauptquartier", erklärte Harry ruhig. „Ein gut eingeführtes Luxushotel. Würde jemand auf den Gedanken kommen, an solch einem Ort nach unserer Organisation zu suchen? Und es hat alles, was wir brauchen. Die Libyer sind interessiert an Trainingseinrichtungen für einige ihrer Spezialtruppen. Die IRA hat auch bereits Interesse bekundet. Diesen Service werden wir anbieten. Unsere Hauptaufgaben sind allerdings riskante Einsätze, die sonst niemand erledigen möchte."

„Ein perfekter Plan", murmelte Rilke. „Wie sind Sie an das Haus gekommen?"

„Ich kenne das Anwesen von früher, weil ich in der Gegend aufgewachsen bin", erklärte Harry. „Und das schönste ist, daß es sich dabei um ein ganz legales Unternehmen handelt. Jeder von uns wird eine Aufgabe in der Hotelverwaltung haben. Wir sind Angestellte des Konsortiums, das das Hotel gekauft hat."

„Wir haben doch gar keine Ahnung vom Hotelgewerbe. Wie sieht es mit Personal aus?" fragte Daniel Ishbav.

„Das Personal wird übernommen", antwortete Harry. „Das ist ein Teil der Vereinbarung. Machen Sie sich über die Einzelheiten keine Gedanken, darum kümmere ich mich schon."

„Wenn wir Trainingskurse abhalten sollen, dann brauchen wir auch entsprechende Einrichtungen", bemerkte der Russe. Körperliches und mentales Training waren seine Spezialität. „Man könnte zum Beispiel einen Truppenübungsplatz bauen. Gibt es genügend Land?"

„Es sind mehr als achtzig Hektar", beruhigte Harry ihn. „Manche Hotels bieten an den Wochenenden Kriegsspiele an, es ist mittlerweile ein recht populärer Zeitvertreib. Wir würden das auch so machen. Zwei Anlagen, eine für Gäste und eine echte. Aber ich muß noch einmal betonen, daß das zweitrangig ist. Wenn wir einen oder zwei Einsätze erfolgreich abschließen, dann brauchen wir diese Staffage nicht mehr."

„Das wäre mir lieber", warf Ishbav ein. „Die Idee mit diesem Landhotel finde ich gut. Dort wäre ich sicherer als in meinem Zimmer in London. Aber daß da ständig Leute kommen und gehen, die über uns Bescheid wissen – das gefällt mir gar nicht."

Harry Oakham lächelte ihn an. „Sie sind schon zu lange auf der Flucht", sagte er. „Das hat Sie nervös gemacht."

Ishbav stieg die Röte ins Gesicht. „Vorsicht!" fauchte er zurück.

Oakham blickte in die Runde. „Noch irgendwelche Fragen?"

„Wieviel Zeit haben wir noch, bevor die Aktion beginnt?" fragte Rilke. Er zitterte innerlich vor Erregung. Endlich konnte er seiner Mutter wieder eine luxuriöse Wohnung mit allem Komfort bieten.

„In drei Monaten habe ich alles vorbereitet. Jan und ich fliegen sofort nach diesem Treffen zurück. Jan ist unser Koordinator und wird mit Ihnen allen in Verbindung bleiben. Ich erwarte, daß Sie alle in genau drei Monaten in England zu mir stoßen. Und nun lassen Sie uns ein Gläschen trinken und die Sache feiern. Champagner?"

„Warum nicht?" Werner lächelte Harry an. „Ich werde bleiben, wo ich bin, und Sie mit Informationen füttern, wenn Sie sie brauchen. Wenn die mich rauswerfen, dann bin ich ein reicher Mann. Darauf trinke ich."

Flaschen wurden heraufgebracht und geöffnet. Die Stimmung war ausgelassen.

„Auf unsere goldene Zukunft", sagte Harry. „Ich erhebe mein Glas auf Sie alle und auf den Dedhamer Hof!"

HARRY OAKHAM bog von der Main Ipswich Road in Higham ab und parkte seinen Wagen vor dem Pub. Als er auf das Schild schaute, kamen alte Erinnerungen wieder hoch. GASTSTÄTTE ZUM SCHWAN. Früher, in seiner Kinderzeit, waren in der Nähe von Dedham immer Schwäne majestätisch den Fluß hinabgeschwommen.

Im Schankraum mit seiner niedrigen Decke und den schwarzlackierten Holzbalken war es düster. Er bestellte sich ein Bier und ein englisches Bauernfrühstück mit frischem Weißbrot, Cheddar, Butter und eingelegten Zwiebeln. Das Bier war gut und stark. Eine Gruppe von Touristen stand zusammengedrängt an der Bar. Sie wollten bestimmt in sein Heimatdorf Dedham, um sich den Ort anzusehen, in dem der berühmte Maler Constable seine unsterblichen Bilder geschaffen hatte und in dem es jetzt Dutzende von Antiquitätengeschäften und Teestuben gab. In seiner Kinderzeit, die er im alten Pfarrhaus verbracht hatte, war Dedham ein stiller, kleiner Ort gewesen. Damals war sein Großvater der Vikar von Dedham gewesen, und als dann die Kirche das Pfarrhaus vor dem letzten Krieg verkauft hatte, hatte Harrys Vater es erworben.

Später hatte seine verwitwete Mutter es ihm, Harry, angeboten, bevor sie es verkaufte. Aber Peggy hatte sich geweigert, von Woking wegzuziehen. Mit Judith wäre das etwas anderes gewesen. Sie war in Devonshire aufgewachsen und liebte das Leben auf dem Land. Sie war eine begeisterte Reiterin und unternahm gerne lange Spaziergänge mit den Hunden. Nun, Peggy hätte auch gar nicht nach Dedham gepaßt. Er hatte sich deshalb nicht erst die Mühe gemacht, sie überzeugen zu wollen. Also war das Pfarrhaus verkauft worden. Die Zeiten hatten sich geändert, und mittlerweile lebten nur noch seine Kusinen in dieser Gegend. Seit Jahren hatte er sie nicht mehr gesehen.

DAS GESCHÄFT war perfekt, der Vertrag unterzeichnet, und nun gehörte der Dedhamer Hof einem Schweizer Konsortium. Die Sonntagszeitungen hatten über den Verkauf berichtet, und Harry war diese diskrete Form der Bekanntmachung recht gewesen, denn er wußte, daß man sich in der Umgebung für die neuen Besitzer interessieren würde, daß der Tratsch aber auch bald wieder verebben würde.

Nach seiner Rückkehr aus Genf hatte Harry eines Abends in London während einer Bootsfahrt auf der Themse seinen libyschen Kontaktmann getroffen und ihm die Liste seiner Partner gezeigt. Der Bankier war mit den Namen vollauf zufrieden gewesen, denn er wußte, wie man Investitionen im Ausland so tarnte, daß man sie nicht zurückverfolgen konnte. Und ihm war sehr an einem ehrbaren Deckmantel gelegen. Die Summe, die nötig war, um das Hotel für seinen besonderen Zweck auszubauen und auszurüsten, bekam Harry daher über ein angesehenes Londoner Rechnungsprüfungsunternehmen, das wähnte, für das Schweizer Konsortium aus Basel zu arbeiten.

Harry ging zur Bar, um seine Zeche zu zahlen. Der Wirt sah ihn neugierig an. Dieser Mann war kein Tourist, soviel stand fest, aber sonst konnte er mit seinem schäbigen Tweedjackett und den Sergehosen alles mögliche sein.

„Das macht zwei Pfund fünfzig, Sir. Sind Sie hier in der Gegend auf Besuch?"

Harry mußte über seine Neugier lächeln. Er beschloß, sich einen Spaß zu gönnen und mitzuspielen. „Ich will zum Dedhamer Hof. Das ist doch nicht weit von hier, oder?"

„Ungefähr fünfzehn Kilometer, Sir. Ist gerade an irgendwelche Ausländer verkauft worden, wie ich höre. Bleiben Sie länger da?"

„Ich hoffe doch", erwiderte Harry mit einem freundlichen Lächeln und nahm sein Wechselgeld. „Ich bin nämlich der neue Direktor. Auf Wiedersehen!" Und damit ging er.

Wenig später fuhr er auf einer malerischen Landstraße dahin und bog schließlich in eine Seitenstraße ein. Die Luft roch nach frischem Gras und grünen Hecken. Und dann tauchte das Schild vor ihm auf: DEDHAMER HOF.

Eine lange und schöne, von Rotbuchen gesäumte Allee führte zum Hotel. Im Licht der strahlenden Sonne schienen die roten Ziegel des alten Hauses richtiggehend zu glühen. Früher, vor einer ganzen Ewigkeit, war Harry hier oft zu Kinderfesten eingeladen worden, als die Familie Lisle noch hier gewohnt hatte. Er fuhr über den Kiesweg bis vor das Haus und hielt an. Bei seiner ersten Inspektion hatten die Blumenbeete etwas vernachlässigt ausgesehen, und die Holzzäune mußten gestrichen werden. Bevor er es übernommen hatte, war das Hotel in den roten Zahlen gewesen. Doch inzwischen waren die Beete gejätet, die frische Farbe auf dem Holz glänzte. Harry hatte keine Ausgaben gescheut. Er fand, ein Haus wie dieses verdiente es, anständig in Schuß gehalten zu werden.

Ein junger Mann in blauer Pagenuniform kam die Treppe herunter und öffnete ihm die Wagentür. „Möchten Sie übernachten, Sir?"

„Ja. Könnten Sie bitte mein Gepäck hineinbringen?"

Zielstrebig stieg Harry die Steintreppe hinauf und betrat die Empfangshalle.

Ein nettes Mädchen stand hinter dem Empfangstresen, sah auf und lächelte ihn an. „Guten Tag, Sir. Womit kann ich Ihnen behilflich sein?"

„Mein Name ist Oakham. Der Direktor erwartet mich. Könnten Sie ihm sagen, daß ich da bin und ihn gern in etwa fünfzehn Minuten sprechen würde?"

Das Mädchen errötete. „Oh, natürlich. Bitte verzeihen Sie. Er hat mir gesagt, daß Sie kommen. Wir haben die Stuart-Suite für Sie hergerichtet, Mr. Oakham. Die Treppe hinauf und dann die erste Tür rechts. Dort drüben ist auch ein Aufzug, wenn Sie lieber hinauffahren möchten."

„Nein danke, ich gehe zu Fuß", erwiderte Harry.

„Dave!" Sie wandte sich dem Pagen zu, der bereits Oakhams Gepäck in der Halle abgestellt hatte. „Bitte führen Sie den Gentleman nach oben! Ich werde sofort anläuten und mitteilen, daß Sie eingetroffen sind, Sir."

„Ich danke Ihnen." Harry stieg die breite Treppe hinauf. Von den Besuchen in seiner Kinderzeit war sie ihm noch gut in Erinnerung. Der Page ging vor ihm her und trug sein Gepäck. Dort oben war es, auf dem oberen Treppenabsatz, von einer Glasscheibe geschützt: ein Puppenhaus. Gegenüber der Treppe hatte man es in die Wand eingebaut. Er blieb stehen und schaute es sich an.

Es war so groß, daß ein Kind darin spielen und durch die Fenster sehen konnte, wer gerade die Treppe hinaufkam. Seit fast vierhundert Jahren war das Puppenhaus dort. Es war zu einer richtigen Touristenattraktion geworden.

Er blieb einen Moment stehen, runzelte die Stirn und fuhr mit einem Finger über die Glasscheibe. Wenn das Puppenhaus nicht nur eine Fassade war, dann müßte es eigentlich noch tiefer sein, als es aussah, denn die Wand, in die es eingelassen war, war sehr dick. Morgen klettere ich aufs Dach hinauf, dachte er, und sehe mir das einmal genauer an, nur so aus Neugier. Schließlich bin ich dazu ausgebildet worden, nicht alles so hinzunehmen, wie es auf den ersten Blick zu sein scheint.

Innen an der Glasscheibe war ein kleines Schild angebracht. Harry las es und lächelte.

> DIESES PUPPENHAUS WURDE 1598 FÜR DIE KINDER DER FAMILIE LISLE GEBAUT. ES IST IN SEINER ART EINZIGARTIG UND WURDE VOM TISCHLER DER FAMILIE ANGEFERTIGT.

Der junge Page wartete am obersten Treppenabsatz auf ihn.

„Hier entlang, Sir, durch diese Tür bitte."

Der Page hielt ihm die Tür auf, und Harry trat in einen breiten

Flur. Alle Zimmer trugen historische Namen. In der Stuart-Suite hatte angeblich schon der englische König James I. genächtigt, als er 1610 die Familie Lisle besucht hatte. Harry gab dem Pagen ein Trinkgeld und schloß die Tür hinter ihm. Dann sah er sich um. Dies war die teuerste Suite. Auf dem Tisch standen Blumen, in einem mit bunten Bändern verzierten Korb lagen Früchte. Es gab luxuriöse Vorhänge und ein schönes, antikes Bett. Das war schon etwas anderes als die heruntergekommenen Absteigen und konspirativen Wohnungen, in denen er in seiner aktiven Zeit so viele Tage und Nächte verbracht hatte.

Gleich würde der Hoteldirektor kommen und ihn begrüßen. Er und sein Assistent waren ein nettes und gut funktionierendes Gespann, und sie hatten das Hotel erstklassig geführt. Sicher waren sie darauf bedacht, ihn zufriedenzustellen. Wie hätten sie auch auf den Gedanken kommen sollen, daß er gekommen war, um sie beide zu feuern? Es wurde Zeit, daß die Puppen ins Puppenhaus kamen.

3. Kapitel

ROSA BENNETS Ehe zerbrach am vierten Juli. Es war der amerikanische Unabhängigkeitstag, und der Botschafter der USA gab in dem vornehmen Londoner Viertel Regent's Park eine Party. Rosa war früh gekommen, weil sie nicht zu spät zu Hause sein wollte. Die aufwendige Party fand in der zauberhaften Villa statt, die die Woolworth-Erbin Barbara Hutton seinerzeit den Vereinigten Staaten als Londoner Botschaftsresidenz vermacht hatte. In der großen Empfangshalle spielte eine Marinekapelle.

„Ich freue mich, Sie zu sehen", sagte der Botschafter zur Begrüßung zu ihr. Seine Frau lobte Rosas Kleid, lächelte und wandte sich dann dem nächsten Gast zu. Rosa sah überall vertraute Gesichter. Sehr bald war sie ins Gespräch mit Leuten vertieft, die sich freuten, sie wiederzusehen.

„Hallo! Ich habe Sie schon überall gesucht. Wie geht es Ihnen?" Jemand berührte sie leicht am Ellenbogen.

„Hallo, Mr. Lucas!"

Richard Lucas war ein amerikanischer Marineattaché – ein umschwärmter und attraktiver Junggeselle Mitte Dreißig. Wann immer er Gelegenheit hatte, belegte er Rosa mit Beschlag. Er machte keinen

Hehl aus seinen Absichten, aber Rosa war nicht darauf eingegangen. Dennoch mochte sie ihn. Er war amüsant, und seine Beharrlichkeit schmeichelte ihr. Er versuchte, ihr Champagner aufzunötigen.

„Nein, für mich nichts mehr, Mr. Lucas. Ich muß noch fahren."

„Na gut. Ich würde Ihnen ja anbieten, Sie nachher noch zum Essen auszuführen, aber ich weiß natürlich ganz genau, daß Sie nein sagen werden."

Sie lachte. „Warum fragen Sie mich dann immer wieder?"

„Vielleicht habe ich eines Tages doch noch Glück bei Ihnen."

Sie lachte und verabschiedete sich von ihm. Nachdenklich sah er ihr nach.

Rosa tauchte immer allein auf, und er war überrascht gewesen, als er erfahren hatte, daß sie verheiratet war. Sie war eine sehr attraktive Frau, aber sie war eine Einzelgängerin, die sich ganz auf ihre Karriere konzentrierte. Zu schade, dachte Richard Lucas und machte sich auf die Suche nach einer anderen Begleitung.

Rosa eilte nach draußen zu ihrem Wagen und fuhr los.

Verdammt, jetzt bin ich schon wieder so spät dran, dachte sie besorgt, als sie in die Marylebone Road abbog. Bei dem Verkehr bin ich vor neun bestimmt nicht zu Hause.

James würde toben. Schon bei dem Gedanken wurde ihr schlecht. Nachdem sie an ihrem Hochzeitstag nicht zu Hause gewesen war, hatte sich ihre Beziehung in den vergangenen beiden Monaten extrem verschlechtert. Rosa hatte es nicht gewagt, James zu sagen, daß sie in zwei Wochen nach Brüssel versetzt wurde. Aber jetzt konnte sie es nicht mehr länger hinauszögern. Sie hatte vorgehabt, früh nach Hause zu kommen und alles bis aufs I-Tüpfelchen fertigzuhaben, wenn er nach Hause kam. Doch dadurch, daß sie Richard Lucas in die Arme gelaufen war und jetzt auch noch der Verkehr stockte, war sie viel zu spät dran.

Endlich erreichte sie die letzte Kreuzung und bog in die hübsche Straße mit den schönen viktorianischen Häusern ein, in der sie wohnte. Im Wohnzimmer brannte Licht. James war also schon zu Hause.

Sie parkte den Wagen und ging ins Haus. James saß vor dem Fernseher und hatte ein Glas in der Hand. Als die Tür aufging, drehte er sich um und sah Rosa an.

„Tut mir leid, daß ich so spät bin", sagte sie schnell. „Ich habe die Party früh verlassen, aber dieser verdammte Verkehr war wirklich ein Alptraum. Ich richte uns schnell etwas zum Abendessen."

„Mach dir keine Gedanken über das Abendessen, ich habe sowieso keinen Hunger. Setz dich zu mir, Rosa. Ich muß mit dir reden."

Sie kannte diesen feindseligen Blick. „Halt mir bitte nicht schon wieder einen Vortrag. Das halte ich nicht aus. Ich habe keine Lust, mich mit dir zu streiten", sagte sie, aber sie gehorchte und setzte sich.

„Ich will mich gar nicht streiten", antwortete er. „Es wird Zeit, daß wir damit aufhören, Rosa." Er hatte sich vorgenommen, sie nicht anzuschreien oder die Beherrschung zu verlieren. Sie spürte seine kalte Wut, aber auch, daß diesmal etwas anders war als sonst.

„Was ist los, James? Stimmt etwas nicht?"

„Ob etwas nicht stimmt?" fragte er. „Natürlich stimmt etwas nicht. Es funktioniert einfach nicht, oder?"

„Ja", gab sie zu. Sie fühlte sich elend. „Ja, das stimmt. Aber ich weiß nicht, was ich dagegen tun soll. Ich will doch nur, daß wir beide wieder so glücklich sind wie früher."

„Wenn du das wirklich wolltest", erwiderte er ruhig, „dann würdest du deinen verdammten Beruf an den Nagel hängen und zur Abwechslung mal die Rolle der Ehefrau spielen. Ich habe versucht, mir vorzulügen, daß es irgendwann besser wird, daß für dich auch mal unsere Ehe und ich an erster Stelle stehen. Aber so wird es nie sein."

Er hielt sein Glas schräg, und die Eiswürfel klirrten.

„Das ist nicht wahr", versuchte Rosa zu protestieren. „Du machst es mir so schwer! Ich fühle mich wie zerrissen! Du verlangst also, daß ich meinen Beruf aufgebe. Würdest du denn deinen Job in der Bank aufgeben, wenn ich dich darum bäte?"

„Von deinem Gehalt könnten wir ja wohl kaum leben, also red keinen Blödsinn!"

Er trank sein Glas aus und stellte es auf den Tisch. „Ich habe eine andere Frau kennengelernt. Ich will die Scheidung."

Rosa starrte ihn an, aber er wich ihrem Blick aus. Sie schob sich die Haare aus der Stirn. „Sagst du das nur, um mich zu verletzen?"

„Das würde ich nie tun. Es ist wahr. Ich treffe mich schon eine ganze Weile mit einer Frau. Und warum soll ich es dir eigentlich nicht sagen: Sie ist schwanger."

„O mein Gott! Das ist ja reizend." Rosa stand auf und starrte auf ihn hinab. „Wirklich reizend."

„Das finde ich tatsächlich", antwortete James. „Ich finde es sogar wunderbar, wenn du die Wahrheit wissen willst. Auch wenn du darauf Wert legst, die Dinge zu komplizieren, wird sie das Baby bekommen, und wir werden so zusammenleben. Aber letztlich werden wir doch heiraten."

„Du mußt mich wirklich hassen, wenn du mir das alles antun kannst", sagte Rosa. „So weit können Mißgunst und Eifersucht einen Menschen also treiben."

James wurde rot vor Wut. „Ich bin nicht mißgünstig – ich wollte nur eine normale Frau haben und kein hohes Tier im Außenministerium."

„Wer ist sie?" Rosa konnte die Frage nicht zurückhalten.

„Niemand, den du kennst", antwortete James. „Sie ist eine Wirtschaftsjournalistin, die wegen eines Interviews für die *Financial Times* in die Bank kam. Ich habe sie zum Mittagessen eingeladen, und dann ist es eben passiert, ganz einfach. Sie ist sehr erfolgreich in ihrem Job, aber sie ist trotzdem bereit, ihren Beruf aufzugeben."

„Wie schön für sie. Mir wird schlecht, wenn ich das nur höre."

Tränen liefen Rosa über die Wangen, aber James rührte sich nicht. „Ich habe schon ein paar Sachen zusammengepackt. Ich ziehe heute abend aus. Das ist wohl das beste, um allen Aggressionen aus dem Weg zu gehen, findest du nicht auch?"

„Ja, um Himmels willen. Hauptsache, du verschwindest." Sie drehte ihm den Rücken zu und sagte dann: „Ich gehe übrigens als Zweite Botschaftssekretärin nach Brüssel. Seit sechs Wochen versuche ich, all meinen Mut zusammenzunehmen und es dir zu sagen. Aber das spielt ja jetzt keine Rolle mehr. Du kannst deine Scheidung haben, je eher, desto besser. Ich rufe morgen früh meinen Anwalt an."

„Danke", hörte sie ihn sagen. „Es würde deiner Karriere ja auch sicher nicht besonders bekommen, wenn wir eine Schlammschlacht daraus machen. Ich habe mir gedacht, daß du es so siehst."

Die Tür fiel hinter ihm ins Schloß, und Rosa war allein. Sie rührte sich nicht. Oben im Schlafzimmer hörte sie seine Schritte, hörte, wie er die Treppe herunterkam und wie die Haustür zugezogen wurde. Draußen sprang sein Wagen an. Das Surren des Motors war bald verebbt.

Jetzt herrschte völlige Stille im Zimmer, im ganzen Haus. Sie hatten keine Haustiere, nicht einmal eine Katze – ein unabhängiges Karrierepaar ohne Bindungen. Doch dann war es auf einmal nicht mehr so still. Rosa konnte jedes Knarren im Gebälk hören und begann, vor Kälte zu zittern.

Sie ging nach oben ins Schlafzimmer. James' Abgang hatte keine Spuren hinterlassen. Keine offenen Schranktüren, keine halboffenen

Schubladen. Es war, als hätte er diesen Raum nie mit ihr geteilt. Sie ließ heißes Wasser in die Badewanne einlaufen, zog sich aus und stieg hinein. Vergeblich versuchte sie, sich auf Brüssel zu konzentrieren und an die Herausforderung, die sie dort erwartete. Andere Fragen drängten sich in ihre Gedanken.

Hat er recht? Bin ich wirklich so egoistisch, wie er gesagt hat? Habe ich ihn geliebt? O ja, am Anfang bestimmt. Aber nicht lange. Man kann einen anderen Menschen nicht lieben, wenn er einem ständig ein Schuldgefühl vermittelt. Am Ende habe ich ihn gehaßt, so wie er mich haßt – weil ich alles vermasselt habe.

Sie stieg aus der Wanne, trocknete sich ab und kletterte in ihr kühles Bett. Der Kopf tat ihr weh, und sie fühlte sich ausgelaugt. Rosa Bennet, die Erfolgsfrau, dachte sie unglücklich. „Mein Gott", murmelte sie, während sie langsam in Schlaf fiel. „Was für ein Reinfall . . ."

SIR PETER JEFFORD stand von seinem Schreibtisch auf und kam herbei, um sie zu begrüßen. Er war ein großgewachsener, schlanker Mann mit angegrauten Haaren und einem gepflegten Oberlippenbart, untadelig gekleidet in einen dunklen Anzug mit einer schlichten Krawatte. Seit drei Jahren war er Chef der Geheimdienstabteilung im Außenministerium. Er nahm Rosas Hand und drückte sie mitfühlend.

„Kommen Sie und setzen Sie sich", sagte er.

Sie war eine von Hugh Chapmans Schützlingen, und das war an sich schon eine Empfehlung, denn Chapman nahm nur die Besten. Von Anfang an hatte sie durch ihre erstklassigen Noten in den Aufnahmeprüfungen für den auswärtigen Dienst auf sich aufmerksam gemacht, und Chapman hatte sie jetzt Jefford empfohlen. In der Sektion C für Sicherheitsschutz gearbeitet zu haben konnte für ihre Karriere nur von Vorteil sein, und Jefford war sich sicher, daß sie wertvolle Arbeit leisten würde. Er hatte ihre Fortschritte in den letzten Wochen verfolgt.

Die Grundzüge der Informationsbeschaffung hatte sie sehr schnell beherrscht, und obendrein besaß sie einen natürlichen Instinkt dafür, welche Informationen relevant waren, und ein phänomenales Gedächtnis. Ihre Berichte waren exzellent – wie geschaffen für Brüssel.

„Ich habe Ihre Notiz erhalten", sagte er und nahm ebenfalls Platz. „Es tut mir wirklich leid."

„Danke, Sir Peter. Ich hielt es für das beste, wenn Sie es sofort erfahren. Es ist sehr nett von Ihnen, daß Sie mich empfangen, aber eigentlich wäre es nicht notwendig gewesen. Ich weiß, wieviel Sie zu tun haben."

„Ist die Sache denn endgültig? Wird Ihr Mann es sich nicht noch einmal überlegen?"

„Absolut endgültig", erwiderte Rosa. „Ich habe heute morgen einen Brief von seinem Anwalt erhalten."

Sie war sehr gefaßt, aber trotzdem blaß und angespannt. Sir Hugh hatte ihn über Rosa Bennets Mann informiert, bevor er sie hatte kommen lassen. Ein Nörgler, der wegen der Karriere seiner Frau einen Komplex entwickelt hatte. Sie war ohne ihn besser dran.

„Möchten Sie eine Tasse Tee? Vera wird uns welchen bringen."

„Nein danke. Stört es Sie, wenn ich rauche?"

Auf seinem Schreibtisch stand eine Zigarettendose. Er hielt sie ihr hin.

„Ich wußte gar nicht, daß Sie rauchen."

„Ich habe wieder angefangen", erklärte sie. „Aber ich rauche nur gelegentlich."

Er lehnte sich an seinem Schreibtisch vor. „Wie lange werden Sie brauchen, um Ihre Angelegenheiten zu regeln?"

„Nicht lange. Keinem von uns ist an Streitereien gelegen. Ende der Woche treffe ich mich mit meinem Anwalt. Wäre es möglich, Brüssel um, sagen wir, zehn Tage zu verschieben . . ., nur bis ich alles in die Wege geleitet habe?"

„Natürlich." Jefford warf ihr einen prüfenden Blick zu. „Darüber wollte ich sowieso mit Ihnen sprechen. Es hat sich etwas Außergewöhnliches ergeben."

„Worum geht es?" fragte Rosa. „Wollen Sie nicht mehr, daß ich nach Brüssel gehe?"

Er schüttelte den Kopf. „Nein, das nicht. Aber wir haben ein Problem, und wir sind der Ansicht, daß Sie genau die richtige Person sind, die uns helfen könnte, es zu lösen. Mrs. Bennet, wie wäre es, wenn wir zusammen zu Mittag äßen? Ich möchte Ihnen jemanden vorstellen. Wir könnten in meinen Klub gehen. Sie kennen doch das ‚Boodle's', oder? Um ein Uhr im Boodle's. Und machen Sie sich keine Gedanken. Die Sache könnte noch interessanter sein als Brüssel."

„UND NUN", sagte Harry Oakham, „würde ich Ihnen gern das Verwaltungspersonal vorstellen."

Sie waren in dem Großen Salon versammelt: der Küchenchef und sein Stellvertreter, die Wirtschafterin, der Geschäftsführer des Restaurants, das Empfangspersonal und der alte Hausmeister. Die Kellner und sogar die Putzfrauen waren gebeten worden hereinzukommen, um zu hören, was der neue Hoteldirektor zu sagen hatte.

Harry Oakham bat Hermann Rilke vorzutreten.

„Das ist Mr. Brandt, unser Rechnungsprüfer."

Hermann Rilke rang sich ein steifes Lächeln ab.

„Ich weiß, es ist ungewöhnlich, daß man den Rechnungsprüfer quasi unter demselben Dach wohnen hat", fuhr Harry fort. „Aber wie Sie wissen, gehören wir einem Schweizer Konsortium, und das will es nun einmal so haben. Mr. und Mrs. Brandt sind aus Zürich zu uns gekommen."

Er wandte sich zu Monika um, die freundlich lächelte. Es hatte Harry ein diebisches Vergnügen bereitet, die beiden zu Mann und Frau zu machen. Rilke hatte das überhaupt nicht witzig gefunden, Monika dafür um so mehr.

„Ein Assistent des Rechnungsprüfers, Mr. Daniels, wird in einigen Tagen erwartet. Er wird zusammen mit Mr. und Mrs. Brandt in der Croft Lodge wohnen." Er fuhr fort: „Leutnant Stevenson und die beiden Jungs bei ihm sind alte Freunde von mir aus meiner Zeit bei der Marine. Sie werden Ihnen bei allen Wartungsproblemen helfen und sich vor allem um die Außenanlagen kümmern. Ich möchte betonen, daß Sie sich bei allen Problemen immer an mich oder Mr. Pollock wenden können, den Sie ja mittlerweile kennen." Harry deutete auf Jan.

„Erlauben Sie mir hervorzuheben, wie sehr Sie uns alle bei der Übergabe des Hotels geholfen haben. Und ganz besonders möchte ich Ihnen dafür danken, daß Sie mir meine Arbeit so erleichtert haben. Also dann, morgen fängt die neue Saison an, und ich möchte, daß das die bisher erfolgreichste wird. Danke für Ihre Aufmerksamkeit, und gute Nacht. Ich sehe Sie dann morgen früh."

Es gab Applaus. Harry wußte, wie man mit Leuten umging. Jan bemerkte, daß er noch einen Moment lang stehenblieb wie ein Schauspieler, untadelig gekleidet mit seinem dunklen Jackett und den gestreiften Hosen, ganz der distinguierte Hoteldirektor, der seinem Personal ein paar aufmunternde Worte sagt.

Rilke schnaubte verächtlich. Es lag ihm nicht, andere Menschen zu loben. Aber es war natürlich richtig von Harry Oakham, sie öffentlich vorzustellen.

Sie hatten sich in der Croft Lodge eingerichtet, einem Häuschen auf dem Anwesen, und Rilke hatte man freie Hand gelassen, im Obergeschoß seine eigene Spezialabteilung aufzubauen. Das hatte ihm Spaß gemacht, und er konnte es kaum erwarten, daß die Arbeit begann.

Harry hatte das Personal entlassen und wandte sich jetzt seiner kleinen Gruppe zu. Daniel Ishbav sollte als nächster ankommen, dann der Russe Wassili Zarubin, der offiziell als tot galt. Werner hatte eine Nachricht der sowjetischen Nachrichtenagentur TASS an sie übermittelt, in der von einem Autounfall auf der Krim die Rede war, bei dem Wassili Zarubin, ein ausgezeichneter KGB-Offizier, ums Leben gekommen war. Wassili hatte sich „begraben" lassen und war schon über die Türkei zu ihnen unterwegs.

Rilke versuchte, Harry Oakham in Bedrängnis zu bringen. „Und welche Rolle in der Hotelverwaltung wird unser russischer Freund ausfüllen? Welche Tarnung schlagen Sie für ihn vor?"

„Gar keine", erwiderte Harry. „Zarubin ist ein russischer Autor, der eine Biographie über den heiligen Václav Havel schreibt. Wenn Sie etwas Auffälliges verstecken wollen, Rilke, dann müssen Sie es für alle gut sichtbar machen. So hat man es mir jedenfalls beigebracht. Kommen Sie, wir gehen einen trinken. Und danach müssen Jan und ich Dienst schieben und uns um unsere Gäste kümmern. Das Restaurant ist heute abend komplett ausgebucht."

Er ging vor in sein eigenes Haus. Der ehemalige Feldwebel der Marineinfanterie Bill Stevenson und seine zwei Schläger folgten ihm. Stevenson war aus seinem Regiment geflogen, weil er seine Rekruten brutal schikaniert hatte, und seine Assistenten waren beide wegen verschiedener Pflichtverletzungen unehrenhaft entlassen worden. Rilke schmeckte es überhaupt nicht, gemeinsam mit diesen Männern zu trinken, als ob sie seinesgleichen wären. Aber er hatte hier nicht das Kommando. Das hatte Harry Oakham. Und auch das schmeckte Rilke nicht.

„IST DOCH gut über die Bühne gegangen, oder?" wollte Harry wissen. Jan und er waren auf dem Weg zurück ins Hotel, um die Gäste zu begrüßen.

„Es ist gut gelaufen. Du hast das sehr gut gemacht."

Sie kamen am obersten Treppenabsatz vorbei, und Jan blickte in die Richtung des Puppenhauses hinter der Glasscheibe.

„Ich hasse dieses Ding", murmelte er. „Ich verstehe nicht, warum du es nicht beseitigen läßt, Harry."

Harry hatte ihm von der Legende über die Stiefmutter der Familie Lisle erzählt, die angeblich in Abwesenheit des Vaters eines der Kinder hatte verhungern lassen. Aus Rache hatte er das Puppenhaus bauen und das Skelett seiner Tochter ins Fenster legen lassen, so daß die Mörderin es jeden Tag ihres Lebens sah. Sie war daraufhin verrückt geworden und hatte sich im See ertränkt. Jan hatte sich vor Entsetzen geschüttelt.

Harry blieb auf dem Treppenabsatz stehen, weil er genau wußte, wie sehr Jan das Puppenhaus verabscheute. Manchmal konnte er einfach nicht widerstehen und mußte ihn ein bißchen ärgern. „Angeblich liegt ein Fluch auf dem Puppenhaus", sagte er. „Jeder, der versucht, es zu beseitigen, fällt tot um. Die Kinder der Lisles haben alle daran geglaubt."

„Ich würde es beseitigen", sagte Jan. „Ich glaube nicht an Flüche."

„Natürlich tust du das, du abergläubischer alter Katholik! Außerdem ist es ein Plus für das Hotel – das einzige Puppenhaus seiner Art."

Er lachte, doch Jan wandte sich ab. „Es ist gräßlich. Komm, laß uns hinuntergehen", murmelte er verstört.

Harry schlug ihm freundschaftlich auf die Schulter. „Ach was", meinte er lächelnd, „das ist doch alles nur Blödsinn. Ich glaube kein Wort davon. Habe ich noch nie getan." Ich darf nicht vergessen, was Jan durchgemacht hat, dachte Harry zerknirscht, als sie die Treppe hinunter in die Empfangshalle gingen.

„Auf zur Cocktailbar", sagte er munter zu seinem alten Freund. Sie machten jeden Abend ihren Rundgang, begrüßten die Gäste und hießen die Neuankömmlinge willkommen. Als sie jetzt die Halle durchquerten, rief ihnen eine der Empfangsdamen nach. Es war das hübsche Mädchen, das bei Harrys Ankunft so nett errötet war. Harry mochte sie.

„Entschuldigen Sie, Mr. Oakham, da ist ein Anruf für Sie. Ein Mr. Harris."

„Geh schon mal vor", sagte er zu Jan. „Ich komme nach."

Mr. Harris alias Hakim – sein libanesischer Kontaktmann. Harry ging in sein Büro und schloß die Tür hinter sich. An seinen Privatanschluß war ein Zerhacker angeschlossen, damit er nicht abgehört werden konnte. Er nahm den Hörer ab. „Stellen Sie Mr. Harris bitte durch, Jane."

Er drückte den Knopf, und damit war die Leitung vor heimlichen Lauschern geschützt.

„Oakham“, sagte er. „Sind Sie das, Hakim?“

Sie hielten sich nicht mit Small talk auf.

„Ich habe Ihnen einen Vorschlag zu machen“, sagte der Libanese.

Harry zündete sich eine Zigarette an.

„Welcher Art?“

„Das kann ich Ihnen nur persönlich sagen.“

„Dann sollten Sie zu uns herauskommen. Es gibt einen Pub in Dedham, die ‚Alte Mühle‘. Wie dringend ist es?“

„Sehr dringend. Morgen.“

„In Ordnung. Um zwölf Uhr an der Bar. Tragen Sie eine Zeitung unter dem Arm, damit ich Sie erkenne. Sie wissen hoffentlich, daß unsere Dienste einiges kosten werden?“

„Das wissen wir“, war die Antwort. „Morgen um zwölf.“

Und damit war das Gespräch beendet.

Harry blieb noch eine Weile ruhig sitzen. Dann kritzelte er lange auf einem Block herum, der vor ihm lag. Hakim war Unterhändler – für Mord, Entführung, Erpressung und alle Arten von Terrorismus für verschiedene Organisationen. Derjenige, der ihn eingeschaltet hatte, wollte Harry und seine Mitarbeiter für einen unangenehmen, schwierigen Auftrag anwerben.

Er zerknüllte das Blatt und warf es in den Papierkorb. Rilke hatte für Anfang des Monats Kunden eingeplant, drei Typen aus Irland, die darauf brannten, zu Füßen des Meisters zu sitzen und zu lernen, wie man andere Menschen bis zur völligen Unterwerfung quälte. Aber hier ging es um einen Einsatz – vielleicht war das sogar etwas für ihn selbst. Vor Erregung begann sein Herz zu klopfen.

GENAU zwei Minuten nach eins kam Rosa im Boodle’s an der St. James’s Street an. Sir Peter Jefford wartete in der Bar auf sie, neben ihm saß ein anderer Mann. Die beiden hatten Gläser vor sich auf dem Tisch stehen; sie waren also schon eine Weile da.

„Mrs. Bennet, das ist Jim Parker“, sagte Sir Peter.

Parker war ein durchschnittlich aussehender Mann, mittelgroß, mit sich lichtenden Haaren. Er hatte kluge graue Augen.

„Also“, fuhr Sir Peter fort, „was möchten Sie trinken? Mr. Parker und ich sind Ihnen schon etwas voraus. Wir sind früher gekommen.“

„Weißwein bitte.“ Rosa ließ sich auf einem Barhocker nieder.

Ihr Wein kam. Parker hatte ein Päckchen Zigaretten hervorgeholt und bot ihr eine an. Rosa bediente sich, und er gab ihr Feuer.

„Mr. Parker arbeitet für den Geheimdienst", erläuterte Jefford. „Seine Aufgabe ist es, die Sicherheit von Agenten zu überprüfen, wenn sie aus dem Dienst ausscheiden oder uns aus einem anderen Grund verlassen. Wenn nötig, arbeitet er dabei auch mit der Sonderabteilung von Scotland Yard zusammen. In neun von zehn Fällen ist es reine Routinearbeit, aber er hat schon einige Fälle mit hohem Sicherheitsrisiko aufgedeckt. Und jetzt glaubt er, daß es wieder einen solchen Fall gibt. So, Parker, jetzt sind Sie an der Reihe. Aber lassen Sie uns zuerst etwas zu essen bestellen!"

Sie sieht sehr gut aus, dachte Jim Parker. Eine Frau mit Stil und Selbstbeherrschung. Nicht die Sorte Frau, von der er sich persönlich angezogen fühlte – zu intelligent und zu ehrgeizig. Bevor sie die Aufgabe übernahm, mußte er sie auf ihre Schwachstellen hin testen. Später war er dann ihr unmittelbarer Vorgesetzter.

„Was halten Sie eigentlich von Spionen, Mrs. Bennet?" fragte er. „Glauben Sie, daß das ein ehrenhafter Beruf ist? Oder eher ein etwas schmieriger? Mies? So wie in einem John-le-Carré-Roman?"

„Ich lese keine Thriller", erwiderte Rosa kurz. Parkers Art gefiel ihr ganz und gar nicht.

„Ist ja auch egal, da steht sowieso nur Blödsinn drin. Sie haben dazu also keine Meinung. Warum treten Sie dann in die Sektion C ein? Das ist Spionage."

„Weil es mich interessiert. Und außerdem ist es eine wichtige Etappe in meiner Laufbahn beim Außenministerium."

„Also würde es Ihnen nichts ausmachen, herumzuschnüffeln und uns Dinge weiterzugeben?"

„Nicht, wenn das im Interesse meines Landes läge, nein. Warum auch?" erwiderte sie scharf.

„Und was halten Sie von Attentaten? Angenommen, es müßte getan werden? Im Interesse Ihres Landes."

„Ich kann das nicht beurteilen", antwortete Rosa. „Ich glaube, falls so etwas notwendig sein sollte, dann hätte ich lieber nichts damit zu tun."

„Sie sind nicht die einzige, die so empfindet", bemerkte Parker. Er zündete sich noch eine Zigarette an. „Während des Krieges hatten wir eine Abteilung mit sehr tapferen Männern und Frauen, die bereit waren, für ihr Land zu töten. Später wurde diese Abteilung geschlossen. Offiziell. Inoffiziell allerdings ging es weiter wie gehabt. Jetzt ist sie wirklich geschlossen worden. Diejenigen, die eine Lizenz zum Töten hatten, sind entlassen worden. Einer ihrer besten Männer hat erst kürzlich seine Schlüssel abgegeben. Sein Name ist Harry Oakham. Zweiundfünfzig Jahre ist er alt und war verantwortlich für ein ganzes Team. Er muß jetzt ein neues Leben beginnen. Und da komme ich nun ins Spiel, Mrs. Bennet. Meine Aufgabe ist es, ihn ein ganzes Jahr lang zu beobachten, um sicherzustellen, daß er nicht in Schwierigkeiten kommt. Ihm zu helfen, wenn das nötig sein sollte. Eine Art Fürsorgebeamter, sozusagen. Mit Oakham könnte es Probleme geben, denn –"

„Ich glaube, wir können jetzt an unseren Tisch zum Essen gehen", unterbrach ihn Sir Peter.

„WAS FÜR ein Typ ist Oakham?" fragte Rosa. Jefford hatte sich vor dem Kaffee entschuldigt und die beiden allein gelassen.

Parker tat ein Stück Zucker in seinen Kaffee. „Das Töten hat ihm nie etwas ausgemacht, soviel steht fest. Aber es hat ihm auch keinen besonderen Spaß gemacht, das steht auch fest. Oakham ist sehr tapfer, körperlich und seelisch wie ein Fels in der Brandung. Ist nie geschnappt worden. Seinen Mitarbeitern gegenüber vollkommen loyal. War gerne im Einsatz, haßte Schreibtischarbeit. Tja, ich habe mir mein Fürsorgemäntelchen angezogen und ihn besucht. Er war nicht da, also unterhielt ich mich statt dessen mit seiner Frau. Es war sehr aufschlußreich."

„ES IST nett von Ihnen, daß Sie sich für mich die Zeit nehmen, Mrs. Oakham."

Oakhams Frau hatte sich einen Teilzeitjob als Sekretärin bei einem Immobilienmakler gesucht, und glücklicherweise hatte er einen ihrer freien Nachmittage erwischt.

„Mein Name ist Parker", hatte er sich vorgestellt. „Jim Parker. Ihr Mann und ich haben in derselben Abteilung gearbeitet. Wir möchten gern mit unseren alten Kollegen in Verbindung bleiben und sehen, ob es ihnen gutgeht."

Sie hatte ihm Tee angeboten, und wenig später saß er mit ihr in einem aufgeräumten kleinen Wohnzimmer vor einer dampfenden Tasse.

„Wir wußten gar nicht, daß Sie umgezogen sind", sagte Parker.

„Ich bin zu Ihrem alten Haus gefahren, und die neuen Mieter haben mir Ihre Adresse gegeben."

„Harry arbeitet jetzt in einem Hotel in Suffolk", sagte sie. „Er hat mich mir nichts, dir nichts verlassen. Nicht, daß es mir leid täte, Mr. Parker."

„Das muß sehr hart für Sie gewesen sein", sagte er und setzte eine mitfühlende Miene auf. „Ich kann ihn mir gar nicht in einem Hotel vorstellen."

„Ich auch nicht. Ich habe eigentlich nie so richtig gewußt, was er trieb, auch nicht nach all den Jahren, die wir verheiratet waren."

„Nun ja, es war ja auch geheim", räumte Parker ein. Er bemerkte, daß sie bereits einen vertraulichen Ton angeschlagen hatte. Sie lächelte ihn an, und ihr Kleid war ein paar Zentimeter über ihr Knie gerutscht.

„Haben Sie noch Kontakt zu ihm?" wollte Parker wissen.

„Nein. Wir lassen uns scheiden, und ich habe nichts dagegen, wenn ich nie wieder etwas von ihm sehe oder höre. Er war ein furchtbarer Ehemann." Sie biß sich auf die Lippen.

„Das tut mir leid", sagte Parker. „Möchten Sie darüber sprechen? Warum war er denn so schlimm als Ehemann?"

Sie zuckte mit den Achseln. „Er behandelte mich, als würde ich gar nicht existieren. Ich weiß nicht, warum er mich überhaupt geheiratet hat. Wir hatten eine kleine Affäre miteinander, ich habe eigentlich gar nichts erwartet, und plötzlich machte er mir einen Antrag – nach drei Wochen! Ich war in ihn verliebt, Mr. Parker. Er war einfach anders als alle Männer, die ich je kennengelernt hatte."

„Anders?" fragte Parker.

„Romantisch." Sie kicherte belustigt. „Schickte mir Blumen, sprach mit mir, als ob er aus einem Buch vorlesen würde. Und er sah auch wirklich gut aus, sehr sexy. Natürlich kamen wir aus verschiedenen Verhältnissen. Seine Familie besteht aus lauter hochnäsigen Snobs. Von Anfang an haben sie über mich die Nase gerümpft. Ich war eben nicht wie seine erste Frau. Judith hieß sie, und alle hatten sie bewundert. Wissen Sie, er wollte mit mir noch nicht einmal über sie sprechen. Ich sage Ihnen, das hat mich zur Weißglut getrieben."

Er konnte sich vorstellen, wie eifersüchtig sie gewesen war.

„Er hat mich nie geliebt", sagte sie voller Bitterkeit. „Er war bloß einsam, als er mich traf. Er versuchte, seine erste Frau zu vergessen."

„Aber immerhin hat er Sie geheiratet."

„Das war das Schlimmste, das er mir antun konnte", fuhr Peggy

Oakham auf. „Er hat mein Leben ruiniert. Eines Tages hat er sich einfach von mir abgewandt. ‚Ich will nicht mehr mit dir schlafen.' Das war alles, was er mir sagte. ‚Geh deiner eigenen Wege, es macht mir nichts aus.' Es war so grausam, wie er das sagte."

„Und sind Sie dann Ihrer eigenen Wege gegangen?"

„Ich hatte ein paar Liebhaber", gab sie zu. „Ich wollte schließlich nicht wie eine Nonne leben. Zuerst tat ich es nur, um ihn zu verletzen, um ihn eifersüchtig zu machen. Aber es juckte ihn überhaupt nicht. Er hatte ja seine Arbeit, seine Reisen." Sie nestelte ein Papiertaschentuch aus ihrem Ärmel und putzte sich die Nase. Parker hatte Mitleid mit ihr.

„Und was passierte, als er Sie verließ? Was hat er da zu Ihnen gesagt?"

„Er war weg gewesen", antwortete sie. „War nach Suffolk gefahren, um sich eine Arbeitsstelle anzusehen. Er wußte, daß ich nicht auf dem Land leben wollte, aber er hat den Job trotzdem angenommen. Kam einfach nach Hause und sagte: ‚Ich werde ein Hotel leiten, Peggy. Es ist eine große Chance, und ich habe sie ergriffen.' Ich fing an zu weinen, aber er setzte sich nur hin und sagte: ‚Komm schon. Reg dich doch nicht auf. Behalte das Geld und die Möbel und all den Kram. Aber ich will eine schnelle Scheidung. Mach keine Schwierigkeiten, sonst gibt es kein Haus. Ich geh jetzt packen.' Noch am selben Tag verließ er mich!"

„Das hört sich so an, als ob Sie es wirklich nicht einfach gehabt haben", sagte Parker mitfühlend. „Wie war denn der Name des Hotels?"

„Das hat er mir nicht gesagt."

„In welchem Teil von Suffolk, hat er das vielleicht gesagt? Es wäre gut, wenn ich einmal hinfahren und mit ihm reden könnte. Damit wir sicher sind, daß für ihn alles gut läuft."

Sie seufzte. „In der Nähe von Dedham, wo er aufgewachsen ist. Das ist alles, was ich weiß."

Parker stand auf. „Dann bedanke ich mich, daß Sie so offen zu mir waren", sagte er. „Das wird natürlich alles ganz vertraulich behandelt. Machen Sie sich darüber keine Sorgen. Und ich hoffe, für Sie wird alles gut." Er schüttelte ihr die Hand.

„Auf Wiedersehen!" sagte sie. „Wenn Sie noch einmal hier in die Gegend kommen, rufen Sie mich doch einfach an. Vielleicht könnten wir zusammen etwas trinken gehen."

„Ja, das wäre nett", antwortete er.

ALS HARRY in die Alte Mühle kam, war der Schankraum brechend voll. Er grüßte Bob, den Wirt, der hier schon hinter der Theke gestanden hatte, als Harry sich nach einem Kricketspiel das erste Bier seines Lebens bestellt hatte, und hielt nach Hakim Ausschau. Hakim war ein echter Profi und fiel in der Menge bestimmt nicht auf. Harry schlängelte sich zur Theke durch, bestellte sich ein Bier und wartete, während das Mädchen hinter dem Tresen den Zapfhahn bediente. Es waren viele Touristen und auch ein paar Einheimische da, aber niemand, den er kannte.

Harry nippte an seinem Glas und sah auf die Uhr. Er war ein bißchen zu früh, es war erst drei Minuten vor zwölf. Doch da entdeckte er Hakim, der gerade hereinkam, sich schnell umschaute, dann die entfernteste und dunkelste Ecke ansteuerte und sich halb mit dem Rücken zur Theke hinsetzte. Er schlug eine Zeitung auf, die er unter dem Arm getragen hatte, und begann zu lesen. Das war sein Erkennungszeichen. Harry sah, wie eine Kellnerin an den Tisch ging und die Bestellung aufnahm. Er wartete und ließ Hakim noch ein wenig schmoren. Zu viel Interesse zu zeigen war nie gut – das hatte er gelernt.

Langsam ging Harry zu seinem Tisch. „Haben Sie gut hergefunden?“ fragte er und setzte sich.

„Ja“, sagte der Libanese schlecht gelaunt. Landgasthöfe waren nicht nach seinem Geschmack. Er war in der Stadt groß geworden und fühlte sich auch nur in der Stadt wohl.

„Wie lautet der Vorschlag?“ Harry Oakham verschwendete keine Zeit.

„Wir haben eine Zielperson“, antwortete Hakim. „Es geht um eine Eliminierung.“

Harry nippte an seinem Bier. „Sie wollen also, daß wir irgendeinem armen Kerl das Genick brechen. Um wen handelt es sich?“

Hakim sprach so leise, daß Harry sich vorbeugen mußte, um ihn zu verstehen.

„Prinz Abdullah Al Rashid“, flüsterte er.

„Da kommen wir nicht ins Geschäft“, erwiderte Harry. „Wir arbeiten nicht in Saudi-Arabien. Niemand würde nahe genug an ihn herankommen, um ihn auch nur anzuspucken.“

„Wer redet denn von Saudi-Arabien? Er kommt zu einem privaten Besuch nach London und steigt im Hotel Regis ab. In zwei Wochen.“

Harry horchte auf und sah ihn aufmerksam an. Hakim kannte diesen Blick, und er ermutigte ihn.

„Weshalb kommt er?“ wollte Harry wissen.

„Wegen eines Augenleidens, wie üblich. Außerdem steht er auf Glücksspiel. Und auf Blondinen.“

„Welche Chance haben wir, ihn draußen zu erwischen?“

Der Libanese schüttelte den Kopf. „Gar keine. Kugelsicherer Wagen, bewaffnete Leibwächter und Sicherheitspolizisten, die um ihn herumschwirren wie Fliegen.“

„Wo holt er sich seine Mädchen?“

„Er holt sie überhaupt nicht, sie werden zu ihm ins Hotel gebracht. Er beauftragt immer dieselbe Callgirlagentur.“

„Und er steht auf Blondinen.“ Harry überlegte. „Woher haben Sie Ihre Informationen?“

„Wir haben einen Informanten, der ziemlich nahe an ihn herankommt“, antwortete Hakim. „Dies ist unsere einzige Chance. Sind Sie nun interessiert oder nicht?“

„Das kommt auf die Bezahlung an. Was bieten Sie uns?“

Der arabische Prinz war der Lieblingssohn seines Vaters. Ein Verfechter der proamerikanischen Linie nach dem Golfkrieg und ein erbitterter Feind der Bewegung des moslemischen Fundamentalismus. Der Iran wollte ihn schon lange beseitigen, aber nicht in Saudi-Arabien und nicht durch die Hand einer der vom Iran unterstützten Gruppen. Die ideale Lösung war ein Attentat in Europa, möglichst unter skandalösen Begleitumständen, so daß der Prinz als Frevler gegenüber dem moslemischen Glauben dastand. Um dieses Ziel zu erreichen, war man bereit, jede Summe zu zahlen.

Aber Hakim war Libanese, und das Handeln hatte er im Blut. Er nannte Harry die Hälfte der Summe, mit der er rechnete.

„Fünfhunderttausend Pfund.“

Harry schüttelte den Kopf. „Blödeln Sie nicht mit mir herum. Der Preis ist eine dreiviertel Million.“ Er schob seinen Stuhl zurück, als ob er gehen wollte. „Keinen Penny weniger“, sagte er, schon im Stehen.

Hakim gab auf. „Abgemacht. Bitte setzen Sie sich wieder. Es gibt noch eine Bedingung. Wir wollen, daß ein bißchen Dreck aufgewirbelt wird. Ein Skandal, der sich nicht unter den Teppich kehren läßt.“

„Sie wollen also, daß wir ihn nicht nur umbringen, sondern ihn auch noch unmöglich machen“, murmelte Harry. „Ich verstehe. Aber das kostet noch einmal zweihundertfünfzigtausend Pfund.“

Hier ging es nicht um Intrigen rivalisierender libanesischer Milizen in einem Hinterhofbasar. Hier ging es um einen hochbrisanten Auftrag, hinter dem Teheran steckte und der auch von dort gesteuert wurde. Die Iraner wollten den Tod ihres Erzrivalen, verbunden mit dem Skandal eines privaten Besuchs an den verbotenen Fleischtöpfen des Westens. Nicht übel, dachte Harry Oakham.

„Also?" fragte er, und nach einer kurzen Pause nickte Hakim.

„Abgemacht. Eine Million für alles zusammen. Aber es gibt keine Vorauszahlung. In diesem Punkt kann ich nicht nachgeben. Bei so einer Summe wird nur nach Resultat bezahlt."

Harry überdachte schnell die Situation. Er wollte den Bogen nicht überspannen. „Das erscheint mir fair. Wir sind uns einig. Ich verzichte auf eine Hinterlegung des Geldes. Schön, ich glaube, ich weiß genug, um mich an die Arbeit machen zu können. Aber ich brauche detaillierte Informationen von Ihrer Seite. Rufen Sie mich morgen an. Gegen halb sieben."

Er trank sein Bier aus und stand auf. Hakim schlug seine Zeitung auf. Sie verabschiedeten sich nicht voneinander.

4. Kapitel

„LASSEN Sie uns noch ein bißchen im Park spazierengehen", schlug Parker vor.

Rosa und er hatten den Klub verlassen. Sie gingen zum St. James's Palace, die Pall Mall entlang und in den Park. Touristen schlenderten in kleinen Gruppen vorbei, glotzten die königlichen Wachen an und machten Fotos.

„Dort ist eine Bank. Setzen wir uns doch einen Moment", sagte er.

„Was wissen Sie über seine erste Frau – Judith?" fragte Rosa.

„Sie war eine schöne Frau. Natürlich haben wir sie überprüft, als Oakham uns sagte, daß er heiraten wollte. Aber da gab es keine Probleme. Sie stammte aus denselben Verhältnissen wie er. Eine Landfamilie, viel Grundbesitz, ein schönes Haus, Hunde, Pferde. Die beiden waren erst zwei Jahre verheiratet, als sie bei einem Skiunfall umkam. Sie waren im Urlaub in Verbier. Sie fuhr ein bißchen zu schnell, stürzte und brach sich das Genick."

„Wie schrecklich", sagte Rosa. „Und war er dabei?"

„Direkt hinter ihr. Er hat sie selbst den Berg hinuntergetragen."

„Und dann hat er eine Frau geheiratet, die vollkommen anders war. Und ihr das Leben zur Hölle gemacht. Da stimmt doch etwas nicht, oder? Oakham ist nicht der Mann, für den man ihn hält."

Rosa dachte nach und versuchte, sich ein Bild von diesem Harry Oakham zu machen.

„Es gab einen Polen, der für ihn tätig war", fuhr Jim Parker fort. „Die beiden haben bei vielen Einsätzen zusammengearbeitet. Der Pole brachte das Objekt ins Ziel, und Oakham erledigte den Auftrag. Sie standen sich sehr nahe. Dann wurde der Pole verhaftet und saß zehn Jahre in einem Gefängnis der Staatssicherheit in Krakau ab. Als er endlich entlassen wurde, hat Oakham versucht, ihn in seiner Abteilung zu behalten. Aber die medizinischen Berichte waren ungünstig. Der Pole hatte viel durchgemacht und war psychisch nicht mehr stabil genug. Oakham war trotzdem sehr loyal und sehr fürsorglich. Er kümmerte sich um seinen Freund. Das ist wieder eine andere Seite von ihm. Sie paßt nicht zu dem Mann, als den seine Frau ihn beschrieben hat."

„Sie haben recht", stimmte Rosa zu. „Warum machen Sie sich Sorgen wegen ihm? Haben Sie ihn gesehen?"

„Ja. Es ist genau so, wie seine Frau gesagt hat. Oakham ist Direktor eines Hotels in der Nähe von Dedham."

„Und was ist daran so schlimm?"

„Daran ist gar nichts schlimm", sagte Parker, „außer daß er aussah wie ein Tiger in einem Katzenkörbchen. Was mir Sorgen macht, ist der Pole. Der ist nämlich verschwunden. Er hat seine Arbeit und sein Zimmer aufgegeben und ist einfach abgehauen. Die Vermieterin erzählte mir, er sei nach Polen zurückgekehrt. Aber ich habe das Gefühl, daß er bei Oakham ist." Er machte eine kurze Pause. „Dedham ist übrigens ein netter Ort. Kennen Sie ihn?"

„Nein", antwortete Rosa. „Ich bin noch nie dort gewesen."

Parker holte seine Zigaretten hervor. Er benahm sich jetzt zuvorkommend, und Rosa hatte das Gefühl, daß er ihr vertraute. Ich werde instruiert, schoß es ihr plötzlich durch den Kopf. Wir sitzen in einem Park, wo uns niemand hören kann, und er instruiert mich.

„Es ist eine schöne Fahrt nach Suffolk", sagte er. „Ich habe es von London aus in weniger als zwei Stunden geschafft. Oakham habe ich durch das Telefonbuch ausfindig gemacht, ihn angerufen und mich vorgestellt. Besonders begeistert war er nicht, aber um Behörden hat er schon immer einen Bogen gemacht. Ich sagte ihm, ich sei gerade in der Gegend und würde gern vorbeikommen und mich mit ihm treffen. Genau das habe ich gemacht, und dann sah ich den Tiger im Katzenkörbchen, niedlich zusammengerollt und schnurrend."

„Hatten Sie den Eindruck, daß etwas nicht in Ordnung ist?" fragte Rosa.

„Alles war in Ordnung, das war es ja gerade, was mich stutzig machte. Als ich ihn aufsuchte, rechnete ich damit, daß er mir ohne lange Umschweife erklären würde, ich solle mich um meine eigenen Angelegenheiten kümmern. So hatte er sich jedenfalls am Telefon angehört. Aber als ich mich mit ihm traf, war er wie verwandelt. Das Hotel ist wunderschön, phantastische Außenanlagen, und alles gut in Schuß. Oakham kam, um mich zu begrüßen, elegant im Nadelstreifenanzug und mit einem breiten Grinsen auf dem Gesicht. ‚Hallo, schön, Sie kennenzulernen', begrüßte er mich. ‚Kommen Sie doch herein!'"

HARRY OAKHAM legte auf. Ein Mr. Parker. Schön und gut, er wußte, daß sie diese Nummer vom barmherzigen Samariter abzogen und ihre Jungs und Mädels besuchten, nachdem sie ihnen in den Hintern getreten hatten. Wirklich sehr fürsorglich von ihnen. Harry dachte kurz nach. Es hatte keinen Zweck, wenn er sich feindselig gab. Er mußte zusehen, daß dieser Schnüffler zufrieden wieder abhaute, und deshalb bat er Jan, zu ihm zu kommen.

„Was ist los, Harry? Stimmt etwas nicht?" fragte Jan besorgt, als er hereinkam.

„Da ist doch tatsächlich so ein neugieriger Beamter hierher unterwegs, um mir mal auf den Zahn zu fühlen."

„Um Himmels willen!" stieß Jan aufgeregt hervor. „Warum läßt du ihn herkommen? Was will er?"

„Es ist eine reine Routineangelegenheit", erwiderte Harry beruhigend. „Wir werden ein Gläschen zusammen trinken, und ich erzähle ihm, wie gut es mir geht und wie froh ich über meine neue Arbeit bin. Und dann wird er wieder nach Hause fahren und das in seine Akten schreiben."

„Das stimmt", murmelte Jan. „Mich haben sie auch regelmäßig besucht, nachdem ich ausgeschieden war. – ‚Wie kommen Sie zurecht? Können wir etwas für Sie tun?' Und das, nachdem sie mich mit einer lausigen Pension rausgeschmissen hatten." Sein Gesicht wurde rot vor Wut. „Aber es sind ausgefuchste Profis, Harry! Sei vorsichtig!"

„Mach dir keine Sorgen, ich werde schon mit ihm fertig! Bleib in deiner Wohnung, bis dieser Mistkerl wieder weg ist. Wenn er nach dir fragt, dann erzähle ich ihm, du seist nach Polen gefahren, um Verwandte zu besuchen. Ich sage dir Bescheid, sobald er wieder weg ist."

Harry verließ sein Büro und ging hinaus in die Empfangshalle. Er rechnete damit, daß der Schnüffler in den nächsten Minuten auftauchte. Und tatsächlich – als er aus dem Fenster schaute, sah er einen Wagen die Zufahrt heraufkommen. Der Wagen hielt an, und ein Mann stieg aus. Etwa vierzig, schätzte Harry, unauffälliges Äußeres, schütteres Haar.

Harry ging hinaus bis zur Treppe. „Hallo, schön, Sie kennenzulernen. Kommen Sie doch herein!" begrüßte er den Beamten.

Der Mann streckte die Hand aus. „Jim Parker ist mein Name. Ich hoffe, ich komme nicht ungelegen. Sie haben doch bestimmt viel zu tun."

„Das kann warten. Kommen Sie, wir gehen in mein Büro und genehmigen uns einen Drink."

In dem gut eingerichteten, geradezu luxuriösen Büro saß Parker Harry in einem Ledersessel gegenüber. Jane brachte für sie beide Gin-Tonic. Jim Parker hob sein Glas. „Auf Ihr Wohl!" sagte er.

„Danke!" erwiderte Harry. „Also, was kann ich für Sie tun?"

„Nun ja", begann Parker, „eigentlich bin ich hier, um zu schauen, ob ich etwas für Sie tun kann. Wir sind uns durchaus bewußt, wie schwierig es sein kann, nach dem Ausscheiden aus dem aktiven Dienst wieder richtig Fuß zu fassen. Und Sie waren immerhin lange dabei – siebenundzwanzig Jahre, oder?"

„Achtundzwanzig!" verbesserte Harry lächelnd. „Ich habe damit keine Probleme, schließlich habe ich ja schon die letzten acht Jahre viel hinter dem Schreibtisch gesessen. Das hier ist zwar nicht ganz dasselbe, aber sehr interessant. Es ist ein Jugendtraum von mir, ein nettes Hotel auf dem Land zu führen – und hier bin ich nun!"

„Wie haben Sie diesen Job eigentlich gefunden?"

Harry lächelte verhalten. „Nur durch Beziehungen, fürchte ich. Wissen Sie, ich bin in Dedham geboren und hier in der Gegend aufgewachsen. Es wohnen immer noch Angehörige von mir hier, die die neuen Besitzer kennen und mich empfohlen haben."

Parker nickte. „Dann sind Sie ja offensichtlich auf die Füße gefallen. Das freut mich für Sie. Ich habe übrigens Ihre Exfrau besucht. Sie hat mir gesagt, daß Sie inzwischen geschieden sind."

Mit einer Geste des Bedauerns hob Harry die Hände. „Nun, es war besser, einen klaren Schnitt zu machen. Sie hatte einen anderen. Als ich noch jeden Tag wegging zur Arbeit, war es mir egal, aber als ich dann die Abteilung verlassen hatte und viel zu Hause war, begann es mich doch zu stören. Vermutlich wird sie ihn heiraten, jedenfalls hoffe ich das. Ich bin ihr kein besonders guter Ehemann gewesen, habe mich immer zuviel um meine Arbeit gekümmert."

Parker räusperte sich und setzte ein besorgtes Gesicht auf. „Seit einiger Zeit bin ich auf der Suche nach einem alten Kollegen von Ihnen, Jan Ploekewski. Er ist verschwunden. Sie wissen ja, daß er psychisch nicht sehr stabil war. Ich habe es schon bei allen versucht, die ihn kannten, aber er ist einfach nicht mehr zur Arbeit erschienen, hat sein Zimmer aufgegeben und ist verschwunden. Sie haben nicht zufällig etwas von ihm gehört?"

„Er ist nicht verschwunden, er ist zurück nach Polen gegangen, jetzt, da die Solidarność nicht mehr verboten ist. Vor einiger Zeit habe ich von ihm eine Postkarte bekommen. Er schrieb, er sei auf Reisen und würde wohl nicht mehr nach England zurückkommen. Sie brauchen sich keine Sorgen zu machen. Ich denke, er hat seinen Platz im Leben gefunden. Ich hoffe es. Er war ein guter Mann." Harry Oakham stand auf. „Ich würde Ihnen gern das Hotel zeigen", sagte er, „aber ich habe heute leider viel zu tun." Er öffnete die Tür, und Parker folgte ihm in die Empfangshalle. Sie gingen gemeinsam die Stufen hinunter; die Sonne schien. Parker blickte zurück auf das Gebäude.

„Das Anwesen ist sicher schon sehr alt", bemerkte er. „Hat es eine Geschichte?"

Parker dehnt seinen Besuch absichtlich aus, dachte Harry amüsiert. Er will nicht gern verabschiedet werden, bevor er nicht überall herumgeschnüffelt hat. „Ja, es hat eine. Es war ein katholisches Bollwerk in der Zeit von Elisabeth der Ersten – Priesterversteck und dergleichen. Es wird vermutet, daß der Geist eines ermordeten Kindes in dem Haus herumspukt, aber wir erwähnen es in unserer Broschüre nicht."

Parker öffnete die Autotür und stieg ein. „Ich bin froh, daß sich für Sie alles so gut entwickelt hat. Und falls Sie mehr von Ploekewski erfahren, hier ist meine Telefonnummer. Wenn er wirklich endgültig gegangen ist, dann sollten wir die Akte schließen."

Als er wegfuhr, winkte er. Harry drehte sich um und ging ins Haus.

„MEIN GOTT, schon so spät. Ich muß los!" sagte Jim Parker plötzlich zu Rosa und stand auf.

Rosa erhob sich ebenfalls von der Parkbank. „Aber Sie haben mir noch nicht einmal die Hälfte erzählt. Ist das alles – Sie fuhren hin, tranken einen Gin-Tonic mit ihm, hatten ein ungutes Gefühl und fuhren wieder nach London? Und was habe ich mit der ganzen Sache zu tun, Mr. Parker?"

„Das erzähle ich Ihnen ein anderes Mal, Mrs. Bennet. Wenn Sie sich beeilen, können Sie noch das Taxi erwischen, das ich da vorne sehe. Ich rufe Sie morgen an, dann könnte ich vorbeikommen und Ihnen den Rest erzählen – falls Sie wirklich daran interessiert sind."

Er verwirrte sie.

„Natürlich bin ich das", erwiderte sie. „Sie brauchen nicht anzurufen, ich treffe mich um zwölf mit meinem Exmann und bin ansonsten den ganzen Tag zu Hause. Und den ganzen Abend."

„Wie wäre es mit drei Uhr? Ich habe Ihre Adresse. Bis dann."

PARKER kam zu spät. Rosa machte Tee und fragte sich, was ihn wohl daran gehindert hatte zu kommen. Es war keine Nachricht auf dem Anrufbeantworter gewesen. Sie blickte auf ihre Armbanduhr: zwanzig nach drei.

Da klingelte es, und er stand vor der Tür. Er entschuldigte sich nicht, sondern sagte einfach hallo, folgte ihr durch den Flur ins Wohnzimmer und sah sich um.

„Schön haben Sie es hier. Wie war Ihre Verabredung?"

Sie starrte ihn an. „Verabredung?"

„Mit Ihrem Exmann", fügte er hinzu. „Darf ich hier Platz nehmen?"

„Es war alles bestens", erwiderte sie schroff. Er hatte kein Recht dazu, sie über ihr Privatleben auszufragen. Und dann ging ihr auf, daß er in seiner Welt, die jetzt auch ihre Welt war, natürlich das Recht hatte, sie auszufragen. „Es tut mir leid", sagte sie, „ich wollte nicht so unfreundlich sein. Es ist ganz gut gelaufen. Genaugenommen hat er sich sogar sehr großzügig verhalten."

„Schlechtes Gewissen", stellte Parker fest. „Kommen Sie denn darüber hinweg?"

„Ich bin schon darüber hinweg. Na ja, beinahe jedenfalls. Ich habe uns einen Tee gemacht. Nehmen Sie Milch oder Zitrone?"

„Milch bitte", antwortete er.

Sie goß ihm und sich Tee ein, und er nahm zwei Kekse.

„Im Geheimdienst trifft man eine Menge verschrobener Käuze", bemerkte er. „Vermutlich kann man diese Arbeit auch überhaupt nur machen, wenn man selbst ein bißchen verschroben ist."

„Sind Sie verschroben?"

„Ganz bestimmt. Wissen Sie, der Krieg ist eine Sache, aber die Arbeit, die Oakham erledigt hat, ist etwas ganz anderes. Er trat als junger Mann ein, mit vierundzwanzig. Er hat eine lange Ausbildung durchlaufen, wurde körperlich bis an die Grenzen der Belastbarkeit gefordert und hat durchgehalten, während andere dabei einfach ausgeflippt sind. Da hat man gemerkt, daß er das Zeug zum Killer hatte. Er wurde in die Abteilung F versetzt. Das F steht für ‚Freiheit'."

„Was hat das zu bedeuten?" fragte Rosa.

„Freiheit von der Mühsal dieser Welt", erklärte Parker. „Ich glaube, so ein alter Stutzer aus Cambridge hat sich das ausgedacht." Er lachte freudlos.

„Ich finde das überhaupt nicht witzig."

„Ich auch nicht. Aber es gibt einen guten Grund, warum ich Ihnen das alles erzähle. Ich möchte Ihnen ein genaues Bild von Harry Oakham vermitteln. Wenn Sie diesen Auftrag angehen, dann muß Ihnen klar sein, mit wem Sie es zu tun haben. Ich war mir sicher, daß mit Oakham etwas nicht stimmt, aber ich wußte nicht genau, wieso. Also blieb ich das ganze Wochenende in Dedham und schnüffelte ein bißchen herum."

ES WAR ein warmer, sonniger Sonntagmorgen, und nach dem Frühstück ging Parker ein bißchen spazieren, schlenderte durch das bezaubernde Dörfchen. Er beobachtete Leute, die den Weg zur Kirche hinaufstiegen, ging ihnen kurz entschlossen nach und setzte sich in eine der hinteren Bankreihen. Parker folgte dem Gottesdienst nicht. Er sang die Lieder nicht mit, und während der Predigt ließ er seine Gedanken ungehindert schweifen. Der Gottesdienst ging zu Ende, und die letzten Töne der Orgel verklangen. Bald war die Kirche leer. Bestimmt war Harry Oakham als Junge oft hier gewesen, schließlich wohnte die Familie Oakham seit Generationen in Dedham. Er stand auf und wanderte in der Kirche umher. An den Wänden hingen Gedenktafeln für die Oakhams, und auch in der Liste der Vikare fand sich ein Oakham, Harrys Großvater. Hinter einem kleinen bunten Glasfenster in der Marienkapelle befand sich eine Gedenktafel: *Zur Erinnerung an Leutnant Arthur David Oakham vom*

Suffolk-Regiment, gefallen an der Somme am 10. September 1916 im Alter von 20 Jahren. Möge sein Name in Ewigkeit leben.

Parker ging hinaus, wanderte über den Friedhof und betrachtete die Grabsteine. Das Grab von Oakhams erster Frau Judith lag ganz weit hinten. Es war von einer hohen Einfassung umgeben. Auf dem Grabstein aus Granit stand: JUDITH ELISABETH, DIE GELIEBTE EHEFRAU VON HARRY OAKHAM. GEBOREN 1953, GESTORBEN 1977. Parker blieb eine Weile vor dem Grab stehen. Er wußte aus Oakhams Akte, daß sie bei einem Unfall in Verbier umgekommen war. Das war zumindest die offizielle Version. Dann hatte Oakham die Frau geheiratet, mit der Parker schon gesprochen hatte. Wie ein Fremder hatte er in einem bescheidenen Haus gelebt und dieses Leben sofort aufgegeben, als er aus dem Geheimdienst ausschied. Und jetzt war er Hoteldirektor in einem Luxushotel in seiner Heimat – ein Job, den er durch Beziehungen seiner Familie bekommen hatte und der so gar nicht zu ihm paßte. Der Mann war wie eine tödliche Waffe, die man entladen und an die Wand gehängt hatte . . .

AUF DEM Schild stand BRUTON HALL, und Parker marschierte die lange, äußerst gepflegte Auffahrt hinauf. Sie lag inmitten eines blühenden Parks, und weiter hinten stand Vieh auf der Weide. Das Haus befand sich am Ende einer von alten Bäumen gesäumten Allee. Er ging zum Haupteingang hinauf und sah die Klingelknöpfe mit den Namen an. Den Namen Oakham fand er auf der obersten Etage.

Er klingelte und wartete. Aus der Gegensprechanlage erklang eine Stimme: „Ja bitte? Wer ist da?"

„Mein Name ist Parker. Spreche ich mit Mrs. Oakham?"

„Nein, tut mir leid, die Oakhams sind nicht da. Warten Sie, ich komme hinunter."

Eine Frau mittleren Alters öffnete ihm die Tür, die allerdings nicht ganz aufging, weil eine Sicherheitskette vorgelegt war.

„Mr. Parker?"

„Ja", antwortete er. „Bitte entschuldigen Sie, daß ich Sie belästige, aber eigentlich suche ich nach einem alten Freund von mir, Harry Oakham."

Sie löste die Kette und öffnete die Tür.

„Arbeitet der nicht in einem Hotel hier in der Nähe? Ich glaube, Liz hat einmal so etwas erwähnt. Der Name kommt mir jedenfalls bekannt vor. Er ist so eine Art Cousin von ihr. Ich bin nur eine Freundin von Liz und Peter und passe auf den Hund auf, solange die beiden in Schottland zum Angeln sind."

„Haben sie vielleicht zufällig erwähnt, um welches Hotel es sich handelt?"

„Nicht, soweit ich mich erinnere. Sie haben mir erzählt, daß er sie eines Tages angerufen hat. Ich hatte den Eindruck, daß sie ihn schon seit Ewigkeiten nicht mehr gesehen hatten. Wenn Sie mir Ihre Nummer geben, können sie Sie anrufen. Nächste Woche sind sie zurück."

Lächelnd lehnte Parker das Angebot ab. „Nein, machen Sie sich keine Mühe. Ich bin nur für ein paar Tage hier und dachte, ich probiere einfach, ihn aufzutreiben. Haben Sie vielen Dank."

Die Tür schloß sich. Parker drehte sich um und ging wieder die Auffahrt hinunter. Diese Freundin hatte den Eindruck gehabt, daß Oakhams Verwandte ihn seit Ewigkeiten nicht mehr gesehen hatten. Aber Oakham hatte behauptet, daß seine Verwandten Freunde der neuen Besitzer seien und ihm den Job vermittelt hatten.

Am Montag morgen ging Parker in sein Büro und schrieb einen Bericht für seinen Vorgesetzten. Eine einzige Lüge bewies zwar nicht viel, aber es war alles, was er außer seinem instinktiven Unbehagen zu bieten hatte. Da sein Chef gelernt hatte, diesen Instinkt ernst zu nehmen, wurde eine Untersuchung eingeleitet.

„DAS PROBLEM ist", sagte Parker zu Rosa, „daß wir keine alten Profis auf ihn ansetzen können, weil Oakham sie kennen könnte. Wir brauchen ein neues Gesicht, jemanden, an dem noch kein Etikett klebt, das Oakham zu lesen vermag. Darum sind wir an Sir Peter Jefford herangetreten. Er hat Sie vorgeschlagen."

Parker fand, daß Rosa Bennet hervorragend in ein Hotel wie den Dedhamer Hof paßte. Sie hatte eine perfekte Tarnung, die ausnahmsweise sogar einmal der Wahrheit entsprach: Sie machte Urlaub und versuchte, nach ihrer Scheidung wieder zur Besinnung zu kommen – und sollte nebenbei auf jede noch so kleine Einzelheit achten, die nicht ins Bild paßte. Je nachdem, was sie zutage förderte, würde dann Scotland Yard den Fall übernehmen.

„Sie sollen dort hinfahren und in dem Hotel absteigen", sagte Parker. „Halten Sie die Augen offen, und versuchen Sie, eine Beziehung zu Oakham aufzubauen, wenn Sie können. Sprechen Sie mit ihm, verführen Sie ihn ein bißchen. Sie sind eine sehr attraktive Frau. Aber seien Sie sehr, sehr vorsichtig. Er darf keinen Verdacht hegen. Sie wissen ja, was für eine Sorte Mann er ist, wozu er fähig ist."

Rosa antwortete nicht sofort. „Wenn Sie sagen, ich soll ihn verführen . . ., meinen Sie damit, ich soll mit ihm ins Bett gehen?" fragte sie schließlich.

„Das müssen Sie selbst entscheiden", erklärte er. „Die Frage stellt sich vielleicht gar nicht, vielleicht aber doch. Ich kann Ihnen nicht sagen, wie weit Sie gehen müssen."

„Ja, ich glaube, Sie haben recht. Doch, ich nehme den Auftrag an. Ich habe gründlich darüber nachgedacht, und ich möchte es gerne machen."

Er sah sie an. „Gut, das hatte ich gehofft."

Sie sollte zwei Wochen bleiben und in einem der besten Zimmer wohnen. In der Zeit sollte sie das Hotel kennenlernen – und Oakham. Schnelle Resultate konnte man nicht erwarten – vielleicht kam auch gar nichts dabei heraus. Es war keine ganz einfache Sache. „Sie werden Glück brauchen", erklärte Parker. „Glück, daß jemand einen Fehler macht oder daß etwas Unvorhergesehenes geschieht."

„Und wenn gar nichts passiert, wenn ich mich dort nur herumtreibe und gar nichts herausfinde? Wenn er sauber ist und sein Job auch?"

Parker zuckte die Achseln. „Dann haben Sie zwei Wochen kostenlos Urlaub in einem Nobelhotel gemacht. Aber ich bin ziemlich sicher, daß es anders kommen wird."

Rosa bekam zwei Telefonnummern. Eine war die einer vermeintlichen Freundin in London, die sie vom Hotel aus anrufen konnte, um zu sagen, daß es ihr gutging und sie ihren Aufenthalt genoß. Diese Worte bedeuteten, daß sie bislang nichts Verdächtiges entdeckt hatte. Die andere Nummer durfte sie nur außerhalb des Hotels von einem sicheren Telefon aus benutzen. Damit konnte sie direkt mit Parker in Verbindung treten.

„Und noch etwas", fügte Parker hinzu. „Wenn Sie jemandem begegnen, der so aussieht, dann lassen Sie es mich wissen." Er zeigte ihr ein Foto von Jan Ploekewski. „Er ist ein alter Kumpel von Oakham. Ein Pole, der aber in England geboren wurde. Er ist verschwunden, erinnern Sie sich?"

Sie nickte. Oakham hatte Parker erzählt, Ploekewski sei nach Polen zurückgekehrt.

„Glauben Sie, daß er vielleicht bei ihm ist? In dem Hotel?"

„Wenn er es ist, dann sind wir auf etwas Wichtiges gestoßen. Die zwei haben immer als Team zusammengearbeitet."

Zum Abschied schüttelte er ihr die Hand. „Lassen Sie es mich wissen, wenn Sie dort angekommen sind", sagte er. „Und passen Sie auf sich auf! Viel Glück."

5. Kapitel

DER RUSSE Wassili Zarubin und der Israeli Daniel Ishbav kamen am selben Tag an. Ishbav traf mit dem Zug in Ipswich ein, und Hermann Rilke fuhr zum Bahnhof, um ihn abzuholen. Die beiden Männer konnten einander nicht leiden.

Im Auto eröffnete Rilke sogleich den Reigen: „Sie müssen sich ein paar anständige Sachen zum Anziehen kaufen", sagte er säuerlich, „schließlich sollen Sie Rechnungsprüfer sein und mein Assistent. Sie sehen aus wie ein Straßenhändler."

„Sie können mich mal", gab Ishbav zurück.

Er wandte sich um und schaute aus dem Fenster. Drei harte Tage hatte er hinter sich, in denen er von einem Schlupfloch ins nächste gekrochen war, für den Fall, daß man ihn überwachte, und das hatte ihn nervös gemacht. Er war überhaupt nicht in Stimmung, sich von diesem deutschen Mistkerl Vorhaltungen machen zu lassen. Straßenhändler! Schweigend fuhren sie weiter, bis sie die Croft Lodge erreicht hatten, das Haus, in dem Harry Rilke und Monika van Heflin untergebracht hatte.

Ishbav sah sich um. „Wohnen Sie hier?"

„Ja!" fauchte Rilke. „Oakham kommt gleich vorbei, um Sie zu begrüßen. Das da ist Ihr Zimmer. Leider wohnen wir im selben Haus."

Er verließ Ishbav und ging schnell in sein eigenes Reich. Die Zimmer waren groß und hatten einen direkten Zugang zur oberen Etage, die nach Rilkes Vorstellungen umgebaut worden war. Niemand außer ihm durfte dort hinauf. Die Tür am Ende der Treppe war mit zwei Schlössern gesichert.

Ishbav war müde und verschwitzt von der Reise. Er zog sich aus, ging unter die heiße Dusche und wusch sich gründlich. Dann band er sich ein Badetuch um die Hüften und trat ins Schlafzimmer. Er war angetan von dem Komfort. Es gab einen Fernseher und eine Minibar, ein Sofa und einen bequemen Sessel sowie ein großzügig bemessenes

Einzelbett. Er wühlte in seiner Reisetasche und zog ein sauberes Hemd und eine Jeans heraus.

Als er fertig angezogen war, klopfte es auch schon an der Tür, und Harry Oakham kam herein. Er schüttelte Ishbav zur Begrüßung die Hand. „Schön, daß Sie da sind! Sind Sie gut hergekommen?“

„Bestens“, versicherte Ishbav. „Wie läuft es denn so, Oakham?“

„Es läuft prima.“ Harry setzte sich. „Alle Angestellten sind bereits über Sie unterrichtet. Sie sind übrigens Mr. Daniels und der Assistent von Rilke. Sein offizieller Name ist Brandt.“ Harry grinste. „Und Monika van Heflin ist Mrs. Brandt.“

„Muß ich mit ihm zusammenarbeiten?“ fragte Daniel Ishbav.

„Sie arbeiten mit mir zusammen“, antwortete Harry, „alles andere ist nur Fassade. Ich bin der Hoteldirektor und habe deshalb mein eigenes Haus unmittelbar neben dem Hotel. Rilke und Sie sind die Rechnungsprüfer hier, und dies ist gleichzeitig Ihr Büro und Ihr Wohnhaus. Jan hat seine eigene Wohnung im ehemaligen Stallgebäude.“

„Existieren wirklich Büros?“

„Ja, sie sind mit Rechnern, Schreibcomputern und den Büchern des Hotels ausgestattet. Rilke war früher mal Buchprüfer von Beruf und kennt sich in der Materie aus. Wie ich Ihnen schon sagte, alles ist authentisch. Sie haben einen Wagen zu Ihrer freien Verfügung und können kommen und gehen, wie Sie mögen. Sie müssen sich allerdings unauffällig verhalten.“

Er lächelte Ishbav freundlich an. „Zarubin erwarten wir um die Mittagszeit. Er wohnt nicht hier bei Ihnen, sondern tritt als Gast auf und bekommt ein Hotelzimmer.“

„Warum denn das?“ Daniel Ishbav war neugierig. „Wen soll er denn darstellen?“

„Einen Autor, der an einer Biographie über Václav Havel arbeitet, die er hier in Ruhe fertigschreiben will.“

„Sie denken wirklich an alles“, lobte Ishbav.

„Hier sind fünfhundert Pfund und die Wagenschlüssel. Es ist ein grauer Volvo 340, er steht auf dem Angestelltenparkplatz. Gehen Sie in Ipswich ein wenig einkaufen. Kaufen Sie sich einen dunklen Anzug und ein paar weiße Hemden. Sie wissen schon . . . Ich komme morgen abend um halb acht wieder her. Ich erwarte einen Anruf wegen eines Auftrags. Morgen bekomme ich alle Einzelheiten, und ich will Sie dann alle zu einer ersten Instruktion hier haben.“

Daniel Ishbav sah ihn interessiert an. Seine Raubtierinstinkte waren geweckt. „Es gibt etwas für mich zu tun? Jetzt schon?"

„Ich glaube, das ist genau Ihr Ding", sagte Harry.

WASSILI ZARUBIN kam um zehn Uhr morgens am Flughafen Stansted an. Er war über die Türkei nach Kairo gereist und schließlich nach Neapel und von dort nach Paris. Von Paris war er dann nach Stansted geflogen. Interessiert hatte er den Anflug auf England beobachtet. Englisch sprach er fließend, aber er war noch nie weiter westlich als Warschau gekommen. Überrascht nahm er zur Kenntnis, daß es überhaupt keinen Ärger mit den Behörden gab und er im Nu durch die Ausweiskontrolle und den Zoll kam. Er mietete sich einen Wagen, kaufte sich eine Straßenkarte und arbeitete seine Route aus. Wegen des ungewohnten Linksverkehrs in England fuhr er nicht sehr schnell.

Die Landschaft war schön und grün. Zarubin fand, daß die kleinen Felder und die winzigen ziegelroten Dörfchen aussahen wie im Bilderbuch. Er blickte auf seine Armbanduhr, die er im Flughafen gekauft hatte. Alle seine Besitztümer waren neu, selbst sein Rasierapparat und seine Zahncreme. Bis hin zu den Etiketten in seinen Unterhosen war seine Identität ausgelöscht worden. Offiziell war er tot, er existierte nicht mehr. Doch als sein Wagen den Unfall hatte und in die Luft flog, war er selbst schon sicher in der Türkei.

Er fuhr langsamer und hielt Ausschau nach dem Hinweisschild. Dann sah er ein bemaltes Holzschild am Straßenrand: DEDHAMER HOF.

„Seien Sie gegen Viertel nach zwölf hier", hatte Oakham zu ihm gesagt. „Ich werde nach Ihnen Ausschau halten." Er war zehn Minuten zu spät, und als er die Wagentür öffnete, sah er Oakham auch schon herauskommen und die Treppe herabsteigen.

„Guten Tag, Mr. Zarubin! Willkommen in unserem Hotel."

Sie schüttelten sich die Hand, und Harry deutete eine Verbeugung an. „Wenn Sie mir bitte folgen würden. Ich lasse Ihr Gepäck hinaufbringen."

Zarubin folgte ihm, und ein Page in blauer Uniform kam die Treppe heruntergeeilt, um seine Koffer auszuladen. An der Rezeption blieb Harry stehen. „Wenn Sie sich freundlicherweise eintragen würden, Sir. Vielen Dank."

Zarubin trug sich ein, und das hübsche Mädchen hinter dem Tresen lächelte ihn an. Er lächelte zurück.

Harry Oakham stand neben ihm und gab sich beflissen. „Kommen

Sie, ich führe Sie hinauf", sagte er höflich. „Wir haben die Dänische Suite für Sie hergerichtet. Ich hoffe, daß alles zu Ihrer Zufriedenheit sein wird. Bitte, hier entlang, Sir."

Sie sprachen nichts mehr, bis sie beide in Zarubins Suite waren und die Tür geschlossen war.

Das Wohnzimmer der dänischen Suite war zusätzlich mit einem Schreibtisch, einem Aktenschrank und einem Schreibcomputer ausgestattet worden. „Wie geht es Ihnen?" fragte Harry. „Für eine Leiche sehen Sie ziemlich gesund aus. Sie müssen ja einen Riesenumweg gemacht haben, bis Sie hier gelandet sind."

„Einen ziemlichen", gab der Russe zu und ließ sich auf das Sofa fallen. „Was soll ich denn den ganzen Tag mit dem Zeug da anfangen?" Er deutete auf den beladenen Schreibtisch in der Ecke, und Harry registrierte, daß Zarubin ihm einen leichten Widerstand entgegensetzte.

„Wie wäre es, wenn Sie einen Ablaufplan für unseren ersten Auftrag ausarbeiteten?" schlug er vor. „Rilke erwartet drei Kunden, die Ende der Woche aus Belfast hier eintreffen. Bis dahin können Sie es ruhig angehen lassen. Gegen sieben Uhr rufe ich Sie an. Wir haben heute noch ein Treffen, bei dem ich Sie gerne dabeihätte."

Er ließ Zarubin allein und ging langsam die Treppe hinunter. Zarubin war der Jüngste aus der Truppe und sicher auch der härteste Brocken. Man mußte ihn behutsam anfassen.

DAS TREFFEN fand im Wohnzimmer der Croft Lodge statt. Jan versorgte alle mit Getränken und behielt die Tür im Auge, weil er auf Harry wartete. Jan war nervös und fühlte sich nicht wohl. Harry war den Schnüffler losgeworden, aber Jan machte sich immer noch Sorgen. Wenn die Schnüffler erst einmal hinter einem her waren, dann ließen sie nicht locker, bis sie etwas gefunden hatten. Mit Schnüfflern kannte Jan sich aus. Sie trugen Zivilkleidung und fielen überhaupt nicht auf, bis sie einen erwischten, und dann hatten sie plötzlich Uniformen an und schlossen das Tor zur Hölle auf, um einen hineinzustoßen.

Harry kam mit Zarubin herein. „Sind alle da? Sehr gut. Jan, ich hätte gern einen Scotch."

„Was ist los?" fragte Rilke.

„Man hat uns unseren ersten großen Job angeboten", verkündete Harry. „Und ich darf Ihnen sagen, daß sehr viel Geld im Spiel ist."

„Wieviel?“ wollte Daniel Ishbav wissen. Er trug seinen neuen Anzug und hatte sich rasiert.

„Eine Million Pfund. Es gibt keine garantierte Pauschale, wir müssen also den Job erledigen, oder wir bekommen gar nichts.“

Es entstand eine kurze Pause. Sie waren alle Profis, und sie waren hier, weil sie geldgierig waren. Zarubin war es schließlich, der die entscheidende Frage stellte: „Bei so viel Geld kann es sich nur um Mord handeln. Ist es schwierig, an die Zielperson heranzukommen?“

„Ziemlich schwierig“, räumte Harry ein. „Prinz Abdullah Al Rashid.“

„Der Saudi?“ Daniel Ishbav starrte Harry an. „Das ist kein Auftrag, das ist Selbstmord!“

„Er kommt nach London“, erklärte Harry, „und steigt im Hotel Regis ab. Wir erhalten Insiderinformationen über jeden seiner Schritte und können also genau planen. Ich habe auch schon etwas ausgearbeitet.“

„Wer zahlt dafür?“ fragte Rilke.

„Ich vermute, Teheran steckt dahinter, über den Libanon. Abdullah ist proamerikanisch und antifundamentalistisch eingestellt, und die Iraner wollen nicht, daß er seinem Vater auf den Thron nachfolgt. Der derzeitige Throninhaber hat ein schwaches Herz, somit wäre Abdullah der nächste saudiarabische König.“

„Wie sieht der Plan aus?“ fragte Zarubin ihn. Gegen seinen Willen war er erregt. Es war eine echte Herausforderung, nahe genug an den Prinzen heranzukommen, der auf Reisen ständig von Leibwächtern abgeschirmt war. Man mußte hervorragend planen und auch das winzigste Detail bedenken – genau das war Zarubins Stärke.

„Es gibt noch eine Bedingung“, fuhr Harry fort. „Man wünscht einen öffentlichen Skandal. Wir müssen ihn also umbringen und gleichzeitig mit Dreck bewerfen. Und jetzt kommen wir zu dem Plan, den ich ausgearbeitet habe.“ Er wandte sich Monika van Heflin zu. „Sie spielen die Hauptrolle, meine Liebe.“

RICHARD LUCAS sah Rosa die King's Road entlanglaufen. Er fuhr an den Straßenrand und hielt kurz vor ihr an. „Hallo, Mrs. Bennet!“

Sie blieb stehen, erkannte ihn und winkte. „Hallo, Mr. Lucas!“

„Wo möchten Sie hin? Kann ich Sie ein Stück mitnehmen?“

„Ich bin auf dem Weg nach Hause. Eigentlich wollte ich zu Fuß gehen.“

Das letzte Mal hatte sie ihn auf der Party des amerikanischen Botschafters gesehen, bevor sie nach Hause zu James geeilt war, voller Sorge, zu spät zum Abendessen zu kommen. Es hatte sich herausgestellt, daß sie sich nicht hätte beeilen müssen – es war für alles zu spät gewesen.

„Na, kommen Sie schon, Sie müssen mir von Ihrer Stelle in Brüssel erzählen", drängte sie Richard Lucas. Er stieg aus dem Wagen und hielt die Beifahrertür auf.

„Wo soll's denn hingehen?" fragte er. „Wo wohnen Sie?"

„In der Marchham Road. Ich fahre erst später nach Brüssel, ich lasse mich gerade scheiden."

Er warf ihr einen überraschten Blick zu. „Das ist sicher schwierig für Sie. Tut mir leid."

Eine Weile fuhren sie schweigend weiter.

„Ich könnte Sie doch jetzt gleich zum Abendessen einladen", schlug Richard Lucas vor. „Das habe ich ja schon oft versucht, wissen Sie noch? Dann können Sie mir alles erzählen."

Es war Rosas letzter Abend in London, bevor sie nach Suffolk fuhr. Plötzlich war sie dankbar für die Einladung.

„Das wäre wirklich nett", sagte sie. „Danke. Wohin fahren wir?"

„Es gibt ein gutes französisches Restaurant ganz hier in der Nähe. Ich bin oft dort und sicher, daß wir einen Tisch bekommen."

Offenbar war er Stammgast in dem Restaurant, denn er wurde herzlich begrüßt. Man gab ihnen einen schönen Tisch mit Blick auf einen kleinen Garten im Hinterhof.

„Möchten Sie mir erzählen, was geschehen ist?" fragte er.

„Da gibt es eigentlich gar nicht viel zu erzählen. Das Hauptproblem war mein Beruf. Mein Mann wollte, daß ich ihn aufgebe, zu Hause bleibe und Kinder bekomme. Dazu war ich aber noch nicht bereit, deshalb hat er sich eine andere gesucht. Ich habe die Stelle in Brüssel erst einmal abgesagt, um die Scheidung über die Bühne zu bringen."

„Und was haben Sie jetzt für Pläne? Sie hätten mich anrufen sollen, ich habe eine breite Schulter, an der man sich ausweinen kann."

„Das glaube ich Ihnen aufs Wort." Rosa lächelte. „Jetzt mache ich erst einmal zwei Wochen Ferien."

„Und Sie haben noch keinen anderen Mann gefunden?"

„Das wäre das letzte, wonach ich suche, das können Sie mir glauben."

Sie wollte keine neue Beziehung, keine Bindung – da war Rosa fest entschlossen.

„Was machen Sie denn im Urlaub?"

„Ich fahre in ein nettes kleines Hotel in Suffolk", sagte sie. „Dort kann ich ein bißchen zur Ruhe kommen, lange Spaziergänge machen, lesen, mich erholen und mich zu Tode langweilen." Sie lachte. „Ich höre von allen Seiten, daß ich genau das brauche. Ja, und danach gehe ich wieder ins Büro und schaue, wie es weitergeht. Von jetzt an hält mich niemand mehr von meiner Arbeit ab. Ferien sind eigentlich nichts für mich, weil ich in Gedanken doch immer im Büro bin. Als wir letztes Jahr im Skiurlaub waren, war auch wirklich so viel zu tun, daß ich früher wieder zurückmußte."

„Tja, wir leben in einer schwierigen Zeit", räumte Richard Lucas ein. „Plötzlich hatten wir Gorbatschow und Weltfrieden – deswegen bin ich ja hier in London, was ich bis jetzt sehr genossen habe. Übrigens habe ich mich für ein Kommando auf See beworben, aber ich glaube nicht, daß ich es bekomme. Wahrscheinlich wollen die mich lieber zu Hause hinter einen Schreibtisch verbannen. Warum bewerben Sie sich nicht für die Staaten?"

„Die USA würden mich schon interessieren", erwiderte Rosa freundlich. „Aber wer sagt denn, daß wir in der gleichen Stadt landen würden?"

Er war nett, und es tat ihr gut, mit ihm zu reden. Deshalb bat sie ihn später noch auf einen Drink herein, als er sie nach dem Essen nach Hause gefahren hatte.

Das Haus war ihr in den vergangenen Wochen furchtbar leer vorgekommen, ein sauberes und aufgeräumtes Zuhause, in dem eine ordnungsliebende Frau lebte, in dem aber trotzdem kein Leben war. Sie öffnete einen guten Cognac und schenkte ihm und sich ein Glas ein.

Richard Lucas machte ein paar nette Bemerkungen darüber, wie geschmackvoll er ihr Wohnzimmer fand, und setzte sich neben sie auf das Sofa. Sie schlug vor, die Spätnachrichten im Fernsehen anzuschauen, und er fand das eine großartige Idee. Danach war es sehr spät und Zeit für ihn zu gehen.

In dem schmalen Flur nahm er ihr Gesicht in die Hände und küßte sie sanft auf den Mund. „Rosa, ich würde gerne die Nacht mit dir verbringen. Es wäre so schön."

„Ich fände es auch schön, aber ich fahre morgen weg. Es ist also nur für diese eine Nacht."

„Das macht nichts", sagte er und legte einen Arm um sie. „Ich verstehe schon."

Sie drehten sich um und stiegen die Treppe hinauf.

Als Rosa am nächsten Morgen aufwachte, war er schon fort. Auf dem Küchentisch lag ein Zettel: „Ich habe mir selbst Frühstück gemacht. Ich rufe Dich vom Büro aus an. Vielen Dank für den wunderbaren Abend. Richard." Neben seine Unterschrift hatte er ein albernes, grinsendes Mondgesicht gemalt, und Rosa mußte lachen. Er hatte ihr gutgetan, ein aufmerksamer und feinfühliger Liebhaber, der nicht vergessen hatte, ihr zu sagen, wie toll sie gewesen war, und sie in seinen Armen einschlafen ließ. Aber jetzt war ein neuer Morgen angebrochen, und sie wollte verreisen.

Für die Abende packte sie schlichte, aber elegante Kleider ein, für tagsüber ein paar sportliche Blusen, Pullover und Jeans. Auch ihren Schmuck nahm sie mit – es war nicht viel, aber einige Stücke waren sehr kostbar. Nachdem sie Parker angerufen und ihm Bescheid gesagt hatte, daß sie losfuhr, überprüfte sie, ob Haus- und Autoschlüssel, Kreditkarten und die Brieftasche in ihrer Tasche waren.

Als sie die Haustür zuschlug und abschloß, begann das Telefon zu klingeln. Sie hörte es nicht mehr, und nach einer Weile hängte Richard Lucas ein.

„ICH MÖCHTE, daß du nach London fährst", sagte Harry Oakham zu Jan.

Die beiden waren an diesem Abend allein in Harrys Haus. Der Pole sah ihn an. Harry wußte, wie nervös er war. Er hatte schon lange keinen richtigen Auftrag mehr übernommen. Harry legte ihm eine Hand auf die Schulter. „Du mußt für Ishbav die Route ausarbeiten, den Zeitplan kontrollieren, nachprüfen, was ihn möglicherweise durcheinanderbringen könnte. Tu genau das, was du für mich getan hast, als wir noch zusammengearbeitet haben. Wir waren doch immer ein Spitzenteam, oder?"

Jan sah ihn an. „Ja, allerdings", stimmte er zu. „Wenn du damals bei mir gewesen wärst, dann hätten sie mich vielleicht nicht geschnappt. Daran muß ich oft denken."

„Vergiß es", riet Harry ihm. „Die Sache ist ganz einfach. Denk nur immer daran, daß du damals der Beste warst, wenn es darum ging, eine Operation zu koordinieren. Und das ist auch der Grund, warum du die Sache erledigen mußt, Jan. Das kann kein anderer."

Jan nickte. „Ich fange bei der Callgirlagentur an", sagte er, „und von dort arbeite ich die Route für Stevenson und Ishbav aus. Was sagten sie, wann er sich normalerweise ein Mädchen kommen läßt, nachmittags oder abends? Wir müssen für unseren Zeitplan unbedingt den Straßenverkehr berücksichtigen, wenn die Aktion zum Beispiel zwischen fünf und acht Uhr abends ablaufen soll."

„Hoffen wir, daß sie abends stattfindet", antwortete Harry. „Im Dunkeln erwischen wir ihn leichter. Aber wir können uns nicht darauf verlassen."

„Dann arbeite ich eben beide Zeitpläne aus", sagte Jan. „Wir brauchen zwei Autos. Am besten kaufen wir Gebrauchtwagen und zahlen gleich bar, Harry, dann können wir sie anschließend einfach irgendwo stehenlassen."

Harry hörte ihm mit einer Mischung aus Erleichterung und Zuneigung zu. Jan war auf dem Damm, man mußte ihn nur hier und da ein wenig aufmuntern. Jetzt, da es um die Details ging, schien er plötzlich Feuer und Flamme zu sein.

„Wann kommen die anderen nach?"

„Wenn unsere Zielperson eingetroffen ist, wartest du noch zwei Tage", schlug Harry vor. „Dann rufst du mich an. Bevor sie abfahren, gebe ich ihnen dann noch ihre letzten Instruktionen."

„Also dann morgen", sagte Jan und sah Harry einen Moment lang an. „Ich werde dich nicht enttäuschen, Harry."

„Natürlich nicht. Willst du noch einen Schlummertrunk?"

„Nein danke, ich gehe jetzt besser schlafen. Ich freue mich auf diese Sache – wirklich."

Er verließ das Haus, und Harry Oakham goß sich einen Brandy ein. Der Plan basierte auf dem Konzept, das Wassili Zarubin entworfen hatte, und das ganze Team hatte ihn ausgearbeitet.

Ishbav hatte seinen Teil beigesteuert, Stevenson war unterrichtet worden, was er zu tun hatte, und die schöne Monika hatte lächelnd dagesessen und darauf gewartet, daß ihre Rolle Gestalt annahm.

Ein arabischer Prinz, der Tag und Nacht von familieneigenen Leibwächtern und Schlägern bewacht wurde, war eine schwierige Zielperson. Wie üblich hatte der Prinz einen Vorkoster dabei, um sich gegen einen Giftanschlag zu schützen. Er fuhr stets in einer gepanzerten Limousine. Am Roulettetisch wurde er bewacht, und auch wenn er seinen Augenarzt aufsuchte, der ihn wegen seines grauen Stars behandelte. Wo immer er hinging und was immer er tat, stets war er von einem menschlichen Schutzschild umgeben – nur nicht, wenn er mit einer Frau im Bett lag.

Hakims Kontaktmann hatte Harry den Namen der Agentur mitgeteilt, deren Dienste der Prinz in Anspruch nahm, wenn er ein Mädchen wollte. Denise hatte er besonders ins Herz geschlossen, eine große Blondine. Wenn er nach ihr verlangte, dann wurde Denise von einem seiner Wagen mit einem seiner arabischen Fahrer am Steuer abgeholt und zu ihm ins Hotel gebracht. Sie blieb nie über Nacht. Sie ging wieder, sobald der Prinz sich ihrer bedient hatte, und fuhr mit demselben Fahrer zurück. Denise trug normalerweise immer einen hauchdünnen Schal, mit dem sie ihr Gesicht züchtig bedeckte, wenn sie kam und ging.

Harry trank seinen Brandy aus. Er grinste und stellte sich die Panik vor, die bei den Geheimdiensten ausbrechen würde, wenn der Coup ihnen tatsächlich gelingen sollte. Die Katze im Vogelbauer, der Sperber im Taubenschlag! Zufrieden ging er ins Bett und schlief seelenruhig, bis am nächsten Morgen sein Frühstück heraufgebracht wurde.

Jan fuhr gleich nach dem Frühstück los. Er hatte eine große Summe Bargeld dabei und stieg unter dem Namen Peters im Kensington Hotel ab. Seine erste Aufgabe bestand darin, sein Auto auf einem Parkplatz für Dauerparker abzustellen und gegen Barzahlung einen Gebrauchtwagen zu kaufen.

DIE FAHRT dauerte weniger als zwei Stunden. Rosa war eine schnelle Fahrerin, und nachdem sie London hinter sich gelassen hatte, kam sie rasch voran. Es war ein sehr warmer Tag, mit strahlender Sonne und nur ein paar weißen Wölkchen am Himmel.

Rosa war nervös, obwohl es doch überhaupt keinen Grund gab, die Nerven zu verlieren. Es konnte durchaus sein, daß sich Parkers ungutes Gefühl als unbegründet herausstellte. Vielleicht war Harry Oakham völlig harmlos, nur ein Mann, der im Dienste des Vaterlandes ein blutiges Handwerk ausgeführt und sich nun in ein bürgerliches Leben zurückgezogen hatte.

Das alles kam ihr plötzlich unwirklich vor, als sie an diesem wunderschönen Morgen über die baumbestandene Landstraße zu dem Hotel fuhr. Wahrscheinlich war es falscher Alarm, und sie verschwendete nur ihre Zeit. Als sie das Hinweisschild entdeckte, fuhr sie langsamer und bog in die Auffahrt ein. Das Haus bot einen herrlichen Anblick mit seinen schönen roten Ziegeln, die im Sonnenlicht glänzten. Rosa holte einmal tief Luft, bevor sie am Eingang vorfuhr.

Ein Page kam sofort, half ihr aus dem Wagen und trug ihr Gepäck hinein. In der Halle wurde sie von der Empfangsdame begrüßt, einem hübschen, freundlich lächelnden Mädchen.

„Guten Morgen!“ sagte Rosa. „Mein Name ist Bennet. Ich habe letzte Woche ein Zimmer reserviert.“

„Ja, natürlich.“ Jane, die Empfangsdame, sah in ihrer Liste nach. „Sie haben ein Zimmer im ersten Stock mit Aussicht auf den Rosengarten.“

Rosa trug sich in die Gästeliste ein. Im Hintergrund brummte ein Staubsauger, und ein Hausmädchen begoß in der Eingangshalle die Pflanzen. Alles wirkte freundlich, geschäftig und ausgesprochen normal.

„Oh, da sind Sie ja, Mr. Oakham“, hörte sie das Mädchen sagen. „Das ist Mrs. Bennet, sie ist soeben eingetroffen.“

Rosas Herz begann zu klopfen. Sie drehte sich um, und er stand leibhaftig vor ihr – in Begleitung von drei weiteren Personen. Lächelnd streckte er die Hand aus, und als sie sie ergriff, verbeugte er sich leicht.

„Es freut mich, Sie kennenzulernen, Mrs. Bennet. Ich hoffe, es wird Ihnen bei uns gefallen. Lassen Sie es mich wissen, wenn ich etwas für Sie tun kann.“

Er hatte dunkle Augen, sein Haar war an den Schläfen bereits grau. Seine Haltung war militärisch, und er wirkte wie ein pensionierter Offizier. Um seinen Mund lagen Fältchen, als ob er in seinem Leben oft gelacht hätte. Rosa fand ihn sehr anziehend, aber es entging ihr nicht, daß er nicht verweilen wollte. Er war in Eile.

„Haben Sie vielen Dank“, erwiderte Rosa. „Ich bin sicher, daß es mir bei Ihnen gefallen wird.“

Sie schaute die zwei Männer und die Frau an, die ihm gefolgt waren. Die Männer waren unauffällig gekleidet, etwa Mitte Dreißig, schätzte Rosa. Einer trug einen imposanten Schnurrbart, der andere eine Brille. Sie vermieden es bewußt, Rosa anzusehen. Nicht so die Frau, die Rosa provozierend anstarrte. Rosa blickte in ihre hellen Augen und fühlte sich wie durchbohrt von einem eiskalten, haßerfüllten Blick. Er verunsicherte sie so, daß sie unwillkürlich einen Schritt nach hinten machte, als ob sie bedroht worden wäre.

„Hier entlang bitte“, hörte Rosa Harry Oakham sagen.

Sie blieb an der Rezeption stehen. Wenn Blicke töten könnten, dachte sie. Das ist zwar eine abgedroschene Redensart, aber eben hat sie gepaßt.

Sie wandte sich an das Mädchen von der Rezeption. „Sind das ebenfalls Gäste?"

„Ja, aber nur für eine Nacht", antwortete Jane fröhlich. „Sie fahren morgen weiter. Sie stammen aus Irland. Mr. Oakham kümmert sich um sie. Er bemüht sich sehr um seine Gäste. Jeden Abend macht er seine Runde und unterhält sich mit ihnen, genau wie sein Assistent, Mr. Pollock."

„Vermutlich werde ich Mr. Pollock dann heute abend kennenlernen", erwiderte Rosa.

„Leider nein. Er ist gerade für ein paar Tage weggefahren", erklärte Jane. „Seinem Vater geht es nicht besonders gut. Gino wird Ihr Gepäck hinauftragen. Und denken Sie daran, wenn Sie etwas benötigen, klingeln Sie einfach nach der Hausdame."

Rosa bedankte sich und ging die Treppe hinauf zu ihrem Zimmer. Es war entzückend. Die Tagesdecke auf dem Bett paßte zu den Vorhängen und der Tapete, alles war in warmen Gelbtönen mit hellblauen Tupfen gehalten. Auf dem Tisch stand ein Strauß frischer Blumen und daneben eine Schale mit Früchten.

Sie ging zum Fenster und schaute hinaus. Die Rosen im Garten unter ihr hatten ihre erste Blüte schon hinter sich, aber dennoch war es ein schöner Anblick. Sie packte ihre Sachen aus, hängte sie in den Schrank und machte es sich gemütlich.

Mr. Oakham macht jeden Abend seine Runde und unterhält sich mit den Gästen. Bei ihr hatte er sich nicht die Zeit zu einem Gespräch genommen, weil er Gäste aus Irland hatte, um die er sich kümmern mußte. Als sie die Szene vor ihrem geistigen Auge Revue passieren ließ, fiel ihr ein, daß sie auf einer Dinnerparty in London einmal mit einer Frau gesprochen hatte, die Opfer einer IRA-Entführung gewesen war. Sie hatte die weibliche Anführerin ihrer Kidnapper beschrieben. Am schlimmsten, so hatte sie erzählt, sei für sie der kalte Haß in den Augen dieser Frau gewesen. Er hatte sie viel mehr erschüttert als die Mißhandlungen der Männer. Die Kidnapperin und ihre Helfer waren später verhaftet und eingesperrt worden. Sie war längst tot, aber es gab Terroristinnen, die in ihre Fußstapfen traten, und Rosa hatte das Gefühl, daß sie einer von ihnen vorhin in der Empfangshalle des Hotels begegnet war. Zu Rosas Ausrüstung gehörte eine kleine, aber sehr leistungsfähige Kamera mit einem Zoomobjektiv. Sie wollte versuchen, damit die drei Iren zu fotografieren.

6. Kapitel

HERMANN RILKE begann mit seinen Ausführungen. „Wir fangen jetzt mit der Theorie des Verhörs an. Jeder Idiot kann einem Mann die Finger zerquetschen, aber ein geschickter Vernehmungsspezialist ist in der Lage, den Willen seines Opfers zu brechen und seine Psyche zu zerrütten. Der Verdächtige wird dann selbst im Falle seiner Freilassung für den Gegner nutzlos sein, weil –"

Der Ire mit dem Schnurrbart unterbrach ihn abrupt. „Wir lassen keine Verdächtigen frei, und wir tauschen sie auch nicht aus. Was wir von ihnen wollen, sind Informationen, und zwar schnell."

Rilke blickte ihn finster an. An diesen ungeduldigen, ignoranten Fußsoldaten verschwendete er seine Talente. Doch zu seiner Überraschung widersprach die Frau aus der Gruppe ihrem Anführer.

„Sean, wir reden hier nicht über Informanten. Die braucht man nur hart genug zu treten, dann verraten sie ihre eigenen Mütter. Aber die Briten sind besonders dazu ausgebildet, verdeckt zu arbeiten, und aus den Schweinen war mit Schlägen noch nie etwas herauszubekommen. Ich glaube, wir können hier von Mr. Rilke eine Menge lernen."

Sie war jung, nicht älter als vierundzwanzig. Rilke wußte alles über sie. Maeve O'Callaghan war die Freundin eines hochrangigen IRA-Mitglieds. Sie hatte Soldaten in Hinterhalte gelockt, wo sie ohne Gnade niedergemetzelt wurden. Sie hatte in Geschäften Bomben gelegt. Sie war bei Exekutionen von Polizeispitzeln dabeigewesen.

„Ich würde gern etwas über diese anderen Methoden erfahren", sagte sie.

„Dann kommen Sie bitte alle mit", forderte Rilke sie auf, und das Trio folgte ihm aus dem Zimmer und stieg die kurze Treppe zum oberen Stockwerk hinauf. Er schloß die Tür auf und schaltete das Licht an.

„Was zum Teufel ist denn das?" fragte der Mann namens Sean leise.

Das Zimmer war leer, es gab keine Fenster. In der Mitte stand etwas, das wie ein Zahnarztstuhl aussah. Er war mit Lederriemen ausgestattet.

„Also", begann Rilke, „wenn Sie Ihr Opfer in solch einen Raum bringen, wird sich seine Ausbildung bemerkbar machen. Das Opfer empfindet Angst, verfügt aber über Informationen, die es preisgeben könnte, wenn ein bestimmtes Maß an Schmerz unerträglich geworden ist. Und es weiß, daß ihm das Erleichterung verschaffen würde. Aber Sie sprechen gar nicht mit ihm", erklärte Rilke. „Von dem Moment an, wo es zum Verhör hereingebracht und auf den Stuhl geschnallt wird, spricht keiner mehr ein Wort mit ihm. Sie verlassen der Reihe nach den Raum, der letzte schaltet das Licht aus und läßt das Opfer in vollständiger Dunkelheit zurück. Die Zeit vergeht."

„Aber angenommen, wir haben nicht viel Zeit", wandte Sean ein.

„Dann", antwortete Rilke ruhig, „beschleunigen Sie das Programm und fangen sofort an."

Er drückte auf einen Knopf neben der Tür, und der Stuhl begann sich zu drehen. Rilke drückte noch einmal, und die Geschwindigkeit wurde größer.

„Das Opfer übergibt sich, sobald sein Gleichgewichtssystem gestört wird", fuhr Rilke mit tonloser Stimme fort. „Nach einiger Zeit verliert es die Kontrolle über seine Blase. Wenn der Leiter des Verhörs den Eindruck hat, daß das Opfer genügend weichgeklopft ist, hält er den Stuhl an und stellt die ersten Fragen. Aller Wahrscheinlichkeit nach wird er jetzt die Informationen bekommen, die er sonst vielleicht erst nach Tagen körperlicher Folter erhalten hätte. Das Opfer hat sich ein bißchen Zeit erkauft – glaubt es jedenfalls. Aber noch bevor die Befragung zu Ende ist, kommt der Stuhl wieder in Bewegung – noch schneller und noch länger. Und ich garantiere Ihnen, daß Sie innerhalb von maximal vierundzwanzig Stunden alles aus ihm herausbekommen werden. Danach können Sie die Person beseitigen – oder auch einfach freilassen. Sie wird einen irreparablen Schaden im Gleichgewichtssystem des Gehirns davontragen und für niemand mehr von Nutzen sein."

Rilke drehte sich um und bedeutete den anderen, wieder nach unten zu gehen. „Wir können jetzt Kaffee trinken, dann kann ich Ihre Fragen beantworten."

In dem gemütlichen Wohnzimmer meldete Sean sich wieder zu Wort: „Woher sollen wir überhaupt die Ausrüstung für so etwas herbekommen?" fragte er mißmutig.

„Den Stuhl finden Sie in jeder Zahnarztpraxis", kommentierte Rilke nüchtern, „und ein geschickter Techniker kann ihn umbauen."

„Wir können diese Einrichtung gut gebrauchen", erklärte Maeve O'Callaghan. „Und eine Frau kann dieses Gerät ebenso gut bedienen wie ein Mann. Es ist so einfach und doch so brillant."

Sie warf Sean einen finsteren Blick zu. Einem Lob konnte Rilke nicht widerstehen, sein Ego schwoll an, und er lächelte die Frau an. „Zu schade, daß Sie nur so wenig Zeit haben. Ich glaube, ich könnte Ihnen noch eine Menge beibringen."

Er leckte sich über die Lippen, und Maeve O'Callaghan, die ihn beobachtete, mußte unwillkürlich an ein fliegenfangendes Reptil denken.

Die Iren kamen zum Mittagessen nicht ins Restaurant, und auch in der Bar waren sie nicht. Rosa nahm ihre Kamera und machte sich auf, um das Gelände zu inspizieren. Vielleicht entdeckte sie sie zufällig. Doch als sie den hügeligen Park durchquerte, erschien ihr alles plötzlich ziemlich absurd. Bestimmt hatte sie sich diesen Blick nur eingebildet, weil ihre Nerven zur Zeit so angespannt waren.

Ihr Blick fiel auf ein Schild. Abenteuerpfad stand darauf, daneben war ein Totenkopf, und ein Pfeil wies in Richtung eines Waldstücks auf der linken Seite. Gerade war sie nahe genug herangekommen, um einen Zaun und ein zweites Schild zu erkennen, als sie hinter sich ein Fahrzeug tuckern hörte. Sie drehte sich um und sah einen jungen Mann mit Sweatshirt und Schirmmütze, der ihr zuwinkte. Sie blieb stehen und wartete, bis er mit seinem kleinen Buggy neben ihr hielt.

„Guten Tag, Miß! Kann ich Sie ein Stück mitnehmen?"

„Nein danke." Rosa runzelte die Stirn. „Eigentlich wollte ich mir gerade den Abenteuerpfad anschauen."

„Der ist geschlossen", informierte sie der Mann. Die drei Iren machten gerade mit Stevenson einen kurzen Durchlauf, und seine Aufgabe war es, dafür zu sorgen, daß die Hotelgäste nicht zu nahe herankamen – aber das wußte Rosa natürlich nicht.

„Ich bin gehalten, darauf zu achten, daß hier niemand allein herumspaziert", sagte er. „Es gibt eine Menge unterirdischer Quellen, und der Boden wird sumpfig. Erst kürzlich ist eine Frau eingesunken und hat sich das Fußgelenk verstaucht. Ist vielleicht besser, wenn ich Sie zurückfahre."

Rosa zögerte. Sie wollte nicht mit ihm fahren, aber die meisten Hotelgäste hätten sich vermutlich gefügt. Parker hatte ihr eingeschärft, nie Mißtrauen zu erregen, und daran hatte sie sich zu halten.

Also lächelte sie ihn an und sagte: „Ja, haben Sie vielen Dank."

Er beugte sich hinunter und reichte ihr die Hand.

„Arbeiten Sie schon lange hier?" erkundigte Rosa sich.

„Seit die neue Direktion da ist."

„Es sind doch bestimmt eine Menge Gärtner nötig, um das alles hier in Schuß zu halten“, fuhr sie fort. „Es ist so ein riesiges Anwesen.“

„So an die achtzig Hektar, schätzungsweise.“

Sie war ein flotter Käfer, aber er mochte sich trotzdem nicht mit ihr unterhalten, weil er keine Fragen beantworten wollte. Als sie nahe genug am Hauptgebäude waren, fand er, daß er jetzt anhalten und sie aussteigen lassen konnte.

„Ich muß Sie hier absetzen, Miß. In Ordnung?“

„Ja, in Ordnung. Danke.“

Langsam schlenderte Rosa durch die Gartenanlagen. Nein, sie bildete sich überhaupt nichts ein. Das Mädchen, das sie zusammen mit Oakham gesehen hatte, hatte etwas an sich gehabt, das einem durch Mark und Bein ging. Und der junge Schlägertyp in dem Buggy hatte verhindern wollen, daß sie zu nahe an diesen sogenannten Abenteuerpfad herankam.

Ich muß unbedingt ein paar Fotos machen, beschloß Rosa. Sie ging auf ihr Zimmer, um zu duschen und sich umzuziehen. Dort fand sie eine Nachricht vor, auf der stand, ein Mr. Lucas habe angerufen und werde es später noch einmal versuchen.

SIE TRUG ihr Lieblingskleid, ein dunkelblaues, einfach geschnittenes Seidenkleid, dazu eine lange, geknotete Zuchtperlenkette. Sie ging hinunter in die Bar und suchte sich einen Eckplatz, von dem aus sie die Tür sehen konnte. So konnte sie sich die irische Frau und ihre Begleiter wenigstens noch einmal genau anschauen, falls sie dort vorbeikamen.

„Guten Abend, Mrs. Bennet!“ ertönte da eine männliche Stimme.

Rosa schrak hoch und sah, wie Harry Oakham zu ihr herablächelte.

„Ich hoffe, Sie fühlen sich wohl“, sagte er.

„Ja, sehr wohl, vielen Dank.“

„Sie haben ja gar nichts zu trinken. Darf ich Ihnen etwas holen lassen?“

„Ein Glas Weißwein, bitte.“ Ihre Kehle kam ihr vor wie zugeschnürt – Angst, ein plötzlicher Adrenalinstoß. Doch als sie ihm in die Augen sah, entdeckte sie darin nichts als Freundlichkeit – und eine Spur Bewunderung.

„Warum nicht Champagner?“ schlug Harry vor. „Es ist doch schließlich Ihr erster Abend. Auf Kosten des Hauses.“ Er hob die

Hand, und der Barkeeper eilte herbei. „Champagner für Mrs. Bennet", sagte Harry.

„Das ist sehr freundlich von Ihnen." Rosa hatte sich wieder unter Kontrolle. „Aber nur, wenn Sie mir Gesellschaft leisten", sagte sie lächelnd.

„Mit Vergnügen. Zwei Gläser bitte, George!" sagte er und setzte sich ihr gegenüber in einen Sessel. „Stört es Sie, wenn ich rauche?" fragte er.

„Nicht, wenn Sie mir auch eine anbieten", antwortete sie, und er lachte.

„Ich habe es mir leider nicht abgewöhnen können."

Sie nahm sich eine Zigarette. „Ich hatte eigentlich schon lange damit aufgehört", Rosa beugte sich zu seinem Feuerzeug vor, „aber dann ist etwas geschehen, und ich bin rückfällig geworden."

„Nichts Schlimmes, hoffe ich." Der Champagner wurde serviert.

„Mein Mann hat mich verlassen."

Harry sah sie über sein Glas hinweg an. „Es tut mir leid, das zu hören", sagte er nach einer Weile. „Ich lasse mich übrigens selbst gerade scheiden. Alles sehr einvernehmlich, und zum Glück gibt es auch keine Kinder. O Gott, ich hoffe, ich habe jetzt nichts Taktloses gesagt?"

„Wir haben auch keine Kinder", erwiderte sie schnell, „und auch unsere Scheidung ist einvernehmlich verlaufen, jedenfalls kommt es mir so vor. Wie lange waren Sie verheiratet, Mr. Oakham?"

„Zehn Jahre. Meine Frau konnte der Vorstellung nichts abgewinnen, in diese Gegend zu ziehen, und so –" Mit einem leichten Achselzucken beendete er das Thema.

„Es ist ein wunderbares altes Haus", sagte Rosa. Er schien keine Eile zu haben, sein Glas auszutrinken, und machte keine Anstalten zu gehen.

„Ja, es ist ein schönes Anwesen. Wissen Sie, ich bin hier in der Gegend aufgewachsen. Als ich noch ein Kind war, wurde ich öfter hierher zu Kindergeburtstagen eingeladen. Schon damals ging der Besitzerfamilie das Geld aus. Zum Glück wurde dann ein Hotel daraus. Jetzt wird das Haus wenigstens weiterhin genutzt, und Menschen können sich daran erfreuen."

„Waren Sie schon immer in der Gastronomie tätig?"

„Nein, ich war Beamter, bis ich gegen meinen Willen frühzeitig pensioniert wurde. Ich bin wohl nicht freundlich genug zu den richtigen Leuten gewesen." Harry lachte. „Also habe ich mich um diese Position beworben und sie auch bekommen."

„Mußten Sie sich denn gar nicht umschulen lassen?" fragte Rosa. „Sie tragen doch eine große Verantwortung, wenn Sie ein solches Haus leiten."

„Ich bin mein ganzes Leben lang in der Personalführung tätig gewesen", erklärte Harry leichthin, „und das ist eigentlich alles, worauf es bei diesem Job ankommt. Wichtig ist, daß die Gäste glücklich und die Angestellten zufrieden und auf Draht sind." Er schaute auf seine Uhr und trank sein Glas leer.

„Es war mir ein Vergnügen, Mrs. Bennet." Er stand auf und reichte ihr die Hand. Sie bildete sich nichts ein: Er hielt ihre Hand ein kleines bißchen länger, als nötig gewesen wäre. „Vielleicht", sagte er wie nebenbei, „darf ich Sie einmal abends zum Dinner einladen? Es verstößt gegen unsere Hausregel, wenn eine so charmante Frau wie Sie sich einsam fühlt."

„Das wäre wirklich nett", erwiderte Rosa. „Und vielen Dank für den Champagner."

Er ging, und der Kellner brachte ihr die Speisekarte, aber sie konnte sich nicht darauf konzentrieren. Es hatte alles so glaubhaft geklungen. Seine Bemerkungen über seinen früheren Beruf und über seine Ehefrau, die Parker so lebhaft beschrieben hatte.

Gerade war sie auf dem Weg von der Bar ins Restaurant, als sie ans Telefon gerufen wurde. Es war Richard Lucas.

„Hallo. Wie geht's?"

„Danke gut, Richard." Seine fröhliche Stimme wirkte beruhigend auf sie.

„Wie ist das Hotel?"

„Wunderbar. Ich kann mich hier herrlich erholen."

„Ich habe am Wochenende nichts vor", sagte er, „da könnte ich doch zu dir kommen. Kannst du nicht ein Zimmer für mich buchen?"

Es war verlockend, ihn herkommen zu lassen. Andererseits trat sie als einsame, frisch geschiedene Frau hier auf, und da paßte ein Mann nicht so recht ins Bild. „Nein, Richard", sagte sie daher, „im Augenblick ist es schlecht. Und du wußtest doch, daß es nur für diese Nacht war."

Er klang enttäuscht. „Na schön, wenn es dir so lieber ist. Aber ich muß ja gar nicht über Nacht bleiben, wir könnten einfach irgendwo zusammen essen und nur ein paar Stunden gemeinsam verbringen."

Sie entschied sich schnell. „Das wäre nett, Richard. Es tut mir leid, ich wollte nicht so gemein sein. Hör mal, mein Essen wird schon serviert. Kann ich dich morgen früh anrufen?"

„Klar, so gegen halb zehn. Bis dann."

JAN FUHR mit der U-Bahn zur Haltestelle Earl's Court. Er hatte sich die Namen und Adressen von vier Händlern in der Gegend besorgt, die Gebrauchtwagen verkauften. Er wußte, was für einen Wagen er brauchte, und bei dem zweiten Händler fand er ihn: eine zwei Jahre alte, geräumige Limousine. Jan machte eine Probefahrt und stellte fest, daß der Wagen schnell und wendig war. Der Kofferraum war groß genug, daß man einen Mann hineinlegen konnte. Jan zahlte bar und fuhr mit dem Wagen davon. Er parkte nicht in der Nähe des Kensington Hotels. Das Hotel war ruhig und anständig. Hier stiegen meistens Touristen und ältere Ehepaare ab, und die Gäste wechselten häufig. Jan sprach mit niemandem und besuchte das Restaurant nie, damit sich später niemand an ihn erinnerte.

In den darauffolgenden drei Tagen testete er die Strecke zum exklusiven „West End Club", der als Fassade für eine teure Callgirlagentur herhielt. Er fuhr nachmittags dorthin, stoppte seine Zeit und machte sich Notizen über den Verkehr und die Stellen, an denen es Engpässe gab. Dann fuhr er zurück zum Hotel Regis, wo der Prinz absteigen würde, und abends fuhr er dieselbe Strecke noch einmal.

Von seinem Parkplatz in der Nähe des Klubeingangs aus bemerkte er eine Anzahl von Taxis an einer Seitentür, mit denen die Frauen wegfuhren, die aus dem Klub kamen. Auch Denise, die Lieblingsgespielin des arabischen Prinzen, fuhr von hier los, allerdings mit einem Auto, das zum Fuhrpark des Prinzen gehörte und von einem seiner eigenen Chauffeure gesteuert wurde.

Von einer Telefonzelle aus erstattete er Harry Bericht. Alles lief gut, und sobald Daniel Ishbav zu ihm stieß, sollte er selbst genau festlegen, an welcher Stelle sie zuschlugen. Ja, beruhigte er Harry, ihm ging es gut, und er war bester Laune. Er brauchte nur noch abzuwarten, bis er von Harrys Kontaktmann erfuhr, daß ihre Beute eingetroffen war.

WASSILI ZARUBIN wachte früh auf, weil er das Fenster offengelassen hatte und von dem süßen Klang des morgendlichen Vogelgesangs geweckt wurde. Er konnte nicht wieder einschlafen. Er fühlte sich hier fremd, und das machte ihm zu schaffen. Ihm schmeckte das Essen nicht. Außerdem ärgerte er sich, daß er die ganze Zeit so tun mußte, als säße er an seiner Arbeit. Außerdem verabscheute er seine Kollegen. Rilke war in seinen Augen ein tödliches kleines Insekt, und die Frau ekelte ihn an mit ihrer zur Schau getragenen Sexualität. Ishbav verabscheute er wegen seiner Gier und seiner Niedertracht. Am meisten zuwider aber war ihm dieser Engländer, Harry Oakham.

Zarubin war außergewöhnlich intelligent und willensstark. Er hatte sich daran gewöhnt, Befehle zu erteilen, die ohne Widerrede ausgeführt wurden. Aber hier gab Oakham die Befehle, und das paßte Zarubin nicht.

Oakham war arrogant, rücksichtslos und spielte nur nach seinen eigenen Regeln. Er war immer schon sein eigener Herr gewesen, kein Diener seines Staates. Ein Typ wie er war Zarubin noch nie begegnet. Einerseits kümmerte sich Oakham wie ein Vater um diesen nervlich angeschlagenen Polen, andererseits konnte er Entführung und Mord ebenso kaltblütig planen, wie Zarubin ein Schachproblem löste.

Zarubin stand auf, um ins Badezimmer zu gehen. Am Fenster blieb er stehen und lehnte sich hinaus. Es war noch früh – zu früh, um draußen im Garten zu sitzen, aber da saß jemand. Er erkannte die Frau vom Abend vorher wieder, die allein im Restaurant gesessen hatte. Zarubin war sie aufgefallen, als sie allein ihr Abendessen einnahm. Sie war sehr hübsch, und hübsche Frauen mochte er. Und jetzt saß sie um acht Uhr morgens da unten, ausgestreckt in einem Gartensessel, und las ein Buch. Er blieb am Fenster stehen und beobachtete sie.

Da kam ein Wagen die Zufahrt herauf, mit dem ehemaligen Marinefeldwebel Bill Stevenson am Steuer. Der Wagen hielt vor dem Hoteleingang, und Stevenson öffnete die Hintertüren des Wagens. Eine Frau und zwei Männer kamen das kurze Stück von der Treppe herbeigelaufen.

Zarubin wußte, wer sie waren. Abschaum aus Belfast, hatte Oakham sie genannt. Zarubin schaute wieder hinüber zu der Frau im Gartensessel und registrierte, daß sie ihr Buch für einen Augenblick senkte. Etwas blitzte in der Sonne auf, aber er konnte nicht erkennen, was es war. Dann versenkte sich die Frau erneut in ihr Buch und schaute nicht mehr hoch. Der Wagen fuhr die Zufahrt wieder hinunter, und die Frau stand auf, klemmte sich das Buch unter den Arm und schlenderte zum Hotel.

Zarubin setzte sich hin und dachte über das nach, was er da gesehen hatte. Diese Frau hatte nur so getan, als würde sie lesen, da war er sicher. Was war das, was da in der Sonne geblitzt hatte? Oder hatte er sich das nur eingebildet? Er beschloß, die Frau erst unter die Lupe zu nehmen, bevor er Harry Oakham etwas sagte.

„HIER stimmt etwas nicht", sagte Rosa Bennet am Telefon, „aber ich kann nicht genau sagen, was. Es sind lauter Kleinigkeiten, zum Beispiel die Art, wie diese Frau mich angestarrt hat, oder dieser Gärtner, der mich angehalten hat, als ich durch die Gegend spaziert bin –"

Jim Parker unterbrach sie. „Ich habe Ihnen schon einmal gesagt, daß Sie einen guten Instinkt haben. Vertrauen Sie darauf. Bringen Sie die Fotos zur Polizeiwache in Ipswich. Ich rufe sofort dort an, und man wird die Fotos von dort zur Spezialeinheit schicken. Wenn da eine Kampfeinheit der IRA herumläuft, dann wollen wir davon Kenntnis haben. Das haben Sie gut gemacht. Keine Anzeichen von dem Polen?"

„Nein", antwortete sie. „Es gibt hier einen stellvertretenden Direktor, aber der ist im Moment verreist wegen seines Vaters, der angeblich krank ist."

„Und Oakham?" fragte Parker.

„Wir haben gestern abend ein Gläschen zusammen getrunken. Ich glaube, er hat Interesse an mir."

„Darauf wette ich", stimmte Jim Parker zu. „Eine hübsche Frau wie Sie, und dann allein . . ."

Rosa holte tief Luft. „Ich habe Angst", sagte sie.

„Es freut mich, das zu hören. Angst macht vorsichtig. Nur keine Eile, lassen Sie ihn ruhig ein bißchen zappeln. Und seien Sie vorsichtig."

„Ganz bestimmt", versprach sie und hängte auf. Sie verließ die Telefonzelle am Anfang der langen Hotelzufahrt und eilte zu ihrem Auto, um zur Polizeiwache in Ipswich zu fahren.

AUF DER Polizeiwache wurde sie schon erwartet. Sie händigte den Film einem Beamten in Zivil aus, der außer „Guten Morgen" und „Danke schön" kein weiteres Wort mit ihr wechselte. Wenige Minuten nachdem sie weg war, war schon jemand nach London unterwegs, um den Film abzuliefern.

Plötzlich verspürte Rosa Hunger. Den ganzen Morgen hatte sie unter nervlicher Anspannung gestanden und nicht an ihr leibliches Wohl gedacht. Zuerst hatte sie am frühen Morgen da draußen gewartet und die Fotos gemacht, danach hatte sie weit von der Straße entfernt geparkt, um in der Telefonzelle mit Parker zu sprechen. Und dann war da die eilige Fahrt zur Polizeiwache gewesen. Rosa entdeckte ein kleines Café, wo man Kaffee und Kuchen servierte, und ging hinein. Als sie ein paar Minuten später die Tasse hochhob, zitterte ihre Hand. Das ist bestimmt nur die nachlassende Anspannung, redete sie sich ein. Oakham machte ihr angst. Noch nie hatte sie vor einem Mann Angst gehabt, und das machte ihr den einen Nachteil bewußt, den sie als Frau hatte: die körperliche Unterlegenheit, die sie jedem Mann schutzlos auslieferte. Und dieser Mann kannte keine Gnade.

Rosa saß lange Zeit da und ließ ihren Kaffee kalt werden. Ich wußte doch, worauf ich mich einlasse, dachte sie. Ich kann mich jetzt nicht einfach wieder aus dem Staub machen. Schließlich besteht immer noch die Möglichkeit, daß ich mich geirrt habe. Vielleicht habe ich bei der Frau in der Empfangshalle einfach überreagiert. Möglicherweise ist auch Harry Oakham genau das, was er vorgibt zu sein. Vielleicht hatte sie von Oakham nicht mehr zu befürchten als von jedem anderen attraktiven Mann, der sich für sie interessierte. Und mit so etwas konnte sie schließlich fertig werden.

Den Nachmittag verbrachte Rosa damit, durch die kleinen Dörfer zu fahren und bei dem einen oder anderen Antiquitätengeschäft anzuhalten. Sie erstand eine Porzellanfigur für ihre Mutter. Und ohne lange zu überlegen, kaufte sie sich in einer Boutique ein hellblaues Sommerkleid.

Als sie wieder in die große Empfangshalle trat, kam ihr der Dedhamer Hof schon fast wie ein Zuhause vor. Sie ging zur Rezeption. „Ich würde gern heute abend wieder im Restaurant essen und einen Tisch reservieren", sagte sie zu Jane, dem freundlichen Mädchen mit dem liebenswürdigen Lächeln.

„Das hat Mr. Oakham bereits für Sie getan", antwortete sie. „Er hat diese Nachricht für Sie hinterlassen, Mrs. Bennet." Rosa trennte den Umschlag auf und fand eine der Empfehlungskarten des Hoteldirektors: *Ich habe heute abend frei und würde mich freuen, wenn Sie mir beim Abendessen Gesellschaft leisteten.*

7. Kapitel

ZARUBIN ging früh in die Bar hinunter. Er bestellte sich einen Wodka mit Eis und wartete auf Rosa Bennet. Als sie eintrat, registrierte er bewundernd, wie elegant sie gekleidet war: Sie trug ein schwarzes Seidenkleid mit einer dunkelroten Schleife auf der Schulter. An ihren Ohren glitzerten Diamanten, aber ansonsten trug sie keinen Schmuck, der von der zarten, leicht gebräunten Haut ihres Halses hätte ablenken können. Sie setzte sich.

Er starrte sie an, bis sie aufsah, dann erhob er sich leicht von seinem Stuhl. „Guten Abend!" grüßte er.

„Guten Abend!" Sie hatte eine angenehme Stimme, aber offensichtlich kein Interesse, sich mit ihm zu unterhalten. Sie nickte ihm zu, schlug eine Zeitung auf und begann zu lesen.

Der Barkeeper kam zu ihrem Tisch. „Möchten Sie Champagner, Madame? Mit den besten Empfehlungen von Mr. Oakham."

„Nein danke." Rosa schüttelte den Kopf. „Ich hätte lieber einen Whisky-Soda mit Eis."

„Kommt sofort." Der Barkeeper zog sich zurück.

Wassili Zarubin stand auf, ging hinüber zu Rosas Platz. „Entschuldigen Sie, lesen Sie zufällig die Abendzeitung?" fragte er.

„Nein." Rosa reichte sie ihm. „Bitte nehmen Sie sie."

„Vielen Dank." Er ging zurück zu seinem Platz. Der Whisky wurde gebracht, und ein paar Minuten später erschien Oakham in der Bar. Er schenkte ihr ein Lächeln und ging hinüber zu dem Mann, der gerade versucht hatte, mit ihr ein Gespräch anzufangen.

„Guten Abend, Sir. Ist alles zu Ihrer Zufriedenheit?"

„Danke, ja."

„Ich hoffe, das Abendessen wird nach Ihren Wünschen sein. Bitte entschuldigen Sie mich." Er kam herüber und setzte sich neben Rosa. „Ich hatte doch Champagner für Sie bestellt, Mrs. Bennet."

„Ich weiß, aber ich habe mir statt dessen einen Whisky kommen lassen."

„Mögen Sie keinen Champagner?"

„Ich muß leider bei gesellschaftlichen Anlässen ziemlich viel davon trinken, und da schmeckt ein Whisky auch mal wieder gut", sagte sie und ärgerte sich über sich selbst, weil sie ihm eine Möglichkeit gegeben hatte, sie auszufragen. „Wer ist der Mann da drüben?"

„W. S. Zarubin", erklärte Oakham ihr. „Er ist ein berühmter russischer Autor und Dissident und schreibt hier sein Buch über den Schriftsteller, der tschechischer Präsident geworden ist. Warum?"

„Ach, nur so. Er hat versucht, sich an mich heranzumachen, aber vielleicht bilde ich mir das auch nur ein."

„Das ehrt Sie aber." Oakham zuckte mit keiner Wimper. „Eigentlich ist er nämlich unnahbar und spricht mit niemandem. Warum müssen Sie eigentlich aus gesellschaftlichen Gründen Champagner trinken?"

„Ich arbeite im Außenministerium", sagte Rosa, „und muß häufig auf Botschaftsempfänge." Nie lügen, wenn man gefahrlos die Wahrheit sagen kann, hatte Parker ihr eingebleut.

„Meine Güte", sagte er. „Sind Sie etwa eine Diplomatin?"

„Noch nicht, aber ich hoffe, das werde ich eines Tages sein. Ich werde demnächst nach Brüssel versetzt, und deshalb bin ich hierhergekommen. Ich brauche ein bißchen Ruhe, um wieder einen klaren Kopf zu bekommen und herauszufinden, was wirklich wichtig für mich ist."

„Es scheint mir eher so zu sein, daß Ihr Exmann keinen klaren Kopf hatte", bemerkte Oakham. „War es sehr schlimm für Sie – die Trennung, meine ich?"

„Ja, es war schlimm", antwortete sie. „Es tut furchtbar weh, wenn der Ehemann einfach mit einer anderen durchbrennt." Das hatte sie eigentlich gar nicht sagen wollen, es war einfach passiert. Nach diesen Worten entstand eine etwas peinliche Pause.

„Kommen Sie, wir gehen zu unserem Tisch", schlug Oakham vor. „Dort können wir in Ruhe die Speisekarte studieren."

ES WAR eines der besten Abendessen, die Rosa je genossen hatte. Kerzen schimmerten auf den Tischen, die einzelnen Gänge wurden auf- und abgetragen, dazu servierte man die wundervollen Weine, die Harry Oakham ausgesucht hatte, und schließlich gab es Likör und Kaffee.

Er erzählte ihr von sich. Über seinen Schreibtischjob in einem muffigen Büro plauderte er so amüsant, daß man eine Fernsehkomödie daraus hätte machen können. Wenn er aber von seiner Langeweile und seiner Frustration sprach, dann hörte Rosa auch Bitterkeit, Wut und Trauer heraus.

„Man kann so offen mit Ihnen reden, Mrs. Bennet", sagte er. „Am Ende erzähle ich Ihnen noch meine ganze Lebensgeschichte."

„Sagen Sie doch Rosa zu mir."

„Der Name paßt zu Ihnen. Das ist selten. Ist er eine Abkürzung von Rosemary?"

„Rosamund", berichtigte sie. „Mein Vater lehrte Geschichte in Oxford, und er liebte altmodische historische Namen. Aber alle nennen mich nur Rosa."

„Ihr Vater scheint nett gewesen zu sein. Erzählen Sie mir von ihm." Er lehnte sich zurück und hörte ihr zu, während sie erzählte.

„Ich wurde auf die Namen Henry Arthur George getauft“, verriet er später.

„Du lieber Gott, drei Namen!“

„Nach meinem Vater, meinem Großvater und einem Patenonkel, der mir zur Taufe einen Silberbecher schenkte und dann nie wieder etwas von sich hören ließ. So landete ich bei Harry.“

„Wissen Sie, ich kann mir Sie gar nicht als Beamten vorstellen. Ich muß dabei immer an die Beamten denken, die ich kenne, und Sie passen so gar nicht in dieses Bild.“

„Genausowenig kann ich Sie mir als Blaustrumpf im Außenministerium vorstellen“, bemerkte er. „Sie sind eine wunderbare Frau, aber das haben Sie bestimmt schon öfter gehört. Ich würde gern eine Zigarre rauchen, wenn Sie nichts dagegen haben.“

Rosa schüttelte den Kopf und beobachtete seine Hände, als er das Ende der Zigarre anschnitt und sie anzündete. Ihr Blick fiel auf seinen Siegelring. „Ist das Ihr Wappen?“

„Das der Oakhams“, antwortete er. „Der Ring hat meinem Vater gehört.“

„Meine Familie hat so etwas nicht, wir gehören zur ganz normalen Mittelschicht.“

„Einen Professor in Oxford würde ich nicht gerade zur ganz normalen Mittelschicht rechnen“, gab Oakham zurück. „Wie dem auch sei, eigentlich braucht man im Leben doch nur ein bißchen Humor und treue Freunde. Sogar ein einziger treuer Freund reicht schon.“

„Haben Sie einen?“

„Ja, ich bin in der glücklichen Lage, einen solchen Freund zu haben. Er lebt jetzt im Ausland, in Polen, wo seine Familie herstammt. Ich vermisse ihn sehr.“

Der Pole, der im Gefängnis gewesen war . . . Jim Parker hatte also unrecht. Oakham sagte die Wahrheit. Warum sollte er sie belügen? Er hätte den Mann doch überhaupt nicht erwähnen müssen.

Er lächelte sie an. „Es wird Zeit, daß ich das Hotel zu Bett bringe“, sagte er. „Vielen Dank für diesen wunderbaren Abend.“

„Ich habe jede Sekunde davon genossen“, erwiderte sie und stand auf.

Er nahm ihren Arm. „Ich begleite Sie noch zu Ihrem Zimmer.“ Sie gingen gemeinsam die Treppe hinauf und kamen am Puppenhaus vorbei.

„Ich finde es richtig faszinierend, dieses alte Puppenhaus“, sagte sie und blieb einen Augenblick stehen. Sie wollte nicht, daß er noch weiter mitkam, weil sie sich zu sehr von ihm angezogen fühlte.

„Irgendwann erzähle ich Ihnen einmal die Legende dazu." Harry sah sie an und schien ihre Gedanken zu lesen. „Gehen Sie nur hinauf, ich muß unten nach dem Rechten sehen und alles abschließen. Nochmals vielen Dank für den schönen Abend." Er berührte sie nicht. Trotzdem knisterte es spürbar zwischen ihnen.

In ihrem Zimmer streifte Rosa die Schuhe ab und legte sich erschöpft aufs Bett.

„O mein Gott", flüsterte sie, „wo bin ich da nur hineingeraten ..."

„WAS IST das für ein Spiel, das Sie da treiben, Zarubin?"

Der Russe starrte Harry an. Er hatte gerade im Bett gelesen, als Harry um ein Uhr morgens mit dem Generalschlüssel seine Tür aufschloß und in sein Zimmer stürmte.

„Spiel? Ich verstehe nicht, was Sie meinen!"

„Sie sollten sich unauffällig verhalten", fauchte Harry ihn an, „und nicht versuchen, sich an die weiblichen Hotelgäste heranzumachen! Unten in der Bar – ich habe Sie gesehen."

„Nein, das haben Sie nicht", konterte Zarubin. „Sie hat es Ihnen gesagt. Ich habe sie nur um die Zeitung gebeten. Aber ich habe gesehen, wie Sie miteinander gegessen und sich zugeprostet haben. Wie steht es denn mit Ihrer eigenen Unauffälligkeit?"

„Das ist meine Angelegenheit!" schnauzte Harry zurück. „Wenn Sie eine Frau wollen, dann sagen Sie es mir, und wir treiben eine für Sie auf. Aber lassen Sie Ihre Finger von den Hotelgästen!"

Zarubin warf die Bettdecke zurück, stand auf und baute sich vor Harry auf. Am liebsten hätte er ihm gesagt, was er von seinem Fenster aus gesehen hatte, aber er hielt sich zurück. Jetzt noch nicht – nicht, bis er sicher sein konnte, daß die Frau wirklich eingeschleust worden war. Daß sie eine Spionin war.

„Heute abend hatte ich Langeweile und Lust dazu, mit einer schönen Frau zu reden. Wenn sie Ihnen gehört, Oakham, dann habe ich eben einen Fehler gemacht. Es wird nicht wieder vorkommen. Und jetzt gehen Sie, und lassen Sie mich schlafen!" Er öffnete die Tür und trat zur Seite.

Harry Oakham zögerte einen Augenblick. Zarubin hatte ihn durchschaut und das letzte Wort behalten. Harry stolzierte hinaus, und die Tür schloß sich sehr leise hinter ihm. Es ging ihm nicht nur um die Sicherheit. Er wollte nicht, daß Zarubin, der fünfzehn Jahre jünger war als er, sich an Rosa Bennet heranmachte. Er wollte keinen Nebenbuhler, so einfach war das. Rosa hatte ihn in einer Weise erregt, wie er es schon seit Jahren bei keiner Frau mehr erlebt hatte. Abgesehen von ihrer erotischen Ausstrahlung, der er sich nicht entziehen konnte, mochte er sie auch als Mensch. Ihm gefiel, daß sie so ehrlich und so unabhängig und dabei kein bißchen engstirnig oder eitel war. Und daß sie sagte, was sie dachte, gefiel ihm ebenfalls.

Er wollte sie, aber er würde sie nicht bedrängen. Sie hatten Zeit – Zeit, einander zu umkreisen und sich ein bißchen näherzukommen. Als sie eben beim Puppenhaus gestanden hatten und sie ihm eine gute Nacht gewünscht hatte, da war so etwas in ihren Augen gewesen ...

In dieser Nacht hatte Harry Oakham einen Alptraum. Er hielt eine nackte Frau in den Armen, die Judiths Gesicht hatte – ein totenbleiches Gesicht mit leeren Augen. Schweißgebadet wachte er auf.

DIE SICHERHEITSBEAMTEN riegelten im Hotel Regis die Penthouse-Suite und den gesonderten Aufzug, der zu ihr führte, komplett ab und kontrollierten auch die beiden Stockwerke darunter. Scotland Yard hatte Männer im Hotel postiert und behielt sämtliche Eingänge im Blick. Scharfschützen waren im gegenüberliegenden Gebäude in Position gegangen.

Der saudiarabische Prinz fuhr in einer gepanzerten Mercedes-Limousine mit abgedunkelten Fensterscheiben heran, eskortiert von Zivilfahrzeugen der Polizei. Seine persönliche Leibwache fuhr mit ihm. Das Gefolge kam in Leihwagen hinterher. Der Prinz wurde zum Aufzug und in das Penthouse eskortiert.

Am nächsten Tag sollte der Prinz den Termin bei seinem Augenspezialisten wahrnehmen. Er hielt sich zu einem Privatbesuch in London auf, und es waren keine offiziellen Empfänge vorgesehen, doch der Außenminister plante, ihm zu Ehren ein privates Dinner in seiner Londoner Residenz zu geben.

Nach seiner Reise war der Prinz müde und schlief, und Jan stand die ersten vierundzwanzig Stunden umsonst vor der Callgirlagentur auf Posten. Erst am zweiten Tag wurde seine Geduld belohnt.

Eine Limousine mit abgedunkelten Scheiben hielt neben dem Seiteneingang, und eine hochgewachsene, von einem glänzenden Schleier verhüllte Frau stieg ein. Jan folgte dem Wagen in gebührendem Abstand zum Hotel. Langsam fuhr er an dem Mercedes vorbei, als die Frau gerade ausstieg und schnell im Eingang verschwand. Danach fuhr er zurück zum Kensington Hotel, bestellte sich dort an der Bar ein Glas Wein und bat darum, das Telefon benutzen zu dürfen.

Er sprach leise und nannte Harry gegenüber nicht seinen Namen. Diese Verhaltensregel bei Einsätzen war ihm in Fleisch und Blut übergegangen: niemals den eigenen Namen zu nennen, niemals jemand mit Namen anzureden. „Wir sind soweit", sagte er. „Schick sie morgen los. Zu mir."

„In Ordnung", antwortete Harry. „Gut gemacht. Ist mit dir alles in Ordnung, alter Junge?"

„Mir geht es prima. Es wird alles gut laufen, das verspreche ich dir."

Als Jan einen Moment später sein Glas hob, zitterte seine Hand, und er verschüttete ein bißchen Wein. Morgen konnte er an den Israeli übergeben, London verlassen und nach Suffolk zurückkehren. Mit der heißen Phase der Aktion hatte er nichts zu tun, und die Gewalttätigkeiten würde er nicht mitbekommen.

SCHON zwei Tage hatte Rosa ihn nicht gesehen. Sie fuhr nach Woodbridge und kaufte sich eine Biographie des französischen Staatsmannes Talleyrand, die gerade neu erschienen war. Als Schulmädchen hatte sie sie schon einmal gelesen und daraufhin beschlossen, daß sie in den diplomatischen Dienst eintreten wollte. Sie vertrödelte ihre Zeit in Läden, die überteuerten Krimskrams verkauften, oder saß im Garten des Hotels und versuchte zu lesen. Aber sie bemerkte, wie ihre Aufmerksamkeit immer wieder abschweifte. Wo war Oakham? Schließlich faßte sie sich an der Rezeption ein Herz. „Ich habe Mr. Oakham in letzter Zeit gar nicht gesehen", bemerkte sie am zweiten Tag zu Jane. „Ist er weggefahren?"

„Er hat viel zu tun", erklärte Jane. „Gestern hat er mir gesagt, daß Mr. Pollock vor Ende der Woche nicht zurückkommt." Sie sah Rosa lächelnd an. „Ich denke, daß Mr. Oakham heute abend dasein wird. Soll ich ihm etwas ausrichten?" Jane konnte Mrs. Bennet gut leiden. Und Mr. Oakham ganz offensichtlich auch.

Konzentrieren Sie sich auf Oakham! Das waren Rosas Instruktionen. „Fragen Sie ihn doch bitte, ob er mir vielleicht nach dem Abendessen in der Bar Gesellschaft leisten möchte, falls er nicht zu beschäftigt ist."

„Oh, ich bin sicher, das wird er gern tun." Jane strahlte sie an.

Rosa war schon weitergegangen, drehte sich aber noch einmal um.

„Wann ist der Abenteuerpfad offen? Ich würde ihn mir schrecklich gern einmal ansehen."

„Ich weiß es nicht genau", antwortete Jane, „aber ich glaube, da wird immer noch gearbeitet. Irgendwann in den nächsten Wochen. Außerdem werden wir ja noch Wasserski und Windsurfing auf dem See anbieten."

„Tatsächlich? Wer macht das denn?"

„Bob und Ron, die sind hier so etwas wie Mädchen für alles. Die beiden sind ehemalige Marineinfanteristen."

Der Mann, der sie in dem Buggy mitgenommen hatte, war ein richtiger Schrank gewesen. „Ich glaube, einen von ihnen habe ich neulich in einem Buggy durch die Gegend fahren sehen. Sind die beiden nett?" forschte Rosa weiter.

Jane verzog das Gesicht. „Schwer zu sagen, sie lassen sich kaum blicken. Ihr Boß ist ein ziemlich unangenehmer Kerl – ein ehemaliger Feldwebel, glaube ich. Sie haben in der Croft Lodge die ganzen Zimmermannsarbeiten erledigt. Jim, der alte Hausmeister, war deshalb sehr verärgert, denn das war sonst immer seine Arbeit gewesen."

„Ich blicke nicht mehr durch", gestand Rosa. „Welches ist denn die Croft Lodge?"

„Das ist das Haus, in dem der Rechnungsprüfer mit seiner Frau wohnt", erklärte Jane. „Er ist Schweizer. Sein Assistent wohnt auch bei ihnen."

„Kommen sie manchmal ins Hotel?"

„Mr. und Mrs. Brandt? Nein, sie kommen weder zu den Mahlzeiten noch zu sonstigen Gelegenheiten hierher. Aber wir sind ihnen unterstellt worden, als Mr. Oakham das Hotel übernommen hat. Den anderen Mann haben wir noch nie gesehen."

„Ich gehe jetzt auf mein Zimmer und bestelle eine Portion Tee", sagte Rosa. „Vergessen Sie bitte nicht, Mr. Oakham meine Nachricht zu hinterlassen. Auf Wiedersehen, Jane."

„Auf Wiedersehen, Mrs. Bennet."

Rosa ging hinauf und rief den Zimmerservice an, der gleich eine Kanne Tee heraufbrachte. Ihr war heiß, und sie war müde. Sie streckte sich auf dem Bett aus und schlief ein. Als sie aufwachte, war der Tee eiskalt, und es wurde bereits dunkel. Fast drei Stunden hatte sie geschlafen. Sie ließ heißes Wasser in die Badewanne laufen und legte sich hinein. Dann dachte sie über die Informationen nach, die sie von der redseligen Jane erhalten hatte.

Ehemalige Soldaten als Hausmeister – daran war nichts Ungewöhnliches. Sie mieden die anderen Angestellten – das kam oft vor bei Elitesoldaten, die ins bürgerliche Leben zurückgeworfen wurden. Der Schweizer Rechnungsprüfer und seine Frau und der Assistent, die auf dem Anwesen lebten – was sollte daran verdächtig sein? Der Abenteuerpfad war noch nicht fertig. Kein Wunder also, daß sie niemanden da herumlaufen haben wollten . . .

Rosa stieg aus der Wanne, trocknete sich ab und zog das hellblaue Kleid an, das sie gerade gekauft hatte. Sie schminkte sich die Lippen und sprühte sich Parfüm ins Haar.

Ich habe Angst, hatte sie gegenüber Jim Parker zugegeben – Angst vor einem Mann, von dem man wußte, daß er skrupellos tötete. Sie betrachtete ihr Spiegelbild. Nein, es gab noch einen anderen Grund, und den mußte sie sich eingestehen. Sie hatte Angst vor dem Gefühl, das er in ihr auslöste. Schon jetzt hatte sich ihr Erscheinungsbild gewandelt: Sie sah nicht aus wie eine elegante Karrierediplomatin in ihrem kurzen Kleid, mit den nackten, sonnengebräunten Schultern, dem offenen Haar und den langen braunen Beinen. Als sie hinunterging, wartete er schon auf sie.

„Hallo!“ rief er. „Ich habe Ihre Nachricht erhalten. Sie sehen absolut umwerfend aus! Die Farbe steht Ihnen wirklich gut . . .“

„Danke.“ Rosa sah ihn an. Er wirkte angespannt und hatte Ringe unter den Augen. An seiner Wange zuckte ein kleiner Muskel.

„Haben Sie nach dem Essen Zeit, ein Glas Wein mit mir zu trinken? Jane sagte mir, daß Sie sehr beschäftigt sind.“

„Wir sind im Augenblick ein bißchen unterbesetzt. Es wird einfacher, wenn mein Assistent wieder da ist.“ Er berührte ihren Arm, und es elektrisierte sie förmlich. „Nach dem Dinner bin ich ein freier Mensch“, sagte er. „Wollen wir uns um halb zehn in der Bibliothek treffen?“

AUFGEREGT lief Monika van Heflin mit einem Glas Wodka-Tonic in der Hand in dem kleinen Wohnzimmer auf und ab. Dann sah sie Ishbav an und lächelte. „Ich wünschte, Oakham würde sich beeilen. Ich kann kaum abwarten, bis es losgeht.“

„Haben Sie denn gar keine Angst?“ fragte der Israeli, der sich von ihr anstecken ließ und selbst kaum noch still sitzen konnte.

Sie lachte ihn aus. „Angst habe ich noch nie gehabt. Sie müssen bedenken, daß ich früher viel größere Risiken eingegangen bin.“ Sie ballte die Hand zur Faust, ihr ehemaliges Erkennungszeichen als Terroristin. „Da kommt Harry", sagte sie.

Oakham kam herein und sah das Glas in ihrer Hand. „Schluß damit, keinen Alkohol jetzt oder während der Aktion. Seid ihr beide bereit zum Aufbruch?"

„Ja." Daniel Ishbav stand auf. „Was ist mit Stevenson und den anderen?"

„Sie treffen in der Nähe des Eingangs mit euch zusammen. Monika, Sie fahren. Jan hat Zimmer in einer Frühstückspension für Sie reserviert. Hier ist die Adresse. Stevenson und seine Jungs wohnen ein Stück weiter die Straße hinauf. Wenn Sie ankommen, melden Sie sich an und gehen dann um die Ecke in eine Pizzeria, die ‚Arturo's Pizza Pie' heißt. Dort wartet Jan auf Sie, er hat alles organisiert. Dann übernehmen Sie, Ishbav. Sie müssen Monika in dieses Hotel schaffen, der Rest liegt dann bei ihr. Die Informationen an die Presse können Sie mir überlassen."

Monika kicherte. „‚Prinz nach nächtlicher Orgie tot aufgefunden.' Ich werde noch ein paar hübsche Fotos beisteuern . . ."

„Also los, auf geht's", sagte Harry. „Und viel Glück."

Er blieb im Wohnzimmer, während draußen das abfahrende Auto zu hören war.

Einen Moment später ging die Tür auf, und Hermann Rilke kam herein.

„Sind sie weg?"

„Ja." Harry nickte. „Rilke, Sie sind nicht hereingekommen, um sich zu verabschieden. Das hat die anderen bestimmt geschmerzt."

Rilke sah ihn haßerfüllt an. Mit Ironie hatte er noch nie etwas anfangen können. „Jetzt habe ich das Haus ein paar Tage lang für mich allein", bemerkte er, „das werde ich genießen. Wenn die Sache klappt, werden wir dann sofort ausgezahlt?"

„Das Geld wird treuhänderisch bei unserer Bank hinterlegt", antwortete Harry. „Ich werde die Geschichte erst dann an die Presse weitergeben, wenn ich weiß, daß das Geld überwiesen worden ist. Sie werden zahlen, sobald ich mit Hakim Kontakt aufgenommen habe."

DANIEL ISHBAV machte die erste Erkundungsfahrt. Er fuhr mit Bill Stevenson die Strecke von der Callgirlagentur zum Hotel und nahm dabei die Route, die Jan notiert hatte, als er dem saudiarabischen Fahrer und seinem Fahrgast gefolgt war. Ishbav beschloß, noch eine zweite

Testfahrt zu machen, um sicherzugehen, daß er auch die richtige Stelle gewählt hatte. Die beiden Exsoldaten sollten mit Monika hinten in dem Wagen sitzen, den Jan von dem Autohändler gekauft hatte.

Drei Abende hintereinander war Denise um die gleiche Zeit zum Hotel des Prinzen abgefahren, immer um elf Uhr abends. Und auch die Route war immer dieselbe gewesen.

HARRY schloß die Tür zu seinem Büro auf. Er schaltete den Zerhacker ein und wählte Georg Werners Privatnummer in Bonn. Es wurde Zeit, daß der Bursche ein bißchen was für sein Geld tat, das in der Schweiz für ihn bereitlag. Es klingelte eine Zeitlang, bevor eine Frau an den Apparat ging. Harrys Deutsch war fehlerlos. „Könnte ich Herrn Werner sprechen?"

Werners Frau war am Apparat. „Wer ist denn da, bitte?"

„Hier spricht die Botschaft in London", antwortete Harry. Es entstand eine Pause, dann kam Werner an den Apparat.

„Hören Sie", sagte Harry schnell auf englisch, „wir haben einen Auftrag, eine große Sache – die Nummer zwei in Saudi-Arabien. Er ist in London, und wir werden ihn uns schnappen." Harry hörte, wie Werner tief Luft holte. „Ihre Leute in London haben enge Verbindungen zum saudiarabischen Botschafter. Verfolgen Sie die offizielle Reaktion. Finden Sie heraus, welche Falschmeldungen gestreut werden. Man wird versuchen, die Sache unter den Teppich zu kehren, und Ihre Aufgabe ist es, sie publik zu machen."

Georg Werners Stimme klang gereizt. „Ich werde mein Bestes tun, aber wie soll ich das anstellen? Welchen Grund sollte ich haben, Erkundigungen einzuziehen?"

„Denken Sie sich einen aus", gab Harry schroff zurück. „Dafür werden Sie schließlich bezahlt. Übermorgen geht es los. Rufen Sie mich hier an, und bauen Sie keinen Mist, hören Sie?"

„Gut", antwortete Werner, „ich werde mir schon etwas ausdenken."

8. Kapitel

DIE BIBLIOTHEK war ein langer, mit Eichenholz getäfelter Raum. An einer Wand stand ein altmodischer Bücherschrank voll mit ledergebundenen Bänden. Die Abende waren schon ein bißchen kühl, und Harry hatte den Kamin anzünden lassen. Wie erwartet war er allein hier. Auf dem Tisch neben einem weichen Sofa am Kamin standen Kaffee und zwei Gläser Brandy.

„Hallo", hörte er sie sagen und wandte sich um.

„Hallo", sagte er leise. „Wie war das Abendessen?"

„Köstlich. Sitzen wir da drüben?" Sie bemerkte den gedeckten Tisch und das lodernde Feuer im Kamin. Ihr Herz begann schneller zu schlagen.

Sie schenkte Kaffee ein, während er sein Brandyglas in beiden Händen hielt und sie beobachtete.

„Letztes Mal habe ich nur über mich selbst geredet", sagte er. „Heute würde ich gern etwas über Sie erfahren."

„Wo soll ich anfangen? Ich war ein typischer Blaustrumpf, das Lieblingskind meines Vaters. Ich habe studiert, ein recht gutes Examen gemacht und danach die Aufnahmeprüfung für das Außenministerium. Ich habe geheiratet – und mich wieder scheiden lassen."

Er reichte ihr das Brandyglas. „Lieben Sie Ihren Exmann noch?"

„Nein, jetzt nicht mehr. Ich habe mich wirklich sehr bemüht, ihn und seine Ansichten zu verstehen, und ich glaube, das hat mir in gewisser Hinsicht geholfen."

„Welche Ansichten hatte er denn? Was für ein Mann war er?"

„Eigentlich war er sehr nett. Aber er wollte, daß ich Kinder bekomme und zu Hause bleibe."

„Aber Sie wollten das nicht", führte er ihren Gedanken weiter.

„Nein. Ich wollte meine Karriere nicht aufgeben. Er redete zwar immer von Kindern, aber eigentlich steckte mehr dahinter. Er war eifersüchtig, es gefiel ihm nicht, daß ich unabhängig war." Sie wandte sich um und schaute ihn an. „Ich kam mir vor wie eine schreckliche Versagerin."

„Das sollten Sie nicht denken", sagte Harry Oakham. „Ihr Mann hat es einfach nicht fertiggebracht, sich anständig um Sie zu kümmern. Meine Frau, diejenige, die ich verlassen habe, wollte auch Kinder, aber ich habe mich immer geweigert."

„Warum? Warum wollten Sie keine Kinder?"

Sie hat schöne Augen, dachte Harry, braune Augen, deren Farbe sich im wechselnden Licht des Feuers verändert. Er hätte ihr sofort das Brandyglas aus der Hand nehmen und sie in die Arme nehmen können, aber das wollte er nicht. Er wollte mit ihr reden, wollte wissen, was in ihr vorging.

„Weil ich meine Kinder nicht der Gefahr aussetzen wollte, ohne

Vater zurückzubleiben", antwortete er ruhig. „Eine Zeitlang habe ich ein ziemlich gefährliches Leben geführt, und ich hätte das nicht fair gefunden."

„Was haben Sie denn gemacht?" Rosa bemühte sich um eine gleichmütige Stimme. Harry Oakham offenbarte sich ihr – er vertraute ihr.

„Das kann ich Ihnen nicht sagen", sagte er. „Denn wenn ich es täte, würden Sie mich nicht mehr mögen. Ich hätte nicht heiraten sollen, jedenfalls nicht ein zweites Mal."

Es entstand eine lange Pause, in der keiner von ihnen sprach. Sie beobachtete ihn schweigend und wartete.

„Harry", sagte sie leise.

Er zuckte zusammen. „Entschuldigen Sie, ich war völlig in Gedanken."

„Ich weiß. Wie war Ihre erste Frau?"

„Wunderbar", sagte er. „Und süß. Das süßeste und lustigste Mädchen auf der Welt. Weiß der Himmel, warum sie mich geheiratet hat."

Er schaute Rosa an. Sie sah den Schmerz, der in seinem Blick lag, und erschrak. Dieser Mann hatte Gefühle. Nach so vielen Jahren des Verlusts konnte er noch tiefe Gefühle empfinden.

„Was ist passiert?" fragte sie.

„Ich habe sie verloren", sagte er lapidar. „Sie konnte hervorragend Ski fahren. Wir waren im Skiurlaub in Verbier, damals waren wir gerade erst ein Jahr verheiratet. Sie brach sich bei einem Sturz das Genick. Ich hob sie auf, und sie war tot." Er griff nach seinem Glas und leerte es in einem Zug.

„Wie schrecklich", murmelte Rosa. „Es tut mir so leid."

Er sah Rosa nicht an, sondern starrte blicklos in die Ferne. „Sie war erst vierundzwanzig", fuhr er schließlich fort. „Sie hatte noch gar nicht richtig gelebt . . . Ich brachte sie nach Hause, und sie wurde auf dem Friedhof von Dedham beerdigt. Ich bin seitdem nie wieder dort gewesen."

Seine Trauer war so intensiv, daß Rosa die Tränen in die Augen schossen. Er schaute sie an und bemerkte es. „He, Kleines . . ., nicht traurig sein." Er legte den Arm um sie und zog sie dicht an sich heran. „Sie haben so ein weiches Herz, Rosa!" Er drückte die Lippen auf ihre Wange. „Danke, daß Sie mir zugehört haben. Sie sind die einzige Person, mit der ich je über Judith gesprochen habe."

Er stand auf. „Aber was sitze ich hier herum und schütte Ihnen mein Herz aus? Lassen Sie uns noch einen Brandy trinken und über etwas anderes reden." Er warf ein neues Holzscheit in das Feuer und schürte es.

Rosa sah ihm zu. Sie sprach nicht. Der Kuß brannte auf ihrer Wange. Ihr doppeltes Spiel kam ihr billig und abgeschmackt vor. Dieser Mann hatte ihr seine Gefühle anvertraut . . ., und sie war ehrlich bewegt gewesen.

Er kam zurück und sah auf sie hinab. „Ich würde gerne mit Ihnen schlafen", sagte er mit weicher Stimme. „Werden Sie darüber nachdenken?"

Rosa erwiderte seinen Blick. „Ja", antwortete sie langsam. „Ja, das mache ich."

„Und heute abend machen wir es uns hier gemütlich und spielen eine Partie Backgammon. Was meinen Sie dazu?"

„Ich weiß nicht, wie das geht", meinte sie lächelnd.

„Dann werde ich es Ihnen beibringen."

ES WURDE schon fast hell, als Rosa endlich in einen unruhigen Schlaf fiel. Er war nicht mit hinauf in ihr Zimmer gekommen, hatte die Situation nicht ausgenutzt. Das bestärkte Rosa in ihrer Ansicht, daß Harry Oakham ein Mann mit Prinzipien war, auch wenn er aus lauter Widersprüchen bestand. Der gefühllose Egoist, der seine Frau verlassen hatte, war niemand anderer als der, der so bewegt über seine tote Frau gesprochen hatte. Parker hatte Oakham als Berufskiller beschrieben. Dennoch sprach ihm niemand ab, daß Vaterlandsliebe sein Motiv gewesen war. Die Befehle, die er ausgeführt hatte, waren von Männern wie Jim Parker gekommen, der jetzt seine Bluthunde auf ihn hetzte.

Ich würde gerne mit Ihnen schlafen. Werden Sie darüber nachdenken? Ja, sie dachte darüber nach, aber nicht weil sie Parker helfen wollte, seine Beute zu stellen, sondern weil sie es selbst wollte. Als sie aufwachte, war ein Umschlag unter ihrer Tür durchgeschoben worden.

Es war ein kurzes Schreiben: „Vielen Dank für den schönen Abend. Wenn Sie Austern mögen, dann wüßte ich ein nettes Lokal, wo wir heute mittag zusammen essen könnten. H."

Neben ihrem Bett klingelte das Telefon.

„Guten Morgen, Rosa. Haben Sie meine Nachricht erhalten?" Es war seine Stimme.

„Ja. Ich esse schrecklich gern Austern."

„Ich auch. Ich treffe Sie um zwölf Uhr vor dem Eingang. Es ist nicht sehr weit, nur etwa zwanzig Kilometer. Wir können uns also viel Zeit lassen."

ES WAR ein wunderbarer Ausflug. Gemächlich fuhren sie über die Landstraßen dahin. Er war fröhlich und summte beim Fahren vor sich hin.

„Wir sind gleich da. Der Ort heißt Orford, und hier gibt es die besten Austern weit und breit."

Er hielt vor dem Restaurant, sprang aus dem Wagen und half ihr heraus. Für einen Moment standen sie nahe beieinander.

„Sie sehen sehr hübsch aus", sagte er und bot ihr den Arm. Gemeinsam gingen sie hinein.

Sie aßen köstliche salzige Austern und danach Salat und Käse. Dazu tranken sie einen spritzigen, kühlen Weißwein. Rosa fühlte sich von Harry Oakham so angezogen, als ob sie an einer Angelschnur hinge, die er langsam einholte. Und sie wollte sich nicht wehren, sondern sich einfach nur treiben lassen.

Als er nach der Rechnung fragte, waren sie das letzte Paar im Restaurant. „Ich glaube, ich habe ein bißchen zuviel getrunken", sagte Rosa.

„Ich auch“, antwortete er. „Wie wäre es mit einem Spaziergang hinunter zum Strand? Eine frische Brise hilft uns vielleicht, wieder einen klaren Kopf zu bekommen.“

Draußen auf der Straße nahm er ihre Hand. „Hier entlang, es ist nicht weit.“ Noch bevor sie den Kiesstrand erreicht hatten, konnte Rosa den Seetang riechen. Ein paar Boote schaukelten an ihren Tauen hin und her, und die Sonne glühte am Himmel. Sie blieben einen Moment stehen. Wenn ich jetzt nicht den Rückzug antrete, dachte Rosa, dann ist alles zu spät.

Er blieb stehen und sah sie an. „Haben Sie wirklich zuviel Wein getrunken?“

„Nein“, antwortete Rosa.

„Ich auch nicht“, sagte er.

Er zog sie an sich und küßte ihr Gesicht, zuerst ihre Augen, dann ihren Hals und schließlich ihren Mund. Sie legte die Arme um seinen Hals und erwiderte seinen Kuß.

Eng umschlungen schlenderten sie am Strand entlang und zum

Wagen zurück. Eine Weile fuhren sie planlos umher. „Ich möchte nicht zurück ins Hotel“, bemerkte er schließlich.

„Wohin könnten wir denn sonst fahren?“

„Ich weiß nicht“, antwortete er. „Am liebsten würde ich mit dir auf eine Wiese gehen und dich dort lieben. Es ist ein wunderschönes Erlebnis im Freien.“

Sie legte die Hand auf seinen Oberschenkel und lächelte.

„Wollen wir es da oben versuchen?“ fragte er. Sie nickte. Er bog in einen holprigen Weg ein. Zu beiden Seiten erhoben sich dichte Hecken. Als er eine Öffnung entdeckte, hielt er an. Sie stiegen aus und kletterten durch die Lücke.

Vor ihnen lag ein goldgelbes Stoppelfeld. „Komm mit“, flüsterte er. Sie zogen sich aus, und er legte sie sanft auf den Rücken. Voller Leidenschaft küßten sie sich und überließen sich dem Rausch der Sinne. Als alles vorbei war, lagen sie keuchend auf den harten Stoppeln. Die Sonne näherte sich dem Horizont, und ein kühler Wind strich über ihre Körper.

Rosa öffnete die Augen. Er lag neben ihr und schien zu schlafen. Sie war so glücklich, daß sie am liebsten laut gejauchzt hätte.

„Das war einfach wunderbar“, flüsterte er.

„Du hast mir ja auch versprochen, daß es wunderbar ist“, murmelte Rosa. „Draußen im Freien.“

„Du wirst dich erkälten“, flüsterte er und half ihr auf. Sie zogen sich an und gingen zurück zum Wagen.

„So wohl habe ich mich schon seit Jahren nicht mehr gefühlt“, sagte er.

„So wohl habe ich mich in meinem ganzen Leben noch nicht gefühlt“, erklärte sie, während sie langsam auf die Hauptstraße zurücksetzten.

„Das hier müssen wir uns bewahren“, sagte Harry Oakham.

„Ja“, antwortete sie zitternd, und es war nicht die Abendkühle, die sie frieren ließ. „Wohin fahren wir?“

„Wir suchen uns ein Hotel oder eine kleine Pension“, sagte er ruhig. „Irgendein Plätzchen, wo wir allein sind und die Nacht miteinander verbringen können.“

In einem Landgasthof war noch ein Doppelzimmer frei, und daß sie kein Gepäck dabeihatten, schien niemanden zu stören. „Laß uns zuerst etwas trinken“, schlug er vor. Er berührte ihren Arm und fuhr mit der Hand über ihre glatte Haut. „Du frierst ja, Liebling! Komm, wir bestellen dir etwas, womit du dich aufwärmen kannst."

Der Schankraum war klein und dunkel, mit schwarzen Balken an der niedrigen Decke und Pferdehalftern zu beiden Seiten des Kamins.

„Jetzt brauchst du erst einmal einen Irish coffee", erklärte Harry. „Ich bestelle dir einen." Während er zur Bar ging, um die Getränke zu holen, saß Rosa wartend an einem der Holztische. Ich habe den Kopf verloren, dachte sie, ich bin da draußen völlig ausgeflippt. O James, hätte ich doch jemals mit dir so etwas erlebt . . .

Harry brachte ihr ein Glas mit einer dicken Sahnehaube darauf und sorgte dafür, daß sie trank. Er schaute sie an, und sein sanfter Blick tat ihr weh. „Was ist los, Rosa? Du siehst so traurig aus. Bedauerst du, was passiert ist?"

Sie konnte ihn jetzt einfach nicht belügen. „Ich bin einfach durcheinander, Harry. Es tut mir leid. Laß mich das austrinken, und dann nehme ich ein heißes Bad. Danach geht es mir bestimmt wieder besser."

Doch aus dem Bad wurde nichts. Das Wasser lief als lauwarmes und tröpfelndes Rinnsal aus dem Heißwasserhahn, das sich in einen eiskalten Strom verwandelte, sobald man voll aufdrehte. Frierend setzte Rosa sich aufs Bett. Das Schlafzimmer war klein, und an den Wänden hingen altmodische Drucke mit viktorianischen Motiven. Die ausgeleierte Matratze war mit einem Nylonlaken bezogen. Harry setzte sich zu ihr und zog sie an sich.

„Kuschle dich unter die Decke", sagte er. Er deckte sie zu und legte sich neben sie. „Schlaf ein bißchen, Liebling."

Rosa spürte seine Wärme und fühlte sich geborgen. Sie war in die Decke eingehüllt, und er wiegte sie in seinen Armen. „Ich will mich nicht in dich verlieben, Harry", sagte sie. „Das kann ich mir nicht leisten."

„Das weiß ich", murmelte er. „Jedenfalls nicht vor morgen."

„HARRY?" Er hatte sie aus einem Traum gerissen, in dem er sie mit langsamen, gefühlvollen Bewegungen liebte, und jetzt bemerkte sie, daß sie gar nicht träumte. Diesmal ließen sie sich Zeit, und Rosa erschrak bei dem Gedanken, wie sehr sie mit diesem Mann verschmolz, den sie eigentlich observieren sollte. „Harry?" sagte sie später noch einmal.

„Ja, Liebling?"

„Ich wollte dir noch sagen, daß es mir wegen gestern abend leid tut. Du warst so liebevoll zu mir und hattest so viel Verständnis für mich."

„Kennst du das lateinische Sprichwort: *Post coitum omne animal triste?"*

„Nach der Liebe sind alle Tiere traurig – ja, jetzt erinnere ich mich wieder."

„Weißt du", sagte er zu ihr, „ich habe eigentlich jahrelang keine Gefühle mehr gehabt, bis ich dir begegnet bin. Und damit meine ich nicht nur das eine." Er fuhr mit der Hand besitzergreifend über ihren Körper. „Ich meine, daß wir hier nebeneinander liegen, erzählen, glücklich sind. Ich hatte ganz vergessen, wie das war."

„Mit Judith?" fragte sie sanft.

„Ja, mit Judith", gab er zu. „Und jetzt erlebe ich das gleiche mit dir. Ich meine es ernst, das weißt du doch, oder? Wir müssen uns das bewahren. Ich werde nicht zulassen, daß du das Hotel verläßt und wieder aus meinem Leben verschwindest."

Rosa lag in seiner Armbeuge und antwortete nicht. Wenn Harry unschuldig war, wenn Parker mit seinem untrüglichen Instinkt sich doch einmal getäuscht hatte, dann gab es vielleicht eine Zukunft für sie beide. Aber sie hatte noch nichts bewiesen.

„Ich weiß nicht, was nach meinem Urlaub passiert", erklärte sie. „Ich weiß noch nicht einmal, wo ich eingesetzt werden soll. Und außerdem weiß ich doch auch gar nichts über dich. Was war das für eine Arbeit, die du früher gemacht hast, Harry?" Er zog den Arm weg und setzte sich auf.

„Ich habe Doppelagenten verfolgt. Weißt du, was ein Doppelagent ist?"

„Natürlich weiß ich das: ein Verräter, der für beide Seiten arbeitet."

„Sie verkaufen nicht nur Geheimnisse", erklärte er leise. „Sie verkaufen auch Menschen. Kim Philby war so einer, durch ihn haben wir ein paar gute Leute verloren. Ich wünschte, sie hätten mich auf ihn angesetzt, dann hätte er seinen Lebensabend nicht in einer gemütlichen Wohnung in Moskau verbracht."

„Was hättest du denn mit ihm gemacht, Harry?"

„Umgebracht hätte ich ihn."

Sie spürte die Anspannung in ihm. Ihr Hals war wie zugeschnürt, und sie mußte schlucken.

„So, jetzt weißt du alles über mich. Hat sich dadurch etwas verändert?"

„Nein“, antwortete Rosa. „Ich bin froh, daß du es mir erzählt hast.“

„Ich auch“, sagte er. Er stand auf, auf seinen Körper fiel das spärliche Licht der Nachttischlampe. „Ich liebe dich, Rosa“, sagte er. „Darum habe ich es dir erzählt. Ich liebe dich dafür, daß du mich verstehst und mich so nimmst, wie ich bin.“

„Ich möchte unbedingt wissen, wer du bist“, antwortete sie langsam. „Das ist der Grund.“

AM FOLGENDEN Abend war es soweit, wenn der Plan nicht noch durch eine Änderung im Reiseplan des Prinzen über den Haufen geworfen wurde. Jan streckte sich auf seinem Bett aus. Seine Hände waren zu Fäusten geballt, er hatte die Beine überkreuzt und hielt sie zusammengepreßt wie ein Schraubstock.

Er zitterte innerlich und dachte die ganze Zeit an Harry, weil ihn das beruhigte. Harry war der einzige, der ihn aus seinen Depressionen herausholen konnte, die er von jenen schrecklichen zehn Jahren zurückbehalten hatte.

Nur noch vierundzwanzig Stunden, redete er sich beständig ein, dann war alles vorbei, dann war er wieder im Dedhamer Hof und in Sicherheit.

Nach ihrem ersten Treffen in der Pizzeria hatten sie sich voneinander ferngehalten. Stevenson hatte den Wagen, den Jan besorgt hatte, und den zweiten, mit dem die anderen aus Suffolk hergekommen waren, mit falschen Nummernschildern versehen. Jans eigener Wagen stand auf dem Dauerparkplatz, wo er ihn am nächsten Tag abholen sollte, um zurück nach Suffolk zu fahren. Als das Telefon klingelte, war er gerade eingedöst und schreckte sofort hoch. Er erwartete keinen Anruf.

„Hier spricht der Freund von Hakim.“ Es war der Verräter im Gefolge der Saudis, Hakims Kontaktmann.

„Ja“, flüsterte Jan.

„Er reist schon morgen ab“, antwortete die Stimme in einem rauhen Flüsterton. „Er läßt zur üblichen Zeit das Mädchen holen. Sie müssen es heute abend tun.“

Jans angegriffene Lungenflügel zogen sich zusammen, einen Moment lang keuchte er und rang nach Luft. Die Stimme im Telefon zischte in sein Ohr: „Haben Sie verstanden? Heute abend!“

„In Ordnung“, sagte Jan. „In Ordnung, heute abend.“

Dann war die Leitung tot, und Jan wählte die Nummer von Harrys Privatanschluß im Hotel und hörte es klingeln. Als niemand abnahm, begann er zu schwitzen. Harry war nicht in seinem Büro. Er versuchte, sich zusammenzureißen. Schau auf die Uhr, sagte er sich, jetzt macht er doch gerade seine Abendrunde. Jan rief bei der Rezeption an.

„Dedhamer Hof, guten Abend!"

„Ich möchte bitte Mr. Oakham sprechen. Hier spricht Pollock."

„Es tut mir leid, Mr. Pollock, aber Mr. Oakham ist weggefahren. Er hat vor etwa einer Stunde angerufen und gesagt, daß er nicht vor morgen früh zurück ist."

Jan zwang sich zur Ruhe. Harry war nicht da, er war weggefahren und blieb über Nacht weg. Jan hatte Schwierigkeiten, einen klaren Gedanken zu fassen.

„Mr. Pollock? Sind Sie noch am Apparat?"

„Ja. Ich komme morgen selbst zurück."

„Wir freuen uns alle darauf, Sie wiederzusehen", sagte das Mädchen. „Guten Abend!"

Es gab keine Zeit zu verlieren. Morgen war die Zielperson nicht mehr da. Jan nahm den Hörer auf und wählte die Nummer von Ishbavs Pension.

„Sie müssen los", sagte er, „er fährt schon morgen nach Hause. Heute abend um elf."

„Verdammt!" fluchte Ishbav. Das war doch wieder typisch für die Araber. Man konnte sich nicht auf sie verlassen. Immer änderten sie ihre Pläne in letzter Minute. Ishbav wußte das und hatte deshalb darauf bestanden, daß alle in ihren Zimmern blieben und erreichbar waren. Eine Vorsichtsmaßnahme, die sich jetzt als richtig erwies. „In Ordnung!" bellte er in den Hörer. „In Ordnung, wir machen es."

„Harry ist über Nacht weg", erklärte Jan.

„Scheiße!" explodierte Ishbav, aber Jan unterbrach ihn. Er ließ es nicht zu, daß jemand Harry kritisierte.

„Ich bleibe bei Ihnen, bis die Sache über die Bühne ist", sagte er. „Ich werde die Verantwortung übernehmen. Ich bin derjenige, der Harry Bericht erstattet – so haben wir es immer gemacht." Er legte den Hörer auf und saß einige Minuten reglos da. Dann stand er auf, packte seine Sachen und durchsuchte das Zimmer, um sicherzugehen, daß er nichts zurückgelassen hatte. Er bezahlte seine Rechnung in bar und trat in die Nacht hinaus.

Draußen winkte er ein Taxi heran und ließ sich zu dem Parkplatz fahren, auf dem er seinen Wagen abgestellt hatte. Er stieg ein und zahlte an der Kasse. Harry hatte eindeutige Anweisungen gegeben, daß er nach Suffolk zurückfahren sollte. Aber das war jetzt unmöglich. Er hatte sich verpflichtet dabeizubleiben und die Sache über die Bühne zu bringen. Er wollte Harry nicht enttäuschen.

DIE VIER Männer trugen schwarze Jogginganzüge und Turnschuhe, in ihren Taschen steckten schwarze Baumwollhandschuhe und Nylonstrümpfe. Sie hatten ihre Hotelrechnung bezahlt und sich anschließend paarweise aufgeteilt. Daniel Ishbav saß mit Bill Stevenson in einem Wagen.

MONIKA bezahlte ihre Rechnung und bestellte ein Taxi. Sie trug ein langes schwarzes Abendkleid und erklärte dem Taxifahrer, sie sei zu einer Dinnerparty eingeladen, und nannte ihm eine Adresse. An einem Wohnblock in der Nähe von Marble Arch ließ sie sich absetzen und trat in einen Eingang. Sobald der Wagen verschwunden war, kam sie wieder heraus, und der Subaru mit Bob am Steuer fuhr vor. Sein Kumpel Ron saß hinten im Wagen. Monika stieg ein.

ZEHN Minuten vor elf waren sie bei der Callgirlagentur. Daniel Ishbav saß vorn neben Stevenson im zweiten Wagen. Er blickte auf die Uhr und schnalzte nervös mit der Zunge. Stevenson ging das so auf die Nerven, daß ihm fast der Kragen platzte. Er stieß Daniel Ishbav heftig in die Rippen und schnauzte ihn an, endlich damit aufzuhören. Doch bevor es zu einem Streit kam, bog der schwarze Mercedes des Prinzen um die Ecke.

Der Mercedes fuhr heran und hielt. Wie erwartet, ging die Haustür auf, und eine blonde Frau kam heraus, die einen roten Schal über den Schultern trug. Der Fahrer des Mercedes, ein dunkelhäutiger Araber in einer Chauffeursuniform, stieg aus und öffnete die hintere Wagentür. Als die Frau näher kam, zog sie unterwürfig den Schleier über den Kopf und verhüllte ihr Gesicht. Sobald sie im Wagen verschwunden war, konnte man sie durch die Rauchglasscheiben nicht mehr sehen.

Der Mercedes fuhr an, Stevenson lenkte den Wagen aus der Parklücke und folgte ihm. Im Rückspiegel hielt Daniel Ishbav nach dem zweiten Wagen Ausschau. „Da sind sie!“ rief er. „Sie sind hinter dem Taxi.“ Unruhig beobachtete er sie weiter und hoffte, daß sie überholen würden. Zu seiner Erleichterung fuhr das Taxi im nächsten Moment an den Straßenrand, um einen Fahrgast abzusetzen, und sofort scherte Bob hinter ihnen ein.

Der Mercedes schnurrte vor ihnen her und wich nicht von der Route ab, die der Fahrer auch vorher immer genommen hatte, wenn sie ihm gefolgt waren: in die St. George's Street, um den Hanover Square herum und dann nach links in die Tenterden Street. Der Fahrer blickte nach links, doch bevor er abbiegen konnte, überholte Stevenson und scherte vor dem Mercedes ein.

Zu diesem Zeitpunkt war die Straße völlig leer. Ishbav schaute zurück auf den Mercedes und befahl: „Jetzt!" Stevenson trat heftig auf die Bremse, und der Subaru kam zum Stehen. Der Mercedes hatte keine Ausweichmöglichkeit, und als er mit quietschenden Reifen abbremste, um nicht auf den Subaru aufzufahren, fuhr Bob den zweiten Wagen bis an seine Rücklichter heran.

Sofort war Ron draußen und riß die rückwärtige Tür des Mercedes auf. Er war schon auf dem Rücksitz, als sich Stevenson auf den Beifahrersitz neben dem Chauffeur warf und Ishbav die andere Hintertür blockierte.

Das Mädchen war zwischen ihnen eingekeilt und sah nichts als von Masken verzerrte Gesichter. Als sie den Mund zu einem Schrei öffnete, schlug Ishbav ihr mit der Faust ins Gesicht, und sie kippte bewußtlos zur Seite. Stevenson hatte dem Araber das Messer an die Kehle gesetzt. Der Mann war starr vor Angst.

„Raus mit ihr!" zischte Daniel Ishbav Ron zu. Ron hievte das bewußtlose Mädchen hoch und zerrte es auf die Straße, hinüber zum Subaru, wo Monika ihm half, sie hereinzuziehen.

Monika zog den Schal des Mädchens zur Seite und drückte Bob eine Rolle Klebeband in die Hand. „Hier", befahl sie, „fertige sie ab!" Ungerührt sah sie zu, wie er ihren Mund verklebte. Dann legte sie sich den Schal von Denise um, ging zum Mercedes und stieg hinten ein.

Dort wartete Ishbav schon auf sie. Sie sah ihn an und nickte. Sie sprachen kein Wort miteinander, sondern saßen nur da und warteten. Es schien eine Ewigkeit zu dauern, aber tatsächlich blitzten nach weniger als zwei Minuten die Scheinwerfer des Subaru auf.

Das war Bobs Zeichen, daß das Mädchen gefesselt und geknebelt war. Jetzt war Daniel Ishbav an der Reihe. Es wurde Zeit, den Chauffeur loszuwerden. „Steig aus!" befahl er auf arabisch.

„Tötet mich nicht . . . Verschont mich . . .“, wimmerte der Mann. Stevenson senkte sein Messer, und als der Mann auf die Straße kroch, folgte Stevenson ihm und streckte ihn mit einem Genickschlag nieder.

Dann lief er zu dem vorderen Wagen und öffnete den Kofferraum. Er hob den bewußtlosen Mann auf, warf ihn hinein, schlug die Klappe zu, schloß ab und setzte sich auf den Fahrersitz.

Die Chauffeursmütze war auf die Straße gefallen. Ishbav hob sie auf, zog sich den Strumpf vom Gesicht und setzte sie auf. Als er auf dem Fahrersitz des hinteren Wagens saß, fuhr Stevenson vor ihm bereits los zu ihrem zuvor vereinbarten Treffpunkt.

Ishbav hatte alles minuziös geplant. Als er den Mercedes startete, zeigte die Uhr auf dem Armaturenbrett viertel nach elf.

„Du kommst fünf Minuten zu spät“, sagte er zu Monika. Er grinste und zeigte dabei seine ungeraden weißen Zähne. „Sag ihm einfach, daß der Verkehr schuld war.“ Währenddessen waren die anderen mit ihren Gefangenen schon auf dem Weg zum Regent's Canal – eine ruhige Gegend um diese Nachtzeit.

Harrys Befehle waren unmißverständlich gewesen: Ihr bringt niemanden um. Packt die zwei in den Gebrauchtwagen, stellt ihn irgendwo ab und seht zu, daß ihr mit dem Subaru zurück nach Suffolk kommt.

Ein politisches Attentat war eine Sache, aber wenn sie den Fahrer und das Mädchen umbrachten, würde die Öffentlichkeit Sturm laufen und die Fahndung nach ihnen um so intensiver betrieben. Harry wußte das, darum hatte er darauf bestanden, die beiden am Leben zu lassen.

Auf dem Rücksitz zupfte Monika ihren Schleier zurecht. Der Wagen war hervorragend gefedert. Als sie den Marble Arch umrundeten, schaute sie aus dem abgedunkelten Fenster. Sie waren noch nicht einmal fünf Minuten zu spät. Sie lächelte vor Vorfreude.

An der Ecke zum Lancaster Place bogen sie ein, und Ishbav fuhr zum Haupteingang. Sofort kam ein uniformierter Portier herbeigeeilt, grüßte und öffnete Monika die Hintertür. Sie nahm sich Zeit beim Aussteigen, nickte Ishbav zu, der regungslos auf dem Fahrersitz saß, und ging langsam ins Foyer. Ihr Gesicht war von dem Schleier verhüllt.

Der Portier kannte das Mädchen schon und stellte keine Fragen. Er führte Monika zum Privataufzug, und sie ging hinein. Es gab nur einen Knopf, und sie wurde direkt nach oben ins Penthouse befördert. Als die Tür sich öffnete, trat ein bewaffneter Leibwächter vor. Er hatte ein dunkles, geierhaftes Gesicht und trug ein arabisches Gewand mit einem Krummsäbel an der Seite. In der Hand hielt er eine Maschinenpistole.

Als er sie sah, trat er zurück. Ein zweiter Diener erschien und bedeutete ihr, ihm zu folgen. Sie durchquerten einen großen Salon, den ein riesiger Kronleuchter hell beleuchtete. Goldumrahmte Spiegel reflektierten das Licht. Gemessenen Schrittes ging Monika über einen Perserteppich. Überall standen Sofas und Tische mit kostbaren Elfenbeinintarsien. Der Diener blieb an einer Tür stehen und klopfte, und von drinnen erteilte eine Stimme die Erlaubnis zum Eintreten. Der Diener öffnete die Tür, verbeugte sich tief und trat dann zur Seite, um Monika einzulassen.

JAN BLIEB in einer Seitenstraße stehen, die von der Marylebone Road abging. Elf Uhr war schon vorbei. Die Straße war leer. Jan schaltete das Radio ein und hörte sich zur Beruhigung seichte Popmusik an. Zwanzig nach elf – es wurde Zeit, daß sie abfuhren. Er war den Zeitplan oft genug mit Ishbav durchgegangen und kannte ihn in- und auswendig.

Jetzt ungefähr mußte Monika am Hotel Regis angekommen sein. Nach ihrer Einschätzung würde es nicht länger als eine Stunde dauern, bis sie ihr Opfer eingelullt und umgebracht hatte. Dazu kamen noch ein paar Minuten für Fotos mit der kleinen Kamera, die sie in ihrer Handtasche verborgen hatte. Dann sollte sie die Suite verlassen und einen Finger an die Lippen legen, um den Dienern klarzumachen, daß ihr Herr schlief. Sie sollte mit dem Aufzug nach unten fahren und draußen in den Mercedes steigen, in dem Ishbav auf sie wartete.

Von dort würden sie zu dem mit Stevenson und seinen Kumpanen vereinbarten Treffpunkt fahren, den Mercedes abstellen und sich in Stevensons Wagen quetschen, um nach Suffolk zurückzukehren. Wenn alles nach Plan lief, dann lagen sie bereits Hunderte von Kilometern entfernt in ihren Betten, bevor jemand es wagte, die Ruhe des Prinzen zu stören.

Kurz nach Mitternacht bog Jan in den Lancaster Place ein und umrundete ihn einmal. Dort stand der Mercedes, und auf dem Fahrersitz konnte er Ishbav erkennen, der die Schirmmütze tief ins Gesicht gezogen hatte und vor dem Haupteingang wartete. Jan parkte in

Sichtweite des Mercedes, verdeckt im Schatten einiger Bäume. Halb eins.

Jeden Moment mußte Monika herauskommen. Ishbav sollte dann vorfahren, um sie einsteigen zu lassen. Fünf nach halb eins. Jan schwitzte, Schweißtropfen liefen ihm in die Augen, die er mit zittriger Hand abwischte. Und plötzlich hörte er die heulenden Sirenen von Polizeiwagen.

9. Kapitel

DER PRINZ saß auf einer mit Kissen überladenen Couch, die am Fußende eines riesigen Himmelbettes stand. Er trug ein loses, locker fallendes weißes Gewand, das mit einer goldenen Borte besetzt war. Darunter war er nackt. Er hatte ein dunkelhäutiges, grobschlächtiges Gesicht mit der für seine Familie typischen Hakennase und melancholische dunkle Augen.

Langsam stand er auf, als Monika auf ihn zuging.

„Denise?“

Langsam ließ Monika den Schleier fallen. Der Prinz fuhr zurück. „Wer bist du?“ fragte er laut und ungehalten.

„Denise ist krank, Hoheit.“ Monika sprach mit leisem, unterwürfigem Tonfall und blickte ihn an. „Sie wollte Euch nicht enttäuschen und hat deshalb mich geschickt. Ich bin ihre Freundin.“

Monika hob den Arm hoch und zog die Spangen aus ihrem Haar, das wie ein schwerer goldener Vorhang auf ihre Schultern fiel.

Seine Augen waren schmal, sein Mund ein wenig schlaff. „Es sei dir erlaubt, mich zu erfreuen“, murmelte er. „Komm her!“

Monika ging zu ihm. Er fuhr mit den Händen über ihren Rücken und drückte ihre Gesäßbacken. Sie täuschte ihm ein erregtes Keuchen vor.

„Denise hat mir gesagt, was Euch gefällt, Hoheit“, flüsterte sie. Sie streckte die Arme nach hinten, und ihre vollen Brüste zeichneten sich unter der dünnen schwarzen Seide ab. Sie löste ein Häkchen, und das Kleid glitt von ihren Schultern. Sie wand sich mit sinnlichen Bewegungen, bis der Stoff auch von ihrem Unterkörper rutschte. Dann streifte sie die Schuhe ab und stand nackt vor ihm.

Ein paar Sekunden lang regte sich nichts im Zimmer. Es war totenstill. Monika näherte sich ihm. Der Prinz starrte sie an und schob eine Hand unter seine Robe. Monika mißdeutete diese Geste, und sie lächelte. „Ihr werdet vor Vergnügen sterben", flüsterte sie ihm zu.

Plötzlich verzerrte sich sein Gesicht, er öffnete den Mund und stieß ein paar arabische Worte aus. Monika sah, wie Mißtrauen und blinder Zorn die Begierde aus seinem Gesicht fegten. Er hatte instinktiv nach dem Dolch gegriffen, den er sonst immer trug, wenn er angekleidet war, und nun holte er zu einem Schlag aus. Sie duckte sich unter der Faust weg, er stürzte an ihr vorbei in Richtung Bett und streckte den Arm nach dem Alarmknopf aus, um seine Leibwächter zu rufen. Dabei trat er auf sein Gewand und stolperte. Monika warf sich auf ihn. Er hatte nicht damit gerechnet, daß sie ihn angreifen würde, und wandte sich zornig um. Trotzdem gelang es ihm, den Alarmknopf zu drücken, und während der schrille Ton in Monikas Ohren gellte, holte sie zu einem tödlichen Schlag aus.

Monika legte ihr ganzes Gewicht in den Schlag, traf ihn am Kehlkopf und zertrümmerte seine Luftröhre wie einen morschen Ast. Blut und Auswurf speiend sank er zu Boden. Da hörte sie auch schon, wie die Tür aufflog, vernahm wutentbrannte Schreie und wirbelte herum. In Sekundenschnelle war alles vorbei. Sie sah die wütenden Gesichter der Leibwächter, die mit erhobenen Waffen auf sie zuliefen, und sie sah auch noch die ersten Kugeln, die in ihre Brust und ihren Unterleib schlugen und sie zurückwarfen, so daß sie auf den toten Prinzen fiel.

DANIEL ISHBAV hatte den Mercedes in einer Parklücke neben dem Hoteleingang geparkt und hielt nach Monika Ausschau. Um 0.25 Uhr ließ er den Motor an und wartete darauf, vorzufahren und sie aufzunehmen.

Und dann hörte er die Sirenen. Das Heulen war erst ganz weit entfernt, wurde aber immer lauter und bedrohlicher. Im nächsten Moment blitzte Blaulicht in der Dunkelheit auf.

Ishbav sprang hinaus auf die Straße. Er zögerte einen Augenblick und drückte sich gegen den Zaun, dann sah er den ersten Polizeiwagen um die Ecke biegen und rannte los.

JAN HÖRTE die Sirenen, sah das Blaulicht und wußte, daß etwas schiefgelaufen war. Sie hatten Monika gefaßt! Die Aktion sofort abbrechen! Die alte Agentenregel schoß ihm durch den Kopf. Jan riß das

Lenkrad herum, der Wagen reagierte sofort. Jan war vom Lancaster Place verschwunden, bevor der erste Polizeiwagen einbog. Den fliehenden Ishbav sah er nicht. Er handelte instinktiv, um zu überleben.

DER REGENT'S CANAL lag völlig einsam da. Stevenson stoppte den Wagen dicht am Rinnstein neben dem Ufer. Der Subaru hielt hinter ihm. Bob saß am Steuer, Ron auf dem Rücksitz mit den Füßen auf dem Mädchen, das im Fußraum lag. Sie war wieder zu Bewußtsein gekommen, und er trat sie, sobald sie versuchte, sich zu bewegen.

Bei beiden Wagen erloschen die Scheinwerfer, und Stevenson stieg aus. Er hielt kurz inne und horchte, aber außer dem Plätschern des Wassers war nichts zu hören. Er ging zum Subaru, und Bob kurbelte die Fensterscheibe herunter. „Also gut", raunte Stevenson, „kommen wir zur Sache." Er gab Ron auf dem Rücksitz ein Zeichen, sich zu maskieren. Ron zog den Nylonstrumpf über sein Gesicht und zerrte das Mädchen vom Boden hoch. Es war mühsam, denn sie war gefesselt und ziemlich schwer.

Bob stand neben Stevenson auf der Straße, zündete sich eine Zigarette an und wartete darauf, daß Ron die Sache erledigte. Er hatte das Mädchen auf den Sitz gehievt und aufgerichtet. Ihr Mund war immer noch mit Klebeband verschlossen, ihre Augen vor Entsetzen weit aufgerissen.

Ron mochte Frauen. Er sah kurz aus dem Fenster. Die anderen beiden hatten ihm den Rücken zugekehrt. Er zog das Mädchen zu sich heran und faßte ihm mit der Hand unter den Rock.

„Verdammte Scheiße!" Er stieß sie heftig gegen die Wagentür.

Stevenson wirbelte herum. „Was zum Teufel machst du da?" fuhr er ihn an. Ron sprang aus dem Wagen.

„Das ist kein Mädchen!" schrie er. „Das ist ein verdammter Mann in Frauenklamotten!"

ALS STEVENSON den vereinbarten Treffpunkt mit Ishbav erreichte, war von dem Mercedes nichts zu sehen.

Den anderen Wagen hatten sie am Regent's Canal stehengelassen. Ron hatte seinem Ärger Luft gemacht, indem er den unglückseligen Transvestiten bewußtlos geschlagen hatte. Der Araber lag im Kofferraum. Er war zu verängstigt, um einen Laut von sich zu geben. Sie sollten bis zum Morgen auf ihre Befreiung warten.

Nach einer halben Stunde rutschte Stevenson auf seinem Sitz hin und her. „Sie müßten schon längst hier sein", murmelte er. „Wir geben ihnen noch eine Viertelstunde."

„Glauben Sie, daß die Sache schiefgegangen ist?" fragte Ron.

„Sieht ganz so aus", antwortete Stevenson.

„Und was machen wir dann?" Bob schaute auf die Digitaluhr auf dem Armaturenbrett – schon fast eine Stunde über die Zeit.

Stevenson traf eine Entscheidung. „Ich denke, wir sollten kein Risiko eingehen", sagte er. „Wir verkrümeln uns und tauchen für eine Weile unter. Morgen früh wird es in dem blöden Hotel von Bullen nur so wimmeln. Seid ihr einverstanden?"

„Einverstanden", lautete die Antwort. Stevenson ließ den Motor an.

„WO IST er?" brüllte Hermann Rilke. „Uns weht hier der Wind ins Gesicht, und er verschwindet einfach!" Er lief aufgeregt hin und her, und Zarubin sah ihm zu. Im Fernsehen hatten die Frühnachrichten die Ermordung des arabischen Prinzen als Topmeldung gebracht. Rilke hatte daraufhin Harry angerufen, aber es hatte sich niemand gemeldet.

„Die Sache war erst für heute abend vorgesehen", wiederholte Rilke immer wieder. „Sie haben es früher gemacht. Warum wurden wir nicht informiert? Wenigstens ist dieses Weib umgebracht worden, das ist immerhin etwas. Wenn sie sie lebend erwischt und Zeit gehabt hätten, sie auszufragen . . ."

„Setzen Sie sich doch endlich hin!" fuhr Zarubin ihn an. „Wir können sowieso nichts tun, bis Oakham wieder da ist." Er schaute aus dem Fenster. „Er ist übrigens gerade am Hintereingang vorbeigefahren", sagte er. „Und er hat eine Frau bei sich."

„Eine Frau!" Rilke fluchte und bedachte Oakham mit Obszönitäten in seiner Muttersprache. „Ausgerechnet jetzt muß er sich mit einer Schlampe im Bett wälzen! Dadurch hat er alles ruiniert!"

Zarubin war schon an der Tür. Er blieb einen Moment stehen. „Das wissen wir noch nicht", bemerkte er.

„Und warum sind die anderen dann noch nicht zurück?" fuhr Rilke ihn an.

„Genau das werde ich herausfinden", sagte Zarubin.

SIE HIELTEN am Hintereingang. Harry lehnte sich zu Rosa hinüber und küßte sie auf die Lippen. „Vielen Dank, Liebling", sagte er zärtlich. „Das war eine der glücklichsten Nächte meines Lebens."

„Trotz der ausgeleierten Matratze?" fragte sie scherzhaft.

„Gerade deswegen – weil alles zwischen uns gestimmt hat. Wir nehmen den Dienstboteneingang, dann kannst du über die Hintertreppe in dein Zimmer gehen. Damit dein guter Ruf keinen Schaden nimmt." Er zwinkerte ihr zu.

„Wann sehe ich dich wieder?" fragte sie ihn.

„Zum Mittagessen. In meinem Haus. Wir treffen uns im Garten. Um zwölf Uhr, abgemacht?"

Rosa nickte und strich kurz über sein Gesicht, dann huschte sie durch den Dienstboteneingang in den rückwärtigen Flur und den Küchentrakt des Hotels.

In ihrem Zimmer zog sie ihr zerknautschtes Kleid aus und ließ sich ein heißes Bad ein. Sie goß ein Badeöl hinein und legte sich voller Genuß in das heiße Wasser. In Gedanken war sie noch immer bei Harry und ihrer gemeinsamen Nacht.

„Es ist mir völlig gleichgültig, was Parker glaubt", sagte sie laut. „Ich rufe ihn an und mache ihm klar, daß er sich geirrt hat. Harry ist sauber, und wenn er es nicht wäre, würde ich das spüren. Gleich morgen früh rufe ich Parker an."

WÄHRENDDESSEN saß Harry mit dem Russen in seinem Büro. „Rilke hat es heute morgen erfahren. Hatten Sie keine Ahnung?" fragte Zarubin.

„Zum Teufel, natürlich hatte ich keine Ahnung." Hart schlug er mit der Faust auf seinen Schreibtisch. „Warum? Warum haben sie es letzte Nacht gemacht?"

„Monika wurde erwischt, und die Leibwächter haben sie umgebracht. Wir haben Glück gehabt."

Harry sah ihn wütend an. „Nur Monika hat nicht besonders viel Glück gehabt!" Er zündete sich eine Zigarette an. „Jan hätte mich doch über jede Veränderung informiert. Warten Sie einen Moment." Er rief die Rezeption an. „Ja . . . er hat also angerufen . . . aha, in Ordnung – vielen Dank." Ruckartig wandte sich Harry dem Russen zu. „Jan hat angerufen", erklärte er. „Er hat ausrichten lassen, daß er heute am frühen Morgen zurückkommen würde. So ein Mist! Ich hätte hier sein müssen."

„Da würde Rilke Ihnen zustimmen", bemerkte Zarubin. „Wo ist Jan jetzt? Und wo sind die anderen? Ishbav hat keinen Kontakt zu uns aufgenommen, obwohl er der Anführer bei der ganzen Aktion war."

„Das wird er schon noch tun", erwiderte Harry wütend. „Ishbav hat gewußt, daß er sich nicht erwischen lassen durfte. Er ist irgendwo untergetaucht, aber er wird sich melden."

„Und was ist mit dem Polen los?" fragte Zarubin noch einmal. „Sie haben klipp und klar gesagt, daß er zurückkommen soll, bevor die Operation losgeht. Das hat er nicht getan."

Harry Oakham sah ihn an, seine Augen blitzten vor Wut. „Machen Sie sich um Jan keine Sorgen, er wird schon zurückkommen."

„Er war das schwache Glied in unserer Kette", beharrte der Russe. „Was ist, wenn er zusammenbricht und uns alle ans Messer liefert?"

Harrys Lippen wurden schmal. „Jetzt will ich Ihnen einmal etwas sagen. Jan hat die schlimmsten Vernehmungen durchgestanden, deren euer Haufen nur fähig war. Er ist der einzige in dieser ganzen Mistbande, der eher sterben würde, als uns zu verraten. Und jetzt werde ich ihn suchen!"

„GUTEN Morgen!" grüßte Zarubin. Rosa wandte sich um. Sie wartete im Garten auf Harry, der aber immer noch nicht da war.

„Guten Morgen!" erwiderte sie. Zarubin blieb vor ihr stehen.

„Haben Sie heute morgen schon die Nachrichten gehört? Ein arabischer Prinz ist in seinem Hotel in London ermordet worden." Er beobachtete sie aufmerksam. Sie war überrascht und ein klein wenig schockiert – eine normale Reaktion.

„Wie entsetzlich. War er ein wichtiger Mann?"

„Sehr wichtig sogar. Er war der Sohn des saudiarabischen Königs."

„Das könnte ja eine Katastrophe bedeuten", meinte Rosa besorgt. Sie fand, daß sie ruhig die Wahrheit sagen konnte. „Ich bin Diplomatin", erklärte sie.

Er lächelte sie an. „Oh, là, là, eine intelligente Frau also."

„Ach, damit ist es nicht so weit her." Rosa schaute auf ihre Armbanduhr. Harry ließ schon eine Viertelstunde auf sich warten.

„Wollten Sie gerade spazierengehen?" fragte Zarubin sie.

„Nein, eigentlich warte ich auf Mr. Oakham."

„Ach so. Vielleicht können wir uns später einmal unterhalten. Ich arbeite gerade an einem Buch, und es wäre nett, mit einer intelligenten Person darüber zu sprechen, die sich in der Welt auskennt."

„Ja, das wäre nett", erwiderte sie, und um ihn loszuwerden, fügte sie hinzu: „Wir könnten ja irgendwann einmal eine Tasse Kaffee miteinander trinken. Und jetzt entschuldigen Sie mich bitte." Sie ging zurück zum Hotel und auf ihr Zimmer.

In Harry Oakhams Büro klingelte das Telefon. Er wußte, daß es wahrscheinlich Rosa war, ging aber nicht an den Apparat. Er hatte Jan im Stich gelassen. Unentwegt dachte er an seinen Freund, der da draußen auf sich allein gestellt war. Hoffentlich hatte er keine seiner entsetzlichen Panikattacken bekommen, die ihn seit seiner Zeit im Gefängnis immer wieder quälten.

Er mußte ihn suchen – aber wo? Harry hatte nur eine winzige Chance: Er mußte die Strecke abfahren und konnte nur hoffen, daß er Jan unterwegs fand.

Aber Rosa wartete bestimmt auf ihn. Er kritzelte etwas auf ein Stück Papier, adressierte einen Umschlag und klebte ihn zu. Heute nachmittag hatte er keine Zeit für ein Schäferstündchen, keine Zeit, mit ihr zu träumen. Die Wirklichkeit hatte ihn eingeholt. Der Mann, an dem er hing wie an einem Sohn, lief um sein Leben.

Jan konnte sich nicht erinnern, wo er war. Die Sonne brannte durch die Windschutzscheibe. Als es dunkel geworden war, hatte er angehalten, weil er nicht mehr wußte, in welche Richtung er fahren mußte.

Schon seit Jahren hatte er keinen Blackout mehr gehabt, doch jetzt war sein Gedächtnis vor Angst wie gelähmt. Alles um ihn herum schien bedrohlich, und in der undurchdringlichen Dunkelheit lauerte überall Gefahr. Er kauerte sich zitternd in seinen Sitz und schloß die Augen gegen die Angst. Dann sank er in einen tiefen Erschöpfungsschlaf.

Er schlief, bis die Sonne ihn weckte. Sofort erinnerte er sich wieder daran, wie er bei heulenden Sirenen aus London geflohen war. Es war alles schiefgegangen, soviel war klar. Wieder begann er zu zittern. Er mußte unbedingt Harry anrufen!

Dann plötzlich fiel ihm die Telefonnummer ein, strahlte in seinem Gedächtnis auf wie ein heller Stern. Du mußt eine Telefonzelle finden, sagte er sich. Fahr weiter und such ein Telefon!

Jan wußte nicht, wie lange oder wie weit er gefahren war, als er mitten in einer häßlichen Kleinstadt eine Telefonzelle entdeckte und anhielt. Er stieg aus und kramte in seiner Tasche nach Münzen.

Als Jan Harrys Stimme hörte, wäre er vor Erleichterung fast in Tränen ausgebrochen.

„Wo bist du, alter Junge?" Harry bemühte sich um einen beruhigenden Tonfall.

„Ich weiß nicht, wo ich bin", antwortete Jan mit schwacher Stimme.

„Bleib ganz ruhig. Bist du in einer Telefonzelle?"

„Ja. Was soll ich machen, Harry? Hilf mir . . .!"

„Schau aufs Telefon. Was ist da für ein Standort angegeben?"

Eine qualvolle Pause trat ein. Wenn ihm jetzt das Geld ausging und sie den Kontakt verloren . . . „Brentwood", sagte Jan schließlich.

Harry seufzte erleichtert und zwang sich, zuversichtlich zu klingen. „Dann bist du ja schon fast zu Hause, alter Junge. Kannst du das Straßenschild erkennen? Wie heißt die Straße?"

Jan schaute über seine Schulter. „Handcross Road", antwortete er dann.

„Bleib, wo du bist!" sagte Harry laut. „Versuch nicht weiterzufahren. In einer Stunde bin ich da. In einer Stunde, Jan. Halt durch!"

„Jaja, ich warte." Aber die Leitung war schon tot.

HARRY verließ gerade sein Büro, als ihm das Briefchen wieder einfiel, das er an Rosa geschrieben hatte. Er gab es an der Rezeption ab und erklärte: „Ich bin ein paar Stunden weg. Geben Sie das bitte Mrs. Bennet." Dann eilte er aus der Eingangstür, die Treppe hinunter und lief schnellen Schrittes zu seinem Auto.

Mit fast hundertfünfzig Stundenkilometern raste Harry Oakham über die zweispurige Straße, ließ dabei das Radio laufen und hörte die Nachrichten. Sie brachten immer noch im gleichen Wortlaut die Meldung über den Mord, erst allmählich wurden weitere Einzelheiten bekannt.

Der Fahrer des Prinzen und eine Frau waren gefesselt in einem Wagen am Regent's Canal gefunden worden. Der Fahrer hatte ausgesagt, sie seien auf dem Weg ins Hotel von Terroristen in einen Hinterhalt gelockt worden. Den entführten Mercedes hatte man verlassen am Lancaster Place aufgefunden. Bislang war noch nicht von Verdächtigen die Rede, die verhaftet worden waren, aber die Untersuchungen waren in vollem Gang.

SECHS Verdächtige waren zur Polizeiwache in der Cannon Row gebracht worden, die man alle in der Nähe des Hotels Regis aufgegriffen und vorläufig festgenommen hatte, nachdem die Gegend durch Mannschaftswagen der Polizei abgeriegelt worden war.

Man hatte sämtliche persönlichen Daten aufgenommen und zwei

Personen sofort wieder freigelassen, darunter einen Anwohner, der mit seinem Hund spazierengegangen war. Der Mann hatte sich fürchterlich aufgeregt und mit einer Dienstaufsichtsbeschwerde gedroht. Die zweite freigelassene Person war eine jüngere Frau, die sich gerade auf dem Weg von der U-Bahn-Station nach Hause befunden hatte.

Im Fond eines geparkten Volvo hatte man ein Pärchen entdeckt. Keiner der beiden wohnte in der Gegend, und ihre verlegene Aussage, daß sie es im Auto gerade miteinander treiben wollten, klang nicht sehr überzeugend.

Der fünfte Mann gab an, er sei gerade beim Joggen gewesen, und trug auch entsprechende Sportkleidung. Man hatte ihn in einiger Entfernung vom Hotel aufgegriffen, nur weil er gerannt war. Er hatte sich geweigert, seine Fingerabdrücke abnehmen zu lassen, und einen Anwalt verlangt. Die Fingerabdrücke hatte man ihm trotzdem abgenommen und zusammen mit dem Namen, den er angegeben hatte, in den Computer eingegeben.

Der letzte schließlich war ein Stadtstreicher, den man schnarchend auf einer Türschwelle am Lancaster Place gefunden und mitgenommen hatte, falls er etwas Verdächtiges gesehen hatte. Das war allerdings unwahrscheinlich, denn er war sturzbetrunken und schlief selbst jetzt in der Zelle immer noch seinen Rausch aus.

Wie es sich gehörte, wurde der Bericht an den Krisenstab weitergeleitet, den man eingerichtet hatte. Der diensthabende Beamte schenkte sich aus einer Thermoskanne eine Tasse Kaffee ein.

Es sah so aus, als hätten sie es mit einem ziemlich widerlichen Fall zu tun, und die diplomatischen Kreise waren offensichtlich nicht in der Lage, die Angelegenheit unter den Teppich zu kehren. Die Presse war in Schlachtformation angerückt, und die Journalisten gingen den Polizisten furchtbar auf die Nerven, weil sie immer wieder wissen wollten, ob schon jemand verhaftet worden sei.

Der diensthabende Beamte hatte gerade seinen Kaffee ausgetrunken, als das Telefon klingelte. Er nahm ab und horchte auf. Nach einer Weile nickte er. „In Ordnung, ich gebe es sofort weiter."

Im Krisenstab von New Scotland Yard wurde der Hörer ebenfalls nach dem ersten Klingeln abgenommen. „Wir haben etwas, Sir!" rief ein Polizist aus dem Vorzimmer.

Der zuständige Kriminaloberinspektor kam selbst an den Apparat. „Was? Ich bin in zehn Minuten da. Bereiten Sie einen Raum vor." Er blickte sich im Zimmer um. „Ich glaube, wir haben Glück", verkündete er. „Einer der Fingerabdrücke, die man den Verdächtigen abgenommen hat, stimmt überein mit denen eines alten Bekannten von uns."

ALS DAS Telefon klingelte, fuhr Rosa auf und hob den Hörer ab. „Harry?"

„Ich bin es, Richard. Richard Lucas, erinnerst du dich noch?"

Sie schluckte ihre Enttäuschung hinunter. „Richard? Oh, hallo."

Wie es ihr gehe, wollte er wissen, und wer denn dieser Harry sei? Sie ignorierte die Frage. „Ich habe nur angerufen", fuhr er fort, „um dir zu sagen, daß ich unsere Verabredung nicht einhalten kann. Ein Admiral stattet uns einen Besuch ab, und ich habe Dienst. Bist du im Moment beschäftigt? Du klingst, als ob du in Eile wärst."

„Ich war gerade auf dem Sprung", sagte Rosa. „Tut mir leid, daß du nicht herkommen kannst. Wir können uns ja sehen, wenn ich wieder in London bin. Jetzt muß ich aber los, sonst komme ich zu spät."

„Das wäre mir sehr unangenehm." Sie registrierte den sarkastischen Unterton. „Und Harry vermutlich auch. Bis irgendwann einmal, Süße."

„Blöder Idiot!" schimpfte Rosa, nachdem sie aufgelegt hatte. Dann wählte sie die Nummer der Rezeption. „Hier ist Mrs. Bennet. Hat Mr. Oakham eine Nachricht für mich hinterlassen?"

„O ja, Mrs. Bennet. Hier liegt ein Brief für Sie. Tut mir leid, daß ich nicht früher angerufen habe. Ich schicke ihn sofort nach oben."

Es war eine kurze, in aller Eile hingekritzelte Notiz, die Schrift war unregelmäßig: *Verzeih mir, Rosa, aber aus einer Krise ist ein Drama geworden. Ich muß mich darum kümmern. Wenn ich zurück bin, erkläre ich alles. In Liebe, H.*

HARRY bremste scharf, lenkte den Wagen an den Straßenrand und sprang heraus. Jan saß zusammengesunken auf dem Vordersitz des geparkten Wagens, unmittelbar neben der Telefonzelle.

Harry lief zur Fahrertür und half Jan heraus. „Alles in Ordnung?"

„Es geht schon", antwortete Jan mit zitternden Lippen. „Ich hatte nur einen kurzen Blackout. Tut mir leid, Harry."

Harry legte ihm den Arm um die Schulter. „Sei nicht so dämlich, du hast dich großartig geschlagen. Jetzt komm und steig in meinen Wagen. Dein Auto lassen wir später abholen."

Unterwegs stellte er seinem Freund keine Fragen. Jan mußte sich erst einmal beruhigen. Nach einer Weile begann Jan selbst zu erzählen.

„Ich konnte dich nicht finden, Harry . . . Ishbav hätte die Sache vielleicht abgeblasen . . . Ich mußte dabeibleiben und sie durchziehen."

„Es war alles mein Fehler", murmelte Harry. „Erzähl weiter. Was ist passiert?"

„Ich habe so geparkt, daß ich Monika sehen konnte, wenn sie herauskam. Sie kam aber nicht, Harry, und da fing ich an, mir Sorgen zu machen."

„Das glaube ich dir." Harry fuhr langsamer und bog in Ipswich von der Schnellstraße ab.

„Dann hörte ich Sirenen", fuhr Jan fort. „Sie wurden immer lauter. Und dann war Blaulicht zu sehen. Die Wagen kamen direkt auf das Hotel zu. Da habe ich mich verdrückt."

„Du hast genau das Richtige getan", murmelte Harry. „Keine Spur von Ishbav?" fragte er eher beiläufig.

„Ich habe ihn nicht gesehen", gab Jan zu. „Ich habe auch gar nicht mehr gewartet, bin einfach losgebraust, bevor sie den Platz dichtmachen konnten. Danach wollte ich zu dem Treffpunkt fahren, den wir mit Stevenson ausgemacht hatten, aber irgendwie habe ich mich verfahren und bin in Panik geraten, Harry. Ich konnte mich nicht mehr daran erinnern, wo ich war, und ich hatte auch sonst alles vergessen. Es war wie einer dieser Anfälle, die ich auch früher schon hatte."

„Immerhin hast du dich an die Nummer erinnert, die du anrufen mußtest", tröstete Harry ihn.

Jan war eine Zeitlang still, während sie über Landstraßen zurück zum Dedhamer Hof fuhren. „Weißt du, was passiert ist, Harry?" fragte er schließlich, und Harry berichtete, was in den Nachrichten gekommen war.

„Bislang ist niemand verhaftet worden", sagte er, „und den Skandal haben sie nicht vertuschen können. Wir werden also unser Geld von Hakims Freunden kriegen."

„Legst du überhaupt Wert auf das Geld?" fragte Jan.

„Eigentlich nicht. Ich habe mir mehr Sorgen um dich gemacht als um alles andere. So, da sind wir schon. Endlich daheim." Er wandte sich Jan zu und lächelte ihn aufmunternd an. „Was du jetzt brauchst, ist ein heißes Bad, etwas zu essen und eine ordentliche Mütze Schlaf.

Dann bist du morgen früh wieder ganz der alte. Du mußt dich jetzt zusammenreißen, den Mädchen an der Rezeption guten Tag sagen und sie anlächeln."

Er half Jan nicht aus dem Wagen, sondern ließ ihn selbst aussteigen, seine verdrückten Sachen zurechtziehen und zum Eingang gehen. Jan schwankte nicht, es gelang ihm zu lächeln und ein paar Worte zu sagen. Als sie oben in Jans Wohnung ankamen, half Harry ihm beim Ausziehen und ließ ein Bad für ihn ein.

„Steig in die Wanne, und entspanne dich erst mal. Wenn du danach noch ein bißchen reden willst, dann können wir das tun. Aber nur, wenn du wirklich möchtest."

Als der Pole im Bad verschwunden war, rief Harry in Zarubins Zimmer an. „Hermann und Sie können aufhören, sich die Hosen vollzumachen", sagte er eisig. „Jan ist wieder da, und die anderen konnten ebenfalls entkommen." Er legte auf.

Dann dachte er plötzlich an Rosa. Wie gern wäre er jetzt zu ihr gegangen, um seine ganzen Sorgen in ihren Armen zu vergessen. Vielleicht wurde er doch langsam zu alt für den Job. Vielleicht wurde es wirklich Zeit für ihn, in den Ruhestand zu treten.

10. Kapitel

Es war ein warmer Tag, trotz des frischen Westwinds. Rosa zog sich eine bequeme Hose und Turnschuhe an, um im Park einen Spaziergang zu machen.

Langsam schlenderte sie um den See herum, wo an einer kleinen Anlegestelle ein Ruderboot festgezurrt war und sanft auf den Wellen schaukelte. Rosa setzte sich und genoß eine Weile die Sonne, während der Wind sanft über ihr Gesicht strich. Alles war so friedlich und still – sie wäre beinahe eingeschlafen.

Eine Krise hatte sich zu einem Drama zugespitzt. Typisch Harry, so lapidar mit Problemen umzugehen und noch seine Witzchen darüber zu machen. Bei dem Gedanken an Harry mußte sie lächeln. *Ich werde nicht zulassen, daß du wieder aus meinem Leben verschwindest.* Rosa legte den Kopf zurück und träumte in der Hitze vor sich hin. Sie wollte gar nicht aus seinem Leben verschwinden – im Gegenteil.

Nach einer Weile riß sie sich zusammen und beschloß, einen anständigen Spaziergang zu machen. Vor ihr lag der Wald mit seinem einladend kühlen Schatten, und sie sah wieder das Schild ABENTEUERPFAD mit einem auf weißem Grund gemalten roten Totenkopf. Offensichtlich hatte ein Spaßvogel den Totenkopf gemalt, denn an ihm war so gar nichts Furchterregendes. Rosa mußte jetzt selbst darüber lachen, daß sie sich beim erstenmal so von ihm hatte erschrecken lassen und dem Mann im Buggy, der sich ihr in den Weg gestellt und sie zurückgefahren hatte, so mißtrauisch begegnet war.

Dort lag der Abenteuerpfad. Das Gatter war mit einem Vorhängeschloß gesichert, aber es war kein Problem hinüberzuklettern. Nach dem hellen Sonnenlicht empfand sie es hier drinnen als sehr finster. Finster und still. Vor ihr lag ein kleiner Pfad. Sie folgte ihm, obwohl auch hier ein Warnschild angebracht war. Diesmal war der Totenkopf jedoch noch alberner, denn er hatte ein Auge schalkhaft zugekniffen. Ein netter Spaß für Erwachsene mit kindlichem Gemüt, dachte Rosa. Als nächstes kam ein Graben, über den diesmal eine schmale Planke führte. Sehr viele Abenteuer bietet der Pfad ja nicht gerade, dachte sie und ging zum Spaß das nächste Hindernis an. Es war eine Strickleiter, mit der man über eine kleine Mauer klettern mußte – wie einfach!

Sie beschloß zurückzugehen und lehnte sich an einen Baum, um ihren Schuh wieder zuzumachen, der aufgegangen war. Als über ihr ein Ast knackte, schaute sie hoch. Ein aufgeschrecktes Eichhörnchen huschte nach oben und verschwand wie der Blitz über die Äste.

Doch plötzlich hörte Rosa seltsame Laute von oben, und als sie sich hochreckte, um durch das dicke Blätterwerk zu spähen, sah sie, daß das Tierchen wild kämpfte, weil es sich in etwas verfangen hatte. Rosa kletterte auf einen Ast und erkannte, daß das Eichhörnchen über ihr angsterfüllte Laute von sich gab und verzweifelt versuchte, sich zu befreien.

„Ach, du armes Ding!" rief Rosa aus. Sie kletterte noch weiter hinauf, bis sie sehen konnte, worin sich das Tier verfangen hatte.

Es war ein Tarnnetz – ein dicker Maschendraht, in den braune und grüne Tarnstreifen eingeflochten waren. Rosa hatte keine Chance, das Eichhörnchen zu befreien. Sie kletterte wieder hinunter.

Bei ihrem Seminar in Branksome war auch ein Nahkampfübungsgelände besichtigt worden. Ein Ausbilder hatte Rosas Gruppe eines Morgens hindurchgeführt. Wenn sie das Gelände schwierig fänden, erklärte er, dann müßten sie erst einmal die wirklichen Schwierigkeiten über sich kennenlernen. Sie schauten nach oben. Hoch über ihren Köpfen hingen lauter Tarnnetze. „Darüber befindet sich ein versteckter zweiter Übungsparcours", erklärte der ehemalige Fallschirmjäger. „Man muß dort oben Hindernisse bewältigen, ohne zu wissen, daß unter einem ein Netz hängt."

Warum hatte man über diesen Kinderspielplatzgeräten einen echten Einzelkämpferparcours errichtet? Wer würde je dort hinaufklettern und dort oben trainieren? Langsam trottete sie den Pfad zurück.

Sie war wieder an dem Gatter mit dem Vorhängeschloß angelangt und kletterte hinüber, diesmal mit mehr Mühe. Sie fühlte sich steif und ungelenkig, und als sie hinuntersprang, landete sie ungeschickt auf allen vieren.

„Haben Sie sich weh getan?" Wassili Zarubin kam auf sie zu und beugte sich zu ihr hinunter, um ihr aufzuhelfen. „Was haben Sie denn da drin gemacht?"

„Ich war nur ein bißchen spazieren." Sie stand auf und beachtete seine ausgestreckte Hand nicht. „Ich bin nur ein paar Schritte hineingelaufen."

„Macht es Ihnen etwas aus, wenn ich Sie begleite? Gehen Sie jetzt zurück zum Hotel? Möchten Sie vielleicht mit mir Tee trinken?"

Er machte lange Schritte, und sie mußte sich anstrengen, um mitzuhalten. Plötzlich blieb sie stehen und sagte: „Mr. Zarubin, würden Sie mich bitte entschuldigen – ich möchte lieber allein zurückgehen. Ich mag nicht unhöflich erscheinen, aber ich bin hergekommen, um über ein Problem nachzudenken, und das kann ich nicht, wenn ich mich mit jemandem unterhalte. Sie sind mir hoffentlich nicht böse, oder?"

Er blieb stehen und verbeugte sich. „Als Schriftsteller", sagte er ernst, „verstehe ich das Bedürfnis, allein zu sein. Ich entschuldige mich!" Er lächelte, und sie schämte sich für ihre rüde Abfuhr.

„Ich bin diejenige, die sich entschuldigen sollte", sagte sie. „Warum trinken wir nicht heute abend ein Gläschen zusammen? Um halb sieben in der Bar?"

„Ich freue mich darauf. Und jetzt werde ich Sie allein lassen, damit Sie Ihren Spaziergang fortsetzen können." Er drehte sich um und marschierte mit federnden Schritten davon.

„ICH HABE überall nach dir gesucht", sagte Harry Oakham. „Schließlich habe ich mir mit dem Generalschlüssel Zugang verschafft. Du bist mir hoffentlich nicht böse. Wo bist du denn gewesen? Du bist ja ganz schmutzig und hast Kratzer am Arm."

„Ich war im Wald spazieren."

„Rosa, mein Liebling", sagte er besorgt und nahm sie in die Arme, „das hättest du nicht tun sollen. Es ist nicht ungefährlich dort, deshalb haben wir auch das Gatter zugesperrt."

„Ich war nur neugierig", wiegelte sie ab. „Ich würde mich jetzt gern umziehen und mir die Haare waschen."

Er ließ sie nicht los. „Warum siehst du mich nicht an? Was ist los?"

„In dem Wald war ein Eichhörnchen", erzählte Rosa. „Es hatte sich hoch oben in einem Baum in einem Netz verfangen. Ich bin hinaufgeklettert und habe versucht, es zu befreien, aber es ging nicht. Ich gehe rasch unter die Dusche, in einer Minute bin ich fertig."

„Das arme Tier", sagte Harry. „Kein Wunder, daß du so verstört bist. Wir mußten die Netze aufspannen, weil einige von den Bäumen eine Gefahr darstellen."

Rosa sah ihn an. „Ach, deshalb sind die Netze da?"

„Einen von unseren Burschen hat es beinahe erwischt. Darum habe ich das Gelände schließen lassen, bis jemand kommt und überprüft, was man tun kann. Die Netze schienen mir in der Zwischenzeit eine vernünftige Vorsichtsmaßnahme zu sein. Sie stammen aus Armeebeständen. Soll ich losgehen und das Eichhörnchen suchen?"

Rosa hätte vor Erleichterung weinen können. „Was willst du denn machen?"

„Ich werde es wohl erschießen müssen, mein Liebling. Aber das ist immer noch besser, als es dort zugrunde gehen zu lassen." Er umfaßte ihr Gesicht und küßte sie zärtlich auf die Lippen. „Wo war der Baum? Was war das nächste Hindernis?"

„Eine kleine Mauer mit einer Strickleiter davor."

„Dann verschwinde ich jetzt", sagte er. „Laß dir ruhig Zeit im Bad."

Es war alles so einfach, so naheliegend. Tarnnetze aus Armeebeständen. Wenn ein dicker Ast herunterfiel, konnte er jemanden ernsthaft verletzen. Du Närrin, schalt Rosa sich, während das warme Wasser über ihren Körper lief und den Staub aus ihrem Haar spülte.

Als Harry zurückkam, trug sie ihren Morgenmantel. Ihr Haar war immer noch feucht von der Dusche.

„Hast du es gefunden?"

„Ich habe den Baum gefunden. Aber kein Eichhörnchen. Es muß sich befreit haben."

„Wie schön", sagte Rosa. „Was ist dir denn heute passiert? Was für eine Krise hat es gegeben?"

Harry lächelte und schob eine Hand unter ihren Morgenmantel. „Wenn du mit mir reden wolltest, Liebling, dann hättest du dir etwas anziehen sollen."

GEORG WERNER sprach mit leiser Stimme. Seine Frau war in der Küche und außer Hörweite, aber er war trotzdem nervös.

„Ich habe mit unserer Botschaft in London gesprochen", sagte er. „Sie sind in Alarmbereitschaft und haben höchste Geheimhaltungsstufe. Man hat Monika van Heflin über Interpol identifiziert. Wer auch immer das für Sie in die Wege geleitet hat, er hat Ihnen nur sehr unzureichende Informationen gegeben."

„Was wollen Sie damit sagen?" fragte Harry.

„Rashid war homosexuell. Und die vermeintliche Prostituierte, die Sie gekidnappt haben, war ein Transvestit."

„Mein Gott", entfuhr es Harry. „Monika hatte überhaupt keine Chance!"

„Sie haben Glück gehabt", fuhr Werner fort. „Wenn man sie lebend erwischt hätte –"

„Haben sie aber nicht", unterbrach Harry ihn. „Welche neuen Erkenntnisse gibt es? Immer noch keine Verhaftungen, keine Verdächtigungen?" Er versuchte, ruhig zu klingen.

„Nein, jedenfalls nicht nach dem Erkenntnisstand in London."

„Also gut, halten Sie uns auf dem laufenden", forderte Harry und legte auf. Um sich zu beruhigen, zündete er sich dann eine Zigarette an.

Keine Verhaftungen und keine Verdächtigungen – sie hatten es geschafft – aber nur knapp. Harry schaute auf die Uhr. Rosa hatte ihm erzählt, daß Zarubin sie auf ihrem Spaziergang hatte begleiten wollen und daß sie seine Einladung angenommen hatte, um halb sieben mit ihm zusammen ein Gläschen in der Bar zu trinken. Harry hatte versprochen, sie zu befreien. Doch zuerst mußte er nach Jan sehen.

Er ging hinauf in Jans Wohnung, schloß die Tür auf und öffnete die Schlafzimmertür. „Schläfst du?" fragte er leise.

„Nein, ich habe geschlafen – wie spät ist es?" Jan setzte sich auf. Sein Haar war wirr, und sein Blick war trübe. Er versuchte, Harry anzulächeln.

„Wie fühlst du dich?“ Harry kam näher und setzte sich zu ihm aufs Bett.

„Besser. Gibt es irgendwelche Neuigkeiten?“ Er zwinkerte nervös.

„Es gibt gute Neuigkeiten“, erklärte Harry mit fester Stimme. „Werner steht in ständigem Kontakt mit der deutschen Botschaft in London. Sie haben noch niemanden verhaftet. Das einzige, was ihnen bisher gelungen ist, war, Monika zu identifizieren. Jetzt warte ich nur noch darauf, daß Ishbav sich meldet.“

„Warum hören wir nicht auf, Harry?“ fragte Jan langsam. „Dir ist das Geld doch egal, das hast du selbst gesagt. Und mir auch. Laß uns sofort aufhören!“

„Wir sprechen morgen darüber“, schlug Harry vor. „Jetzt legst du dich wieder hin und schläfst weiter. Hier.“ Er schraubte ein Röhrchen auf und reichte Jan eine Schlaftablette.

„Versprichst du mir, darüber nachzudenken? Aufzuhören, meine ich.“

„Das habe ich schon“, sagte Harry.

„WARUM haben Sie sich für Václav Havel entschieden?“ fragte Rosa.

Wassili Zarubin zuckte die Achseln. „Mein Verlag wollte das Buch haben, man hat mir eine Menge Geld geboten. Ich persönlich finde ihn als Politiker nicht besonders überzeugend.“

Rosa hatte ihr Glas Wein noch nicht ganz ausgetrunken, aber er war bereits bei seinem dritten Wodka. „Ich finde, Havel ist ein bemerkenswerter Mann.“ Sie hatte einfach Lust, sich mit ihm zu streiten. „Er ist ein Dramatiker, ein Dichter. Er war politischer Gefangener, und jetzt ist er Präsident seines Landes.“

„Ich finde, Sie sollten mein Buch schreiben.“ Zarubin lächelte sie verkniffen an. „Ich kenne keine Helden, Mrs. Bennet.“

„Wie traurig.“

Er beugte sich ein wenig vor. „Dann erzählen Sie mir doch von Ihren Helden. Sind es Diplomaten?“

„Ich fürchte, nein. Meine Helden sind nicht unbedingt wichtige oder bekannte Leute, sondern einfach Menschen, die an Wahrheit und Anstand glauben und bereit sind, dafür einzutreten. So wie Sacharow und Solschenizyn.“

„Das sind russische Helden“, sagte er, „und weder unwichtig noch unbekannt.“

„Sie stehen für all die anderen", erwiderte sie. „Genauso wie Václav Havel auch."

„Ich denke wirklich, Sie sollten mein Buch schreiben."

Rosa trank ihren Wein aus. Zarubin war ihr unsympathisch. Dem guten Ton war Genüge getan, sie hatte für ihre schroffe Absage Abbitte geleistet. Aber noch ehe sie dazu kam aufzustehen, trat Harry Oakham an ihren Tisch.

„Guten Abend!" sagte er lächelnd und wandte sich dann Rosa zu. „Mrs. Bennet, Sie werden am Telefon verlangt."

„Oh, vielen Dank." Schnell stand sie auf und eilte aus der Bar.

Harry blieb bei Zarubin stehen. „Was für ein Spiel treiben Sie hier?" fragte er leise.

„Was wissen Sie über diese Frau?" fragte Zarubin zurück.

„Sie geht das nichts an."

„Sie war beim Abenteuerpfad", sagte Zarubin. „Sie hat mich belogen. Sie sagte, sie wäre nur ein paar Schritt weit gegangen, dabei war sie eine halbe Stunde dort. Ich habe die Zeit gestoppt. Warum hat sie das gemacht?"

Harry starrte ihn an. „Was wollen Sie damit sagen?"

Zarubin zögerte. Oakham war in die Frau verliebt, und zwar so sehr, daß er schon eifersüchtig wurde, wenn ein anderer Mann nur mit ihr sprach. Es war unmöglich, ihm von seinem Verdacht zu erzählen. „Ich finde, sie benimmt sich sehr seltsam", sagte er deshalb nur.

Harry grinste. „Das zeigt nur, was für eine gute Menschenkenntnis sie hat. Ich will, daß Sie und Rilke morgen zu mir kommen."

„Hat Ishbav angerufen?" fragte Zarubin, und Harry Oakham traf eine jener intuitiven Entscheidungen, die den Lauf eines ganzen Lebens verändern konnten.

„Ja", sagte er. „Es ist alles unter Kontrolle. Ich habe ihm gesagt, daß er noch ein paar Tage untertauchen soll. Morgen gegen halb zwölf bin ich in der Croft Lodge." Er drehte sich um und ging.

„ICH KANN ihn nicht ausstehen!" ereiferte sich Rosa.

Sie hatten sich im Restaurant an einem kleinen Ecktisch niedergelassen.

„Er scheint sich die ganze Zeit über mich lustig zu machen", fuhr sie fort. „Das Thema Václav Havel hat er einfach so vom Tisch gefegt und mir erzählt, daß er von ihm als Politiker nicht viel hält und das Buch nur für Geld schreibt. Ich hasse diese Art von Zynismus."

Harry mußte lächeln. Sie trat für ihre Überzeugungen ein. Und dafür liebte er sie. „Das weiß ich. Jetzt schau nicht mehr so angriffslustig drein, und hör mir zu. Ich will dir etwas erzählen."

„Also gut, dann fang an", forderte sie ihn auf.

„Ich liebe dich, Rosa. Wenn ich mich wirklich entscheiden sollte, diesen Job hier hinzuwerfen und ein neues Leben anzufangen, darf ich es dann mit dir teilen – zu deinen Bedingungen?"

Sie wurde zuerst rot und dann ganz blaß. „Meinst du das ernst?"

„Ja, ich meine es ernst. Und ich werde nicht denselben Fehler machen, den James gemacht hat. Ich werde nicht versuchen, von dir Besitz zu ergreifen. Aber ich glaube, wir könnten sehr, sehr glücklich miteinander werden. Was denkst du?"

Im warmen Kerzenlicht sah Rosa ihn über den Tisch hinweg an. Sie kannte jeden Zug in seinem Gesicht, die Konturen der Knochen und die festen Lippen. Sie kannte seine Augen mit ihrem spitzbübischen Glanz – dunkle, warme Augen, mit denen er nun ihren Blick erwiderte.

„Ich glaube auch, daß wir glücklich sein könnten", sagte sie.

DER STUHL war hart, und Daniel Ishbav rutschte unruhig hin und her. Hier gab es keine gleißenden Lampen, und es gab auch keinen Vernehmungsbeamten, der im Halbdunkel verborgen war. Statt dessen war der Raum in der Polizeiwache mit zwei einfachen Stühlen ausgestattet und einem einfachen Tisch, auf dem sogar ein Aschenbecher stand. Im Hintergrund saß ein Polizist. Ein kleiner Kassettenrecorder war eingeschaltet.

„Also, Ishbav", wiederholte der Oberinspektor geduldig, „fangen wir noch einmal von vorne an. Warum sind Sie um zwölf Uhr nachts joggen gegangen?"

„Das habe ich Ihnen doch schon gesagt", antwortete Ishbav. „Ich konnte nicht schlafen." Er hatte jedes Zeitgefühl verloren. Sie hatten ihm seine Armbanduhr abgenommen, und in dem Raum hing keine Uhr. Ishbav kam es vor, als säßen sie schon seit Stunden hier.

„Warum haben Sie einen falschen Namen und eine falsche Adresse angegeben, als man Sie festgenommen hat?"

„Das ist der Name, den ich zur Zeit benutze", erklärte Ishbav ungerührt.

„Warum sind Sie uns überhaupt damals entwischt? Was haben Sie denn die ganze Zeit getrieben?"

Dieselben Fragen, leicht verändert, aber im wesentlichen dieselben. Auf alles hatte er eine Antwort parat. Wenn er einfach nur bei seiner Geschichte blieb, dann mußten sie ihn nach den gesetzlich erlaubten sechsunddreißig Stunden Untersuchungshaft entlassen. Die konnte er aussitzen. Sie würden ihm mit Abschiebung drohen, aber abschieben konnten sie ihn nur mit der Zustimmung des Innenministeriums. Es war ein Spiel, das beide Seiten genau kannten und meisterhaft beherrschten. Obwohl Ishbav seine Situation verfluchte, behielt er doch die Nerven und beschloß, bis zum Ende mitzuspielen.

Spöttisch hob er die Hände. „Na gut, na gut. Sie wollen alles noch einmal hören. Ich hatte die Schnauze voll davon, überwacht zu werden. Es ging mir auf die Nerven. Also bin ich zu Freunden gegangen, die mich bei sich aufgenommen haben. Ich habe mir einen anderen Namen zugelegt und zur Abwechslung einmal ein ruhiges Leben geführt."

„Erzählen Sie uns etwas über Ihre Freunde, Ishbav. Ich bin überrascht, daß Sie überhaupt Freunde haben. Ich dachte immer, das wäre Ihr Problem – Sie mußten immer befürchten, daß man Ihren alten Kollegen vom Mossad verriet, wo Sie steckten . . ." Das saß.

„Sie können mich gar nicht ausliefern", sagte Ishbav. „Sie haben mich verhaftet, und damit bin ich ein offizieller Gefangener. Ich bin aktenkundig."

„Darauf würde ich mich nicht verlassen", sagte der Oberinspektor. „Akten können verlorengehen."

Ishbav zuckte die Achseln. „Bitte schön, drohen Sie mir nur. Ich habe nichts getan."

„Warum sagen Sie uns nicht, wo Sie gewohnt haben, und verschaffen sich ein Alibi?"

Ishbav schnaubte verächtlich. „Damit ihr meine Freunde belästigt? Ich kenne euch doch. Das tue ich denen nicht an, ich bin ein loyaler Mensch."

Der Oberinspektor stand auf. Es war, als ob man gegen eine Betonwand lief. „Sie sind kein loyaler Mensch. Sie sind ein Entführungsspezialist, der mieseste Abschaum, den man sich vorstellen kann. Sie haben Menschen gekidnappt und ausgeliefert, damit sie gefoltert und ermordet wurden. Wir haben Sie in diesem Land aufgenommen, weil Sie dem Geheimdienst dafür Namen preisgegeben haben, Namen von Leuten, die mit Abschaum wie Ihnen Geschäfte machen. Aber mit mir machen Sie keine Geschäfte. Ich weiß haargenau, daß Sie an dieser Geschichte beteiligt waren, und ich werde nicht aufgeben, bis ich es bewiesen habe."

„Dann wünsche ich Ihnen viel Glück", sagte Ishbav.

„Es geht mir gut", beharrte Jan. „Ich kann wieder arbeiten."

„Ach was", entgegnete Harry. „Laß es doch ruhig angehen." Er lächelte Jan aufmunternd zu. In einer halben Stunde sollte das Treffen mit Rilke und Zarubin stattfinden. Jan war gerade aufgewacht und noch immer benommen und orientierungslos. Harry saß auf seinem Bett und plauderte mit ihm, sorgte dafür, daß er sein Frühstück aß, und vertrieb ihm seine Sorgen.

„Ich habe darüber nachgedacht, was du letzte Nacht gesagt hast", sagte Harry, „über deinen Vorschlag, aufzuhören und zu verschwinden."

„Tatsächlich? Was meinst du, Harry – könnten wir wirklich aufhören?"

„Wir könnten alles tun, was uns paßt", versicherte Harry ihm. „Wir haben in der Schweiz ein nettes Sümmchen liegen. Das reicht, um uns beiden lange Zeit ein angenehmes Leben zu bescheren. Wir könnten die Beute einkassieren, verschwinden und uns an einem ruhigen Plätzchen niederlassen, zum Beispiel in Italien. Ich finde, das hört sich gut an, meinst du nicht?"

„Warum willst du das machen?" fragte Jan nervös. „Es ist wegen mir, stimmt's? Weil ich ausgerastet bin."

„Nein", antwortete Harry. „Nein, nicht wegen dir. Ich habe eine Frau kennengelernt, Jan. Eine ganz außergewöhnliche Frau. Sie arbeitet demnächst in Brüssel. Italien ist mit dem Flugzeug nur ein paar Stunden entfernt. Also, wie du siehst, habe ich eigentlich ausschließlich egoistische Motive."

Nach einer langen Pause räusperte der Pole sich. „Wenn das stimmt, dann ist Aussteigen das richtige für dich. Wo hast du sie kennengelernt?"

„Hier. Sie ist Gast in unserem Hotel, und ich war mit ihr zusammen, als du neulich abends angerufen hast. Ich würde das gerne wiedergutmachen."

„Aber nicht doch", protestierte Jan. „Ich freue mich für dich, Harry. Ich freue mich ehrlich für dich." Dann kam ihm ein anderer Gedanke, und er runzelte die Stirn. „Hast du schon etwas von Ishbav gehört?"

„Nein“, antwortete Harry, „nichts. Zarubin habe ich zwar erzählt, daß er angerufen hat, damit er und Rilke Ruhe geben. Aber er hat sich nicht gemeldet. Werner hat über die Botschaft in London die Lauscher aufgestellt. Sobald etwas herauskommt, wird Werner es uns wissen lassen. Jetzt muß ich aber gehen. Ich werde in der Croft Lodge ein nettes Schwätzchen halten. Weißt du was – ich werde Jane bitten, während meiner Abwesenheit alle Gespräche für mich zu dir durchzustellen – nur für den Fall, daß Ishbav sich meldet. Du bleibst hier und rührst dich nicht vom Telefon, in Ordnung?“

Jan rang sich ein mattes Lächeln ab. „In Ordnung. Wenn er doch anruft, soll ich dann in der Croft Lodge Bescheid sagen?“

„Nein“, antwortete Harry. „Je weniger die beiden wissen, desto besser. Ich habe so ein dumpfes Gefühl, daß sie abhauen wollen. Also denke ich, wir sollten den ersten Schritt tun. Ich komme wieder her, wenn ich dort alles erledigt habe.“

„EINE Spionin? Hier im Hotel?“ Rilkes Gesichtsfarbe war noch käsiger als sonst. „Und Sie haben uns nichts gesagt?“

„Ich hatte keine Beweise, und ich habe immer noch keine. Aber mein Instinkt sagt mir, daß sie nicht sauber ist. Ich kann es förmlich riechen.“ Zarubin hatte Rilke erzählt, daß er mitbekommen hatte, wie sie die Iren beobachtete. Als er die kurze Reflexion im Sonnenlicht erwähnt hatte, war Rilke aufgesprungen.

„Eine Kamera! Sie hat sie fotografiert! Aber warum? Für wen arbeitet sie?“

„Genau das muß ich herausfinden. Wenn sie eingeschleust worden ist, dann muß der britische Geheimdienst von Anfang an etwas geahnt haben. Wenn ich ihr Zimmer durchsuche, dann finde ich auch etwas – da bin ich sicher. Ich weiß, wonach ich suchen muß. Oakham kommt heute morgen hierher. Halten Sie ihn hier auf! Verschaffen Sie mir soviel Zeit, wie Sie nur können! Ich gehe zurück zum Hotel und überlege mir eine Methode, wie ich in ihr Zimmer komme.“

„Und wenn Sie nichts finden?“ fragte Rilke. „Was machen wir dann?“

„Wir werden ihr ein paar Fragen stellen“, schlug Zarubin vor. „Ich überlasse sie Ihnen, Hermann. Und Oakham sagen wir nichts davon, wir können ihm nicht trauen.“

„Eine Spionin“, murmelte Rilke, und seine Furcht verwandelte sich in Wut. „Er ist so clever, so überzeugt von sich, und dabei sitzt ihm eine Spionin direkt vor der Nase!"

„Und liegt in seinem Bett", ergänzte Zarubin. „Ich gehe jetzt. Passen Sie auf, daß er keine Lunte riecht."

ROSA wachte spät auf. Als das Frühstück heraufgebracht wurde, schlief sie immer noch, und als das Zimmermädchen die Vorhänge zurückzog, schien die Sonne bereits herein. Sie richtete sich auf, lächelte und hätte die ganze Welt umarmen können. Der Orangensaft schmeckte süß, der Kaffee war ausgezeichnet. Es war ein wunderschöner Tag, und die Zukunft sah rosig aus. Jahre des Glücks mit ihrem Geliebten lagen vor ihr.

In aller Ruhe stand sie auf. Harry hatte an diesem Morgen zu tun. Er hatte ihr den Abend und die Nacht versprochen, also konnte sie den Tag so richtig vertrödeln. Als sie sich anzog, fiel ihr wieder ein, daß sie Parker anrufen mußte. Sie würde ihm eine schlechte Nachricht übermitteln: Harry Oakham ist absolut sauber. Ich habe die Liebe meines Lebens gefunden. Tut mir wirklich leid, Mr. Parker.

Ich werde nach Dedham fahren, nahm Rosa sich beim Anziehen vor. Dort kann ich ein bißchen in den Souvenirläden herumstöbern, zum Friseur gehen und ein Geschenk für Harry kaufen, etwas Hübsches, vielleicht eine Krawatte. Als sie die Treppe hinunterlief, summte sie fröhlich vor sich hin und rief Jane an der Rezeption einen Gruß zu. „Guten Morgen! Ist das nicht heute ein wunderbarer Tag?"

„Ja, Mrs. Bennet." Jane strahlte. „Sie haben das gute Wetter mitgebracht. Seit Sie hier sind, hat es überhaupt noch nicht geregnet."

„Guten Morgen! Gehen Sie wieder spazieren?"

Schon wieder dieser aufdringliche Russe! Er folgte ihr hinaus auf die Treppe.

„Nein", sagte sie kurz angebunden, „ich fahre nach Dedham und bin in Eile. Ich bin verabredet und ziemlich spät dran."

„Dann wünsche ich Ihnen einen schönen Morgen", sagte Wassili Zarubin, machte kehrt und ging ins Hotel zurück, während Rosa zum Parkplatz eilte.

Zarubin kam zurück zur Rezeption. „Mrs. Bennets Schlüssel, bitte", sagte er atemlos. „Sie hat ihr Portemonnaie vergessen und mich gebeten, es ihr zu bringen. Wir fahren zusammen nach Dedham."

Jane nahm den Schlüssel vom Haken. Sie fand das vollkommen normal, schließlich waren die beiden zusammen weggegangen.

„Danke", sagte Zarubin, lief die Treppe hinauf und nahm dabei zwei Stufen auf einmal. Oben öffnete er die Tür, lehnte sie an und kam sofort wieder herunter.

Er gab Jane den Schlüssel zurück. „Es ist nicht da", sagte er. „Na ja, macht nichts. Ich habe ja Geld." Er lächelte sie an und eilte hinaus.

Draußen wandte er sich gleich nach links, ging unterhalb des Speisesaals an der Hauswand entlang und dann durch den Rosengarten zur Hintertür. Der Dienstboteneingang stand wie immer offen. Er huschte hinein und stand wenig später vor Rosas Tür, drückte sie auf und ging hinein. Nachdem er die Tür von innen verschlossen hatte, begann er, das Zimmer systematisch zu durchsuchen.

„ICH WILL wissen, ob das Geld bezahlt worden ist", sagte Rilke. Seine Stimme bebte vor Wut. „Sie mögen solchem Abschaum wie Hakim vielleicht trauen, ich aber nicht!"

„Ich traue niemandem", belehrte Harry ihn. „Aber eine Abmachung ist eine Abmachung, auch bei Hakim. Sonst könnte keiner überleben. Also gut, ich fahre nach Genf."

„Warum rufen Sie nicht einfach jetzt an?" schlug Rilke vor. Mit Zarubin war er so verblieben, daß er Oakham beschäftigen sollte. Und das tat er.

„Warum so eilig?" Harry sah ihn seelenruhig an. „Spielen Sie etwa mit dem Gedanken, sich aus dem Staub zu machen?"

Aber Rilke ließ sich durch diese Anspielung nicht durcheinanderbringen. „Bislang haben Stevenson und die anderen noch keinen Kontakt zu uns aufgenommen. Selbst wenn Ishbav in Sicherheit ist, könnte es notwendig werden, daß wir schnell verschwinden."

„Stevenson und seine Freunde sind irgendwo untergetaucht. Um die drei mache ich mir keine Sorgen. Also schön, ich rufe in Genf an. Wir wollen doch nicht riskieren, daß Ihr Schönheitsschlaf gestört wird."

Rilke stierte Harry Oakham haßerfüllt an, als dieser sich zum Telefon wandte. Eine Stunde hatte er Harry in ein Gespräch verwickelt und sich mit ihm wegen des Geldes in der Schweiz gestritten. Als dieser gefragt hatte, wo Wassili Zarubin sei, hatte Rilke ihm erklärt, er sitze über einem Schachproblem und werde kommen, sobald er es gelöst habe.

Harry wählte die Nummer der Bank und nannte den vereinbarten Kodenamen für sein Konto. Danach entstand eine Pause. Rilke trat nah an ihn heran und hörte Harry sagen: „Ist es tatsächlich . . .? Gut, könnten Sie das bitte noch einmal wiederholen . . .?" Dann reichte er Rilke den Hörer, nahm ihn wieder zurück und sagte: „Danke sehr."

Nachdem er aufgelegt hatte, wandte er sich zu Rilke und fragte: „Zufrieden? Ich mache mich auf den Weg. Wenn Zarubin kommt, können Sie ihm sagen, daß das Geld auf der Bank liegt."

Rilke sah ihm nach, wie er zum Hotel marschierte. Er hatte Zarubin genügend Zeit verschafft. Wenn die Frau tatsächlich eine Agentin war und er in ihrem Zimmer die Bestätigung gefunden hatte . . . Während Rilke grübelte, machte sich langsam Erregung in ihm breit. Oakhams Geliebte würde für dessen Anzüglichkeiten büßen. Er dachte wieder zurück an die Zeiten, als er der gefürchtetste Vernehmungsspezialist im Geheimdienst seines Staates gewesen war. Damals hatte niemand es gewagt, ihm zu widersprechen.

11. Kapitel

ZARUBIN sah sich in Rosas Schlafzimmer um. Abgesehen von dem ungemachten Bett war alles sehr ordentlich. Auf dem Toilettentisch lag ein Tagebuch – das würde er sich zuletzt vornehmen. Er begann mit der Kommode und durchsuchte die sauber gefaltete Unterwäsche. Nichts.

Dann der Kleiderschrank. Im obersten Fach standen aufgereiht ein paar Handtaschen, die er nacheinander öffnete: ein paar Quittungen, eine Schachtel mit Aspirin – nichts Brauchbares. Erfolglos durchsuchte er die Taschen von Kleidern und einen langen Sommermantel. Darunter standen ein halbes Dutzend Paar Schuhe.

Vorn in einem Turnschuh fand er, wonach er gesucht hatte. Die Kamera war kleiner als ein Zigarettenpäckchen, ein längliches Ding mit einem winzigen Zoomobjektiv. Das also hatte er neulich im morgendlichen Sonnenlicht hinter ihrem Buch aufblitzen sehen – die Reflexion der winzigen Linse. Nur Spione hatten solche Kameras. Er hatte sich also in Rosa Bennet nicht getäuscht.

Schnell steckte er die Kamera in seine Jackentasche. Dann überflog er noch kurz ihr Tagebuch. Der erste Teil war voller Eintragungen: dieses Treffen, jener Botschaftsempfang, und dann . . . Zarubin hielt den Atem an.

17. August. Seminar in Branksome. Zarubin war bekannt, welche Art von Seminaren der britische Geheimdienst in Branksome abhielt.

Sie war eine neue Agentin. Auch eine Diplomatin, das stimmte, aber sie war einer Spezialabteilung unterstellt, der Sektion C, die von Sir Peter Jefford geleitet wurde. Da war also jemand der Ansicht gewesen, daß man Oakham im Auge behalten mußte, und dafür hatte man eine neue Figur eingeschleust. Und Oakham war prompt in die Falle gegangen.

Mittlerweile wußten sie bestimmt schon, daß eine Gruppe von Iren hier gewesen war. Wenn per Computer ihre Gesichter als die von möglichen IRA-Angehörigen identifiziert wurden, dann konnte die ganze Tarnung im Dedhamer Hof jeden Moment auffliegen.

Zarubin vergewisserte sich, daß alles noch so war, wie er es vorgefunden hatte, dann ging er hinaus und zog die Tür hinter sich zu. Es wurde Zeit, daß sie Rosa Bennet ein paar Fragen stellten. Von seinem Zimmer aus rief er in der Croft Lodge an. „Ja bitte?“ ertönte Rilkes heisere Stimme.

„Ist er noch da?“

„Nein, er ist gerade gegangen. Haben Sie etwas gefunden?“

„Das, was ich vermutet hatte“, antwortete Zarubin knapp. „Sobald ich kann, bringe ich die Dame auf einen Besuch bei Ihnen vorbei.“

„Ich freue mich schon darauf“, erwiderte Rilke genüßlich.

ROSA beschloß, doch nicht zum Friseur zu gehen. Es war zu voll, und sie hatte keine Lust zu warten. Sie schlenderte durch den hübschen alten Dorfkern und kam schließlich zu einer wunderschönen Kirche.

Jim Parker hatte ihr von Judith Oakhams Grab erzählt. „Ich bin nie wieder dort gewesen“, hatte Harry gesagt. „Ich könnte den Gedanken nicht ertragen, daß sie dort liegt.“

Es war wie eine Pilgerfahrt für Rosa. Sie empfand sich nicht als Eindringling, als sie den Friedhof betrat, weil sie nicht aus Neugierde kam. Vielmehr wollte sie das Grab sehen, um Harrys alte Wunde für immer zu heilen.

Es gab eine Inschrift mit einem Datum. Sie war nur vierundzwanzig Jahre alt gewesen, als sie bei dem Unfall ums Leben gekommen war. Eine blonde, sportliche junge Frau, die Spaß am Leben hatte. Ihren Leichnam hatte er auf seinen Armen den Hang hinuntergetragen.

Wenn ich ihn das vergessen machen kann, sprach Rosa in Gedanken auf das Grab hinab, dann ist das bestimmt in deinem Sinne. Eine Weile blieb sie am Grab stehen und ging dann zurück in den Ort.

Sie hatte noch kein Geschenk für Harry gekauft. Nur eine Kleinigkeit suchte sie, die ihm zeigen sollte, wie sehr sie ihn liebte. In einem Souvenirladen fand sie ein buntes Maisstrohpüppchen mit einem Bauernhütchen aus Filz und einem lustigen Strohgesicht. Rosa wußte, daß die Püppchen heidnische Symbole waren, die gegen böse Geister schützen sollten – irgend so ein abergläubischer Unsinn.

„Ich nehme das da", sagte Rosa und zeigte auf das Püppchen. Es würde Harry bestimmt zum Lachen bringen, und mehr wollte sie ja gar nicht.

DIE TÜR zu Daniel Ishbavs Zelle wurde geöffnet. Er lag gerade auf seiner Pritsche und las eine Zeitung. Gelassen blickte er den Polizisten an. „Sind Sie gekommen, um mich zu entlassen?" fragte er.

Der Polizist antwortete nicht, sondern deutete nur schroff mit dem Kopf in Richtung Tür und trat zur Seite. Ishbav erhob sich. Draußen im Gang packte ihn der Beamte am Arm. Er wurde also nicht freigelassen, soviel war klar.

Im Vernehmungsraum wartete der Oberinspektor schon auf ihn. Bei ihm waren zwei weitere Männer, der eine in Uniform, der andere in Zivil. Diesmal bekam Ishbav keinen Stuhl angeboten. Er blickte in die Gesichter der Männer vor sich und sah ein triumphierendes Funkeln. Vor Schreck zog sich ihm der Magen zusammen.

„Das Spiel ist aus, Ishbav", sagte der Oberinspektor ruhig.

„Welches Spiel?" Er mußte weiter bluffen für den Fall, daß auch sie blufften. Aber in seinem tiefsten Inneren wußte er, daß sie das nicht taten.

„Ihr kleines Spielchen", war die Antwort. „Das Kidnapper- und Mörderspiel. Sie waren in jener Nacht am Lancaster Place. Und Sie sind nicht etwa gejoggt, sondern saßen im Mercedes des Prinzen und trugen eine Chauffeursmütze."

Der Mann in Zivil hielt inne und bemerkte, wie Ishbav die Farbe aus dem Gesicht wich. „Wir haben einen Zeugen, der gesehen hat, wie Sie in dem Wagen saßen, dann ausstiegen, die Mütze ins Gebüsch warfen und wegrannten. Eine eindeutige Identifizierung – das ist es, was wir haben."

„Niemand hat mich gesehen. Ich war ja gar nicht da", brachte Ishbav mühsam heraus.

„Unser Zeuge behauptet aber, daß Sie da waren“, beharrte der Mann.

„Was für ein Zeuge soll denn das sein? Ich glaube Ihnen kein Wort.“

„Kein besonders eindrucksvoller“, gab der Oberinspektor zu. „Ein Stadtstreicher, der auf einer Türschwelle saß. Er hat den Wagen gesehen und Sie auch.“

Ishbav zwang sich zu lachen. „Irgend so ein betrunkener, verpennter Rabauke? Versuchen Sie mal, damit vor Gericht durchzukommen!“

Der Mann in Zivil rückte ein wenig näher auf ihn zu. Er hatte ein kaltes, teilnahmsloses Gesicht und blickte ihn hämisch an. „Wir haben die Mütze ins Labor geschickt“, erklärte er. „Ein paar von den Haaren paßten zu denen, die wir auf Ihrem Kopfkissen gefunden haben, Ishbav. Können Sie uns sagen, wie die dahin gekommen sind?“

Daniel Ishbav schluckte, schloß die Augen und öffnete sie dann wieder. Er hielt dem Blick des Mannes stand. „Na gut“, sagte er. „Welchen Handel schlagen Sie vor?“

„Gar keinen Handel!“ stieß der Oberinspektor zornig hervor.

„Na gut“, wiederholte Ishbav, „keinen Handel. Dann kriegen Sie zwar mich, aber nicht die anderen.“

Der Mann kam herbei und bot ihm einen Stuhl an. „Mr. Ishbav“, begann er freundlich, „möchten Sie vielleicht eine Zigarette?“

Der Oberinspektor ging mit seinem Kollegen über den Flur zu seinem Büro. „Ich könnte eine Tasse Kaffee gebrauchen“, sagte er.

„Gute Idee. Das ist doch seltsam, oder? Normalerweise sind sie gar nicht mehr zu bremsen, wenn sie erst einmal angefangen haben zu reden. Aber Ishbav ist ein harter Brocken. Sie sind da eben ein unglaubliches Risiko eingegangen, aber es hat geklappt.“

„Es war unsere einzige Chance“, antwortete der Oberinspektor. „Der alte Landstreicher könnte im Gerichtssaal noch nicht einmal seine eigene Mutter identifizieren. Aber es hat funktioniert.“

Sie betraten das Büro. „Immerhin“, sagte der jüngere Mann, „jetzt haben wir für den Anfang schon einmal drei Namen. Und er hat uns noch mehr versprochen.“

„Ich werde eine Fahndungsmeldung nach diesem Stevenson und den anderen rausschicken. Jetzt trinken wir erst mal unseren Kaffee und lassen ihn ein bißchen schmoren. Später knöpfen wir ihn uns wieder vor.“

„HAT JEMAND für mich angerufen?“ fragte Harry das Mädchen, das von Jane die Nachmittagsschicht übernommen hatte.

„Nein, niemand, Mr. Oakham.“ Sie blickte auf ihren Schreibtisch. „Hier habe ich eine Notiz, daß ich die Telefonate für Sie zu Mr. Pollock durchstellen soll, aber es hat niemand angerufen.“

„Ich gehe eben nach drüben und mache mich ein bißchen frisch“, sagte Harry. „Mr. Pollock soll weiterhin alle Gespräche entgegennehmen, bis ich zurück bin.“ Er verschloß seine Bürotür und lief zu seinem Haus hinüber, um sich unter die heiße Dusche zu stellen. Vor seiner Haustür fand er das Maisstrohpüppchen, an dem ein Umschlag befestigt war.

Harry ging hinein und riß den Umschlag auf: *Es sah Dir so ähnlich, Liebling, daß ich einfach nicht widerstehen konnte. In inniger Liebe R.* Unter dem schiefen Hütchen grinste ihn ein lustiges Puppengesicht an. Harry mußte lachen und drückte das Püppchen einen Moment lang an sich. So etwas hätte Judith ihm auch schenken können.

Nein, er durfte Rosa nicht mit Judith vergleichen, die beiden waren ganz verschieden. Rosa war ernsthafter, unabhängiger und viel intelligenter. Und plötzlich kam es ihm nicht mehr wie Treulosigkeit vor, so zu denken. Er zog sich aus und ging unter die Dusche.

Als er sich gerade abtrocknete, hörte er plötzlich ein aufgeregtes Klopfen an der Haustür. „Wer ist da?“ rief er.

„Ich bin's. Laß mich sofort rein!“

Harry warf sich den Morgenmantel über und riß die Tür auf. Davor stand Jan mit leichenblassem Gesicht. Er stolperte herein und sank auf den erstbesten Stuhl. „Werner hat angerufen“, sagte er keuchend. „Sie haben Ishbav. Und er redet.“

Harry zündete sich eine Zigarette an. „Dieser Scheißkerl!“ murmelte er. „Dieser miese kleine Scheißkerl!“

„Du hast doch gewußt, daß wir ihm nicht trauen können“, sagte Jan.

„Außer dir traue ich überhaupt keinem“, antwortete Harry. „Wenn Werner gesagt hat, daß Ishbav redet, dann heißt das, daß er versuchen wird, alles auf uns abzuwälzen und für sich selbst die besten Bedingungen herauszuholen. Er nennt ihnen die großen Fische bestimmt nicht gleich am Anfang.“

„Was sollen wir jetzt machen?“ fragte Jan. „Das beste ist doch wohl, wenn wir hier abhauen, so schnell wir können. Wir haben unsere Pässe, und im Hotelsafe liegt genügend Bargeld. Wir können nach

Heathrow fahren und einen direkten Flug in die Schweiz nehmen. Danach tauchen wir unter."

Harry ging zu Jan hinüber und legte ihm eine Hand auf die Schulter. „Das hätten wir doch sowieso gemacht. Jetzt fahren wir eben nur ein bißchen früher, das ist alles." Er schaute auf die Uhr. „Ich rufe eben am Flughafen an und lasse mir die Flugzeiten durchgeben. Dann packen wir schnell eine Tasche zusammen und verschwinden."

„Und was machen wir mit Rilke und Zarubin? Willst du denen nichts sagen?"

Harry zögerte keine Sekunde. „Für keinen von den beiden habe ich das kleinste bißchen Mitleid. Die sollen sich gefälligst um sich selbst kümmern."

ROSA durchstöberte ihren Kleiderschrank und überlegte, welches Kleid sie an diesem Abend tragen sollte. Die Liebe machte sie eitel, geradezu kokett. Sie zog ihr cremefarbenes Seidenkleid an, und als einzigen Schmuck dazu trug sie goldene Ohrringe. Das Oberteil war eng auf Taille geschnitten, der Rock fiel locker herab und reichte ihr fast bis zu den Fußgelenken. Sie wollte schön sein für ihn und hatte ihr Haar gebürstet, bis es glänzte, damit sie es offen tragen konnte. Er hatte ihr gesagt, daß er es so am schönsten fand. Zu guter Letzt wickelte sie sich noch ihre Perlenkette ums Handgelenk.

Da klingelte das Telefon. Sie eilte hin, um abzuheben.

„Mrs. Bennet?" Es war die Rezeption. „Sie haben an Ihrem Wagen das Licht brennen lassen."

„Ach, so ein Mist, dann ist gleich meine Batterie leer . . . Vielen Dank, ich komme sofort hinunter."

Sie suchte ihre Autoschlüssel und lief schnell die Treppe hinunter und durch die Empfangshalle. Sie ging über den knirschenden Kiesweg, bog um die Ecke und lief unter den Bäumen durch, die vom Hotel aus den Blick auf die Autos versperrten. Es war schon fast dunkel. Wie dumm von ihr, daß sie das Licht vergessen hatte . . ., aber wieso hatte sie es überhaupt angemacht? Sie war doch bei Tageslicht gefahren.

Wahrscheinlich hatte sie den Schalter aus Versehen betätigt. Doch als sie ihren Wagen sah, stieß sie einen ärgerlichen Laut aus. Nichts – kein Licht. Sie wollte sich gerade auf den Rückweg machen, da spürte sie plötzlich, daß jemand hinter ihr stand, und wirbelte herum.

Ein Mann bedrohte sie mit einem Messer. Sie schrie auf. Sofort berührte die Messerspitze ihre Kehle, und der Schrei erstarb.

„Umdrehen!“ befahl Zarubin. „Wenn Sie nur die geringste Dummheit machen, bringe ich Sie um!“

Sie wandte sich langsam um, bis sie ihm den Rücken zudrehte. Er griff nach ihrem rechten Handgelenk, drehte den Arm nach hinten und hielt ihn fest. Die Perlenkette zerriß, und die Perlen fielen auf den Boden. „Jetzt den anderen!“ befahl er. Sie streckte den linken Arm nach hinten, und er packte ihn. Dann zog er ein Tuch hervor und fesselte mit ein paar raschen Bewegungen ihre Hände.

Zarubin stieß sie über den Parkplatz zu dem kleinen Ford, den Harry ihm zur Verfügung gestellt hatte, öffnete die Beifahrertür und packte sie am Oberarm.

„Bücken Sie sich!“ herrschte er sie an. „Los, steigen Sie ein!“

Er stieß sie in den Wagen und schlug die Tür zu. Ein paar Sekunden später war er schon neben ihr. Er sah sie an und hob dann drohend das Messer. Sie zuckte zurück, drückte sich in den Sitz und wagte nicht zu sprechen. Atemlos beobachtete sie, wie er sich ein wenig vorbeugte und etwas aus seiner Jackentasche zog.

Die kleine Kamera. Er war in ihrem Zimmer gewesen und hatte die Kamera gefunden. „Ich möchte, daß Sie einen Freund von mir kennenlernen“, sagte er in sanftem Tonfall. „Er würde gern etwas über diese Kamera erfahren. Werden Sie schreien, Mrs. Bennet? Niemand wird Sie hören.“

Rosa schüttelte den Kopf. Er ließ den Motor an. „Wir haben es nicht weit“, meinte er. „Es ist nur ein kurzes Stück.“

Vorsichtig fuhr er vom Parkplatz, die eine Hand am Steuer, in der anderen das Messer. Als sie sich ein bißchen bewegte, drückte er ihr sofort das Messer in die Seite, und sie erstarrte. Er fuhr die Zufahrt hinunter. Es kam ihnen kein Wagen entgegen, und sie hatte keine Chance zu entkommen. Schon hielten sie vor einem Haus mit erleuchteten Fenstern.

Zarubin stieg aus, lief um den Wagen herum und öffnete die Beifahrertür. Er zerrte Rosa so unsanft aus dem Auto, daß sie beinahe stürzte. Das Haus lag nur ein paar Schritte entfernt. Die Haustür ging auf, und im Gegenlicht sah sie die Silhouette eines Mannes.

„ICH HABE nur eine Reisetasche gepackt“, sagte Jan, „alles andere lasse ich hier.“

„Gut.“ Harry grinste ihn aufmunternd an, aber in seinen Augen lag kein Lächeln. „Wir fahren in einer Viertelstunde los. Ich habe den

22-Uhr-Flug nach Genf gebucht. Warte hier. Ich habe noch etwas zu erledigen."

„Dein Mädchen?" fragte Jan ihn.

„Ja", antwortete Harry. Er hielt einen versiegelten Umschlag in der Hand, in dem ein Brief steckte. „Ich hinterlasse ihr diesen Brief. Hier!" Er reichte Jan das Strohpüppchen. „Steck das doch bitte noch für mich ein. Ich möchte es gerne mitnehmen. In ein paar Minuten bin ich zurück."

Jan bemerkte den veränderten Ausdruck in seinem Gesicht, den Schmerz und die Trauer. Er liebt sie, dachte er. Die erste Frau, die Judiths Bann gebrochen hat.

Harry lief schnell die Treppe in die Empfangshalle hinunter.

„Jane", sagte er und bemühte sich, seiner Stimme einen fröhlichen Klang zu geben. „Lassen Sie doch bitte dieses Briefchen zu Mrs. Bennet hinaufbringen!"

Sie nahm den Umschlag entgegen. „Aber natürlich, Mr. Oakham." Dann runzelte sie die Stirn. „Aber ich habe sie noch gar nicht zurückkommen sehen."

„Zurück von woher?" Harry hatte sich schon abgewandt, blieb jetzt aber stehen und kam zu ihr zurück. Sie hatten sich eigentlich in der Bar treffen wollen.

„Sie ist zum Parkplatz gegangen. Hm . . ., das ist schon mindestens eine Stunde her. Mr. Zarubin hat uns informiert, daß sie das Licht am Wagen angelassen hat, und ich habe sie angerufen, um es ihr zu sagen."

Zarubin! Rosa war vor fast einer Stunde zum Parkplatz gegangen – und sie war nicht zurückgekommen. „Ich denke, ich sollte besser einmal nachsehen. Vielleicht ist etwas mit dem Wagen nicht in Ordnung."

Jane sah, wie er auf dem Absatz kehrtmachte, und war überrascht, wie schnell er zur Tür lief und die Treppe hinuntereilte.

12. Kapitel

SIE WURDE hinaufgebracht und auf einem Zahnarztstuhl festgeschnürt. Rosa hatte sich heftig gewehrt, bis der kleinere Mann ihr so brutal ins Gesicht geschlagen hatte, daß sie jeden Widerstand aufgab. Der Schlag hatte sehr weh getan. Ihr liefen die Tränen die Wangen hinab und vermischten sich mit einigen Tropfen Blut aus ihrer Nase.

Als der Mann fertig war, trat er einen Schritt zurück und sah sie eine Zeitlang an, ohne einen Laut von sich zu geben – Rosa kam es unendlich lange vor. Plötzlich begann er zu sprechen, und sie zuckte vor Angst zusammen.

„Sie spionieren uns nach", sagte er. „Für wen arbeiten Sie?"

„Tue ich nicht . . . Lassen Sie mich gehen . . . Oh, bitte . . ." Die Worte erstarben auf ihren Lippen.

„Ich weiß, daß Sie Aufnahmen gemacht haben von Leuten, die hier im Hotel waren. Ich will, daß Sie mir sagen, warum, und wer Sie hergeschickt hat."

Rosa konnte nicht antworten. Sie versuchte zu sprechen, aber sie brachte keinen Laut heraus.

„Sie verschwenden Ihre Zeit", sagte Zarubin. Er konnte sehen, daß es Rilke Freude bereitete, die Frau zu quälen. „Sie wird sofort zusammenbrechen, also hören Sie auf, mit ihr herumzuspielen." Er wandte sich um und ging zur Tür.

Rilke zögerte. Zarubin hatte recht, diese Frau war nicht in der Lage, lange Widerstand zu leisten. Es lohnte sich nicht, den Prozeß künstlich zu verlängern.

Er wandte sich an Rosa. „Also gut. Wir werden Sie jetzt verlassen. Ich bin überzeugt, daß Sie zu einer Antwort bereit sein werden, wenn ich wiederkomme." Er ging zur Tür. Zarubin ging als erster hinaus, und er folgte ihm.

Dann war Rosa allein. Der Raum wurde finster, und diese Finsternis begann sich zu drehen.

HARRY OAKHAM wußte, wo Rosa immer ihren Wagen parkte. Er entdeckte ihr Auto, aber von Rosa war weit und breit nichts zu sehen. Harry machte einen Schritt nach vorn und blieb regungslos stehen, als er auf etwas trat, das unter seinem Fuß knirschte. Er bückte sich und knipste sein Feuerzeug an.

Perlen lagen auf dem Boden verstreut. Das waren Rosas Perlen. Die Kette hatte er oft an ihr gesehen und die Perlen bewundert.

Zarubin hatte sie mit einer falschen Nachricht auf den verlassenen Parkplatz gelockt. Ihre Kette war zerrissen. Ein Kampf . . . Harry erstarrte. Ihm kam ein schrecklicher Verdacht. Rosa . . . und der Russe, der sie in der Dunkelheit überwältigte.

Zarubins Warnung dröhnte in seinem Kopf: *Sie benimmt sich sehr feindselig . . . Sie hat mich bei der Geschichte mit dem Abenteuerpfad belogen . . .*

Rosa ... Er rannte los und bahnte sich einen Weg zwischen den abgestellten Autos hindurch, verließ den Parkplatz und rannte auf der geteerten Hotelzufahrt weiter. Er lief so schnell, wie seit 1982 nicht mehr, als er aus Magdeburg geflüchtet war – damals war ihm ein Wagen der Volkspolizei auf den Fersen gewesen. Als er die Rotbuchenallee hinunterlief, wurde er von den Scheinwerfern eines Autos erfaßt, das zum Hotel fuhr, wich auf den Grasstreifen aus und lief wieder zurück auf die Straße. Seine Schritte hallten auf dem Asphalt wider, während er sich der Croft Lodge näherte. Zarubin hatte sie zu Rilke gebracht, da war er sich sicher.

DIE FINSTERNIS drehte sich wie ein Strudel. Ein unmenschlicher Schrei entfuhr Rosa, aber sie wußte gar nicht, daß sie geschrien hatte. Ihr Körper wurde gegen die Schwerkraft herumgeschleudert. Sie empfand nichts als nackte Angst und schrie lang und qualvoll in die leere Finsternis, bis sie das Bewußtsein verlor.

Harry prüfte gar nicht erst, ob die Vordertür verschlossen war, er warf sich sofort dagegen und brach das Schloß auf. Dann sah er Zarubin, der über ihm auf dem Treppenabsatz erschien, und hörte den Schrei. Er klang wie das entfernte Krächzen eines Seevogels.

„Bleiben Sie, wo Sie sind!" befahl der Russe. Er stand breitbeinig da und versperrte Harry den Weg. „Sie ist eine Spionin!" schrie Zarubin ihn an. „Das hier habe ich in ihrem Zimmer gefunden!" Er warf etwas hinunter, und Harry fing es instinktiv auf.

Er starrte auf den kleinen Apparat. Schon oft hatte er ähnliche Kameras gesehen. „Ich komme rauf", sagte er. „Wenn Sie versuchen, mich aufzuhalten, bringe ich Sie um!" Er bewegte sich wie eine Katze und wartete auf Zarubins Angriff.

Zarubin schob die Hand in die Jackentasche und zog das Schweizer Offiziersmesser heraus. Im Schein der Deckenlampe blitzte die Klinge auf. Harry lachte. „Sie machen mir keine angst. Sie sind ein Theoretiker, Ihr Spiel ist Schach. Sie wissen ja, was mein Spiel ist." Harry war bis auf zwei Schritte an Zarubin herangekommen.

Zarubin hielt das Messer in der rechten Hand. Er war durchtrainiert und jünger als Harry, und er hatte den Vorteil, auf ebenem Boden zu stehen. Aber wenn er mit dem ersten Messerstich nicht traf, würde Harry ihm keine Zeit für einen zweiten lassen. Zarubin war nicht hierhergekommen, um zu sterben. Er ließ das Messer sinken und trat zur Seite.

„Bitte sehr, wenn Sie sich unbedingt einmischen wollen", sagte er achselzuckend. Harry stand jetzt direkt vor ihm. „Es war richtig, Sie in den Ruhestand zu schicken. Sie sind im Alter weich geworden."

Zarubin registrierte den Schlag gar nicht. Er traf ihn an der Leiste, und Harry hatte sein ganzes Gewicht hineingelegt. Als er sich vor Schmerzen krümmte, schlug Harry mit beiden Händen zu und brach ihm das Genick. Zarubin war sofort tot. Sein Körper kippte vornüber und polterte die Treppe hinab, bis die schlaksigen Beine im Geländer hängenblieben.

Unterdessen hatte Rilke den Stuhl angehalten. Die Frau war bewußtlos. Es wurde Zeit, daß er sie wiederbelebte. Als Zarubin die Treppe hinunterschlug, hörte Rilke das Poltern und horchte auf. Laut rief er: „Wassili? Was machen Sie da?"

Er lief nach unten, um nachzusehen, als er plötzlich Harry Oakham von Angesicht zu Angesicht gegenüberstand.

„Er ist tot", erklärte Harry leise. Rilke fuhr zurück und schnappte nach Luft. „Öffnen Sie diese Tür, Sie mieses kleines Schwein." Oakham sah aus wie ein Verrückter, fand Rilke. Die Augen waren blutunterlaufen wie bei einem Wahnsinnigen.

Rilke war kein Feigling, aber wenn Oakham angriff, dann hatte er keine Chance, mit dem Leben davonzukommen. Er behielt die Nerven und antwortete ruhig: „Zarubin hat recht gehabt. Die Frau wurde hergeschickt, um Sie zu bespitzeln. Sie ist jetzt da oben drin, überzeugen Sie sich selbst."

Rilke ging die Treppe hinauf und stieß die Tür auf. Im Raum war es stockfinster. Harry war Rilke gefolgt und trat ganz nahe an ihn heran. „Schalten Sie das Licht ein, Rilke", sagte er drohend. „Ich habe es nicht gern, wenn es dunkel ist."

Ein grelles, fluoreszierendes Licht blitzte an der Decke auf. Ein paar Sekunden lang flackerte es unruhig, dann ging es ganz an.

„Sie ist eine Spionin." Rilkes Stimme war nahe an Harrys Ohr. „Da ist sie, wenn Sie sie haben wollen – sie ist nur bewußtlos. Warum verhören Sie sie nicht selbst?"

Alles, was Rilke erreichen mußte, war, daß Harry durch diese Tür trat. Seine Hand lag auf dem Schaltbrett, sein Finger berührte den Lichtschalter. Darunter befand sich der Knopf, der den Stuhl rotieren ließ.

JAN MACHTE sich Sorgen. Fünfzehn Minuten, hatte Harry gesagt, und selbst dann würde es knapp werden, wenn sie noch rechtzeitig den Flughafen erreichen und einchecken wollten. Er versuchte, seine Nervosität unter Kontrolle zu bringen. Harry war ein schneller Fahrer, aber selbst er hatte keine Chance mehr, Heathrow noch rechtzeitig zu erreichen, wenn er nicht innerhalb der nächsten Minuten zurückkam.

Jan ging ins Wohnzimmer und goß sich einen Drink ein. Seine Nerven waren zum Zerreißen gespannt, sein Puls raste, er atmete heftig. Die Panik ließ nicht mehr nach und drohte ihn zu übermannen.

Als das Telefon klingelte, sprang er so hastig auf, daß er sein leeres Glas vom Tisch fegte. „Harry?" fragte er keuchend, aber es war der Restaurantchef, der ihm antwortete.

„Es tut mir leid, Sie zu stören, Sir. Ist Mr. Oakham vielleicht bei Ihnen? Er hat für acht Uhr einen Tisch für sich und Mrs. Bennet reserviert. Ich würde ihn gerne weitervergeben, wenn er nicht kommt."

Bevor Jan antworten konnte, fuhr der Restaurantmanager fort: „Ich habe es auch schon in der Croft Lodge versucht, aber auch dort hat sich niemand gemeldet."

Dort hat sich niemand gemeldet. Rilke war also nicht da. Aber Rilke war doch immer da. Er verließ abends nie das Haus, er ging nie aus.

„Ich denke, ich werde Mr. Oakhams Tisch einfach vergeben müssen – und den von Mr. Zarubin auch. Er ist nämlich ebenfalls nicht erschienen."

Bevor Jan den Hörer auflegen konnte, hörte er das Freizeichen. Rilke war nicht in der Croft Lodge, und Zarubin war ebenfalls verschwunden. Harry hatte das Hotel verlassen, um nach dem Mädchen zu suchen, und war nicht aufzufinden.

Harry war in Schwierigkeiten. Jan sprang auf. Er selbst hatte so viel Zeit verschwendet, hatte hier nur herumgesessen, sich besoffen und dem Selbstmitleid ergeben.

Einen kurzen Moment lang stand Jan unschlüssig da und überlegte, wo er sie versteckt hatte. Natürlich, zwischen Büchern in dem Regal neben dem Kamin.

Eine kleine Pistole, voll geladen. Auch daran war Krakau schuld. Seit man ihn kaltgestellt hatte, trug er immer eine Waffe bei sich. Noch nicht einmal Harry wußte, daß er sie besaß.

In der Croft Lodge hatte sich niemand gemeldet. Harry hatte gesagt, daß er sie nicht warnen wollte. Sie hatten es wohl selbst herausgefunden. Und der Himmel mochte wissen, was sie mit Harry anstellten, wenn sie ihn unversehens erwischten. Jan dachte alles ganz logisch durch, während er zum Parkplatz rannte. In einer Hand hielt er Harrys Autoschlüssel, die andere mit der Pistole hatte er in der Jackentasche verborgen.

HARRY erkannte sie in dem grellen Licht sofort. Ihr Kopf hing zur Seite, Haarsträhnen verbargen ihr Gesicht. Er sah die Riemen, die in ihre Arme und ihren Körper schnitten, und die Blutflecken auf ihrem hellen Kleid. Er schrie auf, stürzte in den Raum, rief Rosas Namen und umklammerte sie. Er hörte noch nicht einmal, wie die Tür hinter ihm zuschlug. „Rosa . . . Rosa . . . O mein Gott . . .“ Er zerrte an den Riemen, doch bevor er die Zeit fand, sie zu lösen, wurde er fast zu Boden geschleudert. Der Stuhl unter ihm fing an sich zu drehen. Harry schrie auf, und in diesem Moment begann das Licht über ihm zu flackern und verlöschte.

Er stemmte sein ganzes Gewicht gegen die Drehbewegung, versuchte sie zu verlangsamen und seinen Körper als Gegengewicht zu benutzen. Die Dunkelheit machte ihn orientierungslos. Er schloß die Augen, um gegen die drohende Bewußtlosigkeit anzukämpfen, und bäumte sich auf, um den Stuhl unter Kontrolle zu halten.

Er konnte diesen Kampf unmöglich gewinnen. Wenn er keine Kraft mehr hatte, dann mußte er loslassen. Und Rosa dem sicheren Tod preisgeben.

Die entsetzliche Angst verlieh ihm neue Energie, und für ein paar Sekunden gelang es ihm sogar, den Stuhl anzuhalten. Wenn er das nur noch einmal schaffte! Vielleicht blockierte er dann ja den Mechanismus. Doch seine Muskeln verkrampften sich, sein Griff lockerte sich, er verlor den Halt, und seine Füße schleiften über den Boden. Verzweifelt klammerte er sich weiter fest, während sich sein Körper im Kreis drehte.

Harry umfaßte die Rückenlehne und suchte nach einer Stelle, die stark genug war, ihn zu halten. Mit dem linken Arm tastete er nach der Schnalle, die den Riemen um Rosas Körper hielt. Der Schmerz in seinem linken Arm wurde unerträglich. Die Schnalle war viel zu stark, als daß man sie mit nur einer Hand hätte aufziehen können. Er konnte Rosa nicht befreien. Er schluchzte ihren Namen in die Dunkelheit hinein, und durch einen Schleier von Übelkeit und Angst hindurch hörte Rosa ihn.

DRAUSSEN vor der Tür blieb Rilke einen Moment lang stehen. Es war ein wunderbarer Höhepunkt gewesen, ein würdiges Finale. Oakham würde ihren Todeskampf miterleben, auch wenn er sie nicht sehen konnte. Und währenddessen war er selbst schon auf dem Weg nach Portugal, um von dort nach Brasilien weiterzufliegen – ein neues Leben, neue Papiere und eine Menge Geld. Seine Mutter war sicher begeistert darüber, in einem warmen Klima leben zu können.

Er wandte sich um und ging die Treppe hinunter. Zarubins Leiche versperrte ihm den Weg. Rilke zerrte ein paar Minuten daran herum, bevor es ihm gelang, ein Bein des Toten zwischen den Geländersprossen hervorzuziehen.

Da sah er plötzlich eine Waffe auf sich gerichtet. Der Pole hielt die Pistole mit beiden Händen umklammert, aber trotzdem zitterte sie.

Jan bebte am ganzen Körper und atmete schwer. Rilke wußte, daß er kurz vor einer Panikattacke stand.

„Geben Sie mir die Waffe!" Rilke sprach in lautem Befehlston. „Geben Sie mir sofort diese Waffe!"

Er machte einen Schritt auf Jan zu. Er kannte sich mit antrainierten Reflexen bestens aus und wußte ganz genau, wie man damit den Widerstand eines Menschen brechen konnte. Zehn Jahre in dem Gefängnis in Krakau, und der Pole war mit Sicherheit dazu konditioniert, instinktiv jedem Befehl zu gehorchen.

Und das war alles, was Rilke brauchte. Ein automatischer Reflex von Jan, und er konnte ihn entwaffnen.

Jan sah ihn an. Schweiß rann über sein Gesicht und brannte in seinen Augen. Sein Körper fühlte sich an, als ob er unter der Anspannung zerreißen würde. Er zitterte, ohne daß er etwas dagegen unternehmen konnte.

Gehorchen Sie! Sie haben meinen Befehl gehört. Gehorchen Sie!

Danach waren die Schläge gekommen, die Tritte, die langen Tage, in denen er in seinen eigenen Exkrementen gelegen hatte. Jan blickte zu Zarubins Leiche, die in seltsamer Verrenkung vor ihm lag. Harry war also dagewesen. Und wenn Rilke noch am Leben war, war Harry tot. Tot . . .

Er holte ganz tief Luft, und dann drückte er ab. Er sah, daß Rilke zusammenbrach, wie in Zeitlupe. Als er auf den Boden aufschlug, feuerte er noch einmal. Rilke zuckte, sein Mund öffnete sich. Blindwütig schoß er immer weiter, und die Schüsse waren für die Wachposten bestimmt, die ihn zusammengeschlagen hatten, und für die Offiziere, die dabei zugesehen hatten. Als das Magazin leer war, war es plötzlich ganz still. Jan steckte die Pistole zurück in seine Tasche.

„HILF mir.“ Harry rang nach Luft. „Hilf mir, sie loszubinden.“

Jan löste die dicksten Riemen, während Harry an den Armriemen zerrte. Endlich fiel Rosa nach vorn, und Harry fing sie auf.

„Es ist alles in Ordnung“, sagte er immer wieder. „Es ist alles in Ordnung, mein Schatz. Halt dich an mir fest.“ Jan half ihr, sich aufzurichten, aber ihre Beine knickten ein.

„Mir ist so schlecht“, stöhnte sie. „O Gott.“ Beide stützten sie, während sie sich hilflos erbrach.

„Hab keine Angst“, tröstete Harry sie. „Hab keine Angst, es hört gleich auf.“

Über seinem Kopf fragte Jan: „Hast du hiervon gewußt?“

„Nein.“ Harry war wieder bei Atem. „Das war sein Revier, ich habe ihn gewähren lassen. Ich wollte es gar nicht wissen.“ Er legte Rosas Arm um seinen Nacken und hielt ihre Taille umfaßt. „Wir müssen einen Arzt holen“, sagte er zu Jan.

Draußen auf dem Treppenabsatz flüsterte er ihr leise zu: „Rosa? Mein Liebling, hörst du mich? Ich möchte, daß du deine Augen fest zumachst. Und hab keine Angst, ich halte dich.“

Er wollte nicht, daß sie die Leichen sah. Sie durfte nicht noch einen Schock erleiden. Harry betete im stillen, daß sie nicht für immer geschädigt war. Er preßte sie dicht an sich und führte sie vorsichtig die Treppe hinunter. Der Pole hievte die Leichen auf eine Seite. Als sie unten waren, hob Harry Rosa in seine Arme. Jedes Gelenk, jeder Muskel tat ihm weh, aber das kümmerte ihn nicht. Wie ein Kind trug er sie hinaus in die klare Nachtluft.

„In Ordnung“, murmelte er ihr zu, „jetzt mach deine Augen auf. Wir sind draußen, und es ist dunkel. Wir fahren zurück zum Hotel und holen dir einen Arzt. Es ist alles vorbei. Du wirst dich gleich besser fühlen.“

Rosa antwortete nicht. Sie hob den Kopf, um ihn anzusehen, und verlor dann erneut das Bewußtsein.

Harry geriet in Panik. „Rosa!“

„Sie ist nur bewußtlos“, beruhigte Jan ihn. „Sie ist nicht tot, Harry!“

Nicht tot wie Judith, die er auf den Armen die Skipiste hinuntergetragen hatte, mit gebrochenem Genick. Jan nahm Harry beim Arm und führte ihn zum Auto.

Als sie die Hoteltür erreicht hatten, stützten sie Rosa, die inzwischen das Bewußtsein wiedererlangt hatte und auch ein paar Schritte laufen konnte.

Jane schrie auf, als sie sie sah. „O mein Gott!" Sie stürzte hinter der Rezeption hervor, um zu helfen. „Mrs. Bennet – was ist passiert?"

„Sie hatte einen Unfall", erklärte Harry. „Rufen Sie bitte Dr. Frazer an – er soll sofort herkommen!"

Rosa spürte, wie sie hochgehoben und auf ein Bett gelegt wurde. Sie versuchte, etwas zu erkennen, aber alles um sie herum war verschwommen, und ihr wurde schon wieder übel. Sie rollte auf die Seite und mußte sich erbrechen. Harry hielt sie fest, und als es vorbei war, wickelte er sie in eine Decke. Er hielt sie weiter in seinen Armen und versuchte, sie zu wärmen und ihr über den Schock hinwegzuhelfen.

Ich zittere mich zu Tode, dachte Rosa. Sie fühlte Harrys Hand, die sie streichelte, und hörte, wie er sie ermahnte, tief durchzuatmen. Trotzdem wurde der Schüttelfrost immer heftiger. Ich bin in Sicherheit, und Harry ist bei mir, dachte sie, aber weiter konnte sie nicht denken. Tränen schossen ihr in die Augen, und sie begann zu weinen.

„Gott sei Dank", sagte Harry. „Wein dich nur aus, mein tapferes Mädchen."

„Sie ist jetzt über den Berg, das Schlimmste hat sie überstanden", sagte Jan ruhig.

Das Weinen ging schließlich in ein erschöpftes Schluchzen über, und sie konnte wieder klarer denken. Harry hatte sie gerettet. Sie wollte schlafen, einfach nur die Augen schließen und den Horror vergessen, aber da war noch etwas, das sie zwang, wach zu bleiben.

Harry. Harry war ein Teil des Horrors. Rilkes Gesicht tauchte plötzlich drohend vor ihr auf. *Sie spionieren uns nach. Für wen arbeiten Sie . . .?* Harry war einer von ihnen. Als sie die Augen öffnete und ihn ansah, wollte sie sich plötzlich nicht länger von seinen Armen trösten lassen. „Laß mich los", flüsterte sie. „Rühr mich nicht an! Geh weg, bitte."

Jan, der gerade am Telefon mit Jane sprach, hörte Rosas Worte und sah, daß Harry zusammenzuckte, als ob man ihn geschlagen hätte. Janes Stimme klang in seinem Ohr. „Dr. Frazer ist auf dem Weg", erklärte sie.

„Jan, sei so gut und laß uns einen Moment allein", bat Harry. „Geh bitte in die Bar, und besorg uns beiden etwas zu trinken!"

Jan hatte Harry noch nie die Unwahrheit gesagt, aber jetzt log er ihn an. „Mir geht es nicht besonders", erwiderte er. „Könntest du nicht hinuntergehen, während ich auf sie aufpasse? Ich könnte wirklich einen Drink gebrauchen."

Harry stand auf. „In Ordnung", sagte er. „Ich hole uns einen Brandy. Halt durch, Jan, es dauert nicht lange. Was hat Jane gesagt?"

„Der Arzt wird bald hier sein", antwortete Jan. Er wußte, was es bedeutete, wenn Harry so aussah, wenn er diese tiefen Ränder unter den Augen hatte und den vor Schmerz zusammengezogenen Mund. Er hatte ihn oft so erlebt, nachdem das mit Judith passiert war. Die Tür schloß sich. Jan sah Rosa an.

„Das hätten Sie nicht sagen dürfen. Er hat Ihnen das Leben gerettet. Sie kennen ihn nicht, Sie haben kein Recht, ihn zu verurteilen."

Er war der Mann, auf den Parker sie hingewiesen hatte. Der Pole, der früher im Geheimdienst Harrys Kamerad gewesen war.

„Sie sind sein Freund, Ploekewski", murmelte sie. „Über Sie hat er mich auch belogen."

„Ich bin mehr als sein Freund", antwortete Jan. „Ich liebe Harry mehr als irgend jemanden sonst auf der Welt. Sie haben ihn doch auch belogen, oder? Er hat Ihnen vertraut. Aber das zählt wohl nicht."

„Er weiß über mich Bescheid?" Rosa sah, wie wütend er war.

„Ja, aber es spielt keine Rolle für ihn – weil er Sie liebt. Als Sie vorhin ohnmächtig geworden sind, da ist er fast zusammengebrochen. Er dachte, Sie wären tot, wie Judith. Judith wurde umgebracht. Wußten Sie das?"

Sie hörte, wie sie selbst das Wort wiederholte. „Umgebracht . . ."

„Ja. Sie hatten es auf Harry abgesehen. Die Russen waren damals ziemlich rabiat. Judith hatte sich seine Skimütze geliehen, eine gelb-schwarz gestreifte. Es war einer ihrer kleinen Späße – sie hatte sie ihm geschenkt. Die Russen hatten einen Mann auf Harry angesetzt. In Verbier überholte er Judith auf der Piste, weil er dachte, sie sei Harry. Er schlug sie mit einem Skistock nieder und brach ihr das Genick."

Jan setzte sich auf die Bettkante. „Die Sache wurde damals vertuscht. Man wollte im Geheimdienst keine Scherereien. Ich habe mich danach um Harry gekümmert. Habe dafür gesorgt, daß er sich nicht zu Tode trank. Er war wahnsinnig vor Trauer und hatte nur noch einen Gedanken: es ihnen heimzuzahlen. Sie gaben ihm die miesesten und gefährlichsten Jobs, und er erledigte sie. Und jetzt wären wir schon längst außer Landes und in Sicherheit, wenn er Sie nicht gesucht hätte. Er hat Zarubin umgebracht, um Sie zu retten."

Sie lag ganz still da und fühlte sich völlig ausgelaugt. „Was soll ich tun?" fragte sie nach einer Weile.

„Sorgen Sie dafür, daß er geht", antwortete Jan. „Geben Sie ihm eine Chance zu fliehen. Und nehmen Sie zurück, was Sie zu ihm gesagt haben. Wenn Sie das können, dann wäre das sehr gut."

„Ich werde es versuchen." Rosa nickte langsam. „Wenn er zurückkommt, lassen Sie uns bitte allein."

Die Tür ging auf, und Harry brachte Jan ein Glas Brandy. „Das wird dich wieder auf Vordermann bringen", sagte er.

Jan trank einen großen Schluck, dann ging er nach draußen.

Im Zimmer war es still. Harry zögerte einen Moment, dann setzte er sich in einen Sessel.

„Harry?" Mühsam zog Rosa eine Hand unter der Decke hervor und hielt sie ihm hin.

Er stand auf, kam langsam näher, nahm ihre Hand und hielt sie mit beiden Händen fest.

„Ich habe es nicht so gemeint", sagte Rosa. „Verzeih mir, bitte."

„Da gibt es nichts zu verzeihen", antwortete er. „Ich habe es verdient."

„Ich habe dich doch auch belogen." Ihre Augen füllten sich mit Tränen, die ihr Gesicht herunterliefen.

„Ich weiß, aber das spielt jetzt keine Rolle mehr. Du hast nur deine Arbeit gemacht. Nichts ist mehr wichtig, nur, daß du wieder gesund wirst." Harry küßte ihre Hand. „Es tut mir leid wegen all der Lügen, Rosa, aber ich liebe dich wirklich. Das ist die Wahrheit. Kannst du mir vergeben?"

„Bitte", flehte sie. „Ich will nicht, daß du geschnappt wirst. Bitte, bitte, versuch zu fliehen!"

„Jetzt ist es aber gut", schalt er sie leise, „keine Tränen mehr. Es ist mir völlig egal, was mit mir passiert, aber Jan könnte es nicht ertragen, eingesperrt zu sein. Ich muß versuchen, ihn in Sicherheit zu bringen."

„Dann geh jetzt." Rosa bemühte sich um eine feste Stimme. „Heute abend noch – warte nicht länger! Wenn dir wirklich etwas an mir liegt, dann geh . . ."

„Mir liegt sehr viel an dir", beteuerte er. „Kannst du uns einen kleinen Vorsprung verschaffen?" Sie fand nicht die richtigen Worte. Sie nickte und drückte ganz fest seine Hand.

„Aber halte die Polizei nicht auf, wenn sie herkommt, hörst du? Paß auf dich auf. Versprochen?"

„Versprochen." Sie brachte das Wort kaum heraus.

„Auf Wiedersehen, Rosa, mein Liebling", sagte er. „Zu schade, daß ich dich nicht ein paar Monate früher getroffen habe. Vielleicht hätten wir dann doch zusammen nach Brüssel gehen können." Es klopfte, und dann öffnete sich die Tür. „Ich glaube, da kommt der Arzt."

Harry stand auf, um den Doktor zu begrüßen. „Gut, daß Sie kommen, Doktor. Mrs. Bennet hat ein ziemlich häßliches Erlebnis gehabt. Sie wird es Ihnen selbst erzählen."

13. Kapitel

„MR. OAKHAM?" Jane sah ihn mit großen Augen an. „Fahren Sie weg? Wie geht es Mrs. Bennet?" Sie standen vor ihr, der nette Mr. Pollock und Mr. Oakham, hielten Reisetaschen in der Hand und sagten ihr auf Wiedersehen.

„Leider", sagte Harry und lächelte sie auf seine freundliche Art an. „Es ist etwas Unvorhergesehenes passiert, und wir sind wegbeordert worden. Mrs. Bennet geht es gut. Morgen ist sie wieder auf dem Damm."

„Wann sind Sie zurück, Mr. Oakham?"

„Ich lasse Sie es wissen", antwortete Harry. „Wir müssen jetzt los, sonst verpassen wir den letzten Zug."

Zu Janes Überraschung beugte er sich vor und gab ihr einen Kuß auf die Wange. Einen Moment später liefen sie die Treppe hinunter, und Jan fragte: „Was sollte das eben, Harry? Welcher Zug? Warum hast du das gesagt?"

Doch Harry antwortete nicht. Sie setzten sich in sein Auto, das er draußen vor dem Eingang stehengelassen hatte, und fuhren davon.

„WAS GENAU haben Sie zu Mittag gegessen?" fragte der Doktor.

Sie litt unter Dehydratisierung und stand unter Schock. Auf ihrer Brust und ihrem Gesicht waren häßliche Schürfwunden. Vielleicht hatte sie eine Lebensmittelvergiftung, war ohnmächtig geworden und gestürzt. Heftige Brechanfälle und Durchfall waren möglicherweise tatsächlich eine Erklärung für den Zustand der Frau. Möglicherweise. Da sie jedoch auf einer Lebensmittelvergiftung beharrte, drang er nicht weiter in sie. Es war nicht seine Aufgabe, sich mit ihr zu streiten.

„Austern“, hörte er Rosa murmeln.

„Ach so. Ja, wenn man da eine schlechte erwischt, ist man wirklich übel dran. Also, im Moment gibt es nichts, was ich noch für Sie tun könnte. Versuchen Sie zu schlafen. Ich komme morgen früh vorbei und schaue wieder nach Ihnen.“

Als er weg war, lag Rosa mit geschlossenen Augen da. Die Lampe neben ihrem Bett war ihr zu hell. Aber sie konnte nicht schlafen. Harry hatte sie gebeten, ihm einen Vorsprung zu verschaffen. Einen Vorsprung, damit er nicht wegen Mordes verhaftet wurde. Und sie gewährte ihm diesen Vorsprung, weil er sein Leben riskiert hatte, um sie zu retten. Und weil sie ihn liebte. Dann plötzlich, als ihre allerletzten Kraftreserven aufgebraucht waren, fiel sie doch in Schlaf.

Als sie wieder aufwachte, war es draußen taghell. Langsam und unter Schmerzen richtete sie sich auf und griff nach dem Telefonhörer. Erst jetzt wählte sie Jim Parkers Nummer.

„HARRY, wohin fahren wir?“ fragte Jan, als sie die Hotelauffahrt hinunterfuhren. Harry antwortete nicht. Er bog plötzlich in einen schmalen Feldweg ein, der durch den Park führte. Der Wagen rumpelte und röhrte durch die Finsternis über den unebenen Weg, der steil hinunter auf den See zu führte. Plötzlich bremste er scharf und schaltete den Motor und das Licht aus.

„Hol die Taschen raus!“ befahl er. „Dann geh nach hinten, und hilf mir schieben!“

Jan gehorchte.

Seite an Seite stemmten sie sich mit aller Kraft und ihrem ganzen Gewicht gegen den Wagen. Langsam begann er sich zu bewegen, rollte bergab und beschleunigte durch sein eigenes Gewicht, bis er hart auf dem Wasser aufschlug. Harry beobachtete die Luftblasen, die aus dem Innern des Wagens aufstiegen, bis er schließlich versank.

„Der See ist an dieser Stelle sieben Meter tief“, sagte er. „Kann sein, daß der Wagen lange hier liegt, ohne daß ihn jemand findet. Jetzt los, Jan, schnapp deine Tasche. Wir gehen zurück.“

„Dahin zurück?“ Jan schaute über die Schulter auf die Umrisse des Hotels, dessen helle Fenster in der Ferne leuchteten.

„Das ist der einzige Ort, wo sie nicht nach uns suchen werden“, erwiderte Harry und ging mit langen, gleichmäßigen Schritten durch den Park. Jan folgte ihm.

Sie bewegten sich vorsichtig und hielten sich immer im Schatten des dichten Gebüsches, das bis zur Rückseite des Hotels reichte. Der Hintereingang war offen. Harry sah sich um, lauschte auf jeden Schritt, auf jedes Geräusch, das verriet, ob jemand aus dem Hauptgebäude kam. Dann gab er Jan ein Zeichen, und sie huschten die Hintertreppe hinauf.

SIE KAMEN in Zivilfahrzeugen aus London. Ohne Blaulicht oder heulende Sirenen, damit Harry Oakham und seine Spießgesellen nicht gewarnt wurden. Daniel Ishbav hatte sie alle verraten. Stevenson und seine Kumpane hatte man in East End aufgegriffen. Sie wollten noch nicht reden, aber das würden sie schon noch, wenn man sie erst Ishbav gegenüberstellte.

Ploekewski, Rilke, Zarubin – Jim Parker ging im Geiste einen nach dem anderen durch, als er jetzt kurz vor Sonnenaufgang im Konvoi mit bewaffneten Beamten von Scotland Yard über die Schnellstraße fuhr. Nach Parkers Einschätzung waren es nichts als Gier und Unmenschlichkeit, die diese seltsame Truppe zusammenhielten.

Um Rosa Bennet brauchte er sich keine Sorgen zu machen, sie schlief wahrscheinlich friedlich in ihrem Bett, wenn sie das Hotel umstellten. Sie hatte nichts vermutet, ihre Routineanrufe hatten das deutlich gemacht. Eine Anfängerin. Dies war eine lehrreiche Erfahrung für sie.

Sie waren an der Kreuzung nach Higham, als das Autotelefon klingelte. Sein Assistent antwortete, hörte kurz zu und reichte ihm dann den Hörer. „Es ist für Sie. Über London geleitet. Ein Notfallsignal von Mrs. Bennet.“

HARRY beobachtete, wie der Morgen langsam graute. Er hatte zwei lose Ziegelsteine herausgebrochen, damit er ein bißchen Himmel sehen konnte. Jan lag schlafend neben ihm, er war völlig erschöpft. Der arme Teufel. Der beengte Raum und die Dunkelheit hatten ihm gar nicht behagt, aber Harry hatte ihn beruhigt. Sie mußten sich nur ein paar Tage verstecken. Außerdem war er doch ein Katholik, wieso hatte er da Angst vor einem Priesterversteck? Sie waren schlau gewesen, die alten Katholiken. Hatten nach vorn ein Puppenhaus gebaut und ein paar ausgebuddelte Knochen hineingelegt, um die Häscher abzuschrecken, die hinter ihrem Priester her waren.

Der Raum, den man dahinter gebaut hatte, war sehr klein, aber Jan und er würden es schon schaffen. Schon vor Monaten hatte er den „Luftziegel" gefunden, als er das Dach einmal genauer untersucht hatte, weil er sich gewundert hatte, wie dick die Mauer und wie schmal demgegenüber das Puppenhaus war. Der Luftziegel war extra nur lose eingelegt, damit man frische Luft bekommen konnte, wenn man sich verstecken mußte. Irgendwann war der Ziegelstein dann festgemauert worden, aber der Zement war alt und mürbe, und Harry hatte den Luftziegel und noch ein paar Ziegel losgehebelt und das Versteck mit Konserven, Getränken und einer Taschenlampe ausgerüstet. Er hatte an alles gedacht.

Jan warf sich unruhig hin und her, als er aufwachte. „Harry? Harry?"

„Ich bin hier", sagte Harry schnell. „Es ist schon hell draußen. Schau!"

Jan starrte auf das kleine Rechteck rosafarbenen Himmels über ihm.

„Glaubst du, sie kommen heute?" flüsterte Jan.

„Darauf wette ich", antwortete Harry. „Sie werden jeden Moment hier sein, nach Beweisen suchen und Zeugen vernehmen. Und alles, was sie erfahren werden, ist, daß wir in einem Auto zum Bahnhof gefahren sind. Außerdem wird die Croft Lodge sie erst einmal eine Weile beschäftigen."

„Was ist mit Rosa – weiß sie etwas?"

„Nein, nichts. Ich habe sie nicht gebeten, für mich zu lügen, Jan. Das wäre nicht richtig gewesen. Sie sollte uns nur einen Vorsprung verschaffen." Im Halbdunkel sah er seinen Freund an und lächelte aufmunternd. „Nur ein paar Tage, mehr nicht. Dann schlüpfen wir nachts hinaus und nehmen die Fähre nach Irland. Wir haben Pässe und Geld."

„ICH BRAUCHE keine ärztliche Untersuchung", wehrte sich Rosa.

„Das lassen Sie mich mal entscheiden." Jim Parker stand auf. „Ich schicke Sie mit dem Wagen nach Branksome. Wenn die Ihnen ein positives Gutachten ausstellen, schicke ich jemanden vorbei, dem Sie alles berichten können. Ich werde noch ein paar Tage hier zu tun haben, um das ganze Durcheinander zu ordnen. Dann komme ich selbst nach."

Sie hatte viel durchgemacht, sehr viel. Er war gerade von der Croft Lodge zurückgekommen. Der Raum im Obergeschoß bezeugte, was für ein Martyrium sie durchlitten hatte. Als er den Stuhl gesehen hatte, war ihm fast schlecht geworden, aber die beiden Leichen hatten ihn vollkommen kaltgelassen.

Oakham hatte die Seiten gewechselt, um Rosa Bennet zu retten. Das jedenfalls hatte sie ihm gesagt, und Parker glaubte ihr. Während des anschließenden Durcheinanders hatten er und der Pole aus dem Hotel fliehen können.

Im Hotel herrschte Chaos. Die Angestellten und Gäste wurden nacheinander in mehreren Schichten verhört. Die Wohnung und das Haus, in denen der Direktor und sein Assistent gewohnt hatten, wurden von einem Expertenteam durchgekämmt.

„Gut", sagte er, „ich glaube, wir können froh sein, daß es vorbei ist. Ein toter Saudi ist genug. Weiß der Himmel, was sie als nächstes angestellt hätten. Und Sie hatten nie einen Verdacht, Rosa?"

„Nein", sagte sie, „hatte ich nicht. Man hat mich komplett an der Nase herumgeführt."

„Und Sie haben auch keine Ahnung, wohin sie gefahren sein könnten?"

„Ich habe es Ihnen doch schon gesagt. Er hat seinen Wagen erwähnt. Das ist alles."

„Ja, in Ordnung." Er knöpfte sein Jackett zu und zog es glatt. „Wir haben das ganze Land abgeriegelt, Flughäfen, Häfen, alles. Aber denken Sie nicht mehr daran. Sie haben Ihr Bestes getan. Sie sind wirklich sehr tapfer gewesen. Und es tut mir leid, daß es so schlimm gekommen ist." Parker ging hinaus und schloß leise die Tür.

Draußen zündete er sich eine Zigarette an. Oakham hatte den Arzt gerufen, bevor er verschwunden war. Sie hatte ihm nicht die Wahrheit gesagt. Lebensmittelvergiftung. Sie hatte den Arzt angelogen. Warum hatte sie den Doktor nicht gebeten, Parker anzurufen? Statt dessen hatte sie bis zum Morgen gewartet, bis Oakham verschwunden war.

Parker wußte genau, wen er nach Branksome schicken mußte, um sie nach dem Grund zu fragen.

14. Kapitel

ER WAR ein Mann mit ruhiger Stimme. Um die Vierzig, mit einem Tweedanzug bekleidet und einem leichten schottischen Akzent. Er hätte Anwalt sein können oder ein Immobilienmakler – alles, nur das nicht, was er tatsächlich war.

Er hatte sich ihr vorgestellt, nachdem sie fünf Tage in Branksome verbracht hatte. Peter Mackay. Sie hatten sich die Hand gegeben, und er hatte gesagt, wie glücklich er sei, daß sie sich so gut von diesem schrecklichen Martyrium erholt habe. Er bot ihr ein Pfefferminzbonbon an, das sie ablehnte. Er habe Pfefferminzbonbons entdeckt, als er sich das Rauchen abgewöhnt habe. Und jetzt sei er davon abhängig, erzählte er und lächelte über seine eigene Schwäche, während er sie wieder in seine Tasche zurücksteckte.

Er war ein Mann, der beim Reden lange Pausen einlegte. Nachdem er über seine Abhängigkeit von Pfefferminzbonbons gesprochen hatte, war er eine Weile still.

„Sie haben Ihre Sache gut gemacht, wissen Sie das eigentlich?" fragte er schließlich.

„Ich habe vollkommen versagt", antwortete Rosa langsam. „Ich habe nichts herausgefunden. Ich weiß nicht, warum Sie das sagen."

„Weil es wahr ist. Es war eine sehr schwierige Aufgabe für jemanden ohne Erfahrung. Natürlich, Sie haben Fehler gemacht – zum Beispiel haben Sie Zarubins Verdacht erregt. Und Ihre Kamera in so einem offensichtlichen Versteck zu lassen – das war ein schlimmer Fehler."

Er provoziert mich, dachte Rosa. Was soll das?

„Ihr größter Erfolg, Mrs. Bennet, war natürlich das Aufspüren dieser irischen Terroristen. Dank Ihrer Fotos haben wir sie geschnappt. Sir Peter Jefford hat sich sehr lobend über Sie geäußert. Sie haben für Ihre Karriere eine Menge Punkte gesammelt."

„Wenn Sie meinen", antwortete Rosa.

„Wie ich hörte, werden Sie nach Brüssel gehen, sobald Sie wieder gesund sind. Brüssel ist eine wunderschöne Stadt. Sagen Sie, wie lange hat es nach Ihrer Ankunft im Hotel eigentlich gedauert, bis Harry Oakham und Sie ein Liebespaar wurden?"

Sie sah abrupt auf. Er hatte sie überrumpelt. „Ich habe Jim Parker bereits einen Bericht übergeben."

„Ich weiß", sagte er aufgeräumt, „ich habe ihn gelesen. Das war sehr schlau von Ihnen, Oakham um den Finger zu wickeln. Bei so einem Mann war das bestimmt nicht leicht. War er eigentlich ein guter Liebhaber?"

Rosa spürte, wie sie rot wurde. „Ich finde die Frage unwichtig und beabsichtige nicht, sie zu beantworten."

„Bitte – nur noch ein paar Fragen", beschwichtigte er sie. „Es ist wirklich wichtig, glauben Sie mir. Wenn Sie nicht in ihn verliebt waren, warum haben Sie ihm dann zur Flucht verholfen?"

Sie schnappte nach Luft. „Wie können Sie es wagen, so etwas zu behaupten!"

„Ihre Anweisungen waren, bei jeder Krise unmittelbar Kontakt zu Parker aufzunehmen", bemerkte er. „Warum haben Sie das erst am nächsten Morgen gemacht?"

Sie starrte ihn wutentbrannt an. „Haben Sie überhaupt eine Ahnung von dem Zustand, in dem ich war, nachdem ich in diesem Stuhl gesessen hatte?" fragte sie mit zitternder Stimme. „Ich habe mir die Seele aus dem Leib gekotzt. Ich war nur halb bei Bewußtsein!"

Doch er zuckte die Achseln. „Immerhin ging es Ihnen gut genug, daß Sie den Arzt belügen konnten. Lebensmittelvergiftung, Austern – war es das nicht, was Sie ihm erzählt haben? Warum haben Sie gelogen, Mrs. Bennet? Warum haben Sie ihn nicht gebeten, für Sie Parkers Nummer zu wählen?"

„Ich habe es Ihnen schon gesagt – ich war vollkommen am Ende, ich konnte nicht mehr klar denken."

„Sie haben Zeit für Oakham herausgeschunden, nicht wahr? Warum vertrauen Sie mir nicht, Mrs. Bennet? Wollen Sie wirklich Ihre Zukunft für Harry Oakham aufs Spiel setzen? Er ist ein Lügner, ein Landesverräter und ein Mörder. Er ist ein schlechter Mensch."

Als sie ihn ansah, glaubte er, daß er gewonnen hatte. Ihr Gesicht war aschfahl.

„Aber er war gut genug, um für Leute wie Sie den Kopf hinzuhalten. Sie werfen Oakham Lügen vor? Hat Parker mir denn die Wahrheit darüber erzählt, was mit seiner Frau Judith passiert ist? Nein, natürlich hat er das nicht! Sie wurde ermordet, weil man sie mit Oakham verwechselt hatte. Aber es wurde vertuscht. Und Sie haben das ausgenutzt. Leute wie Sie und Jim Parker haben aus ihm gemacht, was er ist. Ihr habt hinter euren Schreibtischen gehockt und andere Männer losgeschickt, um die Dreckarbeit zu erledigen. Ihr verdammten Heuchler, ihr widert mich an!"

„Hat Oakham Ihnen das in der Nacht erzählt, in der Sie gerettet wurden? Als Sie so krank und durcheinander waren, daß Sie nicht mehr klar denken konnten?"

„Sie können mich mal!" Rosa drehte ihm den Rücken zu.

Er stand auf. „Übrigens, ein Richard Lucas von der amerikanischen Botschaft nervt schon die ganze Zeit das Außenministerium, um etwas über Sie zu erfahren. Er schien sich große Sorgen um Sie zu machen. Ich muß los. Danke, daß Sie so ehrlich zu mir waren. Und viel Glück."

Er wußte, daß sie in Tränen ausbrechen würde, sobald er weg war.

„ICH HÄTTE es nicht riskieren dürfen", meinte Jim Parker zu Peter Mackay. Sie tranken zusammen ein Glas Whisky und besprachen den Fall. „Wenn Oakham sie nicht rechtzeitig aus dem Stuhl gezogen hätte, dann weiß ich nicht, wie wir das hätten erklären können."

Parker machte sich Vorwürfe, und Mackay verstand, warum. Er fühlte sich schuldig für das, was Rosa Bennet widerfahren war. Deshalb wollte er sie glimpflich davonkommen lassen, obwohl sie versagt hatte.

„Man kann ihr nicht allein die Schuld geben", sagte Mackay. „Der Kerl hatte ihr doch völlig den Kopf verdreht."

„Ich gebe ihr ja gar nicht die Schuld", wandte Parker säuerlich ein. „Ich mache mir nur Vorwürfe, weil ich eine Amateurin losgeschickt habe, um den Job eines Profis zu erledigen. Ich glaube nicht, daß die Bezeichnung ‚Kopf verdrehen' zutreffend ist. Jedenfalls nicht, was ihn betraf. Dieser Abschiedsbrief, den er ihr geschrieben hat – zum Glück hat sie ihn nie bekommen." Jane hatte ihnen Oakhams Brief gegeben.

„Ich frage mich, wo der Pole und er sich verstecken."

„Weiß der Himmel! Gibt es irgendwelche Neuigkeiten? Warum haben wir sie noch nicht gefunden? Mittlerweile haben sie mit Sicherheit das Land verlassen. Das haben wir dieser verdammten Rosa Bennet zu verdanken. Alles, was man in so einer Situation braucht, sind ein paar Stunden Vorsprung."

„Was hast du mit ihr vor?" fragte Mackay.

Jim Parker saß mit seinem Whiskyglas in der Hand da und sagte nichts. Schließlich sah er Mackay an. „Diesen Brief, den er geschrieben hat", sagte er. „Den sollte sie doch bekommen."

„Warum?" fragte Mackay.

„Er hat ihr geschrieben, daß er wünschte, er könnte die Zeit zurückdrehen, damit er eine zweite Chance hätte, bei ihr in Brüssel zu sein. Ich werde ihm diese Chance bieten, Peter. Wir geben Rosa Bennet doch die Empfehlung für den Posten als Zweite Botschaftssekretärin in Brüssel."

„Glaubst du, Oakham gerät in Versuchung und meldet sich bei ihr?"

„Er ist immer Risiken eingegangen“, knurrte Parker. „Und er ist vollkommen in sie verknallt.“

„Sie wird ihn nicht ausliefern“, sagte Mackay. „Dafür lege ich meine Hand ins Feuer.“

„Das muß sie auch gar nicht“, antwortete Parker. „Weil wir nämlich schon auf ihn warten werden.“

„ROSA, sprich doch mit mir.“ Richard Lucas griff nach ihrer mageren Hand. Sie hatte viel abgenommen.

„Ich kann nicht“, sagte sie.

„Warum vertraust du mir nicht?“ Für eine Sekunde erwiderte sie den Druck seiner Hand.

„Du bist so ziemlich der einzige Mensch, dem ich überhaupt noch vertraue“, antwortete sie. „Du bist wirklich ein Engel, Richard. Ich verdiene das gar nicht.“

Als er angerufen hatte, war sie einen Tag und eine Nacht zu Hause gewesen und hatte entsetzliche vierundzwanzig Stunden hinter sich. Sie war in dem stillen Haus umhergewandert, und in der Nacht hatten die Erinnerung und die Trauer sie wach gehalten. Vor lauter Angst hatte sie nicht gewagt, das Licht auszumachen. Sie konnte die Dunkelheit nicht mehr ertragen.

Und dann hatte Richard Lucas angerufen und war vorbeigekommen. Sie war so froh, ihn zu sehen, daß sie in Tränen ausgebrochen war. Er war über Nacht geblieben. Zusammen ins Bett gegangen waren sie nicht, sondern er hatte im Gästezimmer geschlafen. Er spürte, daß etwas Furchtbares passiert war, und wollte sie nicht bedrängen. Er zog einfach bei ihr ein, und sie ließ ihn gewähren.

Tagsüber ging er in die Botschaft, und abends kam er zu ihr zurück. Wenn sie keine Lust hatte auszugehen, kochte er, und jetzt, nach einer Woche, saß er neben ihr, hielt ihre Hand und bat sie, ihm zu erzählen, was in dem Hotel passiert war.

Rosa sah ihn an. Richard war so nett und aufmerksam. So liebevoll. Trotzdem schüttelte sie den Kopf.

Ruhig fuhr er fort: „Ich nehme an, du darfst nichts sagen, stimmt's?“

„Ja.“

„Was auch immer es war, ich fühle mich mitverantwortlich“, erklärte er. „Ich bin an jenem Wochenende nicht zu dir gekommen.“

„Red keinen Blödsinn!“ wehrte Rosa ab. „Du hattest doch Dienst. Das hast du mir gesagt.“

„Ja, aber ich war eifersüchtig. Als ich anrief, hast du den Namen ‚Harry' gesagt. Also hast du dort einen anderen Mann kennengelernt. Der Gedanke war mir einfach unerträglich . . ."

Sie zog die Hand weg und stand auf. „Ich mache uns noch einen Kaffee."

Sie schloß die Tür und ging in die Küche. Er war so gut zu ihr, so geduldig. Ganz anders als James und mit Harry nicht zu vergleichen. Sätze aus dem Brief, den Jane ihr geschickt hatte, fielen ihr wieder ein.

„Mit Dir hätte mein Leben einen Sinn gehabt. Aber man bekommt im Leben nie eine zweite Chance. Bei Gott, ich wünschte, alles hätte anders kommen können. Mein Liebling, glaube mir, ich liebe Dich. Das ist das einzige, was ich sicher weiß."

Sie hatte den Brief gelesen und dann zerrissen. In ganz kleine Schnipsel. Den Brief hatte Parker ihr zukommen lassen. Und da alles, was mit Harry zusammenhing, mit Sicherheit konfisziert und gelesen worden war, steckte eine bestimmte Absicht dahinter.

Parker war am Nachmittag vorbeigekommen und war sehr höflich gewesen. Er brachte Neuigkeiten. Sir Peter Jefford habe ihr für ihre Leistung eine persönliche Belobigung ausgesprochen. Und der Job in Brüssel warte auf sie. Das sei das mindeste, was sie tun könnten, um ihre Anerkennung zu zeigen.

Der Kaffee war fertig. Sie griff nach der Kanne und ging ins Wohnzimmer. Richard stand auf und nahm ihr die Kanne ab.

„Mein Chef hat mich heute besucht", sagte sie.

Er trank einen Schluck Kaffee. „Was hat er gesagt? Gibt es gute Nachrichten?"

„Sie haben den Posten in Brüssel für mich freigehalten", antwortete sie.

„Eine gute Nachricht für dich, eine schlechte für mich", bemerkte er.

„Ich nehme den Job nicht an."

Er konnte sich nicht beherrschen – er lächelte wie ein glücklicher Schuljunge. „Du nimmst ihn nicht an? Das ist ja toll – warum denn nicht?"

Weil sie nicht als Köder nach Brüssel gehen wollte. Sie hofften, daß der Mann, der den Liebesbrief geschrieben hatte, versuchen würde, mit ihr Kontakt aufzunehmen.

Rosa sah Richard an und rang sich ein Lächeln ab. „Weil es dort nichts für mich gibt. Ich weiß nicht, was statt dessen werden wird, aber mir gefällt die Richtung nicht, die mein Leben genommen hat. Ich werde im Außenministerium kündigen. Das habe ich Parker heute nachmittag gesagt. Er war nicht gerade begeistert."

Richard Lucas schenkte Kaffee ein. Was immer in diesen paar Wochen passiert sein mochte, es hatte sie verändert. Sie war durch die Hölle gegangen, und das hatte Spuren hinterlassen.

Er sah sie an. „Ich liebe dich, Rosa. Irgendwann würde ich dich gern heiraten. Aber ich muß dich etwas fragen. Ist Harry der Mann, nach dem sie suchen? Harry Oakham?"

„Ja", antwortete sie. „Ja, Richard, er ist es. Aber es ist alles vorbei. Mehr kann ich nicht sagen. Es tut mir leid."

„Das ist schon in Ordnung. Wenn du dir nur sicher bist, daß es vorbei ist."

Das Päckchen war am Morgen angekommen. Das Püppchen lag oben im Schlafzimmer, der Filzhut über dem lustigen Strohgesicht war eingedrückt. Sie hatte sich den Poststempel nicht angesehen, sondern das braune Packpapier verbrannt, bevor Parker gekommen war. Harry und Jan hatten es geschafft, und das war alles, was sie wissen wollte.

„Es ist vorbei", sagte sie. „Das verspreche ich dir."

„Mehr kann man nicht erwarten", antwortete Richard. „Ich glaube, es wird dir in den Staaten gefallen."

Foto: Mark Gerson/FBIPP

Evelyn Anthony

Als junge Frau und Mutter schrieb Evelyn Anthony vorwiegend Liebesromane. Den entscheidenden Schritt zur erfolgreichen Thrillerautorin tat sie, nachdem Freunde vom britischen Geheimdienst sie gefragt hatten, ob sie einen Spionageauftrag übernehmen würde. Sie lehnte ab, weil sie, wie sie sagt, zuviel Angst hatte und diese Tätigkeit auch ihrer Familie nicht zumuten wollte. Aber der Gedanke ließ sie nicht mehr los, und sie interessierte sich lebhaft für Geschichten, die ihre Freunde vom Geheimdienst erzählten. Langsam nahm eine Spionagegeschichte in ihrem Kopf Gestalt an, und als sie schließlich veröffentlicht wurde, wurde sie tatsächlich ein großer Erfolg. Es war der Wendepunkt in ihrer Karriere als Schriftstellerin. Über dreißig Thriller hat sie seitdem zur großen Freude ihrer ständig wachsenden Fangemeinde veröffentlicht.

Mit ihren Freunden vom Geheimdienst hat sie immer noch Kontakt, und einer von ihnen gab den Denkanstoß zu *Letzte Rache*. Sie saßen bei einem gemütlichen Abendessen zusammen, und es entspann sich ein Gespräch darüber, womit Agenten sich beschäftigen, wenn sie sich nach einem gefährlichen, aufregenden Leben aus dem aktiven Dienst zurückziehen. „Züchten sie Rosen und gehen spazieren, oder was tun sie?“ fragte Evelyn Anthony ihre Freunde, die die Frage aber nicht beantworten konnten. Das Thema beschäftigte sie sehr, und so entstand eine ihrer beeindruckendsten Romangestalten – Harry Oakham, der Mann, der erbarmungslos tötet und trotzdem ein zärtlicher Liebhaber und treuer Freund ist.

Evelyn Anthony ist seit siebenunddreißig Jahren mit Michael Ward Thomas verheiratet. Ihre Kinder sind inzwischen erwachsen und aus dem Haus, und das Ehepaar lebt in der Grafschaft Essex in einem wunderschönen, restaurierten Landhaus aus dem sechzehnten Jahrhundert.

NACH DER ÜBERSETZUNG VON MONIKA BLAICH

EINE KURZFASSUNG
DES BUCHES VON
BERNARD CLAVEL

Traumland

Quer durch die weiten Wälder Nordkanadas verläuft die Transkontinentale Eisenbahn, die zu Beginn des Jahrhunderts gebaut wurde – einer Zeit des Reichtums. Doch nun schüttelt die Weltwirtschaftskrise das Land, und die Menschen verlassen in Scharen die Industriestädte an der Atlantikküste. Auf der Suche nach einem neuen Glück folgen sie dem Schienenstrang nach Nordwesten. Der Wildnis ein Stück Land entreißen! Eigenes Getreide anbauen, Vieh halten, unabhängig sein von der Gnade der Unternehmer! Das sind die Träume der Siedler – doch welches Schicksal erwartet sie?

„Die Armen gehen stets gegen den Wind."
(Sprichwort)

Teil 1: Euch wird ein Land geschenkt

1

Im ersten Licht der Morgendämmerung erwachten einige der Reisenden aus dem Schlaf. Aneinandergeschmiegt blieben sie reglos in der behaglichen Wärme liegen, die sich im Laufe vieler Stunden um sie herum gebildet hatte. Schon bei der geringsten Bewegung wäre ihnen die eisige Kälte, die überall lauerte, unter die Kleidung gekrochen.

Hinter den schmutzigen Scheiben des Abteilfensters zog ein rosa Schimmer am Himmel herauf und verdrängte die Nacht aus dem froststarren Wald. Der Zug, der die Reisenden gegen Nordwesten beförderte, wehte Schneewolken von der geschotterten Böschung auf, die sich mit dem Dampf der Lokomotive vermischten. Schwarzer Rauch wirbelte um die Spitzen der Rottannen, ehe er sich auflöste. Zuvor verdunkelte er für einen Augenblick den Himmel, an dem die Sterne allmählich verblaßten.

Die Zuginsassen hatten die Reise am Vorabend in Quebec im Osten Kanadas angetreten. Die ganze Nacht waren sie durch ausgedehnte Wälder gefahren, und niemand hatte bemerkt, wo die dünne Schneedecke begonnen hatte, die nun das Land überzog.

Vorsichtig streckte Cyrille Labrèche die rechte Hand unter seinem Mantel hervor und rieb sich ausgiebig die Augen. Ihm gegenüber schlief seine Frau Élodie; der Kopf war ihr auf die linke Schulter gesunken. Zwischen der riesigen braunen Wollmütze und dem grauen Schal, der aus dem abgewetzten Kragen ihres schwarzen Tuchmantels hervorschaute, waren nur die Nase und die geschlossenen Lider zu erkennen. Die drei Kinder lagen in Wolldecken gewickelt in tiefem Schlummer auf den Holzbänken.

Cyrille stand vorsichtig auf. Das Verlangen, eine Zigarette zu rauchen, war stärker als die Angst vor der Kälte. Während er in seinen Taschen nach dem Tabak suchte, schaute er über die halbhohe Abteilwand unter den Gepäcknetzen hinweg, in denen sich Koffer und Kleiderbündel türmten.

Die heruntergekommenen Holzwaggons bestanden aus Doppelabteilen. Martin Garneau winkte Cyrille von der anderen Seite zu und machte eine Handbewegung zum Gang hin. Dort trafen sich die beiden Männer. Sie waren etwa gleich groß, doch im Gegensatz zum hageren Cyrille hatte Garneau eine kräftige Statur und ein breites Gesicht. Nun schob sich Garneau die unförmige Mütze mit ihrem geknickten Schirm zurück und fuhr sich mit den Fingern durch das struppige schwarze Haar. „Hast du schlafen können?" fragte er Cyrille.

„Ganz schlecht."

„Ich auch. Muß verdammt kalt sein draußen!"

Cyrille rieb sich die langen, dürren Hände. Ein verschmitztes Lächeln trat auf seine Lippen. „Je kälter es wird, desto weniger Leute werden kommen. Ich sag dir, wir werden dort wie die Könige leben."

Er schnitt Grimassen in rascher Folge, so daß die blonden Bartstoppeln auf seinen Wangen auf und ab hüpften. Dann nahm er seine blaue Wollmütze ab und entblößte seine hohe Stirn und sein lichtes rotblondes Haar. Er fuhr mit der Handfläche ein paarmal über seinen Kopf, als wollte er ihn polieren, und rieb sich dann das spitze, aufwärtsgebogene Kinn.

Das Licht tastete sich noch zögernd zwischen den Rottannen über den Schnee. Es verstärkte den Eindruck von Kälte. Die beiden Männer im Waggon sprachen gerade so laut, daß sie sich über das Rattern der Räder und das metallische Aneinanderschlagen der Wagenkupplungen hinweg verständigen konnten. Zugluft drang durch die Fugen der Fenster herein, die in ihren Laufschienen klapperten.

„Hier muß schon lange Schnee liegen", meinte Garneau.

„In Montreal fällt der Schnee selten schon Mitte Oktober. Und wir sind noch nicht einmal an Ort und Stelle. Je weiter wir vorankommen, desto höher wird er liegen." Cyrille schien sich zu freuen bei dem Gedanken, dem tiefsten Winter entgegenzufahren.

Garneau beobachtete ihn einen Augenblick. „Meinst du nicht, daß das Ganze Wahnsinn ist?" fragte er schließlich.

Cyrille zog überrascht die Augenbrauen hoch. „Hattest du denn eine andere Wahl?"

„Eigentlich nicht."

Endlich hatte Cyrille in seinen Taschen Tabak und Zigarettenpapier gefunden. Er kramte beides hervor und hielt es Martin Garneau hin, der sich sogleich eine Zigarette drehte. Er feuchtete das dünne Papier an, klebte es um das Tabakröllchen und glättete es sorgfältig mit den Fingerspitzen.

Als sich auch Cyrille eine Zigarette gedreht und zwischen die Lippen gesteckt hatte, zündeten sie sie an. Grauer Rauch stieg auf, und für einen Moment erfüllte der Benzingeruch des Feuerzeugs die Luft.

„Jedenfalls ist es jetzt vorbei", meinte Cyrille, „daß wir uns für irgendeinen Chef krummlegen."

„Du wirst dich mehr krummlegen müssen denn je."

„Wenigstens tue ich es dann für mich selbst."

Garneau preßte die Lippen zusammen und blies einen dünnen Rauchfaden aus. „Es muß einfach klappen", erklärte er schließlich entschieden. „Ich will nicht zurückkehren und um Arbeit betteln müssen."

„Lieber draufgehen!" bestätigte Cyrille heftig. Auch wenn er äußerlich völlig ruhig erschien, stieß er Worte oft hervor, als schleuderte er Steine. Man konnte ihn für eigensinnig, ja starrköpfig halten. Seine Bewegungen waren mechanisch und nervös zugleich. Dennoch wirkte er zerbrechlich.

Garneau dagegen machte einen stabileren Eindruck. Er hatte dunkle Augen und buschige Brauen, und sein Kinn wurde von einer Grube geteilt, die er nie glattrasieren konnte.

Der Zug fuhr durch die Wälder, und das Funkeln des Lichts wurde immer stärker. „Vor dem Leben im Wald hab ich keine Angst", meinte Cyrille. „Schlimmer als bisher kann es auch nicht werden."

„Das stimmt. Wenn ich gesehen habe, wie du dich mit den zentnerschweren Kohlensäcken abgeschuftet hast, habe ich manchmal zu meiner Frau gesagt: ‚Ich weiß nicht, wie er das durchhält. Eines Tages wird er zusammenbrechen.'"

Cyrille richtete sich stolz auf. „Ich zusammenbrechen? Was mich fertiggemacht hat, waren nicht die schweren Lasten, sondern der Kohlenstaub. Obwohl ich seit Monaten nicht mehr arbeite, spucke ich noch immer rußiges Zeug." Er sah hinaus, und sein Blick hellte sich auf. „Da draußen, da kann man atmen!" fügte er hinzu.

Sie drehten sich um. Die Frauen und Kinder waren aufgewacht. Charlotte Garneau setzte sich auf und streckte sich.

François, der älteste Sohn der Garneaus, war zum Fenster gegangen. „Da liegt ja Schnee!" rief er.

Aus der anderen Ecke des Abteils drang die klägliche Stimme von Élodie Labrèche herüber: „Ach du liebe Zeit, das freut den Jungen auch noch. Ein verwunschenes Land!"

Die Männer überließen den Kindern die Fensterplätze und führten ihre Unterhaltung auf zwei gegenüberliegenden Sitzen im Abteil der Garneaus weiter. „Immerhin hast du als Konditor einen weniger anstrengenden Beruf", sagte Cyrille zu Garneau.

Dieser zögerte einen Augenblick, dann erhellte ein Lächeln sein Gesicht. „Also, mein Lieber, ich will dir mal was sagen: Ich habe ganz schön Angst, daß ich meinen Beruf nie wieder ausüben kann."

„Du gibst gewiß mehr auf als ich im Kohlenbergbau."

„Stimmt, aber wenn man den ganzen Tag vor den Öfen steht und die Zuckerdämpfe einatmen muß, ist das auch nicht so gut für die Lunge."

Eine Weile hing jeder seinen Gedanken nach. „Man beklagt sich über die Arbeit", stellte Garneau nach langem Schweigen fest, „aber wenn man sie verliert, kommt die große Leere."

„Ein bißchen vermisse ich sie schon. Andererseits bin ich auch wieder ganz zufrieden. Mein Chef hat zuviel an meiner Arbeit verdient."

Einen Moment sah Cyrille zu seiner Frau hinüber, die im Gang stand. Neben der runden, kräftigen Charlotte wirkte Élodie sehr schmächtig. Die Kinder zankten sich, doch die Frauen kümmerten sich nicht darum.

Cyrille rutschte an den Rand der Bank, beugte sich zu Garneau vor und machte eine rasche Handbewegung zu seiner Frau hin. „Die Kleiderfabrik, in der sie gearbeitet hat, war entsetzlich weit entfernt", erklärte er leise. „Allein schon der Weg dorthin – die reinste Tortur. Und dann der Lohn: drei Dollar für siebzig Stunden die Woche. Die Frauen haben nur schweren Mantelstoff verarbeitet. Ihre Finger waren zerstochen, die Fingernägel abgebrochen und überall Schmerzen." Er senkte die Stimme noch mehr, als er hinzufügte: „Und trotzdem haben die Frauen geweint, als sie gefeuert wurden."

Garneau nickte. Er wußte das alles, hatte es unzählige Male gehört. Er kannte viele Beispiele von fürchterlicher Fronarbeit und Entlassungen.

„So sind sie eben, die Chefs . . .", brummte Cyrille und schlug die rechte Faust in die linke Handfläche.

Martin Garneau spann Cyrilles Gedanken weiter, als wollte er sich damit Mut machen. „Zurückgehen und um Arbeit betteln, das täte mir weh. Wir sind hierhergekommen und müssen uns eben durchschlagen."

Plötzlich fuhr der Zug langsamer. Die Kinder wurden unruhig und riefen aufgeregt durcheinander, weil sie dachten, daß sie bald ankämen. Eine Weile schnaufte die Lokomotive mühsam und nahm dann am Ende einer langen Biegung wieder Fahrt auf. Sonnenschein lag auf den reifbedeckten Bäumen, die sich wie geklöppelte Spitze gegen den Himmel abhoben. Das Licht schien das einzig Lebendige in diesen Wäldern zu sein.

Cyrille sprach von seinen Hoffnungen. Er sah sich schon als Besitzer einer Viehherde. „Tiere, davon verstehe ich was. Das kannst du mir wirklich glauben, eine Kuh ist ein besserer Freund als ein Mensch. Von Pferden ganz zu schweigen."

Plötzlich brach er ab; im Abteil war es ganz hell geworden. Die Strecke führte an einem See entlang; hinter einem breiten Eisstreifen am Ufer erstreckte sich eine Wasserfläche, auf der kleine goldschimmernde Wellen glitzerten.

Er legte die Hand auf Garneaus Knie, um sich bemerkbar zu machen. „Es wird dich vielleicht wundern", fuhr er fort, „aber daß mich der Grubenbesitzer wie einen räudigen Hund rausgeschmissen hat, hat mich gar nicht so sehr berührt. Das schlimmste war die Trennung von meiner Stute. Ein wunderbares Tier. Vier Jahre lang hat sie für mich geschuftet. Weißt du, dieses Tier war wie ein Uhrwerk. Es wußte, wie spät es war, und kannte die Wochentage. Da, wo ich gearbeitet habe, gab es immer donnerstags Lohn. Wenn ich an jedem anderen Wochentag an der Stalltür vorbeiging, sah sich die Stute nicht einmal nach mir um. Aber am Donnerstag hielt sie immer schon nach mir Ausschau."

„Sie wartete auf Keksstücke."

„Sicher."

Garneaus Miene verfinsterte sich. „Nach vier Wochen Arbeitslosigkeit habe ich auch angefangen, an solche Reste zu denken. Kiloweise landeten sie im Mülleimer . . . Es hat Tage gegeben, da hätte ich sie selber gern gegessen." Er hatte die Stimme gesenkt, als schämte er sich, seinen Hunger zuzugeben.

Sie schwiegen lange. „Das würde ich bestimmt nicht jedem erzählen", bekannte Cyrille schließlich mit einem Seufzer, „aber du gehörst ja nicht zu den Leuten, die sich über einen lustig machen. Als ich meinen letzten Lohn kassiert und die Zeche verlassen hatte, ging ich noch am Stall vorbei und gab der Stute ein Stück von meinem Brot, das ich für sie aufgehoben hatte. Dann noch drei Gabeln Heu und eine Handvoll Hafer. Das war sie nicht gewöhnt. Sie schien überhaupt nichts zu begreifen. Dann habe ich sie gestreichelt und ihr ganz leise gesagt: ‚Es herrschen schwere Zeiten, meine Gute, ja, die Weltwirtschaftskrise. Du weißt nicht, was das bedeutet, aber für uns ist das eine ganz schlimme Sache. Der Sohn des Chefs wird dich jetzt einspannen. Ich hoffe, er drischt nicht zu sehr auf dich ein.' Und sie hat sich zu mir umgedreht und geschnaubt, so sehr, daß man hätte glauben können, sie weinte. Ja, mir sind wirklich die Tränen heruntergelaufen . . . Seit Jahren hatte ich nicht mehr geheult."

Wieder schwiegen sie lange. Im Nebenabteil vermischte sich das Kindergeschrei mit den Geräuschen des Zuges. Die beiden Frauen verteilten Brot und Äpfel. Die Männer aßen bedächtig. Stumm sahen sie dem Wechselspiel von Licht und Schatten zu, das über den vorbeifliegenden Nadelwald huschte.

Alle Welt sprach vom New Yorker Börsenkrach, und aus den übervölkerten Städten und stillgelegten Fabriken flüchteten die Menschen. Schuld daran war der berüchtigte Schwarze Freitag, der 25. Oktober 1929. Die Zeitungen waren voll von Berichten über diesen verhängnisvollen Tag. Es hieß, in der Börse lägen haufenweise Diamanten zwischen den Maklern auf dem Boden und Aktien würden zum Preis des Papiers verschleudert, auf dem sie gedruckt waren. Finanzgrößen waren von einer Stunde zur nächsten bankrott und stürzten sich von Wolkenkratzern in den Tod.

Die Angst ging um. Deutschland hatte seine Grenzen geschlossen und weigerte sich, seine Kriegsschulden zu bezahlen; da England kein Gold mehr besaß, erklärte es das Edelmetall kurzerhand für wertlos. Verträge oder Vereinbarungen auf Treu und Glauben, alles wurde nichtig. Es war ein Krieg der Werte und Währungen zwischen den Nationen, und die Menschen bezahlten dafür mit Elend und Entbehrung.

Auch in Kanada waren schlechte Zeiten angebrochen. Die Wirtschaft des Landes lag darnieder, ohne daß jemand eine vernünftige Erklärung dafür gefunden hätte. Die einen gaben der Eisenbahngesellschaft die Schuld, die anderen der Industrie, der Finanzwelt und den Politikern.

Schließlich erreichte die Krise auch die Gebiete weitab der großen Städte, die Siedler oben im Norden des Landes, die Eisenbahnpioniere, die Goldgräber. Sie sahen zu, wie immer mehr Unglückliche aus dem Süden zu ihnen kamen. Oft fragten sie sich, ob die Bahnlinie, die ihnen diese Provinzen der Hoffnung erschlossen hatte, ihnen nun nicht auch den Keim des Bösen brachte, das die Städte überzog wie eine Seuche.

Der Zug bestand aus drei Personen-, zehn Güter- sowie ein paar Langholzwagen, die in den Wäldern des Nordens mit Baumstämmen beladen werden sollten.

Immer wenn der Zug langsamer wurde, stürzten die Kinder zu den Türen. „Wir sind da! Wir sind da!“ kreischten sie.

Die Frauen überschrien sie, um sie zur Vernunft zu bringen. Beim Halt an den weit auseinanderliegenden Stationen schoben die Männer die Kinder zur Seite, öffneten die Tür und sprangen auf den verschneiten Bahnsteig hinaus. „Wo sind wir?“ fragten sie die Beamten, die ihnen meist völlig unbekannte Ortsnamen entgegenriefen.

Bei jedem Halt bot sich den Reisenden das gleiche Bild: ein Bahnhof, ein paar Blockhäuser und Hütten, die für die Arbeiter gebaut worden waren, die die Schneisen für die Gleise in den Wald geschlagen und die Schienen gelegt hatten. Jetzt wohnten Köhler, Waldarbeiter und Holzhändler darin.

„Haben wir lange Aufenthalt?“ erkundigten sich die Reisenden als nächstes.

„Wir müssen rangieren. Ein Güterwagen muß abgehängt werden.“

Die Siedler gingen ein paar Schritte in den Wald hinein und vertraten sich die Beine.

Frühmorgens und gegen Mittag gab es auf den Bahnsteigen eine pappige Mehlsuppe, die nach ranzigem Fett roch. „Da wird nicht herumgemäkelt“, sagten die Frauen zu ihren Kindern. „Ihr eßt, was ihr im Teller habt. Immerhin ist es etwas Warmes.“

Die Mütter holten trockenes Brot, Speck und Schokolade aus ihren Deckelkörben. Bei der Abreise in Quebec hatten sie diese Lebensmittel von fürsorglichen Nonnen geschenkt bekommen. Jetzt, während der Bahnfahrt, fand sich immer eine Frau, die die anderen aufmunterte, wenn sie sich über die Mühsal beklagten. In ihrem Inneren waren jedoch alle besorgt und unsicher.

„In einem Landstrich zu siedeln, in dem so lange Winter herrscht, ist der reine Wahnsinn“, klagte Élodie Labrèche.

„Du wirst sehen, dort oben ist es nicht schlimmer als bei uns im Süden“, erwiderte Charlotte Garneau. „Hör nicht auf irgendwelche Schwätzer.“

„Länger dauert der Winter auf jeden Fall, das sieht man ja . . .“ Sie zeigte auf den weißen Wald.

Doch Charlotte Garneau ließ den Einwand nicht gelten. „Es ist eine trockene Kälte. Für die Lunge ist das viel besser.“

War der Zug wieder unterwegs, besuchten die Reisenden einander in den verschiedenen Abteilen. Die Not schweißte sie zusammen. Alle kamen sie aus der Stadt, hatten ihre Arbeit verloren und Hunger gelitten. Aber sie kannten auch viele, die noch größeres Elend erlebt hatten als sie selbst.

Im Abteil von Cyrille Labrèche und Martin Garneau hatten sich inzwischen vier weitere Siedler niedergelassen. Sie blieben den ganzen Nachmittag. Einer von ihnen war ein riesiger, hagerer Ukrainer mit langer, krummer Nase und abgebrochenen Zähnen, der sich Michel Koliare nannte. Er hatte eine strohumwickelte Feldflasche mit einem seltsam schmeckenden Schnaps mitgebracht, der im Magen brannte und den Männern in kürzester Zeit das Hirn umnebelte. Cyrille kostete davon, stand auf und sah sich das Holz der Bank an, auf der er saß.

„Was machst du da?" fragte ihn Garneau.

„Es ist schon vorgekommen, daß so ein Fusel direkt durchläuft und ein Loch in den Sitz brennt!"

Die anderen lachten.

„Solange man noch lachen kann", stellte Garneau fest, „lohnt sich das Leben."

Bald durchzog dichter Tabakqualm das Abteil. Die Männer redeten laut, um das Rattern des Zuges, das Knirschen der Holz- und Eisenteile und das Gekreisch der Kinder zu übertönen. Mit wachsender Erregung unterhielten sie sich über ihre ungewisse Zukunft.

Charlotte Garneau reckte ein paarmal den Kopf über die Trennwand des Abteils. „Regt euch nicht so auf!" rief sie. „Ihr trinkt zuviel, das gibt am Ende nur Ärger!"

Einen Augenblick verstummten sogar diejenigen, die den Mund am weitesten aufgerissen hatten. Andere kamen zu Wort, zum Beispiel ein gewisser Victor Billon, den der Ukrainer mitgebracht hatte, wie um sein Gegenstück zu präsentieren. Der Mann war klein und breitschultrig, weit älter als die anderen.

„Wenn du zusehen mußt, wie dir die Möbel weggeholt werden und das Haus und alles verkauft werden muß, das nimmt dich ganz schön mit", erklärte er mit ernster, leicht krächzender Stimme. „Ein ganzes Leben löst sich in nichts auf."

Er sprach ohne Zorn. Die Reisenden hörten ihm schweigend zu. Sie waren sichtlich beeindruckt von dem Schmerz, der in Billons dunklen Augen lag. Dieser Mann war anders als sie. Er war selbständig gewesen, hatte ein kleines Baugeschäft besessen. Bevor er ins Unglück geraten war, hatte sicher auch er seine Angestellten vor die Tür gesetzt.

Billon schneuzte sich und faltete sein Taschentuch zusammen. „Kredite zu neun Prozent Zins", fuhr er fort, „das ist kein Pappenstiel für einen Maurer! Dann noch ein paar Kunden, die sich ein Haus bauen lassen und nicht zahlen, und du bist ruiniert."

Niedergeschlagen schüttelte er den Kopf. Sein dichter grauer Schnurrbart zitterte. Er biß sich auf die Lippen, und die knochigen Hände verkrampften sich ineinander. Schließlich zündete er sich eine kurze Pfeife mit breitem Kopf an. Der Rauch zog von seinen Lippen in den Schnurrbart, der dadurch an ein feuchtes Gebüsch erinnerte, in dem ein Feuer schwelte.

Der Zug hielt bei einem Bahnhof, wo Fuhrleute Holz abluden. Die eingespannten Pferde dampften unter alten, verdreckten Decken. Cyrille konnte nicht an sich halten. Er kletterte aus dem Zug und lief zu den Tieren, um sie zu tätscheln. In diesem Augenblick pfiff der Stationsvorsteher. Cyrille eilte mit langen Sätzen zum Waggon zurück und sprang auf, als der Zug bereits angefahren war. In seinem Abteil war inzwischen ein gewaltiges Stimmengewirr ausgebrochen. Alle redeten durcheinander, und jeder wollte seine eigene Geschichte zum besten geben. Schließlich meldete sich ein kleiner, drahtiger Mann energisch zu Wort. „Ich will nichts mehr von all den Dingen wissen, die wir erlitten haben. Für meine Tochter jedenfalls war die Entbehrung zu groß – sie ist mit sieben Jahren gestorben. Ich trage sie hier bei mir." Er führte pathetisch die Hand zum Herzen.

Die anderen verstummten. Alle Blicke richteten sich auf den kleinen Mann, dem die Aufmerksamkeit, die ihm plötzlich zuteil wurde, peinlich zu sein schien. Fast entschuldigend sagte er, er heiße David Fatin und habe beim Straßenbau gearbeitet.

Erneut faßte er sich mit der Rechten an die Brust. „Meine Frau empfindet wie ich. Als wir aufbrachen, haben wir uns vorgenommen, nicht mehr von unserem Unglück zu reden. Wir haben noch zwei Kinder. Ihnen wollen wir ein besseres Leben bereiten . . ., auf eigenem Grund und Boden."

Alle waren mit dem festen Willen aufgebrochen, ein Stück Land zu bestellen. Dieser Satz kehrte immer wieder. Und die Blicke wanderten nach draußen, wo hinter den Wolken aus Rauch, Pulverschnee und Dampf der Wald vorüberzog, endlos.

Immer wieder griffen sie nach der Flasche des Ukrainers und tranken in kleinen Schlucken den brennend scharfen Schnaps. Tabakbeutel wanderten von Hand zu Hand. Es gab Momente, in denen alle lachten und sich sogar Billon mitreißen ließ. Doch immer wieder überkam sie unvermittelt eine tiefe Traurigkeit.

„Das Schlimme ist, daß man uns am Anfang der kalten Jahreszeit hat losziehen lassen", sagte jemand.

Erneut redeten alle durcheinander, und ein paar Reisende überschrien sich gegenseitig. Fast wäre es zu einem Streit gekommen, doch dann gelang es Cyrille, sich durchzusetzen. „Wenn man sich erst im Frühling im Norden niederläßt, ist das Jahr schon halb um. Für das Roden des Waldes und den Bau der Hütten können wir den ganzen Winter nutzen. Und gleich nach der Schneeschmelze können wir auch schon säen."

„Das Holz muß man im Winter fällen", fügte Martin Garneau hinzu. „Außerdem kann man sich jetzt die Parzellen besser aussuchen, weil man die Flächen besser sieht."

Draußen flog das Land vorbei, das man ihnen versprochen hatte, weiß der Schnee und schwarz die Bäume und immer wieder Flüsse, die in der sinkenden Sonne golden leuchteten. Das wohlige Brennen des Alkohols und die anregenden Gespräche hatten die Angst verdrängt.

IMMER seltener hielten sie auf Bahnhöfen. Die Kälte nahm zu, so daß während der Aufenthalte niemand mehr ausstieg. Im Abteil der Labrèches und Garneaus redeten und tranken die Männer weiter. Sie sahen sich schon beim Bestellen des Landes und fingen an, ihre Rinder zu zählen.

„Sobald ich ein gutes Pferdegespann habe, hole ich euch täglich tonnenweise Holz aus dem Wald", erklärte Cyrille immer wieder wie im Fieber.

Der einzige, der schon auf dem Land gelebt hatte, war Koliare, der Ukrainer. Als Kind war er eine Zeitlang Hirte gewesen. Doch wirklich stolz war er auf den Malerberuf, den er erlernt hatte. Zum Erstaunen der anderen berichtete er, wie er in seiner Heimat die feinsten Ornamente auf den Schlag von Kutschen und die Speichen von Holzrädern gemalt hatte. In Montreal hatte er dann eine sitzengelassene Frau mit Kind geheiratet und war Anstreicher geworden.

„Den Pinsel schwingen – das kann doch jeder", meinte Garneau.

Koliare sah ihn an und schüttelte den Kopf, auf dem eine rot-blaue

Wollmütze saß. „Du hast doch keine Ahnung“, entgegnete er. „Ein schönes, gleichmäßiges Ornament zu zeichnen ist eine Kunst.“

Je weiter sie nach Nordwesten kamen, desto flacher wurde das Land. Seen und Flüsse wurden immer zahlreicher.

„Verdammt“, brummte einer, „hier gibt's ja nichts als Wasser!“

„Macht doch nichts“, erhielt er als Antwort. „Solange du's nicht trinken mußt!“

An einer der Stationen stieg Zacharie Gauzon, der Priester der Siedler, zu ihnen ins Abteil. Als der Ukrainer ihn entdeckte, ließ er die Feldflasche sofort unter seinem weiten Umhang verschwinden.

Der Geistliche war ein junger Mann von etwa dreißig Jahren. Er hatte feine Gesichtszüge und einen sorgfältig gestutzten schwarzen Vollbart. Prüfend sog er die Luft im Abteil ein. „Was wird hier getrunken?“ fragte er stirnrunzelnd, während sich der Zug in Bewegung setzte.

Die Männer sahen einander betreten an. „Nun, Pater, Wasser bekommen wir hier bestimmt genug“, antwortete Cyrille schließlich, „aber manchmal braucht man eben auch etwas anderes.“

„Ihr trinkt nicht nur so ein Mistzeug, das euch krank macht, nein, ihr lügt auch noch!“ empörte sich der Priester. „Glaubt ihr denn, ihr habt mit so einer Einstellung auch nur die geringste Chance, euch eine neue Heimat zu schaffen?“ Nebenan spitzten die Frauen und Kinder die Ohren, während Gauzon mit erhobener Stimme fortfuhr: „Die Saat geht nur auf, wenn sie mit Gottes Segen in die Erde gesenkt wird. Und die Ernte reift nur dann heran, wenn der Bauer reinen Herzens ist. Kommt, preist mit mir den Herrn!“ Mit einer Hand schlug er den Takt, während er sang: „Bei dir, Jesu, will ich bleiben, stets in deinem Dienste stehn . . .“

Die Frauen und Kinder stimmten sogleich mit ein, dann folgten auch die Männer, die Gauzon mit seinem Blick zu durchbohren schien.

Bald ging die Tür zu den Nachbarabteilen auf. Männer und Frauen traten ein und sangen mit. Als das Lied zu Ende war, verließ der Priester mit ihnen das Abteil. Hinter ihm schlug die Tür zu.

Eine Weile waren nur das Rattern des Zuges und das Schnaufen der Lokomotive zu hören. Dann fingen Frauen und Kinder wieder zu plappern an.

Garneau wandte sich an den Ukrainer. „Es war gut, daß du die Flasche versteckt hast.“

„Das kannst du wohl sagen“, erwiderte Koliare. „Er hätte sie vermutlich zum Fenster hinausgefeuert.“

Ein paar stimmten zu, andere vermuteten, der Priester hätte sich so gegeben, um seine Autorität zu demonstrieren. „Im Grunde ist er kein schlechter Kerl." – „Es ist wie mit seinem Bart. Er will älter erscheinen." – „Er ist der Sohn reicher Eltern. Ihm hat es nie an etwas gefehlt, das sieht man gleich." – „Ich sage euch, es ist auf jeden Fall ein Zeichen von Mut, daß er mit uns kommt. Andere bleiben in der Stadt und predigen den Leuten, daß sie fortgehen sollen."

Sie verloren sich in einer Diskussion über die Rolle der Priester und tranken weiter. Jeder wischte mit dem Handballen über die Öffnung, bevor er die Flasche an den Nebenmann weitergab. Doch echte Begeisterung kam nicht mehr auf.

Der nahe Abend und die Müdigkeit ließen sie allmählich verstummen. Die Kinder hatten aufgehört zu lachen. Vereinzelt war ein Weinen oder ein Quengeln zu hören. Élodie Labrèche versuchte einen Streit zu schlichten, doch ihre Stimme klang eher flehend als selbstsicher.

„Wenn das nicht aufhört, setzt es Ohrfeigen!" erklärte schließlich Charlotte Garneau mit Nachdruck.

Von seinem Platz aus fügte Cyrille hinzu: „Und wenn das noch nicht reicht, komme ich rüber!"

Sofort wurde es still.

Der Himmel hatte sich verfärbt: In der Höhe war er türkisfarben, zum Horizont hin purpurrot geworden. Den Wald durchzogen violett schimmernde Schleier. Unter den Reisenden kam Angst auf. Sie hielt sie in ihrer Umklammerung und ließ sie die Kälte der Nacht spüren. Ihre erste Nacht im Reich des Nordens.

KURZ nach acht Uhr abends wurde der Zug langsamer und fuhr in den Bahnhof von Saint-Georges d'Harricana ein. Die Kinder schliefen schon lange, und auch die Erwachsenen, denen der Gesprächsstoff ausgegangen war, gähnten vor Müdigkeit.

„Zwei Stunden Verspätung", brummte ein Mann im Dämmerlicht.

„Manchmal können es auch zwei Tage werden", meinte ein anderer.

Die Puffer stießen aneinander; es gab eine heftige Erschütterung, und schon hörte man die ersten Flüche der Männer, die mit Fußtritten die zugefrorenen Türen zu öffnen versuchten.

„Wir wollen nicht hier drinnen bleiben", grölte Koliare. „Meine Flasche ist leer."

Im selben Moment fingen die Kinder an zu heulen.

„Brüll nicht so rum“, ermahnte Cyrille den Ukrainer, „du machst den Kleinen angst.“

Ihm gelang es als erstem, die Tür zu öffnen, und er sprang hinunter auf den Bahnsteig. Von dem Fusel hatte er ein pelziges Gefühl auf der Zunge, und der kalte Wind, der den Geruch eines Holzfeuers herüberwehte, tat ihm gut.

Draußen vor den Personenwagen reichten sich die Reisenden, die ausgestiegen waren, Taschen und Pakete weiter. Auch schlafende oder quengelnde Kinder gingen so von Hand zu Hand. „Nehmt euch ein bißchen zusammen!“ schimpften die Mütter. „Wir sind auch müde.“ – „Kommt, wacht auf! Schließlich wollen wir euch nicht die ganze Zeit tragen!“

Der Bahnsteig war glatt. An Eisenpfosten hingen schwankend vier große Laternen, die trübes Licht verbreiteten. Der Bahnhofsvorsteher hatte eine Reflektorlampe in der Hand und ging von einer Gruppe zur anderen.

„Wo sind unsere Möbel?“ fragten ein paar Frauen beunruhigt.

„Die Güterwagen werden abgehängt. Wer Koffer im Bahnhof lassen will, kann das unbesorgt tun.“

Aber niemand wollte sich von seinem wenigen Gepäck trennen. Was die Reisenden bei sich trugen, war ihnen so kostbar, daß sie sich lieber wie Maultiere bepackten, als es zurückzulassen.

Cyrille, von dem die Benommenheit allmählich abfiel, wurde nervös. Dreimal zählte er die Gepäckstücke. „Wir müssen zusammenbleiben“, sagte er immer wieder zu Martin Garneau.

Der Bahnhofsvorsteher lief, seine Lampe schwenkend, zwischen dem Zug und den Reisenden entlang. „Treten Sie zur Seite, wir müssen rangieren! Halten Sie die Kinder fest!“

Ein heftiges Zittern erfaßte die Lokomotive. Sie schnaufte unregelmäßig und stieß einen Pfiff aus, während sich der Zug langsam rückwärts bewegte.

„In welche Richtung müssen wir?“ fragte Cyrille.

„Dorthin!“ Mit der freien Hand zeigte der Bahnhofsvorsteher über seine Schulter.

„Wir gehen vor“, meinte Cyrille. „Es gibt immer gute und schlechte Quartiere, da muß man auf der Hut sein. Wer zuerst kommt, mahlt zuerst.“

Er zog seine Familie hinter sich her und bahnte sich einen Weg zwischen den Menschengruppen hindurch. Unter einer Laterne stand

Pater Gauzon und unterhielt sich mit einem lebhaften kleinen Mann im Priestergewand, offenbar dem Geistlichen von Saint-Georges d'Harricana. „Lauft nicht ohne uns los!" rief dieser den Labrèches zu, als er sie vorbeigehen sah. Dann wandte sich der Geistliche, der Jules Levé hieß, an Zacharie Gauzon. „Ich gehe voraus. Du übernimmst das Ende. Nein, nein, gib mir dein Gepäck. Ich finde immer Leute, die mir helfen."

Er griff nach den beiden Reisetaschen und der großen Umhängetasche des jungen Geistlichen und strebte dem Ausgang zu. Die Labrèches und Garneaus folgten ihm, und bald schloß sich auch der Rest der Truppe an.

Der kleine Pater trug nur eine leichte Soutane. Die Kälte schien ihm nichts auszumachen. Vor dem Gebäude hielt er an und drehte sich um. „Folgt mir!" rief er den Siedlern zu. „Paßt auf, wo ihr hintretet. Der Weg ist schlecht!"

Die Kolonne setzte sich erneut in Bewegung, doch die zwanzig Familien kamen nur langsam voran. Auf beiden Seiten des abschüssigen Weges lagen riesige Stapel von Langholz und gesägten Brettern. Heulend fuhr der Wind darüber hinweg und pfiff den Neuankömmlingen ins Gesicht. Unter ihren Füßen knirschte der hartgefrorene Schnee. Das Eis in den Wagenspuren und auf den Pfützen zersprang knackend.

Einer der Männer rutschte aus. Er stürzte und rappelte sich fluchend wieder auf. Doch bei seinem Sturz war sein Koffer aufgesprungen, und die ganze Gruppe mußte anhalten.

„Kannst du dir keinen Gepäckträger leisten wie alle anderen?" brüllte der Ukrainer, der auf der Stelle trat, um sich die Füße zu wärmen.

Er erntete weniger Lachen als Schimpfen. Dann gingen sie weiter. Nach einer Weile tauchten vor ihnen Lichter auf, die sich auf der Eisfläche des zugefrorenen Harricana spiegelten. Am Fluß bog der Weg nach links ab und folgte dessen Verlauf. Schließlich erreichten sie das Quartier, eine langgezogene Holzbaracke, aus deren Fensterreihe flackerndes Licht fiel.

Als sie näher kamen, öffnete sich die Tür. Drei Frauen und ein Mann, die dem Ausschuß angehörten, der sich um die Siedler kümmerte, ließen die Gruppe eintreten. „Einer nach dem anderen!" rief der kleine Priester. „Es ist Platz für alle da."

Cyrille Labrèche trat als erster ein, dahinter Garneau mit den beiden Frauen. Élodie hatte den kleinen Jules auf dem Arm. Er war wieder eingeschlafen und hatte den Kopf im Schal seiner Mutter vergraben. Die beiden älteren, Clémence und Paul, hielten sich an ihrem Mantel fest. Cyrille sah sich prüfend um. Der Innenraum war durch Planen unterteilt, die längs und quer an Drähten hingen. So waren dreißig Abteile entstanden, von denen jedes etwa drei auf fünf Meter maß.

„Da hinten werden wir unsere Ruhe haben!“ rief Garneau.

Die beiden Männer liefen zum hinteren Ende der Baracke. „Wir nehmen diese Plätze da“, bestimmte Cyrille. „Egal, wie wir sie dann aufteilen. Einrichten können wir uns später.“

Schon stürzten die nächsten herbei. Der Ukrainer zog mit Frau und Sohn gegenüber von den Labrèches ein. Er deutete auf das Nachbarbett. „Packt euch da hinein“, sagte er zu dem alten Maurer Billon und dessen Frau, die mit ihrer Kraft am Ende schien.

„Das ist gut“, stellte Garneau fest, „unsere Nachbarn kennen wir schon, da wird es keine Grenzstreitigkeiten geben.“

Pater Gauzon war gerade eingetreten. „Raus da!“ schrie er. „Wartet, bis man euch einen Platz zuweist!“

„Das müssen wir uns nicht gefallen lassen“, flüsterte Garneau Cyrille zu.

Die vier Männer rückten zusammen, um sich gegenseitig Mut zu machen. Cyrille schwang sich zum Wortführer auf. „Wir wollen keinen Ärger machen, Pater, aber wir möchten zusammenbleiben.“

„Wir sind Bekannte“, setzte Koliare hinzu.

„Das stört doch niemanden!“ sagte Garneau.

Der Geistliche baute sich in voller Größe vor ihnen auf. „Niemand sucht sich seinen Platz selbst aus. Ich verteile die Quartiere. Sie sind alle gleich gut.“

„Warum können wir dann nicht diese hier nehmen?“ entgegnete Victor Billon.

Pater Levé, der kleine Priester, der sie am Bahnhof empfangen hatte, trat zu ihnen. Er nahm seinen Amtsbruder beim Arm und zog ihn sanft beiseite. „Laß sie ruhig, es gibt genug Platz“, meinte er. „Außerdem ist das immer so. Die Leute vom Siedlerausschuß sind das gewohnt. Ruh dich ein wenig am Feuer aus.“

Zacharie Gauzon zögerte. Er sah den Geistlichen von Saint-Georges an, dessen Gesicht zugleich Sanftmut und Autorität ausstrahlte. Mit zusammengebissenen Zähnen warf er den vier Männern einen zornigen Blick zu. Widerwillig folgte er dem viele Jahre älteren Pater Levé.

„Ich wollte die Trinker auseinanderlegen", brummte er. „Warte nur, die wiegeln die anderen auf."

„Mach dir keine Sorgen. Es wird schon alles gutgehen."

Nach kurzer Unentschlossenheit ergriffen die Frauen Besitz von ihren Kabinen. Die an Ringen aufgehängten Vorhänge konnten vollständig zugezogen werden. In jedem Abteil standen zwei Betten; für die Kinder wurden Strohsäcke auf dem Boden ausgelegt.

„Wo sollen wir denn bloß unsere Möbel aufstellen?" jammerte Élodie.

„Keine Angst, am Bahnhof gibt es ein Lagerhaus", beruhigte sie eine der drei Frauen vom Siedlerausschuß. „Dort werden die Sachen inzwischen untergebracht."

„Wie lange?" erkundigte sich Koliare.

Die Frau vom Ausschuß, fast ebenso lang und knochig wie er, musterte ihn abschätzig. „Bis du den Mut aufgebracht hast, dir eine Bleibe zu bauen. Wenn du genauso stark bist, wie dein Maul groß ist, kann es ja nicht lange dauern."

Der Ukrainer lachte. Dazu hatten die anderen keine Kraft mehr. Die Kinder lagen dösend oder quengelnd auf ihren Strohsäcken. In dem langgestreckten Gebäude gab es nur vier Petroleumlampen mit rauchgeschwärzten Gläsern. Sie hingen an Eisenhaken von der Decke, doch ihr Licht war so schwach, daß man sich in den Abteilen nur tastend zurechtfand. Kaum hatten sämtliche Familien ein Quartier gefunden, kam es zu ersten Reibereien. „Es gibt doch tatsächlich Menschen, die sich jetzt noch streiten können!" empörte sich Billon.

Die Frau vom Ausschuß kümmerte sich um die Kinder. Ein ganz kleines hatte sie auf den Arm genommen und wiegte es, während sie den Mittelgang entlangschritt, soweit das bei dem Hin und Her mit dem Gepäck überhaupt möglich war. Trotz ihrer kantigen Gesichtszüge strahlte sie Wärme und Mitgefühl aus. „Die Kinder, die zum Essen zu müde sind, sollte man lieber gleich schlafen legen", meinte sie. „Für sie gibt es dann erst morgen etwas zum Frühstück."

Schließlich hatte jeder das Gepäck in sein Abteil geschafft. Aufgeschnürte Bündel lagen auf den Matratzen, geöffnete Koffer auf dem Boden. Die größten Kostbarkeiten, die die Neusiedler mitgebracht hatten, wurden ausgepackt, die übrige Habe war bei den Möbeln geblieben. Hier sah man ein Meßbuch neben einem zerbeulten Kochtopf, dort einen Wasserkessel, eingewickelt in einen abgewetzten Pelzkragen, der von besseren Zeiten zeugte.

Als der Mittelgang freigeräumt war, klatschte Pater Levé in die Hände. „Alle Familienväter sollen herkommen und sich einschreiben lassen!“ rief er.

Gemächlich strebten die Männer auf die Eingangstür zu, neben der ein kleiner Tisch stand. Sie waren lange Warteschlangen gewöhnt, deshalb hatten sie keine Eile. Am Tisch, zwischen den beiden Geistlichen, saß ein Ausschußmitglied, das Pater Gauzon vorstellte. „Monsieur Lucien Faivre ist zuständig für die Grundstücke. Morgen teilt er euch eure Parzellen zu. Freundlicherweise hat sich Monsieur Faivre dem Siedlerausschuß als Vorsitzender zur Verfügung gestellt. Ihr müßt euch also mit allen Fragen an mich oder an ihn wenden.“

Die ersten, die sich registrieren ließen, kamen aus Quebec. Schon zu Beginn der Reise hatten sie eine kleine, verschworene Gruppe gebildet. Nach der Ankunft hatten sie sich am vorderen Ende der Baracke niedergelassen.

Nach ihnen trat Garneau an den Tisch, auf dem aufgeschlagen ein großes Registrierbuch lag. Er stellte sich vor. „Martin Garneau, sechsunddreißig Jahre. Konditor von Beruf. Wir sind in Montreal zugestiegen.“

„Deine Frau?“

„Charlotte, fünfunddreißig Jahre. Sie war Hausfrau.“

Faivre schrieb: ohne Beruf. „Kinder?“ fragte er weiter.

„Vier. François, vierzehn Jahre, Lehrling in dem Geschäft, in dem ich auch gearbeitet habe. Paula, sechs Jahre. Denise, vier. Laurence, drei.“

Faivre mußte so um die Fünfzig sein. Sein kahler Schädel glänzte wie eine Halbkugel aus Marmor in einem Kranz aus krausem weißem Haar. Außerdem hatte er buschige graue Brauen und einen dichten Schnurrbart, der sein gerötetes Gesicht wie ein Balken teilte. „Der nächste!“

„Cyrille Labrèche, dreißig Jahre. Ich war Kohlenträger. Aber auch mit Pferden kenne ich mich gut aus und scheue keine schwere Arbeit.“

„Das ist gut. Hier kann sich's keiner leisten, sich auf die faule Haut zu legen. Deine Frau?“

„Élodie, sechsundzwanzig Jahre. Sie war Näherin in einer Kleiderfabrik. Drei Kinder. Unsere Tochter Clémence ist fünf Jahre alt, Paul vier und Jules zwei . . . Wenn es was zu transportieren gibt, können Sie mich rufen . . .“

Pater Gauzon schaltete sich ein. „Morgen, mein Freund. Das wird sich morgen zeigen.“

Der Ukrainer trat vor. „Ich heiße Koliarewski, Michail Iwan Iwanowitsch."

„He, langsam! Das ist kompliziert."

„Also, alle nennen mich Koliare."

„Das gefällt mir schon besser . . . Mit K?"

„Ja, genau." Der dürre Ukrainer hatte sich bis auf Tischhöhe herabgebeugt und verdrehte jetzt den Kopf, um in das Registrierbuch sehen zu können.

Der Ausschußvorsitzende runzelte die Stirn.

„Hör mal, das war aber nicht gerade Milch, was du im Zug getrunken hast", tadelte Pater Gauzon. „Du stinkst nach Schnaps. Nimm dich zusammen, ja?"

„Ich trinke vielleicht, Pater, aber ich bin nie blau. Wetten?" Mit einer ausladenden Armbewegung schob Koliare seine Nachbarn zur Seite, packte sein ausgestrecktes linkes Bein und zog es hoch bis an die

Schulter. In dieser Position nahm er die Mütze ab, so daß sein langes weißes Haar zum Vorschein kam. „Pater, wenn Ihnen einmal ein Betrunkener begegnet, der das ebenfalls kann, lassen Sie mich's wissen, ja?" Er stellte das Bein wieder ab. „Meine Frau heißt Jeanne. Sie stammt aus Montreal und war Verkäuferin. Unser Junge heißt Antoine, er ist zehn."

Als die Prozedur der Einschreibung vorüber war, kehrten die drei Männer langsam zum hinteren Teil der Baracke zurück. Billon ging ihnen nach. „Ich fürchte, mit dem Pater ist nicht gut Kirschen essen", meinte er.

„Na und?" entgegnete Cyrille. „Wir sind hergekommen, um Land zu bestellen, und nicht, um Betbrüder zu werden."

Die Frauen hatten inzwischen die Betten gerichtet, in denen die Kleinsten schon schliefen. Charlotte Garneau, die in kurzer Zeit ihre Habe verstaut hatte, nahm nun auch die Einrichtung der Labrèches in

die Hand, indem sie Élodie Anordnungen erteilte. „Leg deine Handtücher nicht da unten hin, die Kinder ferkeln sie dir sonst ein."

„Lieber Himmel", seufzte Élodie, „das ist doch kein Leben! Wenn mich meine Mutter so sähe!"

Cyrille beruhigte sie. „Wenn wir eines Tages eine große Farm besitzen, wird deine Alte vor Neid erblassen!"

Bei der Arbeit in der entsetzlichen Kleiderfabrik hatte Élodie oft an ihre Kindheit im warmen, gemütlichen Hinterzimmer des vornehmen Schneiderateliers denken müssen, das ihr Vater in Montreal besaß. Jetzt kam sie sich verloren vor unter all diesen Menschen, denen es viel besser gelang, sich in ihr Schicksal zu fügen.

Jeanne Koliare, eine hübsche kleine Brünette mit lebhaften Augen und einem runden Gesicht, war mit dem Auspacken ihrer Sachen inzwischen ebenfalls fertig geworden. Auch sie kam, um Élodie zu helfen, die sich ein wenig ungeschickt anstellte.

Das Licht der Lampen flackerte, und ein kalter Luftzug erreichte das hintere Eck der Baracke. Aus dem Eingangsbereich drangen aufgeregte Stimmen herüber.

„Jetzt kriegen wir sicher Essen", vermutete der Ukrainer. „Da muß man sich beeilen."

Kurz darauf wollten sich die Familien an den Tischen im vorderen Teil der Baracke niederlassen, als ihnen Pater Gauzon Einhalt gebot. „Aufstellen, bitte! Das Essen wird ausgeteilt, wenn alle in Reih und Glied angetreten sind."

Drei Männer und eine Frau kamen herein. Sie trugen zwei Körbe und zwei Kupferkessel mit Deckeln. Als die Frau den Deckel abhob, zog der Geruch von geräuchertem Speck durch den Raum. Schweigen hatte sich ausgebreitet. In den beiden Gängen zwischen den Tischen hatte sich je eine Reihe gebildet. Einer nach dem anderen ging nach vorn und streckte sein Eßgefäß vor – angeschlagene Teller, Kupferkasserollen, Schüsseln, Militärgeschirr oder Bratpfannen. Hielt eine Mutter einen großen Behälter hin, fragte die Frau, die mit einer großen Kelle Eintopf verteilte: „Wie viele?"

„Wir sind vier."

Sie zählte vier Kellen ab und gab noch eine halbe dazu.

„Wir sind zu dritt", sagte eine Mutter, „und ein Kleines, das schon schläft."

„Trotzdem vier Kellen voll", sagte die Frau.

Die Männer verteilten eine dicke Scheibe Brot und ein Würstchen pro Person. Jeder, der seine Portion Eintopf bekommen hatte, setzte sich mit den Seinen an einen der Tische.

Pater Gauzon klatschte in die Hände. „Niemand fängt an zu essen!“ befahl er.

Alle sahen betreten auf die Teller, in denen das Essen kalt zu werden drohte. Der Priester wartete, bis die letzte Frau ihre Portion erhalten hatte, und fügte dann hinzu: „Steht auf, und sprecht mir nach: ‚Herr, segne dieses Mahl, das Du uns beschert hast . . .‘ “ Er beendete sein Gebet mit den Worten: „Herr, wir danken dir für deine Gaben.“ Dann erst erlaubte er seinen Schützlingen, sich zu setzen.

Augenblicklich kehrte Ruhe ein. Bald war nur noch das Klappern der Löffel in den Tellern zu hören und von Zeit zu Zeit ein leises Schlürfen.

2

Es war Tag geworden. Hinter Pater Levé in seiner dünnen Soutane und Pater Gauzon, der sich bis zur Nasenspitze in einen Wollschal vermummt hatte, verließen die Männer die Holzbaracke.

Am Abend zuvor war ihnen mitgeteilt worden, daß die Parzellen im Losverfahren vergeben würden. Daher gab es keine Drängelei. Die Siedler hatten die Hände in den Taschen vergraben und stemmten sich mit eingezogenem Kopf gegen den Wind. Die meisten von ihnen trugen Stadtkleidung. Einige hatten wollene Ohrenschützer, andere dicke Schals und manche sogar Mäntel.

Martin Garneau trug eine dicke Jacke und seine Schirmmütze. Billon hatte sich den Kragen eines alten gefütterten Schäferumhangs vor Mund und Nase geklappt. Cyrille Labrèche trug seine dicke, von den Kohlensäcken abgewetzte Bergmannsweste mit den verstärkten Schultern. Vor dem Abmarsch hatten sie heißen Tee getrunken und Schwarzbrot gegessen. Von dem riesigen Laib hatte sich jeder noch ein paar Scheiben abgeschnitten und zusammen mit einem Becher und einem Löffel in die Tasche gesteckt.

Als sie beim Büro der Siedlungsgesellschaft ankamen, stampften sie sich den Schnee von den Schuhen, bevor sie nacheinander eintraten. Das Haus war neu und besaß einen gemauerten Sockel, über dem doppelte Holzwände aus schuppenförmig angeordneten Brettern aufragten.

Lucien Faivre stand der Haarkranz kampflustig vom Kopf ab. Er saß hinter einem langen Tisch voller Akten, Karteikästen, aufgerollter Karten und schwarzer Registrierbücher mit rotem Schnitt. Der Priester von Saint-Georges hatte sich neben dem Ofen niedergelassen, in dem das Feuer knisterte. Er stopfte sich eine kleine gekrümmte Pfeife und zündete sie mit Hilfe eines dürren Zweiges an. Pater Gauzon wickelte sich aus seinem Schal, nahm die Mütze ab und rieb sich die Hände über dem Feuer. Schließlich zog er einen Stuhl neben den des Siedlervorstands und setzte sich. Mit aufgestützten Ellbogen betrachtete er die erschienenen Männer, als wollte er sie abzählen. Eine Weile hörte man nur das Scharren der Füße auf dem Boden.

Auch Faivre beobachtete die Leute, wobei er sich mit dem Zeigefinger den dichten Schnurrbart glattstrich. „Es sind Sitzplätze für alle da", meinte er schließlich, „aber es wird nicht lange dauern. Damit ihr nicht so viel Zeit verliert, hat der Ausschuß gestern abend in Gegenwart von Pater Levé und Pater Gauzon schon die Lose gezogen."

Ein überraschtes Murmeln wurde laut. Gauzon, der junge Priester, der Faivres Worten mit salbungsvollem Lächeln zugehört hatte, runzelte die Stirn und sah die Siedler scharf an. Als sein Blick Cyrille traf, beschlich den früheren Kohlenträger ein ungutes Gefühl.

„Da im zweiten Siedlungsabschnitt schon Leute aus Quebec sind", erklärte Pater Levé, „habe ich darum gebeten, daß in zwei Partien verlost wird, damit die, die sich kennen, nicht getrennt werden. Wenn jemand dagegen ist, soll er es sagen."

Niemand rührte sich. Nur Gauzon war anzusehen, daß er mit dieser Regelung nicht einverstanden war.

„Alle Parzellen sind gleichwertig", fügte der Siedlervorstand mit kräftig dröhnender Stimme hinzu. „Es wird nur guter Boden verteilt. Der einzige Unterschied liegt in der Entfernung von Saint-Georges. Aber wenn die Wege erst befestigt sind, ist das kein Problem mehr."

Cyrille beugte sich zu Garneau hinüber. „Er schleicht wie die Katze um den heißen Brei", flüsterte er. „Sicher steckt irgendeine Schweinerei dahinter."

Faivre war aufgestanden und hatte eine Papierrolle von seinem Schreibtisch genommen. Er ging damit zur Wand und verharrte kurz, als wollte er einen Chor dirigieren. „Was die Wege angeht: Anlegen müßt ihr sie selber. Das Holz, das ihr dabei fällt, schenkt euch die Regierung, aber das Roden und Planieren ist eure Sache. Später, beim Schottern, übernehmen wir den Transport und ihr die Ausführung."

Pater Levé war zu ihm getreten und half ihm nun, die Papierrolle auszubreiten und mit Reißzwecken an der Wand zu befestigen. Mit seinem dicken, kurzen Zeigefinger deutete der Siedlervorstand auf numerierte Rechtecke. Die unteren waren schraffiert. „Dieser Teil des zweiten Siedlungsabschnitts ist bereits belegt", fuhr Faivre fort. „Und hier fließt der Bach entlang." Mit dem Zeigefinger folgte er einer blauen Linie, die sich quer über das Blatt schlängelte. „Für die Leute aus Quebec haben wir also die Flächen ausgelost, die dort noch übrig waren. Damit ist dieser Abschnitt vergeben. Er bildet eine Gemeinde und heißt Val Morin."

Sie nahmen eine neue Rolle und hängten sie wie die erste auf. „Das ist der dritte Abschnitt", erklärte Faivre weiter. „Hier wurde noch keine Parzelle vergeben." Er lachte. „Es ist ein ganz neuer Abschnitt, und er hat noch nicht einmal einen Namen." Mit dem Zeigefinger war er bei einer gewundenen blauen Linie am linken Rand des Blattes angelangt. „Und das ist der Harricana."

„Wie kommen die vom zweiten Abschnitt an Wasser?" fragte einer der Siedler.

„Ihr müßt euch auf jeden Fall Brunnen graben. Im Sommer ist das Flußwasser nicht gut. Aber für das Vieh gibt es überall Wasserstellen." Faivre warf den beiden Geistlichen einen fragenden Blick zu. „Also, da wir schon bei Abschnitt drei sind, fangen wir damit an. Hier gibt es zehn Parzellen." Er deutete am linken Blattrand neben dem Harricana auf die untersten Rechtecke. „Parzelle Nummer eins!" rief er.

Pater Gauzon, der am Tisch sitzen geblieben war, steckte die Nase in eines der Registrierbücher. „Billon, Victor."

„Wetten, daß wir nicht am Ufer sein werden?" flüsterte Cyrille Garneau zu.

„Mach keinen Stunk, bevor du es wirklich weißt", erwiderte der ehemalige Konditor.

„Parzelle Nummer drei!"

„Florent, Richard."

Nach jedem Namen herrschte Schweigen. Alle schauten auf den Ausgerufenen, der kurz die Hand hob, als wäre es ihm unangenehm, unter den zuerst Genannten zu sein.

„Parzelle Nummer fünf!"

„Garneau, Martin."

Der Siedlervorstand lachte. „Der Konditor sitzt mitten drin und kann Süßigkeiten für alle machen."

Die Männer waren zu angespannt, um auf die fröhliche Bemerkung einzugehen. Die einen fürchteten, von einem Freund getrennt zu werden, die anderen starrten wie gebannt auf die gewundene Linie des Flusses, als bildete sie die Garantie für ihr künftiges Glück. Für diese Stadtmenschen war die Güte des Bodens ein einziges Rätsel.

Die Parzellen sieben und neun gingen an Pierre Lafutaie und Alfred Pinguet, die sich gut kannten. Cyrille hatte zweimal beobachtet, wie sie sich mit dem jungen Priester unterhielten. Er fand seine Überzeugung bestätigt, daß nicht alles mit rechten Dingen zugegangen war: Die beiden landeten am Flußufer und obendrein nebeneinander.

Faivre zeigte wieder auf den Plan, diesmal auf die rechte Reihe. „Parzelle Nummer zwei!" rief er aus.

„Rossel, Ferdinand", ergänzte der Priester.

„Parzelle Nummer vier!"

„Koliare, Michail."

Der Ukrainer drehte sich zu Cyrille um. Sein Blick schien zu sagen: Du wirst sehen, jetzt bist du dran. Aber zugleich war auch große Unsicherheit darin zu erkennen.

Als Cyrille hörte, daß die Parzelle sechs, die derjenigen von Garneau gegenüberlag, dem dicken Mélançon zufiel, mußte er die Zähne zusammenbeißen, um nicht laut hinauszuschreien, daß alles Schwindel sei.

„Parzelle Nummer acht!"

„Labrèche, Cyrille."

Garneau stieß ihm den Ellbogen in die Seite. „Jetzt bist du schräg gegenüber von mir."

Koliare trat zu ihnen. „Wir drei sind gar nicht weit auseinander."

„Parzelle Nummer zehn!"

„Fatin, David."

Da nun die Verteilung der Parzellen im zweiten Abschnitt folgte, gingen diejenigen hinaus, die ihr Stück Land zugesprochen bekommen hatten. Garneau faßte Cyrille am Arm und schüttelte ihn. „Was hast du denn, verdammt noch mal? Man könnte fast meinen, du wärst nicht zufrieden!"

„Mich und Koliare haben sie dorthin verfrachtet, wo es kein Wasser gibt", brummte Cyrille. „Und von den anderen getrennt . . ."

Ins Gespräch über ihre Parzellen und ihr künftiges Leben vertieft, erreichten die Männer die kleine Stadt Saint-Georges. Blockhäuser säumten zu beiden Seiten die breite Straße, in der sich schlammige

Wagenspuren durch den Schnee wanden. Die Läden befanden sich in barackenähnlichen Gebäuden, die ihrer Unterkunft glichen. Nur das Warenhaus, das mitten im Ort stand, stach heraus: Es handelte sich dabei um zwei große, miteinander verbundene Holzbauten, die in leuchtendem Rot gestrichen waren. Über den Schaufenstern stand in weißen, halbmeterhohen Buchstaben: WARENHAUS ROBILLARD. Über den Türen war in kleineren Buchstaben zu lesen: LEBENSMITTEL, WERKZEUG, BEKLEIDUNG, WÄSCHEREI, SCHUSTERWERKSTATT.

Im Hintergrund befand sich ein drittes Gebäude, ein Blockhaus mit winzigen Fenstern, das nur den Namen der Eigentümer trug. „Das ist sicher das Warenlager", stellte Billon fest. „Wenn es voll ist, kann die Eisenbahnlinie ruhig zuschneien, es wird uns an nichts fehlen."

Die Männer sahen sich alles mit Bewunderung, aber auch mit etwas Neid an. Ein Stückchen weiter hatte ein Handwerker eine riesige Holzpantine über seine Tür genagelt. Ein Fuhrwerk voller entrindeter Stämme, gezogen von vier stämmigen Pferden, bewegte sich in Richtung Bahnhof.

„Wenn man mir eine Stelle als Fuhrmann anbieten würde, würde ich sagen, sie können sich ihr Land in den Hintern schieben!" schimpfte Cyrille.

Als sie wieder beim Büro der Siedlungsgesellschaft vorbeikamen, stand Pater Gauzon an der Tür. „Die Leute von Abschnitt zwei sollen zum Bahnhof gehen und ihre Möbel vom Waggon abladen!" rief er. „Die von Abschnitt drei sind morgen früh dran. Monsieur Faivre zeigt euch dafür jetzt die Parzellen."

Der Siedlervorstand, der sich eine dicke beigefarbene Wollmütze aufgesetzt hatte, erschien jetzt ebenfalls. Er ging auf ein Nebengebäude zu und stieß die Tür mit der Schulter auf. „Jeder nimmt sich eine Axt und ein Buschmesser."

Die ersten gingen hinein. Faivre holte ein Päckchen Tee und vier große Konservendosen aus einem Regal. Als er alles in einem Rucksack verstaute, fragte Koliare: „Was ist das?"

„Das ist zum Stopfen deiner großen Klappe", antwortete der Siedlervorstand.

„Dazu braucht es mehr als das!"

Pater Levé machte sich mit den anderen auf den Weg zum Bahnhof. Die Siedler von Abschnitt drei gingen, das Werkzeug über der Schulter oder unter dem Arm, einen Weg am Fluß entlang. Seit Tagesanbruch hatte der Wind ständig an Stärke zugenommen, so daß sich

Wellen auf dem Wasser bildeten, die gegen das dünne Eis an den Uferrändern plätscherten. Stromaufwärts liefen die Bandsägen der Sägemühle, aus deren dicken Schornsteinen grauer Rauch aufstieg.

„Offenbar haben die Leute hier kaum etwas von der Krise zu spüren bekommen", meinte Billon.

„Da hast du recht. Bei uns stehen überall verlassene Häuser, und hier werden noch neue gebaut."

Als sie am Wald angelangt waren, wurde der Weg zu einem schmalen Pfad. Schweigend stapften die Männer im Gänsemarsch durch den Schnee, der unter ihren Schuhen knirschte.

In der Baracke waren inzwischen die Kinder aufgewacht. François Garneau ärgerte sich über seinen Vater. „Er hat gesagt, er weckt mich!"

„Heute sind sie ganz früh losgegangen, um sich die Parzellen anzusehen", sagte seine Mutter. „Aber morgen wird er dich bestimmt mitnehmen."

„Wir brauchen ohnehin einen Mann hier", meinte eine Frau mit einem Baby auf dem Arm. „Es sieht so aus, als müßte Holz nachgelegt werden. Weil wir das Feuer schüren, brennt es so schnell runter."

Die Frauen hatten Tee aufgegossen; Milch für die Kinder wurde warm gemacht, und zwei der Siedlerinnen verteilten Brotscheiben, die sie auf der Herdplatte geröstet hatten. Die Kinder aßen.

In dem Abteil, das am weitesten vom Tisch der Frauen entfernt war, wurde plötzlich gestritten. Die drei Labrèche-Kinder zankten sich. Ihre Mutter versuchte, sich mit noch schläfriger Stimme durchzusetzen. „Hört auf! Das gibt Ärger!"

Charlotte Garneau stellte ihre dampfende Tasse ab, ging nach hinten und zog die Vorhänge auseinander. „Haltet den Mund!" schrie sie die Labrèche-Kinder an. „Wenn ihr glaubt, nur euer Vater kann euch im Zaum halten, habt ihr euch geirrt. Ich versichere euch, daß mir die Hand ganz schön locker sitzt!"

Das Mädchen und die beiden Jungen waren still geworden und sahen zu der kräftigen Frau auf, die ihnen mit erhobener Hand drohte. Dann schauten sie ihre Mutter an, die auf einen Ellbogen gestützt im Bett lag und sich mit den Fingern durch das wirre Haar fuhr.

„Und dir will ich sagen, daß alle außer dir schon auf sind", hielt Charlotte ihr vor.

Élodie schob das Federbett und eine dicke, bunte Steppdecke zurück. Sie setzte sich auf die Bettkante und gähnte ausgiebig.

„Du weißt, wir werden hier für ein Weilchen aufeinanderhocken", fuhr Charlotte in etwas sanfterem Ton fort. „Wenn alle Kinder so einen Lärm machen wie deine, wird es nicht auszuhalten sein."

„Ich werde nicht mit ihnen fertig. Ich weiß nicht, wie du das schaffst."

Charlotte zögerte einen Moment, während sie Élodie betrachtete. Sie könnte so hübsch sein, dachte sie, wenn sie sich nur nicht so gehenlassen würde. Dann zuckte sie mit den Achseln und seufzte. „Wenn du dich jetzt vielleicht ein bißchen bewegen würdest ..."

Während Élodie in einen gefütterten Hausmantel schlüpfte, zog Charlotte den kleinen Jules an. Dabei wandte sie sich an dessen ältere Geschwister. „Sag mal, Paul, mit deinen vier Jahren wirst du dir doch wohl die Hose allein anziehen können. Und du, Clémence, solltest dich um deine Brüder kümmern. In deinem Alter konnte ich schon Kartoffeln schälen und Bohnen enthülsen."

Die Kinder schnieften und warfen ihrer Mutter vorwurfsvolle Blicke zu. Élodie lächelte und steckte sich die Haare hoch, dann band sie ein blaues Tuch mit weißen Vögeln um den Haarknoten. „Die Charlotte – ja, die wird euch schon an die Kandare nehmen! Das habt ihr auch nötig."

„Aber sicher", bekräftigte Charlotte mit erhobener Stimme, „ich bin schon mit ganz anderen Sachen fertig geworden."

Die Kinder spürten, daß ihre Strenge nicht ganz echt war. Paul, der gerade mit seinen kleinen Fingern die Metallschnallen seiner Schuhe schloß, blickte zu ihr auf. „Weißt du, du machst mir keine Angst, und wenn du noch so schreist."

Alle lachten. Charlotte drückte den Jungen an ihren üppigen Busen, und für einen Augenblick war sie den Tränen nahe. „So ein Elend!" murmelte sie. Doch sie fing sich schnell wieder, und ihre Stimme klang unbeschwert, als sie zu den Kindern sagte: „Kommt mit, wir gehen essen. Wenn ihr echte Holzfäller werden wollt, müßt ihr groß und stark sein!" Damit schob sie die Kinder auf den Gang zu.

Im vorderen Teil der Baracke roch es nach Tee, Kaffee, Schokolade und geröstetem Brot. Als Élodie dort auftauchte, kam sogleich eine große, magere junge Frau mit krausem Haar auf sie zu und betastete den Stoff ihres Morgenrocks. „Woher hast du denn so etwas? Das ist schon was Feines."

„Meine Mutter hat ihn mir genäht."

„Hat deine Mutter was mit Schneiderei zu tun?"

„Sie arbeitet im Geschäft meines Vaters mit. Der ist Herrenschneider in Montreal."

„Das ist schon was Feines", wiederholte die junge Frau und ging mit müden Schritten weiter.

Eine Frau aus Quebec kramte in ihrem Koffer und zog ein langes schwarzes Kleid hervor, das an den Schultern, am Dekolleté und am Saum mit schwarz gefärbten Straußenfedern abgesetzt war. Sie glättete es behutsam. „Ich habe noch das hier", sagte sie traurig. „Sicher werde ich es nie wieder anziehen in dieser verdammten Gegend, wo nur Wilde leben, aber das ist mir egal. Ich habe schon zu meinem Mann gesagt: ‚Was auch passiert, ich verkaufe es nicht.'"

Die magere junge Frau lachte höhnisch auf. „Ich sehe hier niemanden, der es dir abkaufen könnte."

„Ich bin nicht mit meinem Mann und vier Bälgern hergekommen, um herumzujammern", erklärte Charlotte Garneau mit Nachdruck. „Wir werden unser Land bestellen und darauf leben. Und ich will gut leben. Ballkleider habe ich nie besessen. Aber ich hoffe sehr, daß meine Töchter welche haben werden."

Einige Frauen stimmten ihr zu.

„Es führt zu nichts, wenn man immer nur schwarzsieht", sprach Charlotte weiter. „Die Krise hat uns hierhergebracht. Sicher müssen wir uns ganz schön ins Zeug legen, aber vielleicht ist das unsere große Chance."

DIE SCHNEISE verlief schnurgerade in nördlicher Richtung. Sie war erst kürzlich durch den dichten Wald geschlagen worden. Rechts und links lagen die gefällten Bäume, doch das Unterholz war nur notdürftig gerodet worden.

Faivre marschierte an der Spitze. Trotz seiner Leibesfülle bewegte er sich auf seinen kurzen Beinen erstaunlich flink vorwärts. Pater Gauzon ging hinter ihm, dann kam der lange Lafutaie, dem wiederum Pinguet folgte, sein schweigsamer Schatten.

„Wenn irgendwo eine Soutane zu sehen ist, sind die beiden gleich dahinter", lästerte Cyrille.

„Wenn du das eine Soutane nennst!" Koliare feixte.

Der bärtige Pater hatte sein langes schwarzes Priestergewand hochgeschlagen und unter seinen fahlgelben Ledergürtel geschoben. Von hinten sah er in dieser Aufmachung aus, als trüge er eine Pluderhose.

An manchen Stellen mußten die Männer hohe Schneewehen überwinden. Nach einer Weile gelangten sie zu einer noch nicht zugefrorenen Quelle, deren Wasser den kaum gefrorenen Boden aufgeweicht hatte, so daß die Siedler schon nach wenigen zaghaften Schritten im Morast steckenblieben. Einige, die untaugliches Schuhwerk trugen, fingen an zu jammern. David Fatin etwa hatte nur flache Gummischuhe an und verlor einen davon. Sie mußten stehenbleiben und warten.

Koliare, der Winterstiefel besaß, stapfte durch den Schlamm und wühlte nach Fatins Schuh. Als er ihn gefunden hatte, säuberte er ihn. „Wenn du glaubst, mit diesen Dingern durch den Winter zu kommen, hast du dich getäuscht“, bemerkte Faivre.

„Ich habe keine anderen.“

Nun machte jeder einen Vorschlag, wie Fatin zu Schuhen kommen könnte. Faivre meinte, im Warenhaus würde man ihm Kredit geben.

„Sie wollen mir doch nicht erzählen, daß Sie in Montreal keine anderen Schuhe hatten“, entrüstete sich Pater Gauzon.

David Fatin, ein kleiner Mann mit verschlossenem Gesicht und niedriger Stirn, zuckte mit den Schultern. „Ich hatte einmal Stiefel“, erklärte er niedergeschlagen. „Hab sie dem Bäcker verkauft.“

Die Männer schwiegen betreten. Von Zeit zu Zeit fiel ein Schneebrocken von den Zweigen, der eine glitzernde kleine Wolke aufwirbelte.

NACHDEM die Gruppe eine gute Stunde marschiert war, blieb Faivre stehen. „Abschnitt drei fängt hier an.“

„Warum so weit weg?“ fragte Garneau.

„Weil der Boden für die Landwirtschaft erst ab hier geeignet ist.“

Die Männer stapften durch das Unterholz und sahen sich um. Ein wenig außer Atem, streckte Faivre den Arm nach Osten aus. Er zeigte auf eine dicke Fichte, deren Stamm eine lange, helle Scharte trug.

„Das ist Parzelle null, die für die Kirche mit dem Pfarrhaus vorgesehen ist. Hier fangt ihr an. Ihr fällt Holz und errichtet ein Blockhaus, in dem ihr zunächst alle wohnt. Wenn eure Häuser einmal fertig sind, dient euch das Blockhaus so lange als Kapelle, bis ihr eine richtige Kirche habt.“

Eine quadratische Fläche von ein paar Meter Seitenlänge war bereits abgeholzt. Unter der dünnen Schneeschicht war eine Feuerstelle zu erkennen.

„Die stammt aus der Zeit, als wir hier die Parzellen abgesteckt haben", sagte Faivre. Er ging auf einen Haufen abgeschnittener Sträucher zu, hob ein paar Zweige hoch und schüttelte den Schnee ab. Darunter zog er einen großen gußeisernen Kochtopf hervor. Er nahm den Deckel ab, und ein kleinerer Topf kam zum Vorschein, der ein paar Blechnäpfe enthielt. „In dem großen Topf macht ihr euch das Essen warm, der andere ist für den Tee."

Faivre erklärte, man müsse zunächst eine Schneise entlang der Parzelle eins schlagen, um in gerader Linie zum Fluß zu gelangen. „Das hat Vorrang, denn das Baumaterial, das ihr bekommt, wird per Boot angeliefert. Ihr müßt mit dem Fällen der Bäume allerdings fertig sein, bevor das Wasser zufriert."

„Wird am Fluß angefangen oder hier?"

„Bildet zwei Mannschaften."

„Ich werde sie zusammenstellen", schlug Pater Gauzon vor.

Faivre sah ihn kurz an und zögerte. Seine kleinen schwarzen Augen in dem rotglänzenden Gesicht funkelten ironisch. „Es ist kein Zimmermann dabei, aber immerhin ein Maurer, und das ist Billon", sagte er schließlich. „Er soll sich vier Leute aussuchen und mit ihnen das Blockhaus errichten. – Wirst du zurechtkommen?" fragte er Billon.

„Das ist wohl kein Kunststück. Baubaracken habe ich schon genug aufgestellt."

„Normalerweise rechnen wir vier auf sechs Meter. Alles aus Rundhölzern. Die Bohlen für den Fußboden bringt dir das Boot von der Sägemühle." Faivre schwieg einen Moment, und sein Blick wanderte von dem alten Maurer zu dem Geistlichen, der sich mit seiner Entscheidung abzufinden schien. „Also, Billon, wen suchst du dir aus?"

Billon zögerte nicht. „Mit den beiden Großmäulern komme ich schon zurecht." Er zeigte auf Cyrille und den Ukrainer. „Außerdem nehme ich den Zuckerbäcker und David Fatin. Mit den Galoschen, die er an den Füßen hat, geht er wohl besser nicht in den dichten Wald."

Faivre wandte sich an den Priester. „Wenn es Ihnen recht ist, Pater, können Sie die anderen übernehmen. Für die Wegtrasse brauchen Sie nur den markierten Bäumen bis zum Flußufer zu folgen. Ich bin wieder da, bevor die Parzellen in Angriff genommen werden", schloß er und machte sich auf den Rückweg zu seinem Büro.

Die beiden Mannschaften trennten sich. Billon zeigte auf eine Gruppe gerade gewachsener Rottannen von annähernd gleicher Stärke. „Als erstes werden wir die hier fällen. Wenn wir sie alle auf derselben Höhe abschlagen, können wir das Blockhaus auf die Baumstümpfe stellen. Dann ist der Boden gegen Feuchtigkeit geschützt. Ich bin sicher, daß das hält."

Koliare, Fatin und Labrèche fällten die Bäume. Die anderen schlugen die Äste ab und zogen die Stämme fort. Mit den ersten Ästen hatte Fatin ein Feuer angezündet, dessen Knistern neben den Axtschlägen und dem Krachen der umstürzenden Bäume die Luft erfüllte. Drüben am Fluß wurde auch gerodet, doch dort mußte vor allem Unterholz geschnitten werden. Immer wieder kam Pater Gauzon bei Billons Trupp vorbei, um nachzusehen, wie die Arbeit voranging.

Als der Vormittag zur Hälfte vorüber war, fragte der Priester, ob jemand einen Dosenöffner habe. Alle verneinten.

„Wollen Sie die Büchsen aufmachen?" wollte Koliare wissen.

„Natürlich."

Der Ukrainer nahm eine der großen Dosen und hieb mit einem trockenen Schlag die Spitze seines Buschmessers in die Mitte des Deckels. Dann zog er es heraus, machte mit der Dose eine Vierteldrehung und schlug das Buschmesser erneut hinein. Schließlich bog er die vier Blechdreiecke zum Rand hin auf. Er hob die Dose an die Nase und schnupperte. „Dicke Bohnen mit Speck. Das ist gut, das hält eine Weile vor."

Als er die vier Dosen geöffnet hatte, kehrte er an seine Arbeit zurück. Der Pater schüttete die Bohnen in den großen Topf und schob Glut zwischen zwei Steine, auf die er den Topf stellte. Anschließend machte er sich auf die Suche nach einem dünnen, möglichst geraden Birkenast, den er sorgfältig entrindete und an einem Ende wie einen Spatel zuschnitt. Da Gauzon nicht besonders geschickt war, ging er die Sache langsam an, was den Männern, als sie es bemerkten, ein geringschätziges Lächeln entlockte.

Als sie aßen, stand die Sonne bereits hoch am Himmel. Der Schnee schmolz und tropfte von den Bäumen. Der ganze Wald glitzerte. Die Männer hatten sich auf Holzklötze gesetzt und betrachteten ihre Hände.

„In den ersten Tagen solltet ihr nicht zuviel mit der Axt arbeiten", erklärte Billon, „sonst bekommt ihr Blasen, die aufgehen und bei der Kälte schlecht heilen."

„Bevor wir wieder an die Arbeit gehen, wollen wir dem Herrn ein Danklied dafür singen, daß er uns so gutes Wetter für unsere Arbeit geschickt hat", sagte der Pater, als sie den großen Topf geleert hatten. Sogleich stimmte er eine Melodie an, in die Lafutaie und Pinguet und dann auch die übrigen einfielen. „Lobt Gott in allen Landen, und laßt uns fröhlich sein . . .“

Schließlich nahmen die Männer ihr Werkzeug wieder auf und arbeiteten weiter, wobei mancher über Schmerzen im Rücken und in den Schultern klagte. Am späten Nachmittag sank die Sonne im Westen dem Horizont entgegen und tauchte die Bäume in ein flammendes Licht. Es war ein großartiges Schauspiel, aber niemand achtete darauf. Außer dem Ukrainer, den anscheinend nichts ermüden konnte, sprach keiner mehr.

Als die Sonne jenseits des Waldes unterging, gab der Pater das Zeichen zum Aufbruch. Die Männer schoben ihre Äxte unter ein paar Holzklötze und machten sich auf den Heimweg. Sie gingen mit gebeugtem Rücken, den Kopf eingezogen, die Hände in den Taschen vergraben. Der Frost hatte wieder angezogen. Bald umschloß die Männer die lastende Stille des Abends.

DIE FRAUEN waren in Zweier- oder Dreiergruppen zum Warenhaus gegangen, wo man ihnen Kredit gewährte. Sie gaben ihren Namen an sowie die Nummer ihrer Parzelle. Ohne ihr Areal auch nur gesehen zu haben, fühlten sie sich schon ein wenig als Grundbesitzerinnen. „Wenn wir ein eigenes Haus haben und einen Garten, pflanze ich Kartoffeln für uns und die Kinder“, meinte eine von ihnen.

Alle sahen jedoch der Rückkehr der Männer mit Beklemmung entgegen, obwohl man ihnen im Warenhaus versichert hatte, daß der Boden in allen Siedlungsabschnitten gut sei. „Ihr braucht aber nicht gleich zu glauben, daß sie heute schon mit ganzen Taschen voll Kartoffeln fürs Abendessen heimkommen“, scherzte Charlotte Garneau.

Sie lachten, um sich zu zerstreuen. Vielleicht fürchteten sie, die Männer könnten mit der Nachricht zurückkehren, der Boden sei doch schlecht und man sollte die Siedlungspläne besser aufgeben.

Als das Stampfen der schweren Schuhe und Stiefel zu hören war, stürzten die Kinder den Männern entgegen. Die Frauen gingen langsam zum Eingang der Baracke. Sie hatten Herzklopfen.

Der Pater trat ein; sein Bart war weiß bereift. Ihm folgten der lange Lafutaie, ebenfalls mit weißem Schnurrbart, dann Pinguet, Rossel, der dicke Mélançon mit hochrotem Gesicht und völlig außer Atem, Fatin, der wegen seiner schmerzenden Füße bei jedem Schritt das Gesicht verzog. Kurz danach traten der Ukrainer, Cyrille und die anderen ein. Die Kinder umringten die Heimkehrer, und die Frauen stellten ihren

Männern Fragen. „Wie ist es denn da draußen?“ – „Habt ihr die Parzellen gesehen?“ – „Wo liegt unsere?“

Die Männer antworteten, so gut sie konnten, doch die Erschöpfung ließ sie bald verstummen. Nur Koliare brachte noch so viel Kraft auf, um zu rufen: „Sieht denn hier keiner, daß wir vor Hunger fast umkommen?“

In wenigen Minuten war der Tisch gedeckt. Zwei Kessel dampften auf dem Herd. Nachdem die Männer gegessen hatten, erzählten sie, was es mit dem Siedlungsabschnitt auf sich hatte. Über die einzelnen Parzellen konnte noch niemand etwas Genaues sagen, da diese ja mitten im Wald lagen. Erst nach dem Roden würde man weitersehen.

Unmut machte sich bei manchen Frauen breit, als sie hörten, daß die Männer als erstes ein Blockhaus bauen würden, in das sie in drei Tagen einziehen sollten.

Ein paar Frauen waren aber auch bereit, gleich mitzugehen. „Erzählt das einmal den Pfarrern! Frauen und Männer kreuz und quer durcheinander!“ meinte Koliare mit hämischem Lachen.

Élodie Labrèche zog Cyrille zu ihrem Abteil und schloß sorgfältig den Vorhang. Die Kinder schliefen. Sie schmiegte sich an ihren Mann und flüsterte: „Ich konnte es dir vorhin nicht sagen, aber ich will nicht mit all diesen Frauen hierbleiben, wenn du da draußen bist.“

Cyrille packte sie am Arm und schüttelte sie. „Und wo willst du hin?“

„Weiß nicht. Aber hier . . .“

„Fang bloß nicht schon wieder an! Du wirst dasselbe tun wie die anderen. Wir sind nicht hergekommen, um Geschichten zu machen. Ich finde es auch nicht besonders gemütlich. Aber wenn unser Haus erst einmal fertig ist, kümmern wir uns um niemanden mehr.“

„Glaubst du wirklich, daß alles klappt?“

„Aber sicher.“

„Ist das Ackerland?“

Er seufzte tief und zögerte einen Augenblick. Dann schob er Élodie behutsam von sich und ließ sich auf die Bettkante fallen. „Weißt du, ich bin müde. Wir sollten schlafen gehen.“

Sie kniete sich auf den Boden und umfaßte seine Fußknöchel. „Ich zieh dir die Schuhe aus.“

Während er sein dickes Flanellhemd aufknöpfte, zogen sich auch die anderen in ihre Kabinen zurück. Vom anderen Ende des Raumes hörte man eine Stimme: „Ihr müßt ruhig sein. Morgen ist ein schwerer Tag!“

Im Bett kuschelte sich Élodie an Cyrille. „Wenn du die Stelle bei meinem Vater angenommen hättest, wären wir jetzt besser dran."

„Sprich nicht von ihm!" entgegnete Cyrille schroff. „Du weißt, da werde ich böse."

Schon hörte man Schnarchen. Ein Kind weinte, und seine Mutter mußte aufstehen, um es in den Armen zu wiegen.

Cyrille und seine Frau lagen eng umschlungen noch lange wach. Sie sahen zu dem kleinen Fenster hinauf, in dem sich das Mondlicht spiegelte.

„Bald sind wir zu Hause, wirklich zu Hause", sagte Cyrille immer wieder ganz leise. „Und wir sind niemandem mehr etwas schuldig."

DAS ERWACHEN am zweiten Tag war fürchterlich. In der Nacht hatte keiner der Männer die Schmerzen gespürt, doch nun wurden sie um so mehr davon gepeinigt. Während des Frühstücks sprach niemand. Jeder wollte tapferer erscheinen als sein Nachbar.

Vier Tage lang gingen sie morgens in den froststarren Wald hinaus und kamen abends zurück. In der Siedlerbaracke leerten sie riesige Schüsseln Suppe, die ihnen die Frauen gekocht hatten, und fielen mit wunden, blutenden Händen ins Bett. Die Frauen wagten nicht mehr, nach den Parzellen zu fragen. Sie betrachteten ihre Männer nur voller Mitleid.

Mehrmals am Tag schauten die beiden Priester oder Leute vom Siedlerausschuß in der Baracke vorbei. Alle bemühten sich, diejenigen Städterinnen zu beruhigen, die Angst hatten vor den vermeintlichen Gefahren der Wälder. Die meisten der Pioniere sprachen mit großer Leidenschaft von dem Land, in dem sie sich heimisch fühlten. Sobald erst einmal die Häuser errichtet und die Felder bestellt wären, versicherten sie immer wieder, würde es allen, die sich für das Leben in der Wildnis entschieden hatten, gutgehen.

Mußte eine Frau etwas anderes kaufen als Lebensmittel, etwa Schuhe oder ein Männerhemd, so begleitete sie Pater Gauzon zum Warenhaus. Er bürgte für die Schulden, die schnell anwuchsen. Madame Robillard, die Besitzerin des Ladens, die in Saint-Georges zu den Frauen der ersten Stunde zählte, hatte für jede Käuferin ein paar aufmunternde Worte übrig.

Am Sonntag blieben die Männer in der Baracke in Saint-Georges. Sie hätten sich gern ausgeschlafen, doch Pater Gauzon hatte verkündet, daß er um acht Uhr die Messe lesen werde. Der junge Siedlerpater sprach in seiner Predigt ausführlich von der guten, freigebigen Erde und der segensreichen Arbeit im Wald und auf dem Feld. Besondere Betonung legte er auf den Respekt, der den Geistlichen entgegenzubringen sei. Sie hätten es sich zur Aufgabe gemacht, die Siedler zu leiten und ihnen zu helfen, nicht von Gottes Wegen abzukommen. Viele der vom Roden erschöpften Männer kämpften mit dem Schlaf und weckten einander immer wieder mit Rippenstößen.

Den ganzen Nachmittag über blieb der bärtige Pater in der Siedlerbaracke. Auch jetzt konnten sich die Männer nicht ausruhen, denn sie mußten die Zeit mit Spielen, Singen und Beten zubringen.

Am Montag wurde das Blockhaus fertig. Nachmittags kam das Boot wieder, das in der Woche davor schon Werkzeuge und Bretter in die Nähe der Baustelle gebracht hatte – diesmal war es mit Lebensmitteln, einem großen Eisenofen, Bettzeug und Kochtöpfen beladen.

„Ich wünsche euch viel Vergnügen, Leute!" rief der Bootsführer. „Seit neun Jahren bin ich jetzt in dieser Gegend, aber noch nie habe ich einen so frühzeitigen Wintereinbruch erlebt."

Die Männer luden ab und betrachteten den Verkünder der unheilvollen Nachricht wie einen Aussätzigen. Als das Boot wieder abgefahren war, brachten Billon und Fatin den riesigen Ofen ins Blockhaus, wo die anderen bereits hölzerne Etagenbetten aufgestellt und an der Wand befestigt hatten. Nachdem sie den Ofen aufgebaut hatten, richtete sich jeder in einer Ecke häuslich ein. Oft mußten sie sich dabei auf ihren Tastsinn verlassen, denn es gab nur zwei Fenster, die in der Nähe des Tisches in die Rundhölzer gesägt worden waren.

Die Männer waren erleichtert, daß sie nun morgens und abends nicht mehr endlos durch die Kälte marschieren mußten. Lachend ließen sie sich auf ihrem Lager nieder. Der dicke Mélançon hatte seine Koje mit Balken verstärkt. „He, Fettsack!" rief Billon Rossel zu, der nun wirklich weder groß noch schwer war. „Paß auf, daß du nicht mitten in der Nacht auf mich drauf fällst! Ich liebe es nämlich, sanft geweckt zu werden."

An allem hatten sie ihren Spaß. Hier fühlten sie sich zu Hause, mehr als in der Siedlerbaracke in Saint-Georges, in der schon so viele Neuankömmlinge vor ihnen gewohnt hatten. Dieses Blockhaus hatten sie mit eigenen Händen gebaut. Martin Garneau hatte François, seinen Ältesten, mitgebracht, der ebenso kräftig gebaut war wie er selbst, und Ferdinand Rossel seinen einzigen Sohn Gauthier, einen schweigsamen, zurückhaltenden Elfjährigen, der die gemessenen Bewegungen seines Vaters nachahmte.

Pater Gauzon hatte Heiligenbilder verteilt, die die Männer am Kopfende ihrer Betten anbringen sollten. Wenn sie abends die Bohnensuppe mit Speck gegessen hatten, deren Duft den ganzen Raum erfüllte, sprach Gauzon zu ihnen. „Meine Söhne, hier seid ihr nun auf eurem eigenen Grund und Boden", erklärte er salbungsvoll. „In diesem Land, das man euch zugesagt hat und das der liebe Gott euch schenkt. Von jetzt an wollen wir jeden Abend beten und singen, um ihm für diese Gaben zu danken und für die Hilfe, die er uns zuteil werden läßt." Er stimmte eine Melodie an, und die Männer, die voll Vorfreude dem nächsten Tag entgegensahen, an dem sie mit dem Roden ihrer Parzellen beginnen konnten, sangen bereitwillig mit.

Mit dem Petroleum gingen sie sparsam um, daher hatten sie die Lampe über dem Tisch gelöscht. Aber die Ofentür stand offen, so daß der Feuerschein über die Gesichter der Männer huschte, die im Halbkreis darum saßen. Sie rauchten Pfeife, kauten an einem Priem oder zogen an dünnen Zigaretten. Zwischen den Liedern, die sie sangen, sprach der Pater mit ihnen über das Land. Er wiederholte das, was sie schon hundertmal in der Kirche gehört hatten, auch lange bevor sie sich in den hohen Norden aufgemacht hatten. Der Geistliche ging vor dem Ofen auf und ab und bewegte die Arme in ausladenden Gesten, um seiner Rede Nachdruck zu verleihen.

Koliare nutzte die Gelegenheit, als der Pater ihm beim Singen den Rücken zuwandte, und zog eine Flasche Gin aus der Tasche. Er ließ sich einen großen Schluck durch die Kehle rinnen und versteckte die Flasche wieder. Als sich der Geistliche das nächstemal umdrehte, gab der Ukrainer die Flasche an Billon weiter. Billon trank und reichte Rossel die Flasche. So ging das Spielchen eine Weile weiter, doch schließlich verriet der Alkoholdunst die Trinker. Pater Gauzon machte unerwartet eine halbe Drehung und ertappte Cyrille mit der Flasche in der Hand. Der Gesang brach ab, und der junge Pater stürzte vor, um die Ginflasche an sich zu reißen.

Cyrille aber war schneller als er, gab die Flasche an Koliare weiter und richtete sich vor dem Geistlichen auf, dessen Blick vor Zorn sprühte.

„Labrèche! Ich befehle Ihnen, mir dieses Gift zu geben!"

Spöttisch hob Cyrille die geöffneten Hände. „Ich, Pater? Aber ich habe doch gar nichts."

„Nehmen Sie die Flasche wieder, und geben Sie sie mir!"

Jetzt war auch der riesige Ukrainer aufgestanden. „Wenn Sie einen Schluck mit uns trinken wollen, Pater, dann reichen Sie mir Ihren Becher."

„Sie verhöhnen mich, Koliare . . . Sie werden –"

„Ich verhöhne Sie nicht", unterbrach ihn der Ukrainer, „ich lade Sie ein, mit uns das zu begießen, was der liebe Gott uns beschert hat. Das kann schließlich keine Sünde sein."

Während der Geistliche vor Wut stotternd feststellte, daß er wohl besser wisse, was Sünde sei, waren Garneau und Billon aufgestanden, dann erhob sich auch Rossel. Als Gauzon merkte, daß die Männer entschlossen waren, ihm die Stirn zu bieten, zögerte er einen Augenblick. „Wo haben Sie sich diesen Alkohol beschafft?" fragte er. „Ich will es wissen."

„Ein Geschenk", erwiderte Koliare.

„Von wem?"

Als der Ukrainer zögerte, schaltete sich Cyrille ein – wohl aus Prahlerei, aber auch, um Koliare zu helfen. „Von mir!"

Der Pater drehte sich zu ihm um und runzelte die Stirn. Jetzt lag offener Haß in seinem Blick. „Woher haben Sie das Zeug?"

Cyrille schnitt eine spöttische Grimasse. „Die Flasche lag auf der Straße. Sicher hat ein Trunkenbold sie verloren . . ."

Gelächter. Einen Augenblick dachte Cyrille, der Geistliche wolle auf ihn einschlagen.

Doch Pater Gauzon atmete tief durch und trat einen Schritt zurück. „Ihr verdient die Gnade nicht, die der Himmel euch zuteil werden läßt!" schleuderte er den Männern schließlich mit rauher Stimme entgegen. „Ihr solltet euch schämen, auf diese Weise einen Augenblick zu stören, in dem wir uns mit Inbrunst und Dankbarkeit dem Herrn zuwenden wollten, der schützend die Hand über uns hält. Möge die Nacht euch zum Nachdenken gereichen, damit ihr morgen bereut."

Er bekreuzigte sich. Alle folgten seinem Beispiel und beteten mit ihm das Vaterunser. Danach gingen sie langsam zu ihren Kojen.

Mélançon, der zwar nicht viel von Religion hielt, sich aber die Gunst des Paters nicht verscherzen wollte, sagte so laut, daß es alle hören konnten: „Es muß doch immer welche geben, die sich für besonders schlau halten."

Keiner antwortete. Im Dämmerlicht zogen sich die Männer aus und ließen sich auf den Stockbetten nieder, deren Holz knackte.

„Wir sind dreizehn“, brummte Cyrille, als er zu seinem Platz kam. „Das mußte ja schiefgehen.“

„Wenn der Pater dich hört, exkommuniziert er dich“, witzelte Billon.

Es wurde noch ein wenig gelacht, doch die Auseinandersetzung mit dem Geistlichen hatte die besondere Stimmung dieses ersten Abends zerstört.

Am nächsten Morgen verließen die Männer bereits in der Dämmerung das Blockhaus, nachdem sie im Ofen reichlich Holz nachgelegt hatten. Endlich konnten sie mit dem Roden beginnen. Im Unterholz hielt sich noch die Dunkelheit. Die Siedler hatten beschlossen, in zwei Mannschaften zu arbeiten. Garneau, Cyrille, Koliare, Rossel und die beiden Jungen wurden Billons Führung unterstellt, während Lafutaie die andere Gruppe übernahm. Zu Anfang hatten Cyrille und der Ukrainer Billon mißtrauisch gegenübergestanden, weil er sie ein wenig an ihre früheren Chefs erinnerte. Doch bald hatte er sie durch seine Kameradschaftlichkeit und sein Können für sich eingenommen.

„Wir fangen mit Victor Billons Parzelle an“, beschloß Garneau, nachdem die zweite Mannschaft mit Pater Gauzon zu Pinguets Parzelle aufgebrochen war.

„Warum bei mir?“ fragte der ehemalige Maurer.

„Du hast Parzelle Nummer eins, und du bist der Älteste.“

„Aber ich habe als einziger keine Kinder.“

„Das ist egal. Du hast auf der Baustelle das Sagen, sonst nicht.“

Alle waren froh, daß nun die eigentliche Arbeit begann. Sie legten die Umrisse des Gebäudes fest und machten sich daran, Gestrüpp zu entfernen und Bäume zu fällen.

„Wenn wir Victors Hütte hochgezogen haben, bleibe ich bei ihm“, erklärte Koliare. „Ich schlafe lieber hier auf dem nackten Boden als im Blockhaus beim Pater.“

Die anderen lachten.

Am Vormittag kehrte der Geistliche von Pinguets Parzelle zurück. Mit einem Buschmesser rückte er dem Unterholz auf seiner eigenen Parzelle zu Leibe. Wie ein Anfänger schlug er kleine Schneisen in das Buschwerk.

„Ihr werdet sehen, er wird einen Park anlegen“, spottete Cyrille.

Der Pater warf dem Ukrainer und Cyrille beleidigte Blicke zu. Wenn ihr mich um Verzeihung bittet, ist alles vergessen und vergeben, schien er damit sagen zu wollen. Doch die beiden Männer fällten Bäume, schleppten Stämme fort oder trugen Arme voll Astwerk zu dem Feuer, das sie entfacht hatten. Sie mieden den Blick des bärtigen Paters, der sich schließlich wieder seiner Parzelle zuwandte.

Um keine Zeit zu verlieren, blieben sie mittags auf der Baustelle. Sie tranken nur Tee, in den sie steinharten Schiffszwieback eintauchten. Abends nach dem Essen ließ der Pater sie singen. Die Ginflasche, von der keiner mehr sprach, hatte Koliare versteckt.

Am fünften Tag war Billons Mannschaft schon so weit, daß sie den Boden ebnen konnte. Alles Holz für den Hausbau lag, in die erforderlichen Längen geschnitten, aufgestapelt bereit. Die beiden Jungen, François Garneau und Gauthier Rossel, die sich prächtig verstanden, hatten begonnen, Koliares Parzelle zu roden, während sich die Männer den Zimmerarbeiten widmeten.

Ungefähr um drei Uhr nachmittags kam Pater Gauzon herbeigeeilt. „Kommt alle her, kommt alle her!“ rief er. „Holt die von der anderen Mannschaft! Und die beiden Jungen!“ Er schien völlig außer sich. „Der Herr hat uns ein Zeichen geschickt. Kommt alle her! Kommt, wir müssen ihm antworten!“

Die Erregung schnürte ihm die Kehle zu, so daß er kaum sprechen konnte. Zunächst waren die Männer versucht zu lachen, doch dann sahen sie den übernatürlichen Glanz, der in den Augen des Priesters zu leuchten schien. Sie legten ihr Werkzeug nieder und folgten dem Pater, als dieser davoneilte.

Gauzon führte die Männer die gewundenen Pfade entlang, die er auf dem Gelände angelegt hatte, das für die Kirche vorgesehen war. Oft blieb er dabei an Wurzeln hängen, stolperte, und an die zwanzigmal wäre er beinahe gestürzt. Im hintersten Teil des Grundstücks war der Boden übersät mit großen Granitblöcken.

„Wenn ich bloß nicht auch solche Riesensteine auf meiner Parzelle habe“, brummte Koliare mit nachdenklicher Miene.

Der Pater war neben dem höchsten Felsbrocken stehengeblieben, der ihn um wenigstens einen Meter überragte. Er beugte sich zu einem Spalt hinunter, der sich nach unten hin verbreiterte und eine Vertiefung bildete. Aus dieser kleinen Höhle war ein wenig Wasser ausgetreten, das auf dem moos- und flechtenbewachsenen Grund zu einem Klumpen gefroren war.

Inzwischen war auch die zweite Mannschaft eingetroffen, und der Pater wandte sich ihnen mit weit ausgebreiteten Armen zu. „Das ist ein Zeichen des Himmels", verkündete er mit vor Erregung zitternder Stimme, „dieser Felsen und diese Quelle auf dem Boden, der für unsere Kirche bestimmt ist."

Er griff in die Tasche seiner Soutane und zog sein Brevier hervor. Als er darin blätterte, zitterten seine Hände so sehr, daß ein paar Heiligenbilder herausfielen. Die Männer beeilten sich, sie aufzusammeln. Der Pater faßte den kleinen Gauthier Rossel, der ihm ein Bild entgegenhielt, am Handgelenk. „Antworte mir, ohne zu schwindeln!" befahl er dem Jungen. „Ist dieses Bild als erstes aus meinem Meßbuch gefallen?"

Der Junge nickte.

Alfred Pinguet, Lafutaie und der dicke Mélançon bestätigten eilfertig diese Tatsache. „Es ist das erste gewesen, Pater! Wir haben genau gesehen, wie es hinuntergefallen ist."

„Dieses Kind soll sagen, was das Bild darstellt und was darauf geschrieben steht", entschied der Pater. „Der Finger Gottes hat es zwischen den Seiten hervorgezogen, damit es der Reinste unter uns aufhebt."

Mit hochrotem Kopf erklärte der Junge, daß das Kärtchen eine Heilige Jungfrau in einer Grotte mit Kerzen davor zeige. Er drehte das braune Kärtchen um und las stockend: „Am 11. Februar 1858 erschien . . . an dieser Stelle die Jungfrau Maria der . . . Bernadette Soubirous, der demütigen Tochter eines bescheidenen Müllers."

Pater Gauzon nahm das Bild vorsichtig zwischen Daumen und Zeigefinger. „Seht her!" rief er. „Seht her! Gleicht diese Vertiefung im Felsen nicht der Nische, in der die Marienstatue steht? Müssen wir nicht mit den Felsbrocken hier eine Grotte errichten, die der von Lourdes gleicht? Ich sage euch, der Ort, an dem ihr als erste das Land bestellen werdet, ist gesegnet." Er zeigte auf den Eisfilm. „Bestimmt wird diese Quelle Wunder tun!" Noch immer war dieses Leuchten in seinen dunklen Augen, doch dann stellte er auch wieder seine Autorität unter Beweis, als er befahl: „Kniet nieder, meine Kinder, und laßt uns beten!"

Sie beteten, und als der Geistliche sich wieder erhob, standen auch sie auf.

„Geht zurück an eure Arbeit. Ich werde die Heilige Jungfrau fragen, was sie von uns erwartet."

Die Männer kehrten langsamer zu Billons Parzelle zurück, als sie hergekommen waren. Auf ihren Gesichtern lag ein gewisser feierlicher Ernst. Eine Weile arbeiteten sie schweigend. „Wenn der Pater die Geschichte auch ziemlich aufgebauscht hat", meinte Koliare schließlich, „so ist es doch komisch, daß sich die Steine ausgerechnet auf dem Grundstück der Kirche befinden."

„Das bedeutet gar nichts", erwiderte Billon. „Die hätten genausogut auf einer anderen Parzelle liegen können."

„Unter dem Gestrüpp entdecken wir sicher noch eine ganze Menge davon", fügte Cyrille hinzu. „Um sie wegzuschaffen, werden wir Pferde brauchen."

Rossel schloß sich der Meinung des Ukrainers an. „Selbst wenn wir noch welche finden, soll man mit diesen Sachen nicht scherzen. Sie haben bestimmt eine Bedeutung."

„Sie bedeuten, daß es ganz schön mühsam wird, sie fortzuschaffen, bevor man den Boden bestellen kann", murrte Cyrille.

Sie hatten begonnen, die Stämme, die an beiden Enden so eingekerbt waren, daß sie sich ineinander verzahnten, zu Wänden aufzuschichten. Doch der Tag ging rasch zu Ende. Der Himmel hatte sich bezogen, und Schnee lag in der Luft.

„Hoffentlich läßt uns das Wetter wenigstens zwei Hütten fertigbauen", meinte Garneau. „Dann können die Frauen in der einen wohnen und wir in der anderen."

„Das ist eine gute Idee. Die Frauen könnten für uns kochen."

„Sie könnten uns sogar beim Roden helfen."

Die Aussicht, daß sich die Frauen und Kinder bald zu ihnen gesellen würden, gab den Siedlern neuen Schwung. Im Schein des großen Reisigfeuers waren sie noch immer bei der Arbeit, als der Pater mit der Mannschaft von Lafutaie vorbeikam. „Kommt!" rief der Geistliche. „Es ist Zeit. Ich muß mit euch reden und möchte, daß alle dabei sind."

Sie versammelten sich im Blockhaus, wo sich die einen sogleich um den Ofen kümmerten, während die anderen die Lampen anzündeten und die Dosen mit dicken Bohnen und Würsten öffneten. Der Pater lief aufgeregt von einer Gruppe zur anderen und trieb alle zur Eile an. Als der große Topf auf der Herdplatte des Ofens stand, setzten sie sich um den Tisch.

Der Pater hatte an dessen Ende Platz genommen und zog sein Brevier aus der Tasche. Andächtig entnahm er ihm das Bild der Maria von Lourdes. „Meine Freunde, meine Brüder", sprach er, „ich hatte vorhin eine lange Begegnung mit unserer Jungfrau Maria. Was sie von uns erwartet, ist ganz einfach. Sie hat uns als Erbauer einer heiligen Stätte auserwählt, von der ihr Ruhm über das ganze Land erstrahlen soll, das euch geschenkt wurde." Er machte eine Pause, um jedem tief in die Augen zu sehen. „Von morgen an kommen jeden Tag zwei von euch mit mir, um ein makelloses Ebenbild dieser Wundergrotte zu errichten. Wir schaffen die Steine herbei, wir bauen die Grotte, wir –"

Koliare unterbrach ihn. „Pater, sollen wir das jetzt schon machen? Bevor wir unsere Hütten gebaut haben?"

„Ihr arbeitet gleichzeitig daran. Gott wird euch die Kraft geben." Der Geistliche schleuderte dem Ukrainer diese Worte wie Pfeile entgegen.

Die Männer seufzten schwer, fügten sich aber. Sie sanken in sich zusammen, als würde die Last dieser Aufgabe sie schon im voraus erdrücken.

Cyrille beobachtete die anderen einen Moment, ehe er laut mit eisiger Stimmer erklärte: „Nein, ohne mich!"

Als wäre er von einem Messerstich ins Herz getroffen worden, griff sich der Priester an die Brust, sprang auf und trat einen halben Schritt zurück. „Wie bitte? Habe ich richtig gehört?"

Diese hochdramatische Geste brachte Cyrille erst richtig in Fahrt. „Ganz bestimmt, Pater", entgegnete er entschieden. „Ich bin hierhergekommen, um mein Land zu bestellen. Ich bin beim Bau der Wege dabei, und ich helfe beim Bau der Kirche, weil das meine Pflicht ist. Aber ich weigere mich, Steinchen für Ihre Privatangelegenheit aufeinanderzutürmen!"

„Meine Privatangelegenheit! Habt ihr das gehört? Ich . . . werde Ihnen Ihre Parzelle entziehen lassen. Ich dulde kein schwarzes Schaf in meiner Gemeinde."

Er rief die anderen als Zeugen an. Doch abgesehen vom langen Lafutaie schien sich niemand in die Auseinandersetzung einmischen zu wollen.

„Wir haben auch so schon eine Menge zu tun", murmelte Billon.

„Die Grotte könnte man ja auch nächsten Winter bauen", fügte Koliare mürrisch hinzu.

Der Pater tat, als hätte er ihre Einwände nicht gehört, und wandte sich an Cyrille. „Sie werden von hier fortgejagt."

Der ehemalige Kohlenträger, den sonst leicht die Wut übermannte, blieb so ruhig, daß sich alle wunderten. „Nein", erwiderte er mit verschränkten Armen, „mich verjagt keiner. Ich gehe von selbst. Meine Parzelle können Sie behalten."

Der Priester war sprachlos.

Cyrille stand langsam auf und machte einen Schritt auf seine Koje zu. „Ich packe jetzt meine Sachen und gehe morgen früh."

Als er zum hinteren Teil des Raumes gegangen war, herrschte Schweigen. Nur ab und zu hörte man ein Räuspern und das Knistern des Feuers. Billon stand auf, richtete einen fragenden Blick auf den Priester, der wie versteinert dasaß. Dann ging der frühere Maurer zu Cyrille. „Mach keinen Blödsinn", sagte er. „Denk an deine Kinder. Die brauchen was zum Essen."

„Die bekommen schon zu essen", antwortete Cyrille. „Ich habe zwei kräftige Arme, und ich bin kein Tagedieb. Ein Stück Land brauche ich nicht."

Auch Koliare kam hinzu. Er packte Cyrille fest an den Schultern und schüttelte ihn. „Meine Güte, du hast ja einen noch größeren Dickschädel als ich! Komm, bleib hier. Du kannst mir glauben, die Grotte des Paters wird eine ganze Weile warten müssen."

Cyrille richtete sich auf. „Ich habe einmal um ein Haar einen umgebracht, der sich mit mir angelegt hatte." Er ballte die Fäuste. „Bei dem Priester juckt's mich auch schon in den Fingern. Lieber gehe ich vorher."

ALS ES am Morgen dämmerte, hingen schwere Wolken tief am Himmel, als wollten sie die Kälte in die Wälder hinunterdrücken. Cyrille schritt schnell aus. Er trug einen Sack auf dem Rücken, in dem er seine Habseligkeiten verstaut hatte. Die Axt hatte er sich unter den Arm geklemmt. Vor seinem Aufbruch hatte er noch mit den anderen gefrühstückt. Schweigsam hatten sie die Mahlzeit unter den zornigen und zugleich ungläubigen Blicken des bärtigen Paters eingenommen. Zu Cyrilles Abschied hatten sich die Männer aus seiner Mannschaft versammelt und noch einmal versucht, ihn umzustimmen. Alle hatten ihm die Hand geschüttelt. Der lange Koliare hatte ihn sogar in die Arme geschlossen. „Wir werden uns sicher einmal wiedersehen", hatte Cyrille gemurmelt.

„Bestimmt . . . Wenn du etwas brauchst, gehst du zum Warenhaus und fragst nach Steph. Das ist der Sohn des Besitzers. Ein netter Bursche. Er wird dir sicher ein paar Sachen leihen – ein Zelt zum Beispiel oder einen kleinen Schlitten."

Cyrille hatte auf dem ganzen Weg nur diesen einzigen Gedanken im Kopf: daß besagter Steph ihm helfen könnte. Er klammerte sich an diesen Namen, um der Versuchung zu widerstehen, umzukehren und

Zacharie Gauzon zu verprügeln. Denn er wußte: die Hand gegen einen Geistlichen zu erheben war das schlimmste Verbrechen, das man begehen konnte. Sich zu prügeln lag in seiner Natur. Er hatte es schon oft getan und aus viel nichtigerem Grund. Bei der Hochzeit hatte er Élodie jedoch versprochen, sich zusammenzunehmen. Und dieses Versprechen hatte er seither gehalten.

Cyrille schritt kräftig aus und erreichte Saint-Georges schneller als erwartet. Er hatte keinen genauen Plan, sondern nahm sich nur fest vor, daß er sich selbst um ein Grundstück bemühen würde. Er würde es auf eigene Faust versuchen, sich in der Wildnis eine Hütte bauen, in der er weitab von allen Priestern dieser Welt mit den Seinen wohnen würde.

Hinter den Fenstern brannte noch Licht, als er die ersten Häuser erreichte. Anstatt zu der Baracke zu gehen, in der die Frauen wohnten, begab er sich zunächst zum Warenhaus. In der Gewißheit, nicht mit leeren Händen neu anfangen zu müssen, würde es ihm leichter fallen, Élodie zu erzählen, was passiert war.

Er betrat das Gebäude. Ein rundlicher alter Mann sortierte Päckchen mit Nägeln in eine Kiste.

„Was möchtest du?“ Die Stimme des Alten zitterte.

„Guten Abend. Bist du der Besitzer?“

„Wäre ich gern“, antwortete der Alte. „Bin aber nur der Gehilfe.“

„Man hat mir gesagt, ich solle nach jemandem fragen, der Steph heißt.“

Der Alte wollte gerade antworten, als hinter Regalen voller Kisten ein großer blonder Bursche von etwa dreißig Jahren hervorkam. „Tag. Ich bin Stéphan Robillard, aber alle Welt nennt mich bloß Steph. Willst du zu mir?“

„Koliare, der Ukrainer, schickt mich.“

„Komm hier rüber.“ Steph führte ihn in den hinteren Teil des Ladens, der noch leer war. „Weißt du, ich kann dir nur eine Flasche verkaufen. Aber niemand darf erfahren, woher du sie hast.“

Cyrille lachte. „Deswegen bin ich nicht gekommen. Eines Tages werde ich dir vielleicht eine abkaufen. Im Moment habe ich kein Geld dafür.“ Er berichtete dem Sohn des Warenhausbesitzers von der Auseinandersetzung mit Pater Gauzon.

Der große Blonde mit den hellen Augen hörte schmunzelnd zu und nickte. Vor allem die Geschichte von der Flasche, die der ehemalige Kohlenträger angeblich auf der Straße gefunden hatte, schien ihn sehr zu amüsieren. „Du hast Pech gehabt", meinte Steph nur, als Cyrille fertig war. „Es gibt durchaus brauchbare Burschen unter den Siedlerpriestern. Aber es heißt auch, dieser Gauzon sei der Neffe eines Bischofs."

Cyrille erzählte Steph daraufhin die Geschichte mit der Grotte, über die sich der junge Robillard sehr wunderte. „Und was wirst du jetzt machen?" fragte der Sohn des Warenhausbesitzers.

„Ich werde mir ein Stück Land in einer ruhigen Ecke suchen und mich allein durchschlagen . . ."

„Das geht nicht", meinte Steph. „Wenn du dich irgendwo niederläßt und dich nicht im Siedlungsbüro angemeldet hast, kannst du wegen Landstreicherei verhaftet werden. Man kann dich sogar ausweisen, selbst wenn du schon ein ganzes Grundstück gerodet hast."

Cyrilles Miene verfinsterte sich. Er spürte, wie die Wut in ihm aufstieg.

„Keine Sorge", beruhigte ihn Steph, „den Pater brauchst du dafür nicht, du gehst zum Siedlervorstand. Faivre ist in Ordnung, er kann das regeln. In einer Stunde ist er in seinem Büro."

Schließlich kaufte Cyrille ein paar Werkzeuge, die er auf Kredit bekam.

„Wo wirst du schlafen, bis du deine Hütte hochgezogen hast?" fragte Steph.

„Ach ja, der Ukrainer hat gesagt, du könntest mir eine Zeltplane und einen kleinen Schlitten leihen."

„Der weiß wohl alles. Überall steckt er die Nase hinein."

Steph führte Cyrille ins Lager. Die Kisten und Säcke verströmten einen Duft nach Kaffee, Gewürzen und Kakao. Der junge Mann räumte einen Haufen Dosen, Säcke und Kanister beiseite, holte eine Zeltplane, Heringe mit Schnüren und einen kleinen Schlitten hervor.

„Ich leihe dir auch noch ein paar Felldecken", meinte er. „Du läßt alles hier und kommst wieder vorbei, wenn du bei Faivre warst. Ich zeige dir dann, wie du das Zelt aufbaust. Es hat eine doppelte Wand, an der die Bodenplane festgenäht ist. Selbst im feinsten Pulverschnee fühlst du dich wie zu Hause. Ich werde dir auch Schneeschuhe leihen, die dir im tiefen Schnee gute Dienste leisten. Du mußt nur aufpassen, daß dir die Füchse nicht die Riemen wegfressen."

„Wie kann ich dir das Werkzeug und die Lebensmittel bezahlen?"

„Wir geben den Siedlern bis zur ersten Ernte Kredit", sagte Steph. „Meine Mutter will das so – schließlich weiß sie noch gut, was wir bei unserer Ankunft durchmachen mußten."

Cyrille hätte ihm gerne gedankt, aber plötzlich war seine Kehle wie zugeschnürt. Steph riet ihm, welche Vorräte er mitnehmen sollte, und erst als sich Cyrille zum Gehen wandte, fragte er ihn nach seinem Namen, um ein Heft anlegen zu können. „Immer, wenn du kommst und etwas brauchst, notieren wir es."

„Soll ich unterschreiben?"

Der große Blonde lächelte. „Nein. Hier vertrauen wir einander. Wir hoffen nur, daß du weiter bei uns einkaufst, wenn es dir bessergeht."

„Ich bin doch kein Schuft und vergesse, was du für mich getan hast!"

„Am besten, du gehst jetzt zu Faivre. Wie gesagt, er ist in Ordnung, aber er kennt das Land noch nicht so gut. Bitte ihn um ein Grundstück, das nicht allzu weit von der Eisenbahnlinie entfernt liegt. Wenn du nicht gerade einen Fuhrbetrieb mit Zugtieren aufmachen willst, mußt du dir keinen Weg bauen."

Cyrille bedankte sich. „Weißt du, ich habe tatsächlich schon als Fuhrmann gearbeitet. Sobald ich mir ein Pferd kaufen kann, macht mir ein weiter Weg keine Angst. Und wenn du jemanden kennst, der Pferde hat, aber keinen Fuhrmann, kannst du mich rufen. Ich helfe gerne aus."

CYRILLE betrat die Siedlerbaracke in Saint-Georges am späten Vormittag. An der Art, wie ihn Élodie begrüßte, merkte er, daß er bereits erwartet worden war. Auch die Blicke der anderen Frauen sprachen Bände. Als Élodie ihn umarmte, blieb er reglos stehen, während die drei Kinder an ihm herumkletterten. Er richtete einen fragenden Blick auf die dicke Charlotte Garneau und ihre Freundinnen, die einen Kreis um Élodie und ihn gebildet hatten. Alle schnatterten durcheinander, und Cyrille hatte Mühe, etwas zu verstehen. Schließlich begriff er, daß eine der Frauen beobachtet hatte, wie er Vorräte eingekauft und eine Waldläuferausrüstung besorgt hatte.

Zunächst wurde Cyrille von einem nervösen Lachen geschüttelt. Doch nachdem er seinen Ärger am Vorabend hatte unterdrücken müssen, holte er jetzt tief Luft und ließ seiner Wut freien Lauf.

„Verdammt und zugenäht!" schrie er mit donnernder Stimme, die die anderen auf der Stelle zum Schweigen brachte. „Darf ich die Sache vielleicht mal erklären? Was wißt ihr Waschweiber denn schon? Überhaupt nichts!" Er warf den Frauen einen zornfunkelnden Blick zu. „Ihr laßt euch den Kopf von albernem Tratsch verdrehen!"

„Er hat recht", räumte Charlotte ein. „Laßt ihn erzählen."

„Du bist wieder hier, aber gehst erst in den Laden und sonstwohin, bevor du herkommst", beklagte sich Élodie, den Tränen nahe.

Er wandte sich ihr zu, und als er ihren verstörten Gesichtsausdruck sah, gelang es ihm, sich zusammenzureißen. „Es war zu früh. Ich hätte die Kinder aufgeweckt."

„Aber was machst du hier?"

Cyrille zögerte mit einer Antwort. Seine Wut hatte sich noch nicht gelegt. Sie lauerte in ihm wie eine Bestie auf dem Sprung, und er durfte sich nicht zu einer unüberlegten Tat hinreißen lassen. Vor allem wollte er nicht, daß Élodie, die er mehr als alles auf der Welt liebte, die Leidtragende wäre.

Charlotte verschränkte die Arme vor ihrer üppigen Brust. „Ich gehe jede Wette ein, daß du eine Meinungsverschiedenheit mit dem Pater hattest!"

„Ganz genau. Und er hat wirklich Glück gehabt, daß ich ihm nicht an die Gurgel gesprungen bin!"

Rasch erzählte er den Frauen, was geschehen war. Als er die Grotte und die Heilige Jungfrau erwähnte, fingen einige seiner Zuhörerinnen an zu beten. Sobald er geendet hatte, trat eine beängstigende Stille ein. Die Luft war schwer vom Kohlgeruch, der aus einem Topf emporstieg, dessen Deckel sich von Zeit zu Zeit lautlos anhob.

Schließlich durchbrach Élodies Schluchzen die Stille. Cyrille nahm seine Frau in die Arme. „Weine nicht . . ., wein doch nicht, mein Kleines", sagte er sanft.

„Was soll aus uns werden?"

Er berichtete, daß er beim Siedlervorstand gewesen sei und sich mit Faivres Hilfe eine andere Parzelle aussuchen werde.

„Ich komme mit dir", erklärte Élodie.

„Nein, das geht nicht! Ich hole dich und die Kleinen, sobald ich uns ein Blockhaus gebaut habe."

Wieder erhitzten sich die Gemüter der Frauen, weil Élodie nicht wollte, daß ihr Mann allein im Wald kampierte. Die Kinder klammerten sich heulend an Cyrille, und es dauerte eine Weile, bis Charlotte für Ruhe gesorgt hatte. Als Élodie weiterjammerte, fuhr die dicke Konditorsfrau sie an: „Ich verstehe nicht, warum du herumflennst! Wer hält es schon mit so einem Irren wie diesem Pfaffen aus! Dem geht man besser aus dem Weg."

Ein paar Frauen kicherten nervös. Cyrille entdeckte in den Blicken, die Charlotte ihm zuwarf, eine gewisse Komplizenschaft.

Sie baute sich vor ihm auf, packte ihn am Pullover und schüttelte ihn. „Jedenfalls brauchst du nicht damit zu rechnen, daß ich dir Blumen ans Grab bringe, wenn du unter einem Meter Schnee krepierst!“

Billons Frau machte eine müde Handbewegung. „Arme Charlotte“, seufzte sie, „wo willst du denn in dieser Jahreszeit Blumen herbekommen?“

Diesmal war das Gelächter echt, und selbst Cyrille stimmte ein. Er setzte sich neben Élodie auf das Bett, zog seine Frau fest an sich, und sie lehnte den Kopf an seine Schulter. „Geh nicht so weit fort“, bat sie. „Und komm zurück, sobald du was gefunden hast.“

„Keine Angst, mein Kleines. Monsieur Faivre wird mir zeigen, wo ich mich niederlassen kann. Er wird dir berichten, wie es mir in der Wildnis geht. Wenn die starken Schneefälle einsetzen ...“

„Ich stell ihm etwas auf den Tisch, damit er sich den Bauch vollschlagen kann, bevor er aufbricht“, meinte Charlotte und verließ mit den Kindern das Abteil.

„Warte wenigstens bis morgen“, murmelte Élodie, als sie allein waren. „Tu es mir zuliebe.“

Doch Cyrille stand auf. „Nein. Ich kann nicht. Faivre erwartet mich noch vor zwölf am Bahnhof.“

Sie gingen zur Mitte des Raumes, wo Charlotte und ein paar andere Frauen warteten. Charlotte hatte eine große Wurst aus dem Kochtopf geholt, legte sie auf einen Teller und schnitt sie mit der Spitze ihres Messers tief ein. Das Fett quoll über die straffe Pelle und verbreitete einen Duft, der Cyrille das Wasser im Mund zusammenlaufen ließ.

„Du hast Glück“, sagte Charlotte zu ihm. „Ich habe das Essen heute besonders frühzeitig aufgesetzt.“

Die Frauen und Kinder sahen zu, wie er zur Wurst heißen Kohl mit Kartoffeln aß.

„Wenn du allein da draußen bist und dir den Hintern abfrierst, wirst du noch oft an meinen Eintopf denken, du verdammter Narr“, fuhr Charlotte fort. „Alles in allem ist es mir lieber, daß du ein Stück weit weg bist; wir haben einen zu ähnlichen Charakter, und es würde nicht lang dauern, bis wir das Kriegsbeil ausgraben.“ Ihr zärtlicher Blick, in dem auch eine Spur Bewunderung lag, strafte sie Lügen.

Cyrille war gerührt. „Wenn du nicht hier wärst, mein Dickerchen, würde ich nicht weggehen“, sagte er zu Charlotte, während er Élodie fest in den Arm drückte. „Ich würde es nicht wagen, meine Frau und die Kinder allein zu lassen. Bei dir aber –“

Er wurde von den anderen Frauen unterbrochen. „Das ist aber ein nettes Kompliment für uns!“ hielten sie ihm entgegen.

Charlotte tat, als wäre sie wütend. „Und ich? Kann ich denn etwas dafür, daß dieser Verrückte abhaut? Hat man so etwas schon gehört?“

Nach all der Anspannung sehnten sie sich plötzlich nach Heiterkeit. Aus Cyrilles Abschied wurde ein kleines Fest. Der Ärger mit dem Pater, die drohende Einsamkeit im winterlichen Wald schienen vergessen. Nachdem sich Cyrille noch drei dicke Scheiben Wurst in den Mund geschoben und einen halben Laib Brot in seinen Sack gesteckt hatte, begleiteten ihn die Frauen zur Tür. Clémence und Paul bestanden darauf, ihrem Vater zu helfen, den Schlitten den Hügel hinaufzuziehen, über den man zum Bahnhof kam. Nach vielen Umarmungen, bei denen gelacht und geweint wurde, legte er sich vor der Baracke den Zugriemen seines Schlittens über die Schulter.

Charlottes Stimme übertönte die der anderen, als sie ausrief: „Jetzt bist du nicht mehr der Kohlenschlepper, sondern sogar das Grubenpferd! Das wird dir Beine machen, alter Gauner!“

Das letzte Wort hörte Cyrille kaum noch. Er lief bereits den Hang hinauf und zog seinen Schlitten, den die Kinder lachend und johlend anschoben. Der Wind hatte an manchen Stellen den grauen Vorhang am Himmel aufgerissen. Die verschleierte Sonne warf zögernd einen Strahl auf eine ferne Stelle im dunklen Wald.

Teil 2: Gegen den Wind

1

Lucien Faivre saß wartend hinter dem Fenster des Bahnhofsgebäudes. Als er Cyrille den Hügel heraufkommen sah, trat er hinaus auf den Schotterdamm. Die beiden Männer brachen sofort auf. Eine Zeitlang stapften sie schweigend nebeneinander her, Cyrille mit dem Zugriemen seines Schlittens über der Schulter, Faivre die Hände tief in den Taschen seiner weiten Lammfelljacke vergraben.

„Was ich hier tue, ist nicht ganz in Ordnung“, sagte Faivre nach einer Weile. „Ich hoffe nur, daß dieser Pater Gauzon mir keinen Ärger macht. Wenn einer ’nen Bischof zum Onkel hat, kann man nie wissen.“

Cyrille antwortete nicht. Vor den Frauen hatte er sich stark gegeben, doch jetzt schnürte ihm das Gefühl der Ungewißheit die Brust zusammen.

„Ich habe in den Berichten nachgesehen", fuhr Faivre fort. „Ein gewisser Lepage hat das Gelände rechts von der Bahnlinie untersucht. Es scheint, als hätten die Ingenieure beim Ziehen der Bahntrasse einen kleinen See trockengelegt. Er muß etwa eineinhalb Stunden von hier entfernt sein. Ein Abflußkanal führt unter der Bahnlinie hindurch."

„Und Sie glauben, das wäre eine gute Gegend?"

„Das ist immer noch bester Boden. Außerdem wäre dort schon ein guter Teil gerodet."

„Wenn der Boden so gut ist, warum ist dieser Abschnitt dann nicht erschlossen worden?"

Der dicke Mann nahm die Hände aus den Taschen und machte eine hilflose Geste. „Also, das ist so, mein Lieber . . ., die Verwaltung . . . Sicher, eines Tages wird das gesamte Gebiet entlang der Bahnstrecke erschlossen sein."

Cyrille schritt plötzlich mit neuem Mut aus. Vor ihm lag das Unbekannte, die Freiheit. Von nun an mußte er sich nicht mehr einem Geistlichen unterordnen, der so gut wie nie in seinem Leben ein Werkzeug in der Hand gehabt hatte.

An manchen Stellen hatte der Fahrtwind der Züge, die etwa alle drei Tage vorbeifuhren, den Schnee vom Weg fortgeblasen, so daß der darunterliegende Schotter den Schlitten bremste. Eisplatten krachten, wo die Lokomotiven Wasser abgelassen hatten. Am Horizont verlor sich die gerade Schneise in der Unendlichkeit.

Nachdem die beiden Männer über zwei Stunden unterwegs waren, entdeckten sie unterhalb des Bahndamms den zugefrorenen Abflußkanal. Sie gingen weiter bis zu einem sanften Gefälle, wo schöne Rottannen standen, zwischen deren Stämmen sie ohne Mühe durchkamen.

„Warte einen Moment!" rief Faivre. Cyrille hielt den Schlitten an. Der Siedlervorstand zog die Axt heraus, die mit Riemen auf der Ladung festgeschnallt war. Mit einer tiefen Kerbe markierte er einen Stamm. „Das muß man immer machen", erklärte er. „Wenn dich jemand sucht, braucht er nur nach diesem Zeichen Ausschau zu halten. Auch für dich kann das nach einem Schneesturm sehr nützlich sein."

Sie drangen in das Unterholz vor, wo der Boden nur von einer dünnen Schneeschicht bedeckt war. Darunter spürten sie Moos und eine dicke Schicht Tannennadeln. Faivre markierte ab und zu einen Baum.

Sie mußten häufig einen Zickzackkurs einschlagen, um Sträuchern oder Schlammlöchern auszuweichen, die unter einer zerbrechlichen Eisschicht verborgen waren.

„Es scheint hier viele Quellen zu geben", stellte der Siedlervorstand fest.

Schließlich gelangten sie zu einem breiten Kahlschlag. Er war nur mit ein paar Sträuchern bestanden, und unter der Schneeschicht waren dicke Grasbüschel und junge Nadelbäumchen zu ahnen. „Das ist das Gebiet", sagte Faivre.

Cyrille ließ den Schlitten stehen. Sie gingen zu einer Senke, durch die sich ein zugefrorener Bach wand. Auf der anderen Seite stieg das Gelände sanft an bis zu einem herrlichen Lärchenwald, hinter dem sich ein Hügel erhob.

Faivre zeigte darauf. „Das ist wunderbar. Die Erhebung hält den Nordwind ab."

Linker Hand zog sich ein Birkenwald hin. Cyrille sah sich bewegt um. Wenn dem Siedlervorstand diese Ecke so gut gefiel, würde er dann nicht bald auch andere herschicken? fragte er sich.

Faivre zog eine kleine flache Flasche aus der Tasche und schraubte sie auf. Er nahm einen ausgiebigen Schluck, wischte die Öffnung mit seinem Handschuh ab und hielt sie Cyrille hin. „Komm, trink einen Schluck. Es gibt nichts Besseres gegen die Kälte."

Der Rum wärmte Cyrille den Magen, doch löste er ihm nicht die Zunge. Inzwischen war er überzeugt, daß ihm der Siedlervorstand eine Parzelle in diesem Gebiet nicht mehr verwehren konnte, aber ganz gegen seine Art war er zu schüchtern, um dieses Thema anzusprechen.

Als Faivre seine Flasche wieder zugeschraubt hatte, ging er ein paar Schritte auf den Bach zu, wandte sich zuerst nach Westen, dann nach Süden. Mit halbgeschlossenen Augen schien er das Gelände zu prüfen. Cyrilles Herz klopfte so laut, daß er fürchtete, es müsse bis Saint-Georges zu hören sein.

Schließlich wandte sich Faivre zu ihm um. „Deine Hütte könnte ich mir dort drüben gut vorstellen", erklärte er, „nicht zu weit vom Wasser weg. Eines Tages wirst du einen Brunnen ausheben müssen, aber bis dahin mußt du mit dem Wasser aus dem Bach vorliebnehmen, der dort fließt."

Cyrille hätte den Dicken am liebsten umarmt. „Wollen Sie's nicht gleich kosten?" antwortete er lachend.

„Lach nur", entgegnete Faivre. „In dieser Jahreszeit ist das Wasser aus Flüssen und Bächen noch in Ordnung, aber im Sommer wimmelt es darin von Parasiten. Wenn dir diese Ecke gefällt, kannst du hierbleiben. Es empfiehlt sich jedenfalls, das Wasser abzukochen, bis du den Brunnen gegraben hast."

Wenn eines Tages ein neuer Siedlungsabschnitt in diesem Gebiet erschlossen würde, erklärte Faivre, würde die Zufahrt sicherlich entlang der Bahnlinie verlaufen. Er hatte daher für die Labrèches ein Stück Land im Auge, das sich vom Bach bis zu dieser künftigen Straße erstreckte.

„Das hieße etwa zur Hälfte unbewaldeter Boden oder leicht zu rodendes Gelände, das du recht bald landwirtschaftlich nutzen könntest. Dazu käme dann noch ein schönes Stück Wald, mit dessen Holz du bauen und eine ganze Weile heizen kannst."

Cyrille brachte stotternd ein paar Worte des Dankes heraus. Aber Faivre hörte gar nicht zu, sondern blickte zu den Rottannen hinüber, unter denen sie den Schlitten stehengelassen hatten. „Das Holz für deine Hütte kannst du dort schlagen. Die Grenzen ziehe ich nicht mehr heute nachmittag, dazu muß ich mit einem Gehilfen vorbeikommen. Wir werden es dann ganz korrekt vermessen. Du weißt, daß du ein Anrecht auf fünfundsechzig Morgen hast. Dreißig davon müssen in den ersten zehn Jahren bestellt werden. Das wird dir hier nicht schwerfallen."

Sie betraten den Wald und untersuchten die Bäume. Faivre klopfte mit dem Handschuh die Stämme der Lärchen ab. „Das ist wirklich gut. Da hast du ausgezeichnetes Schnittholz. Der Besitzer der Sägemühle, Gendreau, wird es dir sicher abnehmen. Abtransportieren kann er es allerdings erst, wenn die Straße gebaut ist." Dann sah er Cyrille plötzlich ins Gesicht. „Du bist wirklich ein Erzgauner – dich einfach so abzuseilen! Aber du kannst von Glück sagen, daß du hier gelandet bist. Ich hoffe nur, daß dieser Priester dir keine Schwierigkeiten macht. Die Sache mit der Grotte könnte bei vielen Siedlern Eindruck hinterlassen haben."

Cyrille antwortete nicht.

„Vielleicht ist Gauzon gar kein so übler Kerl", fuhr der Siedlervorstand nach einer Weile fort. „Du hast ihn nur an einer empfindlichen Stelle getroffen. Er wollte sich wohl als Chef aufspielen, der es nicht leiden kann, wenn man ihm widerspricht."

„Einen Chef kann ich ertragen, solange er mich bezahlt!" erwiderte Cyrille trocken.

Sie kamen zum Waldrand zurück. „Du hast einen Dickschädel, aber du gefällst mir“, meinte Faivre. „Ich wünsche dir, daß du gut aus der Angelegenheit rauskommst. Nur, weißt du, es ist keine leichte Sache, ganz allein ein Blockhaus zu bauen, wenn man nicht vom Fach ist. Paß auf, wenn du Holz fällst oder auf deinem Bau herumkletterst.“

„Robillard hat mir eine Winde geliehen.“

„Gib trotzdem auf dich acht. Ganz allein hier draußen ein Unfall, meine Güte . . .“ Er zog den Handschuh aus, um Cyrille die Hand zu drücken. „Ich geh jetzt los, dann bin ich vor Einbruch der Dunkelheit zurück. Mach dir bald ein Feuer, und schlag dein Zelt auf. Achte auf die Windrichtung.“

„Ich weiß.“

Cyrille sah dem dicken Mann nach, der im Unterholz verschwand. Über den Wald senkte sich unermeßliche Stille. Cyrille spürte noch immer diese Freude: Er besaß jetzt ein Stück Land! Doch beim Gedanken an die herannahende Nacht wurde ihm ein wenig unbehaglich. Er zog den Schlitten zu der Stelle, wo er sein Zelt aufschlagen wollte. Und um die Stille zu durchbrechen, sagte er: „Hier wird niemand herkommen und mir auf den Geist gehen, und wenn ich erst einmal ein tüchtiges Pferd habe, brauche ich auch niemanden, der mir eine Straße baut.“

Mit dem Einsetzen der Dämmerung frischte der Wind heftig auf. Er kam heulend über den Hügel, stieß gegen die Wand von Rottannen, schöpfte neue Kraft über der abgeholzten Fläche und dem Eis des Baches, peitschte in Böen gegen das Zelt, in dem sich Cyrille gerade in Decken und Wolfsfelle eingerollt hatte. Bald herrschte völlige Dunkelheit. Die Zeltplane flatterte, hielt dem Toben des Sturms jedoch stand.

Nach Faivres Aufbruch hatte Cyrille drei kleine Rottannen gefällt, gerade genug, um sich ein Feuer zu machen. Er dachte kurz an seine Frau und die Kinder, doch vor allem beschäftigten ihn die Aufgaben, die vor ihm lagen. Es war gut, daß er mit Billon zusammengearbeitet hatte. So hatte er gelernt, wie man ein Blockhaus errichtet. Mit dem Daumen betastete er die Hornhaut, die sich an der Innenseite seiner Finger gebildet hatte. Die Erschöpfung, die ihn beim Schleppen der Kohlensäcke oft überfallen hatte, war in weite Ferne gerückt. Er hatte an sich selbst völlig neue Fähigkeiten entdeckt. Eine neue Welt. Seine Erregung hinderte ihn lange Zeit am Einschlafen, aber schließlich sank er doch in einen tiefen Schlaf, während der Wind draußen seinen wilden Tanz aufführte.

Als Cyrille erwachte, warf das Morgengrauen schon einen Lichtschimmer durch die Ritze des Zelteingangs. „Großer Gott! Ich habe verschlafen!" rief er, sprang auf und zog sich schnell die Schuhe an. Das Feuer war ausgegangen, doch unter der dicken Ascheschicht war noch genügend Glut. Die Tannennadeln knisterten, und der Wind blies von der Seite in die Flammen.

Nachdem Cyrille eilig seinen Tee getrunken hatte, machte er sich daran, den Platz, den er für das Blockhaus ausgesucht hatte, vom Gestrüpp zu befreien. Er war fest entschlossen, seinen Grund und Boden sehr sorgsam zu behandeln. Schon sah er sich mit einem braven Pferd vor dem Pflug das Land bestellen, auf dem er Getreide säen würde, von dem er sich reiche Ernten versprach.

Als er ein Rechteck von fünf auf sechs Meter vom Bewuchs befreit hatte, gönnte er sich Zeit für einen Becher Tee und rollte sich eine Zigarette. Er seufzte, als er den Platz betrachtete, auf dem er sein Blockhaus bauen würde. „Es wird nicht groß", sagte er vor sich hin, „aber wir werden es wenigstens warm haben. Außerdem ist es ja nur vorübergehend."

Mit der Hacke, die klingend auf die hartgefrorene Erde schlug, ebnete er den Boden. Wenn er ihm eine Wunde zufügte, kam die schöne schwarze Krume zum Vorschein, die einen rostroten Schimmer aufwies. An manchen Stellen war sie auch von gräulichen Adern durchzogen. Cyrille ging in die Hocke, nahm eine Handvoll Erde auf und atmete lange ihren Duft ein. „Ganz bestimmt – das ist ein besonders guter Boden", murmelte er versonnen.

Als er fertig war, aß er etwas und ging dann mit der Holzfälleraxt in den Wald. Der Wind fuhr heulend durch die Kronen der Bäume. Cyrille zog seine dicke Jacke aus und begann mit dem Fällen. Zuvor sprach er jedoch mit den Rottannen, denn er hatte gelernt, die Fallrichtung eines Baumes genau zu bestimmen. „Du da fällst bis hierher. Wetten? Und du gibst einen besonders schönen Firstbalken ab."

Vor Schmerz biß er die Zähne zusammen, als er nach einer Weile das Blut sah, das aus seinen aufgesprungenen Blasen am Axtstiel entlanglief. Ein ganz neues Glücksgefühl erfüllte ihn. „Lieber Gott, diese Erde ist wie ein Pferd!" rief er. „Hat man einmal Freundschaft mit ihm geschlossen, kann man von ihm bekommen, was man will. Nur zwingen darf man es nicht."

Nach einem Tag schwerer Arbeit, die Cyrille in der Einsamkeit anstrengender vorkam als drüben mit den anderen, fühlte er sich bereits als Holzfäller, Landmann und Viehzüchter. Um seinen Händen Erholung zu gönnen, hatte er gegen Abend angefangen, die schon auf Länge geschnittenen Stämme an Ort und Stelle zu bringen. Es war eine gewaltige Kraftanstrengung. Er schwitzte und war glücklich.

Der Schein des Feuers, auf dem Cyrille seine Dosenmahlzeit erhitzte, reichte bis zu der Stelle, wo er bald mit dem Bau der Hütte beginnen würde. Er war erschöpft, doch die wunderbare, fast greifbare Vorstellung von einem warmen kleinen Haus, in dem er mit Élodie und den drei Kindern leben würde, verlieh ihm neue Kraft.

SCHON vor dem Morgengrauen war Cyrille tags darauf aufgestanden. Er rieb sich das Gesicht mit den Händen. Sein Bart war stachelig. „Jedenfalls war ich gestern bestimmt nicht faul", sagte er, nur weil er das Bedürfnis hatte zu sprechen.

Er legte neues Holz aufs Feuer, nahm eine Kanne und die Hacke und ging zum Bach hinunter. In der Nacht hatte sich die Eisschicht, die er aufgeschlagen hatte, wieder geschlossen. Seine Hiebe waren weithin zu hören, und einen Moment schien der ganze Bach zu erzittern. Während Cyrille Wasser zum Zelt trug, um Tee zu kochen, waren noch Sterne am Himmel zu sehen, doch sie erloschen allmählich im Schein des heraufziehenden Tages. Der Nordwind säuselte fast freundschaftlich.

Als Cyrille ein Stück Brot mit geräuchertem Speck gegessen und stark gesüßten Tee getrunken hatte, war es so hell, daß er mit seiner Arbeit beginnen konnte. Um sich aufzuwärmen, spitzte er zunächst Pfosten an, mit denen er die Ecken seiner Baustelle markierte und mit deren Hilfe er den Boden in der Waagerechten ausrichten konnte. Er mußte ein paar Bäume fällen, um einen möglichst direkten Weg zur Bahnlinie zu bahnen. Die Sonne hatte den Hügel schon ganz in Licht getaucht. Cyrille sah zu der Hügelkuppe hinüber und verspürte plötzlich Lust hinaufzusteigen, um seine Parzelle einmal ganz überblicken zu können. Also überquerte er die abgeholzte Lichtung und den Bach. Er hatte keine Mühe, zwischen den Nadelbäumen voranzukommen. Je weiter er bergan ging, desto häufiger tauchten kahle Stellen auf. Unter dem verharschten Schnee vermutete Cyrille Felsen.

Mitten auf einer dieser kleinen Lichtungen drehte er sich um. Fast verschlug es ihm bei dem Anblick, der sich ihm bot, den Atem. Über der weißen Schneelandschaft lag ein unwirkliches Glänzen, in dem sich die ganze Farbpalette spiegelte. Am Horizont verschmolz der Lichtschein zu einem irisierenden violetten Leuchten. Die Schneise der Transkontinentalen Eisenbahn durchschnitt das Land von Ost nach West. Der Wald bildete eine eintönige grauweiße Fläche, die nur vom hellen Weiß der zugefrorenen Seen und Flüsse durchbrochen war.

Als sich Cyrille nach links wandte, sah er Rauch aufsteigen. Die Siedler hatten ihre Feuer angezündet. An der Bahnstrecke erkannte er auch Saint-Georges, vor allem die beiden hohen Schornsteine des Sägewerks. Jenseits des Harricana, der sich dort, wo der Fluß noch nicht zugefroren war, tintenfarben von seiner funkelnden Umgebung abhob, konnte Cyrille sogar den Rauch der Feuerstellen in Abschnitt drei ausmachen. Stolz erfaßte ihn, und beinahe empfand er ein wenig Mitleid für seine Freunde, die in der Nähe der kleinen Stadt geblieben waren. Zugleich freute er sich, daß er sich an seinem Standpunkt hoch über dem Pater und seiner falschen Grotte von Lourdes befand. Für Cyrille war der Hügel der Mittelpunkt der Welt.

Langsam machte er sich an den Abstieg, wobei ihn eine tiefe Ergriffenheit erfüllte. Er hatte gewußt, daß dies ein weites Land war, aber jetzt hatte er es gesehen und gespürt. „Alle Achtung, das ist wirklich was", sagte er immer wieder.

Als er den Bach überquerte, stand die Sonne über dem Wald. Das Eis funkelte. Der Wind hatte wieder aufgefrischt und trieb lange Schleier von glitzerndem Schnee vor sich her, die im Schatten der Lärchen verschwanden.

Die Winterkälte hatte nun endgültig Einzug gehalten. Cyrille blickte oft prüfend zum Himmel hinauf. Sobald Wolken aufzogen, fürchtete er heftige Schneefälle und beeilte sich noch mehr.

Manchmal kamen Tiere in die Nähe seines Lagers. Die Schwarzbären waren am kühnsten, wagten sich schnuppernd ganz nahe an die Kiste heran, in der Cyrille seine Vorräte aufbewahrte. Wenn Cyrille das sah, rannte er zum Feuer, zog ein glühendes Holzscheit heraus und warf es den riesigen schwarzen Tieren entgegen. Brummend trollten sie sich und schwankten auf ihren kurzen Beinen davon. Auch Hasen, Moorschneehühner und viele unbekannte Vögel fanden sich bei ihm ein.

„Wenn ich genug Geld habe, kaufe ich mir ein Gewehr“, beschloß Cyrille.

Steph Robillard hatte ihm zwei Fallen und Schlingendraht verkauft. Aber Cyrille fand die Schlingen immer leer vor, und die Fallen waren zugeschnappt, ohne daß Beute zwischen ihren stählernen Backen saß. Das Wild war geschickter als er und stahl den Köder, ohne sich fangen zu lassen.

„Verdammte Viecher!“ schrie Cyrille. „Sobald ich mit dem Hausbau fertig bin, werde ich lernen, wie man Fallen stellt. Ihr werdet schon sehen!“

Im Augenblick wollte er keine Zeit verlieren und beschränkte sich in seiner Ernährung auf Gepökeltes, Reis, Konserven und Schiffszwieback.

Nach vier langen Tagen glaubte er, genügend Holz geschlagen zu haben. „Morgen fange ich an, die Verzahnungen zu schneiden“, nahm er sich vor.

Er hatte früher schon die Angewohnheit gehabt, mit seinen Pferden zu sprechen. Hier sprach er mit allem, was ihm in die Quere kam, mit dem Holz, dem Schlitten, seinem Werkzeug.

Der nächste Tag war ein Sonntag, der erste Sonntag, den er in der Wildnis verbrachte. Élodie hatte ihn gebeten, zur Messe zu kommen. „Ich versuche es“, hatte er gesagt. Er wußte, daß auch die Männer von Abschnitt drei erscheinen würden, und lächelte spöttisch: Im Gleichschritt hinter dem bärtigen Pater, vermutete er. Einen Moment überlegte er, ob er hingehen sollte. Aber er wollte jetzt keinen ganzen Tag verlieren, da es jeden Augenblick schneien konnte.

„Ich kann auf keinen Fall von hier weg, solange ich meine Lebensmittel nicht vor den Bären in Sicherheit gebracht habe“, sagte er sich. „Sie würden mir nichts übriglassen.“

Am nächsten Morgen in aller Frühe baute er sich ein mit Winkeln verstärktes Gestell, auf dem er die Verzahnungen aus den Rundhölzern sägen konnte. Diese Arbeit war langwierig und eintönig. Bis zum Nachmittag war er gut vorangekommen. Als er gerade einen neuen Einschnitt beendet hatte, schrak er plötzlich zusammen.

„Sie vergeuden Ihre Zeit, Labrèche!“ ertönte eine Stimme hinter ihm. „Es bekümmert mich, besonders wenn die Zeit dem lieben Gott gestohlen ist.“

Cyrille drehte sich mit einem Ruck um. Der Ankömmling hatte einen schwarzen Segeltuchsack in der Hand, ein Beil in den breiten

Gürtel gesteckt und die graue Wollmütze weit über die Ohren gezogen: Pater Levé stand nur etwa vier Schritt von ihm entfernt. Sein Gesicht erhellte ein breites Lächeln.

„Aber was machen Sie hier, Herr Pfarrer?"

„Was ein Geistlicher tun muß, mein Sohn: seine Gemeindemitglieder besuchen, wenn diese nicht in die Kirche kommen. Wenn ein widerspenstiges Schaf sich von der Herde entfernt, so heißt das nicht, daß es dem Hirten gleichgültig geworden ist. Im Gegenteil, mein Freund, im Gegenteil."

„Um diese Tageszeit . . ."

„Gibt es eine gute und eine schlechte Tageszeit, um Gott zu dienen?"

„Nun, es ist gleich Abend, und wenn Sie sich bei dieser Kälte noch auf den Heimweg machen wollen . . ."

Der kleine Geistliche lachte. „Mich jetzt noch auf den Heimweg machen? Das kann nicht dein Ernst sein, Cyrille Labrèche. Würdest du deinen Pfarrer denn in der Nacht wie einen Hund davonjagen?"

„Aber Pater, ich habe doch nur dieses Zelt."

„Ich habe schon in diesem Zelt geschlafen, als du noch nicht im entferntesten daran gedacht hast, in diese Gegend zu kommen, mein Sohn. Raoul Robillard, der wilde Kerl, dem es gehört, hat mich oft zum Fallenstellen mitgenommen. Er ist Stephs Onkel, und wir zwei haben uns in diesem Zelt recht wohl gefühlt, obwohl Raoul sicher doppelt soviel Platz beansprucht wie du." Er ging auf das Lager zu, stellte seinen Sack ab und schnallte das Beil los, dem man ansah, daß es häufig benutzt worden war. „Weißt du", fuhr der Priester fort, „mir fehlt der Wald. Also habe ich mir gesagt, Labrèche hat sein Lager bestimmt nicht weit von hier aufgeschlagen. Ich werde ihm einfach ein oder zwei Tage zur Hand gehen . . ."

„Ich brauche niemanden!" brummte Cyrille unwirsch.

„Das weiß ich. Weder mich noch den lieben Gott!" Der Priester baute sich vor Cyrille auf, der ihn um einen guten Kopf überragte, packte ihn an den Aufschlägen seiner dicken Jacke und schüttelte ihn. „Jetzt hör mir mal gut zu, du Dickschädel! Ich bin fast seit dem ersten Tag hier und hab eine Menge Großmäuler und Schurken mit eingeklemmtem Schwanz wieder abziehen sehen. Ein paar habe ich sogar beerdigt."

Plötzlich hielt er inne, ließ Cyrilles Jacke los und trat einen Schritt zurück. Dann fuhr er mit noch immer schroffer Stimme fort: „Schau,

Cyrille, ich habe dir doch nichts getan. Warum willst du mir also nicht das Vergnügen gönnen, ein bißchen herumzuzimmern? Je eher deine Hütte fertig ist, desto eher kannst du die Deinen herholen. Erzähl mir nur nicht, daß du keine Sehnsucht nach ihnen hast. Das würde ich dir nämlich nicht glauben. Jedenfalls habe ich deine Frau heute morgen gesehen. Ich kann dir nur sagen, daß ihr die Zeit sehr lang wird."

Er warf ein paar Zweige in die Flammen und setzte sich auf den Baumstamm, den Cyrille vor die Feuerstelle gerollt hatte. „So, und was essen wir?" fragte er schließlich.

Die Ankunft des Priesters und seine überraschende Rede hatten Cyrille verwirrt. Jetzt kramte er in seiner Kiste und holte einen Kochtopf und eine Dose Rindfleisch hervor.

Er tauchte die Dose kurz in das heiße Wasser seines Kessels, öffnete sie dann, ließ den rötlich glänzenden, hartgefrorenen Inhalt in den Kochtopf gleiten und stellte den Topf in die Glut. Der Priester kauerte sich vor seinen Sack und zog zwei Sardinenbüchsen, drei Päckchen Kekse und zwei Tafeln Schokolade heraus. „Welch ein erlesenes Festmahl!" rief er und richtete sich wieder auf.

Kurz sah er sich um, scharrte den Schnee zur Seite, griff nach der Hacke und schlug dreimal in den Boden neben dem Feuer. Er hob ein paar Krumen Erde auf, zerrieb sie und ließ sie langsam in seine Handfläche rieseln. Dann trat er ans Feuer, um die Erde zu untersuchen.

„Weißt du, ich stimme mit Faivre überein. Ich glaube, du bist hier auf ein wunderbares Fleckchen Land gestoßen. Der Boden besteht aus einer Mischung aus Torf, Lehm und Waldhumus, die recht fruchtbar sein müßte. Wenn du einen Garten anlegst, kannst du in dieser geschützten Lage bestimmt als erster ernten. Ich werde plündern kommen."

Seine Miene wurde ernst. Er kniete langsam nieder und hob die Hand mit der zerriebenen Erde wie zu einem Opfer. „Herr, segne diese Erde, die dein Sohn Cyrille bebauen wird", flehte er mit lauter Stimme. „Gib, daß seine Mühe nie vergeblich ist und daß das Korn, das er sät, nicht von Unkraut überwuchert wird." Der Priester bekreuzigte sich.

Cyrille tat es ihm nach. „Danke, Pater", murmelte er ein wenig beschämt.

Als hätte Pater Levé es nicht gehört, setzte er sich wieder hin und erklärte, der Marsch habe ihn mächtig hungrig gemacht. Schon senkte sich die Dunkelheit herab, und die ersten Sterne zeigten sich.

Wie so oft in der Dämmerung herrschte Windstille. Als Cyrille das Fleisch umgerührt hatte, von dem ein Duft nach Tomaten und Gewürzen aufstieg, setzte er sich neben den Priester.

Pater Levé hielt ihm seinen Tabaksbeutel hin, nachdem er sich selbst eine Pfeife gestopft hatte. „Du solltest dir auch eine Pfeife kaufen", meinte er. „Die taugt mehr als deine Papierzigaretten. Außerdem ist eine Pfeife sehr praktisch, weil sie dir die Finger wärmt."

Pater Levé war flink wie ein Wiesel, und er hatte erstaunlich geschickte Hände. Im Laufe der mehr als zwanzig Jahre, die er nun schon in Saint-Georges lebte, hatte er bei manchem Hausbau mitgeholfen. Doch Cyrille hatte sich so sehr in den Kopf gesetzt, sein Blockhaus allein zu errichten, daß ihn die Gegenwart des Priesters fast ein wenig störte.

„Du wünschst mich zum Teufel, nicht wahr?" fragte ihn der Priester, als sie am nächsten Morgen ihren Tee tranken. „Wäre ich Garneau oder der Ukrainer, würdest du mich mit dem Stiel deiner Hacke verjagen. Aber bei deinem Pfarrer traust du dich das nicht. Du sagst dir, das würde den lieben Gott gegen dich aufbringen. Mach kein langes Gesicht. Ich stehe dir ganz zu Diensten. Du brauchst nur zu befehlen."

Cyrille schlug vor, der Pater solle die Verzahnungen mit der Säge vorbereiten, damit er selbst sie mit der Axt herausschlagen könne. Eine Weile arbeiteten sie zügig im Wind und bei schneidender Kälte. Dann hoben sie die vorbereiteten Stämme auf, paßten sie ein, nahmen sie wieder heraus und besserten mit dem Beil die Verzahnungen nach, bis die Fugen möglichst dicht waren.

Rasch und unmerklich hatte Pater Levé bei der Arbeit die Führung übernommen. Cyrille sprach kaum ein Wort. Dafür redete der Priester ununterbrochen.

„Lege ich die Querbalken jetzt so? Ach nein, man sollte besser dort anfangen. Entschuldige, ich hatte das falsch verstanden. Du hast recht. Das ist viel zweckmäßiger. Aber was willst du, ich bin eben Geistlicher und kein Zimmermann. Außerdem redest du zuviel. Mit deinen Anweisungen bringst du mich völlig durcheinander."

Schließlich konnte Cyrille nicht mehr an sich halten. „Wenn Sie doch nur aufhören würden, sich über mich lustig zu machen, Pater!"

Der Priester richtete sich auf und streckte den schmerzenden Rücken. „Und wenn du Dickschädel doch nur aufhören würdest, so ein miesepetriges Gesicht zu ziehen!"

Sie lachten los. Es war ein befreiendes Lachen, das der Wind in den Wald trug. Nun ging die Arbeit in vollkommener Harmonie voran.

„Auf dieser Erde geschieht nichts ohne Gottes Hilfe“, sagte der Priester nach einer Weile. „Aber der Herr hatte anderswo zu tun, also hat er zu mir gesagt: ‚Jules, da du gerade nichts Besonderes vorhast, geh mal zu Labrèches Parzelle.‘ “

„Ich weiß nicht, ob der liebe Gott mit den Händen ebenso geschickt ist wie Sie, Pater.“

„Wie kannst du daran zweifeln? Du hast wohl die Heilige Schrift vergessen. Wenn du bedenkst, was er in einer Woche erschaffen hat, wird dir klar werden, daß wir nur armselige Stümper sind.“

Als der Zug vorüberfuhr, zog Pater Levé seine große Taschenuhr heraus und öffnete sie. „Fünf Stunden Verspätung“, stellte er fest. „Es muß viel Schnee gefallen sein im Westen. Wir müssen uns beeilen, mein Sohn, die Schlechtwetterfront wird hierherkommen.“

Abends am Feuer erzählte der Priester von dem Land und den Pionieren, die die Eisenbahn und die ersten Brücken gebaut hatten. Dann fragte er Cyrille nach seiner Vergangenheit. Da der frühere Kohlenträger vor allem von seiner Arbeit und seinen Pferden sprach, erkundigte sich der Priester dann nach Élodie: „Und deine kleine Frau? Ich habe gelesen, daß sie Schneiderin war.“

Widerwillig berichtete Cyrille, daß Élodie die Tochter eines wohlhabenden Schneiders war, der gegen ihre Verbindung gewesen war.

Der Priester hörte ihm mit großem Interesse zu und merkte nicht einmal, wie seine Pfeife ausging. „Weißt du, deine Frau, die in so guten Verhältnissen aufgewachsen ist, wird es hier in dieser Einsamkeit schwer haben“, erklärte er schließlich.

„Aber nicht, wenn wir zusammen sind“, entgegnete Cyrille.

Der Priester sah Cyrille halb spöttisch, halb besorgt an. „Wie so eine nette Frau einen stacheligen Igel wie dich lieben kann, wird mir immer ein Rätsel bleiben.“

„Ich liebe sie auch.“

„Daran habe ich keinen Augenblick gezweifelt. Aber du zerkratzt dir an diesen Stacheln ja auch nicht das hübsche Gesicht. Sie war es doch, die den warmen Schoß einer bürgerlichen Familie verlassen hat, um eine Ehe voller Entbehrungen einzugehen.“ Der Priester blickte nachdenklich in die Flammen. Dann fügte er hinzu, ohne Cyrille anzusehen: „Es ist wirklich erstaunlich, daß ihre Eltern eure Heirat nicht verhindert haben.“

Der Wind heulte, und das Feuer knisterte. Cyrille holte ein paarmal tief Luft und warf dem Priester aus den Augenwinkeln einen Blick zu. „Wir mußten heiraten“, murmelte er kleinlaut.

Pater Levé tat so, als hätte er diese Bemerkung nicht gehört. „Wenn du das Deine beiträgst, könnt ihr hier glücklich werden“, meinte er. „Du hast zwar einen schwierigen Charakter, aber auch genügend Mut, so daß dir der liebe Gott gewiß beistehen wird.“

Hinter ihnen tobte der Wind auf der Flanke des Hügels. Er heulte wie ein Wolf in der Dunkelheit. Um sie herum war nichts als Wald und über ihnen in unermeßlicher Ferne das Funkeln von Millionen von Sternen.

Plötzlich erinnerte sich Cyrille an einen Spruch, den er als Kind gehört hatte. „Sind das wirklich die Seelen der Toten?“ fragte er den Priester und zeigte zum Himmel.

Pater Levé wiegte den Kopf. „Warum nicht? Warum nicht . . .?“ Er schien in tiefes Nachdenken zu versinken. „Weißt du, es ist ganz schön einsam hier“, fuhr er nach einer Weile fort. „Da können schlimme Zeiten auf euch zukommen. Ich will nicht, daß du vor lauter Stolz halsstarrig wirst. Wenn du etwas brauchst, vergiß nie, daß eine Gemeinde die Gemeinschaft von Christen ist. Wir sind alle Brüder und Schwestern und sollten einander helfen. Du wirst doch nicht so dumm sein, das Leben der Deinen in Gefahr zu bringen! Komm, heute abend wollen wir besonders für Élodie beten und für eure Kinder. Und für dieses Haus, in das das Glück Einzug halten möge."

Cyrille kniete neben Pater Levé nieder, und sie beteten. Der frühere Kohlenträger sprach die Worte des Geistlichen nach und dachte ganz fest an dieses Haus, in dem er die sah, die er liebte. Er bedauerte es, diesen kleinen Priester nicht schon früher kennengelernt zu haben. Wäre er sich Pater Levés Unterstützung gewiß gewesen, hätte er sich eine Parzelle näher bei Saint-Georges gesucht. Er hatte Lust, es ihm zu sagen, aber er fand nicht die richtigen Worte.

NACH drei Tagen harter Arbeit war das Gröbste getan. „Das Dach schaffst du auch ohne mich", erklärte der Priester am Abend des dritten Tages. „Und vergiß nicht, die Teerpappe straff zu spannen. Ich muß morgen früh nach Saint-Georges zurück."

Pater Levé brach im Morgengrauen auf.

Cyrille drückte ihm die Hand. „Danke, Pater . . ."

„Du sollst mir nicht danken. Ich habe dir doch gesagt, ich bin hierhergekommen, um meinen Spaß zu haben. Du willst doch nicht behaupten, daß es dir keinen Spaß gemacht hat?"

Cyrille lächelte. „Nein, Pater . . . Es ist nur, ich meine . . ., danke, daß Sie meiner Frau beistehen . . ."

„Ich werde ihr ausrichten, daß ihr in drei Tagen einziehen könnt. Mach dir keine Gedanken, ich organisiere das schon. Wenn du nach Saint-Georges kommst, ist alles bereit."

Cyrille sah dem kleinen Priester nach, der sich mit federnden Schritten entfernte. Als der Pater im Unterholz verschwunden war, fühlte sich Cyrille plötzlich sehr allein – er war glücklich und traurig zugleich. Rasch wandte er sich seiner Hütte zu, die noch gedeckt werden mußte.

„Ich habe wirklich Glück gehabt", murmelte er und sah dabei zum Himmel hinauf, über den ein dünner grauer Schleier zog. „Ohne Pater Levé wäre ich vielleicht nicht vor dem Schnee fertig geworden . . ."

PLÖTZLICH kam der Wind aus der entgegengesetzten Richtung. Das verhieß Schnee, und zwar nicht den leichten Pulverschnee, der schon im Herbst die letzten Rosttöne der Laubbäume bedeckt hatte, sondern die dicken Flocken des Winters, die von allen Seiten zugleich zu kommen scheinen.

Die Tiere im Wald spürten es zuerst. Eilig verschwanden sie in ihrem Bau, um den Winterschlaf anzutreten, oder sie machten sich nach Süden auf. Aber auch die Menschen, die im Wald lebten, Indianer und Fallensteller, befestigten Hütten und Zelte und sammelten Holz. Nach ihnen bereiteten sich schließlich diejenigen Siedler auf den Wintereinbruch vor, die schon ein paar Jahre da waren und gelernt hatten, die Zeichen des Wetters zu deuten.

In Saint-Georges mußte der Schuster und Warenhausbesitzer Alban Robillard, der in ein Eisloch gefallen war und seither an Arthrose in den Knien litt, wieder zu seinen Krücken greifen. „Diesmal kommt es dick, ich spüre das", sagte er zu Pater Levé.

Der kleine Priester trat vor die Tür und schnupperte in den Wind. „Ach du meine Güte! Da wähnt man sich in der Nähe des lieben Gottes und vergißt, zum Himmel aufzuschauen."

Mit flatternder Soutane versetzte er den ganzen Ort in Aufruhr. Wie ein Windstoß fuhr er in die Baracke der Siedler, rief Élodie Labrèche zu, sie müsse umziehen und solle schnell ihren Kram zusammenpacken. Die Frauen sahen ihn verdutzt an. „He, Dickerchen, anstatt mich so anzustarren, hilf ihr lieber!" ermahnte er Charlotte Garneau. „Und daß sie die Kinder warm anzieht! Sobald ich ein Fahrzeug habe, hole ich sie ab. Wenn sie und die Kleinen nicht vor dem Schnee hinkommen, kann ihr verrückter Mann seine Pläne in den Wind schreiben."

Er rannte den Weg zum Bahnhof hinauf. Charlotte sah ihm nach. „Seine zweiundfünfzig Jahre merkt man ihm wirklich nicht an!" stellte sie voll Bewunderung fest.

Am Bahnhof erklärte sich der Vorsteher bereit, dem Priester ein kleines Schienenfahrzeug, eine Draisine, zu leihen. „Lassen Sie sich Zeit", meinte der Beamte, „der nächste Zug kommt frühestens in zwei Tagen."

„Kann schon sein, aber zuvor wird es eine Menge Schnee geben."

Während Pater Levé vom Warenhaus zur Sägemühle und von dort zum Lagerhaus lief, in dem die Möbel der Siedler standen, bezog sich der Himmel. Und nun war der Geistliche nicht mehr der einzige, der herumrannte. In den Abschnitten, in denen die Siedler mit dem Bauen begonnen hatten, setzte fieberhafte Geschäftigkeit ein. Waren zwei oder drei Hütten gleichzeitig im Bau, so versuchten die Männer mit vereinten Kräften, wenigstens eine davon zu decken. Tief im Wald trieben die Fuhrleute ihre Gespanne mit dem gefällten Holz an. Da auch die Pferde den Schneesturm nahen fühlten, legten sie sich mit verstärkter Kraft ins Geschirr, um so schnell wie möglich in die schützenden Ställe bei der Sägemühle zu gelangen.

Als Pater Levé wieder zum Bahnhof hinaufging, war er nicht mehr allein. Vier Männer begleiteten ihn. Unter ihnen war auch Gendreau, der Besitzer der Sägemühle. Er trug ein kleines Fenster mit Rahmen. Ihnen folgten Élodie und Charlotte, beide mit Säcken beladen, und die drei Kinder.

„Geht am Bahnhof ins Warme!" rief ihnen der Priester zu. „Wir rufen euch, wenn die Draisine abfahrbereit ist."

ZWEI Tage lang hatte Cyrille gearbeitet wie ein Verrückter. Um die Teerpappe besser spannen und zusammen mit Rindenstücken auf die Querbalken nageln zu können, hatte er die Handschuhe ausgezogen. Alles war eisig – das Werkzeug, das Holz, die Pappe, die Nägel und die Luft, die er einatmete. Da das Dachdecken eher Fleiß als Kraft erforderte, drang ihm die Kälte bis ins Mark. Bald schmerzten seine Arme entsetzlich, und die Finger schliefen ihm ein.

„Verflixt noch mal, was wird es uns gutgehen unter diesem Dach!" rief er, während er sich zu wärmen versuchte, indem er die Arme um den Oberkörper schlug.

Am Morgen des dritten Tages mußte er nur noch die Tür einbauen. Cyrille begann, Bretter zurechtzusägen. Immer wieder warf er forschende Blicke zum Himmel, und dabei packte ihn die Angst. „Ich kann Élodie und die Kinder doch nicht holen, solange ich diese verdammte Tür nicht eingesetzt habe!" schimpfte er. „Und was mache ich, wenn der Schnee zu früh kommt? Und wenn wir danach nicht mehr umziehen können?"

Endlich konnte er den Türrahmen anbringen. Er bemühte sich, ruhig zu bleiben, als ihm der Wind die ersten Flocken ins Gesicht blies. Sie waren scharf wie Eiskristalle.

„Verflixt und zugenäht! Noch drei Stunden, und ich hätte es geschafft!"

Cyrille spürte, wie ein wütendes Schluchzen in ihm aufstieg, als er gerade die Türangeln setzen wollte. Wie wild schlug er auf die Nägel ein, so daß sie sich verbogen. Doch plötzlich fuhr er zusammen, als er einen Ruf hörte.

„Hallo, Rebell!"

Er drehte sich um und sah drei schwerbeladene Männer, die gegen den Sturm ankämpften. Der Priester ging an der Spitze, auf der Schulter eine riesige Rolle Pappe, unter dem Arm ein Ofenrohr. Ihm folgte Gendreau, der das Fenster trug. Auf seiner Brille klebte Schnee. Dann kam Steph. Auf dem Kopf balancierte er auf einem zusammengefalteten Sack einen kleinen Eisenofen mit zwei Kochstellen, den er mit seinen kräftigen Händen festhielt.

„Ihr seid verrückt!" schrie Cyrille.

„Laß uns das schwere Ding erst hinstellen, bevor du uns anschnauzt!" entgegnete Steph keuchend.

Beinahe riß Cyrille dem Priester die Rolle Pappe aus den Händen, ehe er auf Steph zustürzte, um ihm beim Absetzen des Herdes zu helfen. Gendreau wischte sich das gerötete Gesicht ab. „Hilf du den anderen, das übrige Zeug von der Draisine abzuladen, mit der wir hergekommen sind. Ich setz dir inzwischen die Tür und das Fenster ein. Dann baue ich den Ofen zusammen."

„Und meine Frau?" fragte Cyrille mit zitternder Stimme.

„Beruhige dich. Wir haben deine Brut schon nicht auf halber Strecke stehenlassen. Wir müssen ein zweites Mal fahren."

Sie gingen zum Bahngleis zurück und luden Betten, zusammengerollte und verschnürte Matratzen, einen Tisch, Hocker und ein paar Kisten ab. „Ihr hättet Élodie und die Kinder gleich mitbringen sollen", beschwerte sich Cyrille.

„Wir bringen ihm alles, und der meckert auch noch!" erwiderte Steph.

„Und wenn das Dach noch nicht fertig gewesen wäre?" fragte der Pater. „Wo hättest du sie dann untergebracht?"

„Im Zelt", meinte Cyrille trotzig.

„Mach dir keine Sorgen." Steph stieg wieder auf die Draisine. „Ich bin bald zurück!"

Cyrille sprang auf, als der große Blonde den mächtigen Kipphebel bediente, mit dem man das Gefährt in Bewegung setzte.

„Soll ich das alles allein schleppen?" rief der Priester und zeigte auf die Möbel.

„Lassen Sie's stehen. Im Blockhaus finden Sie Schutz!" Stephs Stimme verlor sich im Wind, denn schon hatte die Draisine Fahrt aufgenommen. Die beiden Männer standen sich gegenüber und zogen und drückten mit aller Kraft abwechselnd an dem Kipphebel. Der immer dichter fallende Schnee blendete sie.

Als sie am Bahnhof ankamen, hatte sich der Horizont schon fast verdunkelt. Der Bahnhofsvorsteher trat mit zwei Laternen heraus. „Es wäre unvorsichtig, sich jetzt noch mit den Kindern auf den Weg zu machen", sagte er. „Ihr solltet lieber bis morgen warten."

„Warum hast du Laternen vorbereitet, wenn du nicht willst, daß wir fahren?" fragte Steph.

„Ich weiß eben, daß ihr dickköpfig seid", gab der Mann lachend zurück.

Élodie kam aus dem Bahnhof, die drei Kinder hingen an ihrem Rockschoß. Sie warf sich Cyrille in die Arme.

„Schnell . . ., schnell", murmelte er, „wir müssen uns beeilen."

Mit der Hilfe des Bahnhofsvorstehers luden sie rasch drei Koffer und den Ballen mit Wäsche auf. Dann setzten sie Élodie und die Kinder in die Mitte des Wagens und deckten sie mit einer Plane zu. Die Kinder lachten unsicher. Der Bahnhofsvorsteher hängte je eine Laterne an das vordere und hintere Ende der Draisine, rief ihnen „Viel Glück!" zu und schob das Fahrzeug an.

Obwohl es noch nicht Nacht war, fuhren sie wie blind. Cyrille stand mit dem Rücken zur Fahrtrichtung und sah, wie die Flocken an den Büschen neben den Gleisen vorüberflogen. Ihm gegenüber kniff Steph die Augen zusammen. Als sich der Sohn des Warenhausbesitzers zur Seite neigte, um an Cyrille besser vorbeischauen zu können, fragte ihn dieser: „Wirst du die Stelle auch bestimmt wiederfinden?"

„Ich hoffe, der Pater hat ein Möbelstück am Bahndamm stehen lassen. Sonst landen wir womöglich an der Westküste."

„Mach keine Scherze. Die Kleinen würden erfrieren."

In diesem Augenblick kam ein Handschuh unter der Plane zum Vorschein. „Uns ist gar nicht kalt, Papa!" rief der kleine Paul und winkte.

„Es geht", sagte Élodie. „Aber der Kleine zittert."

Dreimal mußten sie anhalten, um den Schnee wegzuschaufeln, der sich vor den Rädern aufgehäuft hatte. „Die Rückfahrt wird ganz schön schwierig werden", vermutete Cyrille.

„Mach dir keine Sorgen, wir haben ja den lieben Gott bei uns."

Cyrille mochte den langen Steph sehr. Er schien alles von der heiteren Seite zu nehmen. Außerdem besaß er Bärenkräfte, das war bei jeder Hebelbewegung zu spüren. Und Cyrille strengte sich an, um ihm nicht nachzustehen.

„Laß die Draisine ausrollen!" rief Steph schließlich. „Wir sind da!"

Sie ließen die Handringe los; der Wagen wurde langsamer und

blieb auf der Höhe eines Lichtscheins am Bahndamm stehen. Pater Levé schwenkte eine Laterne. „Ich hatte schon Angst, ihr hättet euch verfahren!“

Cyrille war entsetzt. „Sie müssen ja halb erfroren sein, Pater!“

„Nein, nein, Gendreau und ich haben uns mit Laufen warm gehalten. Er hat bestimmt drei Pfund abgenommen.“

Alles, was sie abgeladen hatten, war inzwischen verschwunden. Nur der kleine Schlitten stand leer auf dem Weg. Sie packten die Koffer und das Wäschebündel darauf, und dann ergriff Steph eine der Laternen und legte sich ins Geschirr. Cyrille nahm Clémence auf die Schultern, der Pfarrer lud sich Paul auf und Élodie den kleinen Jules.

Im Wald war es schon fast dunkel. Steph ging voran, und die anderen folgten dem schwankenden Lichtschein seiner Laterne. Élodie kam nur mit Mühe vorwärts. „Herr im Himmel, wir müssen verrückt sein!“ jammerte sie immer wieder.

Als sie auf die Lichtung kamen, erfaßte sie der Wind mit voller Kraft. Sein Heulen klang hier noch erschreckender als unter den Bäumen. Die beiden Jungen fingen an zu weinen. „Wo sind wir, Mama, wo sind wir?“ fragten sie verzweifelt.

„Wir sind gleich da!“ rief Cyrille.

Das Feuer neben dem Zelt war noch nicht erloschen. Gendreau schwenkte eine Laterne. Sie gingen darauf zu. Der Sägewerksbesitzer half Steph beim Entladen des Schlittens, danach fanden sich alle im Haus ein. Tür und Fenster schlossen dicht. Im Ofen bullerte ein Feuer. Cyrille dankte allen und umarmte seine Frau und die Kinder.

Schließlich sah sich Élodie um. Aus ihrer Miene sprach entsetzliche Angst. „Ist das Dach auch fest?“ fragte sie.

Alle lachten. „Wenn der Wind es hätte forttragen können, läge es jetzt vermutlich drüben auf den Gleisen“, erklärte der Priester.

„Mit sechs Fuß Schnee darauf spürst du hier drin kein Lüftchen mehr“, sagte der Sägewerksbesitzer.

Élodie hatte den kleinen Jules auf dem Arm, wie erstarrt stand sie mitten im Raum. Der Pfarrer faßte sie am Handgelenk. „Glauben Sie mir, meine Tochter, in einer Stunde ist es hier wärmer als in der Siedlerbaracke.“

Gendreau ging zur Tür. „Also, kommt jetzt. Wir sind hier schließlich nicht zu Hause.“

Als sich die Männer die Wollmützen über die Ohren gezogen und die Handschuhe übergestreift hatten, stammelte Cyrille noch ein paar Worte des Dankes. „Ich begleite euch zum Bahngleis", meinte er.

Steph lachte. „Sollen wir dich beim Wort nehmen? Ich glaube, dann würdest du schön blöd dreinschauen!"

Sie gingen in den Sturm hinaus. Einen Augenblick war das tanzende Licht ihrer Laterne noch zu erkennen, dann verschwand es im wilden Schneegestöber.

ALS SICH die Tür geschlossen hatte, sahen sich Cyrille und seine Frau einen Moment tief in die Augen. Dann nahm er sie so fest in die Arme, daß sie aufstöhnte. Die drei Kinder zupften an seiner Jacke. Er beugte sich hinunter. Mit einer weit ausladenden Bewegung, wie ein Landmann, der das Korn umfaßt, um es zur Garbe zu binden, umarmte er die drei und hob sie hoch. Élodie trat zu ihm, und so standen sie alle fünf da wie ein Denkmal, die Köpfe aneinandergepreßt, die Arme ineinander verschlungen. Ihr Lachen und Schluchzen und das Fauchen des Ofens übertönten das nächtliche Heulen des Windes.

„Es gibt doch wirklich gute Menschen", sagte Élodie. „Wir haben Glück gehabt."

„Wir sind zu Hause." Cyrilles Augen wurden feucht.

„Es ist so klein", beklagte sich Clémence.

„Was noch schlimmer ist, es ist dunkel", jammerte Paul.

„Bald bekommen wir eine andere Lampe", versprach Cyrille. „Es ist nur der Anfang. Wenn wir ein paar Ernten verkauft haben, werden wir uns ein richtiges Haus bauen."

„Mir ist es lieber, wenn es nicht so groß ist", meinte Élodie. „Dann haben wir's wärmer."

Cyrille machte sich im schwankenden Schein der Lampe daran, die Pappe anzunageln, die ihm der Pater zur Dämmung der Wände aus dem Warenhaus mitgebracht hatte. Élodie lief hin und her, um Dinge aus dem Gepäck zusammenzusuchen. Die Kinder saßen, noch völlig betäubt von der Fahrt durch den Schneesturm, neben dem Ofen. Élodie öffnete einen Vorratsbehälter, dessen Inhalt sie in den Kochtopf schüttete. Sie stellte den Topf auf eine der Herdplatten. „Echtes Ragout", sagte sie. „Charlotte hat es gekocht. Wußtest du, daß sie mitkommen und auf der Draisine den Hebel bedienen wollte?"

„Das wundert mich nicht."

„Steph hat ihr gesagt, sie sei zu schwer."

Als die Kinder sich gewärmt hatten, liefen sie in dem Raum umher.

Sie waren ganz begeistert von der Unordnung aus Möbeln und Paketen. Sogleich spielten sie Verstecken, warfen Gegenstände um und schrien laut.

Cyrille mußte die Stimme erheben. „Los, Clémence, kümmere dich um deine Brüder!“ rief er.

„Wie wollen wir schlafen?“ fragte Élodie.

Er legte Hammer und Nägel beiseite und rieb sich den Bart. Der Schnee hatte wohl die meisten Ritzen verstopft, die er noch nicht abgedichtet hatte, doch ein paar Flocken tanzten in den Raum. Sie schmolzen, sobald sie in die Nähe des Ofens kamen. „Wir werden uns jetzt einrichten, so gut es geht. Morgen wird alles besser.“

Sie breiteten eine Plane auf dem Fußboden aus, legten eine Schicht Pappe darauf, dann die beiden Matratzen. Ein paar aufgestapelte Kisten stellten sie in Hufeisenform um die Matratzen auf. Darüber legte Cyrille Äste und schließlich eine Decke.

Die Kinder belegten die kleine Hütte im Innern des Blockhauses gleich mit Beschlag. Nur einmal noch kamen sie heraus, um etwas zu essen. Dann krochen sie in ihren Kleidern zwischen die Wolfsfelle.

„Wir sind Trapper“, sagte Paul. „Morgen gehen wir Fallen stellen.“

Élodie und Cyrille setzten sich an den Tisch. Sie aßen das Fleisch und die Kartoffeln, die in der Sauce schwammen. Der Duft des Ragouts erfüllte den ganzen Raum. Élodie fröstelte, obwohl sie immer noch ihren Mantel anhatte und mit dem Rücken ganz dicht am Ofen saß. „Es ist nicht schlimm, ich habe nur auf der Draisine so gefroren.“

„Ich werde dich wärmen“, versprach Cyrille. „Du wirst sehen, hier ist es besser als auf einem dieser Siedlungsabschnitte.“

„Das weiß ich nicht, aber ich bin lieber hier als dort unten bei all den Frauen.“

„Sie waren doch nicht böse, oder?“

„Nein, aber es waren zu viele Menschen. Das macht mir immer angst.“

Der Blick ihrer sanften Rehaugen weckte in Cyrille zärtliche Gefühle.

Als sie ihre Mahlzeit mit einer heißen Tasse Tee beendet hatten, legte Cyrille reichlich Holz im Ofen nach, schloß die Tür und drosselte die Luftzufuhr. Nachdem er die Laterne gelöscht hatte, tastete er sich zu Élodie hinüber, die sich unter die Decke verkrochen hatte. „Die Kinder schlafen schon“, flüsterte sie.

„Bist du verrückt?" fragte er, als er merkte, daß sie nicht einmal die Schuhe ausgezogen hatte. „Du mußt dich ausziehen, sonst bekommst du Erfrierungen."

„Nein, laß mir meine warmen Sachen."

Nach einem kurzen Ringkampf ergab sie sich, und Cyrille zog ihr die durchnäßten Schuhe und die dicken Wollstrümpfe aus. Dann rieb er ihre eiskalten Füße ausgiebig zwischen seinen großen rauhen Händen.

„Du reibst mir ja die Füße wund!"

Er zog sich selbst ganz aus und forderte sie auf, dasselbe zu tun. Ihre Kleidung breitete er neben dem Ofen aus. Als er zurückkam, hatte sie sich zwischen zwei Wolfsfellen ausgestreckt. „Die Felle sind weich, aber sie riechen stark", stellte sie fest.

„Sie riechen nach Wolf, nach Trapper und nach altem Pfeifentabak."

Sie schmiegte sich an ihn, und sie küßten sich lange. „Mir geht es gut, weil ich bei dir bin", erklärte sie schließlich. „Wir sind zu Hause."

Sie liebten sich, und mit unendlicher Zärtlichkeit entdeckten sie einander neu. Dann blieben sie lange still liegen. Mit angehaltenem Atem lauschten sie dem lauten gleichmäßigen Pochen ihrer Herzen, das den Sturm übertönte, der draußen in den Wäldern heulte. Auch der tiefe Schlaf, in den sie schließlich sanken, erschöpft durch Arbeit und Liebe, war beherrscht von diesen Tönen.

2

TAGS darauf tobte der Sturm noch heftiger. Starke Böen peitschten die mächtigen Tannen. Nachdem Cyrille am frühen Morgen Holz nachgelegt hatte, fuhr er fort, Pappe an die Wände zu nageln.

Élodie versuchte mit Hilfe der kleinen Clémence, ihren Haushalt einzurichten. Die beiden Jungen zankten sich ununterbrochen in dieser Enge. Es half nichts, als ihnen ihre Mutter befahl, still zu sein. Cyrille mußte immer wieder laut losbrüllen, um für einige Minuten Ruhe herzustellen.

In der Blockhütte war es erstickend heiß. An der beschlagenen Scheibe lief das Wasser herunter. Doch kaum hatte Cyrille die Tür geöffnet, um zu lüften, drangen Flockenwirbel herein und schmolzen auf dem unebenen Boden, dem Tisch und den inzwischen aufgebauten

Betten. Dann tobten die Jungen im Zimmer umher, um mit den Händen oder dem offenen Mund die Flocken zu fangen.

„Wenn es zu schneien aufgehört hat, scheuche ich sie hinaus!“ rief Cyrille seiner Frau zu. „Sie sollen Äste herbeischaffen helfen. Das wird sie sicher schnell beruhigen!“

„Paßt doch auf, meine Lieblinge“, ermahnte Élodie ihre Söhne mit ihrer sanften Stimme immer wieder, „sonst macht ihr noch etwas kaputt.“

Der kleine Jules, der die kantigen Gesichtszüge seines Vaters hatte, gab den Ton an. Sein älterer Bruder mußte auf allen vieren kriechen, und Jules sprang ihm auf den Rücken, schlug ihn und schrie aus Leibeskräften: „Hü! Auf geht's, hü!“

„Man schlägt keine Pferde“, erklärte ihm der Vater. „Du wirst sehen, wir haben auch bald eins. Ich bringe dir bei, wie man sie ohne Peitsche lenkt.“

Wutausbrüche, Gelächter und Tränen wechselten einander ab. Manchmal zogen sich die kleinen Ungeheuer an den Haaren, rangen miteinander auf dem Fußboden. Dreimal stießen sie einen Kasten mit Nägeln um. Élodie jammerte, und Clémence sammelte die Nägel wieder auf und sortierte sie nach Größe.

Weil das Fenster von innen beschlagen war und sich außen Schnee festgesetzt hatte, mußte die Lampe den ganzen Tag über brennen. Cyrille hatte aus Draht eine Aufhängung für die Lampe gebastelt, über die Élodie lachen mußte. „Herr im Himmel, wie arm wir doch sind!“ flüsterte sie später häufig, wenn sie die Vorrichtung sah.

Cyrille nagelte immer noch Pappe an die Wände. „Mein Gott, man sieht ja überhaupt nichts hier drinnen!“ schimpfte er, wenn er sich wieder einmal auf die Finger schlug.

Élodie bedauerte ihn. „Es ist besser, daß es nicht zu hell ist“, sagte sie. „Unsere Tapete ist nicht besonders schön.“ Sie zeigte auf die Pappe an der Wand: Es waren ausgediente Reklameplakate, auf denen für Nudeln, Reis, Früchte, Marmelade und Tee geworben wurde. Die Bilder zeigten eine Kuh, die die Beine in die Luft streckte, oder Menschen, die auf dem Kopf standen und Tee tranken. Hätte Cyrille nur daran gedacht, die Pappe richtig herum oder mit der Innenseite nach außen aufzunageln! Aber das gehörte zu den einfachen Dingen des Lebens, auf die er nie kam.

Cyrille wußte nicht, ob er über ihren Einwand lachen oder weinen sollte. „Im Frühjahr gebe ich einen großen Empfang“, fügte Élodie hinzu. „Ich lade alle Freundinnen meiner Mutter ein. Du kannst sicher sein – keine ist so eingerichtet wie wir! Das könnte Schule machen."

„Früher oder später werden deine eingebildeten Puten vor Neid erblassen, wenn sie unser Land sehen!"

DER DRITTE Abend brach an. Plötzlich veränderte sich der Lichtschein, der durch das Fenster fiel. Cyrille zog sich die Stiefel und seine dicke Jacke an und ging hinaus. Es schneite nicht mehr, und ein herrliches Abendrot ergoß sich über die gekrümmten Bäume, die unter der Schneelast zusammenzubrechen drohten. Die weiße Pracht fiel von den Ästen und zerstob in glitzernden Wolken.

Den Platz vor der Blockhütte hatte Cyrille mehrmals am Tag freigeschaufelt. Doch als er jetzt Holz holen wollte, versank er bis zu den Knien im Schnee. Er mußte umkehren und die Schneeschuhe anschnallen. Nachdem er etwa hundert Schritte gegangen war, drehte er sich um. Der Schnee hatte sich an der Nordseite des Hauses fast bis zum Giebel hinauf angehäuft. An der Südseite hatte sich eine Schneewehe gebildet, die sich in einem weiten Bogen bis zum Bach hinzog. Mit dem rot leuchtenden Fenster als Auge, der Tür als riesigem Maul, den graubraunen Wänden als Körper und diesem langen Schwanz aus Schnee sah das Haus am Fuß des Hügels aus wie ein seltsamer Fisch.

„Zieht euch an!" rief Cyrille. „Kommt heraus! Seht euch das an!"

Da die Familie nur ein einziges Paar Schneeschuhe besaß, mußten sich Élodie und die Kinder auf den Schlitten setzen. Es wurde ein lustiger Ausflug. Drei- oder viermal kippte der Schlitten um, und sie purzelten in den Schnee. Élodie lachte ebensoviel wie die Kinder. „Es ist schön hier", sagte sie zu ihrem Mann.

Cyrille dachte an den schwärzlichen, gefrorenen Matsch, der zu dieser Jahreszeit die Straßen Montreals überzog. Aber die Großstadt war inzwischen weit entfernt von dieser Blockhütte, die wie ein Spielzeughaus vor einem Wattehügel stand, den das Abendlicht jetzt zartviolett färbte. Nur der Rauch, der aus dem Schornstein aufstieg, erinnerte daran, daß es ein Wohnhaus war, das Menschen Schutz bieten sollte.

Ein Zug kündigte sich mit langanhaltendem Pfeifen an. Cyrille schickte die Kinder ins Haus zurück, dann trug er die Asche und den Eimer hinaus, den sie während des Sturms als Toilette benutzt hatten. Von draußen brachte er Töpfe voll Schnee mit herein.

Als er die Lampe herunternahm, um Petroleum nachzufüllen, leuchtete Élodie ihm mit einer Kerze. „Wir sind wirklich sehr arm“, seufzte sie. „Aber die Armen in der Stadt sind noch schlechter dran als wir . . . Bei ihnen kommt noch die Schande dazu.“

Cyrille antwortete nicht. Mit angespannter Miene setzte er das Glas auf die Lampe und drehte langsam an dem Rädchen, um die Flamme einzustellen.

Élodie schmiegte sich an ihn. „Glaubst du wirklich, daß wir hier Getreide säen können?“ fragte sie kaum hörbar. „Und ernten? Und das Korn einbringen?“

Er drückte sie fest an sich. „Ganz bestimmt“, flüsterte er. „Ich schwöre dir, wir haben einen herrlichen Boden hier. Er ist besser als drüben bei den anderen.“

„Bist du sicher?“

„Faivre hat es mir gesagt.“

Über eine Woche lang arbeitete Cyrille trotz des hohen Schnees. Er fällte Bäume, entastete sie und ließ die Stämme an Ort und Stelle liegen. Wenn er bereits im ersten Jahr auf dem gerodeten Teil seines Landes eine gute Ernte erzielen konnte, würde er versuchen, sich Geld für ein Pferd zu leihen. Dann könnte er die Stämme fortschaffen und sie, sobald die Straße fertig wäre, an die Sägemühle verkaufen.

Eines Morgens befand Cyrille, daß sich der Schnee genügend gesetzt hatte, so daß er nach Saint-Georges gehen konnte. Élodie brauchte Lebensmittel. Ärgerlich wurde er allerdings, als die Jungen ihn unbedingt begleiten wollten, und seine Frau ihm auch noch zuredete, sie mitzunehmen. Er mußte wieder einmal laut werden, um sie zur Vernunft zu bringen. Schlechtgelaunt und uneins mit der ganzen Welt, brach er auf. Er war um so wütender, weil er gerade Élodies und der Kinder wegen darauf bestanden hatte, allein zu gehen. Die ganze Woche über hatte er beim Holzfällen an Weihnachten gedacht. Und was war dieses Fest ohne Geschenke?

Er ging an den Gleisen entlang und zog den Schlitten hinter sich her, auf dem er das Zelt festgebunden hatte, das er Steph Robillard zurückgeben wollte. Nach und nach legte sich sein Zorn.

Die vorüberfahrenden Züge hatten den Schnee ein wenig geschwärzt. Kurz vor dem Bahnhof von Saint-Georges bog Cyrille von dem geschotterten Pfad ab und ging zur Sägemühle hinunter, deren dicker Schornstein grauen Rauch ausstieß. Man hörte das Schnaufen der Dampfmaschine und das gleichförmige Singen der Sägeblätter. Cyrille ließ seinen Schlitten vor dem Büro stehen und stieß das schwere Tor zum Sägeraum auf. Ein angenehmer Geruch von Holz und Feuer empfing ihn.

Gendreau, der an einer der Sägen stand, hatte den Luftzug bemerkt und drehte sich um.

„Erkennen Sie mich wieder?“ fragte Cyrille.

Der dicke Mann mit dem runden Gesicht kam auf Cyrille zu und betrachtete ihn aus der Nähe. „Was glaubst denn du!“ rief er schließlich. „Natürlich erkenne ich dich wieder! Wir waren doch mit der Draisine bei dir. An dem Abend dachte ich schon, wir kämen niemals zurück.“

„Ihr wart so tapfer! Ich wollte einfach wissen, wie ihr nach Hause gekommen seid.“

Der Mann hatte die Brille abgenommen, um das Sägemehl abzuwischen, das sich auf die Gläser gelegt hatte. Dann setzte er sie wieder auf. „Komm mit ins Büro“, sagte er, „da ist nicht so viel Lärm.“

Sie betraten den kleinen Raum an der Vorderseite des Gebäudes. Ein mit Sägespänen geheizter Ofen, auf dem ein Wassertopf stand, verbreitete eine stickige Hitze. „Du bist wohl kaum gekommen, um mich zu bitten, dir wieder bei einem Umzug zu helfen?“ fragte der Sägewerksbesitzer.

„Ganz bestimmt nicht. Ich wollte Sie fragen, was ich Ihnen für das Fenster schulde.“

„Für die Abrechnung ist meine Frau zuständig. Sie hat es nie besonders eilig . . . Hält es denn, das Fenster?“

„Alles in Ordnung. Ich weiß nicht, was wir ohne Ihre Hilfe getan hätten.“

„Es war schon eine verrückte Idee, sich so weit draußen anzusiedeln. Aber ich könnte mir denken, daß es dir dort nicht schlechter geht als anderswo, wenn erst einmal die Straße gebaut ist. Außerdem hast du schöne Bäume.“ Aus einem kleinen Wandschrank hatte er eine Flasche und zwei Gläser hervorgezogen. Er schenkte ein. „Hier, das wird dich aufwärmen.“

Sie tranken einen Schluck Kornschnaps. Cyrille sah den dicken Mann an und zögerte. Dabei hatte ihm Gendreau gerade eine goldene Brücke gebaut, die es ihm erleichterte auszusprechen, was ihm auf dem Herzen lag. Als der Sägewerksbesitzer die Flasche in den Schrank zurückstellte, faßte sich Cyrille ein Herz. „Ja, ich habe schon ein paar

Nadelbäume geschlagen. Sie sind gesund und schön gerade gewachsen. Wenn Sie sie mir abnehmen, mache ich Ihnen einen guten Preis."

„Ich habe Holz immer zu dem Preis gekauft, den es wert war. Allerdings muß man es auch aus dem Wald herausholen. Und bis die Straße gebaut ist, wird das noch dauern."

Cyrille leerte sein Glas, um sich Mut zu machen. „Ich habe die Stämme entrindet und sorgfältig auf trockenem Untergrund gestapelt. So passiert ihnen nichts . . . Wenn Sie mir nur einen ganz kleinen Vorschuß darauf geben könnten."

„Also, das ist wirklich ein starkes Stück!" polterte der Sägewerksbesitzer los. „Du kommst angeblich, um deine Schulden bei mir zu bezahlen, dabei willst du noch Geld von mir haben!"

Cyrille war aufgestanden und zur Tür gegangen. „Ihr Fenster bezahle ich, sobald ich die Rechnung habe."

Gendreau kam auf ihn zu und nahm ihn beim Arm. „Wieviel brauchst du?" fragte er mit entwaffnender Offenheit.

„Für das Lebensnotwendige habe ich Kredit bei den Robillards", erklärte Cyrille. „Nur, wenn ich für Weihnachten ein kleines Geschenk für die Kinder kaufen wollte, wäre es mir unangenehm . . ." Er hielt inne und rang nach Worten.

„Wenn die Kinder zu Weihnachten nichts in ihrem Strumpf fänden, wäre das keine Ehre für dieses Land", entgegnete Gendreau. Er drehte sich zum Fenster um, zog ein dickes Lederportemonnaie aus der Tasche, nahm einen Schein heraus und hielt ihn Cyrille hin. „Hier . . . Bevor du heimgehst, komm noch mal vorbei. Ich habe da etwas für dich."

„Monsieur Gendreau, ich schwöre Ihnen, mein Holz . . ."

„Davon können wir später reden. Los, hau schon ab!"

Gerührt, aber auch ein wenig wütend, wandte sich Cyrille zur Tür. Er zeigte auf den Geldschein. „Nein!" rief er. „Dieses Geld kann ich nur annehmen, wenn es ein Vorschuß ist!"

Der Sägewerksbesitzer blinzelte hinter seinen Brillengläsern. „Du hast recht, es ist ein Vorschuß", antwortete er. „Klare Finanzen tun der Freundschaft gut. Du zahlst deine Schulden mit Holz ab oder als Fuhrmann, sobald du ein Pferd hast . . . Und vergiß nicht, vor deiner Rückkehr noch einmal vorbeizukommen."

IM WARENHAUS standen über zehn Kunden. Überall glitzerten Weihnachtsdekorationen. Catherine Robillard kümmerte sich um die Spielwaren, Steph bediente in der Lebensmittelabteilung. Cyrille kaufte zunächst Petroleum und die Lebensmittel, die Élodie ihm aufgeschrieben hatte. Anschließend ging er zu Madame Robillard. Als er eine kleine Puppe, einen roten Ball und Bauklötze gekauft hatte, blieben ihm noch drei Dollar. Er dachte an Élodie und entschied sich für eine Flasche Kölnisch Wasser. Von den übrigen zwölf Cent erstand er bei Steph Bonbons.

Nachdem Cyrille die Einkäufe auf dem Schlitten festgebunden hatte, kehrte er zum Sägewerk zurück. Es war Mittagszeit, und Gendreau kam gerade aus dem Sägeraum.

„Gehst du schon?“ fragte Gendreau.

„Ja, ich habe es eilig, nach Hause zu kommen.“

„Warte einen Augenblick.“

Auf seinen kurzen Beinen eilte der Sägewerksbesitzer auf sein Wohnhaus zu, ein schönes rotes Gebäude. An den Fenstern hingen Gardinen und farbige Vorhänge, und eine prächtig geschmückte Tanne stand neben der Tür. Kurz darauf kam er mit einem Paket im Arm zurück. „Hier, nimm“, sagte er zu Cyrille. „Das ist ein Spielzeug, das meinem Sohn gehört hat. Es ist so gut wie neu. Du wirst sehen, die Kleinen werden ihren Spaß daran haben. Und da ist noch eine Dose mit Plätzchen. Und diese Flasche ist für dich. Es ist ein Kornblumenbranntwein, den ich selbst angesetzt habe.“

„Monsieur Gendreau . . . Monsieur . . .“ Cyrilles spitzes Kinn begann zu zittern, und sein Blick verschleierte sich.

„Weißt du, ich bin sicher, die Robillards hätten dir auch dafür Kredit gegeben“, fuhr Gendreau fort. „Die wissen, wie das ist. Sie haben selbst viel durchgemacht.“ Er schwieg einen Moment und fügte dann mit belegter Stimme hinzu: „Das erste Geschenk, das ich ihnen machte, war ein Sarg für den kleinen Georges . . . Das war der zweite Sohn der Robillards; er ist im ersten Winter nach ihrer Ankunft gestorben. Ich schwöre dir, es waren harte Zeiten damals . . .“

Sie sahen einander einen Augenblick an, der eine so bewegt wie der andere. „Weißt du, in einem Land, das gerade erst im Entstehen ist, gibt es keine Armen und keine Reichen“, meinte Gendreau schließlich. „Du bist heute arm und morgen reich. Oder umgekehrt. Wenn es das Schicksal will, komme ich in einem Jahr zu dir und bitte dich um Arbeit.“

„Ich hoffe nicht, Monsieur Gendreau“, erwiderte Cyrille mit einem Lächeln. „Von ganzem Herzen, das hoffe ich nicht.“

Der dicke Mann schien gerührt. „Wenn ich dich vorher nicht mehr sehe, wünsche ich dir frohe Weihnachten!“ meinte er betont fröhlich.

„Frohe Weihnachten, Monsieur Gendreau! Frohe Weihnachten! Ich werde Sie ganz bestimmt nie vergessen.“

CYRILLE freute sich so, daß er gar nicht merkte, wie schnell er mit dem vollbeladenen Schlitten im Schlepptau lief. Bald war seine Wollmütze schweißnaß. Eigentlich hätte er sich auf dem Heimweg Zeit lassen können, aber ihm war, als käme Weihnachten schneller, wenn er sich beeilte.

Als Cyrille nach seinem anstrengenden Fußmarsch aus dem Dickicht des Waldes trat und sein Blockhaus sah, blieb er stehen. Aus dem Ofenrohr quoll Rauch hervor, sonst rührte sich nichts. Dennoch war er sicher, daß die Seinen bereits nach ihm Ausschau hielten. Und tatsächlich öffnete sich die Tür in dem Augenblick, als er sich wieder in Bewegung setzte. Clémence kam als erste aus dem Haus, dahinter Paul, und schließlich erschien Élodie mit dem kleinen Jules auf dem Arm. „Geht hinein! Das Haus wird eiskalt!“ rief er ihnen zu und gestikulierte dabei mit erhobener Hand. Er sah, daß Élodie Mühe hatte, die Kinder daran zu hindern, ihm ohne Schuhe entgegenzulaufen.

Élodie drängte die Kleinen zurück und schloß die Tür. Genau das hatte er beabsichtigt. Er zog den Schlitten bis zur Hausecke, band den Sack mit den Vorräten los und ging hinein. Es gab Freudenschreie, wilde Umarmungen und ein Gedränge um den Sack.

„Es war auch eine Kiste auf dem Schlitten“, sagte Clémence. „Was ist das?“

„Eine leere Kiste zum Verstauen von Kleinzeug. Die bleibt draußen.“

Cyrille hätte gerne gesagt, daß er eine Überraschung für sie hatte, aber er bemühte sich nach Kräften, den Mund zu halten, und setzte sich an den Ofen, um sich die Stiefel auszuziehen.

„Hast du Leute gesehen, die wir kennen?“ fragte Élodie.

„Nur die im Laden. Alle, die mit uns angekommen sind, sind umgezogen. Es sieht so aus, als hätten sie in Abschnitt drei zwei Hütten fertiggestellt. Die Männer sind in der einen zusammengepfercht, die Frauen und Kinder in der anderen. Sehr lustig wird das nicht sein. Die Siedlerbaracke in Saint-Georges steht jetzt leer.“

Beim Auspacken des Sacks, in dem Steph Robillard die Vorräte verstaut hatte, entdeckte Élodie Pastete, Würstchen und Schokolade, die nicht auf ihrer Liste gestanden hatten. „Du warst aber unvernünftig!“ schalt sie ihn.

„Nein. Die Sachen da habe ich nicht verlangt.“

„Dann hat er sich also vertan?“

Cyrille schüttelte den Kopf, während er vor seinem geistigen Auge den blonden Steph und Gendreaus gutmütiges rotes Mondgesicht sah. „Ich glaube eher, daß das ein Geschenk ist“, erklärte er bewegt.

Sie beschlossen, die Würstchen zu Abend zu essen. „Die Pastete heben wir auf“, schlug Élodie vor. „Sie soll unser Weihnachtsessen sein, zusammen mit der Schokolade für die Kinder.“ Und im Flüsterton fügte sie hinzu: „Die armen Kleinen, für sie wird es dieses Jahr gar nicht lustig werden.“

Cyrille konnte sich nicht zurückhalten. „Wer weiß, vielleicht gibt es ja noch etwas“, meinte er, ohne daß die Kinder es hören konnten.

Élodie sah ihn fragend an, aber er tat, als bemerkte er es nicht. Er hatte nachgedacht. Er konnte nicht riskieren, die Kiste draußen zu lassen. Aber sie hereinzuholen, ohne seiner Frau eine Erklärung zu geben, erschien ihm unmöglich. Als die Kinder eingeschlafen waren, entschloß er sich, seine Frau einzuweihen.

„Also gut“, sagte er. „Ich habe mit dem Besitzer der Sägemühle ein Abkommen getroffen. Er hat mir etwas gegeben, damit ich den Kindern eine Kleinigkeit zu Weihnachten kaufen kann. Aber ich möchte, daß es auch für dich eine Überraschung ist. Du weißt jetzt, daß es etwas gibt, aber du mußt abwarten, bis du erfährst, was es ist.“

Élodie schwieg. Sie runzelte die Stirn, als wollte sie sagen: Du bist mir einer! Sie sprach es nicht aus, aber in ihrem schönen Gesicht und den großen braunen Augen war Bewunderung zu erkennen.

Cyrille ging hinaus, nahm die Kiste und kam wieder herein. Élodie schloß die Tür. „Wo können wir sie verstecken?“ fragte sie.

„Das beste wäre, sie dort in die Ecke zu stellen. Wir können ein paar dicke Holzscheite daraufstapeln. Selbst wenn die Kinder auf die Idee kämen herumzustöbern . . .“ Er setzte die Kiste ab.

„Und ich? Darf ich wirklich nicht hineinschauen?“

Zärtlich zog Cyrille seine Frau an sich. „Ich bitte dich, tu mir den Gefallen und warte. Ich möchte so gern, daß es auch für dich ein bißchen weihnachtlich wird.“

„DER WEIHNACHTSMANN liebt die Kälte", versicherte Koliare in Abschnitt drei flußabwärts von Saint-Georges d'Harricana den anderen. „Er kommt immer von Norden und wird uns als erste bedenken." Dann ging der große Ukrainer in den Wald und legte Schlingen. Er hatte den Siedlern ein vorzügliches Kaninchenragout versprochen.

In der Woche nach dem Schneesturm hatten die Männer zwei weitere Blockhütten fertigstellen können. Jetzt waren die Familien in vier Gebäuden untergebracht. Auf Betreiben von Charlotte Garneau fanden die Weihnachtsvorbereitungen in dem Blockhaus statt, in dem auch Pater Gauzon wohnte. Martin Garneau, der frühere Konditor aus Montreal, hatte genügend Zucker hamstern können, um ein paar Naschereien herzustellen. Die Frauen schnitten Weihnachtssterne aus Verpackungskartons, der Geistliche bereitete die Mitternachtsmette vor und ließ abends alle gemeinsam singen.

„Wir können uns wirklich nicht beklagen", meinte Charlotte. „Diejenigen, die in der Stadt geblieben sind, haben viel weniger als wir."

Der Pater nahm dies zum Anlaß, sie daran zu erinnern, daß sie dem Himmel für so viel Gnade dankbar sein müßten.

ÉLODIE weckte Cyrille. „Horch mal!"

Er hob schläfrig den Kopf.

„Hörst du es?" fragte seine Frau. „Was ist das?"

„Ich weiß nicht. Ein seltsames Geräusch." Es klang, als liefen Tausende winziger Tierchen über das Dach, über den Giebel, über das ganze Haus. „Ich gehe nachsehen", erklärte Cyrille.

„Sei vorsichtig!"

Cyrille stand auf und zog sich die Hose an. Alles war feucht. Mit dem Fuß angelte er nach den alten Schuhen, die er im Haus trug, schlüpfte hinein und zog dann seine dicke Jacke über. „Das Feuer ist ausgegangen", brummte er.

Er tastete sich zur Tür vor. Als er sie einen Spaltbreit geöffnet hatte, wurde ihm klar, woher das Geräusch kam: Vom Himmel fiel Regen.

„Das hätte ich nun bestimmt nicht erwartet!" rief er und schloß die Tür. „Es regnet!"

„Wie spät ist es?" wollte Élodie wissen.

Er ging zu dem großen Wecker, der auf einem Regalbrett stand und an dessen Ticken sie sich in der Stille längst gewöhnt hatten. „Kurz vor sechs."

Cyrille ging zum Ofen zurück und stocherte in der Asche. Eines der Kinder hustete.

„Das wird Jules sein", vermutete Élodie. „Er hat gestern schon gehustet."

„Heute sollten sie nicht hinausgehen. Und wir auch nicht, obwohl mich das beim Holzfällen gewaltig zurückwirft."

Nachdem das Feuer wieder gut brannte, zündete Cyrille die Petroleumlampe an und stellte den Wasserkessel auf den Ofen. „Immerhin müssen wir uns keine Sorgen um unsere Wasservorräte machen", meinte er lachend.

Élodie hatte sich neben ihn gestellt. „Schade, Weihnachten mit diesem schönen Schnee wäre hübscher gewesen", antwortete sie leise.

„In der nächsten Woche wird sich das Wetter noch einmal ändern."

Viel mehr hatten sie sich nicht zu sagen. Sie konnten nur das Feuer in Gang halten und vom Wetter reden. Zum erstenmal fühlten sie sich gefangen in ihrer kleinen Blockhütte.

Cyrille ging langsam im Raum auf und ab, sah sich aufmerksam die Decke und die Wände an und tastete die Pappe ab. „Jedenfalls beweist das, daß mein Dach dicht ist", sagte er zu seiner Frau. „Schau nur, kein Tropfen kommt durch."

Der Tag zog sich endlos hin. Dann kam die Nacht, in der sich der Dauerregen zum Wolkenbruch steigerte. Im Lauf des zweiten Tages stieg die Temperatur weiter an. Um die Mittagszeit kam die Erde unter dem Schnee hervor. Nur die hohen Verwehungen hielten dem Tauwetter noch stand.

Die beiden Jungen zankten sich ununterbrochen. Élodie seufzte, und Cyrille brüllte ab und zu laut los. Um Petroleum zu sparen, aßen sie die abendliche Suppe schon um vier Uhr nachmittags und legten sich anschließend schlafen. Die Kinder stritten sich noch kurze Zeit in der Dämmerung weiter, schlummerten dann aber bald ein.

Auch Élodie schlief ein, sobald der letzte Lichtschein erloschen war. Nur Cyrille lauschte noch über eine Stunde dem prasselnden Regen.

Mitten in der Nacht war es wieder Élodie, die ihren Mann wachrüttelte. „Es knackt!"

Er drehte sich um. „Das macht nichts", sagte er mit belegter Stimme. „Es ist das Holz, das arbeitet."

Ein paar Minuten vergingen. Im Halbschlaf nahm Cyrille ein lautes

Knacken wahr, und dann spürte er einen leichten Stoß. Élodie packte ihn am Arm; ihre Nägel gruben sich in sein Fleisch. „Es bewegt sich!" rief sie ängstlich.

„Was redest du da!"

Ihre Stimme zitterte. „Ganz bestimmt, der Fußboden hat sich bewegt."

Kaum hatte sie dies ausgesprochen, da schien es ihnen, als neigte sich ihr Bett zur Seite. Cyrille sprang auf. Er zündete sein Feuerzeug an und suchte die Kerze. „Hab keine Angst. Das hat bestimmt nichts zu bedeuten." Er zögerte. „Zieh dich besser an und die Kinder auch. Es besteht zwar keine Gefahr, aber dann hast du wenigstens etwas zu tun. Ich gehe nach draußen."

Heftige Böen schlugen an die Scheibe. Als Cyrille die Tür öffnen wollte, gab sie nicht nach. Er rammte sie mit der Schulter und trat mit dem Fuß dagegen, doch ohne Erfolg.

„Das Holz ist aufgequollen", sagte Élodie, nachdem sie die Kleinen geweckt und angezogen hatte.

„Wie ist das möglich – bei frischem Holz?" stieß er zwischen den Zähnen hervor.

Zu ihrem Erschrecken neigte sich das Haus noch ein Stück weiter zur Seite. Cyrille stürzte zum Fenster. Er hielt die Laterne an die Scheibe, doch außer dem Regen, der daran herunterlief, konnte er nichts erkennen. Unten drang schon schlammiges Wasser zwischen den Balken durch und durchnäßte die Pappe. Cyrille ging zur Tür zurück. Als sich das Haus noch etwas weiter geneigt hatte, gelang es ihm schließlich, sie zu öffnen. Ein Windstoß fegte herein und brachte Regen mit. Der Lichtschein der Laterne drang nicht weit auf den morastigen Vorplatz hinaus.

Als Cyrille hörte, wie die Kinder unruhig wurden, bat er sie, still zu sein. Er fühlte Angst in sich aufsteigen, behielt aber klaren Kopf. „Wir müssen raus!" entschied er schließlich.

„Aber wohin?" fragte Élodie.

Er zeigte aufs Dach. „Dort hinauf. Los! Wir müssen uns beeilen. Sonst sitzen wir hier wie Ratten in der Falle."

Cyrille hob den Tisch hoch und schob ihn umgekehrt, die vier Beine nach oben, auf den Morast hinaus. „Geh vor", befahl er seiner Frau, „ich helfe dir hinauf!"

Als Élodie die Kinder losließ, fingen sie an zu schreien. Sechs kleine Hände klammerten sich an ihren Mantel.

„Los, Clémence!" rief Cyrille seiner Tochter zu. „Du bist schon erwachsen. Schnapp dir deine Brüder. Wir müssen von hier weg."

Als Élodie auf den umgedrehten Tisch treten wollte, knackte es erneut, und der Fußboden neigte sich so stark, daß sie sich am Türrahmen festklammern mußte. „Mama ... Mama ...", schluchzten die beiden Jungen.

Die Betten und Kisten rutschten nach hinten. Gegenstände fielen klirrend zu Boden. Die Fensterscheibe barst.

In der einen Hand hielt Cyrille die Laterne, mit der anderen half er seiner Frau auf die Tischplatte, die in den Schlamm einsank.

„So, und jetzt kletterst du aufs Dach!" Er schob sie hinauf, was ihm durch die Neigung der Hütte erleichtert wurde. „Leg dich flach auf den Bauch, ich hebe jetzt die Kinder nach oben!"

Der Tag zog herauf. Sein milchiges Licht breitete sich über den Bäumen des Waldes aus.

„Ich bin soweit!" Élodies Aufregung hatte sich inzwischen gelegt.

Cyrille reichte ihr den kleinen Jules und dann Paul. Zuletzt war Clémence an der Reihe; sie weinte nicht wie ihre Brüder. Er drückte sie einen Augenblick fest an sich. „Hab keine Angst", beruhigte er sie, als er spürte, wie sie zitterte. „Du bist ein tapferes Mädchen."

„Ja, Papa", flüsterte sie.

„Komm du jetzt herauf!" flehte Élodie ihren Mann an, als die Kinder bei ihr auf dem Dach waren.

„Wartet, ich reiche euch das Werkzeug."

Er holte seine Axt, die schlammverschmierte Schaufel, das Buschmesser und seinen ganzen Vorrat an Schnüren. Als seine Frau die Sachen entgegengenommen hatte, blickte er sich um. Was sollte er noch mit aufs Dach nehmen? Was retten? Die Dinge zogen vor seinem geistigen Auge vorüber. Er erstickte ein bitteres Lachen, als er an die Weihnachtsgeschenke dachte. Zornestränen stiegen ihm in die Augen, und er schüttelte sich, als wollte er einen Alptraum vertreiben. Dann kletterte auch er hinauf.

Es regnete noch immer, aber nicht mehr so stark. Der Schein der Laterne fiel auf eine überschwemmte Landschaft. In der Umgebung des vom Einsturz bedrohten Blockhauses waren nur noch Sumpf und riesige Pfützen zu sehen.

Cyrille konnte sich vorstellen, was passiert war. Das Eis mußte den Entwässerungskanal verstopft haben, der unter den Gleisen hindurchlief. Das Wasser konnte nicht so schnell abfließen, wie es sich ansammelte. Der See nahm seinen alten Platz wieder ein, und sein Wasserspiegel stieg immer noch.

„Großer Gott, was sollen wir machen?" fragte Élodie entsetzt.

„Laß mich nachdenken."

Cyrille kämpfte gegen das Bedürfnis an, um Hilfe zu rufen. Niemand in Saint-Georges würde ihn hören. „Offenbar senkt sich unser Haus nicht mehr", stellte er fest.

„Ich friere", jammerte Élodie.

Die Jungen weinten wieder, und ihre Zähne klapperten. Cyrille zog seine pelzgefütterte Jacke aus und wickelte die beiden darin ein.

„Du wirst dir den Tod holen", sagte Élodie.

„Mir ist überhaupt nicht kalt."

Das war beinahe wahr. Während Cyrille nach einer Lösung suchte, fing er an, sich zu beschimpfen. Er beschuldigte sich, durch seine Halsstarrigkeit die Seinen ins Verderben geführt zu haben. Dann klagte er andere an. Den Siedlervorstand, den Geistlichen, die ganze Welt. Alle hatten Schuld, weil ihm niemand gesagt hatte, daß in diesem Landstrich Überschwemmungen häufig waren. Guter, trockengelegter Boden! Ein wahrer Hohn!

Je heller es wurde, desto beunruhigender wurde das Ausmaß der Katastrophe. Sie sahen, wie die Fluten den Fuß des Hügels erreichten. Entwurzelte Bäume und Geäst trieben an ihnen vorüber.

„Wir sind verloren, rettungslos verloren!" klagte Élodie.

Clémence weinte noch immer nicht. In ihrem bleichen kleinen Gesicht stand nur Schrecken. Aber sie ließ ihren Vater nicht aus den Augen. Von ihm erwartete sie, daß ihm etwas einfiele.

Cyrille sah sich erneut um. Wenn er nicht gleich handelte, würden sie alle umkommen. Er entdeckte die Stämme, die er zuletzt entastet hatte. Es mußten mindestens dreißig, wenn nicht sogar vierzig Schritte bis dorthin sein. Aber die Stämme lagen auf festem Boden.

Cyrille hockte sich vor die Kinder, die sich an Élodie klammerten. „Eure Mutter kommt mit mir", erklärte er mit Nachdruck. „Clémence, du bleibst mit deinen Brüdern hier." Als Élodie jammernd den Herrn anrief, packte er sie bei den Armen und schüttelte sie heftig. „Wenn du die Kinder retten willst, mußt du tun, was ich dir sage, verstehst du mich? Ich schwöre dir, wenn du gehorchst, kommen wir von hier weg."

Mit einem Schlag schienen Kummer und Angst von Élodie abzufallen. Sie stand auf und folgte ihm. Clémence hatte sich inzwischen halb über ihre Brüder gelegt und zwang sie so, auf dem Dach zu bleiben.

Cyrille stieg auf den Tisch hinunter, der sich noch immer auf dem Schlamm hielt. „Gib mir die große Axt!“ Mit vier gezielten Schlägen durchschlug er den Türstock in Höhe der Angeln und packte die Tür. Er warf sie einen Schritt entfernt neben den Tisch. Dann half er mit ausgestreckten Armen Élodie vom Dach.

„Mama, Mama, laß uns nicht allein!“ riefen die Jungen.

„Seid ruhig!“ antwortete die Mutter streng.

Es war das erste Mal, daß Cyrille sie so die Stimme erheben hörte. Erschrocken verstummten die Kinder.

„Wir holen so viel aus dem Haus, wie wir tragen können. Ich reiche dir die Sachen heraus.“

Er stieg in die Hütte. Mit fast übermenschlicher Kraft ergriff er Kisten, Möbelstücke, Matratzen und einen Bettenrost. Seine Frau zog die Sachen ins Freie, so gut sie konnte. Dann sprang Cyrille nach draußen, hob einen Gegenstand nach dem anderen über den Kopf und baute damit eine Brücke. Er stieg vom Tisch auf die Tür, dann auf eine Kiste, einen kleinen Wandschrank und kam so den Baumstämmen durch den Morast Etappe um Etappe näher. Seine Frau half ihm nach Leibeskräften. Als schließlich keine Kisten und Bretter mehr da waren, nahm Cyrille mit der Axt das Dach des Blockhauses in Angriff. Er riß zwei breite Bretter, die mit Dachpappe gedeckt waren, aus ihrer Verankerung. „Meine Güte, war das stabil!“ rief er wütend, während er zerstörte, was er mit Mühe geschaffen hatte.

Mit den beiden Brettern vollendete er seinen schwankenden Steg, dann holte seine Frau die Jungen. Cyrille drehte sich um, als er bei den gefällten Bäumen trockenen Boden unter den Füßen hatte. Schweigend hockte seine kleine Tochter auf dem Dach im tosenden Regen und wartete. „Rühr dich nicht von der Stelle, meine Kleine!“ rief er ihr zu. „Ich komme!“

Er half Élodie, sich und die Jungen in Sicherheit zu bringen, und sprang dann von einer Plattform zur anderen seiner Tochter entgegen. Sie warf sich in seine Arme, als er das Haus erreicht hatte, und brach in Schluchzen aus.

Cyrille nahm Clémence fest in die Arme und lief, so schnell er konnte, über den schwankenden Steg. Die nassen Haare des Kindes klebten an seinen zusammengepreßten Lippen. „Mein Liebling . . . Mein Liebling . . ., wir sind gerettet“, stammelte er atemlos.

Als alle fünf neben dem Holzstoß auf dem weichen Teppich aus Tannennadeln, Blättern und Moos standen, blickten sie zum Haus hinüber. Dessen Schräglage war bedrohlich, und es sank ständig weiter ein. Nach einer Weile löste es sich von seinem Fundament und begann langsam davonzutreiben.

Gebannt sahen sie diesem Schauspiel zu, starr vor Entsetzen. „Ich habe solche Angst gehabt“, flüsterte Élodie mit zitternder Stimme.

Wie auf ein Stichwort hin brach die Wut aus Cyrille hervor. „Es ist meine Schuld!“ schrie er. „Alles ist meine Schuld! Ich wollte mich hier niederlassen! Schlauer sein als die anderen! Mit jedem mußte ich mich anlegen . . .“

Élodie drückte ihm den Arm. „Brüll nicht so! Wir müssen aufbrechen, die Kinder sind völlig durchnäßt.“

Cyrille dachte an den Fußmarsch nach Saint-Georges, der ihnen bevorstand, und er fand seine Beherrschung wieder. „Kannst du gehen?“ fragte er Clémence.

„Sicher, Papa. Ich kann sogar rennen.“

„Ich trage Jules“, sagte Élodie.

„Nein, kümmere du dich um das Mädchen.“

Cyrille nahm die beiden Jungen auf den Arm und ging auf den Wald zu. Dort hatte der Boden mit seiner dicken Schicht aus Nadeln und Blättern das Wasser aufgenommen. Aber bei der ersten Senke mußten sie stehenbleiben. Das Wasser hatte sich dort gesammelt und zwang sie, umzukehren und einen Übergang zu suchen.

Nach einer Weile blieb Cyrille fluchend im Brombeergestrüpp hängen. Die Kinder an seinem Hals drückten ihm fast die Kehle zu. Seit sie den Weg verlassen hatten, mußte er immer wieder unter Zweigen hindurchkriechen oder über umgestürzte Baumstämme steigen. Gewöhnlich erreichte er die Gleise in einer Viertelstunde, an jenem Morgen brauchte er jedoch fast eine Stunde. Clémence fiel zweimal in den Schlamm, doch sie klagte nicht. Élodie ging mit schmerzverzerrtem Gesicht vorwärts. Sie trug flache Schuhe mit dünnen Sohlen. Eine Naht war schon aufgegangen, und ihre nassen Füße waren eiskalt.

„Nichts! Gar nichts mehr!“ Ununterbrochen stieß Cyrille diese Worte hervor. Er hielt seine beiden Söhne fest an sich gepreßt, und immer wieder vergewisserte er sich, daß seine Frau und seine Tochter ihm folgten. Nein, er besaß nichts mehr – und dennoch, das Wertvollste hatte er gerettet.

Als sie schließlich den Schotterdamm erreichten, hatte der Regen aufgehört. Ein leichter Nordwind hatte den Himmel aufgerissen, und es wurde heller. Die Regentropfen an den Bäumen funkelten.

„Wir müssen uns beeilen!" rief Cyrille. „Es wird Frost geben!"

Auf dem Weg schimmerte der zu Eis gewordene Schnee. Es war unmöglich, bei dieser Glätte schnell voranzukommen. „Vielleicht läßt es sich zwischen den Schienen besser laufen", meinte Élodie.

Sie machten einen Versuch, doch in den Schneehaufen, die sich zwischen den Schwellen angesammelt hatten, versanken sie bei jedem

Schritt bis zu den Knien. Élodie rutschte aus und stürzte. Als sie aufstand, bluteten ihr Handgelenk und ihre Wange.

Wieder packte Cyrille die Wut. „Großer Gott, es ist alles meine Schuld. Auf mir lastet ein Fluch. Ich ziehe das Unglück an!"

Élodie unterdrückte ein Jammern. Jeder Schritt wurde ihr zur Qual. In ihren eisigen Füßen stach es wie mit tausend glühenden Nadeln. Als Clémence stolperte und ihr nicht mehr folgen konnte, blieb sie stehen.

„Ich mache euch ein Feuer", schlug Cyrille vor. „Ihr bleibt hier, und ich hole Hilfe."

„Niemals!" entgegnete Élodie. „Ich will nicht, daß du uns allein läßt!"

„Es kann gar nichts passieren. Ich komme mit der Draisine vom Bahnhof zurück."

„Nein!" riefen die drei Kinder im Chor. „Geh nicht weg! Geh nicht weg!"

Er wußte, daß es ein Zeichen von Schwäche war, aber als er seine Kinder weinen hörte, gab er nach. „Ist ja gut. Ich nehme auch noch die Kleine."

Hinkend ging Élodie auf dem Weg weiter. Cyrille hatte die beiden Jungen abgesetzt und seine Tochter huckepack genommen. „Du bist ja schwer wie ein Kohlensack!" scherzte er, doch niemand hatte die Kraft zu lachen.

Schließlich lud er sich die Jungen wieder auf und setzte seinen Marsch fort.

Zum Glück hatte er wasserdichte Stiefel. Dennoch spürte er allmählich die Kälte an den Füßen, und er versuchte sich vorzustellen, was seine Frau wohl ertragen mußte. Aber ihm war auch klar, daß sie mit ihrer Langsamkeit alle in Gefahr brachte.

Er holte Élodie rasch ein. „Ihr müßt versuchen, ein Stück zu rennen", erklärte er mit Bestimmtheit, nachdem er die Kinder abgesetzt hatte. „Ihr müßt gegen die Kälte ankämpfen. Los, Clémence, zwing deine Brüder zu rennen."

Die Kleine nahm die beiden Jungen an die Hand und lief mit ihnen voraus.

„Setz dich auf die Schiene", bat Cyrille seine Frau. „Ich gebe dir meine Stiefel."

„Du bist verrückt!"

„Ich gehe barfuß. Das macht mir nichts aus."

„Selbst wenn ich es wollte, wäre es unmöglich. Sie sind mir viel zu groß."

„Zieh trotzdem deine Schuhe aus. Ich massiere dir die Füße."

Sie gehorchte. Ihre Zehen waren blaugefroren und an manchen Stellen schon weiß. Cyrille nahm erst den einen Fuß, dann den anderen in seine Hände und rieb, so fest er konnte. Während Élodie ihre Schuhe wieder anzog, legte er ihr seine pelzgefütterte Jacke über die Schultern. „Komm, zieh deinen nassen Mantel aus und das hier an. Wenn ich die Kinder trage, wird mir sowieso warm."

„Nein, nein!"

Aber Cyrille ging einfach los, ohne auf sie zu warten. Die entsetzliche Wut auf sich selbst und all die, die es zugelassen hatten, daß er sich dort draußen ansiedelte, gab ihm Kraft. Das Feuer, das in ihm brannte, ließ ihn den zunehmend schneidenden Nordwind nicht spüren.

Cyrille holte die Kinder ein und nahm seine Last wieder auf. Während er weitermarschierte, drehte er sich häufig nach Élodie um, die immer stärker hinkte. Alle drei Schritte mußte sie stehenbleiben. Wieder setzte Cyrille die Kinder ab. „Los! Lauft!"

Entschlossen zog das kleine Mädchen seine Brüder mit sich. Cyrille kehrte zu Élodie zurück, die vor Schmerzen stöhnte.

„Laß mich hier", bat sie. „Rette die Kinder."

Er nahm sie auf den Rücken, wie er es zuvor mit seiner Tochter getan hatte, und ging mit langen Schritten weiter. Er war fast überrascht, wie leicht Élodie war.

„Du bist verrückt!" schalt sie ihn. „Du bringst dich noch um."

„Ich habe schon Schwereres getragen."

Als er die Kinder erneut eingeholt hatte, ging er in die Knie, griff nach dem kleinen Jules und hob ihn hoch.

„Halte ihn fest, so gut du kannst", sagte er zu Élodie. Dann ging er noch einmal in die Hocke und nahm die beiden anderen auf die Arme. „Haltet euch fest!"

Wieder machte er sich auf den Weg. Er spürte die Wärme der Kinder in seinem Nacken und auf seinen Schultern. Seine Arme zitterten ein wenig, aber die Beine blieben fest. Einen Moment wurde ihm schwarz vor Augen, aber er spürte, daß er noch lange laufen konnte.

Zweifellos hätte Cyrille so den Bahnhof erreichen können, doch plötzlich rutschte er auf einer abschüssigen Eisplatte aus. Mit fast übermenschlicher Kraft verhinderte er, daß Élodie und die Kinder auf den Schienen aufschlugen, doch der Sturz war unvermeidbar. Er fluchte. Die anderen schrien auf. Cyrille war als erster wieder auf den Beinen. Élodie fiel das Aufstehen schwer. Er half ihr. „Rette die Kinder“, flehte sie ihn mit gebrochener Stimme an. „Es wird schon jemand kommen und mir helfen ... Geh ..., geh ... Laß mich hier.“

Blind vor Wut nahm Cyrille die weinenden Kinder wieder auf. Sein Atem ging stoßweise. Wie ein gehetztes Tier folgte er mit schmerzendem Rücken und eiskalten, um seine Last geschlungenen Armen den schnurgeraden Schienensträngen, die in der Ferne zusammenliefen. In seinem Kopf drehte sich alles. Träume ich? fragte er sich. Zwanzig Schritte vor ihm trat ein Hirsch aus dem Dickicht – offenbar wollte er die Gleise überqueren.

Clémence hörte auf zu weinen. „Ein Tier ..., es sieht uns an.“

Der Hirsch blieb stehen. In aller Ruhe beobachtete er sie mit dampfenden Nüstern. Dann verschwand er mit eleganten Sprüngen zwischen den Bäumen.

Cyrille haderte mit seinem Schicksal. „So müßte man laufen können!“ entfuhr es ihm.

Er versuchte es, machte drei Sätze und stolperte dann. Schließlich drehte er sich um. Élodie erkannte er nur noch als kleine dunkle Gestalt, die reglos neben den Schienen lag. „Mama! Meine Mama!“ schrie Clémence.

„Ich gehe später zurück, um sie zu holen“, versprach Cyrille und lief weiter. Bald glaubte er das Bahnhofsgebäude zu erblicken. „Clémence, siehst du den Bahnhof?“ fragte er seine Tochter.

„Ja, ganz hinten“, antwortete die Kleine tonlos.

Da nahm der Vater seine letzten Kräfte zusammen. Er taumelte dahin wie ein Betrunkener, aber er blieb nicht mehr stehen. Die Schienen, der glitzernde Wald, der eisgraue Himmel, alles schwankte, drehte sich, wurde eins.

Der Bahnhof kam allmählich näher. Cyrille rannte, wankte über den Bahnsteig, öffnete die Tür zum Büro, trat in die erstickende Wärme und brach mit seiner Last zusammen.

Der Bahnhofsvorsteher stürzte auf ihn zu. „Großer Gott!“

„Meine Frau ...“, stammelte Cyrille völlig entkräftet. „Auf den Gleisen ..., schnell ..., schnell ...“ Dann versank er in Bewußtlosigkeit.

Teil 3: Cadieu

1

Als Cyrille die Krankenstation von Saint-Georges betrat, saß Élodie an einem rechteckigen Tisch mit rot-gelb karierter Wachstuchdecke. Nur das äußerste rechte der sechs nebeneinander aufgestellten Betten war belegt. Eine alte Frau mit Spitzenhäubchen saß darin, von zwei dicken Kissen gestützt. Sie erwartete Cyrille bereits, der jeden Abend um die gleiche Zeit kam.

„Da bist du ja endlich, verdammter Labrèche!" keifte die Alte, deren Gesicht einem verschrumpelten Apfel glich, als Cyrille das Krankenzimmer betrat. „Du bist wirklich spät dran. Ich hoffe, du wirst nicht zulassen, daß sich deine arme kleine Frau für diese Ausbeuter überanstrengt. Sieh dir an, was für eine Arbeit sie ihr hergebracht haben!"

„Halten Sie doch den Mund", schrie Élodie sie an. „Seit heute morgen liegen Sie mir mit Ihrem Gezeter in den Ohren."

Cyrille ging zu seiner Frau und umarmte sie. „Ich habe mich verspätet. Gendreau wollte mich nach der Arbeit noch sprechen. Hör mal, ich habe eine gute Neuigkeit. Es gibt da einen Fuhrmann namens Léveillé, der für Gendreau Holz aus dem Wald holt. Er ist im Moment verhindert, warum, weiß ich nicht. Aber er überläßt Gendreau sein Pferdegespann, und ich erledige die Arbeit für ihn."

Er strahlte, doch Élodie war enttäuscht. Sie hatte eine andere Neuigkeit erwartet. „Ich will hier raus", erklärte sie.

„Ja, genau. Ich arbeite zwei Wochen für Gendreau zum doppelten Lohn. Das hilft uns weiter. Und dann bin ich wenigstens mit den Pferden im Wald und nicht mehr an diesem verdammten Dampfkessel in der Sägemühle."

Die Alte fing wieder an zu schimpfen, doch sie achteten nicht darauf. Vielmehr sah sich Cyrille an, was Élodie gearbeitet hatte. Auf dem Tisch standen drei Keksdosen. In der einen war dünner Bindfaden, in der anderen lagen die Verschlüsse von Bier- und Mineralwasserflaschen, an denen noch die Korkdichtungen klebten, und in der dritten Verschlüsse ohne Dichtung. „Was machst du denn da?" fragte er.

„Sie zersticht sich die Finger, damit die Reichsten im Land noch reicher werden!“ zeterte die Alte.

„Das werden Fliegenvorhänge für den Sommer“, erklärte Élodie. „Man hängt sie oben in die Türöffnung und kann dann ein und aus gehen, aber die Fliegen bleiben draußen.“

Mit der Spitze eines Messers holte sie die Korkringe aus den Verschlüssen und stach zweimal mit einer dicken Nadel hinein, um die Schnur durchzuziehen.

„Für wen machst du das?“ fragte Cyrille.

„Für Madame Robillard, sie gibt mir zwei – “

„Sag ihm, wieviel du verdienst“, kreischte die Alte dazwischen.

Cyrille drehte sich zu ihr um. „Es ist mir völlig egal, was sie verdient!“ schrie er sie an. „Und wenn sie es umsonst täte, würde es mich nicht aufregen! Ich will nicht, daß man etwas Schlechtes über diese Leute sagt. Hätten sie uns keinen Kredit gegeben . . .“

Die Alte stieß ein krächzendes Lachen aus, so daß ihr Spitzenhäubchen erzitterte. „Red doch, was du willst, Labrèche! Auf mich macht das keinen Eindruck. So schlau du auch bist, du läßt dich doch einwickeln. Du heizt Gendreaus Dampfkessel für einen Hungerlohn. Deine Frau geht den Robillards auf den Leim. Diese Leute sind gerissen. Mit ihren Krediten sind sie reich geworden. Gäben sie keine Kredite, würden die Siedler das Weite suchen, und sie könnten ihren Laden dichtmachen.“

Mit einem wachsenden Gefühl der Ohnmacht hörte Cyrille ihr zu.

„Laß sie nur zetern“, sagte Élodie. „Das geht den ganzen Tag so. Man könnte verrückt werden. Ich will hier nicht mehr bleiben. Der Arzt sagt, ich kann gehen, wenn wir einen warmen Platz für mich gefunden haben.“

Ihre ernüchternden Worte verletzten Cyrille. „Wo willst du hin? Wir sind so arm wie die Kirchenmäuse. Du mußt warten, bis ich aus dem Wald zurück bin.“

Élodie war blaß; sie hatte eingefallene Wangen und dunkle Ringe unter den Augen. Einen Moment sah sie ihren Mann flehend an. „Wir könnten zu meinen Eltern zurückkehren“, meinte sie schließlich zögernd. „Du weißt, sie nehmen uns auf. Ich will wieder bei meinen Kindern sein . . .“

Cyrille erstarrte. „Nie im Leben!“ antwortete er brüsk. „Ich werde schon eine Unterkunft für uns finden. Du mußt nur noch zwei

Wochen warten. Wenn ich aus dem Wald zurück bin, suche ich etwas. Das verspreche ich."

„Ich will bei meinen Kindern sein . . .", wiederholte Élodie voller Wehmut.

„Sie kommen dich jeden Tag besuchen. Du kannst dich nicht beklagen. Es geht ihnen sehr gut bei Schwester Marie."

Élodie stützte sich auf den Tisch, stand auf und griff nach den beiden Stöcken, die an ihrem Stuhl lehnten. Cyrille wollte ihr helfen, aber sie ließ es nicht zu. „Nein. Der Doktor hat immer wieder gesagt, daß ich mich daran gewöhnen muß."

„Du hast sie dir gut zurechtgebogen, deine kleine Frau!" kreischte die Alte von ihrem Bett aus. „Ich habe ihre erfrorenen Füße gesehen. Man hat ihr die Zehen abgeschnitten."

Langsam erreichten sie den hinteren Teil des Raumes, wo Élodie sich auf ihrem Bett ausstreckte, während die Frau weiterkeifte.

„Sogar im Schlaf redet sie noch", sagte Élodie. „Wie ein Wasserfall. Ich schwöre, ich kann hier nicht länger bleiben."

Sie schwiegen. Keiner rührte sich. Élodie lag zusammengekauert auf ihrem Bett, Cyrille saß auf einem Stuhl. Auf der bunten Steppdecke fanden sich ihre Hände. Es verging eine lange Zeit. Die Alte schnarchte. Es hörte sich an, als wäre jeder Atemzug ihr letzter.

„Zwei Wochen sind eine lange Zeit", begann Élodie ihr Klagelied von neuem.

„Pater Levé wird dich jeden Tag besuchen. Unsere Kinder auch, und am Sonntag nach der Messe kommen die Leute von Abschnitt drei."

Wieder schwiegen sie lange.

„Paß gut auf im Wald", flüsterte Élodie schließlich, ohne ihre Angst verbergen zu können.

Cyrille stand auf, trat einen Schritt zurück, dann wandte er sich zur Tür. Über Élodies Wangen rollten zwei Tränen, doch sie zwang sich zu einem Lächeln. „Legst du bitte noch Holz nach?" bat sie ihren Mann. „Aber mach keinen Krach, damit die Alte nicht aufwacht. Solange sie schläft, habe ich meine Ruhe."

SCHON nach zwei Tagen kam Cyrille mit den Pferden, die Tom und Sam hießen, bestens zurecht. Er war in der Lage, sehr genau ihr Können einzuschätzen und mit einem Blick den besten Durchgang zwischen den Baumstümpfen zu erkennen. Es war eine aufregende Tätigkeit.

Oft sah Cyrille zum wolkenlosen Himmel hinauf. „Wir müssen uns ranhalten", sagte er dann zu Tom und Sam, „solange uns der Wettergott gewogen ist. Wenn es anfängt zu schneien, wird es schwieriger."

Und die beiden Tiere legten sich mit dampfenden Nüstern ins Zeug. Die Muskeln spielten unter dem glänzenden Fell. Tom ging an der Spitze, hinter ihm sein Gefährte. Nicht ein einziges Mal mußte Cyrille die Stimme erheben.

Auf dem Eis des Harricana lag, noch nicht entrindet, in langen Reihen das Langholz. Im Frühjahr würde das Wasser die Stämme bis zur Sägemühle tragen. Dreimal am Tag führte Cyrille seine Pferde zur Tränke an ein Loch, das er mit der Hacke ins Eis geschlagen hatte. Jedesmal hatte sich bei seiner Ankunft wieder eine dünne Schicht gebildet, die er aufschlagen mußte. Und jedesmal schnitt er mit seinem Taschenmesser etwas Stroh klein. Wenn er in die Hocke ging, um die Halme auf das eiskalte Wasser zu streuen, stieß ihn Tom mit den Nüstern an. Und jedesmal wiederholte Cyrille mit liebevollem Lachen: „Warte einen Moment, mein Dicker. Du hast es zu eilig. Ja, ja, ich weiß, du magst das nicht. Das Stroh kitzelt dich in der Nase. Aber, mein Alter, es ist zu deinem Besten. Dann trinkst du nicht so schnell."

In einiger Entfernung wartete Sam geduldig. Immer ließ er Tom als ersten an die Tränke.

Cyrille verstand sich ausgezeichnet mit diesen beiden tüchtigen Holzrückpferden. Sein Einschlag lag gute zwei Stunden flußaufwärts von Saint-Georges. Cyrille schlief in einer Holzfällerhütte, und ein Unterstand mit einem Reisigdach, von dem Zeltplanen herabhingen, diente als Stall.

Am Donnerstag der zweiten Woche gegen Mittag schlang Cyrille die eiserne Zugkette unter dem Stamm einer schönen Balsamtanne hindurch. Plötzlich richtete er sich auf und horchte. Ein seltsames Geräusch näherte sich. Auch die Pferde hatten es bemerkt. Regungslos und mit zuckenden Ohren standen sie da und lauschten dem Knattern eines Motors.

Über Stämme und Stümpfe rannte Cyrille zum Weg. In der Ferne erkannte er ein schwarzes Fahrzeug, von dem Rauch aufstieg und das schnell näher kam.

„Ach je", seufzte er, „ein Traktor."

Da die Pferde unruhig wurden, führte er sie in den Stall, band sie fest und legte ihnen ihre Decken über. Dann eilte er wieder hinaus, um dieser Knattermaschine entgegenzugehen. Er hatte im Hafen von

Montreal schon Traktoren gesehen, aber hier im Wald war dieses Ungetüm so unerwartet aufgetaucht, daß es Cyrille völlig verwirrte.

Als die Maschine wenige Meter vor ihm zum Stehen kam, herrschte ein Höllenlärm. Der Motor fauchte, und das Eisengestänge ratterte. „Bist du Labrèche?“ schrie der Mann hinter dem Eisenlenkrad.

Cyrille trat näher. „Ja.“

„Ich bin Léveillé. Hast du meine Pferde gut versorgt?“

„Aber sicher kümmere ich mich um sie. Du hast prachtvolle Tiere, das kann man wohl sagen.“

Der Mann betätigte einen Hebel. Mit ohrenbetäubendem Lärm heulte der Motor auf, und das ganze Fahrzeug fing an zu zittern. Cyrille beobachtete, wie der Traktor mit seiner schwarzlackierten Motorhaube an ihm vorüberrollte. Über die Hinterräder liefen Ketten, gespickt mit riesigen Dornen, die sich in den Boden gruben. Auf dem Anhänger lagen Kisten mit Vorräten, Ketten und Werkzeug.

Mit mechanischen Bewegungen folgte Cyrille dem Fahrzeug, das ihm Angst einflößte. Ihm war, als hätte sich die Erde plötzlich vor ihm aufgetan, und er konnte keinen klaren Gedanken fassen. Sein Blick war auf die plumpe Gestalt geheftet, die auf dem Traktor saß und eine dicke graue Mütze trug.

Als Léveillé den Motor abgestellt hatte, herrschte plötzlich Grabesruhe. Cyrilles betäubtes Gehör nahm keines der tausend kleinen Geräusche mehr wahr, die sonst den Wald erfüllten.

Léveillé sprang von seinem Sitz, ging nach hinten und nahm eine kleine Kiste herab. „Diese Maschine schüttelt dir die Eingeweide durcheinander“, sagte er lachend. „Jetzt habe ich Hunger wie ein Wolf. Meine Frau hat Essen für zwei eingepackt. Wir dachten, es wäre eine Abwechslung für dich.“

Léveillé hatte ungefähr Cyrilles Größe, war aber rundlicher. Sein Gesicht verschwand beinahe ganz hinter einem dichten schwarzen Vollbart. Er ging auf die Hütte mit ihrem rauchenden Schornstein zu. Cyrille folgte ihm benommen.

„Das ist schnell aufgewärmt“, meinte Léveillé, während er das Essen auspackte.

„Das Gefährt da draußen ist also für die Holzabfuhr gedacht?“ fragte Cyrille unvermittelt.

Léveillé lächelte, und seine Zähne leuchteten strahlend weiß im Dunkel seines Bartes. „Sicher. Du glaubst doch nicht, ich hätte es nur hergebracht, um es dir zu zeigen?“

„Du hast doch Pferde, dann brauchst du so was nicht."

„Da müßte ich viele Pferde besitzen, um das ganze Holz hier abtransportieren zu können. Und Pferde sind teuer im Unterhalt. Ein Traktor dagegen säuft nur, wenn er arbeitet."

„Diesen Spruch hast nicht du dir ausgedacht", entgegnete Cyrille heftig. „Das habe ich letztes Jahr in einer Reklame gelesen."

Léveillé zuckte mit den Schultern. Er hatte zwei Militärkochgeschirre auf den Ofen gestellt. Bald erfüllte ein herzhafter Duft die Hütte. Mit seinem Messer rührte Léveillé den Inhalt um. „Es ist Rindfleisch mit Kartoffeln, von meiner Frau besonders schmackhaft zubereitet."

Cyrille war einen Moment versucht, diesen Mann mit seinem guten Fleisch und seinen neumodischen Ideen zum Teufel zu jagen. Dieser Traktor, der den Wald vergiftete! Aber es gelang ihm, sich zusammenzureißen. Tausend Fragen wirbelten ihm durch den Kopf, aber er stellte sie nicht. Hatte dieser Mann vor, ausschließlich Traktoren zu benutzen? Was würde er mit den Pferden machen? Hatten sich die anderen Fuhrunternehmer auch für die Motorisierung entschieden?

Die Angst vor den möglichen Antworten verschloß ihm den Mund. Auch Léveillé sprach nicht weiter. Eine Weile aßen sie schweigend, jeder auf seiner Seite des kleinen Tisches aus ungehobelten Brettern. Das kräftig angebräunte Fleisch und die in der sämigen Soße gekochten Kartoffeln waren wohlschmeckend und saftig.

Léveillé schenkte für sich und Cyrille Bier ein, das er mitgebracht hatte. „Der Pfarrer in Abschnitt drei hat sich nicht lange gehalten", sagte er schließlich zu Cyrille.

„Der Kerl war ja auch übergeschnappt . . ."

„Du hast dich wohl nicht gut mit ihm verstanden?"

Cyrille spürte, wie seine Wut von den Traktoren auf Pater Gauzon übersprang, von dessen Abreise er gehört hatte. „Seid froh, daß ihr ihn los seid", erklärte er. „Aber mich geht das nichts an."

Er wischte sein Messer mit Daumen und Zeigefinger ab und klappte es vorsichtig zu. Dann trank er einen Schluck Bier und zündete sich eine Zigarette an. Eine Weile unterhielten sie sich über die Arbeit im Wald und kamen dann unweigerlich wieder auf die Traktoren zu sprechen. „Hast du das Fahrzeug schon lange?" fragte Cyrille.

„Ich habe es gerade erst in Cochrane abgeholt."

„So ein Traktor kostet gewiß eine Stange Geld", meinte Cyrille.

„Seit fünfzehn Jahren will ich so ein Gefährt. Ich habe ganz schön geschuftet, trotzdem hat das Geld nie gereicht. Aber jetzt sind zwei glückliche Umstände zusammengetroffen: Ich habe diesen gebrauchten Traktor gefunden und einen Pferdehändler, der mir die Tiere abnimmt."

Cyrille erschrak. „Wie? Du hast deine Pferde verkauft für –"

„Nicht die beiden, die du hier im Gespann hast", unterbrach ihn Léveillé rasch. „Die behalte ich. Ich brauche sie für Stellen, an die man mit dem Traktor nicht hinkommt." Er lachte und stand auf. „Keine Angst, ich nehme dir deine Arbeit schon nicht weg, da ergibt sich bestimmt wieder einmal etwas."

Sie gingen hinaus, auf den Schuppen zu. Tom witterte Léveillé und wieherte. Léveillé sprach mit ihm, dann tätschelte er beide Pferde am Hals, sah ihnen ins Maul und untersuchte ihre Hufe. Cyrille stand hinter ihm. „Du bist ein guter Fuhrmann", sagte Léveillé, der sich zu ihm umgedreht hatte. „Das merkt man schon, wenn man sich die Tiere nur ansieht."

Cyrille fühlte sich von einer Woge des Glücks davongetragen. „Ach ja", seufzte er, „zwei so schöne Pferde, das wäre etwas!"

„Immer wenn ich Hilfe brauche, werde ich dich fragen. Aber weißt du, das Geschäft bei mir läuft unregelmäßig."

Cyrille hatte vergessen, daß der Traktor, der mehrere Pferde ersetzen konnte, diese prächtigen Geschöpfe eines Tages ganz vertreiben würde. Er wollte diesem Mann danken, aber seine Kehle war wie zugeschnürt.

Sie gingen zum Traktor, und Cyrille half dem Fuhrunternehmer, den Anhänger abzukoppeln und die Ketten hinten auf den Traktor zu legen. Während er das tat, hatte er das Gefühl, die Pferde zu verraten. Dennoch fand er Léveillé sympathisch.

Als die Maschine losfuhr, zögerte Cyrille für einen Moment, dann folgte er ihr mit einem gewissen Abstand. Er sah zu, wie Léveillé die Ketten an einem Baumstamm befestigte. Der Traktor zog an und fuhr schneller zum Fluß hinunter als jedes Pferdegespann. Auf dem Eis drehte das Fahrzeug um, wobei die Dornen tiefe Spuren hinterließen. Léveillé legte den Stamm parallel zum Ufer ab. Während der Motor langsamer lief, ging Cyrille zu seinen Tieren zurück. Etwas war in ihm zerrissen. Der Wald und die Hütte verschwammen vor seinen Augen, die sich mit Tränen füllten. Mit einer unwirschen Bewegung zog er sich den Handschuh aus und wischte sich über die Augen.

Cyrille arbeitete in Léveillés Diensten noch drei volle Tage und einen guten Vormittag lang. Ein paar hundert Meter von seinem Einsatzgebiet entfernt lag der Abschnitt, der mit dem Traktor bearbeitet wurde. Der Lärm der Maschine erfüllte den ganzen Wald. Cyrille horchte, wie sich das Geräusch ständig veränderte. Immer wenn das Knattern langsamer oder unregelmäßiger wurde, hoffte er, die Maschine würde plötzlich für immer den Geist aufgeben. Zu gern stellte er sich vor, wie Tom und Sam das Gefährt dann nach Saint-Georges schleppen würden. Aber der Motor hielt allen Belastungen stand. Und nicht nur das: Die Maschine schaffte fast dreimal soviel Arbeit wie die Pferde! Cyrille hatte das schon in den ersten Stunden festgestellt, aber er liebte seine Tiere zu sehr, als daß er ihnen einen sinnlosen Wettkampf zugemutet hätte.

Léveillé und er hatten beschlossen, ihre Lebensmittel zusammenzulegen. Sie kochten und aßen gemeinsam. Wenn Cyrille auch Léveillés Traktor haßte, so mußte er doch anerkennen, daß dessen Besitzer etwas von seinem Geschäft verstand. Aus der gegenseitigen Achtung, die die beiden Männer füreinander empfanden, entwickelte sich bald eine Freundschaft. Ohne den anderen anzugreifen, diskutierten sie jeden Abend über Pferde und Traktoren. Auch Léveillé liebte seine Tiere. Vor dem Schlafengehen schaute er mit Cyrille im Stall vorbei, um nachzusehen, ob mit Tom und Sam alles in Ordnung war. Aber als Fuhrunternehmer dachte er auch ans Geschäft; oft sprach er von der künftigen Nutzung der Wälder, als gehörte ihm der ganze Holzreichtum des Nordens.

„Wenn die Welt immer schneller vorankommen will", hielt ihm Cyrille entgegen, „wird sie auf ihren eigenen Untergang zurasen."

Am vierten Tag gegen Mittag sah Léveillé zu, wie Cyrille die Pferde für den Aufbruch fertigmachte. „Bring sie nach Hause in ihren Stall", meinte er. „Mein Schwiegervater wird dasein." Sie schüttelten einander fest die Hand. „Auf jeden Fall kann ich dir eines versichern", fügte der Fuhrunternehmer hinzu. „Ich habe dich beim Holzrücken genau beobachtet. Die Pferde haben bei mir nie so willig mitgearbeitet wie bei dir."

Cyrille brach auf, und Léveillés Worte erfüllten ihn anfangs mit großem Stolz. Dann aber spürte er, wie ihn eine tiefe Traurigkeit überfiel. Je näher sie Saint-Georges kamen, desto näher rückte auch der Augenblick, in dem er von Tom und Sam Abschied nehmen mußte.

„Meine beiden Hübschen“, sagte er voll Leidenschaft zu den Pferden, „euer Besitzer ist zwar ein guter Kerl, aber auch ein bißchen verrückt. Bestimmt kommt er bald zu mir und bittet mich, euch wieder einzuspannen, denn leider hat er im Moment nur noch seine Maschine im Kopf.“

In Saint-Georges ging er gleich zum Stall und meldete sich bei Léveillés Schwiegervater. Dann rieb er Tom und Sam mit Stroh ab, gab ihnen eine große Portion Hafer, tätschelte ihnen ausgiebig den Hals und verabschiedete sich von ihnen. Voll Wehmut machte er sich schließlich auf den Weg zur Krankenstation.

Als er eintrat, war gerade Essenszeit. Ein Mann aß an dem Tisch, an dem gewöhnlich Élodie saß. Er hatte einen riesigen Verband um den Fuß, und sein Bein lag ausgestreckt auf einem Hocker. Bevor Cyrille den Verletzten begrüßen konnte, keifte schon die alte Frau los, die in ihrem Bett in der Ecke saß: „Du mußtest ja wieder in den Wald gehen, Labrèche! Nun, deine Frau ist mit den Kindern abgereist. Nach Montreal zu ihrem Vater. Sie hatte die Nase voll von allem . . .“

Die Tür ging auf, und Schwester Marie kam herein. Sie war eine große, hagere Frau um die Dreißig mit einem knochigen Gesicht. „Seien Sie still, Großmutter Soumandre!“ befahl sie der Alten. „Sonst werfen Sie bloß wieder Ihre Schüssel um!“ Dann wandte sie sich an Cyrille. „Es stimmt, Labrèche, Ihre Familie ist fort. Wir konnten ihre Abreise nicht verhindern. Ihre Frau war mit ihrer Kraft am Ende . . .“

Einen Augenblick war Cyrille wie erschlagen von dieser Nachricht. Dann brach der Zorn aus ihm hervor. „Verdammt und zugenäht!“ brüllte er. „Da hätte man mich doch benachrichtigen müssen. So eine gottverdammte Sauerei . . .“

Die Krankenschwester packte ihn heftig am Arm. „Ich verbiete Ihnen im Namen des Herrn, hier zu fluchen!“ herrschte sie ihn an und zeigte auf das Kruzifix über der Tür. „Sie sind schließlich nicht im Stall bei Ihren Pferden, Labrèche! Jeder mag Sie, und wir haben alles getan, um Ihnen trotz Ihres schwierigen Charakters zu helfen. Aber daß Sie hier Gott lästern, werde ich nicht zulassen!“

Sie verstummte und ließ ihn los. Eine Weile war nur noch das unablässige Grummeln der Alten zu hören.

„Die Regierung hätte nie Frauen und Kinder herkommen lassen dürfen, bevor die Häuser fertig sind“, fuhr die Schwester in ruhigerem Ton fort. „Es werden noch mehr Siedler in ihren Heimatort zurückkehren, das ist unvermeidlich. Und alle werden wiederkommen, wenn sie wissen, daß sie ein richtiges Dach über dem Kopf haben. Ihre Frau und die Kinder übrigens auch. Sie hat es versprochen."

Cyrille wußte nicht mehr, was er sagen sollte. Um ihn herum schien die Welt einzustürzen. In seinem Kopf schwirrten die Ereignisse durcheinander: der Abschied von den Pferden und Élodies Abreise. „Sie hat es versprochen", wiederholte er wie betäubt.

Schwester Marie nahm ihn sanft beim Arm. „Ja, ich war dabei, wie sie es in Gegenwart ihrer Kinder gesagt hat. Und der Herr Pfarrer und Charlotte Garneau haben es auch gehört."

Beim Gedanken an die Kinder spürte Cyrille einen Stich im Herzen. „Ich werde sie holen, verdammt noch mal!" stieß er zornig hervor. „Dann werden wir ja sehen, wer hier der Herr ist!" Damit stürzte er hinaus und schmetterte hinter sich die Tür zu.

DIE NACHT war hereingebrochen. Der Schein des Vollmonds spiegelte sich auf dem Schnee. Wie ein Verrückter rannte Cyrille über die Straße, an deren Rändern sich riesige Schneehaufen türmten. Er rutschte aus, fiel hin, raffte sich auf und setzte seinen Weg fort. Sein Ziel war die Sägemühle. Er wollte Gendreau um Geld für eine Fahrkarte nach Montreal bitten. Dort sah er sich schon seinem Schwiegervater gegenübertreten, um die Seinen zurückzuholen. Vergeblich versuchte er sich an die Tage zu erinnern, an denen die Züge fuhren; in seinem Kopf herrschte ein zu großes Durcheinander.

Gendreau war nicht da. Die Säge stand still. Weder im Büro noch im Haus brannte Licht. Cyrille wurde immer unruhiger. Er war wütend auf sich selbst, auf den Pfarrer, der Élodies Abreise nicht verhindert hatte, auf Schwester Marie, die die Kinder aus ihrer Obhut entlassen hatte, auf Gendreau, der ihn in den Wald geschickt hatte, und auf den Rest der Welt, weil ihn niemand benachrichtigt hatte. Einen Augenblick überlegte er, ob er zum Pfarrhaus gehen sollte. Er begriff nicht, warum Pater Levé, der ihm so sehr geholfen hatte, ihn so verraten und seine Familie hatte ziehen lassen. Élodies Vater hatte ihr vermutlich das Geld für die Reise geschickt.

Cyrille dachte nach. Es war sinnlos, zum Priester zu gehen, der ihm wohl kaum das Geld für die Fahrkarte leihen würde. Ganz im Gegenteil, wenn der Pater Élodie hatte ziehen lassen, konnte es sehr gut sein, daß er mit Moralpredigten versuchen würde, Cyrille zum Stillhalten zu bewegen. Nein, es gab nur einen Menschen, der ihm möglicherweise helfen würde: Steph Robillard.

Cyrille rannte zum Warenhaus, wo er völlig außer Atem ankam. Er riß die Tür auf. Catherine Robillard stand hinter dem Ladentisch, auf dem vier verschieden große, glänzende Kupferwaagen standen. Drei Frauen und zwei Männer warteten, bis sie an der Reihe waren. Große Schnabellampen in schönen Kupferhalterungen beleuchteten den Raum.

Cyrille wurde immer nervöser. Er ging an den Regalen entlang und merkte nicht einmal, daß er mehrere Leute anstieß. „Ist Steph nicht da?“ fragte er schließlich.

Catherine Robillard runzelte die Stirn. „Guten Abend, Monsieur Labrèche“, erwiderte sie.

Der nachdrücklich vorgebrachte Gruß traf Cyrille wie eine Ohrfeige. Er lief dunkelrot an und räusperte sich. „Ich . . . Entschuldigen Sie . . . Ich möchte zu Steph“, stotterte er.

„Wenn Sie einen Moment warten wollen“, fuhr die Warenhausbesitzerin in sanfterem Tonfall fort. „Er wird gleich kommen.“

Cyrille stammelte ein paar Worte des Dankes und zog sich neben die Tür zum Lager zurück. Dort trat er von einem Fuß auf den anderen.

Als Catherine Robillard ihre Kunden bedient hatte, wandte sie sich an Cyrille. „Kommen Sie!“

Cyrille folgte ihr. Sie durchquerten die Eisenwarenabteilung und kamen zur Schusterei, wo ihnen der Geruch von Leder, Pech und Schusterleim entgegenschlug. Hinter einem Arbeitstisch, eine glänzende Schuhsohle zwischen den Knien, saß Alban Robillard, Catherines Mann. Er trug eine kleine, stahlgefaßte Brille mit runden Gläsern und eine graue Schirmmütze. An einem zweiten Arbeitstisch klopfte ein dicker pausbäckiger Lehrjunge Leder weich. „Geh zum Herrn Pfarrer, Max“, trug Catherine dem Lehrling auf. „Sag ihm, Monsieur Labrèche ist gekommen –“

Cyrille unterbrach sie. „Wozu das? Ich suche meine Frau und nicht den Priester!“ Wie immer, wenn ihn der Zorn übermannte, überschlug sich seine Stimme.

„Vor zwei Minuten wollten Sie noch zu Steph“, hielt ihm Catherine entgegen.

Der Lehrjunge ging hinaus, und die Tür fiel hinter ihm unter dem Klingeln vieler Glöckchen ins Schloß. Allmählich beruhigte sich Cyrille wieder. „Entschuldigen Sie, daß ich hier so hereingeplatzt bin, Madame Robillard“, sagte er. „Ich habe gerade erfahren, daß Élodie und die Kinder abgereist sind. Das hat mich aus der Bahn geworfen."

„Das verstehe ich, aber . . ."

„Ich wollte Sie nur bitten, mir das Geld für eine Fahrkarte zu leihen . . ."

„Ich muß jetzt wieder Kunden bedienen", erwiderte Catherine Robillard ungehalten. „Pater Levé wird herkommen und Ihnen alles erklären. Nur eines kann ich Ihnen schon sagen: Niemand in Saint-Georges wird Ihnen Geld zum Wegfahren leihen. Und ich am allerwenigsten. Sie schulden uns schon genug, und ich kann mir meine Geldscheine schließlich auch nicht selber drucken."

Cyrille war bleich geworden. Die Erinnerung an seine Schulden ernüchterte ihn. Als Catherine sich umdrehte, wollte er ihr folgen, aber der Schuster war hinter seinem Tisch hervorgekommen. Er stützte sich mit der einen Hand auf einen dicken Stock aus Haselnußholz, mit der anderen griff er nach Cyrilles Arm. „Komm, setz dich her!" forderte er ihn auf. In seiner Stimme lag etwas Beruhigendes.

Cyrille nahm auf dem niedrigen Stuhl des Lehrlings Platz, und der Schuster kehrte an seinen Arbeitstisch zurück. Aus einem Schubfach nahm er ein Briefchen Zigarettenpapier und öffnete einen roten Tontopf, in dem sich Tabak befand. Er verteilte etwas davon auf dem Papier, dann hielt er Cyrille Topf und Papier hin. „Komm, dreh dir eine, das beruhigt", meinte er.

Cyrille hatte Alban Robillard nie richtig beachtet. Er wußte nur, daß der Schuster mit seiner Familie hergekommen war, als es Saint-Georges noch nicht gab.

Albans vom Leder und Pech braungefärbte Finger waren sehr geschickt. Er zündete sich die Zigarette mit einem großen Kupferfeuerzeug an, das er anschließend Cyrille reichte. „Hör zu, Fuhrmann, wenn man –"

„Ein Fuhrmann ohne Gespann ist kein Fuhrmann", unterbrach ihn Cyrille beinahe bissig.

„Das kommt schon noch. Ohne Pferde gibt es keine Landwirtschaft."

„Ich habe auch keine Landwirtschaft!"

„Geduld, Geduld. Die Parzelle in Abschnitt drei gehört dir noch immer. Den anderen geht es gar nicht schlecht dort. Sie haben gerade ein Pferd gekauft."

Cyrille sprang auf. „Ein Pferd? Von welchem Geld?"

„Ich weiß es nicht genau, aber ich glaube, Billon hat die Scheune verkauft, die er in Montreal noch besaß. Und dann hat ihm auch meine Frau einen kleinen Vorschuß gegeben."

„Ein Pferd muß man auch einspannen können", brummte Cyrille.

Der Gedanke an das Pferd ließ Cyrille keine Ruhe. Er sah nicht mehr wie bisher dauernd zur Tür, sondern hörte dem Schuster zu, der ihm vom Abschnitt drei erzählte, von Billon, Garneau, dem großen Koliare und all den anderen. Sind die Dummköpfe dort denn überhaupt fähig, mit einem Pferd umzugehen? fragte er sich. Natürlich würden es alle bereuen, daß sie ihn hatten gehen lassen . . . Aber jetzt mußte er erst einmal nach Montreal. Die anderen sollten sehen, wie sie mit ihrer Mähre zurechtkamen.

ALS PATER LEVÉ eintraf, war es bereits seit einer Weile dunkel. Völlig außer Atem betrat der Priester die Schusterwerkstatt. „Uns Geistlichen müßte es so gehen wie den Ärzten. Wenn dieser Ort immer größer wird, brauchen auch wir bald ein Auto." Er nahm Cyrilles Hände und hielt sie fest in den seinen. „Wenn Sie mich mit dem hier

zusammen einschließen, gibt es sicher eine Schlägerei", sagte er zu Alban Robillard.

„Solche Scherze können Sie sich sparen, Pater", erwiderte Cyrille knapp. „Ich will nur nicht von meiner Frau und meinen Kindern getrennt leben."

Catherine Robillard kam herein und wandte sich an den Lehrjungen, der schon eine Stunde zuvor in die Werkstatt zurückgekehrt war. „Max, richte bitte deiner Mutter in der Küche aus, sie möchte zwei Teller mehr decken. Wir haben Gäste."

Der Priester packte Cyrille an den Schultern und schüttelte ihn. „Tja, wenn wir eingeladen sind . . ."

„Wer um diese Zeit zu Besuch kommt", bemerkte Catherine, „der rechnet doch damit, daß man ihm wie einem Vagabunden einen Teller Suppe auf den Tisch stellt, nicht wahr, Herr Pfarrer?"

Sie lachten, und sogar Cyrille lächelte ein wenig.

Alban bot dem Priester den Stuhl des Lehrlings an. Catherine hockte sich auf eine Kiste und wies Cyrille den Stuhl zu, auf dem die Kunden ihre Schuhe anprobierten. „Hier können wir uns in aller Ruhe unterhalten", meinte sie. „In der Küche mit Stephs Bälgern ist das schwierig."

Sie sahen einander eine Weile reihum an, als erwartete jeder vom anderen, daß er den Anfang machte. Zur Überraschung aller brach der stille Alban das Schweigen. „Als Sie ankamen, Pater, war ich gerade dabei, Monsieur Labrèche von dem Feuer zu erzählen, bei dem vor vielen Jahren unser Kaufhaus abgebrannt ist. Damals haben wir auch unseren ganzen Besitz verloren."

„Aber Sie hatten immerhin noch Ihre Frau", entgegnete Cyrille. „Die ist bei Ihnen geblieben."

Alban lachte. „Zum Glück. Damals waren meine beiden Beine steif, und ich hätte ihr nicht einmal nachlaufen können."

„Meiner Frau wurden an beiden Füßen die Zehen –", begann Cyrille.

„Das wissen wir", unterbrach ihn Catherine rasch. „Und Sie wissen ganz genau, daß sie deswegen nicht hierbleiben konnte. Sie leidet noch zu sehr darunter, um sich in unserem harten Alltag zurechtfinden zu können. Aber sie hat angekündigt, daß sie zurückkommt, sobald Sie sie in einem richtigen Haus unterbringen können."

„Mir hat sie das versprochen", bestätigte Pater Levé. „Und ich weiß, daß sie ihr Versprechen halten wird."

Cyrille schnippte mit den Fingern. „Ein Haus zu bauen ist nicht so einfach."

„Da kann ich mitreden", sagte Pater Levé. „Ich habe dir geholfen, eine hübsche kleine Blockhütte zu bauen, und du schmeißt sie bei der ersten Gelegenheit ins Wasser."

Diesmal lachten sie alle. Cyrille wurde als erster wieder ernst. „Trotzdem, so lange allein zu leben . . .", brummte er. „Na ja, damit könnte ich mich ja noch abfinden, aber ich besitze überhaupt nichts mehr. Nicht einmal eine Axt."

„Für Werkzeug habe ich noch nie einen Vorschuß abgelehnt", meinte Catherine.

„Und was den Rest angeht", ergänzte der Priester, „so gibt es immer noch die Siedlungskasse für Notfälle. Wir lassen dich schon nicht im Stich."

Cyrille wollte noch etwas hinzufügen, aber Pater Levé stand auf und trat zu ihm. „Hör zu, morgen früh gehen wir zusammen zu Abschnitt drei. Du siehst dir an, wie weit die anderen sind. Wenn du Lust hast, bleibst du bei ihnen. Wenn du aber lieber nach Montreal zurückfahren und von der Wohlfahrt oder den Almosen deines Schwiegervaters leben willst, werde ich das Geld für deine Fahrkarte schon auftreiben. Und Madame Robillard wird für das, was du ihr schuldest, aus der Siedlungskasse entschädigt."

„Meine Schulden bezahle ich auf jeden Fall", sagte Cyrille. „Ich will nicht von der Barmherzigkeit anderer leben."

Jetzt stand Catherine auf. „Ich glaube, das Essen ist fertig", erklärte sie. „Gehen wir in die Küche."

CYRILLE und der Priester brachen am nächsten Morgen auf, nachdem sie ein ausgiebiges Frühstück zu sich genommen hatten: gebratene Eier mit Speck, Pfannkuchen mit Ahornsirup und dazu Tee und ein kleines Glas Wacholderschnaps. Solange sie auf dem schmalen Weg hintereinander gehen mußten, schwiegen sie. Der Pater schritt voran; sein Beutel aus dickem khakifarbenem Tuch schlug ihm gegen die Hüfte. Cyrille trug eine nagelneue Axt, die Alban Robillard für ihn ausgesucht hatte, und einen Beutel mit Wäsche, Rasierzeug und Seife.

Als sie den Teil des Weges erreichten, den die Siedler von Abschnitt drei verbreitert hatten, gingen sie wieder nebeneinander. Es herrschte klirrende Kälte, und der Boden war steinhart gefroren.

„Seit meinem letzten Besuch sind sie ganz schön weit gekommen", bemerkte der Pater. „Jedenfalls liegt eine Menge Holz bereit, das abgefahren werden muß." Daß dies Arbeit für einen guten Gespannführer bedeutete, ließ er durchblicken.

Cyrille sah sich schweigend um. Er wollte nicht zugeben, wie sehr ihn diese Aufgabe reizte.

„Billon versteht es wirklich, eine Baustelle zu leiten", meinte der Priester, als sie zu einer Senke kamen, die die Männer mit Rundhölzern überbrückt hatten. „Und das ist viel wert in so einem Siedlungsabschnitt." Plötzlich hielt er inne und blieb stehen. In der Ferne waren Axthiebe zu hören – ein schönes, sattes Geräusch, das ihnen der Wind entgegentrug. Es kündete von Menschen, die in der Wildnis lebten.

Mit großen Schritten gingen die beiden Männer weiter. Auf der gerodeten Lichtung entdeckte der Ukrainer sie als erster. Er hieb seine Axt in einen Stamm und eilte ihnen unter Geschrei und mit rudernden Armen entgegen. Alle seine Kameraden sahen in die Richtung, in die er losgelaufen war.

„Schau dir diesen Kindskopf an!" rief der Priester. Die anderen waren Koliare nachgerannt, und die Frauen traten vor die Häuser.

Cyrille sah überall zugleich hin. Er zählte sieben Blockhütten mit rauchendem Schornstein und eine, die sich im Bau befand. Er erkannte auch, daß Billons Hütte hinten einen Anbau hatte, der nur ein Stall sein konnte, und er wäre am liebsten sofort hingelaufen.

Koliare hatte die Ankömmlinge erreicht. Er schloß Cyrille in die Arme, drückte ihn an sich und redete in seiner Muttersprache auf ihn ein. Auch die anderen waren inzwischen herangekommen. Sie umringten die beiden, stellten Fragen, erzählten und zeigten Cyrille die Lichtung, den Wald, die Häuser. Alle sprachen gleichzeitig.

Als sich auch noch die Frauen und Kinder zu ihnen gesellt hatten, herrschte eine Weile ein wildes Durcheinander. „Sie werden noch ersticken", sagte Charlotte Garneau und versuchte, Cyrille und den Priester zu befreien. „Bestimmt haben Sie Hunger nach dem Marsch, nicht wahr, Pater Levé?"

Cyrille hätte zu gern gefragt, ob er sich das Pferd ansehen dürfte, hielt sich aber zurück. Er blickte zum Ende des Siedlungsabschnitts hinüber. Dort, wo seine Hütte hätte stehen sollen, war der Wald unberührt. Dahinter war die Hütte von David Fatin zu erkennen, davor die des dicken Mélançon.

Schließlich wandte sich der Priester an die Männer. „Und euer Pferd muß nicht arbeiten?" fragte er. „Ist es denn ein Luxuspferd?"

Als die Siedler die Worte des Paters hörten, verstummten sie. Es dauerte eine Weile, bis sich Billon meldete. „Wir haben ein schwieriges Tier erwischt", meinte er zögernd. „Es muß falsch behandelt worden sein. Man kann nichts mit ihm anfangen. Ich habe mich vermutlich vom Händler in Senneterre aufs Kreuz legen lassen!"

Cyrille merkte, wie sich alle Blicke auf ihn richteten.

„Ich glaube, das Pferd ist nie allein eingespannt worden", vermutete Martin Garneau.

„Ich fürchte eher, es ist überhaupt nie eingespannt worden", erklärte ein anderer. „Es taugt gerade noch für den Metzger."

Plötzlich redeten wieder alle durcheinander. Die dicke Charlotte stand neben Cyrille und drückte seinen Arm. „Seid doch ruhig!" rief sie mit dröhnender Stimme. „Es liegt nur daran, daß ihr nicht mit ihm umgehen könnt."

Zeigt es mir doch, hätte Cyrille am liebsten gesagt, aber er traute sich immer noch nicht, den Wunsch auszusprechen. Der Priester kam ihm endlich zu Hilfe. „Vielleicht solltet ihr jemanden um Rat fragen, der sich mit Pferden auskennt."

Und wieder richteten sich die Blicke auf den ehemaligen Kohlenträger und Fuhrmann. „Los, du störrischer Maulesel, du bist doch ganz versessen darauf!" brummte Charlotte.

Während die anderen leise lachten, ging Cyrille bereits auf den Stall zu. „Ein schwieriges Tier", murmelte er, „das hat gar nichts zu bedeuten. Zuerst muß ich es mir einmal ansehen. Wie heißt es denn?"

„Cadieu."

„Cadieu? Komischer Name für ein Pferd."

„So steht's in den Papieren."

Billon und Koliare gingen mit Cyrille voran. Es folgten der Pater mit Pinguet und Lafutaie und nach ihnen all die anderen. Beim Stall scholl ihnen ein lautes Wiehern entgegen.

„Ich möchte ihm gern allein guten Tag sagen", meinte Cyrille.

Er betrat den Stall und schloß die Tür hinter sich. Durch eine Dachluke fiel Licht auf die breite, glänzende Kruppe eines kräftigen Apfelschimmels, der die rechte Flanke an die Wand aus Rundhölzern preßte.

„Ist ja gut. Du hast ein bißchen Angst, mein Hübscher. Mußt du nicht. Ich gehöre zu deiner Welt. Ich bin nicht wie die anderen.“ Seine Stimme klang dunkel und sanft.

Die Siedler draußen lauschten. Sie sahen einander an, als wollten sie sagen: Das ist ja ein ganz anderer Labrèche!

„Cadieu“ – Cyrille lachte leise –, „du heißt also Cadieu. Ein seltsamer Name für ein Pferd, das muß ich schon sagen. Aber vielleicht findest du es ja auch seltsam, daß ich Labrèche heiße. Na ja, jedem das Seine.“

Das Pferd zog an der Kette, mit der es an der Raufe festgebunden war, und betrachtete den Eindringling mit nach vorn gerichteten Ohren und weit geöffneten Nüstern. Es schnaubte, bleckte aber nicht die Zähne.

„Du hast Angst“, wiederholte Cyrille, „aber du bist kein bißchen bösartig, mein guter Cadieu, das erkenne ich auf den ersten Blick. Sie haben dich nur zu kurz angebunden.“

Cyrille band das Pferd los, das vor Erleichterung den Kopf schüttelte.

Er tätschelte es am Hals und sprach dabei ununterbrochen weiter. „Ein schwieriges Pferd – was heißt das? Das mußt du mir erzählen.“ Er griff in seine Tasche und holte ein Stück Brot heraus, das er am Morgen beim Frühstück eingesteckt hatte. „Ich habe gewußt, daß du hier auf diesem Abschnitt bist, und habe gehofft, daß wir uns kennenlernen.“

Er brach das Brot entzwei und hielt Cadieu ein Stück auf der flachen Hand hin. Das Pferd schnupperte und nahm es mit vorgestreckten Lippen. Während es kaute, kraulte Cyrille ihm die Stirn. „Du siehst mir wirklich schwierig aus“, fuhr er fort. „Ja, bestimmt. Ich frage mich nur, was diese Dummköpfe mit dir angestellt haben.“

Cadieu drehte den Kopf, schnupperte und stieß ihn mit der Stirn vor die Brust.

„Aha, ich rieche wohl nach Pferd, daher bist du so zutraulich. Jedenfalls weißt du dich verständlich zu machen.“ Er gab dem Tier das andere Stück Brot. „Du wirst sie ganz schön in Erstaunen versetzen, Cadieu. Du wirst sie ganz allein begrüßen, ohne daß ich dich festhalten muß.“ Er öffnete die Tür. „Los, komm mit!“

Das Pferd schnupperte in die frische Luft hinaus und zögerte. Die Wartenden gingen auseinander. An der Schwelle blieb der Apfelschimmel stehen. Cyrille trat aus dem Stall und drehte sich um. „Kommst du, ja?“

Als er weiterging, trabte Cadieu hinter ihm her und verpaßte ihm einen Nasenstüber. Cyrille stolperte, fing sich aber gleich wieder. Die

Kinder, die das Geschehen neugierig beobachtet hatten, lachten. Cadieu sah zu ihnen hin, dann aber gleich wieder zu Cyrille, dem nun sein ganzes Interesse zu gelten schien.

„Zeig mir mal deine Zähne!“ Cyrille zog mit einem Daumen die Unterlippe des Pferdes nach unten, mit dem anderen die Oberlippe nach oben. „Du bist ja noch nicht einmal drei Jahre alt. Ich habe es schon an deinem Schweif gesehen.“ Er ließ das Maul los und trat seitlich neben das Tier. „Ich will dich ja nicht kränken, Cadieu, aber reinrassig bist du nicht. Du hast etwas vom Boulonnais und vom Percheron. Und wenn auch noch ein bißchen belgisches Kaltblut dabei wäre, würde es mich nicht wundern. Soll ich dir mal etwas sagen? Das schadet überhaupt nicht. Du bist sicher recht widerstandsfähig.“ Schließlich fragte er das Pferd, ohne die Siedler zu beachten, die ihn wieder umringten. „Was haben diese Dummköpfe dir nur getan, daß du dich so schwierig angestellt hast?“

Die Männer redeten durcheinander: „Ich habe immer gesagt, er ist eigentlich gutmütig.“ – „Koliare mit seiner großen Klappe . . .“ – „Du stinkst nach Priem, das mag er nicht.“

Cadieu sah sie unsicher an. Die Stellung seiner Ohren schwankte zwischen Anspannung und Neugierde.

Schließlich wandte sich Cyrille zu den anderen um. „Also, was habt ihr den jungen Burschen da machen lassen?“ fragte er gebieterisch.

„Stämme wegziehen, und nicht einmal die dicksten. Aber es war zwecklos.“

„Gut, wir versuchen es. Bringt mir das Geschirr heraus!“

Koliare und Garneau stürzten los. Der Ukrainer kam mit dem Kummet zurück, Garneau mit den Zugketten. Als das Pferd das Geschirr in Cyrilles Händen sah, legte es die Ohren an und streckte den Hals. Cyrille streifte ihm das Kummet über und schnallte es fest.

„Schon damit hatten wir die größten Schwierigkeiten“, meinten die Männer.

„Dabei sieht man ja, daß er daran gewöhnt ist“, erwiderte Cyrille. „Man muß allerdings sagen, daß Koliare wie verrückt an ihm herumgezerrt hat.“

Cyrille war glücklich über das Wiedersehen mit dem Ukrainer. „Er hat vermutlich nur Wagen angemalt“, sagte er in gutmütigem Spott, „aber nie ein Pferd gesehen.“

„Das ist ganz normal“, gab der Ukrainer zurück. „Bei uns spannt man Großmäuler wie dich ein.“

Schon flogen Scherze hin und her. „Schreit nicht so!" ermahnte Cyrille die Männer. „Man muß ruhig mit den Tieren umgehen."

„Das Pferd steht dir gut", meinte Koliare.

Sie gingen zu den Fichtenstämmen, die Cadieu hatte fortschleppen sollen.

„Also, wir haben es hier davorgespannt", berichtete Billon.

„Den schleppt es mit Leichtigkeit fort", versicherte Cyrille.

Als Billon die Kette um den Stamm legen wollte, gebot ihm Cyrille Einhalt. „Habt ihr die Kette so befestigt?"

„Ja."

„Soll er die Stämme hochheben oder ziehen?"

Die anderen fingen an zu lachen. Cyrille machte die Kette länger. „Wo sollte er das Holz hinziehen?" erkundigte er sich.

„Dorthin." Sie zeigten auf den Weg, der an den Parzellen entlangführte.

Cyrille zuckte mißbilligend mit den Schultern. „Euer Stamm ist am Boden festgefroren", erklärte er. „Ein Gespann aus Ochsen würde ihn vielleicht losbekommen, ein Pferd dagegen bockt, wenn die Zuglast nicht nachgibt. Ihr müßt erst einmal sehen, daß Cadieu den Stamm losbekommt, indem ihr ihn zur Seite anziehen laßt. Und das nächstemal legt ihr eure Stämme auf zwei Aststücke. Die wirken dann wie Rollen und erleichtern dem Pferd die Arbeit – auch bei den dicksten Stämmen, das verspreche ich euch."

Man merkte ihm an, daß er stolz war. Als wäre das Pferd sein Eigentum, schob er die anderen beiseite, nahm Cadieu am Zügel und führte ihn vom Weg hinunter zu einer Stelle mit weichem Boden ohne Baumstümpfe. „Los, mein Braver, jetzt ein kräftiger Ruck!" befahl er dem Tier, als die Kette gestrafft war.

Das Pferd stellte sich fest auf seine vier Hufe, spannte den Rücken an und legte sich kraftvoll ins Geschirr. Es senkte die Kruppe, und unter dem Fell zuckten die Muskeln. Im selben Augenblick löste sich der Stamm und drehte sich so, daß er in einer Linie mit dem Pferd lag.

„Ho! Das ist gut, mein Braver."

Cyrille führte Cadieu auf den Weg zurück und zu der Stelle, wo schon andere Stämme lagen. Als das Pferd schnaubend stehenblieb, zog er dessen Kopf nahe zu sich heran. „Cadieu, du bist ein gutes Pferd", flüsterte er, „ein ganz gutes sogar. Ich wußte es gleich, als ich deine Augen sah."

„Was erzählst du ihm da?" fragten die anderen, die den beiden wie in einer Prozession gefolgt waren.

„Daß ihr alle Dummköpfe seid!" rief er ihnen zu, während er die Zugkette löste. Von seiner Last befreit, nickte Cadieu zustimmend, und alle lachten.

AN DIESEM Abend vollbrachten die Frauen wahre Wunder. Sie hatten sich die Aufgaben geteilt. Eine kümmerte sich um das Fleisch, die zweite um die Kartoffeln und ein paar andere um Zuckerwaffeln und Pfannkuchen.

Das Essen und das anschließende Beisammensein fanden im Pfarrhaus statt. Man sang bis spät in die Nacht, dann sprach man das Gebet. Bevor die Siedler ihre Laternen anzündeten, um nach Hause zu gehen, sagte der Priester: „Ihr habt jetzt den richtigen Mann für euer Pferd. Er allein verrichtet die Arbeit von sechs Leuten. Als Gegenleistung solltet ihr ihm alle beim Bau seiner Blockhütte helfen. Ihr wißt, wie sehr Élodie gelitten hat. Wenn sie hierher zurückkommt, soll sie das wärmste Haus im ganzen Land haben."

Alle erklärten sich einverstanden.

„Ich werde auch mithelfen", versprach Pater Levé. „Und bald bekommt ihr auch einen eigenen Priester, man hat mir seine Ankunft schon angekündigt."

„Wir sind sehr zufrieden mit Ihnen", sagte Koliare.

„Ja, aber ihr werdet eine eigene Gemeinde bilden, und dazu braucht ihr einen Priester. Außerdem werdet ihr euch einen Namen für eure Gemeinde überlegen müssen. Habt ihr schon darüber nachgedacht?"

Einige Siedler meinten, das sei nicht ihre Aufgabe, aber der Pfarrer war anderer Ansicht. „Es ist besser, ihr schlagt einen Namen vor", erklärte er. „Dann habt ihr ihn ausgesucht und könnt euch hinterher nicht beschweren."

Sie fingen an zu diskutieren. Jeder warf ein paar Namen ein. Auch grobe Scherze machten die Runde. Ab und zu klatschte der Priester in die Hände, um wieder Ruhe herzustellen.

„Ihr müßt darüber nachdenken", brach Pater Levé schließlich ab. „Man findet nicht immer auf Anhieb den richtigen. Laßt uns schlafen gehen . . ."

Cyrille hatte bisher nicht viel gesagt, doch jetzt meldete er sich zu Wort. „Wie wäre es, wenn wir die Gemeinde Val Cadieu nennen?"

Schweigen. Dann sprachen die ersten den Namen mit zaghafter

Stimme nach: „Val Cadieu . . . Val Cadieu . . ." So entstand ein melodisches Raunen, das an einen leichten Wind erinnerte, der ums Haus wehte.

„Das klingt eigentlich gar nicht schlecht", sagte einer der Männer.

„Das erste Pferd bedeutet Hoffnung", meinte Charlotte Garneau.

„Val Cadieu, warum nicht?"

„Wer einverstanden ist, soll die Hand heben", erklärte der Priester.

Alle Hände gingen nach oben. Die Frauen wollten Cyrille umarmen, weil er der Gemeinde ihren Namen gegeben hatte. „Cyrille hat Cadieu gerettet", erklärte Billon. „Denn sicherlich hätten wir dieses verdammte Vieh eines Tages verspeist."

Der Priester und Cyrille richteten sich bei den Siedlerfamilien ein, die noch im Pfarrhaus wohnten. Am Morgen gingen sie zu Garneau, wo Charlotte ihnen das Frühstück bereitete, und anschließend machten sich alle an ihre Arbeit. Der Geistliche nahm im Pfarrhaus die Beichte ab. Die Frauen traten nacheinander ein, dann waren die Männer an der Reihe. Cyrille, der Cadieu ausruhen ließ, nachdem er ihn getränkt hatte, erschien ebenfalls im Pfarrhaus. Als er die Beichte abgelegt hatte, machte er sofort mit der Holzabfuhr weiter, mit der er gut vorankam. Koliare half ihm, denn ein paar Stämme waren zu schwer für Cadieu. Die Männer mußten sie seitlich wegrollen lassen, um die kleineren freizulegen.

Cadieu benahm sich vorbildlich. „Du bist der König", flüsterte ihm der Ukrainer ins Ohr. „Ich kenne nicht viele Dörfer, die nach einem Pferd benannt sind. Du hast wirklich Glück, mein Junge."

Sie hatten Billon auf dem Weg zur Beichte vorübergehen sehen. Der ehemalige Maurer kam in Begleitung des Priesters zurück. Lachend eilten die beiden auf Cyrille und Koliare zu.

„Schrecklich!" rief Billon schon von weitem.

„Was denn?" fragten Cyrille und der Ukrainer im Chor.

„Ratet mal!"

Die beiden Männer sahen sich ratlos an.

„Das Pferd heißt gar nicht Cadieu."

Cyrille runzelte die Stirn. „Was redest du da?"

Billon zog ein Papier aus seiner Tasche und hielt es den beiden Männern hin.

Cyrille und Koliare blickten auf einen mit ungelenker Handschrift ausgefüllten Vordruck. „Dieser Name hat mir keine Ruhe gelassen", erklärte der Priester. „Deshalb wollte ich die Papiere des Pferdes sehen. Cadieu ist der Name des Mannes, der das Pferd eurem Händler in Senneterre verkauft hat."

„Und das Pferd?"

Der Priester zeigte ihnen den Namen, den sie suchten.

„Grauer!" stellte Koliare entsetzt fest. „Das ist wirklich zu blöd!"

„Es ist immerhin sein richtiger Name", gab Billon zurück.

„Ist mir ganz egal", warf Cyrille mit grimmiger Entschlossenheit ein. „Das Pferd heißt Cadieu, und dabei bleibt es, basta!"

DIESE beiden Tage hatten das Leben im Siedlungsabschnitt drei verändert. Cadieu stand jetzt im Mittelpunkt des Interesses.

Am Ende des Winters waren alle Hütten gedeckt. Als im Frühling Tauwetter einsetzte, mußte Cadieu durch tiefen Schlamm waten. Die Baumstümpfe wurden entfernt, und damit begann erst das eigentliche Ringen um den Boden. Die Siedler mußten die Erde aufgraben, um die Ketten unter den Wurzeln durchziehen zu können. Dazu hatten sie eine Art Winde mit Kurbeln gebaut, die so konstruiert waren, daß alle mit anfassen konnten. Alle außer Cyrille – er mußte Cadieu führen, der an die Zugkette angespannt war. Der große Koliare gab das Kommando, und die Männer kurbelten an der Winde, während das Pferd an der Kette zog. Mit lautem „Hü!" und „Hott!" dirigierte Cyrille sein Pferd.

Weithin hörte man die Wurzeln krachen. Der Boden wölbte sich, und dann löste sich der Baumstumpf mit einem Ruck aus der Erde, die nach allen Seiten aufspritzte. Der Ukrainer nahm eine Handvoll davon auf. „Das ist Erde!" rief er. „Richtig gute Erde!"

Wenn ein Baumstumpf sich nicht lockern wollte, gingen zwei Männer hin und halfen mit den Äxten nach. Bis zu den Knien standen sie im Schlamm und hieben auf die Wurzeln ein. „Auch die Frauen her!" riefen sie.

Dann eilten in hohen Stiefeln die dicke Charlotte, Georgette Rossel und Reine Fatin herbei und unterstützten die Männer nach Leibeskräften. War Pater Levé in der Nähe, steckte er seine Soutane hoch und half ebenfalls.

Allmählich wurden die Tage länger. Der Schnee schmolz. Auf den Seen, Flüssen und Weihern knackte das Eis. Im Moos und in den Sträuchern, die monatelang unter den Schneemassen begraben waren, regte sich neues Leben. Tausende kleiner Quellen suchten sich geheime Wege. Aus Millionen von Larven schlüpften die Plagegeister des Sommers – Moskitos, Fliegen, Bremsen, Feuerameisen und anderes Ungeziefer.

Als die ersten Blätter sprossen, begannen die Siedler mit der Bestellung des Bodens. Auf dem erhöhten Gelände zwischen zwei Sümpfen legten sie die ersten Felder an. Cyrille lenkte Cadieu mehr schlecht als recht, und der Ukrainer und der dicke Mélançon wechselten sich hinter dem kleinen Sterzpflug ab, dessen Schar häufig gegen Steine oder Wurzeln stieß. Der überwiegende Teil des Bodens mußte mit der Hacke bearbeitet werden. Auch die Frauen und die größeren Kinder halfen mit; sie gruben Wurzelstöcke aus und trugen sie zu riesigen Haufen zusammen, die verbrannt wurden, sobald sie getrocknet waren.

Faivre schaute ein paarmal vorbei, um zu prüfen, ob die Siedler die Rodungsprämie verdient hatten. Auch als der Boden zur Aussaat vorbereitet war, kam er wieder, denn keiner der Männer wußte, wie man Getreide säte oder Kartoffeln pflanzte. Er zeigte ihnen die richtigen Handgriffe, und sie machten sich an diese hoffnungsträchtige Arbeit. Und Cadieu zog die Egge, wie er den Pflug gezogen hatte.

Alle waren sich einig, daß Cadieu das beste Pferd der Welt war. Man hatte ihm mit Pfosten eine Koppel eingezäunt, damit er nach der Feldarbeit nicht die ganze Zeit im Schuppen zubringen mußte. Cyrille zeigte den Kindern, wie sie die Hand ganz flach machen sollten, wenn sie ihm ein Stück Brot gaben. Er dachte dabei an seine eigenen Kinder, die Élodie bald wieder herbringen würde. Sie hatte nämlich geschrieben, sie werde zurückkommen. Aber Cyrille hatte wenig Zeit zum Nachdenken. Kaum hatte er eine Arbeit zu Ende gebracht, erwartete ihn schon die nächste.

Mit zunehmender Hitze wurde es gefährlich, Quellwasser zu trinken, weil sich das Ungeziefer darin vermehrte. Die Siedler mußten also einen Brunnen graben, den Schacht mit Holz abstützen und den Grund mit Steinen aufschütten. Sie überlegten, ob sie für die Familien am Ende des Abschnitts nicht einen zweiten ausheben sollten. Und dann mußte auch die Straße weitergebaut werden, damit Cadieu eines Tages einen Wagen nach Saint-Georges ziehen konnte.

Inzwischen waren alle Blockhütten fertig, und die Familien zogen ein. Auch für Cyrille war eine Behausung errichtet worden, doch er blieb lieber im Pfarrhaus. Der angekündigte Geistliche ließ noch immer auf sich warten. Allerdings fragten die Siedler auch nur selten nach ihm. Die Besuche von Pater Levé genügten ihnen.

Eines Abends ging Cyrille zu Billon. „Eigentlich gehört Cadieu zum größten Teil dir", sagte er zu dem ehemaligen Maurer, „denn du hast ja das meiste für ihn bezahlt."

„Er gehört uns allen", antwortete Billon, „und ohne dich wäre er vermutlich nicht mehr da."

„Weil ich ihn ja versorge, wollte ich vorschlagen, daß wir einen richtigen Stall hinter meiner Blockhütte bauen. Ein Pferd kann nachts Angst bekommen, da muß man immer –"

„Das trifft sich gut", unterbrach ihn Billon. „Meine Frau wollte sich Hühner und Kaninchen zulegen. Die kann ich dann an Cadieus Stelle in meinem Schuppen unterbringen."

Inzwischen hatten die Siedler so viel Erfahrung im Errichten von Holzhäusern, daß sie den Stall in wenigen Tagen hochzogen. Sie hatten ihn recht groß bemessen, da sich alle einig waren, daß man so schnell wie möglich einen Arbeitsgefährten für Cadieu brauchte. Mit einem zweiten Pferd ließen sich auch die dicksten Baumstümpfe entfernen und die schweren Stämme ziehen, die sie für den Bau der Kirche zurückgelegt hatten.

Da der Stall so groß war, hatte sich Cyrille dort ein Lager aufgeschlagen. Aus Aberglauben wollte er nicht in seiner Blockhütte schlafen, bevor Élodie und die Kinder da waren.

In der ersten Nacht, die Cyrille bei Cadieu übernachtete, schien der Vollmond. Cyrille ließ die Tür weit offenstehen. Einige Schritte entfernt hatte er draußen einen Laubhaufen angezündet, um das Ungeziefer zu vertreiben. Lange lag er auf der Seite und betrachtete Cadieu, der reglos dastand und döste. Ab und zu überlief das Pferd ein Schauer, und es stampfte mit einem Huf auf. Schließlich wachte es auf und kaute eine Handvoll Heu. Mit seinem langen Schweif peitschte es sich die Kruppe, die im Mondlicht glänzte.

Cyrille konnte lange nicht einschlafen. Er dachte an seine Blockhütte und sagte sich, daß mit der Ankunft seiner Lieben bald wieder das Glück unter seinem Dach Einzug halten würde. Und dann fiel sein Blick auf Cadieu, der Ruhe und Kraft ausstrahlte, und Cyrille begriff, was für ein großes Glück er doch jetzt schon hatte.

Foto: Albin Michel/J. M. Currien

Bernard Clavel

Kälte, Einsamkeit, Entbehrung – Bernard Clavel kennt die schicksalhaften Erfahrungen, die die Welt seiner Bücher prägen, aus eigenem Erleben. Der Schriftsteller stammt aus dem Städtchen Lons-le-Saunier; dort, am Rand der kargen Höhenzüge des Französischen Jura, wurde er 1923 geboren. Nach einer wenig erfreulichen Lehre bei einem Konditor in Dole wanderte Clavel nach Kanada aus, wo er sich in der Provinz Quebec niederließ. Später kehrte er nach Europa zurück und verbrachte einige Zeit in der Schweiz. Auf der Wanderschaft war er in vielen Berufen tätig, ehe er begann, seine Erlebnisse aufzuschreiben. Dies tat der Autor mit großem Erfolg, denn er blickt mittlerweile auf über fünfzig Bücher zurück. Viele seiner Romane, deren Auflagenhöhe oft allein in Frankreich die Millionengrenze übersteigt, wurden verfilmt; in den Reader's Digest Auswahlbüchern ist bisher *Wo der Ahorn Früchte trägt* erschienen, auch ein Kanadaroman, in dem Clavel die Geschichte der ersten Siedlergeneration am Harricana schildert.

Die neueste Wahlheimat des naturverbundenen Autors ist die dünnbesiedelte irische Grafschaft Galway. Sein Leben in der Abgeschiedenheit teilt Clavel mit seiner Frau, die ebenfalls Schriftstellerin ist. Aus der französischen Literaturszene, die sich ganz auf Paris konzentriert, hat er sich zurückgezogen. Auch seine Tätigkeit in der „Académie Goncourt", die ihm den angesehenen gleichnamigen Literaturpreis 1968 einmal selbst zuerkannt hatte, gab er auf. „Ich scheine so veranlagt zu sein, daß mir der Sinn mehr nach den großen Strömen, den Bäumen und dem Blau des Himmels steht", erklärt Clavel. In seinem Bekenntnis schwingt eher die Bescheidenheit des Wanderburschen von einst als der Stolz des berühmten Schriftstellers mit.

COMEBACK
Titel der 1991 bei Michael Joseph Ltd. erschienenen Ausgabe: „Comeback“

WIE WILDER WEIN
Originalausgabe: „Tangled Vines“
erschienen bei Little, Brown and Company, Boston, Toronto, London

LETZTE RACHE
Originalausgabe: „The Doll's House“
erschienen bei Bantam Press, London

TRAUMLAND
Originalausgabe: „Miséréré“
erschienen bei Éditions Albin Michel, Paris 1985

Illustrationen
„Comeback“: Steve Brennan
„Wie wilder Wein“: Norm Eastman
„Letzte Rache“: Michael Herring
„Traumland“: Alan Daniel

Die ungekürzten Ausgaben von „Comeback“,
„Wie wilder Wein“ und „Traumland“
sind im Buchhandel erhältlich.
Die ungekürzte Ausgabe von „Letzte Rache“
wird demnächst im Buchhandel erhältlich sein.